D1385947

LE VENIN JAPONAIS

STEEVE LAPOINTE

LE VENIN JAPONAIS

Polar

Éditions Véritas Québec

Catalogage avant publication de Bibliothèque et Archives
nationales du Québec et Bibliothèque et Archives Canada

Lapointe, Steeve, 1968-

    Le venin japonais

    ISBN 978-2-89571-172-8

    I. Titre.

PS8623.A758V46 2015   C843'.6C2015-941469-5
PS9623.A758V46 2015

Révision : Sébastien Finance et François Germain
Infographie : Marie-Eve Guillot

Éditeurs :   Les Éditions Véritas Québec
                 2555, avenue Havre-des-Îles
                 Suite 315
                 Laval (Québec)
                 H7W 4R4
                 450 687-3826

Site Web : www.editionsveritasquebec.com

Dépôt légal :   Bibliothèque et Archives nationales du Québec
                 Bibliothèque et Archives Canada

ISBN :   978-2-89571-172-8 version imprimée
                 978-2-89571-173-5 version numérique

À la mémoire de ma mère, Huguette Vallée, qui m'a inspiré le courage, la persévérance et la détermination.

Éternelle reconnaissance.

1

Avril 2008

Le complexe aéroportuaire désaffecté du sud de la Colombie-Britannique ne paie pas de mine. L'inspecteur Tanaka s'y planque avec son équipe de la Gendarmerie nationale du Canada, communément appelée GNC. Vieux hangars puants et interminable attente, il connait la mélodie.

Depuis plusieurs jours, le service de renseignement avait reçu certaines informations quant à une importante transaction de narcotiques entre le cartel mexicain de la drogue en Californie et les yakuzas d'Hiro Yamashita.

Les yakuzas étaient l'une des organisations criminelles japonaises les plus prestigieuses. Tout comme au pays du soleil levant, cette affiliation criminelle en était une des plus féroces et sanguinaires de Vancouver. Hiro Yamashita menait son clan d'une main de fer. Malgré une feuille de route bien garnie, jamais un magistrat n'avait réussi à le faire condamner. Il n'y avait aucune limite à ce qu'il pouvait faire pour échapper au milieu carcéral.

La DEA[1] américaine, qui avait recueilli les mêmes informations que ses collègues canadiens, attendait que les brigands des deux clans veuillent bien se montrer pour passer à l'action.

Toutefois, indépendamment de la drogue, des informations supplémentaires concernant le trafic d'armes de gros calibre avaient également été interceptées.

Les policiers étaient dispersés à différents points stratégiques du complexe désaffecté afin que tous les accès puissent être surveillés. Ces derniers avaient pour objectif de laisser s'introduire les deux clans de malfrats afin qu'ils effectuent leurs transactions. Une fois les échanges terminés, les criminels se feraient appréhender.

---

1   DRUG ENFORCEMENT ADMINISTRATION

Du côté des Américains, le responsable de la DEA était un ancien militaire de la première guerre en Irak. Dès le premier regard, ses proches et les gens en général ne pouvaient nier sa vocation de militaire. Son imposante stature, ses cheveux en brosse ainsi que sa détermination et son assurance ne faisaient qu'accentuer l'affection et la considération que ses hommes lui portaient.

Du côté canadien, l'inspecteur William Tanaka était en charge de l'enquête. En fait, ces dernières années, toute analogie à Hiro Yamashita lui était conférée.

De nationalité japonaise, Tanaka était arrivé au Canada à l'âge de cinq ans accompagné de ses parents.

Contrairement à son homologue américain, il n'a jamais fait l'armée. Se dévouer à la justice était son aspiration. Estimé par ses confrères pour son intégrité, il se consacrait corps et âme à ses fonctions et n'acceptait pas la négligence et la nonchalance au sein de son équipe.

Chose invraisemblable, l'information qui était arrivée aux oreilles de Tanaka, concernant la transaction de cette nuit, était en tout point identique à celle reçue au bureau de la DEA américaine. D'ordinaire, l'information arrivait de part et d'autre, mais rarement simultanément des deux côtés de la frontière. Étant donné la pertinence des renseignements, personne n'avait envisagé une mise en scène des milieux criminels.

Il était quatre heures du matin et personne des deux clans n'était encore arrivé au complexe. Les deux agents responsables ne cessaient de consulter leur montre, se demandant si une erreur dans l'analyse des informations recueillies était survenue.

Vers quatre heures quinze, les deux officiers se rencontrèrent pour faire le point sur la situation.

— Bill, mais qu'est-ce qui se passe bordel ?

— Aucune idée Bob. Je suis aussi troublé que vous. Je ne comprends vraiment pas ce qui se passe. Nous avons pourtant reçu la même information. Il devait y avoir une grosse transaction entre les Mexicains et Yamashita cette nuit même !

— Crois-tu que cela aurait pu être de la désinformation ? demanda le commandant Price.

— Venant de qui ? Nos services de renseignement ont bel et bien confirmé la transaction et pourquoi nous aurait-on fait venir ici s'il n'y avait rien ? Cela n'a aucun sens !

— Je n'aime pas cela. Juste avant de venir vous voir, j'ai demandé à mes hommes postés sur les flancs est et sud s'il y avait du mouvement de leur côté et toujours rien. Ce n'est pas normal !

— Que devrions-nous faire ?

— Attendons jusqu'à cinq heures. S'il ne se passe rien d'ici là, on plie bagage et on retourne réchauffer nos épouses, suggéra Tanaka.

— J'aime bien l'idée.

Alors que les deux hommes retournaient à leur position respective, l'inspecteur Tanaka reçut un appel d'un de ses éclaireurs. Il fit un geste à son collègue de la DEA d'attendre une minute.

— Inspecteur T. Ici Brown.

— J'écoute Brown, répondit Tanaka, que ses hommes surnommaient T lorsqu'ils étaient en mission sur le terrain.

— Un homme en cyclomoteur arrive par l'entrée nord. Il est tout habillé de noir. Il arrive vraiment lentement, comme s'il voulait qu'on le remarque, comme s'il savait qu'on était ici.

Price et Tanaka se regardèrent, incrédules et soucieux.

— Répétez, demanda Tanaka. Vous avez bien dit en cyclomoteur ?

— Affirmatif monsieur.

Aussitôt, le commandant Price fit circuler l'information parmi ses hommes.

— Brown, est-ce une blague ?

— Négatif monsieur. Il y a un homme en cyclomoteur qui approche par le nord.

Tanaka se tourna vers son collègue américain et celui-ci lui répondit négativement d'un signe de tête. Il n'y avait personne qui arrivait par les autres accès. Sans tarder, tous les agents présents furent placés en état d'alerte.

— Brown, pouvez-vous voir si le sujet est armé ?

— Impossible à voir d'ici. Il semble porter une sorte de sacoche sur son épaule. Ses deux mains sont bien visibles sur le volant. Voulez-vous que nous l'interceptions ?

Le commandant Price était revenu auprès de Tanaka. Il lui souffla à l'oreille que tout le monde était sur le qui-vive au cas où ces salauds tentaient quelque chose. Les hommes étaient prêts à leur botter le cul.

— Négatif. Laissez-le passer. Continuez à surveiller l'entrée nord au cas où il s'agirait d'une diversion. Restez alerte !

— À vos ordres Monsieur. Brown, terminé.

— Qu'en pensez-vous, Price ?

— C'est plutôt inhabituel si vous voulez mon avis. On observe…

— Inspecteur T, ici Foley. Le sujet vient de s'arrêter près du hangar numéro trois. Je ne sais pas si le gars est stupide ou quoi, mais il ne tente même pas de se cacher ! Il est assis sur son cyclomoteur et il attend.

— Bien reçu Foley. Gardez votre position et ouvrez l'œil.

Le commandant Price et l'inspecteur Tanaka étaient pantois devant la tournure des événements. Ils avaient préparé leurs hommes à donner l'assaut contre des criminels sans scrupules et il risquait d'y avoir des pertes de vies humaines. Mais voilà que les dix-huit policiers canadiens et américains surveillaient maintenant un suicidaire en cyclomoteur !

2

Deux cents kilomètres plus au nord, plus précisément sur la rue Trafalgar, dormaient la femme et le fils de l'inspecteur Tanaka.

À quatre heures quarante, la sonnerie du téléphone retentit dans la chambre à coucher. Sonia Tanaka dormait toujours d'un sommeil léger lorsque son mari était absent pour le travail. À la deuxième sonnerie, elle alluma la lampe de chevet, puis regarda l'heure : quatre heures quarante et une.

Soudain, elle sentit sa poitrine se serrer. En tant que femme de policier, elle avait toujours été consciente qu'il arriverait un moment où elle recevrait un appel ou la visite de la police lui apprenant que son mari avait été tué ou blessé en service.

D'un autre côté, elle savait également sa mère très malade.

Alors, à cette heure-ci, de quel côté viendrait la mauvaise nouvelle ?

À la quatrième sonnerie, les mains tremblantes, elle répondit d'une voix faible et anxieuse.

— Oui, allo !

— Sonia Tanaka ? demanda la femme à l'autre bout du fil.

— Oui, c'est moi. Qu'y a-t-il ?

— Je m'excuse de vous réveiller à cette heure matinale. Je m'appelle Hélène West, de la police municipale de Vancouver. Je vous appelle pour vous dire que votre époux, l'inspecteur William Tanaka a eu un très grave accident de la route en revenant d'une mission. Son état est jugé critique. Il a été transporté à l'hôpital général de Vancouver où il est présentement en salle d'opération. On m'a demandé de vous joindre pour vous annoncer la mauvaise nouvelle et vous demander de venir le plus vite possible à l'hôpital.

— Est-ce qu'il va s'en sortir ? demanda Sonia en pleurant. Son fils était venu la rejoindre dans sa chambre.

— C'est difficile à dire pour le moment. Tant qu'il ne sera pas sorti de la salle d'opération, nous n'en saurons rien. Madame Tanaka, aimeriez-vous que j'envoie une voiture vous chercher ?

— Non, je vous remercie. Je vais prendre la mienne. Je serai sur place dans vingt minutes environ.

— Très bien, comme vous voulez, répondit son interlocutrice avec un grand sourire de satisfaction.

Celle-ci lui donna le nom de la personne à contacter à l'hôpital, lui souhaita bonne chance et raccrocha.

Toujours en pleurant, Sonia expliqua à son fils Andrew ce qui était arrivé à son père et lui demanda d'aller s'habiller le plus rapidement possible. Une fois prêts, Sonia sortit la voiture du garage et cinq minutes plus tard, la mère et le fils étaient en route pour l'hôpital.

3

À quatre heures quarante, l'intrus en cyclomoteur releva sa visière et regarda l'heure sur sa montre. Tranquillement, sans faire de gestes brusques, il débarqua de son cyclomoteur, puis se plaça à un mètre de l'engin, sans bouger.

Cinq autres minutes passèrent, puis le suspect leva son bras gauche en l'air et avec l'aide de sa main droite, il sortit deux grandes enveloppes brunes de son sac et les déposa un peu plus loin par terre, l'une à côté de l'autre. Après avoir accompli ce pour quoi il avait été payé, le suspect recula de quelques pas et sans crier gare, se coucha sur le sol, face contre terre les mains derrière la tête.

— Commandant Price, ici Johnson.

— Allez-y Johnson.

— Monsieur, vous ne me croirez pas.

— Accouchez lieutenant !

— Oui monsieur ! Le suspect vient tout juste de sortir de son sac deux grandes enveloppes brunes qu'il a placées par terre, puis il a reculé de quelques pas et s'est étendu sur le sol, les deux mains derrière la tête, les jambes écartées.

— Inspecteur T, ici Ramirez.

— Qu'y a-t-il Ramirez ?

— Je confirme ce que vient de dire Johnson monsieur. De notre position, je peux très bien voir les enveloppes. Le nom du commandant Price est écrit sur une des enveloppes, et sur l'autre, c'est votre nom qui apparaît.

L'inspecteur Tanaka et le commandant de la DEA se regardèrent sans vraiment comprendre ce qu'ils venaient tout juste d'entendre.

Un des tireurs d'élite américains signala à son supérieur que de sa position, il pouvait voir qu'il y avait quelque chose d'écrit sur chaque enveloppe. Par contre, il n'était pas en mesure de confirmer les noms.

Incrédules, Tanaka et Price demandèrent un rapport complet de leurs éclaireurs. La réponse n'avait rien de déconcertant puisqu'à l'évidence, seul le type en cyclomoteur s'était présenté.

Des deux tireurs d'élite placés à chacune des entrées du complexe, un seul fut maintenu en position tandis que l'autre était redirigé vers les hangars.

Cinq minutes plus tard, les deux officiers responsables reçurent confirmation de ce qui avait été avancé. C'était bel et bien leurs noms qui étaient inscrits sur les enveloppes.

Pendant que les autres agents, maintenant déployés au centre du complexe, mettaient le suspect en joue, les deux responsables descendirent d'où ils étaient postés et vinrent rejoindre leurs hommes.

Tanaka demanda à un de ses hommes de fouiller le suspect. À leur grande stupéfaction, le suspect était un adolescent d'à peu près seize ans. Le jeune homme semblait terrifié à la vue de toutes ces armes braquées sur lui.

Lorsque l'ado fut assez près de lui, Tanaka eut une pensée pour son fils. Les deux jeunes se ressemblaient physiquement malgré leur petite différence d'âge. Même couleur de cheveux et même taille.

— Quel est ton nom ? demanda Tanaka.

— Julian, monsieur.

— OK, Julian. Je suis l'inspecteur Tanaka et voici le commandant Price de la police américaine. J'aimerais que tu m'expliques ce que tu fais ici à cette heure, et pourquoi les deux enveloppes ?

Tout le monde voyait bien que le jeune était mort de trouille. On lui avait promis qu'il y aurait seulement quelques policiers, pas l'armée au complet.

— Hier après-midi, un homme est venu me voir alors que je sortais du cinéma. Juste avant que je ne parte avec mon cyclomoteur, il m'a demandé si je voulais gagner rapidement cinq cents dollars. J'ai d'abord pensé qu'il s'agissait d'un genre d'obsédé sexuel, mais l'homme a bien vu à quoi je pensais, car il m'a dit qu'il n'y avait pas de danger. Alors, je lui ai demandé ce que j'aurais à faire. Il m'a donné cette grande sacoche noire et m'a dit que je devrais venir livrer les deux enveloppes avec ce qu'il y avait à l'intérieur à quatre heures quarante-cinq, aujourd'hui. Une fois les enveloppes déposées sur le sol, je devais m'éloigner du cyclomoteur et me coucher par terre comme je l'ai fait ! Il m'a aussi averti qu'il y aurait peut-être quelques policiers et qu'aucun mal ne me serait fait.

— C'est tout ? demanda Price.

— Oui, monsieur. Non, monsieur.

— Quoi alors ! dit Tanaka.

— Il m'a aussi demandé de vous dire que vous deviez ouvrir les enveloppes à cinq heures précises.

— Pourquoi cinq heures ?

— Je n'ai aucune idée, monsieur.

— Très bien Julian. Tu vas aller avec ces policiers. Ils vont te poser d'autres questions.

— OK. Est-ce que j'ai fait quelque chose de mal, monsieur ?

— Je ne sais pas encore Julian. Maintenant, va avec les policiers.

Tanaka regarda sa montre, trois minutes avant cinq heures.

Le commandant Price était aussi indécis que son homologue canadien. Les enveloppes étaient minces. Impossible d'y avoir dissimulé une bombe.

Hésitants, les deux responsables prirent l'enveloppe qui leur était destinée puis à cinq heures, ils décollèrent le scellé de l'enveloppe et regardèrent minutieusement ce qui se trouvait à l'intérieur.

Tout ce qu'ils découvrirent fut une simple feuille de papier. Ils se regardèrent, intrigués, puis lurent le message.

Immédiatement après avoir lu les quelques mots imprimés sur la page blanche, Tanaka et l'officier de la DEA se laissèrent tomber sur les genoux, le regard livide.

Les mains tremblantes et le cœur en mille morceaux, Tanaka fouilla dans les poches de son pantalon, à la recherche de son cellulaire. Après plusieurs secondes qui lui parurent des heures, il trouva enfin ce qu'il cherchait. Encore une fois, sa patience fut mise à rude épreuve puisque son téléphone était à la recherche d'un signal qui tardait à venir.

À la seconde où la connexion réseau fut établie, il appuya farouchement sur la touche de recomposition automatique, tout en priant le Bon Dieu que son interlocuteur réponde.

Aucun des policiers présents n'avait idée de la nature tragique des événements qui se déroulaient devant leurs yeux.

Ne sachant trop quoi faire, ces derniers formèrent un cercle autour des deux officiers, les protégeant du mieux qu'ils le pouvaient.

Le jeune Julian fut quant à lui évacué au centre de commandement où il allait être placé en garde à vue jusqu'à ce que la situation soit réglée.

Après plusieurs minutes d'angoisse où les seuls bruits entendus provenaient des touches des téléphones qui étaient enfoncées furieusement, les deux policiers poussèrent tour à tour un cri animal à déchirer les tympans.

4

Sonia Tanaka fit marche arrière avec sa Honda Civic bleue, puis repartit sur Trafalgar Avenue. Une fois arrivée au coin d'Oliver Street, elle fit son arrêt obligatoire, mais juste avant de repartir, eut une prémonition. Elle regarda son fils droit dans les yeux, comme seule une mère pouvait le faire, puis lui dit qu'elle l'aimait gros comme le soleil. En retour, son fils lui toucha le bras, des larmes ruisselant sur ses joues, et lui répondit qu'il l'aimait aussi très, très fort.

Et, à cinq heures pile, au moment même où son mari décollait le scellé de son enveloppe, l'automobile de Sonia et Andrew Tanaka explosa.

Le bruit assourdissant de la déflagration retentit dans tout le quartier et ses environs. Les débris de l'auto volèrent sur plusieurs dizaines de mètres. Les automobiles qui étaient stationnées tout près du lieu de l'explosion furent endommagées, certaines même détruites. Il en fut de même pour les maisons sises au bout de la rue.

Comme une chorégraphie bien orchestrée, les lumières des maisons s'allumèrent les unes après les autres. Prudemment, les résidents sortaient sous le porche ou sur le perron de leur maison pour assister à la scène d'horreur qui se déroulait devant eux. Personne ne pouvait savoir qu'une de leurs voisines et son fils venaient de perdre la vie.

Les services d'urgence arrivèrent quelques minutes plus tard. Lorsque les ambulanciers s'approchèrent de la carcasse de l'auto que les pompiers venaient d'éteindre, ils ne purent que constater que les deux occupants, ou du moins, ce qu'il en restait, étaient bel et bien morts. Ils souhaitèrent même que leur mort ait été instantanée.

Une centaine de mètres plus loin, à l'abri des regards, un homme de nationalité japonaise observait la scène tout en prenant des photos de l'accident avec sa puissante caméra. Sans être un expert en la matière, il se débrouillait assez bien. De ce fait, il avait même filmé la famille Tanaka depuis l'instant où Sonia et son fils avaient quitté la maison jusqu'au moment de l'explosion.

Il lui avait été facile de suivre l'action du début à la fin, car c'était lui qui avait placé la bombe dans l'auto de ses victimes. Il n'avait aucun ressentiment envers la femme et le fils. Ils faisaient tout simplement partie de ce que les médias nommaient des dommages collatéraux.

En fait, il en avait contre le mari, l'inspecteur William Tanaka. De tous les policiers en service dans la province de la Colombie-Britannique, il était l'un des plus tenaces et perspicaces. Combien de fois avait-il fait avorter des transactions ou fait arrêter des collaborateurs essentiels à la bonne marche de l'organisation ?

Quelques semaines plus tôt, le patron de l'homme japonais lui avait demandé de régler le problème une fois pour toutes. Il ne fallait pas toucher à l'inspecteur, mais lui faire comprendre qu'il était temps de passer à autre chose. C'est ainsi que l'idée lui était venue de lui faire passer le message en assassinant sa famille.

Maintenant qu'il avait terminé son boulot, il était temps de déguerpir avant que quelqu'un ne remarque sa présence.

Son patron serait assurément satisfait du résultat.

5

Quelques heures plus tard, l'équipe du commandant Price était de retour à la maison. Tout comme l'inspecteur Tanaka, Price avait perdu sa femme dans les mêmes circonstances atroces. Pour l'instant, il était impossible pour les autorités canadiennes de savoir exactement quelles étaient ces circonstances.

Au bureau de la GNC à Vancouver, l'annonce de l'assassinat de la famille d'un des leurs avait provoqué une profonde commotion au sein du personnel, allant du simple concierge au grand patron.

L'inspecteur Tanaka était maintenant à l'hôpital, souffrant d'un violent choc nerveux. Il avait été mis sous sédation tellement il était agité. Il ne cessait de crier le nom de sa femme et de son fils.

Tous ceux qui travaillaient avec Tanaka ou qui connaissaient sa réputation savaient que l'ordre du sanglant carnage avait été donné par Hiro Yamashita. Malheureusement, il n'y avait aucune preuve matérielle, même pas la fameuse lettre envoyée à l'inspecteur la nuit du drame. Aucune empreinte n'avait été relevée sur l'enveloppe, même chose pour l'homme qui avait payé le jeune Julian, celui-là même qui avait livré les deux lettres. Un portrait-robot circulait parmi les corps policiers, mais jusqu'à maintenant, aucun suspect n'avait été appréhendé.

Un des hauts gradés de la GNC avait pris l'initiative de prévenir la famille de Sonia Tanaka. Les parents de William Tanaka étaient quant à eux décédés depuis quelques années. La seule famille qui lui restait venait donc de lui être enlevée.

Les collègues de travail de Tanaka ne savaient pas comment réagirait leur ami. Une fois de retour au boulot, continuerait-il sa poursuite de Yamashita ou ferait-il ce que ce salaud désirait, c'est-à-dire oublier son existence et fermer les yeux sur ses activités illicites ?

Si Yamashita pensait que le fait de lui avoir enlevé sa famille le retiendrait, le rendrait docile, c'est qu'il ne connaissait pas le bonhomme. Jamais, au grand jamais Tanaka ne cesserait de combattre ce démon.

Tard en après-midi, le grand patron de la GNC reçut la confirmation de son homologue de la DEA que la famille du commandant Price avait subi le même sort que celle de l'inspecteur Tanaka. La seule différence dans leur cas était que l'ordre provenait des Mexicains qui s'étaient associés avec les yakuzas de Yamashita.

ხ

Les obsèques se déroulèrent par une magnifique journée de printemps. Contrairement aux jours qui suivirent l'horrible drame de la famille Tanaka où la pluie et le temps froid avaient prévalu, le soleil était maintenant présent. Ce dernier réchauffait tous azimuts les âmes et les cœurs brisés par le chagrin, la rage et surtout l'impuissance.

Tanaka était entouré de ses beaux-parents, de quelques amis intimes et surtout de membres de sa deuxième famille, la GNC.

Tout au long de la semaine, Tanaka avait reçu de nombreux témoignages de sympathie venant d'un peu partout sur l'île de Vancouver. Plusieurs corps policiers de la province avaient délégué au moins un représentant pour assister aux funérailles.

Le moment le plus éprouvant fut sans conteste la mise en terre des deux cercueils. Le père de famille éploré était inconsolable. Il tenait dans une main une rose blanche, la fleur préférée de sa femme, et dans l'autre, le gant de baseball de son fils. Lorsque les corps furent descendus au fond, il lança la fleur et le gant sur les tombes respectives. Les autres membres de la famille lancèrent quant à eux la traditionnelle poignée de terre.

Des policiers en civil et en uniforme formaient un cordon de sécurité autour du périmètre du cimetière où reposaient désormais les corps de Sonia et d'Andrew Tanaka. Le grand patron de la GNC avait imposé ce dispositif de surveillance pour éviter tout contact entre le clan Yamashita et la famille Tanaka, au cas où ces derniers auraient voulu venir perturber cette journée déjà passablement assombrie, et ce, malgré le soleil qui brillait de tous ses feux.

Les médias avaient été tenus à l'écart de la cérémonie. Tanaka avait explicitement demandé que son intimité soit respectée. Il ne voulait pas donner le plaisir à cette ordure de Yamashita de le voir dans cet état. Lui-même se sentait comme une épave dérivant sur l'océan après le passage d'un ouragan.

Plus tard en soirée, Tanaka fut reconduit à son domicile par son meilleur ami, l'inspecteur Jordan. Les deux hommes travaillaient dans la même division et avaient accompli plusieurs missions ensemble dont quelques-unes concernant le clan Yamashita.

Au moment où Tanaka allait gravir la première marche menant au porche de sa maison, il remarqua une enveloppe blanche qui reposait sur le rebord de la fenêtre. Intrigué, il fit un tour complet sur lui-même pour voir s'il y avait quelqu'un dans les parages qui le surveillait.

Jordan, qui s'approchait lentement vers la maison, voulait laisser le temps à son ami de réapprivoiser sa maison et la solitude qui l'attendait. À partir de maintenant, plus rien ne serait comme avant.

Il avait parcouru la moitié du chemin lorsqu'il aperçut son collègue qui regardait un peu partout, l'air soucieux. C'est lorsque Tanaka grimpa sur la première marche qu'il vit l'enveloppe près de la fenêtre. La panique s'empara de lui au moment même où son ami prenait cette dernière dans ses mains. Dans un même élan, il cria le plus fort qu'il put de ne pas l'ouvrir et partit au pas de course vers la maison.

Tanaka, n'ayant aperçu personne autre que son ami, gravit les marches restantes et saisit l'enveloppe avec sa main droite. Distrait par sa découverte, il n'entendit pas Jordan lui crier de ne pas l'ouvrir. Gagné par la curiosité et sans prendre le temps de se demander d'où pouvait bien venir cette lettre, il en déchira un des coins et fit glisser son doigt vers l'intérieur sur toute la longueur de l'enveloppe. Au moment même où il allait en sortir le contenu, Jordan arriva à ses côtés. Celui-ci s'apprêtait à l'enguirlander pour son insouciance : ne se rappelait-il pas la dernière fois qu'il avait ouvert une enveloppe dont il ne connaissait pas la provenance ? Sa femme et son fils avaient été assassinés. Mais, il était trop tard. Son ami sortit de l'enveloppe ce qui semblait être des photos.

Incrédule, Tanaka retourna les photographies vers lui. À la vue de ces images, son cœur sembla s'arrêter, mais, pendant une fraction de seconde, il ressentit une vive douleur à la poitrine et sut alors qu'il était toujours vivant.

La première photo montrait sa femme et son fils dans leur auto au moment où ils quittaient la maison.

Jordan, qui était directement derrière lui, vit aussi la photo. Pour protéger son ami d'un supplice qu'il ne méritait pas, il essaya de lui retirer le reste des photos, mais Tanaka réagit vivement pour l'en empêcher. Jordan connaissait ce regard : non pas froid, mais incisif. N'ayant d'autre choix, il dut se résigner à laisser son meilleur ami perdre ce qui lui restait de sa raison.

La deuxième photo montrait l'auto au moment même de l'explosion. Ainsi, pour la deuxième fois en l'espace d'une semaine, Tanaka se retrouva à genoux ne sachant quoi faire ni penser. Il avait l'impression que sa famille lui était enlevée une deuxième fois.

Son meilleur ami se sentait complètement inutile. Que pouvait-il dire à un homme qui venait de perdre sa famille une semaine plus tôt et qui revivait en photo ce qu'il n'avait pu empêcher ?

Tout comme son collègue, quelques minutes auparavant, Jordan regardait à droite et à gauche, surtout en direction de la rue pour s'assurer qu'il n'y avait pas d'autos suspectes. Il espérait même que Yamashita soit tout proche à les surveiller. De cette manière, il aurait le plaisir d'aller lui mettre une balle entre les deux yeux. Malheureusement, rien de tel n'arriverait. Il tenta encore une fois de raisonner Tanaka pour l'empêcher de regarder la dernière photo, sachant très bien quelle en serait la vision. Celle de l'apocalypse, du moins pour son meilleur ami.

Comme il l'avait deviné, la dernière photo était la plus horrible qu'il n'ait jamais vue : Sonia et Andrew gisaient, calcinés dans ce qui restait de la voiture. Dans sa douleur, Tanaka voulut déchirer les photos lorsqu'il s'aperçut qu'il y avait quelque chose d'écrit à l'arrière de la dernière photo. Essuyant les larmes qui lui embrouillaient les yeux, il lut à voix haute pour que Jordan puisse entendre : « un petit souvenir d'un ami qui pense à vous ».

Une fois dans la maison, Jordan alla chercher un grand sac transparent de marque *Ziploc* et y plaça les trois photos. Il espérait pouvoir recueillir quelques empreintes autres que les leurs. Les deux hommes savaient, par expérience, que si les photos venaient de Yamashita, ils ne trouveraient rien.

Tanaka avait réussi à convaincre son ami qu'il n'avait pas besoin d'appeler les renforts puisqu'il était assez grand pour se défendre seul. De toute manière, les deux policiers savaient très bien à quel jeu Yamashita voulait jouer. Celui-ci espérait sans doute que Tanaka le laisse tranquille après la mort de sa famille et qu'il en culpabiliserait. C'était bien mal connaître William Tanaka, inspecteur à la GNC.

En voulant jouer de cette manière, Yamashita n'avait pas endormi la bête comme il l'avait espéré. Au contraire, c'était comme s'il venait de s'attaquer aux petits de la lionne. Et qu'arrivait-il dans cette situation ? La lionne contrattaquait farouchement pour défendre sa progéniture.

C'était exactement ce que Yamashita venait de déclencher chez son ennemi.

La chasse était maintenant ouverte !

Son coéquipier et meilleur ami venait tout juste de partir, laissant Tanaka seul à la maison pour la première fois depuis cette nuit tragique.

Ne sachant trop quoi faire, il sortit s'assoir sous le porche, une bière froide à la main. Sans s'en rendre compte, il avait son arme de service avec lui et celle-ci reposait maintenant sous le petit coussin que son fils gardait sur le banc de la balançoire du porche. Peut-être craignait-il ou espérait-il que Yamashita vienne lui rendre visite ?

Tanaka, qui regardait les étoiles dans le firmament, se demandait si son fils et sa femme n'étaient pas assis sur l'une d'entre elles, à le regarder.

Jamais il n'avait imaginé qu'il pourrait vivre sans ses deux amours… Il ne verrait jamais son fils jouer au baseball majeur. Combien de fois s'étaient-ils lancé la balle ou avaient-ils frappé des chandelles ? Tout cela était maintenant chose du passé. Il n'assisterait jamais à son mariage ni au baptême de ses petits-enfants.

Et sa douce Sonia. Comment ferait-il pour s'endormir le soir et se réveiller le matin sans elle ? Qui serait là pour l'écouter lorsqu'il serait découragé ? Plus jamais il ne lui ferait l'amour.

Assis seul à se balancer, il fut submergé par tant de tristesse et de solitude qu'il décida de prendre son arme et de mettre fin à ses jours. Il n'avait pas la force ni l'énergie pour passer à travers cette épreuve. Mieux valait en finir et aller rejoindre sa femme et son fils. Et cette fois, personne, pas même Yamashita, ne pourrait les séparer de nouveau.

Bien décidé à aller jusqu'au bout, il prit son arme et s'assura qu'il y avait bien une balle dans la chambre. Une fois la sécurité enlevée, Tanaka plaça le canon sur sa tempe droite. Il jeta un coup d'œil une dernière fois en direction des étoiles. Il essaya même de retrouver les deux astres où il avait imaginé que sa femme et son fils se trouvaient.

Hésitant, son doigt commença à presser la détente de l'arme lorsqu'il se rappela les paroles que sa femme lui avait dites quelques semaines plus tôt, après avoir fait l'amour pour leur anniversaire de mariage.

— Mon amour, Dieu t'a placé sur terre pour deux raisons. La première : pour que toi, moi et Andrew puissions nous aimer et former une famille heureuse. La deuxième : pour faire en sorte que ce salaud de Yamashita pourrisse en prison pour le restant de ses jours. Tant que cet escroc ne sera pas derrière les barreaux, tu n'auras pas accompli pleinement la mission qu'il t'avait confiée. Alors, mon amour, promets-moi que tu ne renonceras jamais à l'une ou l'autre de ces missions.

— Je te le promets, ma douce Sonia.

Et ils s'étaient embrassés passionnément.

Au souvenir de cette promesse, Tanaka remit la sûreté sur son arme et la déposa sur le banc, à côté de lui. Tout en regardant vers le ciel encore une fois, il sourit pour la première fois en plus d'une semaine et dit tout haut à l'intention de sa femme et de son fils :

— Ma douce Sonia, je n'ai pas oublié la promesse que je t'ai faite. Encore aujourd'hui, je te fais le serment de mettre ce monstre hors d'état de nuire. Mort ou vivant.

Tanaka essuya une larme.

— Je t'aime ma douce. Toi aussi mon grand.

Et, comme pour sceller le tout, une étoile filante traversa le ciel. Tanaka n'eut même pas à faire un vœu; il savait d'avance que peu importe ce qu'il choisirait, son souhait serait exaucé.

7

L'inspecteur Tanaka était revenu au travail quelques jours seulement après les funérailles de sa famille. La direction lui avait offert quelques semaines de congés payés, mais le policier avait poliment décliné l'offre. Il avait justifié son choix en précisant qu'il aimait mieux employer son énergie à pourchasser le meurtrier de sa femme et de son fils et qu'il serait beaucoup plus utile sur le terrain qu'en restant à la maison à s'apitoyer sur son sort.

Lorsque son supérieur lui annonça qu'il serait temporairement réaffecté au bureau, Tanaka refusa catégoriquement sa nouvelle affectation. Ce qu'il voulait, c'était prendre en charge tous les dossiers concernant Hiro Yamashita. Son patron, peu enclin à accepter sa demande, lui avait imposé quelques conditions. À la première transgression d'une d'entre elles, tout ce qui portait le nom de Yamashita lui serait retiré et il irait terminer sa carrière en tant que policier à la circulation. Une fois l'accord conclu entre les deux hommes, Tanaka remercia son patron et partit vers son bureau pour se mettre au travail.

Pendant que l'ascenseur l'amenait au quinzième étage, Tanaka était adossé à la paroi de verre et regardait son reflet sur le mur opposé. Plusieurs questions le turlupinaient. Était-il revenu trop tôt ? Serait-il capable de faire face à la pression ? Il revint sur terre lorsque les portes de l'ascenseur s'ouvrirent. Une fois sorti, il parcourut les quelques mètres le séparant du monde qui lui avait enlevé sa femme et son fils.

Il appréhendait l'accueil qui lui serait réservé. Il en avait assez de toutes ces marques de sympathie. Les accolades, les mains serrées. Chacun de ces gestes le ramenait à cette journée au cimetière où il avait dit au revoir une dernière fois à ses deux amours. Lorsqu'il pénétra dans le hall d'accueil, ses collègues et amis étaient tous réunis pour lui souhaiter la bienvenue. Alors qu'une des secrétaires s'approchait pour l'embrasser, il recula de quelques pas, coupant net le geste amical de la dame. Il s'excusa pour son comportement tout en expliquant qu'il aimait mieux se concentrer sur son travail, qu'il appréciait énormément leurs marques d'amour et de sympathie, mais qu'il avait décidé – bien qu'il ne puisse oublier la terrible tragédie, car la chose était impossible à tout être humain – de poursuivre sa vie.

Surpris de la réaction de leur ami, plusieurs collègues de Tanaka se regardèrent, ne sachant plus comment réagir. Par respect pour ce dernier, aucune autre parole ne fut prononcée. L'inspecteur retourna tout simplement à son bureau, le regard déterminé mais le cœur vide.

Une fois la porte refermée derrière lui, Tanaka fut pris de nostalgie. Il se souvint que son fils et sa femme aimaient venir ici le surprendre lorsqu'il n'avait pas classe. Tout dans la pièce lui rappelait son épouse. C'était elle qui l'avait aidé à décorer. Lorsque son regard se posa sur la peinture représentant Sonia, une rose blanche à la main, les larmes lui montèrent aux yeux. Elle lui avait donné ce cadeau à son dernier anniversaire.

Il s'assit derrière son pupitre en verre, encore une idée de sa femme. Juste à côté de l'ordinateur, il y avait des photos de son épouse et de son fils qui le regardaient en souriant. Sourire qu'il ne reverrait jamais.

Reprenant ses esprits, Tanaka demanda à son assistant de venir le voir.

D'entrée de jeu, il voulut savoir s'ils avaient du nouveau sur Yamashita. Quelles étaient ses dernières frasques ? Il demanda aussi si l'informateur qui leur avait fourni l'information quant à la prétendue grosse transaction de drogue qui s'était soldée par la mort de sa famille et de celle du commandant Price avait été retrouvé.

Il ne fut pas surpris d'apprendre que le délateur mangeait maintenant les pissenlits par la racine. Tanaka en était certain, Yamashita avait fait éliminer le seul lien existant entre sa bande et la fausse transaction. Qu'à cela ne tienne, il trouverait bien le moyen de lui faire payer.

Il passa ensuite une partie de la journée à éplucher et décortiquer d'anciens dossiers, surtout ceux qui avaient conduit à un non-lieu de la part des magistrats. Il lui fallait absolument trouver une faille dans son organisation. Il devait sûrement y avoir quelqu'un qui voudrait jouer les agents doubles, mais comment le trouver ? Il parcourut encore une fois ses notes, prises tout au long de sa carrière. Plus les heures tournaient, plus il devenait grognon.

Les jours, puis les semaines passèrent sans que rien de concret ne soit trouvé.

Par contre, l'attitude et le comportement de Tanaka changeaient. De nature douce et enjouée, autant dans sa vie privée que professionnelle, il était maintenant devenu le contraire de ce qu'il était. Il était distant avec ses collègues, bougon, impatient à en devenir parfois vulgaire. Plus le temps passait, plus il défiait l'autorité. À plusieurs reprises, il fut convoqué par son supérieur pour dérogation au code d'éthique, lui qui était pourtant à cheval sur les principes. Malgré les nombreux avertissements, Tanaka n'en faisait toujours qu'à sa tête. Certains de ses collègues le surnommaient « L'inspecteur Harry » en référence à Clint Eastwood. Tout comme le policier au cinéma, il tirait sur son suspect et posait ensuite les questions.

Et pendant tout ce temps, Hiro Yamashita continuait à faire la pluie et le beau temps. La fameuse transaction de drogue entre son groupe et les Mexicains avait bel et bien eu lieu, mais pas à la date et au lieu annoncé. Avec ce coup très bien orchestré contre la police fédérale, Yamashita avait accentué son emprise sur le milieu criminel de l'île de Vancouver. Le seul obstacle à sa totale domination était le secteur contrôlé par la mafia chinoise. Jusqu'à maintenant, les deux clans avaient évité toute confrontation. De toute manière, avec tout le territoire que détenaient les yakuzas de Yamashita, le jeu n'en valait pas la chandelle. Aller déclarer la guerre à un ennemi tout aussi puissant que lui était un vice de raisonnement.

Yamashita suivait Tanaka de près, car il savait que celui-ci atteindrait éventuellement le fond du baril. Lorsque ce moment viendrait, il serait aux premières loges pour l'enfermer et sceller à jamais le couvercle.

Quelques mois plus tard, Tanaka et son équipe effectuèrent une saisie de drogue dans le quartier asiatique de l'île, cargaison qui était destinée au groupe de Yamashita. Lors de la rafle, un des hommes arrêtés, un Asiatique dans la vingtaine, affirma détenir des informations sur une autre transaction qui devait avoir lieu bientôt. Encore une fois, le grand yakuza en serait le commanditaire. Un des policiers qui avait arrêté le suspect communiqua l'information à Tanaka. Ce dernier demanda alors à rencontrer l'individu en question.

Le tête-à-tête se déroula un peu plus loin dans la ruelle adjacente à l'endroit où ils se trouvaient maintenant. Tanaka avait choisi cet endroit, car il n'y avait aucune fenêtre de visible des deux côtés de la petite rue.

L'inspecteur fit avancer le jeune homme jusqu'à ce qu'ils atteignent deux gros conteneurs verts. Une fois à l'abri entre les deux grosses poubelles, Tanaka commença son interrogatoire par de petites questions pour s'assurer que la vermine en face de lui connaissait vraiment celui dont il voulait parler. Finalement, dix minutes plus tard, s'apercevant qu'il perdait son temps et que l'autre ne faisait que raconter des bobards, Tanaka s'apprêta à le raccompagner. C'est à ce moment que le jeune malfrat fit une malencontreuse erreur. Il émit un commentaire disgracieux sur une rumeur voulant que Yamashita soit le responsable de la mort de la famille de Tanaka. Le suspect n'avait pas encore prononcé ses derniers mots qu'en moins de deux, il se retrouva sur les genoux, le souffle coupé. Ne comprenant pas ce qui lui arrivait, il essaya de se relever, mais avant qu'il n'ait le temps de bouger le petit doigt, il reçut un coup de pied directement dans les reins, ce qui le mit K.-O. Cependant, l'inspecteur ne s'arrêta pas là. Il continua de le rouer avec ses poings et ses pieds. Encore et encore.

Un des policiers qui surveillait l'entrée de la ruelle entendit des bruits venant de l'endroit où l'inspecteur et le suspect s'étaient retranchés pour leur petite discussion. Il fit signe à son confrère et partit voir si leur chef avait besoin d'aide. Au moment même où celui-ci arrivait à la hauteur des conteneurs, Tanaka était en train de frapper la tête du jeune homme sur le sol et ne semblait pas vouloir arrêter. Sans perdre un instant, il cria à son collègue de venir le rejoindre et d'amener des renforts.

Quelques secondes plus tard, quatre autres policiers arrivèrent pour aider leur confrère qui se débattait comme il le pouvait pour éloigner l'inspecteur Tanaka du suspect passablement amoché et qui saignait abondamment. Trois des policiers arrivés s'occupèrent de l'inspecteur devenu incontrôlable. Il semblait possédé par le démon. Son visage était tellement crispé par la rage que les veines de son cou et de son front étaient prêtes à éclater. Le plus vieux des agents a même dû frapper Tanaka au visage pour que celui-ci reprenne le contrôle de lui-même.

Le suspect, quant à lui, était en très mauvais état. L'aide médicale avait été demandée pendant qu'un des policiers était allé chercher la trousse de premiers soins dans son auto. Le jeune était toujours inconscient, mais heureusement pour l'inspecteur, il respirait sans trop de difficulté malgré les coups qu'il avait reçus.

L'inspecteur Tanaka n'eut pas à attendre les ambulances avant d'être ramené aux bureaux de la GNC. Sur le chemin du retour, il était resté tranquille, sans prononcer une seule parole. Un de ses collègues lui demanda quelle mouche l'avait piqué pour qu'il corrige ce pauvre type de la sorte. Mais, encore une fois, le silence fut de mise. Lorsque Tanaka fit son entrée à la GNC, tous pensèrent à une blague. Leur collègue était menotté les mains dans le dos. Il y avait aussi du sang sur son costume, ses jointures étaient éraflées, et son visage était particulièrement inexpressif, sans vie. Sans lever la tête une seule fois, marchant les yeux rivés sur le sol de marbre, l'inspecteur déchu fut conduit dans une salle d'interrogatoire où son patron viendrait lui faire la causette.

Dans les corridors du bâtiment fédéral, les rumeurs allaient bon train. L'hypothèse de la drogue fut soulevée. C'était normal avec tout ce qu'il venait de vivre. Son cerveau était surchargé, les fils s'étaient touchés et bang ! Certains mentionnèrent qu'il était revenu trop tôt, qu'il aurait dû prendre le temps de consulter un psychiatre avant. D'autres affirmèrent avoir vu l'inspecteur Tanaka agir de façon agressive avec des suspects et même des témoins, ce qui ne cadrait pas du tout avec le Tanaka qu'ils connaissaient avant.

Le commandant Spencer était à la tête de la division dont Tanaka faisait partie depuis les onze dernières années. Jamais dans toute sa carrière il n'avait eu affaire à une situation de la sorte. Son meilleur officier était devenu instable. Il n'avait aucune idée de ce qu'il ferait avec Tanaka. À quelques reprises au cours des derniers mois, certains de ses collègues étaient venus le voir pour lui colporter des actions inappropriées de la part de l'inspecteur Tanaka sur le terrain. Mais, avec ce qui venait de se produire, il ne pouvait plus fermer les yeux. Avant de pénétrer dans la salle où l'attendait son officier, Spencer avait passé quelques coups de téléphone au nom de son ami. Avec la carrière irréprochable de William Tanaka, il n'allait pas tout foutre en l'air sur un coup de tête sans auparavant lui donner la chance de s'en sortir.

Après deux heures de discussion entre les deux hommes et amis, il fut décidé que l'inspecteur Tanaka serait relevé temporairement de ses fonctions afin qu'il prenne le temps d'aller chercher toute l'aide dont il avait besoin pour s'en sortir. Son poste lui serait restitué à son retour.

Deux jours plus tard, Tanaka ne s'étant pas présenté à son rendez-vous chez le spécialiste, le commandant Spencer en fut informé par son ami et envoya l'inspecteur Jordan à la recherche de Tanaka. La mission lui fut confiée de le ramener à la clinique et de jeter la clé de sa chambre dans la toilette.

N'obtenant aucune réponse à la maison ou sur son cellulaire, Jordan se dirigea vers l'endroit le plus logique où trouver Tanaka : le cimetière. Son intuition ne l'avait pas trompé. Il trouva Tanaka assis par terre entre les pierres tombales de sa femme et de son fils. Dehors, la pluie tombait lourdement et le temps était frais, mais cela n'empêchait pas son ami d'être très peu vêtu pour l'occasion.

Tanaka avait vu son ami arriver avec son camion. Il n'était pas surpris, car son patron lui avait dit que s'il manquait un rendez-vous, il enverrait la cavalerie le retrouver et lui botter le cul jusqu'à son retour à la clinique. Alors, il se devait de faire vite avant que ses fesses ne commencent à chauffer.

— Sonia, ma douce, j'ai lamentablement échoué. Je devais faire en sorte d'arrêter ce monstre de Yamashita, mais au lieu de ça, je suis devenu comme lui.

Tanaka commença à pleurer à chaudes larmes.

— Je ne sais plus quoi faire mon amour. Tout est embrouillé, confus dans ma tête. Il me semble que le monde au complet est de mèche avec lui. Dis-moi qu'est-ce que je dois faire ?

Il savait bien qu'il n'obtiendrait pas de réponse. Si sa femme avait été là, elle l'aurait écouté sans rien dire jusqu'à ce qu'il ait terminé, et elle lui aurait ensuite fait quelques suggestions. C'est ainsi qu'ils fonctionnaient. Mais maintenant, il n'y avait personne pour l'écouter et le conseiller.

Son ami n'était qu'à quelques mètres derrière lui. Tanaka se pencha vers l'avant en touchant les deux épitaphes et dit :

— Mes amours, j'ai failli à ma première promesse, je n'étais plus moi-même. Maintenant, je vais prendre toute l'aide possible pour redevenir celui que j'étais, celui que vous vouliez que je sois.

Jordan sembla comprendre ce que faisait son ami, car il resta à distance et attendit.

— Je vous fais la promesse solennelle que je vais faire tout ce qui est en mon pouvoir pour que cette épave de la race humaine finisse ses jours derrière les barreaux.

Il embrassa sa famille, puis alla rejoindre son meilleur ami qui le ramènerait à la clinique, c'est-à-dire, à la vie.

8

Vancouver, mercredi 3 juillet 2013

Le soleil était encore bas dans le ciel. Les derniers nuages ayant apporté la pluie quelques heures plus tôt commençaient tout juste à se disperser. La rosée matinale avait laissé une mince pellicule d'eau sur le gazon et les fleurs.

William Tanaka, inspecteur de police pour la Gendarmerie nationale du Canada venait tout juste de se lever. Sans regarder son réveille-matin, il savait avec exactitude qu'il était cinq heures du matin. Son horloge biologique interne était maintenant programmée pour le réveiller tous les jours à cinq heures. Peu importe l'heure à laquelle il se couchait la veille ou l'endroit où il dormait, c'était cinq heures à coup sûr.

Il avait bien consulté un ou deux spécialistes pour pallier ce problème, mais en vain. Les médecins lui répondirent qu'il souffrait d'un choc post-traumatique, conséquence de la mort de sa famille. Le fait que sa femme et son fils aient été tués à cinq heures du matin et qu'en plus, il se sente directement responsable de leur mort faisait en sorte que son subconscient n'avait d'autre choix que de le réveiller invariablement à la même heure que leur disparition. Une médication lui avait été proposée pour l'aider à passer à travers cette étape, mais il avait toujours catégoriquement refusé. À une occasion, il était allé consulter un hypnotiseur, en espérant que celui-ci puisse faire comprendre à son subconscient qu'il n'était pas responsable du drame, mais encore une fois, ce fut peine perdue.

Il se devait donc d'apprendre à vivre avec le fait que ses journées de travail débuteraient à cinq heures du matin.

Il s'habilla en vitesse, enfila ses chaussures de course et sortit dans l'air frais du matin. Depuis quelques semaines, il avait changé son parcours, passant de cinq à huit kilomètres qu'il effectuait de trois à quatre fois par semaine. Seule constance à son trajet, il terminait toujours par Trafalgar Park, situé juste en face de sa demeure sur Oliver Crescent.

Ce matin ne fit pas exception aux autres. Il y avait peu d'adeptes de la course à pied qui, tout comme lui, étaient des lève-tôt.

Lorsqu'il arriva à la hauteur de l'église anglicane St-Chad, Tanaka fit une pause. C'était ici qu'avaient eu lieu les funérailles de sa femme et de son fils voilà déjà cinq ans. Ceux-ci avaient été tués dans l'explosion de l'auto de Sonia Tanaka. La version officielle : l'explosion avait été causée par une fuite de la pompe à essence et par un problème électrique sur le bloc-moteur et une étincelle aurait causé l'explosion. La version officieuse était plutôt qu'Hiro Yamashita avait fait exécuter la famille de Tanaka pour forcer ce dernier à abandonner toute enquête concernant son organisation.

Quatre-vingt-dix minutes plus tard, Tanaka était de retour à la maison. Il ramassa le journal que le camelot avait lancé sur la première marche du porche. Avant d'aller prendre sa douche, il fit infuser quelques tasses de café qui l'attendraient une fois qu'il aurait terminé sa toilette.

C'était un grand jour pour lui. Il devait se rendre à Montréal pour assister à un congrès pancanadien sur le crime organisé, dont il serait lui-même un des conférenciers.

Après avoir pris un copieux petit déjeuner, Tanaka alla finir de préparer ses bagages. Il serait absent pour au moins une semaine, alors mieux valait ne manquer de rien.

Il y avait une autre raison qui ferait de son voyage un grand jour. En effet, il était possible qu'il rencontre son pire ennemi, celui-là même qui avait fait massacrer sa famille. Nul autre qu'Hiro Yamashita lui-même. Le yakuza avait déménagé ses pénates dans la province québécoise trois ans plus tôt. Un problème territorial avec la mafia chinoise lui avait presque coûté la vie ainsi qu'à sa femme. Malgré sa grande puissance, il avait dû battre en retraite et s'exiler ailleurs. Aux dernières nouvelles, lui et son groupe de malfrats avaient fait en sorte de rester loin des radars des policiers, ce qui pour quelqu'un connaissant la nature du yakuza paraissait quasi impossible. Malgré le départ de Yamashita de leur secteur, la GNC n'avait jamais cessé de pourchasser ce salaud. Certains de ses soldats étaient restés à Vancouver. Tanaka et son groupe d'enquêteurs mettaient beaucoup de pression sur ceux-ci, espérant ainsi les forcer à commettre des erreurs qu'ils pourraient utiliser contre Yamashita.

9

Tanaka avait un emploi du temps très chargé avant de prendre l'avion qui devait décoller à quinze heures. Après avoir terminé ses valises et rangé la vaisselle, il téléphona pour un service de taxi qui devait d'abord le conduire aux bureaux de la GNC. Il devait transmettre à son patron un compte rendu des dossiers dont il avait la charge. Une fois cette tâche accomplie, le taxi le conduirait à l'aéroport. Mais avant tout cela, il alla voir son voisin puisque c'est celui-ci qui s'occuperait de la maison et ramasserait le courrier pendant son absence. Ensuite, il téléphona à son meilleur ami, l'inspecteur Jordan. Ce dernier était en congé de paternité, sa femme ayant donné naissance à une belle petite fille quelques jours plus tôt.

Quelques heures plus tard, Tanaka prenait place dans la section première classe, un luxe qu'il avait réussi à se faire payer. L'agent de bord lui indiqua son siège, non sans lui faire de l'œil. L'avion décolla à quinze heures comme prévu. Aussitôt qu'ils eurent atteint leur vitesse de croisière, l'inspecteur, fatigué par une longue journée, fit basculer son siège vers l'arrière et s'endormit en rêvant à son fils et à sa femme.

Tout le monde était dans la cour arrière chez les Tanaka. Plusieurs des amis de son fils, dont son équipe de baseball, étaient présents pour célébrer l'anniversaire d'Andrew. Il venait d'avoir douze ans. Grand pour son âge, avec ses yeux bleus et ses cheveux blonds, il était la fierté de son père. Son entraîneur ne cessait de répéter que son fils avait de bonnes chances de faire carrière dans son sport préféré.

Il avait aussi eu un autre moment inoubliable lors de cet après-midi du mois de mai, deux semaines avant leur mort. Tanaka avait réussi à faire venir l'idole de son fils, *Larry Walker* pour sa fête. L'expression sur son visage lorsque Walker avait fait son entrée dans la cour arrière n'avait pas de prix.

Tanaka changea de position sur son siège, tout en marmonnant des choses incompréhensibles, puis il retomba dans les bras de Morphée.

Il rêvait maintenant à son épouse adorée. De toutes les femmes qu'il avait connues, elle était la plus belle; grande, avec des yeux vert émeraude et des cheveux blond sable. Avec son allure de mannequin, elle faisait tourner les têtes sur son passage. Sonia Tanaka travaillait comme traductrice pour le gouvernement fédéral. Elle parlait parfaitement quatre langues, dont l'anglais, le français, l'allemand et bien entendu, le japonais, qu'elle avait appris lorsqu'elle avait commencé à fréquenter celui qui allait devenir son époux.

Dans son rêve, Tanaka revit la dernière soirée qu'il avait partagée avec sa femme.

Comme leur fils passait la nuit chez un de ses meilleurs amis, Sonia avait décidé de lui faire une petite surprise. Pour commencer, souper aux chandelles avec musique de circonstance. Les lumières de la salle à manger étaient tamisées. De nature romantique, elle avait disposé des pétales de roses sur le seuil de la porte de la chambre à coucher, et ce, jusqu'au lit. Sonia avait pris soin de disposer des chandelles autour du lit. Elle avait même enfilé le déshabillé que son mari lui avait offert pour la Saint-Valentin.

Tout au long de la journée, Sonia avait texté de courts messages à son mari sur son téléphone cellulaire pour l'aguicher, histoire de le faire anticiper ce qui l'attendait à son retour à la maison.

Après avoir avalé quelques bouchées et vidé une bouteille de vin, Sonia avait offert à son mari d'aller prendre le dessert à l'étage. Celui-ci ayant compris l'allusion, il éteignit les chandelles de la salle à manger et prit sa femme dans ses bras pour l'amener dans leur chambre.

Tanaka avait prévu de prendre son temps en ce qui a trait aux préliminaires. Ayant la maison pour eux seuls, sans personne pour les déranger, il aurait pleinement le temps de laisser son imagination travailler pour lui.

Aussitôt entrés dans la chambre, les vêtements furent jetés sur le sol à une vitesse fulgurante. Les chandelles n'avaient même pas été allumées.

L'avion fut alors secoué par des turbulences pendant quelques instants. Tanaka ne sembla même pas s'en être aperçu. Heureusement pour lui, il put continuer son rêve.

Ils firent l'amour passionnément. Jamais il ne pourrait se lasser de sentir le contact de la peau de son épouse sur la sienne, de sentir ses doigts parcourir son corps. Elle savait exactement où aller; il en avait la chair de poule chaque fois. Il aimait caresser et embrasser ces seins ronds et fermes et lorsqu'il lui léchait les mamelons, il les sentait se durcir entre ses lèvres. De l'autre main, il lui caressait le bas du ventre en faisant descendre ses doigts jusqu'à sa vulve qui devenait humide en un temps record. Après plusieurs minutes de caresses intenses, n'en pouvant plus d'attendre et d'un commun accord il la pénétra en faisant des mouvements de va-et-vient, tantôt rapides, tantôt lents. Il sentait ses doigts grafigner les chairs de son dos; peu importe les marques laissées, le plaisir de jouir en valait la peine. Lorsqu'il fût prêt à exploser de désir, Sonia le repoussa pour qu'il se retienne. Elle voulait faire durer le plaisir encore plus longtemps. Elle le regarda avec ses yeux grivois qui pouvaient le faire bander ou lui faire garder son érection. Sans prononcer une parole, sachant exactement ce que l'autre pensait, elle se retourna et il la prit par derrière. À chaque coup de hanche, Tanaka entendait son épouse pousser des soupirs de plaisir. Lorsqu'elle sentit et entendit que son époux allait venir, elle ne le repoussa pas et il vint en elle. Comme cela leur arrivait souvent, elle eut son orgasme en même temps que lui.

L'agente de bord qui s'occupait des passagers de première classe, celle-là même qui avait fait de l'œil à l'inspecteur lors de l'embarquement, remarqua le petit sourire qui illuminait le visage de son passager. Elle se demanda ce qui pouvait bien l'amuser de la sorte.

Il allait... soudainement, c'est Yamashita qui remplaça Sonia dans son rêve. Le yakuza souriait à pleines dents et riait d'un rire gras. Il tenait une photo de la femme et du fils de l'inspecteur. Il allumait son briquet et faisait brûler la photo tout en lui disant que c'était de sa faute à lui si sa famille était morte et qu'en ouvrant l'enveloppe que le jeune en cyclomoteur lui avait apportée, il avait déclenché à distance la bombe qui avait fait exploser l'auto de sa femme. Il n'aurait pas dû se mêler d'affaires qui ne le concernaient pas et s'il continuait à s'acharner comme cela, c'est en enfer qu'il irait les rejoindre. À cet instant, l'agente de bord lui toucha l'épaule...

— Monsieur, est-ce que vous allez bien ?

— Hein ! Quoi !

Il se redressa sur son siège, le regard perdu.

— Oui, oui, juste un mauvais rêve c'est tout.

L'agente de bord lui lança un regard à l'entre-jambe où l'on pouvait distinguer une érection et lui fit un petit sourire et un clin d'œil. Tanaka, qui avait suivi son regard, devint tout rouge de gêne et referma immédiatement les jambes pour cacher son embarras.

— Nous allons servir le souper monsieur, voici le menu, dit-elle avec le sourire.

— Merci, dit-il en souriant lui aussi, mal à l'aise.

Il regarda le menu et demanda seulement une soupe et un café.

L'avion se posa sans problème à l'aéroport Pierre-Elliot-Trudeau à dix-neuf heures cinq. Ses bagages récupérés, Tanaka se dirigea vers la sortie où une auto de la GNC de Montréal était venue le prendre pour le conduire à son hôtel. Une fois dans sa chambre, il prit une longue douche chaude. Puis il s'habilla et descendit au bar prendre une bière, question de voir de quoi avait l'air les Québécois. Une heure plus tard, de retour à sa chambre, il demanda à la réception de bien vouloir le réveiller à sept heures du matin, sachant très bien qu'il serait debout à cinq heures, comme à l'habitude.

10

Île-Perrot, jeudi 4 juillet 2013

Hiro Yamashita avait le gabarit parfait pour être le chef d'un groupe criminel. Il était en fait l'Oyabun, c'est-à-dire le chef de famille du clan Yamashita. Avec ses six pieds trois et un poids de deux cent vingt-cinq livres, il en imposait par sa seule présence. À soixante-deux ans, il était encore bel homme. Contrairement à certains de ses homologues nippons, il avait encore une belle chevelure brune avec une barbe soigneusement taillée.

Si au Japon, les organisations mafieuses s'affichaient en public, ici il était plus sage d'être discret, invisible. Malgré le fait qu'il n'y avait pas de yakuzas au Québec, Yamashita aimait utiliser le nom d'origine lorsqu'il faisait des affaires; le nom inspirait le respect et la crainte chez ses concurrents.

Dans la mesure du possible, Yamashita continuait à pratiquer les us et coutumes ancestraux des yakuzas. Il était important pour lui de respecter la hiérarchie du clan. Ce faisant, chaque membre avait son propre rang et sa propre fonction. Personne n'empiétait sur le territoire de son voisin. Tous les membres du clan respectaient l'autorité de l'Oyabun et surtout, personne n'osait aller contre sa volonté. En cas de conflit interne, c'était au chef de famille de régler le litige et sa décision n'était jamais remise en question. Tous connaissaient les règles et s'y conformaient.

Hiro Yamashita était né à Kobe, au Japon. C'est dans cette ville nipponne qu'il y avait la plus grande concentration de yakuzas dans le monde. Du nom de Yamaguchi-gumi, cette grande famille était répartie en sept cent cinquante clans, dont celui du père de Yamashita.

35

Une des traditions voulait que les pouvoirs du clan se transmettent de père en fils. Lorsque son père voulut lui remettre les rênes du clan, il y eut une énorme divergence d'opinions quant à la manière de diriger la destinée du groupe. Peu de temps après, le père et le fils trouvèrent un terrain d'entente. Le frère cadet de Yamashita deviendrait le nouveau chef du clan tandis que lui, partirait pour Vancouver au Canada ouvrir une nouvelle franchise.

Étant donné qu'il y avait peu ou pas de groupes criminels japonais à Vancouver, Yamashita avait décidé d'y installer ses pénates, espérant profiter de la réputation des yakuzas pour s'approprier une bonne part du marché criminel de la province canadienne.

Son pari avait rapporté les fruits escomptés.

Deux ans plus tard, le nouvel Oyabun et son organisation contrôlaient plus de la moitié du trafic de drogue sur l'île de Vancouver et ses environs. Le haut taux d'émigrants asiatiques n'était pas pour nuire à ses affaires. Le seul autre concurrent qui se respectait était la mafia chinoise.

Yamashita s'était marié à une Japonaise de dix ans plus jeune que lui, issue d'une famille riche qui avait fait fortune dans l'industrie du poisson au Japon. Son épouse avait hérité d'une fortune de plusieurs millions de dollars à la mort de ses grands-parents. Cette entrée d'argent était arrivée à point, permettant aux Yamashita de s'implanter dans leur nouvel environnement. Ils purent ainsi s'acheter une belle grande maison de style Tudor dans un des quartiers huppés de la ville. Il n'était pas question pour son épouse d'aller dans une banlieue quelconque, surtout avec le rang social qu'ils espéraient atteindre.

Avec cet argent, Yamashita fut capable de faire venir du Japon certains de ses collaborateurs les plus proches, ceux qui lui étaient restés fidèles et qui, tout comme lui, étaient des yakuzas. Il en avait fait ses hommes de confiance pour sa nouvelle organisation. Chacun avait son rôle à remplir. Même s'il n'était plus au Japon, Yamashita voulait absolument conserver les rites et traditions de son pays natal.

Son paternel, qui était très fier de son fils malgré son départ du clan familial, lui avait même envoyé quelques-uns de ses meilleurs soldats pour l'aider à assurer sa position dans le milieu criminel de son nouveau territoire.

Quant à sa femme, en bonne épouse de yakuza, elle se comportait de façon discrète, ne se mêlant pas des affaires de son mari. Aux yeux des membres du clan, elle était le Kami-san ou Nee-san, c'est-à-dire grande sœur en japonais. On lui devait le respect au même titre que son époux.

11

Samedi serait un grand jour pour Yamashita et son organisation. Pour la première fois en sol québécois, ils procéderaient à leur premier rituel d'initiation qui était nommé, en japonais : sakazuki. Selon la tradition, la date de la cérémonie était choisie en fonction du calendrier lunaire japonais. C'est ainsi que la date du 4 juillet fut désignée.

Malheureusement, la célébration ne serait pas aussi grandiose ici qu'elle l'aurait été au Japon. Au pays du soleil levant où les yakuzas s'affichaient en public, les gens savaient qu'il allait y avoir un sakazuki, alors qu'ici, ils se devaient de rester discrets, sans éveiller les soupçons des policiers.

Pour cette fête, tous les membres du clan furent mis à contribution. Même si les femmes n'étaient pas autorisées à assister à l'initiation en tant que telle, elles seraient présentes à la fête donnée juste après la cérémonie.

Pour l'occasion, Yamashita avait loué une grange transformée en salle de réception. Le propriétaire de la grange avait cessé d'exploiter la terre quelques années plus tôt. Il avait tout d'abord pensé vendre les bâtiments, la machinerie et les animaux, mais au dernier moment, il avait eu la bonne idée de garder seulement la grange. L'extérieur avait été laissé tel quel, mais l'intérieur avait subi une transformation de fond en comble. Les planchers de ciment étaient devenus des planchers de bois franc. Un immense foyer en pierre avait été placé dans un des coins. Une piste de danse avait aussi trouvé place à une des extrémités de la salle. Le système de lumière et la chaîne stéréo avaient été modernisés. C'était sans compter le bar à boisson avec son miroir colossal. La cour arrière, quant à elle, avait été réaménagée au complet et était maintenant clôturée pour donner de l'intimité aux invités. Quelques arbres et de la rocaille agrémentaient le tout. La grange pouvait maintenant accueillir une centaine de personnes.

Pour être certain que tout serait prêt à temps, Yamashita avait loué la salle pour une semaine à partir du mardi précédent le rituel. À trois jours du jour J, les préparatifs allaient bon train. La salle intérieure était décorée aux couleurs du Japon. Des photos du grand Oyabun avaient été placées de chaque côté de la table qui servirait d'autel shintoïste. Celle-ci avait été décorée selon les spécifications de Yamashita. Une plus petite table, basse celle-là, servirait à recevoir les cadeaux.

La femme de Yamashita avait divisé les effectifs en équipes de trois à quatre personnes. Une tâche avait été attribuée à chaque groupe. Ainsi, lorsque Yamashita lui-même arriva vers quatorze heures et constata que la préparation de la salle était bien avancée, le grand patron ordonna à tout son monde de prendre le reste de la journée pour profiter de la belle température. De toute manière, il restait encore beaucoup à faire avant le grand jour.

En fin d'après-midi, tout juste après avoir quitté sa troupe et lui avoir donné le reste de la journée, Yamashita retourna à son bureau au garage de réparation d'auto de luxe à Pincourt.

Lorsqu'il était arrivé au Québec trois ans plus tôt, ce garage avait été sa première acquisition d'envergure. Plusieurs de ses hommes qui l'avaient suivi depuis Vancouver possédaient déjà une grande expérience dans le domaine de la mécanique automobile, en particulier celui des voitures de luxe. Dès lors, son entreprise servit de couverture pour ses activités illicites.

Aussitôt qu'il fut arrivé, il alla directement voir son chef mécanicien pour s'assurer que les pièces de rechange pour la Mercedes de monsieur Tremblay étaient bien arrivées. Le client commençait à s'impatienter. Une fois rassuré par les réponses de son employé, il monta à son bureau au deuxième étage. C'était maintenant l'heure de son premier bourbon de la journée.

Arrivé devant la porte de son bureau, Yamashita se retourna pour avoir une vue d'ensemble sur ses installations. Ordinairement, il y avait de la place pour quatre voitures, mais aujourd'hui, étant donné que tous les mécaniciens, sauf le vieux Suzuki, avaient été dépêchés à la grange pour préparer la cérémonie de samedi, il n'y en avait seulement qu'une, celle de monsieur Tremblay. Il n'aurait qu'à demander à sa secrétaire d'appeler le client pour lui dire que son auto serait prête le vendredi après-midi.

Contrairement aux autres garages de mécanique où la saleté est de mise, les huiles, graisses et lubrifiants semblables, le sien était d'une propreté impeccable, un bloc opératoire pour automobiles. Il aimait se comparer à un garage d'écurie de formule un. Il en avait fait sa marque de commerce. Lorsque ses clients apportaient leur auto et qu'ils constataient la propreté des lieux, ils savaient que leur petit bijou serait entre de bonnes mains. Jusqu'à maintenant, aucun de ses clients ne s'était plaint du service ou de quoi que ce soit, et cela, il en était fier. En fin de compte, c'était son portefeuille qui en profitait le plus.

Yamashita émergea des nuages et pénétra dans son bureau. Tout comme le reste de ses installations, la propreté régnait dans la grande pièce. Rien ne trainait par terre, chaque chose avait son espace de rangement. Indépendamment du grand bureau en chêne, il y avait trois chaises rembourrées au fini cuir pour les clients, ainsi qu'un sofa placé le long du mur, près de la grande fenêtre. Dans un des coins de la pièce, il avait fait aménager un petit bar.

À aucun endroit, tant dans le garage que dans son bureau, il n'y avait le moindre signe ou indice pouvant laisser croire que les hommes y travaillant étaient des criminels, des yakuzas. Et c'était ce que Yamashita voulait par-dessus tout. Il n'était pas question de faire comme au Japon et d'afficher ses couleurs à l'extérieur.

Il se prépara un bourbon sans glace tout en pensant à la journée du samedi. Il en avait des papillons dans le ventre. Il allait partir voir sa secrétaire lorsqu'il se souvint que son cellulaire avait sonné un peu plus tôt. Comme il n'avait pas été en mesure de répondre, Yamashita sortit son téléphone et allait composer le numéro de sa boîte vocale lorsqu'il se rendit compte qu'il avait oublié son verre sur le bar. Il fit demi-tour et récupéra son bourbon et revint s'assoir sur le sofa. La cravate défaite, il s'allongea confortablement et composa finalement le numéro et le code d'accès de sa messagerie vocale. Il écouta le message et sentit son pouls s'accélérer. Il se redressa d'un seul mouvement rapide. Il ne pouvait croire ce qu'il venait tout juste d'entendre.

Il se mit à faire les cent pas dans son bureau. Pour être bien certain, il réécouta le message trois fois.

Aucun doute possible, il avait bien entendu. Yamashita but une grande gorgée de son bourbon qui lui brûla les entrailles et lui éclaircit les idées.

Toujours aussi incrédule, le yakuza reprit sa marche à travers son bureau tout en secouant la tête en signe d'étonnement. Il regarda le numéro indiqué sur son afficheur et constata que l'appel venait bien de Vancouver.

— Ainsi, cet enfoiré d'inspecteur Tanaka sera au Québec pour les prochains jours et a exprimé son intention de venir me rendre une petite visite de politesse.

La dernière fois qu'il avait eu des nouvelles de l'inspecteur, ce dernier avait été retiré du travail et placé en congé de maladie pendant deux ans. À ce qu'il paraissait, il avait quasiment tué un suspect lors de son arrestation. C'était sans compter les autres situations semblables où ses supérieurs n'avaient pas été mis au courant des agissements de leur inspecteur vedette. Cela venait confirmer les rumeurs voulant que Tanaka ait pété les plombs après les funérailles de sa famille.

Cette pensée fit sourire le yakuza.

Il regarda l'heure sur la montre en or que sa femme lui avait offerte pour son dernier anniversaire de naissance et se demanda s'il ne devait pas lui envoyer une voiture à l'aéroport pour lui faire la surprise et non le contraire. Il renonça à l'idée, car la GNC s'en était probablement déjà occupé.

Yamashita retourna s'asseoir derrière son bureau puis téléphona à son ami et avocat pour lui demander de venir le rejoindre le plus vite possible. Il venait de décider d'organiser une petite surprise pour son ami l'inspecteur Bill Tanaka.

En attendant l'arrivée de son Saiki-komon, le yakuza téléphona à son contact à la GNC de Vancouver pour avoir plus de détails sur la visite de Tanaka à Montréal.

12

Montréal, vendredi 5 juillet 2013

À cinq heures du matin, Tanaka se réveilla comme à son habitude. Désorienté, il s'assit sur le bord du lit et essaya de se rappeler où il se trouvait. Lorsqu'il aperçut ses valises au pied du lit, la mémoire lui revint. Il était à Montréal pour le congrès sur le crime organisé.

Sans avoir à regarder sa montre, Tanaka savait qu'il était maintenant cinq heures du matin. Il alla à la salle de bain prendre un verre d'eau puis retourna se coucher. Il espérait pouvoir dormir une heure de plus.

Pendant la demi-heure suivante, il tourna dans tous les sens, compta même les moutons, mais il n'y avait rien à faire : le sommeil l'avait fui pour la journée. Tant qu'à tourner en rond, aussi bien descendre au centre de conditionnement de l'hôtel et faire ses exercices quotidiens.

Déçu de ne pas avoir de place pour courir, il jeta son dévolu sur la bicyclette stationnaire. Pendant trente minutes, Tanaka s'était imaginé qu'il était le meneur au tour de France. Il faisait maintenant l'ascension de la plus grosse montagne de la compétition, entre Morzine-Avoriaz et Saint-Jean-de-Maurienne, une distance de deux cent quatre kilomètres. Il sentait les muscles de ses mollets se contracter sous la douleur. Son taux d'acide lactique s'élevait en flèche dans son système sanguin tandis que l'eau de son corps s'évaporait sous forme de transpiration. Lorsque le chronomètre du vélo se fit entendre, le policier laissa échapper un soupir de soulagement et quitta mentalement la France pour le Canada.

Avec la serviette de l'hôtel, il essuya son visage et ses mains. Malgré sa bonne forme physique, Tanaka était quelque peu essoufflé par l'effort soutenu qu'il venait de fournir. Après avoir pris quelques gorgées d'eau froide, il se dirigea vers le centre de musculation d'où il ressortit une heure plus tard. Pour terminer en beauté, il alla relaxer ses muscles endoloris dans le sauna puis dans la douche.

À huit heures, frais et dispos, il était prêt pour une longue journée. Mais avant, il se devait d'aller refaire le plein d'énergie avec un bon petit déjeuner.

Lorsque Tanaka fit son entrée dans le restaurant de l'hôtel, la file d'attente pour le buffet commençait déjà à se faire longue. Pendant qu'il attendait patiemment son tour, il échangea quelques mots avec d'autres policiers qui, comme lui, étaient venus d'un peu partout au Canada et même des États-Unis pour assister à la plus importante conférence sur le crime organisé des dix dernières années.

Une fois qu'il eut rempli son assiette d'œufs, de bacon et de pain grillé, il prit la direction de la grande salle à manger. Il se rendit alors compte que les places se faisaient rares. Il y avait bien quelques sièges ici et là, mais sa grande timidité l'empêchait de prendre l'initiative de demander s'il pouvait se joindre aux autres. Alors qu'il se promenait entre les tables, il aperçut près de la grande vitrine un des congressistes qui lui faisait signe de venir se joindre à lui.

C'est ainsi que Tanaka fit la connaissance de l'inspecteur Rémi Vézina, de la GNC de Valleyfield. Pendant l'heure qui suivit, les deux policiers discutèrent de leurs lieux de travail respectifs. À tour de rôle, ils y allèrent d'anecdotes sur certains criminels qu'ils avaient pourchassés pendant leur carrière.

La dernière fois que l'inspecteur Tanaka s'était senti aussi à l'aise avec un étranger remontait au temps où il était suivi par un psychologue à la suite du meurtre sauvage de sa famille. Tanaka sentit qu'il avait certaines affinités avec son collègue québécois. Leur cheminement de carrière était comparable.

Les deux hommes discutaient énergiquement d'un nouveau projet de loi fédérale. Si ce dernier était accepté, il donnerait plus de pouvoir aux policiers dans certaines situations données. Lorsque l'inspecteur Vézina regarda dans la salle à manger, il s'aperçut qu'il ne restait que très peu de gens, la majorité étant maintenant aux conférences données aux étages supérieurs de l'hôtel.

— Heureusement que nous ne sommes plus à l'école ! s'exclama l'inspecteur Vézina. Si c'était le cas, nous aurions sûrement eu droit à une retenue du directeur pour être arrivés en retard à la conférence.

— Pas de problème pour moi, répondit l'inspecteur Tanaka, j'ai un billet du médecin.

Les deux policiers partirent à rire en même temps. Ils prirent alors la direction des ascenseurs qui les mèneraient à leur première conférence de la journée. Sans le savoir, ils avaient choisi les mêmes sujets. Et tout comme Bill Tanaka, Rémi Vézina était également un des conférenciers invités au congrès.

Avant de pénétrer dans la salle bondée, Vézina, qui commençait à apprécier la compagnie de l'inspecteur Tanaka, lui demanda s'il voulait bien se joindre à lui pour le dîner un peu plus tard. L'inspecteur japonais accepta avec plaisir.

Ainsi une grande amitié venait de voir le jour entre deux policiers au passé différent. Par contre, les deux nouveaux amis ne pouvaient se douter qu'ils auraient, dans un avenir rapproché, un ennemi commun. Pas n'importe lequel : le Diable en personne.

13

Yamashita était déçu. Toute la journée, il avait espéré la visite de l'inspecteur Tanaka. Il s'était fabriqué quelques scénarios, tous aussi machiavéliques les uns que les autres, dans l'éventualité où il le rencontrerait, mais l'occasion ne s'était pas présentée. Il aurait aimé envoyer un de ses hommes surveiller Tanaka à son hôtel, mais avec les préparatifs pour la cérémonie du lendemain et surtout le problème survenu au garage jeudi soir, il ne pouvait pas se permettre de perdre un autre homme. Qu'à cela ne tienne, Tanaka était en ville pour une dizaine de jours selon sa source à Vancouver. Il aurait donc sûrement la chance ou la malchance de le rencontrer.

Vers vingt heures trente, Yamashita reçut enfin une bonne nouvelle. Son épouse venait de lui apprendre que tout était fin prêt pour la journée du samedi. Les décorations étaient toutes installées. Les fleurs qu'elle avait choisies seraient livrées vers onze heures trente le lendemain matin. Les kimonos étaient revenus du nettoyage et étaient suspendus sur des cintres. Tout était en place ou presque pour que la journée du 4 juillet reste gravée dans la mémoire de tous les participants.

Yamashita ne savait pas à quel point il n'oublierait jamais la date du 4 juillet 2013.

* * *

Il était près de vingt heures quinze lorsque la dernière conférence de la journée prit fin. À leur sortie de la salle, Tanaka et Vézina se regardèrent, incrédules. Les deux policiers étaient en total désaccord avec les conclusions du dernier conférencier.

Avec deux autres policiers dont ils avaient fait la connaissance pendant un des ateliers de la journée, un de Québec et l'autre du Manitoba, ils se rendirent souper à un des restaurants de l'hôtel. Tout comme à l'heure du déjeuner, le restaurant était bondé. Ayant prévu le coup, l'inspecteur Vézina avait réservé une table pour quatre personnes un peu plus tôt dans la journée.

Une fois que le serveur eut apporté les boissons, l'inspecteur Tanaka se leva et porta un *toast* en l'honneur de ses nouveaux amis. Étant donné qu'aucun des quatre policiers n'avait à conduire plus tard, ils se mirent tous d'accord pour célébrer leur nouvelle amitié. À tour de rôle, chacun des policiers émit quelques mots sur une note humoristique.

Pendant toute l'heure du repas, la discussion porta sur les conférences auxquelles ils avaient assisté. Tout le monde y allait de ses observations autant positives que négatives. L'alcool aidait à délier la langue des policiers. Lorsque quelqu'un émettait une opinion, il y avait toujours une réplique farfelue qui arrivait aussitôt après. Ils débattirent plus sérieusement cette fois des conséquences qui pourraient survenir dans leur milieu de travail respectif si les changements proposés étaient acceptés par les différents corps policiers du pays.

Lorsque le dessert fut servi, l'inspecteur Vézina profita de l'occasion pour questionner son collègue sur le dénommé Hiro Yamashita. Vézina savait que l'homme était yakuza et chef de la mafia japonaise nouvellement arrivé dans la région. Jusqu'à maintenant, personne du clan n'avait attiré l'attention policière, pas même une simple contravention pour excès de vitesse. Il y avait bien certaines rumeurs sur le yakuza, mais personne ne pouvait confirmer si elles étaient fondées ou non.

Alors, pour l'inspecteur Vézina, qui était mieux placé pour répondre à ses questions que son collègue de Vancouver ?

— Bill, j'aurais besoin d'informations sur Hiro Yamashita. Il s'est installé dans la région il y a trois ans. Il arrivait de Vancouver, je crois. Est-ce que tu aurais des infos à me donner sur le sujet ?

Tanaka qui était en train de prendre une bouchée de gâteau interrompit son geste en entendant prononcer le nom de Yamashita. Cette petite hésitation n'avait pas échappé à l'inspecteur Vézina.

— Est-ce que tu le connais de réputation ou professionnellement ? demanda Vézina.

Sans répondre, Tanaka continua à manger son dessert. Se replongeant avec émotion dans le passé, son passé. Il revivait une de ses dernières rencontres avec Yamashita.

14

Lui et son équipe pensaient bien avoir trouvé le maillon faible de son organisation, celui qui ferait condamner le chef des yakuzas et l'enverrait derrière les barreaux pour le restant de ses jours.

Le jour du procès, celui où le délateur devait venir à la barre témoigner contre son patron, Yamashita était assis avec ses avocats à la table de la défense. Tanaka quant à lui, était resté en retrait dans une salle d'où il pouvait observer l'accusé. Depuis le début des procédures, Yamashita n'avait cessé d'afficher son éternel sourire de face à claques.

Au moment où le procureur allait faire appeler son témoin vedette, un policier en civil s'approcha de l'avocat et lui transmit un message de la prison où était détenu le délateur. Lorsqu'il eut lu la note, il laissa échapper un « Quoi ? » Le policier se pencha un peu plus et lui souffla quelque chose à l'oreille.

Tanaka, qui ne comprenait pas ce qui se passait, regarda tour à tour le procureur et Yamashita. Mais c'est en apercevant le yakuza qui le regardait avec le sourire fendu jusqu'aux oreilles qu'il comprit immédiatement ce qui était en train de se produire.

Le juge, qui commençait à s'impatienter royalement, demanda au procureur s'il y avait un problème.

— Votre Honneur, répondit l'avocat de la couronne, effectivement, nous avons un problème. On vient tout juste de m'informer que mon témoin vedette, celui qui devait témoigner contre l'accusé, a été retrouvé mort dans sa cellule.

Aussitôt, la salle d'audience s'agita. Le juge dut même intervenir et menacer d'évacuer la salle si le calme ne revenait pas immédiatement.

Tanaka, quant à lui, fixait toujours Yamashita. Encore une fois, ce salaud allait s'en sortir. Sans le délateur, la couronne n'avait plus rien contre le yakuza, ce qui faisait en sorte que la défense demanderait un non-lieu.

— Bill ! Bill ! Tu es toujours là, demanda Vézina ?

— Hein ! Oui. Excuse-moi, j'étais perdu dans mes souvenirs, répondit Tanaka.

— Des bons j'espère ?

— Malheureusement, non. De très mauvais même. De toute manière, il est impossible d'avoir autre chose que des mauvais souvenirs de ce salaud.

Rémi Vézina regardait son ami sans comprendre.

— Alors, tu voulais avoir des informations sur Yamashita ?

— Oui, si tu en as évidemment.

— Oh oui, et plusieurs même.

Tanaka lui parla de son ennemi juré.

Tout en prenant une autre bouchée de gâteau, l'inspecteur lui raconta comment il avait fait la connaissance d'Hiro Yamashita voilà plusieurs années et à quel point il se souvenait de tous les détails de chacune de ses rencontres avec le diable.

Il lui fit donc un exposé complet de la vie criminelle du yakuza, de ses débuts au Japon jusqu'au transfert de ses activités à Vancouver en passant par comment il avait gravi rapidement les échelons pour devenir le criminel le plus puissant de la province. Tanaka raconta aussi les innombrables fois où il avait réussi à échapper à la justice et comment Yamashita avait été soupçonné d'avoir fait éliminer au moins un magistrat. Il expliqua aussi que la mort d'avocats de la couronne ainsi que de témoins importants faisait aussi partie de son palmarès. Dans ses bonnes années, Yamashita avait été un homme redouté par ses homologues du milieu criminel.

Tanaka expliqua également à Vézina à quel point cet homme pouvait faire preuve d'une cruauté machiavélique envers ceux et celles qui se plaçaient sur son chemin.

Vézina n'en croyait pas ses oreilles. Il en avait la chair de poule. Mais l'inspecteur japonais continua son récit.

Même s'il n'était plus considéré comme un yakuza au sens propre du terme puisqu'il n'était plus au Japon et qu'il ne bénéficiait plus du même soutien logistique que les gros clans de sa mère patrie, il n'en demeurait pas moins le chef de la pègre japonaise. Et surtout, il restait extrêmement dangereux et imprévisible.

— Méchant moineau que vous nous avez envoyé là, répondit Vézina.

— Merci. Je peux te dire que les autorités là-bas sont très contentes.

— Tu ne m'as pas dit la raison de son départ de l'ouest.

— C'est vrai. Je ne sais pas pour toi, mais moi je prendrais bien une bonne bière avant de tout te raconter, qu'en dis-tu ? C'est moi qui paie la première tournée.

— Ça ne sera pas de refus.

Tanaka alla payer l'addition tandis que Vézina allait leur réserver une place au bar de l'hôtel. En espérant bien évidemment qu'il y en ait encore. Il réussit à en trouver une près de la grande vitrine. Les lumières tamisées donnaient à l'endroit un peu d'intimité. La musique, quant à elle, était juste assez forte pour qu'on l'entende, mais sans obliger les clients à crier pour se parler. Vézina, qui venait à cet endroit pour la première fois, admirait tout ce qui l'entourait en commençant par le grand foyer de pierre puis l'immense bar où les gens faisaient la file pour être servis. C'est alors qu'il remarqua que plusieurs des clients présents étaient des participants au congrès sur le crime organisé. Il en avait reconnu beaucoup et les discussions entendues le confirmaient.

Tanaka vint rejoindre son ami avec les deux bières, puis ils trinquèrent à leur nouvelle amitié.

— Merci pour la bière Bill.

— Pas de problème mon ami.

— J'aurais une petite question à te poser avant que tu m'expliques les raisons de son départ.

— Je t'écoute.

— Avec tout ce que tu viens de m'expliquer, qu'en est-il de sa femme ? Est-elle impliquée dans les activités criminelles de son mari ?

— Non. Seuls les hommes peuvent être yakuzas et aucune femme n'est admise dans leurs combines, autant légales qu'illégales.

— Oui, mais lors des précédents procès, auriez-vous pu faire témoigner sa femme contre lui, ou la femme d'un autre yakuza ?

— Impossible. Il n'y a aucun moyen d'acheter ou de menacer les épouses. Cela conduirait à une mort certaine de leurs époux yakuzas. Contrairement à plusieurs d'entre nous qui serions prêts à faire n'importe quoi pour de l'argent, le yakuza lui, est régi par un code d'honneur.

— Comme se couper le petit doigt ? demanda Vézina.

— Entre autres, oui. Cette punition est issue de la tradition des Bakuto. Par exemple, si tu manquais de respect envers ton père, est-ce que tu irais te couper le petit doigt et le lui remettre après ?

— Non !

— Pas pour eux. Si un yakuza enfreint le code d'honneur, il devra se faire pardonner en se mutilant lui-même le petit doigt pour l'offrir à l'Oyabun et en lui rendant la coupe de saké qu'il a reçue lors de son rituel d'entrée.

— Complètement incroyable ! s'exclama l'inspecteur Vézina.

— Le code d'honneur dont je te parlais s'appelle le Ninkyodo. En français, on pourrait traduire cela comme étant la voie chevaleresque. Il y a neuf règles qu'ils doivent suivre et respecter. Et crois-moi, ils les respectent.

— Et quelles sont ces règles ?

— Je ne les connais pas par cœur, mais si tu veux, je pourrai te donner le site Internet.

Vézina demanda une pause à son ami pour aller faire un tour à la salle de bain. Il en profiterait également pour aller chercher deux autres bières.

Dix minutes plus tard, l'inspecteur québécois, bière à la main, écouta son collègue lui expliquer la raison de la venue du yakuza et de sa bande au Québec.

— À peu près six mois avant qu'il ne déménage au Québec, Yamashita a fait assassiner par erreur un homme d'affaires chinois. Le problème, c'est que la victime était un proche cousin du chef des triades chinoises de Vancouver.

— Oh merde ! s'exclama Vézina en buvant une gorgée de sa deuxième bière.

— Oui, merde ! Lorsque la mafia chinoise a appris qui avait ordonné la mise à mort, ils demandèrent que vengeance soit faite. Dans la semaine suivante, Yamashita et sa famille échappèrent de peu à deux attentats de la part des Chinois.

— Que s'est-il passé par la suite ? demanda Vézina.

— Yamashita étant Yamashita, il a fait abattre un autre proche des dirigeants criminels chinois en guise de représailles.

— J'imagine que la guerre entre les deux groupes a dû éclater !

— Et quelle guerre ! Il y a eu beaucoup de morts dans les deux camps. D'honnêtes citoyens ont également été tués. Ils appelaient ça des dommages collatéraux.

— Je sais ce que tu veux dire. Nous avons eu le même problème avec les groupes de motards criminalisés. Comment ça s'est terminé ?

— Yamashita et le chef de la mafia chinoise se sont rencontrés en secret. Le yakuza n'avait plus d'autre choix puisque plusieurs de ses hommes avaient été tués. Ils ont discuté pendant des heures et Yamashita a fini par avouer son erreur pour la mort du cousin du mafieux chinois. Lorsqu'il s'était aperçu qu'il avait fait éliminer le mauvais gars, il était déjà trop tard. En guise de compromis, le Chinois exigea du yakuza que celui-ci et sa bande quittent Vancouver et ses environs pour toujours. Tu peux t'imaginer que Yamashita a essayé d'argumenter qu'il était le plus grand criminel de la province et bla-bla-bla, mais le chef des triades lui rappela que la bataille serait inégale, considérant le nombre de soldats chinois comparativement aux soldats japonais. S'il le désirait, il pouvait en faire venir encore beaucoup plus ! Et encore plus grave, les triades menaçaient Yamashita de le poursuivre, lui et ses hommes jusqu'à ce qu'il n'y ait plus aucun yakuza de vivant au Canada, et ce, incluant femmes et enfants.

Vézina qui tenait sa bière à deux mains était hypnotisé par le récit qu'il entendait. Il pensait en avoir vu de toutes les couleurs avec les motards d'ici, mais, là, c'était le délire total. Et maintenant, c'était à son tour de faire en sorte que les événements survenus à Vancouver ne puissent se répéter sur son territoire.

— Excuse-moi Bill, j'ai manqué ce que tu viens juste de dire, j'étais dans la lune.

— J'ai bien vu ça. Donc, je disais que le Chinois lui laissait deux options : soit il quittait la province et il n'y aurait aucunes représailles, ou bien il restait et c'était la guerre ouverte entre les deux gangs. Tu connais la suite.

— C'est complètement débile. Yamashita a donc déménagé tout son monde ici ?

— Non. Il a laissé quelques soldats sur place. Il avait, disons, des intérêts qui n'étaient pas communs avec les Chinois et qui n'interféraient pas avec leurs activités.

— Il y a une chose que je ne comprends pas. S'il était tellement craint chez vous, comment se fait-il qu'il soit si tranquille ici ?

— Bonne question. La seule chose que je peux voir c'est qu'il soit reparti à zéro en venant ici. Il a dû gravir les échelons un à un pour ne pas éveiller les soupçons de ses concurrents.

— Bonne déduction Sherlock Holmes.

L'inspecteur Vézina redevint sérieux. Il y avait une autre question qu'il voulait poser à son ami.

— Bill, un peu plus tôt tu m'as dit avoir de très mauvais souvenirs de tes rencontres avec Yamashita. Est-ce que je dois m'attendre à la même chose avec lui, ici ?

Tanaka se leva sans dire un mot et partit en direction du bar. Deux minutes plus tard, il était de retour avec deux autres bières. Toujours sans prononcer une parole, il sortit une photo de son portefeuille et la tendit à son ami.

— C'est ta femme et ton fils ? demanda Vézina.

— C'était, Rémi, c'était…, répondit faiblement Tanaka en laissant couler une larme.

Vézina ne s'était pas attendu à une réaction pareille de son nouvel ami. Il lui redonna la photo sans savoir quel comportement adopter.

— Je m'excuse Bill, je ne voulais pas ressasser de mauvais souvenirs. Je crois bien qu'on devrait en rester là pour ce soir, qu'en penses-tu ?

— Non ! Tu as le droit de savoir quel genre de monstre est Yamashita.

Tanaka lui raconta alors, avec peine, comment Yamashita avait fait assassiner sa famille cinq ans plus tôt.

Lorsqu'il eut terminé son récit, Vézina le regarda quelques secondes sans savoir quoi dire. Jamais au grand jamais, il ne s'était attendu à cela. Il n'avait pas rencontré Yamashita que déjà il le haïssait dans chacune des fibres de son corps. Il comprenait maintenant pourquoi son ami ne semblait pas heureux. Une partie de lui était morte en même temps que sa famille.

Après avoir terminé son histoire, Tanaka regarda dans la salle pour s'assurer que personne ne l'avait vu pleurer. Il fut soulagé de voir que tout le monde vaquait à ses occupations.

Depuis qu'il était revenu au travail après son long congé de maladie, Tanaka ne s'était jamais confié à personne comme il venait de le faire avec Rémi Vézina. Son thérapeute lui avait fortement conseillé, et l'avait même conjuré de ne pas confiner ses émotions et ses sentiments, la plupart négatifs. Il se devait de les communiquer et de les partager. Pour la première fois depuis longtemps, il se sentait soulagé. Par contre, il savait très bien que le sentiment de culpabilité resterait pour toujours.

« Peut-être, se dit-il, qu'il pourrait bientôt apercevoir la lumière à l'autre bout du tunnel. »

Vézina reprit.

— Bill, je comprends tes ressentiments envers Yamashita, surtout après avoir entendu ce que tu m'as raconté, mais je dois te dire que c'est une très mauvaise idée que de vouloir lui rendre visite. Quoi que tu fasses, cela ne ramènera pas ta famille, au contraire, cela sera encore plus douloureux pour toi. Crois-moi, le meilleur moyen d'obtenir vengeance pour ta femme et ton fils est de trouver comment envoyer ce salopard derrière les barreaux et qu'il y pourrisse pour le restant de ses jours.

Un peu avant minuit et plusieurs bières derrière la cravate, les deux policiers décidèrent qu'il était temps d'aller se coucher. Tanaka remercia Vézina d'avoir été une oreille attentive pour lui ce soir. Après s'être serré la pince, ils se souhaitèrent une bonne nuit et se promirent de remettre cela une autre fois.

L'inspecteur Tanaka arriva à sa chambre quelques minutes après minuit. Avec tout l'alcool qu'il avait bu pendant la soirée, il espérait que son subconscient lui donne une pause pour le lendemain matin, mais il ne se faisait pas trop d'idées. L'aurore serait vite arrivée.

15

Yamashita se rendit tôt à la grange pour s'assurer que tout était en ordre. La veille, quelques-uns de ses hommes étaient venus compléter la décoration extérieure. Le travail avait été bien fait, il n'avait absolument rien à redire. Quant aux fleurs choisies par sa femme, elles seraient livrées avant l'heure du midi, le fleuriste n'ayant pas été en mesure de confirmer une heure précise. De toute manière, celui-ci avait reçu un plan de la salle avec les indications où placer les fleurs exactement.

L'autel était également magnifiquement décoré, avec les trois coupes pour le saké, ainsi que la photographie du fondateur de la grande famille. Revoir ce décor lui fit faire un saut dans le passé. Il se rappelait encore de son Sakazuki et de combien son père avait été fier de lui. Maintenant, c'était à son tour d'être fier de son fils. Même s'il n'était pas de son sang et de sa chair, il n'en serait pas moins heureux.

Au départ, son propre père, qui était toujours en vie, devait venir assister à la cérémonie, mais son état de santé s'était détérioré pendant la semaine et il avait dû annuler sa visite.

Vers onze heures quinze, son épouse vint le rejoindre. Elle tenait absolument à être présente pour la livraison des fleurs. Coup de chance pour elle, au moment où elle embrassait son mari sur la joue, le camion de livraison faisait son entrée.

Une fois toutes les fleurs placées, elle sortit sa caméra et prit plusieurs photos de la salle sous tous ses angles. Hiro s'arrêta alors devant l'autel, sans bouger, sans rien dire, et c'est à ce moment que Yamashita remarqua que sa femme pleurait silencieusement. Il se plaça à sa droite, la prit par la main et comprit aussitôt la raison de sa tristesse. Quelqu'un avait placé sur l'autel une photo de leur fils unique décédé tragiquement quelques années plus tôt dans un accident d'auto. Après quelques minutes de silence, le yakuza entraîna son épouse à l'extérieur.

— Viens Hiro, il est temps d'aller manger une bouchée et de se préparer pour la cérémonie.

— Je sais. Allons-y.

16

À l'hôtel Reine-Élizabeth, où se déroulaient les cinq jours de conférences sur le crime organisé, l'inspecteur Vézina s'était réveillé vers sept heures du matin. Il fut surpris de ne pas ressentir les effets de l'abus de boisson dont lui et l'inspecteur Tanaka avaient fait montre la veille au soir.

Juste avant d'aller au lit quelques heures plus tôt, l'inspecteur avait envoyé un courriel à son assistant, le chargeant d'une petite mission. Il espérait donc avoir des nouvelles avant que les conférences ne commencent.

Pendant qu'il se rasait, Vézina se demanda si son ami avait aussi bien dormi que lui et dans quel état il le retrouverait pour le début des conférences. Contrairement au matin précédent, il se fit monter son petit déjeuner à sa chambre. Il avait encore quelques appels importants à faire avant le début officiel de sa journée.

Tanaka s'était levé à cinq heures du matin, sans surprise. Sans y penser, il se redressa dans son lit et fut pris instantanément de vertige. Avec d'énormes précautions, il réussit à placer ses jambes sur le bord du lit. À chaque petit geste qu'il faisait, une décharge électrique était directement envoyée à son cerveau, ce qui lui arrachait des grimaces de douleurs. Après deux minutes sans avoir bougé un seul muscle de son corps, il espérait pouvoir se rendre à la salle de bain sans que la sensation de vertige ne le reprenne.

Le policier venait tout juste de faire quelques pas lorsqu'il sentit ses jambes se dérober sous lui. Il eut alors la présence d'esprit de s'assoir par terre, mais malheureusement pour lui, il n'avait pas pensé qu'il devrait se relever ! Cette pensée lui fit encore plus mal que le geste lui-même.

Vingt minutes plus tard, en sueur, Tanaka était de retour dans son lit. Pendant son périple, il avait eu le temps d'évacuer l'équivalent d'une dizaine de bières, de se cogner le genou à deux reprises et finalement de prendre trois Tylenol, en espérant que son mal de tête carabiné et sa gueule de bois se résorbent d'ici neuf heures.

Et pour une rare fois depuis longtemps, son subconscient eut pitié de lui et lui permit de sombrer dans les bras de Morphée.

L'inspecteur Vézina fut le premier des deux à s'asseoir dans la salle pour la conférence. Exceptionnellement ce matin, il avait choisi deux places dans la dernière rangée. Quelques minutes plus tard, Vézina manqua de s'étouffer avec sa gorgée de café lorsqu'il aperçut son confrère arrivé.

— Wow ! Tu as vraiment l'air d'être en forme ce matin mon ami, s'exclama l'inspecteur Vézina.

Tanaka qui n'était pas d'humeur le regarda avec des yeux méchants. Encore plus frustré de voir son ami en meilleure forme que lui.

— Comment se fait-il que tu sois frais et dispos ce matin, tandis que j'ai l'impression d'être un zombie ? demanda Tanaka.

— Peut-être que tu n'es pas encore habitué à la bière du Québec !

— Très drôle, je vais pisser dans mon pantalon.

Vézina salua au passage un de ses amis de Sherbrooke venu lui aussi assister au congrès.

— Bill, avec tout ce que tu m'as appris hier sur Yamashita, j'ai demandé à un de mes hommes d'organiser une petite surveillance éloignée du yakuza et de son groupe. Ce n'est pas grand-chose, mais j'aimerais en apprendre un peu plus sur le bonhomme le temps que tu es ici. De cette manière, si j'ai des questions, tu seras là pour y répondre. Nous devrions avoir les premières nouvelles bientôt.

— Merci Rémi, j'apprécie.

Pendant l'heure et demie suivante, l'inspecteur Vézina devait régulièrement jouer du coude avec son confrère qui somnolait sur sa chaise, ressentant encore les effets de l'alcool consommé la veille.

À la fin de la première assemblée, alors que les participants sortaient de la grande salle, Vézina sentit son téléphone vibrer. Il fit signe à son confrère, en lui montrant son cellulaire et s'éloigna un peu plus loin pour répondre à l'appel. Cinq minutes plus tard, il était de retour avec Tanaka.

— Et puis ? demanda ce dernier.

— C'était mon assistant. À ce qu'il paraît, ton Yamashita s'apprête à célébrer une sorte de rituel d'initiation cet après-midi.

— Sait-on où cela va avoir lieu ? demanda Tanaka.

— Oui. Ils ont loué une ancienne grange transformée en salle de réception à Notre-Dame-de-l'Île-Perrot.

— Très bien, je veux y aller.

— Pardon ?

— J'ai dit que je voulais y aller.

— Écoute Bill. J'ai mes hommes qui vont les surveiller. S'il se passe quoi que ce soit, j'en serai aussitôt prévenu et toi aussi du même coup.

Tanaka restait là, le regard vide.

— Je me disais que si j'allais le voir… je ne sais pas.

— Je comprends, mais comme je te l'ai expliqué hier, tu ne dois pas vivre dans le passé, mais dans le présent. Maintenant assez parlé du diable. Il n'y a rien que l'on puisse faire pour l'instant. Allons-nous servir une bonne tasse de café, surtout toi, et dirigeons-nous vers la deuxième conférence si nous ne voulons pas être en retard.

— À vos ordres patron.

17

Vers treize heures, les membres du clan commencèrent à arriver à la grange, la plupart accompagnés de leur famille. Pour quelques-uns d'entre eux, tout particulièrement les femmes et les enfants, c'était une première visite à la grange. Ne pouvant assister au rituel, il leur fut permis de voir la décoration intérieure. Les femmes furent toutes éblouies par la beauté de l'endroit; la ressemblance avec la vraie culture japonaise des yakuzas était fascinante.

Les plus vieilles eurent une pensée pour le fils du couple Yamashita en apercevant la photo du défunt placée sur l'autel. Après quelques minutes, les non participants à la cérémonie furent invités à se rendre dans la cour arrière où se dérouleraient les festivités post rituel.

Arrivés à l'extérieur, tous applaudirent Hiroko Yamashita pour son excellent travail. Personne n'aurait pu faire mieux. C'était comme s'ils avaient une carte postale format géant du Japon devant eux. Peu de temps après, les hommes embrassèrent femmes et enfants et retournèrent à l'intérieur afin de se préparer pour le rituel.

Un par un, les dix yakuzas enfilèrent leur kimono et allèrent prendre la place qui leur avait été assignée, et ce, dans le silence le plus complet. Les cadeaux pour les deux nouveaux membres avaient été déposés sur la petite table à la droite de l'autel.

À quatorze heures, Yamashita et les deux futurs membres, Masao Fukuda et Hideki Nomura s'agenouillèrent côte à côte face aux témoins.

Masao Fukuda était en quelque sorte le fils adoptif du couple Yamashita. Un an après la mort de leur fils, Yamashita et sa femme avaient accueilli sous leur toit le jeune Fukuda. Ses parents étaient morts lorsque leur avion s'était écrasé en mer à leur retour d'un voyage au Japon. Le yakuza, qui était très proche du père de l'adolescent, lui avait fait la promesse de prendre soin de son fils si jamais quelque chose leur arrivait à lui ou à sa femme. C'est ainsi que le jeune Masao était devenu membre de la famille Yamashita.

Avant de commencer, Yamashita voulait s'assurer que tout le monde était à sa place et que rien ne viendrait interrompre cette magnifique journée. Encore une fois, il était fier de ses hommes, de leur travail et surtout de leur loyauté. Satisfait, il reprit sa place parmi ses hommes.

La cérémonie allait enfin commencer.

Pendant le rituel, les initiés et l'Oyabun préparèrent le saké mélangé à du sel et à des arrêtes de poisson, puis ils versèrent le liquide dans les coupes. Celle de l'Oyabun se devait d'être remplie entièrement, étant donné son statut. Le saké symbolisait les liens du sang. Puis, ils burent une gorgée, s'échangèrent leurs coupes et prirent une autre gorgée. C'est ainsi que les nouveaux yakuzas, appelés maintenant Kobun scellèrent leur appartenance à la famille et à son chef. Les kobuns garderaient leur coupe nommée Oyako Sakazuki. Elle deviendrait le symbole de leur fidélité.

Yamashita fit ensuite un discours rappelant les principes des yakuzas, c'est-à-dire la fidélité et l'obéissance aveugle. Le rituel se termina par la rupture du silence lorsque tous les participants crièrent en cœur : Omedeto gozaimasu[2].

Quelques minutes plus tard, les deux nouveaux kobuns et les autres yakuzas partirent rejoindre femmes et enfants. Ils ne furent pas surpris de voir que l'ambiance était déjà à la fête. Les enfants couraient partout en criant à tue-tête, les femmes discutaient entre elles tout en ayant à l'œil leur progéniture.

Yamashita, qui venait de sortir à son tour, alla se servir un verre au bar aménagé à l'extérieur tout en évitant d'entrer en collision avec un des enfants qui courait sans regarder devant lui.

Yamashita était maintenant un homme comblé. Il venait de faire de son fils adoptif un yakuza à part entière. Si tout allait comme il le souhaitait, il lui laisserait dans quelques années les rênes de l'organisation, tout comme son propre père l'avait fait avec lui.

Quant à son garage, qui lui servait de couverture pour ses activités illégales, il fonctionnait à merveille.

Que demander de plus.

Vers seize heures trente, Yamashita était à l'intérieur à discuter avec ses hommes lorsqu'un cri de mort se fit entendre provenant de l'arrière de la grange. Les yakuzas se regardèrent sans comprendre ce qui se passait. C'est alors qu'une des femmes qui étaient à l'extérieur accourut vers Yamashita en pleurant à chaudes larmes. Celui-ci la prit par les épaules et essayait de la calmer. Mais rien à faire, les pleurs l'empêchaient de parler.

Pendant ce temps, un des plus vieux membres du clan était sorti voir par lui-même la raison de ce boucan. Lorsque Yamashita entrevit son ami et avocat qui revenait à l'intérieur avec la physionomie de quelqu'un qui venait tout juste d'apercevoir un fantôme, il comprit que la situation était grave.

— Hiro, viens vite je t'en prie, c'est Hiroko !

— Quoi ! Qu'est-ce qu'elle a ?

— Je ne sais pas, allez, dépêche-toi !

---

2   Joyeux anniversaire en Japonais.

Yamashita partit en courant avec son ami, manquant même de renverser un des enfants qui se trouvait sur son chemin. La belle journée espérée du couple Yamashita était en train de tourner au cauchemar.

Lorsque le mari arriva dans la cour arrière, il y avait déjà un attroupement autour d'Hiroko. Il dut même jouer du coude pour se faire un chemin jusqu'à sa femme. En la voyant, il sentit son cœur s'arrêter.

Cette belle femme, ayant dix ans de moins que son illustre mari, était menue comme la plupart des Japonaises, avec des cheveux très longs et noirs. Son époux l'appelait affectueusement sa geisha. Non pas en lien avec la profession, mais plutôt pour sa beauté. Il disait qu'elle avait le sourire d'une fleur dont les pétales s'ouvraient pour la première fois sous le soleil du printemps. De nature réservée, elle était la douceur incarnée.

Yamashita s'était amené tel un bulldozer. La première pensée qui lui était venue à l'esprit fut que les triades chinoises avaient retrouvé sa trace et qu'ils avaient exécuté sa femme. Aussitôt accroupi près de sa geisha, il demanda si quelqu'un avait entendu un coup de feu. Tous ses amis le regardèrent comme s'il venait d'arriver de la planète Mars. Mais en s'agenouillant près d'elle, il remarqua qu'il n'y avait pas de sang et qu'elle respirait toujours.

Les enfants avaient été amenés à l'intérieur de la grange, certains d'entre eux continuaient à s'amuser bruyamment, indépendamment des événements tragiques qui étaient en train de se dérouler sous leurs yeux. Connaissant le tempérament bouillant et coléreux de leur patron, mieux valait les éloigner.

Le fils adoptif était lui aussi près de ses parents, encore plus nerveux que le reste du groupe. Masao ne voulait pas revivre la même peine qu'il avait vécue des années plus tôt avec la mort tragique de ses vrais parents.

Le temps semblait s'être arrêté. Les femmes pleuraient en silence, les hommes formaient un cercle à l'entour de la famille Yamashita. Le seul bruit entendu venait du vent qui soufflait dans les feuilles des arbres, sans oublier les enfants.

C'est Fukuda qui remarqua le premier que sa mère commençait à convulser. Tout son corps était pris de soubresauts. Même Yamashita était paralysé. Personne ne savait quoi faire. C'est lorsque sa femme le toucha en convulsant que le mari sortit de sa torpeur et demanda si quelqu'un avait appelé les services d'urgence 911. N'obtenant aucune réponse, Fukuda sortit son cellulaire et composa lui-même le 911.

Yamashita demanda agressivement si quelqu'un avait réellement vu ce qui s'était passé. L'épouse de son avocat s'avança nerveusement et dit d'une voix brisée par l'émotion :

— Hiroko m'a dit qu'elle pensait avoir été piquée par une abeille.

Et quelques minutes plus tard, elle tombait inconsciente par terre.

— Quoi ! aboya Yamashita. Naomi, que viens-tu juste de dire ?

Hayato Kurotani qui était l'avocat du clan et aussi le mari de Naomi s'approcha de son patron, furieux contre celui-ci. Sa femme lui mit sa main sur son épaule et lui fit un sourire pour le calmer, puis répéta ce qu'elle venait de dire.

Yamashita s'était rendu compte qu'il venait tout juste de crier après la femme de son meilleur ami et que celui-ci ne semblait pas content du tout. Du coin de l'œil, il le vit qui fonçait droit sur lui, mais juste avant que le face à face ne se produise, la femme d'Hayato réussit à le calmer. Mais étant donné les circonstances inhabituelles, il n'avait pas le temps et le goût de s'excuser. Toujours dans le même élan, il demanda, encore une fois en criant, où était le sac à main de sa femme.

— Ici, s'écria une des épouses d'un des yakuzas, qui lui tendit le sac.

— Que cherches-tu Hiro ? demanda l'avocat.

— Elle est allergique aux piqûres d'abeilles, je dois lui faire une injection d'EpiPen, sinon elle risque de mourir.

Yamashita fouillait rageusement dans le sac sans rien trouver, ce qui ne fit qu'accentuer sa colère. Alors, un des yakuzas présents eut la malencontreuse idée de lui dire que s'il se calmait juste un peu, il trouverait plus facilement ce qu'il cherchait. Aussitôt que les dernières syllabes eurent quitté ses lèvres, il regretta amèrement de ne pas avoir tourné sa langue sept fois avant de parler. Yamashita releva sa tête de quelques centimètres, regarda en direction du yakuza fautif et lui fit signe de la main de s'approcher. Tous ceux présents près du pauvre homme reculèrent de quelques pas, inquiets.

La tension était palpable, personne n'osait regarder leur patron ou même leur ami qui était sur le point de se faire démolir.

Maintenant à moins de trois pieds de son patron, le yakuza restait là, sans rien dire, son corps tremblait de chacune de ses fibres. Alors, Yamashita le regarda droit dans les yeux et lui dit quelque chose en japonais qui eut pour effet de lui glacer le sang dans les veines. La peur l'empêchait de bouger. Un autre membre du groupe s'approchait tranquillement de son ami pour l'aider lorsque Yamashita lui lança un regard, presque meurtrier, voulant dire de retourner à sa place et d'y rester. Le yakuza ayant défié son patron, ne prit même pas la peine de s'excuser, il quitta les lieux la tête entre les deux jambes.

En tout et pour tout, l'altercation avait duré à peine une minute.

Masao donna une petite tape sur l'épaule de son père pour attirer son attention.

— L'ambulance s'en vient. J'ai expliqué la situation au préposé du 911 et il m'a dit qu'il fallait tourner Hiroko sur le côté et lui placer quelque chose entre les dents pour qu'elle ne se morde pas la langue. Il faut aussi s'assurer qu'elle respire bien et le plus important, lui faire son injection d'EpiPen si nous en avons.

Depuis que les Yamashita l'avaient accueilli sous leur toit, Masao n'avait jamais été capable de les appeler maman ou papa ou tout autre synonyme. C'est ainsi qu'avec leur bénédiction, il les appelait tout simplement par leur prénom.

Yamashita ne répondit rien. Il était toujours enragé lorsqu'enfin, il trouva le fameux stylo. Sa joie fut de courte durée. La panique s'empara de lui à nouveau.

— Qu'y a-t-il Hiro ? demanda Fukuda.

Aucune réponse.

— Hiro, je vous en prie, répondez-moi, implora son fils.

— Je ne sais pas comment cela fonctionne.

— Quoi ? Vous n'avez jamais appris ?

— Non ! Ta mère voulait toujours me le montrer, mais je n'avais jamais le temps de l'écouter.

Masao était sans voix. Sa mère gisait inconsciente, à moitié morte dans la cour arrière d'une ancienne grange, et aurait pu être sauvée si son père avait bien voulu écouter quelqu'un d'autre que lui-même, et apprendre le fonctionnement du malheureux stylo d'EpiPen.

Yamashita qui perdait encore plus le contrôle de minute en minute, se releva et demanda si quelqu'un savait comment faire fonctionner ce satané stylo.

Encore une fois, personne ne répondit.

— Comment cela ? Aucun d'entre vous ne veut m'aider ! Qui veut sauver Hiroko ? Avec tout ce qu'elle a fait pour vous tous, vous n'êtes qu'une bande de sans-cœur, laissa-t-il échapper.

Toujours aucune réponse.

Son fils essaya tant bien que mal de le calmer, mais sans succès. Plus les secondes passaient, plus il sombrait dans un gouffre duquel son fils doutait que son père allait sortir.

— Que quelqu'un rappelle l'ambulance. Ma femme est en train de mourir et personne ne veut rien faire pour la sauver.

Tout le monde se regardait, mais personne ne répondit.

Le principal conseiller de Yamashita, Ganji Iwa, demanda à deux des yakuzas de faire le tour de la bâtisse afin de s'assurer qu'il n'y avait rien de compromettant pour l'organisation qui aurait pu traîner. La police serait sûrement envoyée en même temps que l'ambulance. Mieux valait prévenir que guérir.

Yamashita et son fils adoptif étaient toujours près d'Hiroko. Pour l'instant, elle avait cessé ses convulsions, mais un autre problème était en train de prendre place et beaucoup plus grave celui-là. Sa respiration se faisait de plus en plus difficile, son visage commençait à gonfler et ses yeux étaient aux trois quarts fermés par l'enflure.

Paniqué, il n'arrivait plus à penser logiquement. Pour lui, prendre la décision de laisser vivre ou mourir quelqu'un qui l'avait trahi ou bien un ennemi était beaucoup plus facile que de regarder sa femme à moitié morte, étendue devant lui.

Il comprenait maintenant que même s'il criait après ses amis, cela ne changerait rien à la situation. Il regarda son fils qui lui, était resté calme. Il n'avait aucune idée de la manière dont il s'y prenait. Il l'avait rarement vu perdre le contrôle de ses émotions. Celui-ci était encore en communication avec les services d'urgence à s'informer de la raison du retard de l'ambulance. Tout en regardant Masao, Yamashita vérifia sa montre et fit le calcul pour s'apercevoir que cela faisait un peu plus de quinze minutes qu'ils avaient demandé ladite ambulance. Aussitôt, il se remit à bouillir de rage. Les veines de son cou s'étaient gonflées sous l'effet de la colère.

C'était inconcevable pour lui qu'ils aient dû demander deux fois la venue de l'ambulance et que celle-ci ne soit même pas encore arrivée.

Tous les membres du clan présents se rapprochèrent de la famille Yamashita, en signe d'amour et de respect pour le chef. Quelques-uns d'entre eux étaient tournés non pas vers la femme étendue par terre, mais vers la route, à l'affût d'un véhicule jaune avec des lumières rouges sur le dessus. Pour eux, c'était leur moyen d'aider Hiroko.

Ganji Iwa était âgé de soixante-six ans. Malgré sa chevelure argentée, le vieux bouc, comme l'appelaient ses amis intimes, était en très bonne forme physique. Il aurait pu, s'il avait voulu, faire la leçon à certains jeunes loups de la meute. Il était parmi les amis fidèles ayant suivi Yamashita au Québec.

La dernière fois qu'il avait vu son patron dans cet état, c'était lorsqu'il avait perdu son fils, mort dans un accident d'auto. Cela lui avait pris plusieurs mois avant de s'en remettre complètement. Il avait broyé du noir avant de revenir à la surface, et ce, avec l'aide de sa femme bien-aimée. Mais aujourd'hui, si son épouse décédait, est-ce que son fils adoptif serait capable de réaliser ce qu'Hiroko avait accompli ? Il en doutait. Il n'osait même pas envisager l'avenir.

18

Pour une rare fois depuis longtemps, le lieutenant Marcel O'Brian avait la chance d'avoir la maison pour lui seul en cette première fin de semaine du mois de juillet. Sa femme était partie cinq jours chez leur fille à Québec.

Le lieutenant était âgé de quarante-six ans. Il était marié depuis bientôt vingt-cinq ans à une enseignante de niveau primaire dans la région de Valleyfield. Le couple avait eu deux enfants, un garçon de dix-neuf ans qui était présentement dans l'armée et une fille de vingt-cinq ans, infirmière à Québec. Physiquement, O'Brian était le sosie de l'acteur Telly Savalas, celui-là même qui incarnait le policier Kojak dans la série culte des années soixante-dix. Il n'était pas rare de le voir avec le fameux suçon entre les dents.

Toute la semaine, O'Brian s'était préparé un horaire détaillé des choses qu'il voulait faire pendant ses deux journées de congé. Il y avait entre autres sa partie de golf pour le lendemain, un souper au restaurant et une sortie au cinéma samedi soir. Pour conclure, le dimanche il ferait une partie de pêche avec un de ses confrères. Sa femme, quant à elle, lui avait laissé une feuille d'instructions et de corvées à faire pendant son absence. Sans vraiment le faire exprès, il avait par mégarde jeté ladite feuille à la poubelle. Tant pis ! s'était-il dit. Il n'aurait d'autre choix que de suivre son propre horaire.

Alors, quoi de mieux que de commencer un vendredi soir par une partie de poker avec ses meilleurs copains. Comme à son habitude, il fut le meilleur joueur du quatuor, remportant la somme de quarante-cinq dollars.

Il venait tout juste de revenir à la maison lorsque le téléphone se fit entendre. Il était fatigué et voulait tout simplement aller se coucher. Au diable le téléphone ! pensa-t-il. Mais en passant près de celui-ci pour se rendre à sa chambre, il remarqua que le numéro indiqué était celui de son patron, l'inspecteur Rémi Vézina.

Sans prendre le temps d'y réfléchir, il décrocha le combiné, sachant très bien qu'il le regretterait. Après les formules de politesse habituelles, O'Brian écouta son patron pendant quelques minutes puis lui posa une ou deux questions en prenant des notes rapidement. Avant de mettre fin à la communication, O'Brian promit à son supérieur qu'il aurait des réponses d'ici dix heures samedi matin.

Assis à la table de la cuisine, le téléphone dans une main et sa liste dans l'autre, il dut se rendre à l'évidence que sa fin de semaine en célibataire venait tout juste de tomber à l'eau. Pendant les minutes suivantes, il se maudit d'avoir répondu. Au lieu d'aller jouer au golf avec ses potes, il devrait maintenant jouer à la nounou chez une bande de Japonais, et ce, pendant sa fin de semaine de congé en plus.

Étant déjà dans la cuisine, il se prépara une tasse de café. Pendant que le liquide noir infusait, il ouvrit son portable et sortit son cellulaire. C'était maintenant à lui de passer quelques coups de fil.

Pour le lieutenant O'Brian, lorsqu'une mission lui était confiée, il s'y consacrait vingt-quatre heures sur vingt-quatre et sept jours sur sept. Pas de pause syndicale et pas de jour de congé. C'est pour cela qu'il n'avait pas attendu au matin pour entreprendre ses recherches. D'ailleurs, il espérait le même dévouement chez ses collaborateurs.

Une heure plus tard, tous les appels avaient été faits et les courriels envoyés. Il ne restait plus qu'à attendre les réponses.

À sept heures trente, O'Brian était assis sur son patio, un café à la main et son journal du samedi sur les genoux, et il attendait patiemment qu'on lui retourne les appels qu'il avait passés quelques heures plus tôt. Il regarda sa montre en soupirant bruyamment. Théoriquement, il aurait dû être sur le terrain de golf à pratiquer ses coups de départ et ses approches sur les verts pour le début de la partie à huit heures, au lieu de quoi il était assis au soleil, chez lui, à se demander ce qu'il pouvait bien avoir fait à Dieu pour mériter une sanction pareille. Seule consolation, il aurait une très bonne justification à donner à sa femme pour ne pas avoir exécuté les corvées demandées.

Comme il l'espérait, à partir de huit heures, les réponses à ses questions commencèrent à arriver. Bien entendu, ces réponses entraînaient d'autres questions. Faisant suite à ce qu'il venait d'apprendre, O'Brian avait reçu l'ordre de l'inspecteur Vézina d'organiser une surveillance éloignée d'Hiro Yamashita et de sa bande. En sachant où seraient les yakuzas en après-midi, il lui serait plus facile de placer ses hommes où il le voulait. Il y en aurait un qui suivrait Yamashita, un autre à son garage d'auto de luxe et lui-même se chargerait de la surveillance de la grange où se tiendrait leur fameuse réunion. Il serait rejoint par le chaperon de Yamashita lorsque celui-ci se rendrait à la grange avec le reste de la troupe.

Ayant habité à Pincourt il y a de cela plusieurs années, O'Brian connaissait encore très bien les lieux, surtout qu'un de ses partenaires de poker habitait non loin de là.

Un peu avant neuf heures du matin, le lieutenant téléphona à son patron pour le mettre au courant de ce qu'il venait tout juste d'apprendre.

L'inspecteur Vézina le remercia pour son travail rapide et efficace et s'excusa encore une fois pour cette assignation de dernière minute. Mais avec tout ce qu'il venait d'apprendre de son collègue de Vancouver, il était primordial d'en savoir le plus possible sur ces nouveaux criminels qui venaient de s'installer sous sa juridiction. O'Brian lui souhaita une bonne journée et promit de le tenir au courant si quelque chose de particulier se passait.

Vers midi, tout était en place. Le lieutenant O'Brian avait réussi à se trouver une cachette pour observer les faits et gestes des Japonais. Il s'en fut de peu pour qu'il ne puisse pas trouver d'endroit où se cacher puisqu'il n'y avait que des champs agricoles partout où il regardait et aucun bâtiment à moins de deux kilomètres. Heureusement pour lui, à droite de la grange, séparant deux champs d'avoine, il y avait une haute haie d'arbres feuillus qui cachaient un ancien pylône non utilisé d'Hydro-Québec.

Avec ses puissantes jumelles, il était monté tout en haut de la tour, s'assurant de bien rester caché derrière le feuillage. De son perchoir, il pouvait voir tout ce qui se passait derrière la grange. Et ce qu'il aperçut le laissa bouche bée. Il se serait cru au Japon tellement le paysage était réaliste. Il se rappelait avoir écouté un film dont l'histoire se passait justement au Japon et le décor était quasiment le même.

À quelques reprises, il avait aperçu le grand chef Hiro Yamashita ainsi que sa femme Hiroko qui entraient et sortaient de la grange ensemble. Quelques heures plus tôt, O'Brian avait demandé à la GNC de Vancouver de lui faire parvenir les photos des principaux membres du clan, et c'est grâce à ces photos qu'il avait été en mesure d'identifier le couple Yamashita.

Après que ceux-ci eurent quitté les lieux pour le dîner, O'Brian descendit de sa tour pour prendre une pause et voir où en étaient ses collègues dans leur surveillance.

Il serait de retour d'ici une heure, avant l'arrivée des participants. Mais pour l'instant, le plus important était d'aller vider sa vessie et de manger une bouchée, car il ne savait pas combien de temps il jouerait à l'oiseau sur son perchoir.

19

La conférence sur le contrôle des armes à feu était en cours lorsque l'inspecteur Vézina reçut un message texte avec la mention 911. S'excusant auprès de ses confrères, il sortit de la salle pour aller faire un appel.

— Marcel, c'est Rémi Vézina, où es-tu ?

— Je suis en planque à la grange où il y a plein de Japonais.

Cette remarque fit sourire Vézina.

— Que se passe-t-il là-bas ?

— Je ne sais pas inspecteur. C'est la panique générale ici. La femme de Yamashita est étendue par terre et il y a plein de Japonais autour.

— Que font-ils ? demanda Vézina.

— Pas grand-chose. Les enfants sont rentrés à l'intérieur de la grange. Je sais que Yamashita lui-même n'était pas trop content, mais présentement, il est accroupi près de sa femme avec leur fils adoptif.

— Est-ce que tu as entendu des coups de feu ?

Vézina pensa immédiatement aux triades chinoises.

— Non, rien. Les femmes et les enfants étaient seuls à l'extérieur à rire et s'amuser puis à quinze heures, les hommes habillés en kimono, je crois, sont venus les rejoindre dehors. Et c'est alors que j'ai entendu crier, voilà. Voulez-vous que je me rapproche ?

— Non Marcel, reste où tu es. Tu m'as bien dit qu'il n'y avait pas beaucoup de cachettes, alors ne cours pas le risque de te faire repérer. Quant à moi, je vais passer un coup de fil au centre d'urgence 911 pour voir s'ils ont reçu un appel venant de l'adresse mentionnée. Entre temps, s'il y d'autres changements, rappelle-moi.

— Très bien inspecteur. 10-4.

Vézina raccrocha en riant de la dernière remarque de son agent.

L'inspecteur demanda alors à un des employés de l'hôtel s'il était possible de lui trouver un bureau libre pour qu'il puisse faire un appel très important. Vézina fut donc dirigé vers les bureaux administratifs. Après avoir remercié la secrétaire pour sa gentillesse, il referma la porte du bureau derrière lui et composa le numéro de téléphone privé du centre d'urgence 911. Après s'être présenté et avoir mentionné que c'était une urgence, il demanda à parler au superviseur en charge. Deux minutes plus tard, une voix masculine se fit entendre.

— Alain Bouchard à l'appareil, comment puis-je vous aider inspecteur ?

— Monsieur Bouchard, je m'excuse de vous déranger comme cela, mais j'aimerais savoir si vous avez reçu, dans les quinze dernières minutes, une demande d'ambulance pour Pincourt. Voici l'adresse. Il semblerait qu'une femme ait eu des problèmes respiratoires ou quelque chose comme ça.

Il lui donna l'adresse exacte.

— Oui inspecteur, à seize heures trente-quatre, nous avons reçu un appel au 911 demandant une ambulance à l'adresse que vous m'avez donnée. Une femme était en train de convulser. Le préposé a expliqué à la personne au téléphone la marche à suivre pour assurer la sécurité de la patiente. Lors du premier appel, la personne était énervée, mais polie. Par contre, au deuxième appel l'arrogance avait remplacé la politesse. Le préposé croit même avoir reçu des insultes en japonais.

— Monsieur Bouchard, pourrais-je vous demander un service ? Pourriez-vous envoyer une voiture de police aussi à la même adresse que l'ambulance s'il vous plaît ? Dites aux policiers et aux ambulanciers qui se rendront sur place d'être prudents. Ces hommes-là ne sont pas des enfants de chœur et peuvent être très imprévisibles.

— Très bien inspecteur, je vais faire le message. Y a-t-il autre chose que je peux faire pour vous ?

— Non, pas pour l'instant. Assurez-vous que vos hommes seront prudents, c'est tout.

L'inspecteur le remercia et lui laissa son numéro de cellulaire et de téléavertisseur au cas où il devrait le joindre. Par la suite, il téléphona à son agent sur le terrain pour s'enquérir de l'état de la situation.

— Marcel, c'est encore moi, Rémi. Est-ce qu'il y a du nouveau chez toi ?

— Allo patron. Non, rien n'a changé ici et l'ambulance n'est toujours pas arrivée.

Vézina regarda sa montre et fit le calcul dans sa tête.

— Putain, ils ont appelé le 911 à seize heures trente-quatre et il est dix-sept heures. Ça doit être la panique là-bas ?

— On s'agite beaucoup, mais personne n'a encore tiré de coup de feu si vous comprenez ce que je veux dire.

— Ouais, répondit l'inspecteur.

— J'ai fait envoyer une voiture de police aussi, au cas où il y aurait du grabuge. Avec ce que j'ai appris hier soir, ces types ne sont pas des anges. Restez sur vos gardes soldat.

L'inspecteur s'apprêtait à retourner dans la salle de conférence lorsqu'il vit les portes s'ouvrir et les participants qui sortaient à tour de rôle. Plusieurs d'entre eux étaient à moitié endormis. Rémi fit signe à Tanaka de venir le rejoindre. Une fois à l'abri des oreilles indiscrètes, Tanaka fut mis au courant de la situation à Pincourt.

— Oh non ! Ce n'est pas bon ça. Si c'est vraiment sa femme qui a des problèmes et qu'elle meurt, Yamashita va piquer une crise et c'est là qu'il va devenir incontrôlable et dangereux.

— Que penses-tu qu'il puisse arriver ? demanda Vézina.

— Je ne sais pas, il est tellement imprévisible. Soit il ne va rien faire ou bien au contraire, le ciel va nous tomber sur la tête.

— Donc, il ne nous reste qu'à attendre si je comprends bien ?

— Je le crois bien, oui, répondit Tanaka.

— Des suggestions sur la marche à suivre dans ce cas ? demanda Vézina.

— Honnêtement, ils n'ont rien fait de mal jusqu'à maintenant. Si c'est vraiment sa femme qui est malade, espérons que ce n'est rien de grave. Et comme tu l'as déjà mentionné, il ne nous reste qu'à attendre.

Les conférences étaient terminées pour la journée. En soirée, il y aurait un banquet dans la salle de bal de l'hôtel en l'honneur des forces policières participantes. Les deux inspecteurs avaient prévu y assister.

Vézina laissa donc comme instructions à ses hommes de l'avertir de tout changement de situation avec Yamashita et sa bande, et ce, peu importe l'heure.

20

Serge Cantin et Carl Trottier travaillaient ensemble comme ambulanciers depuis plusieurs années. Le premier était âgé de trente-quatre ans et était marié, sans enfant. Avec ses cinq pieds onze pour cent quarante livres mouillées, il était plutôt du genre sportif; soccer et baseball l'été et hockey pendant la saison froide. Il avait une autre particularité : ses cheveux étaient roux, d'où son surnom de Ti-rouge.

Le deuxième était tout le contraire de son coéquipier. Trottier avait grandi sur le sens de la largeur et, pour ses cinq pieds six, il allait chercher près de deux cent soixante livres de graisse. C'était également un célibataire endurci de quarante ans. Son allure débraillée, ses cheveux continuellement en broussailles et sa barbe mal rasée n'avaient rien pour attirer la gent féminine.

Dans la région, le duo était surnommé Laurel et Hardy, faisant référence au célèbre duo de comiques du cinéma burlesque muet et parlant des années 20 à 40.

Lorsqu'ils reçurent l'appel de leur central leur demandant de se rendre le plus rapidement possible à Pincourt, les deux hommes prenaient tranquillement leur repas à leur restaurant préféré sur le boulevard Don-Quichotte à L'Île-Perrot.

Cantin et Trottier n'étaient pas les plus vaillants des ambulanciers. Ils avaient leur propre déontologie et la première règle était de ne jamais se faire déranger pendant leur repas. Leurs frasques étaient légendaires, ainsi que l'épaisseur de leur dossier respectif, ce qui en faisait les deux pires ambulanciers de la flotte. Sauf qu'avec la pénurie d'ambulanciers à laquelle faisait face l'île de Montréal et ses environs, les propriétaires de la compagnie d'ambulance ne pouvaient pas se permettre de les congédier. Alors, pour éviter tout conflit ou problème de leur part, ils étaient affectés dans les secteurs les plus tranquilles.

Le plus vieux prit l'appel et nota l'adresse et les informations nécessaires connues du répartiteur. Lorsque Trottier se rendit compte que l'appel concernait des citoyens japonais, il demanda s'il était possible d'envoyer une autre équipe sur les lieux, car il n'aimait pas tellement les Japonais et plus important, il était en train de souper. La réponse du répartiteur ne se fit pas attendre.

— Trottier ! Bouge ton gros cul du banc du restaurant et grouillez-vous pour vous rendre à l'adresse que je vous ai donnée.

— OK, répondit tout simplement l'ambulancier en mettant fin à la communication.

Comme à leur habitude, les deux comparses finirent leur souper sans se soucier de répondre à l'appel. Ils n'avaient que faire des Asiatiques. Quinze minutes plus tard, le répartiteur rappela de nouveau l'ambulance numéro 612. Cette fois, c'est le plus jeune qui répondit à l'appel. Il mentionna au répartiteur qu'ils venaient de terminer leurs sous-marins « tout garni » et qu'ils se mettaient immédiatement en route.

— Cantin ! Toi et le gros balourd vous n'êtes que deux incompétents sans conscience professionnelle. Un jour, vous allez tuer quelqu'un.

Celui-ci continua encore pendant au moins une minute, mais l'ambulancier n'écoutait même plus. Cantin lui coupa finalement la parole pour le remercier de ses encouragements et raccrocha simplement.

— Maudite merde, ce qu'il peut être chiant des fois celui-là, dit Cantin.

— Laisse-le faire Serge, ce n'est qu'un enfoiré, il n'a jamais conduit d'ambulance de sa vie et il essaie de nous en montrer.

— Je sais Carl… la terreur des ambulances.

— Ah ! Ah ! Ah ! Trou du cul. Allez, allons voir comment se portent ces Asiatiques à la con.

— Oui chef, répondit Serge Cantin.

* * *

C'était le statu quo à Pincourt. Il était cinq minutes avant dix-sept heures et il n'y avait toujours aucun signe de l'ambulance. Yamashita était avec son fils auprès de sa femme. Hiroko respirait difficilement. Plus le temps passait, plus ses lèvres et l'extrémité de ses membres supérieurs et inférieurs devenaient cyanosées, conséquence du manque d'oxygène dans son système. C'était un signe que le cerveau protégeait les organes vitaux en redirigeant l'oxygène où les besoins étaient indispensables comme au cœur, aux poumons, au foie, aux reins et évidemment, au cerveau lui-même.

Même si la température ambiante était très élevée, Hiroko frissonnait de tout son corps. Comme le préposé au 911 l'avait expliqué à Masao, il fallait absolument empêcher que la patiente n'ait froid, car le frissonnement augmentait la consommation en oxygène et dans son cas, la réserve commençait à s'amenuiser dramatiquement. Par chance, une des femmes avait trouvé une couverture de laine dans un des placards de la grange, probablement oubliée par un ancien client.

Plus le temps passait et plus la colère de Yamashita grandissait. La situation devenait particulièrement difficile pour Fukuda. Il devait s'assurer que sa mère respirait toujours tout en ayant son père à l'œil pour qu'il ne fasse aucune bêtise lorsque les ambulanciers arriveraient, en espérant qu'ils arrivent.

Depuis quelques minutes, les commentaires que son père émettait ne le rassuraient en rien quant à ses intentions à venir. D'un geste de la main, il attira l'attention d'Hayato Kurotani, l'avocat du clan, pour que celui-ci demeure vigilant.

Un peu après dix-sept heures, un des yakuzas qui surveillait l'arrivée de l'ambulance près de l'entrée de la grange accourut pour annoncer que les secours venaient tout juste d'arriver.

Les hommes de Yamashita firent de grands gestes pour attirer l'attention des ambulanciers. Le conducteur recula son camion le plus près possible de la grange sans malheureusement avoir eu la chance d'écraser un de ces petits Japonais.

Une fois l'ambulance complètement arrêtée, l'ambulancier Cantin se pressa d'aller sortir la civière tandis que son collègue prenait son temps pour prendre la trousse à médicaments et le moniteur cardiaque.

La tension était palpable chez les yakuzas qui ne comprenaient pas que le gros ambulancier prenne ainsi son temps alors que leur Kami-san était mourante.

Les ambulanciers, qui avaient placé tout le matériel sur la civière, suivirent leurs guides jusqu'à la patiente. Tout en traversant la salle majestueusement décorée aux couleurs du Japon, Cantin et Trottier ne cessèrent d'exprimer leur admiration devant tant de beauté. Ils n'avaient aucune connaissance des yakuzas et de leurs coutumes ancestrales, mais ils savaient par contre admirer ce qui était bien fait, et ce qui était devant eux l'était.

Les deux secouristes sentirent une certaine hostilité à leur égard. Aucune parole n'était prononcée, mais si un regard pouvait tuer, les deux amis auraient été morts à l'heure qu'il était. Lorsqu'ils furent tout près de la victime, ils remarquèrent deux hommes accroupis à proximité de la femme; son fils et probablement son mari. De tous ceux qu'ils avaient rencontrés jusqu'à maintenant, celui-ci semblait le plus en colère. Son langage corporel était très éloquent. Cantin comprit aussitôt qu'il devait être le grand patron. Tous ceux présents semblaient lui vouer un grand respect.

Trottier et Cantin étaient debout de chaque côté de la civière, atten-dant tranquillement que le mari et le fils s'écartent de leur patiente, et ce, tout en admirant le décor qui s'offrait à eux. Devant le manque total d'intérêt des ambulanciers, Yamashita leur lança quelques in-jures en japonais tout en pointant dans leur direction. Son avocat fit alors signe à deux yakuzas assez costauds de se rapprocher de leur patron et de l'empêcher de s'attaquer aux deux ambulanciers.

— Hiro, calme-toi s'il te plaît, laisse-les travailler en paix. Hiroko ne peut pas se permettre d'attendre plus longtemps. Elle doit aller à l'hôpital le plus rapidement possible, dit l'avocat en japonais.

Masao se releva et tendit la main à son père pour l'aider à se relever. Toujours en maugréant, Yamashita accepta l'aide de son fils puis les deux hommes se déplacèrent vers la droite pour laisser le champ libre aux deux ambulanciers.

Cantin, qui avait déjà préparé la bonbonne d'oxygène et le moniteur cardiaque, s'agenouilla à côté d'Hiroko pour lui installer un masque à oxygène sur le visage. Trottier, quant à lui, s'occupa de lui installer les différents moniteurs. Juste à voir l'état physique de sa patiente,

Cantin savait qu'elle n'allait vraiment pas bien. Il commença alors son investigation pendant que son confrère se préparait à lui installer une ligne veineuse sur le bras gauche.

— Quel est son nom ? demanda Cantin au groupe devant lui.

Personne ne répondit.

— Eh ! Serge, regarde le gros con de Japonais, il ne semble pas content du tout, dit Trottier à son ami qui croyait que ceux-ci ne parlaient pas français.

— La ferme Carl ! C'est probablement son mari et non, il n'est pas content. Sa femme ne va pas bien du tout, alors cesse de dire des imbécilités et fais ton boulot.

Cantin regarda le fils de la victime en secouant la tête et demanda encore une fois le nom de la dame.

— Hiroko, répondit Fukuda. Est-ce qu'elle va s'en sortir ?

— Mais oui, répondit Cantin qui voulait se faire rassurant.

Trottier, qui prenait en note les premiers signes vitaux, fit rapport à son confrère.

— Serge, ce n'est pas fort : cyanose périphérique, saturation à 85 % avec un masque à oxygène, pression artérielle en dessous de 90. À l'auscultation, il y a beaucoup de sibilances et son entrée d'air est très diminuée des deux côtés.

Yamashita partit faire quelques pas pour se dégourdir les jambes avec son avocat. Les deux hommes s'arrêtèrent près du banc à côté de la fontaine et s'y assirent pendant quelques minutes. Les deux amis se regardèrent sans prononcer une parole. De toute manière, il n'y avait rien à dire. Depuis le temps qu'ils se connaissaient, ils étaient comme deux frères. Kurotani avait été un des seuls amis de Yamashita à le suivre du Japon à Vancouver et maintenant au Québec. L'avocat pressa l'épaule de son ami pour lui rappeler qu'il n'était pas seul. Même assis sur son banc, Yamashita ne cessait de penser à sa femme. Il était prêt à faire tout ce qui était en son pouvoir pour lui sauver la vie.

Pendant ce temps, sa femme luttait pour sa survie.

— Que s'est-il passé exactement ? demanda Cantin.

— Hiroko était à l'extérieur avec les autres femmes et enfants, puis en passant près des fleurs que vous voyez juste à la droite de la table, elle s'est plainte d'une douleur aiguë en voyant une abeille sur son bras.

— Savez-vous si elle a une allergie quelconque ?

— Oui ! Aux piqûres d'abeilles.

— Dans ce cas, elle devrait avoir un stylo d'EpiPen ! L'avez-vous utilisé ? demanda avec espoir Cantin.

Masao regarda furieusement son père qui venait de revenir auprès de sa femme. Sous le regard insistant et accusateur de son fils, il détourna son regard, honteux.

— Non. Personne ne sait comment cela fonctionne.

— Quoi ! s'exclama Trottier, qui n'en croyait pas ses oreilles. Vous êtes débiles ou quoi !

Yamashita, qui avait entendu la remarque de l'ambulancier réussit à faire quelques pas dans sa direction avant que deux yakuzas ne viennent, sous l'ordre de l'avocat, s'interposer entre lui et Trottier. Encore une fois, Cantin lui fit signe de la fermer.

Sans vouloir lui avouer, Cantin était d'accord avec son collègue sur la débilité du mari de la patiente. Sa propre femme était allergique aux piqûres d'abeilles et il n'avait aucune idée du fonctionnement d'un simple stylo contenant une dose d'adrénaline. Il demanda alors au fils de lui remettre ledit stylo en espérant qu'il n'était pas déjà trop tard.

Après avoir effectué deux tentatives infructueuses, Cantin s'aperçut que le stylo était vide et plus grave encore, la date était périmée depuis plusieurs mois. Quelque peu agacé par la situation qui tournait au vinaigre, il lança le stylo agressivement en direction de Yamashita en lui signalant qu'il était vide et que s'il avait été plein, cela aurait surement sauvé sa femme.

Cantin, sans perdre une seconde, demanda à son confrère de lui donner une ampoule d'adrénaline. À ce moment, c'était le seul médicament qui pouvait réellement aider Hiroko Yamashita. Trottier, qui venait de finir de fixer le soluté sur le bras de sa patiente allait lui administrer un traitement de Ventolin lorsqu'il regarda dans la trousse à médicaments pour chercher ce que son collègue lui demandait. À sa grande stupeur, la case qui devait contenir les ampoules d'adrénaline était vide. Il chercha l'adrénaline à plus haute concentration et malheur, il n'y en avait pas non plus. Pris de panique, Trottier se figea sur place. Cantin, qui attendait toujours, lui demanda une deuxième fois, d'une voix autoritaire et impatiente une ampoule d'adrénaline. N'obtenant encore aucune réponse, il releva la tête et regarda en direction de son confrère qui ne bougeait plus.

— Carl, est-ce que ça va ?

Trottier secoua la tête en reprenant ses esprits et regarda son coéquipier.

— Il n'y a plus d'adrénaline.

— Donne-moi la plus concentrée, celle dans la boîte grise.

Trottier ne répondit pas.

— Carl, la boîte grise d'abord, vite.

— Elle est vide aussi.

— Tu blagues n'est-ce pas ? demanda anxieusement Cantin.

— Désolé Serge !

— Tabarnak Carl ! Tu es censé vérifier la trousse de médicaments avant chaque départ. Merde ! Ça fait plus de quinze ans que tu fais ce métier. Tu agis comme un jeune nouveau à sa première journée.

Trottier ne disait toujours rien, n'osant pas regarder son ami.

— Tu es incompétent mon vieux, j'appelle cela de l'insouciance pure et simple.

— Ouais, et puis !

— Mais bordel de merde Carl, cette femme risque maintenant de mourir par ta faute.

— Oh non mon ami, je ne serai pas le seul responsable. Nous sommes une équipe, alors la faute ira à nous deux !

— Crétin d'imbécile, allez vite aide-moi. Nous devons partir pour l'hôpital immédiatement.

— OK, relaxe, c'est juste une importée d'Asiatique.

— Non Carl, c'est une patiente au même titre que toi et moi et elle a droit au même traitement que tous ceux que nous traitons, alors la ferme.

Yamashita et ses hommes n'avaient rien perdu des échanges entre les deux ambulanciers et cela ne fit que décupler sa haine envers le gros ambulancier. La seule chose à laquelle il pensait à cet instant, était de tuer de ses propres mains ce gros imbécile.

Les ambulanciers, avec l'aide de Masao Fukuda, installèrent Hiroko sur la civière, s'assurèrent que la patiente était bien attachée puis l'emmenèrent jusqu'à l'ambulance. Une fois la civière bien ancrée sur le plancher du camion, Cantin lui installa de l'oxygène à haut débit, vérifia que tous les moniteurs étaient bien connectés et finalement fit signe à Trottier d'aller prendre place derrière le volant pour les amener à l'hôpital.

Juste avant que les portes de l'ambulance ne se referment, Yamashita demanda à Cantin s'il pouvait faire le trajet jusqu'à l'hôpital avec sa femme.

— Pas de problème monsieur Yamashita, mais vous allez devoir vous assoir à l'avant. Les membres de la famille ne peuvent pas prendre place à l'arrière pendant le transport.

— C'est avec l'hippopotame que vous voulez que je fasse le voyage ? demanda Yamashita.

— Euh oui ! C'est le règlement, je m'excuse.

— Ouais !

Fukuda demanda à son père s'il pouvait aller avec lui et sa mère jusqu'à l'hôpital. Le père prit donc son fils par les épaules et lui demanda s'il acceptait de rester sur place pour s'assurer que tout se passe bien au cas où la police déciderait de venir faire un tour. Pendant son absence, il lui donna la responsabilité du clan. Il serait secondé par Ganji Iwa. Masao accepta cette tâche avec honneur et fit promettre à son père de le tenir au courant de tout changement dans l'état de santé d'Hiroko.

Fier de son fils, Yamashita se dirigea vers l'avant de l'ambulance avant que celle-ci ne quitte la grange pour l'hôpital. À sa grande surprise, il se retrouva en face d'une portière verrouillée. Il frappa donc à la fenêtre pour attirer l'attention du conducteur, mais lorsque Trottier reconnut qui frappait, au lieu d'ouvrir la portière, il lui fit un doigt d'honneur qui laissa Yamashita pantois.

Et sur ce geste obscène, l'ambulance partit pour l'hôpital.

Yamashita n'arrivait pas à croire ce qui lui arrivait aujourd'hui. Ce qui devait être une journée mémorable venait de tourner au cauchemar. Sa femme luttait pour sa vie après une simple petite piqûre d'abeille et ces deux clowns avaient été envoyés pour la sauver.

Le meilleur ami et avocat de Yamashita, qui avait assisté à la scène et au geste disgracieux de l'ambulancier, vint voir son patron et lui proposa de le conduire à l'hôpital. Mieux valait éviter tout contact avec ces deux guignols. Yamashita accepta avec soulagement. Peut-être aurait-il la chance de revoir son épouse vivante si elle se rendait en un seul morceau à l'hôpital.

21

Juste avant de revenir sur son perchoir pour surveiller le clan de Yamashita, le lieutenant O'Brian se rappela qu'un de ses amis des services secrets canadiens lui avait déjà parlé d'un nouveau gadget qu'ils avaient copié des Américains. Ces derniers l'utilisaient pour la surveillance à distance.

L'instrument avait la forme d'une arbalète, mais sans les flèches. Sur le dessus, il y avait une petite antenne parabolique dépliable qui pouvait capter les conversations sur une distance pouvant aller jusqu'à cinq cents mètres. Comme si cela n'était pas assez, il y avait aussi une petite caméra à haute résolution, également équipée d'un système de vision nocturne qui pouvait enregistrer les images en couleur.

James Bond aurait été jaloux de ne pas avoir un tel joujou.

Son ami, qui lui devait une faveur, lui avait prêté l'appareil pour quelques heures après avoir été mis au parfum des raisons de la mission.

Quand O'Brian reçut le dispositif, l'action venait tout juste de débuter. Le rendez-vous avait été fixé directement au pied de la tour. De toute manière, avec l'agitation qui régnait à la grange, personne n'aurait le temps de remarquer quoi que ce soit. N'ayant voulu prendre aucun risque, les deux hommes s'étaient habillés en costume de camouflage. Après avoir reçu un cours accéléré sur son nouvel outil de travail, O'Brian remercia l'agent secret et retourna à sa cachette, tout en haut des arbres, pour jouer à Rambo.

Une fois bien installé, l'arbalète pointée vers la grange, O'Brian fut en mesure de confirmer qu'Hiroko Yamashita était bel et bien la personne allongée par terre. Jusqu'à maintenant, son nouveau jouet lui avait été très utile, sauf qu'il n'avait pas l'option de traduire le japonais en français ! Les rares échanges en français lui apprirent que Yamashita était hors de lui. Heureusement, les moindres faits et gestes des invités à la grange étaient enregistrés.

Lorsqu'enfin l'ambulance se pointa, O'Brian constata à son tour l'inefficacité flagrante des deux ambulanciers.

C'était vraiment incroyable. Il ne comprenait pas comment ces deux incompétents pouvaient encore travailler comme ambulanciers. Ils étaient une disgrâce pour leur profession, surtout celui surnommé l'hippopotame. Aussi, fut-il soulagé de les voir partir pour l'hôpital, et surtout, avec une patiente toujours en vie.

O'Brian allait appeler son patron lorsque son téléphone se mit à vibrer. Il regarda le numéro sur l'afficheur et sourit en répondant.

— En parlant du loup. J'allais justement vous téléphoner patron.

— Et puis, quelles sont les nouvelles ? demanda Vézina.

— L'ambulance vient tout juste de partir pour l'hôpital.

— Comment va la femme ? Était-ce bien la femme de Yamashita ?

— Oui. Elle est toujours en vie… pour l'instant. Elle s'est fait piquer par une abeille et elle y est allergique.

— Wow ! Mais il y a le médicament dont j'ai oublié le nom qu'ils peuvent s'injecter dans la cuisse.

— Habituellement oui, mais dans son cas, le stylo était vide, le médicament était périmé et de toute manière, personne là-bas ne savait comment l'utiliser, expliqua O'Brian.

— Bordel Marcel, comment as-tu appris tout cela ?

— Je vous expliquerai plus tard. En plus, j'aurai pour vous de belles images couleur à vous montrer.

— OK. Bon, et la police ?

— Aucun signe pour l'instant.

— Ce n'est pas possible ! J'avais expressément demandé au responsable des services d'urgence d'envoyer une voiture là-bas. Et que fait le reste de la troupe pendant ce temps ?

— Ils ramassent leurs trucs. C'est le fils de Yamashita qui supervise.

— Très bien Marcel. Tu vas te rendre immédiatement à l'hôpital. Je veux que tu sois aux premières loges pour nous tenir au courant de la situation avec Yamashita et sa femme. Je vais téléphoner à mon contact à l'urgence pour le prévenir de ta présence et lui expliquer la situation.

— Et pour ici, Rémi ?

— On laisse tomber. Il n'y a plus rien à faire de toute manière. Pars tout de suite pour l'hôpital !

— Parfait, je me change et je me mets en route.

— Te changer ? demanda Vézina sans rien comprendre.

— Pas le temps d'expliquer, je vous rappelle bientôt.

Et O'Brian quitta son nid à toute vitesse pour l'hôpital.

* * *

Vézina remit en ordre tout ce que son second venait de lui raconter. Tout comme O'Brian, il fut abasourdi par le manque flagrant de professionnalisme des deux ambulanciers.

L'inspecteur avait prévu d'aller rejoindre son collègue de Vancouver au bar de l'hôtel, mais juste avant, il devait passer un coup de fil à son contact à l'hôpital pour justifier la présence de son policier qui arriverait d'un moment à l'autre. Il en profita également pour lui expliquer ce qui s'était passé plus tôt.

Quelques minutes plus tard, Vézina raconta à Tanaka ce qui s'était produit à la grange un peu plus tôt. Une lueur d'inquiétude apparut alors sur le visage du policier japonais, ce qui ne passa pas inaperçu, et alarma quelque peu Vézina.

— Qu'est-ce qu'il y a Bill ? Tu sembles inquiet.

— Oui ! Comme je te l'ai déjà expliqué, lorsque Yamashita est exposé à un stress intense comme celui qu'il subit présentement, il devient incontrôlable. D'après les signes que tu m'as décrits, cela s'annonce mal. Tu dois le faire surveiller lorsqu'il arrivera à l'hôpital.

— Je m'en suis déjà occupé avant de venir te voir. Nous aurons donc des yeux sur place bientôt.

— Très bien alors. Nous devons maintenant attendre la suite. Il n'y a rien que l'on puisse faire pour l'instant.

Les deux inspecteurs terminèrent leur verre et partirent prendre une marche à l'extérieur. Le soleil était encore haut dans le ciel et une légère brise faisait valser les feuilles d'arbres comme si elles entendaient de la musique.

Le changement d'air leur fit un grand bien. Ils avaient passé la journée assis à l'intérieur de l'hôtel à écouter leurs confrères expliquer les nouvelles techniques d'investigation et leur parler des tendances en matière d'armes.

À la suite des récents événements, Vézina et Tanaka décidèrent de ne pas assister au banquet en soirée. Ni l'un ni l'autre n'avait la tête à manger et à fêter. Au lieu de cela, Vézina invita son nouvel ami à venir prendre le dessert chez lui. Son épouse faisait le meilleur gâteau en ville, et avec la chaleur de juillet, peut-être pourraient-ils profiter de la piscine.

22

À dix-sept heures vingt-neuf, l'ambulance quittait enfin la grange de Pincourt pour l'hôpital. Aussitôt partis, l'ambulancier Cantin entra en contact avec l'urgence pour les aviser qu'ils arriveraient dans quelques minutes avec une patiente en état de choc anaphylactique.

81

L'infirmière qui a reçu la communication lui signala que l'urgence était fermée aux ambulances pour les prochaines heures. Cantin lui rétorqua qu'il n'en avait rien à foutre, que l'état de sa patiente était trop grave pour qu'ils aient le temps de se rendre dans un autre centre hospitalier. L'infirmière, qui commençait à perdre patience voulut argumenter, mais l'ambulancier avait déjà mis fin à la communication.

À l'hôpital, le médecin de garde pour la soirée fut immédiatement mis au courant de l'appel de l'ambulance en provenance de Pincourt. N'ayant d'autre choix, il fit préparer la deuxième civière dans la salle de réanimation. Il ne pouvait quand même pas demander à la police de bloquer l'accès à l'ambulance.

La direction de l'hôpital avait fait fermer l'urgence aux ambulances pour donner un répit au personnel soignant. Pendant une bonne partie de l'après-midi, l'une après l'autre, les ambulances n'avaient cessé d'y amener des patients, engorgeant ainsi les quelques lits disponibles.

Le taux d'occupation était de cent vingt pour cent par rapport au taux habituel. Avec la période des vacances en cours, certains membres du personnel devaient faire des heures supplémentaires obligatoires, et ce, sur tous les quarts de travail, et c'était sans compter le nombre d'employés qui se déclaraient malades chaque jour. Le problème n'était pas seulement à l'urgence, mais partout dans l'hôpital.

Donc, pour faire face à ce contretemps, l'infirmière en chef de l'urgence avait demandé l'aide des soins intensifs. L'unité de soins avait prêté une de ses infirmières, le temps que la liste de rappel de l'hôpital puisse en trouver une autre.

Dans le même intervalle, le médecin en chef de l'urgence, qui venait d'être mis au courant de la situation, téléphona à toutes les compagnies d'ambulance de la région qui amenaient des patients pour leur expliquer la fermeture de l'urgence pour les prochaines heures, et ajouter qu'aucune exception ne serait faite.

* * *

Dans l'ambulance, l'état de santé de la patiente était précaire. Sa saturation en oxygène se maintenait entre 83 et 90 % et sa pression artérielle continuait à chuter de minute en minute. Sa respiration était toujours laborieuse et sifflante. Le plus inquiétant était qu'elle n'avait toujours pas repris connaissance.

Cantin faisait du mieux qu'il pouvait pour maintenir sa patiente en vie. Le fait qu'il n'ait pu lui administrer l'adrénaline plus tôt faisait en sorte que ses chances de s'en sortir sans séquelles diminuaient à vue d'œil.

Si seulement Trottier avait eu ne serait-ce qu'une once de conscience professionnelle et avait vérifié, comme l'exigeait le règlement, la trousse de médicaments. Hiroko Yamashita serait probablement assise dans la civière à rigoler avec son mari au lieu d'être couchée dessus à moitié morte.

Ni lui, ni Carl n'avaient l'expérience pour intuber quelqu'un, ce qui, dans le cas présent, aurait été la meilleure chose à faire pour la patiente. Il fallait à tout prix maintenir le niveau d'oxygénation le plus élevé possible. Par contre, même avec de l'expérience, il aurait été quand même extrêmement difficile et dangereux de faire toute tentative d'intubation dans un lieu autre qu'un bloc opératoire ou à l'urgence. Dans un cas de choc anaphylactique comme celui-là, la gorge et le cou avaient tendance à enfler. Sans le matériel adéquat, cette mesure pouvait causer plus de dommages que de bien. Mieux valait attendre l'anesthésiologiste et son assistant.

À l'avant, l'ambulancier Trottier allait aussi vite qu'il le pouvait. Toutes les deux minutes, il regardait en direction de la patiente, s'assurant, ou plutôt, voulant se rassurer qu'elle était toujours en vie. Pour la première fois de sa carrière, Carl Trottier avait peur qu'un de ses patients ne meure par sa faute. Il réalisait maintenant qu'il avait vraiment fait une bourde cet après-midi en omettant de vérifier la maudite trousse à médicaments. Il se demanda ce qui allait lui arriver si la femme de Godzilla, c'est ainsi qu'il appelait Hiro Yamashita, venait à mourir. Serait-il accusé de négligence criminelle ? De meurtre ? Juste à penser à ce qu'il lui arriverait s'il devait aller en prison, il avait des crampes au ventre. Il savait bien que son coéquipier n'avait rien à se reprocher. Tout était de sa faute à lui.

La seule chose qu'il ne regrettait pas, c'était les paroles dites à Yamashita et à sa bande de bonsaïs.

Si Trottier avait une telle haine envers les Japonais, c'était en partie de la faute d'un de ses professeurs au Cégep.

Dans sa première année collégiale, un de ses professeurs, qui était de nationalité japonaise, avait commencé à le surnommer gros jambon après une bêtise qu'il avait faite dans une de ses classes. Résultat : toute l'école s'était mise à l'appeler ainsi.

Au début, cela le faisait rigoler et il ne répondait jamais rien. Il s'était dit que ça passerait, mais semaine après semaine, gros jambon était encore sur toutes les lèvres à l'école. Une journée du mois de mars, il s'était présenté au bureau de la direction pour porter plainte, mais lorsque le directeur le reçut et qu'il lui demanda comment gros jambon se portait, il sut à l'instant même que l'ère du Cégep était finie pour lui.

Pendant les semaines qui suivirent, il avait passé sa colère sur la nourriture. Plus il mangeait, plus il grossissait, jusqu'au jour où il faillit mourir d'une indigestion. Il était tellement gros que les pompiers avaient dû aider les ambulanciers à le transporter jusqu'à l'ambulance pour l'amener à l'hôpital.

Il avait eu tellement honte de sa personne qu'il avait même pensé au suicide. Puis, un de ses amis, qui avait vécu le même cauchemar, lui avait rendu visite à l'hôpital. Après plusieurs heures à discuter ensemble, après avoir regardé une multitude de photos de son ami avant et après sa miraculeuse cure d'amaigrissement, Trottier avait repris espoir. Tout comme son ami, il pourrait avoir un but, des rêves et le plus important, une nouvelle vie.

Suivant les conseils de ses médecins et avec les encouragements de son ami, il travailla pendant plusieurs mois, sans jamais se décourager et réussit finalement à perdre près de cent kilos. Une fois sa vie remise sur les rails, il décida d'entreprendre son cours pour être ambulancier.

— Deux minutes avant d'arriver à l'hôpital. Comment va la patiente Serge ?

— Qu'est-ce que cela peut bien te foutre !

— Arrête ton cirque, je m'excuse. Je l'avoue, j'ai merdé. Tu sais bien que je n'aime pas les Japonais.

— Ce n'est pas une raison pour agir comme tu l'as fait Carl. Si la patiente meurt, je ne plongerai pas avec toi, je te le jure.

— Elle va s'en sortir, ne t'inquiète pas, lui dit Trottier sans conviction.

— On verra. Je l'espère pour toi.

23

Kurotani et Yamashita étaient en route pour l'hôpital. Depuis leur départ de la grange, le patron n'avait pas prononcé un seul mot, ce qui aurait été normal pour quelqu'un d'ordinaire dans une situation semblable, sauf que Yamashita n'était pas quelqu'un d'ordinaire.

L'avocat aurait aimé pouvoir lire dans les pensées de son ami. Le connaissant bien, il se doutait qu'il devait bouillir intérieurement de rage. Voir sa propre femme entre la vie et la mort être secourue par ces deux nigauds d'ambulanciers pouvait facilement vous faire péter les plombs. Dans un passé pas si lointain, il aurait mis sa main au feu que son patron se serait permis de faire abattre ces deux clowns. Personne n'avait jamais eu l'audace ou la témérité de lui parler comme ce gros jambon l'avait fait. Mais malheureusement, n'étant plus au Japon ni même à Vancouver, il n'y avait plus grand-chose à faire.

Tout en conduisant, l'avocat jetait, de temps à autre, un coup d'œil en direction de son ami qui regardait toujours droit devant lui, inexpressif. Kurotani n'osait pas imaginer comment il se sentirait si sa Noami tombait malade ou devait le quitter.

Finalement, ils aperçurent au loin les lumières de l'ambulance, ce qui sembla réveiller un peu son ami. Ces lumières le firent sortir des nuages. Kurotani le vit bouger sur son siège, mais pour l'instant, il ne voulait répondre à aucune des questions qu'il lui posait.

Alors qu'il se savait près de l'hôpital, l'avocat téléphona à Masao Fukuda pour savoir comment se déroulait l'opération nettoyage.

— Masao, comment vont les affaires à la grange ?

— D'abord, comment va Hiroko ?

— Nous ne sommes pas encore arrivés, l'ambulance non plus d'ailleurs. Mais ne t'inquiète pas, aussitôt que j'ai des nouvelles tu seras le premier à être mis au courant.

— Merci Hayato. Ici, les policiers viennent tout juste de partir.

— Et ? demanda l'avocat en regardant en direction de son passager pour voir sa réaction.

— Ils ont posé quelques questions, fait le tour des lieux puis nous ont dit que tout était en ordre et sont partis.

— Donc, les policiers n'ont rien trouvé de louche à propos de la fête ?

Yamashita tourna la tête vers son ami et lui fit signe qu'il voulait le téléphone. Masao écouta son père pendant quelques instants puis il mit fin à la communication.

Une fois arrivés à l'hôpital, Kurotani alla stationner la Mercedes à proximité. L'ambulance, quant à elle, venait tout juste d'entrer dans le garage de l'urgence.

24

Au service des urgences, tout était fin prêt pour recevoir la patiente en provenance de Pincourt. Le deuxième lit de la salle de réanimation avait été préparé, le premier étant occupé par le ministre québécois de la Justice.

L'urgence était divisée en trois sections. La première était la salle de réanimation ou salle à code. C'est là qu'on acheminait les patients en arrêt cardio-respiratoire, les polytraumatisés et ceux dont l'état était critique afin qu'ils soient vus et traités immédiatement par le médecin de garde. La deuxième section était celle des cubicules ou salles d'examens. Les patients qui attendaient via la salle d'attente étaient vus à tour de rôle selon l'importance de leur problème. Et la troisième et dernière section était la salle d'observation. Les patients admis via les cubicules ou amenés par ambulance étaient couchés sur une civière et placés dans une plus grande salle. La durée du séjour en salle d'observation pouvait aller de quelques heures à quelques jours, et cela, selon la disponibilité des lits sur les étages et aussi selon la gravité de leur maladie.

L'urgence pouvait accueillir vingt-six patients sur civière, mais présentement, il y avait un peu plus de quarante patients soit cent soixante-cinq pour cent du nombre maximum permis.

Les deux médecins de garde de la soirée n'étaient pas trop de bonne humeur. La salle d'attente était pleine à craquer, il n'y avait plus de place pour coucher qui que ce soit sur une civière et certains patients étaient même alités dans les corridors adjacents à l'urgence. Et pour tourner le fer dans la plaie, le nombre d'infirmières était nettement insuffisant.

En plus des nombreux patients à voir, l'urgence était l'hôte du ministre québécois de la Justice. Celui-ci occupait présentement le lit numéro un de la salle de réanimation.

Plus tôt en après-midi, le ministre était en visite chez sa sœur à L'Île-Bizard lorsque soudainement il avait ressenti une vive douleur à la poitrine. Sa famille avait aussitôt appelé le 911 pour demander une ambulance.

À son arrivée à l'hôpital, le médecin lui fit passer une batterie de tests, dont le plus important, un électrocardiogramme. Les premiers résultats ne furent pas concluants, autant en ce qui concerne les analyses sanguines que l'ECG.

Le diagnostic pouvait être une indigestion ou un infarctus aigu du myocarde. Ne voulant prendre aucun risque, le patient a été gardé en observation en attendant les résultats des examens complémentaires. Étant donné le statut particulier du patient, deux infirmières avaient été affectées à ses soins.

Avec les antécédents familiaux du ministre en matière de maladie cardiaque, le cardiologue avait également été demandé en renfort. Il était attendu d'une minute à l'autre.

Malgré le stress lié à la situation, le ministre gardait le moral. Connu pour son sens de l'humour très développé, le politicien y alla de quelques blagues pour amuser la galerie, ce qui dans les circonstances, aida à faire descendre le niveau de stress dans la salle à code.

Un peu plus tard, lorsque l'infirmière et un préposé vinrent déplacer la civière du ministre pour faire de la place à un autre patient, la conjointe rouspéta à propos de la venue de cet autre patient. Elle pensait qu'étant donné la notoriété de son mari, il bénéficierait d'un peu plus d'égard de la part du personnel soignant. On leur expliqua donc qu'ils se trouvaient dans l'urgence d'un grand hôpital et non dans une clinique privée et qu'il y avait certaines situations qui étaient hors de leur contrôle.

Son mari qui était un peu plus posé réussit à calmer son épouse.

— Cocotte, laisse-les travailler. Ils sont assez débordés comme cela sans t'avoir en plus sur leur dos. Alors, s'il te plaît, viens t'asseoir près de moi.

N'ayant rien d'intelligent à répondre, elle rejoignit son mari en silence.

Au même moment où l'ambulance ayant à son bord Hiroko Yamashita s'avançait dans le garage de l'urgence de l'hôpital de l'ouest de l'Ile, les inspecteurs Vézina et Tanaka arrivèrent au domicile du policier québécois à Terrasse-Vaudreuil, une petite municipalité située près de Pincourt et de l'Île-Perrot.

Comme Vézina l'avait prévu, ses enfants étaient tous dans la piscine et sa femme à la cuisine à faire la vaisselle. L'odeur du BBQ flottait encore dans l'air humide de cette magnifique journée de juillet.

N'étant pas censé revenir avant le dimanche après-midi, la femme de l'inspecteur Vézina fut surprise et heureuse de voir débarquer son mari à la maison une journée plus tôt. Après les tendres baisers de bienvenue, Vézina présenta son collègue à son épouse. Pendant que l'inspecteur Tanaka discutait avec la femme de son ami, tout en faisant le tour du propriétaire, Vézina était sorti sur le patio surprendre ses enfants qui ne s'étaient pas encore aperçus de la présence de leur père.

Quelques minutes plus tard, Vézina était de retour avec sa femme et son collègue et en profita pour lui faire un topo des événements de la journée et des implications que cela pourrait engendrer dans les heures, voir les jours à venir.

Après plusieurs minutes de discussion, les deux policiers sortirent dehors, chacun une bière à la main et regardèrent les enfants jouer dans l'eau. Ils portèrent un toast à dame nature pour la merveilleuse température des derniers jours et de ceux à venir.

Le fameux gâteau au chocolat suivrait bientôt, selon les dires de la cuisinière.

Entre deux gorgées de bière, le téléphone de l'inspecteur Vézina se fit entendre. Sans regarder qui appelait, le policier retourna à l'intérieur, le cellulaire collé sur l'oreille. En l'absence de son collègue, Tanaka offrit son aide à la femme de Vézina. Celle-ci déclina son offre. Sans rien ajouter, il retourna sur l'immense patio regarder les enfants de son hôte jouer dans la piscine familiale, ce qui ramena à la surface de douloureux souvenirs.

Jadis, lui aussi avait eu une piscine semblable à celle-ci. Lui aussi s'était amusé avec sa femme et son fils des heures durant. Mais depuis la mort de sa famille, les plaisirs de l'eau s'étaient envolés en même temps que ses deux amours. Même s'il l'avait voulu, il n'aurait jamais été capable d'y replonger. Alors, à quoi bon garder quelque chose qui vous ferait souffrir pour rien ? C'est ainsi que la piscine avait fait place à un joli petit potager.

La femme de Vézina était venue annoncer que le dessert serait servi dans cinq minutes et demanda également aux enfants de bien vouloir sortir de l'eau.

Dix minutes plus tard, l'inspecteur Vézina était de retour auprès de son ami. Après avoir mis fin à son appel, Vézina avait voulu donner un coup de main à sa femme, mais celle-ci l'avait expulsé de sa cuisine en lui disant d'aller tenir compagnie à leur invité. Elle avait remarqué que son ami semblait triste. Sans entrer dans les détails, le mari expliqua rapidement à sa femme la triste histoire de la famille de l'inspecteur Tanaka.

Lorsque les deux policiers furent de nouveau réunis, Tanaka lui demanda s'il avait reçu des nouvelles de l'hôpital et de Yamashita.

— Non, pas encore. Je vais laisser encore une demi-heure à O'Brian avant de l'appeler.

Tanaka fit un signe de la tête pour signifier son approbation à l'initiative de son collègue.

Pendant les cinq minutes suivantes, Tanaka ne prononça aucune parole. Il semblait perdu dans ses pensées. Vézina voyait bien que son ami n'était pas dans son assiette.

Vézina attendait le bon moment pour lui demander ce qui n'allait pas et voir s'il y avait quelque chose que lui et sa femme pouvaient faire pour l'aider.

Tanaka voyait bien que son hôte le regardait bizarrement.

— Ne t'inquiète pas Rémi, je vais bien. C'est juste que de voir les enfants jouer dans l'eau me rappelle des souvenirs douloureux.

— Je m'excuse Bill, je n'y avais pas pensé, j'aurais dû demander aux enfants de sortir.

— Non, non. Ne t'excuse pas, laisse-les faire. Il fait assez chaud comme cela. Ce qui m'inquiète vraiment, c'est Yamashita. Je n'aime pas être dans le noir. J'ai le sentiment que son histoire d'aujourd'hui va mal se terminer, c'est plus fort que moi.

— Je sais, mais il n'y a rien que l'on puisse faire pour le moment. En attendant des nouvelles d'O'Brian, je suggère d'aller manger le délicieux gâteau au chocolat de ma femme.

— Bonne idée patron.

Tanaka précéda son ami tandis que celui-ci demandait encore une fois aux enfants de bien vouloir sortir et de venir manger.

25

Aussitôt que le conducteur de l'ambulance eut arrêté le camion, un des agents de sécurité de l'hôpital ouvrit les portes arrière. Malgré sa corpulence, Trottier fut assez rapide pour rejoindre son équipier à temps pour l'aider à sortir la civière. Dans les deux dernières minutes avant d'arriver à l'hôpital, l'état de la patiente s'était gravement détérioré. Sa pression sanguine ainsi que sa saturation en oxygène avaient encore baissé, et ce, malgré l'administration d'un autre litre de solution saline normale et un plus grand débit d'oxygène.

Une fois qu'ils eurent pénétré dans la salle de réanimation avec la patiente, les deux ambulanciers se regardèrent, perplexes. Ils avaient espéré être accueillis par une équipe médicale toute prête étant donné que Cantin avait déjà prévenu l'urgence de leur venue et donné un rapport sur l'état de santé de leur patiente. Sauf qu'il n'y avait personne. Pas le moindre membre du personnel infirmier ni même un docteur.

Sans perdre une seconde, les deux ambulanciers approchèrent leur civière de celle de l'urgence et transférèrent eux-mêmes la patiente.

— Allo ! Y a-t-il quelqu'un pour nous aider ? Notre patiente est en état de choc anaphylactique ! s'écria Cantin.

C'est alors que l'ambulancier Trottier entendit des voix venant de l'autre côté du rideau. Il s'étira le cou et eut la surprise de voir un autre patient avec deux infirmières à son chevet. Juste au moment où il allait tirer le rideau séparant les deux civières, une des deux infirmières au chevet du ministre passa la tête de l'autre côté et avec le regard sévère d'une mère grondant son enfant, demanda à Cantin d'arrêter de crier comme un malade et d'être patient, quelqu'un viendrait les voir d'un instant à l'autre.

— Mais bordel de merde, s'écria encore une fois Cantin, ma patiente va être morte dans quelques instants. Et comment se fait-il que ce patient monopolise deux infirmières et que ma patiente n'ait personne ? Alors, y aurait-il quelqu'un d'assez gentil pour se grouiller le cul et venir nous aider… maintenant si ce n'est pas trop demander.

Trottier fit un clin d'œil d'encouragement à son collègue. L'infirmière quant à elle retourna auprès de son patient.

Cantin entendit même ce qu'il croyait être la femme du patient demander pour qui cet énergumène se prenait.

Yamashita, qui était arrivé peu de temps après l'ambulance, avait dû se rendre à la réception de l'urgence pour y enregistrer sa femme. Une fois les formalités remplies, il fut redirigé vers la salle de réanimation.

Le yakuza s'attendait, comme les deux ambulanciers, à trouver une armée au chevet de sa femme, surtout dans l'état dans où elle se trouvait. Il espérait presque la voir assise et souriante. Mais lorsque l'agent de sécurité ouvrit la porte le menant à sa femme, il sentit son cœur défaillir. Recevoir une taloche de Mike Tyson sur le nez n'aurait pas fait plus mal que l'horreur qui se déroulait sous ses yeux.

Sa femme était étendue sur la civière, le visage cyanosé même avec de l'oxygène à haut débit, et avec comme seul soutien, les deux nigauds d'ambulanciers.

Cantin, qui avait aperçu du coin de l'œil Yamashita entrer dans la salle puis chanceler, agit rapidement en allant le soutenir par le bras et en l'assoyant sur une des chaises laissées dans le coin de la pièce.

— Mais où sont les médecins et les infirmières ? Comment se fait-il qu'il n'y ait personne avec ma femme ?

— Je ne sais pas monsieur Yamashita. Cela fait deux fois que je crie pour avoir de l'aide et personne n'est encore venu.

Yamashita qui s'était calmé pendant le trajet l'amenant à l'hôpital recommençait à s'énerver de plus belle. Lui aussi avait remarqué l'autre patient, car il entendait plusieurs personnes parler et rire de l'autre côté du rideau. Alors, comment se faisait-il que sa femme, qui était à l'article de la mort, n'ait pas encore été examinée par un médecin tandis que l'autre patient lui, monopolisait plusieurs infirmières ?

Pour une des rares fois de sa vie, Yamashita se sentit impuissant. Lui qui avait toujours le contrôle de tout ce qu'il faisait, regardait l'amour de sa vie s'éteindre à petit feu sous ses yeux et il n'y avait absolument rien qu'il pouvait faire. Le yakuza devait se rendre à l'évidence que sa femme et lui étaient maintenant à la merci d'une bande d'incompétents.

26

Le lieutenant O'Brian venait d'arriver à l'hôpital comme le lui avait demandé son patron. Il alla se présenter au bureau de la sécurité où il fut redirigé vers l'infirmière responsable de l'urgence pour le quart de soir. Celle-ci avait déjà reçu l'ordre explicite de son patron de répondre à toutes les demandes du policier.

C'est ainsi qu'O'Brian fut placé de façon à voir tout ce qui se passait dans la salle de réanimation sans risquer de se faire repérer. L'infirmière lui avait alors assuré qu'il était impossible de voir à travers la vitrine de l'intérieur de la salle.

Lors de l'agrandissement de l'urgence quelques années plus tôt, les médecins avaient demandé à ce qu'une vitrine sans tain, comme celle du poste de police, sépare la salle de réanimation de leurs bureaux. Ainsi, il leur serait plus facile d'avoir un œil sur ce qui se passe de l'autre côté sans toujours avoir à se déplacer.

O'Brian s'était positionné pour ne pas nuire au personnel soignant qui passait fréquemment près de lui. Content d'avoir une vue magnifique de la grande salle de réanimation, il n'avait qu'un seul regret : ne pas pouvoir entendre ce qui se disait de l'autre côté de la vitrine.

Tout comme les ambulanciers et Yamashita, O'Brian ne comprenait pas qu'il n'y ait encore personne au chevet d'Hiroko. D'après ce qu'il avait entendu dire à la grange par les ambulanciers, la vie de la patiente était en danger. Il allait demander au médecin assis derrière lui pourquoi personne ne s'occupait de la nouvelle patiente lorsqu'une infirmière arriva en courant et alla directement voir les ambulanciers.

Avec un grand soupir de soulagement, O'Brian sortit son calepin de notes et s'installa devant la vitrine sans tain, prêt pour le spectacle.

* * *

L'infirmière empruntée aux soins intensifs était arrivée en trombe dans la salle de réanimation et se présenta aux ambulanciers en s'excusant de son retard. Quelque peu surprise de ne voir personne d'autre, Cathy Nadeau demanda, tout en branchant la patiente sur le moniteur cardiaque, où était le reste de l'équipe.

— C'est vous l'équipe !

— Quoi ! Vous rigolez, n'est-ce pas ?

— Non m'dame !

Nadeau regarda en direction du rideau qui séparait les deux civières.

— Qui sont-ils ?

— Désolé de ne pouvoir vous répondre, répondit Trottier. Mon collègue s'est fait dire de la fermer par une des infirmières, que quelqu'un serait avec nous bientôt.

Cathy Nadeau, vingt-huit ans, une grande brune aux yeux noisette, aurait pu devenir mannequin si elle l'avait voulu. À maintes reprises, elle avait reçu des offres parfois intéressantes de maisons de mode. Mais son rêve, depuis qu'elle était toute jeune, était de devenir infirmière, et pas n'importe laquelle : infirmière spécialisée en soins intensifs. Sa grand-mère y avait passé plusieurs semaines et les quelques fois qu'elle avait pu la visiter, Cathy avait été ensorcelée par tout ce qu'elle avait vu. Ces infirmières étaient comme des abeilles dans une ruche. Elle avait assisté de loin à la réanimation d'un patient et avait pu constater, en les voyant travailler de la sorte avec peu de paroles, peu de gestes inutiles, mais du travail bien fait, que le patient s'en était sorti vivant. Dès lors, elle avait décidé qu'elle aussi serait une de ces abeilles.

Elle demanda l'histoire de la patiente tout en prenant en note les premiers signes vitaux qui apparaissaient sur le moniteur. Une fois le rapport de l'ambulancier terminé, Nadeau regarda son collègue, incrédule. Comme réponse, Cantin leva les épaules en signe d'impuissance tout en regardant son collègue.

De nature calme et posée, comme les abeilles, Nadeau commençait à devenir anxieuse face à la détérioration rapide de l'état de sa patiente. Sans perdre une seconde elle frappa sur la vitrine pour ainsi attirer l'attention du docteur Hébert qui venait tout juste de quitter le chevet du ministre. Il fallait qu'il vienne voir sa patiente le plus vite possible. À contrecœur, le médecin refit le même trajet, mais se dirigea vers le lit numéro deux.

Pensant vouloir bien faire, l'infirmière Nadeau voulut présenter le docteur Hébert au mari de la patiente, sauf que celui-ci refusa catégoriquement de lui serrer la main. Yamashita n'avait rien à faire des bonnes manières du médecin. Sa femme était gravement malade et personne ne voulait s'occuper d'elle.

Sans se laisser ébranler par le peu de courtoisie du mari, le docteur Hébert demanda quel était le problème et quelles mesures avaient été prises pour corriger la situation. Il écouta attentivement le compte rendu de l'ambulancier Cantin et lorsqu'il eut terminé, Hébert jeta un regard mauvais dans la direction de l'ambulancier Trottier.

— Comment peut-on oublier de vérifier son matériel avant de partir sur la route ? s'exclama le médecin d'une voix outrée.

Hébert croisa le regard de l'infirmière Nadeau et comprit qu'elle aussi n'en croyait pas ses oreilles.

— Cathy, donnez-lui 0,5 mg d'adrénaline 1 : 1000 et demandez à ce que l'inhalothérapeute vienne lui donner des traitements de Ventolin s'il vous plaît.

Après avoir donné ses ordres, le médecin était tout bonnement retourné à son bureau. Il était tellement absorbé par son autre patient qu'il n'avait même pas remarqué que la saturation était descendue à 82 %. C'est l'ambulancier Cantin qui l'avait fait remarquer à l'infirmière.

Autant Trottier savait qu'il avait royalement merdé aujourd'hui, autant le dénommé docteur Hébert n'était pas mieux que lui.

Cantin regarda tour à tour son collègue et l'infirmière.

— Qui c'est ce guignol à la con ? Il vient tout juste de dire qu'il ne comprenait pas pourquoi la patiente était toujours inconsciente et il ne fait absolument rien pour investiguer. Et c'est qui ce foutu patient qui retient toute l'attention ?

— J'ai entendu une des infirmières dire Monsieur le ministre, répondit Trottier.

— Eh bien, ça explique tout alors !

Comme le lui avait demandé le médecin, l'infirmière Nadeau venait d'injecter l'adrénaline à sa patiente quand l'inhalothérapeute fit son apparition dans la salle à code. Toujours selon la prescription, l'inhalo donna un traitement de Ventolin qui, après quelques minutes, sembla n'avoir aucun effet sur la condition de la patiente.

S'apercevant que rien ne semblait aider la patiente, Michel, l'inhalothérapeute fit la suggestion qu'il serait peut-être temps de l'intuber et qu'ils devraient agir rapidement, car les minutes étaient comptées. Nadeau était d'accord avec son collègue, mais sans l'aval du médecin, ils ne pourraient pas prendre l'initiative d'un tel acte. Néanmoins, l'infirmière se permit de répéter une autre fois la dose d'adrénaline, espérant cette fois que la réponse serait instantanée.

Malheureusement, le médicament n'eut aucun effet sur Hiroko.

— Merde ! s'exclama l'inhalo, dépité. Quel est son score sur l'échelle de Glasgow ?

— Shit ! Le médecin ne l'a pas fait.

Nadeau sortit son petit manuel de situation d'urgence et trouva la page qui expliquait la méthodologie de l'échelle de Glasgow. L'inhalothérapeute et elle firent le compte et arrivèrent à un maigre total de 4.

— Cathy, c'est presque le coma irréversible que nous avons. Le doc doit absolument faire quelque chose et vite ! s'écria Michel.

— Je sais, je sais. Je vais aller le chercher.

27

Yamashita était de plus en plus nerveux. Toujours assis sur sa chaise dans le coin de la salle, il regardait l'infirmière et l'inhalo s'affairer auprès de sa femme, mais rien de ce qu'ils faisaient ne semblait vouloir fonctionner. Il ne comprenait pas tous les termes médicaux qu'ils employaient, sauf qu'au son de leur voix, la situation devenait désespérée.

Le yakuza eut alors une pensée pour son fils adoptif. Devait-il lui faire savoir que sa mère risquait de mourir dans les minutes à venir ou bien attendre ? Peut-être qu'un miracle viendrait mettre fin à ce cauchemar.

Mais alors qu'il allait prendre son téléphone, un cri se fit entendre de l'autre côté du rideau et le temps de compter jusqu'à trois, la cavalerie médicale faisait son apparition. Avec tout ce monde arrivé en trombe, le rideau séparant les deux lits avait été tiré quelque peu, permettant à Yamashita et compagnie de voir ce qui se passait chez le voisin. Ce que le yakuza aperçut n'améliorait en rien son humeur.

C'est l'ambulancier Cantin qui demanda en premier à l'infirmière ce qui se passait.

— Avec le chariot de réanimation au chevet du patient, je dirais qu'il est en train de faire un infarctus. Je reconnais le cardiologue aussi.

— Et pourquoi ce type bénéficierait-il d'un traitement de faveur par rapport à notre patiente ? demanda l'ambulancier Trottier.

— Parce qu'il est le ministre de la Justice du Québec, répondit l'inhalothérapeute dégoûté.

Yamashita, qui était maintenant debout près de sa femme, ressentit une onde de jalousie parcourir son corps à la vue de tout ce déploiement. Il aurait tout donné pour qu'Hiroko puisse bénéficier d'un tel traitement. Lorsqu'il reporta son attention sur son épouse, sa panique décupla.

L'infirmière et l'inhalothérapeute ne semblaient plus savoir quoi faire. Il regarda sur le moniteur et voyait la même chose que les autres, c'est-à-dire que les signes vitaux diminuaient, l'entraînant inéluctablement vers une mort certaine. Et le plus frustrant pour lui était que ceux qui pouvaient la sauver ne se trouvaient qu'à quelques mètres d'elle sans oser venir la voir.

Plus les minutes s'écoulaient et moins O'Brian comprenait ce qui se passait. Face à lui, dans la salle de réanimation, il y avait deux patients. Le premier était le ministre québécois de la Justice. Il avait à son chevet deux médecins et maintenant trois infirmières. Le deuxième patient, Hiroko Yamashita, presque morte, n'avait qu'une infirmière et l'autre type qui jouait avec l'oxygène pour s'occuper d'elle.

Était-ce une question raciale ? O'Brian ne savait que penser.

La sonnerie de son cellulaire le fit sursauter. Jonglant avec son téléphone, il réussit à mettre le grappin dessus juste avant que son interlocuteur ne raccroche.

— Allo ! répondit le policier.

— Alors Marcel, que se passe-t-il là-bas, du nouveau ? demanda l'inspecteur Vézina.

— C'est ça le problème ! Il ne se passe pas grand-chose.

— Que veux-tu dire ?

— Que la femme de Yamashita est en train de mourir à petit feu et que personne ne fait quoi que ce soit tandis que dans le lit d'à côté, le ministre de la Justice monopolise tout le monde.

— L'inspecteur Tanaka fait demander si la patiente va s'en sortir.

— Comme je viens de le dire, cela s'annonce mal. Un médecin est venu la voir pendant à peine cinq minutes, et depuis ce temps, son infirmière ne sait plus où donner de la tête. Oh ! Attendez, je crois que le ministre ne va pas bien du tout, la panique semble s'être installée à son chevet.

— Qu'y a-t-il ? demanda Vézina.

— Aucune idée ! Il y a plein de monde autour de son lit.

— Et personne avec la femme de Yamashita, à part l'infirmière ?

— C'est ça. Dites, patron. J'aimerais comprendre ce que le couple Yamashita a fait de mal pour que je sois ici à les surveiller ?

L'inspecteur Vézina lui fit alors un résumé de la vie du couple Yamashita. Il avait passé sous silence les événements tragiques impliquant la famille Tanaka et le clan Yamashita.

— Wow ! Yamashita est un vrai yakuza ! s'exclama O'Brian. J'en avais entendu parler à la télévision, mais c'est le premier que je vois en chair et en os. Et tu dis que c'est un criminel de la pire espèce ?

— Oui, et pire que cela.

— Très bien. Je vais faire très attention à ce yakuza.

— Parfait Marcel, tiens-moi au courant s'il y a des changements.

Pendant que le policier parlait avec son supérieur, il n'avait pas remarqué qu'une infirmière s'était rapprochée sans faire de bruit et avait écouté une partie de la conversation qu'il venait d'avoir avec Vézina.

O'Brian quant à lui, avait repris sa place devant la vitrine et espérait de tout cœur que la femme du yakuza s'en sortirait vivante. Il n'avait pas envie de partir en guerre contre la mafia japonaise.

28

Au même moment où le lieutenant O'Brian prenait la communication avec son patron, une infirmière de nationalité japonaise tout comme Yamashita revenait de la salle de triage qui se situait juste à côté de la salle de réanimation. Lorsqu'elle arriva près du policier, elle ralentit le pas pour voir ce qui se passait de l'autre côté de la vitrine. C'est alors qu'elle entendit le policier prononcer les mots Yamashita, yakuza et criminel. Instinctivement, elle recula du champ de vision de l'homme de la GNC pour pouvoir ainsi écouter le reste de la conversation sans se faire remarquer. À ces mots, un léger frisson lui parcourut l'échine.

À trente-six ans, Anna Sato, qui était née au Japon, avait entendu beaucoup d'histoires sur les yakuzas relatées par son grand-père. Toute jeune, elle avait toujours rêvé d'en rencontrer au moins un dans sa vie, fascinée par leurs histoires de meurtriers sanguinaires.

Elle avait encore en mémoire les descriptions faites par son grand-père. Pour chacun des crimes commis disait-il, le yakuza se faisait faire un tatouage. Elle savait aussi qu'au Japon, contrairement aux organisations criminelles d'ici, les yakuzas opéraient au grand jour. Leurs repaires étaient toujours bien visibles et identifiés et on pouvait facilement savoir où était tel ou tel clan.

À bien observer le yakuza, Anna n'arrivait pas à concevoir que cet homme si concerné par l'état de sa femme puisse être ce person-nage violent et dangereux dont avait parlé le policier. La nervosité du Japonais était palpable et l'amour qu'il portait à sa femme était sincère.

À cet instant précis, Sato fut prise de sympathie pour le couple Yamashita. Ces derniers lui faisaient penser à ses propres parents.

Sans y réfléchir, Anna décida d'aider le yakuza, du moins pour le temps que lui et sa femme seraient à l'urgence. Mais comment faire ? Il manquait déjà beaucoup d'infirmières sur le plancher et elle devait s'occuper de ses propres patients.

Alors qu'elle observait Yamashita qui était toujours auprès de sa femme, le regard en feu, voyant bien que personne ou presque ne voulait s'occuper de son épouse dont la condition se détériorait rapidement, Anna eut une idée. Il ne lui restait qu'à espérer que l'infirmière responsable verrait les choses de la même façon qu'elle.

Souriant pour elle-même, Sato eut une pensée un peu inappropriée pour la situation. Si elle réussissait à accomplir ce qu'elle avait en tête, elle pourrait en retirer une compensation monétaire, surtout si l'homme était vraiment le chef des yakuzas.

Comme tout le monde, elle avait des dettes à payer dont la maison de retraite de ses parents, mais l'appât facile du gain embrumait quelque peu son raisonnement ainsi que son jugement sur une situation qui ne la regardait pas.

Ce qu'elle ne savait pas par contre, c'était que les policiers avaient raison à propos du yakuza; brutalité, violence, chantage et non-respect de la vie humaine faisaient partie du quotidien d'Hiro Yamashita. Et elle allait bientôt finir par le constater.

L'infirmière au chevet d'Hiroko Yamashita était exaspérée par l'inefficacité et le manque total d'intérêt des médecins envers sa patiente. Au cours des dernières minutes, elle n'avait cessé de demander à ce qu'un docteur vienne voir madame Yamashita puisque son état ne cessait de s'aggraver. Comme suggéré par l'inhalothérapeute, la patiente se devait d'être intubée, et ce, le plus rapidement possible.

Le docteur Hébert, qui était maintenant au chevet du ministre avec le cardiologue, lui répondit à travers le rideau qui séparait les deux lits, n'ayant même pas la courtoisie de venir lui-même. Il lui dit qu'elle n'avait qu'à faire venir l'anesthésiologiste, car il était trop occupé avec son patient. Cathy lui répondit sarcastiquement que sa patiente avait besoin elle aussi d'un médecin.

Yamashita, qui écoutait l'échange verbal entre l'infirmière et le docteur Hébert tout en tenant la main d'Hiroko se fit la promesse qu'il tuerait de ses propres mains ce salaud de docteur.

Maintenant debout, n'étant plus capable de rester assis tellement il était stressé, il ferma ses yeux et se vit en train de tirer une balle entre les deux yeux du médecin. Il s'imagina voir son regard alors qu'il réalisait qu'il ne lui restait que quelques secondes à vivre. Yamashita se nourrissait de cette peur qu'il infligeait, qu'il inspirait à ses ennemis.

Contrôler ou être contrôlé ? Là était une de ses devises.

L'infirmière jeta un regard rapide au mari de la patiente et s'aperçut qu'il avait le visage écarlate et que les veines de son front étaient toutes gonflées. Voyant que Cathy le regardait d'une drôle de façon, Yamashita se rendit compte qu'il avait retenu sa respiration sous l'effet de la colère. Aussitôt, il la rassura en lui disant qu'il était tout simplement choqué de l'inertie des médecins. Rassurée, elle fit alors demander l'anesthésiologiste de garde en urgence.

En attendant son arrivée, l'inhalothérapeute préparait tout le matériel nécessaire pour l'intubation.

29

Du côté du ministre de la Justice, les choses s'étaient détériorées.

Lors de son admission, le médecin de garde avait hésité quant au choix du diagnostic; l'infarctus ou l'indigestion. Les symptômes physiques s'apparentaient quelque peu, mais pour l'instant, aucun d'entre eux ne convergeait vers l'une ou l'autre des pathologies. Cette situation était nommée un diagnostic différentiel. Tous les tests effectués depuis son arrivée étaient contradictoires.

Selon les ambulanciers qui avaient amené le patient à l'urgence, celui-ci se serait empiffré une bonne partie de la journée, ce qui avait laissé la porte ouverte pour l'indigestion comme diagnostic probable.

Quelques heures plus tard, alors que le patient affirmait ne plus ressentir de douleur ou d'inconfort et espérait même pouvoir partir bientôt, il ressentit une douleur très intense qui le fit grimacer pendant qu'il racontait une blague sur les politiciens. Avec sa main droite qui massait sa poitrine et le changement du tracé cardiaque sur le moniteur, le doute n'était plus permis.

L'épouse du ministre laissa échapper un cri de terreur lorsqu'elle s'aperçut que son mari était en train de faire un infarctus. Un préposé était venu la chercher pour l'amener dans une salle d'attente spéciale, laissant ainsi toute la place à l'équipe médicale.

Le docteur Hébert était maintenant présent, de même que le cardiologue qui lançait ses ordres aux deux infirmières sur place.

Le ministre se plaignait maintenant d'une intense douleur à la poitrine qui irradiait de sa mâchoire jusqu'à son bras gauche. Sa pression artérielle était élevée ainsi que son rythme cardiaque qui s'élevait maintenant à cent cinquante battements à la minute. Sans avoir le résultat de l'électrocardiogramme, le cardiologue savait qu'une partie du cœur de son patient était en train de mourir juste à regarder le tracé sur le moniteur cardiaque.

Pour calmer la douleur qui, selon le patient, était de huit sur une échelle de zéro à dix, dix étant le maximum de douleur supportable, le docteur Hébert demanda à l'infirmière d'administrer 3 mg de morphine intraveineuse. Pour ce qui était de la tachycardie sinusale et de la haute pression, il demanda 5 mg de métoprolol, un bêta-bloquant, qui fut également injecté au patient. Ce médicament allait faire en sorte de ralentir le cœur et de diminuer la pression artérielle, diminuant ainsi le travail du muscle cardiaque. Plus le cœur travaillait fort, plus la consommation d'oxygène était élevée et plus le patient devait faire des efforts pour assurer au cœur tout l'oxygène nécessaire à son bon fonctionnement.

En attendant que l'Activase fonctionne, c'est-à-dire qu'elle arrive à dissoudre les caillots de sang au niveau des artères coronaires, il était primordial d'avoir un apport maximal d'oxygène pour ces mêmes artères.

Deux minutes après l'administration de la morphine et du métoprolol, le patient avait toujours la même douleur et le cœur roulait encore à plus de cent quarante battements par minute.

Pendant ce temps, les infirmières au chevet du ministre entendaient sans cesse les récriminations de leur consœur de la civière numéro deux. Étant très occupées avec leur propre patient qui n'allait vraiment pas bien, elles n'avaient pas le temps de lui venir en aide.

Alors que la panique s'était installée chez le ministre et son personnel médical, c'était toujours le statu quo avec Hiroko Yamashita. Elle était toujours inconsciente, son mari à ses côtés.

Malgré les efforts de l'infirmière Nadeau et de l'inhalothérapeute, il n'y avait pas grand-chose qu'ils pouvaient faire de plus sans l'aide du médecin. L'anesthésiologiste avait été appelé pour venir intuber la patiente étant donné que l'urgentologue refusait toujours de venir le faire lui-même.

Cathy demanda à l'inhalothérapeute s'il pouvait le faire.

— J'en ai fait quelques-unes, mais dans des conditions idéales, au bloc opératoire et avec un anesthésiologiste à mes côtés. Mais ici, dans les conditions actuelles de la patiente, cela serait trop risqué. Si je manque mon coup, je pourrais faire plus de dommages que de bien.

— Je comprends Michel, répondit Cathy.

— Si seulement un des deux médecins d'à côté voulait venir nous aider.

De toute sa carrière, Cathy n'avait jamais vécu une situation pareille. Tout allait de travers. Aucun médecin ne pouvait ou ne voulait traiter sa patiente. Il n'y avait pas d'autre infirmière disponible pour l'aider et seul l'inhalothérapeute était avec elle auprès de la patiente.

Nadeau avait l'impression que les médecins jouaient à la roulette russe avec les deux patients et que le ministre de la Justice était en train de gagner la partie.

Debout, impuissante, Cathy se souvint de quelque chose et se maudit intérieurement de ne pas avoir suivi sa première idée. La soirée précédente, deux de ses meilleures amies l'avaient invitée à un BBQ au chalet de l'une d'elles dans les Laurentides. Par conscience professionnelle, sachant que l'hôpital était en pénurie d'infirmières et qu'elle avait déjà donné son nom pour faire la soirée en heures supplémentaires, elle avait décliné l'invitation et était, comme toujours, ponctuelle pour faire son quart de travail.

À cet instant précis, elle aurait donné n'importe quoi pour avoir une bonne bière froide entre les mains et être avec ses amies sur le bord du lac au lieu de tenir la main froide et presque sans vie de sa patiente.

Cathy se souvenait encore du premier patient qui était mort alors qu'elle était à son chevet. Il s'agissait d'une dame âgée de cinquante ans seulement et qui avait fait un infarctus massif. À son arrivée, la patiente était toujours consciente et blaguait même avec le personnel puis soudainement elle avait lâché un cri à glacer le sang, puis s'était évanouie tout en faisant un arrêt cardio-respiratoire. Des manœuvres de réanimation avaient été effectuées pendant plus d'une heure, et lorsque le médecin l'avait déclarée morte, Cathy était partie pleurer à l'extérieur. C'était d'ailleurs la seule fois où elle avait pleuré à la mort d'un patient.

30

L'ambulancier Trottier était de retour à la salle de réanimation après avoir complété l'admission de sa patiente. Il s'était attendu à voir plusieurs membres du personnel infirmier s'affairer autour de cette dernière. Quelle ne fut pas sa surprise de constater que c'était en fait l'autre patient qui retenait toute l'attention et non sa patiente ! Il jeta un coup d'œil à sa montre pour s'assurer de la date et de l'heure, s'assurer qu'il n'avait pas rêvé. Il regarda aussi son collègue qui, lui aussi, semblait ne pas comprendre la logique des médecins.

Déjà qu'il avait royalement merdé à la grange, il ne pensait pas qu'il était possible de faire pire que lui en matière de gaffe monumentale, mais là, il était heureux de constater que même un médecin pouvait présenter les symptômes d'une quelconque incompétence.

— Serge, que se passe-t-il ? Je pensais que l'infirmière avait réussi à faire venir le médecin de garde !

— Ouais, il est venu pour quelques secondes puis est reparti à son bureau sans aucune explication. Mais tu as manqué le meilleur. Aussitôt que le patient d'à côté s'est mis à mal aller, le doc est arrivé à son chevet en moins de cinq secondes.

— Mais pour elle ? Trottier jeta un coup d'œil en direction d'Hiroko Yamashita. Ils vont la laisser mourir sans rien faire ?

— Je ne sais pas Carl. Ils sont très bizarres ici.

— Et lui, pointant dans la direction du mari, comment est-il ?

— Dur à savoir, je ne veux pas être là quand la marmite va sauter, il n'a pas l'air d'être le genre d'homme à avoir un grand sens de l'humour.

— Tu as vu aussi le tatouage sur la main ? J'ai entendu dire que les mafieux japonais se faisaient un tatouage à chaque fois qu'ils tuaient quelqu'un.

— Ouais ! Si c'est vrai, je n'aimerais pas être à la place du docteur Hébert si sa femme venait à mourir.

La réceptionniste à l'urgence annonça à l'infirmière d'Hiroko que l'anesthésiologiste ne pourrait pas se présenter avant quarante-cinq minutes.

— Quoi ! Bordel, pour quelle raison ? demanda Cathy.

— Il semble qu'il n'ait pas terminé sa partie de golf. Il a dit que nous n'avions qu'à demander au médecin de l'urgence d'intuber la patiente.

— Est-ce que tu lui as expliqué la situation dans laquelle nous nous trouvons ?

— Oui, et il m'a répondu qu'il ne viendrait pas à moins que ce soit pour une césarienne.

— OK, merci Manon.

— Alors ? demanda Yamashita très agité. Vous allez laisser mourir ma femme sans rien faire, ai-je bien entendu ?

— Non monsieur, je vous jure que je fais tout mon possible, mais vous devez comprendre que je ne suis pas médecin, que…

— ALORS, QU'EST-CE QU'IL FAIT LE MÉDECIN ? demanda Yamashita avec une colère impossible à contenir.

— Je… je ne sais pas, bégaya l'infirmière.

Le docteur Hébert, qui avait entendu l'échange entre l'infirmière et le conjoint de la patiente, tira le rideau.

— Monsieur, s'il vous plaît, si vous continuez à crier ainsi, je vais demander à ce qu'on vous sorte d'ici. Il y a des patients malades qui ont besoin de calme, alors parlez moins fort.

— Espèce d'enfoiré de docteur ! hurla Yamashita. Ma femme est ici depuis quinze minutes et vous n'avez encore rien fait pour la sauver, alors ne venez pas me dire de la fermer. Si vous mettiez autant de volonté à la soigner que vous en mettez avec votre autre patient, elle serait déjà sauvée. En attendant, fermez votre grande gueule, faites votre boulot et sauvez ma femme.

Le docteur Hébert regarda le Japonais d'une drôle de façon. Jamais personne ne lui avait parlé de cette manière, surtout devant le personnel soignant. Il était figé sur place sans savoir quoi dire ni faire jusqu'à ce qu'une infirmière lui signale que son patient n'allait pas bien.

Yamashita, ayant entendu l'infirmière parler au médecin, s'écria de nouveau :

— Allez soigner votre ministre. Vous n'avez qu'à laisser mourir ma femme. Il n'y a pas de problème. De toute manière, c'est ce que vous faites depuis le début !

Le docteur referma le rideau séparant les deux lits et retourna à son patient. Sauf que maintenant, il avait un petit peu peur du mari fou d'à côté. La manière et le ton qu'il avait utilisé l'avait rendu nerveux. Il savait que la femme n'allait pas bien du tout, mais il n'avait pas le temps de s'occuper des deux à la fois. Pour lui, même dans le domaine de la santé, il pouvait y avoir des dommages collatéraux et la patiente japonaise en était un exemple. S'il avait parlé à ses confrères de sa manière de penser, il n'était pas certain qu'il aurait fait l'unanimité parmi ses pairs. Mais, nous étions dans un pays libre où la liberté d'expression prévalait.

Cathy et Michel, l'inhalothérapeute, étaient de plus en plus nerveux eux aussi. Plus le temps passait, plus la patiente dépérissait. Cathy avait fait appeler le coordonnateur de la salle d'urgence pour se plaindre et pour qu'il puisse trouver une solution avant que la patiente meure.

Le temps pressait.

De l'autre côté du rideau, la situation n'était guère mieux. L'infirmière montra l'ampoule de métoprolol au médecin en lui demandant s'il voulait répéter la dose de 5 mg. Exactement au même moment, l'infirmière Nadeau demanda au docteur Hébert, de l'autre côté du rideau séparant les deux lits, si elle pouvait donner encore une fois de l'adrénaline à sa patiente. Dans la confusion du moment, plusieurs personnes parlaient en même temps des deux côtés du rideau. Cathy Nadeau entendit l'urgentologue mentionner de donner 5 mg de métoprolol. Croyant avoir mal entendu, elle demanda au médecin de bien vouloir répéter. N'ayant pas reconnu la personne qui venait tout juste de lui poser une question, le docteur Hébert répéta d'un ton exaspéré de donner 5 mg de métoprolol.

Sans se poser de question et sans chercher à savoir quels seraient les bienfaits de ce médicament sur sa patiente, l'infirmière Nadeau posa un geste qui changerait à jamais son existence : elle lui administra les 5 mg de métoprolol.

Du côté du ministre, l'infirmière qui avait demandé si la dose de métoprolol devait être répétée avait cru entendre sa collègue qui prenait soin de l'autre patient demander quelque chose au médecin à propos de l'adrénaline. Elle ne se souvenait cependant pas d'avoir entendu le docteur Hébert lui répondre mis à part la mention du 5 mg de métoprolol.

Lorsqu'elle voulut vérifier auprès du médecin pour s'assurer qu'il avait bien entendu la question sur l'adrénaline, son patient poussa un autre cri de douleur qui lui fit perdre le fil de ses pensées.

Malheureusement, même si l'infirmière avait été en mesure de vérifier pour l'adrénaline, il était trop tard. L'infirmière Nadeau avait déjà donné le mauvais médicament à sa patiente.

Malgré les nombreux patients dont Anna Sato devait s'occuper, elle essayait le plus souvent possible de passer devant la grande vitrine de la salle de réanimation. Elle aurait aimé pouvoir aider sa collègue Cathy Nadeau, mais se sachant très occupée, elle savait pertinemment que l'infirmière-chef de l'urgence lui refuserait la permission d'aller aider sa collègue.

L'espoir revint lorsqu'elle s'aperçut que la responsable était une de ses amies. Prenant donc son courage à deux mains, elle partit voir sa supérieure immédiate.

Après lui avoir expliqué son point de vue et mentionné que le mari de la patiente était japonais tout comme elle, Anna reçut l'autorisation d'entrer dans le feu de l'action avec l'infirmière Nadeau.

Après s'être présentée à Cathy Nadeau, Anna lui avait demandé ce qu'elle pouvait faire pour l'aider. Cathy la remercia, mais malheureusement, il n'y avait pas grand-chose à faire, sinon attendre qu'un des médecins veuille bien se présenter. Par contre, elle était la bienvenue si elle voulait aller voir le mari de la patiente afin de lui expliquer la situation et surtout afin de le faire sortir de la salle de réanimation pour l'amener dans la salle d'attente des familles. Tout le monde comprenait son désarroi, mais il n'avait pas à crier et à être agressif avec le personnel.

Comme Cathy l'avait pressenti, moins d'une minute après avoir administré le métoprolol, les problèmes surgirent les uns après les autres.

Elle ignorait pourquoi elle avait administré le médicament, sachant très bien que ce dernier aurait des conséquences sur sa patiente. Elle aurait dû reconfirmer avec le médecin. Mais dans la panique et le brouhaha de la salle de réanimation et vu l'urgence de la situation, le fait d'intervenir le plus rapidement possible avait prévalu sur la sécurité. Il n'y avait pas de place à l'interprétation, point final. Elle aurait dû être certaine à cent pour cent que ce qui était administré au patient était bien ce que le médecin voulait.

En regardant sa patiente, Cathy n'arrivait pas à croire ce qu'elle venait de faire. Elle savait également que pour le restant de ses jours, cette décision viendrait hanter ses nuits.

Sans aucune plainte de sa part, Hiroko franchissait une autre étape pour aller rejoindre ses ancêtres.

Sa pression artérielle chutait graduellement à tel point qu'il était presque impossible de la prendre. Le cœur ralentissait progressivement, ce qui entraînait par le fait même la chute de la saturation en oxygène. La patiente était devenue de plus en plus cyanosée et ses extrémités étaient maintenant froides, signe que le sang ne s'y rendait plus.

Sans perdre un instant, l'inhalothérapeute commença à faire respirer la patiente manuellement avec l'aide d'un masque Ambu et d'un haut débit en oxygène. Malgré ses efforts et son expérience, il lui était très difficile de faire entrer de l'air dans les poumons comme si ces derniers avaient été remplis de sable.

Comprenant maintenant ce qui se passait, Cathy cria dans la salle de réanimation « Status asthmaticus ! », c'est-à-dire une énorme crise d'asthme parfois irréversible et que même les médicaments traditionnels tels que les bronchodilatateurs et les stéroïdes n'arrivent pas toujours à enrayer.

Le docteur Hébert passa la tête de leur côté du rideau en se demandant bien ce qui se passait. Il ne comprenait pas comment la patiente en était arrivée là avec seulement deux doses d'adrénaline.

La panique s'installait dans l'entourage de la patiente. Son mari avait été poussé dans le coin de la salle, sans explications. Un préposé s'était amené en renfort au cas où il y aurait besoin d'un massage cardiaque.

Aussi étonnant que cela puisse paraître, il y avait plus de personnel disponible maintenant qu'il y en avait voilà vingt minutes, comme si tout le monde avait attendu que la patiente soit presque morte pour intervenir.

Le deuxième chariot de réanimation avait été approché près du lit numéro deux dans l'éventualité où le cœur cesse de battre, ce qui n'allait vraisemblablement pas tarder.

Le cardiologue au chevet du ministre fit signe au docteur Hébert qu'il pouvait aller voir l'autre patient puisqu'il avait la situation bien en main.

Lorsqu'il fut au chevet de la femme de Yamashita, le médecin ne pensait pas retrouver la patiente dans une telle condition.

Comme demandé par le docteur Hébert, l'infirmière Nadeau donna de l'atropine à la patiente pour faire accélérer son rythme cardiaque, mais l'effet du médicament ne dura que quelques secondes. L'urgentologue finit alors par demander à Cathy la liste de tous les médicaments qu'elle avait déjà administrés à la patiente. Pour ce qui était de l'histoire du cas, le médecin avait encore en mémoire la bourde de l'ambulancier avec la trousse de médicaments. Lorsqu'il reçut la liste et se rendit compte que la patiente avait reçu 5 mg de métoprolol, il sentit son cœur sauter un battement.

D'une voix autoritaire, il demanda à l'infirmière pour quelle raison elle avait donné ce médicament. Ne savait-elle donc pas qu'il était contre-indiqué de l'utiliser en présence d'un patient asthmatique ou en choc anaphylactique ? Comment pouvait-elle ne pas savoir que ce médicament ne ferait que potentialiser la crise ? Cathy essaya tant bien que mal de lui expliquer sa version, mais le médecin la fit taire d'un geste de la main.

Cathy Nadeau aurait voulu se retrouver le plus loin possible, sur une autre planète même, si cela avait été réalisable. Jamais de toute sa carrière d'infirmière elle n'avait été aussi humiliée qu'en ce moment même. Elle savait qu'elle était une très bonne infirmière, excellente même. Ce n'était pas de sa faute si les médecins n'avaient pas voulu venir lui prêter main-forte. À coup sûr, le docteur Hébert la blâmerait, elle, pour ce qui arrivait présentement, tandis que lui s'en sortirait sans une égratignure.

Le cœur d'Hiroko Yamashita venait maintenant de s'arrêter. Le cardiologue, qui était venu donner un coup de main à son collègue, chargea le défibrillateur à deux cents joules et lorsque les électrodes de contact furent en place, il envoya la décharge électrique au cœur de la patiente. Tous ceux présents au chevet retinrent leur souffle et regardèrent vers le moniteur pour voir si l'activité électrique du cœur était revenue… aucun changement. La charge fut augmentée à trois cents joules et le médecin répéta la même opération que précédemment, mais toujours avec le même résultat.

Le cardiologue demanda à l'infirmière de donner 1 mg d'épinéphrine maintenant et de répéter la dose toutes les deux à trois minutes jusqu'à nouvel ordre. Il demanda également 1 mg d'atropine. Pendant ce temps, le préposé continuait le massage cardiaque.

Après quatre minutes de manœuvre et deux doses d'épinéphrine, le cardiologue défibrilla une autre fois la patiente avec une charge de trois cent soixante joules. Et comme les deux dernières fois, aucun changement n'a été noté.

Il était maintenant primordial et urgent que la patiente soit intubée, car il était extrêmement difficile, voire impossible, de ventiler ses poumons seulement avec le masque. Le docteur Hébert essaya à quelques reprises, mais sans succès.

Frustré de ne pas avoir été capable d'intuber la patiente, le docteur Hébert voulut savoir pour quelle raison l'anesthésiologiste n'était toujours pas sur place.

— Parce que monsieur l'anesthésiologiste n'a pas encore terminé sa partie de golf, répondit Cathy Nadeau. Et comme d'autres médecins que je connais, il ne sait pas dans quel ordre placer ses priorités, rajouta-t-elle sarcastiquement en regardant le docteur Hébert.

— Quel con ! répondit à son tour Hébert, mais sans toutefois relever la dernière remarque de l'infirmière Nadeau.

L'inhalothérapeute se maudit de ne pas y avoir pensé avant. Il partit au pas de course jusqu'au bloc opératoire et alla chercher le *GlideScope*, petit système d'intubation par caméra très pratique. Une lame de laryngoscope en plastique recouvrait une petite caméra à fibre optique qui était reliée à un écran couleur. L'avantage d'un tel système était qu'il permettait de voir en direct l'intubation trachéale, surtout dans les cas difficiles comme celui d'Hiroko Yamashita. Il était maintenant possible d'identifier les structures pharyngées telles que l'épiglotte, les deux cordes vocales et l'entrée de l'œsophage.

Finalement, la patiente fut intubée avec un tube endotrachéal de calibre 6.5 millimètres.

Le docteur Hébert et l'inhalothérapeute furent désespérés de voir qu'il était tout aussi difficile de ventiler la patiente qu'elle fût intubée ou non. Pendant ce temps, la saturation continuait à descendre lentement, mais sûrement.

31

Yamashita avait été oublié dans le coin de la salle et personne ne s'était vraiment occupé de lui sauf l'infirmière japonaise. À de nombreuses occasions, il avait demandé des explications sur ce qui était en train de se produire, et encore une fois ses questions restaient sans réponses.

C'est alors que cette infirmière était venue le rejoindre. Elle lui avait demandé si elle pouvait faire quelque chose pour lui et sa seule réponse fut : lui rendre sa femme comme elle était ce matin à son réveil, c'est-à-dire en vie et en bonne santé.

Yamashita lui était très reconnaissant de rester avec lui, sachant très bien qu'elle devait, elle aussi avoir plusieurs patients à soigner. La seule chose qui était bizarre chez cette infirmière c'est qu'elle le regardait comme s'il était une attraction de cirque. Il ne savait pas qu'elle le soupçonnait d'être un yakuza et qu'en même temps elle réalisait un vieux rêve de jeunesse en rencontrant un vrai yakuza en chair et en os.

Yamashita était partagé dans ses émotions; la colère contre les médecins qui n'avaient rien fait à leur arrivée et la peur de perdre la femme de sa vie. Ils avaient tellement subi d'épreuves ensemble : leur départ du Japon pour l'Europe où ils apprirent le français et l'anglais, puis vers la Colombie-Britannique au Canada. C'est là-bas qu'ils perdirent leur fils unique dans un accident d'auto. Ils subirent de multiples tentatives d'assassinats de la part des Chinois qui les avaient forcés à déménager au Québec. Et là, maintenant, il ne savait même pas s'il allait avoir la chance de lui dire au revoir une dernière fois. C'était les larmes aux yeux qu'il s'était assis par terre avec Anna, celle-ci lui tenant fermement la main. Et pour une rare fois dans sa vie, Yamashita se surprit à prier son Dieu pour que sa femme lui soit rendue en bonne santé.

Après un peu plus de quarante minutes de manœuvres de réanimation soutenues, le docteur Hébert et le cardiologue mirent fin à la réanimation et le décès fut constaté.

Aucune des personnes de l'équipe de réanimation ne regarda le mari de la patiente. Pour eux, ce décès n'était qu'une statistique de plus. Leur vrai patient était dans le lit d'à côté. C'était lui qu'ils ne voulaient pas perdre.

Juste avant de retourner auprès du ministre, le docteur Hébert, sur l'insistance de Cathy, voulut aller voir Yamashita pour lui offrir ses sympathies, mais le regard assassin du mari éprouvé le fit reculer. Il regarda Yamashita droit dans les yeux et tout ce qu'il y vit était de la colère, de la fureur et ce qui lui fit le plus peur, le sentiment de vengeance qui se dégageait du mari. Pendant quelques secondes, le docteur Hébert eut peur que Yamashita ne lui saute à la gorge. À cet instant précis, le médecin eut la certitude que le Japonais avait déjà enlevé la vie à un autre être humain.

L'infirmière qui avait pris soin d'Hiroko Yamashita et l'avait tuée par erreur termina de nettoyer la patiente, la rendant ainsi présentable pour son mari. Celui-ci avait catégoriquement refusé qu'une autopsie soit pratiquée sur le corps de sa conjointe.

— Si vous pensez que vous allez découper ma femme en petits morceaux pour savoir pourquoi et comment vous l'avez tuée, vous vous mettez le doigt dans l'œil. Vous lui avez fait assez de dommages comme cela. Et de toute manière, vous avez déjà toutes ces réponses.

Le médecin responsable de l'urgence essaya tant bien que mal de le convaincre du bien-fondé de la démarche de l'autopsie, mais il n'y avait rien à faire, Yamashita ne voulait rien entendre.

Pendant que l'infirmière Nadeau s'affairait à nettoyer la patiente, Hiro Yamashita demanda à Anna Sato, qui était restée près de lui tout au long de la réanimation, de lui expliquer exactement ce qui c'était passé. Qu'est-ce qui avait provoqué l'arrêt cardiaque ? Sa femme n'avait jamais eu de problème au cœur. Son médecin venait tout juste de lui confirmer, trois semaines avant, qu'elle avait un cœur solide.

Anna lui expliqua donc ce qu'elle croyait qu'il s'était passé.

— Il y a eu un malentendu entre le docteur Hébert et les deux infirmières qui s'occupaient des deux patients dans la salle de réanimation. Elles ont posé en même temps une question à propos de leur médicament respectif, sauf que le médecin a répondu seulement à l'infirmière qui s'occupait du ministre et Cathy a dû comprendre qu'il lui répondait à elle. Malheureusement, le médicament mentionné par l'infirmière Nadeau ne correspondait pas à ce qu'elle avait donné à votre femme. Je l'ai entendu demander une confirmation au docteur Hébert, mais elle n'a pas mentionné le nom du médicament qu'elle voulait lui donner. Donc, la réponse du médecin fut encore oui, car il pensait encore une fois que c'était son infirmière qui lui reposait la même question. J'ai bien vu que Cathy semblait surprise, mais elle l'a donné quand même et c'est alors que, quelques instants plus tard, l'état de votre femme s'est détérioré pour aller jusqu'à l'arrêt cardiaque.

— Et c'est ce médicament-là qui a tué ma femme ? demanda Yamashita.

— En quelque sorte, oui.

Yamashita restait là, toujours dans le coin de la salle, sans rien dire, sans bouger, après avoir entendu de la bouche de l'infirmière Sato les circonstances de la mort de sa femme.

Il regardait Hiroko avec tous ces tubes et ces fils branchés partout sur le corps. Des larmes ruisselaient sur ses joues et venaient mouiller le bout de ses chaussures. Ses poings étaient tellement serrés qu'il en avait les jointures blanchies.

L'idée de devoir apprendre à son fils adoptif que sa mère venait de mourir lui comprima le cœur tel un étau serrant deux morceaux de bois l'un contre l'autre. Que lui dirait-il ? Que sa mère était morte d'une piqûre d'abeille ou qu'elle avait été tout bonnement assassinée par le personnel soignant de l'hôpital ?

Le cerveau de Yamashita était en ébullition. Il n'y avait aucun moyen de mesurer sa peine, son désarroi. Les images et les souvenirs de sa vie passée avec Hiroko apparaissaient et disparaissaient devant ses yeux. La seule constante était l'esprit de vengeance qui l'habitait et qui semblait vouloir rester graver au plus profond de son âme.

À cet instant précis, le yakuza savait qu'il n'aurait de repos que lorsque les meurtriers de sa femme seraient punis. Il ne faisait aucunement confiance au système judiciaire québécois, alors que lui restait-il ? À cette pensée, il sourit. Justice serait rendue.

Yamashita se foutait royalement de ne pas avoir reçu les condoléances de cette bande d'hypocrites et de sans-cœur. De toute manière, il avait déjà refusé celle de cet idiot de docteur Hébert.

Il fut ensuite sorti de sa rêverie par Anna Sato.

— Monsieur Yamashita, je sais que ce n'est peut-être pas le bon moment pour vous parler de cela, mais…

Yamashita regardait l'infirmière comme si elle venait d'une autre planète…

— J'aimerais pouvoir vous aider, être vos yeux et vos oreilles, ici. Je pourrais vous tenir continuellement au courant de ce qui se passera dans les prochains jours et dans les prochaines semaines. Je sais par expérience que l'hôpital et les médecins vont essayer de camoufler leurs erreurs et que vous n'obtiendrez probablement jamais toute la vérité sur ce qui s'est vraiment passé aujourd'hui.

— Et pourquoi feriez-vous cela pour moi ?

— Parce que je n'ai pas aimé la façon dont ils vous ont traité vous et votre femme. Ils imaginent que, parce que nous sommes Japonais, nous ne sommes que des bons à rien, vieux préjugés pour avoir combattu du côté de l'Allemagne pendant la Deuxième Guerre mondiale.

Cette remarque fit sourire Yamashita.

— N'avez-vous pas peur de perdre votre emploi si vous m'aidez ?

— Qui a dit que je devais me promener avec une affiche sur le dos disant que *je travaille pour vous ?*

Elle insista sur la phrase : je travaille pour vous. Yamashita crut déceler chez l'infirmière un certain intérêt à vouloir être rémunérée pour l'aide qu'elle venait de lui offrir. Il allait devoir y réfléchir plus sérieusement plus tard. Tant et aussi longtemps qu'il en bénéficierait lui-même, il n'y voyait aucun inconvénient.

— Je ne peux rien vous promettre pour l'instant. Vous comprendrez que je dois enterrer ma femme d'abord.

— Je comprends, monsieur Yamashita. Si jamais vous avez besoin de mon aide, vous savez où me joindre.

— Merci madame Sato.

— C'est mademoiselle, le reprit Anna.

— Je vous demande pardon. Merci mademoiselle Sato.

Alors que l'infirmière quittait la salle de réanimation pour retourner auprès de ses patients, Yamashita commençait déjà à planifier sa vengeance et il savait très bien comment il allait utiliser Anna Sato. Malgré sa gentillesse et le fait qu'elle vienne du Japon comme lui, cela ne changeait rien à la donne. Il la mettait dans le même bateau que tous les autres incompétents qui travaillaient ici.

Peut-être aurait-elle la chance de vivre un peu plus longtemps que les autres. Qui sait ?

32

Le lieutenant O'Brian ne comprenait pas la manière des médecins de prioriser leurs cas. D'un côté, il y avait le ministre de la Justice qui accaparait deux infirmières, un préposé et le médecin de garde. De l'autre côté, la femme d'Hiro Yamashita qui semblait sur le point de mourir n'avait à son chevet qu'une seule infirmière. Il n'était pas spécialiste dans le domaine médical, mais si la question lui avait été posée, il aurait choisi d'envoyer son personnel avec le patient le plus susceptible de mourir, à moins que le patient ne soit déjà condamné à mourir de toute manière.

Toujours selon lui, il ne devrait pas y avoir de discrimination sociale et raciale, comme cela semblait être le cas aujourd'hui.

Plus le temps passait et plus il voyait Hiroko Yamashita s'éteindre à petit feu. Son mari, quant à lui, était tantôt agité et en colère, tantôt inexpressif, sans vie et complètement impuissant face au destin de sa femme.

L'infirmière qui s'occupait de Yamashita avait été rejointe par l'inhalothérapeute qui n'en menait pas large non plus. Ses demandes incessantes d'avoir la présence d'un médecin auprès de sa patiente restaient sans réponses. À seulement une occasion, l'urgentologue de garde était passé voir la patiente, mais sans toutefois s'attarder sur place.

Soudainement, le personnel au chevet du ministre commença à s'agiter. Du côté de la vitrine où il se tenait, O'Brian n'avait pu entendre le ministre crier, mais il lui semblait que l'état de santé du patient numéro un se détériorait également, car il y avait deux médecins à son chevet et aucun pour la patiente du lit numéro deux.

— Mais bordel, c'est quoi tout ce cirque ? se demanda le policier tout haut.

Peu de temps après, c'était au tour de l'infirmière de Yamashita d'élever son niveau de panique d'un cran. Deux minutes plus tard, c'était au lieutenant O'Brian de devenir anxieux. Ce qu'il vit par la vitrine le fit frémir. Le cœur d'Hiroko Yamashita venait tout juste de s'arrêter.

Le policier avait maintenant l'impression que le personnel jouait au chat et à la souris avec les deux patients. C'était maintenant au tour de la patiente du lit numéro deux d'avoir l'attention des médecins, quoiqu'un peu trop tard.

Après que le décès fut constaté, O'Brian ne lâcha pas des yeux le mari de la défunte une seule seconde. Intrigué par l'attitude du yakuza, le policier essayait de noter tout ce qu'il voyait. C'est alors qu'il se rappela qu'il devait prévenir l'inspecteur Vézina si quelque chose de grave se passait.

Sans perdre une seconde et sans même regarder l'heure, il composa le numéro de téléphone de son patron.

— Inspecteur Vézina, ici l'agent O'Brian à l'hôpital !

— Oui, que se passe-t-il Marcel ?

— Je m'excuse de vous déranger, mais vous m'aviez demandé de vous prévenir si…

— O'Brian, le coupa Vézina, que se passe-t-il ?

— Oui, bon. La femme de Yamashita vient tout juste de mourir.

— QUOI ! Quand ?

— Voilà cinq minutes. Ils ont essayé de la réanimer pendant au moins quarante minutes, mais sans succès.

— Merde ! Où est Yamashita maintenant ?

— Toujours dans la salle de réanimation avec sa femme et une infirmière japonaise.

— Écoutez-moi bien Marcel. À partir de maintenant, vous ne quittez plus Yamashita des yeux. S'il quitte l'hôpital, vous le suivez, mais de loin. Je ne veux pas qu'il se sente surveillé. Quant à moi, je serai à l'hôpital d'ici une quinzaine de minutes avec l'inspecteur Tanaka. En attendant, je veux être tenu au courant de ses moindres faits et gestes.

— Compris patron, répondit O'Brian.

— Parfait. Maintenant, expliquez-moi ce qui s'est passé là-bas !

O'Brian prit les cinq minutes suivantes pour raconter à son patron ce qui était arrivé. Vézina n'en crut pas ses oreilles.

— D'accord. Est-ce que vous pouvez voir Yamashita ? L'inspecteur Tanaka voudrait savoir dans quel état d'esprit il se trouve.

— De l'endroit où je suis placé, je vois qu'il discute avec l'infirmière japonaise. Je sais aussi que peu de temps après la mort de sa femme, il s'est emporté contre l'urgentologue qui avait... ou plutôt n'avait pas soigné sa femme. Je crois qu'ils argumentaient à propos de l'autopsie. C'est finalement Yamashita qui a gagné, il n'y en aura pas. Mais depuis les dernières minutes, il est plus calme.

— Très bien, répondit Vézina. L'inspecteur Tanaka fait demander si son fils adoptif est avec lui.

— Non, il est seul.

— O'Brian, écoutez-moi bien, cet homme est très dangereux. Comme je vous l'ai demandé, suivez-le de loin. S'il rencontre un de ses amis à l'hôpital ou à l'extérieur, je veux le savoir et assurez-vous de ne pas vous faire voir.

— Pas de problème monsieur et aussitôt que j'en apprends plus sur les circonstances de la mort d'ici votre arrivée, je vous appelle.

— C'est parfait pour moi.

L'inspecteur Vézina rapporta le fil des événements à Tanaka et celui-ci secoua la tête en marmonnant des mots incompréhensibles pour son hôte.

— Bill, est-ce que tu viens de parler en japonais ou en chinois ? demanda Rémi en souriant.

— Je ne sais pas, les deux peut-être. Rémi, si Yamashita croit que sa femme n'a pas été traitée convenablement, il va vouloir se venger, j'en parierais ma chemise.

— Que crois-tu qu'il va faire ? Par quoi va-t-il vouloir commencer ?

— Premièrement, il y aura les funérailles. Il va enterrer sa femme avant toute chose. Je ne crois pas qu'il va faire quoi que ce soit avant.

— Devrions-nous faire surveiller le personnel qui a été en contact avec sa femme comme les médecins et les infirmières ? demanda Rémi.

— Je ne crois pas, pas pour l'instant en tout cas. Ça ne vaut pas la peine d'alerter tout le monde pour rien. Ça fait presque deux ans que je n'ai pas eu affaire à lui alors je ne sais pas s'il a changé ses habitudes de travail. La dernière fois qu'il a vécu un deuil, celui de son fils, il s'était tenu tranquille pendant les quelques semaines suivantes alors, je ne sais pas... peut-être qu'il va faire pareil cette fois-ci.

Tout en se préparant pour l'hôpital, les deux amis discutèrent encore de Yamashita. Quelles seraient ses actions à court, moyen et long terme ? Il était difficile pour l'inspecteur Vézina d'émettre des opinions sur le sujet, car il ne le connaissait pas. Quant à Tanaka, il ne savait pas combien d'hommes avaient suivi leur patron depuis Vancouver. Si le nombre était restreint, cela limiterait son rayon d'action, car il n'aurait jamais l'idée d'engager d'autres hommes de main que les siens. Les deux inspecteurs finirent le trajet pour l'hôpital en silence, chacun plongé dans ses pensées.

33

Dans la salle de réanimation, l'état de santé du ministre de la Justice s'était stabilisé. Au grand bonheur et soulagement de son épouse, il fut transféré aux soins intensifs. Ne restait plus maintenant que Yamashita et son épouse décédée.

Le couple aurait célébré son quarantième anniversaire de mariage à l'automne. Quarante années de bonheur, entrecoupées de périodes sombres comme leur départ du Japon pour l'Europe puis le Canada, la mort de leur fils unique et les attentats ratés de la mafia chinoise contre leur personne.

Yamashita pleurait silencieusement, tenant la main de sa femme. Il repassait dans sa tête les événements de cette journée qui devait être mémorable, mais qui s'était plutôt terminée tragiquement.

Les infirmières Nadeau et Sato discutaient dans le coin opposé de la salle de réanimation, laissant ainsi tout l'espace possible au mari endeuillé.

En réalité, c'était surtout Anna qui parlait. Cathy voulait terminer ses notes avant que le corps ne parte pour la morgue. Elle savait très bien que ce qu'elle écrirait pourrait se retourner contre elle. De toute façon, même si elle décidait de falsifier ses notes, les nombreux témoins présents lors de l'incident tragique pourraient sûrement témoigner contre elle. Alors, mieux valait être honnête et prendre la responsabilité de ses actes.

Tout en parlant, Sato s'était placée de façon à pouvoir voir ce que sa consœur écrivait. Comme elle l'avait suggéré à Yamashita un peu plus tôt, elle serait ses yeux et ses oreilles. Malheureusement pour elle, Nadeau cachait ce qu'elle écrivait. Alors, discrètement, elle posa quelques questions sur ce qui s'était réellement passé, mais en vain puisque Cathy gardait ses informations pour elle.

Toujours assis auprès de sa femme, Yamashita essuya les dernières larmes qui coulaient sur ses joues, puis se leva et embrassa Hiroko sur le front. Celle-ci commençait déjà à refroidir. Tout en se levant, il lui fit la promesse solennelle qu'il la vengerait, que tous ceux ayant causé sa mort le paieraient de leur propre vie. Sans dire un mot, il quitta la salle.

Le lieutenant O'Brian, qui regardait le couple japonais à travers la vitrine le séparant de la salle de réanimation, constata que le bureau des médecins et le poste des infirmières étaient toujours en état d'alerte. Comme le lui avait demandé son patron, il surveillait attentivement le yakuza. Il vérifia discrètement que son arme de service était bien dans son étui. Mieux valait ne pas courir de risques. Si jamais le bonhomme sautait une coche, il serait prêt.

O'Brian trouvait triste de voir ce vieil homme perdre sa femme de cette façon. Peu importe que vous respectiez ou non les lois comme semblait le faire Yamashita, perdre l'amour de sa vie était toujours une chose injuste. Lui-même, s'il venait à perdre sa femme, n'avait aucune idée de la manière de passer à travers cette épreuve.

Le policier sortit des nuages lorsqu'il vit Yamashita quitter sa femme sans même adresser la parole aux deux infirmières. Il recula dans le coin de la pièce où il se trouvait, espérant ainsi ne pas être vu par sa cible. Rassuré, il laissa quelques mètres de distance entre lui et Yamashita avant de le suivre. Sans vraiment connaître les lieux, O'Brian soupçonna que le yakuza se dirigeait vers la sortie. Cette éventualité embêta quelque peu le policier, car il risquait maintenant de le perdre de vue lorsqu'il sortirait à l'extérieur et la situation serait encore plus problématique si quelqu'un l'attendait en auto. Alors, sans perdre une seconde, il se rapprocha un peu plus près, tout en croisant les doigts pour que Yamashita ne décide pas de revenir en arrière.

Sans même un regard ou un remerciement envers les deux infirmières, le yakuza quitta en vitesse la salle de réanimation et se dirigea vers l'extérieur où l'attendait son fidèle ami et avocat, Hayato Kurotani.

Si une échelle servant à mesurer le niveau de colère existait, sur un compte de zéro à dix, Yamashita aurait certainement donné un vingt tellement il était en furie.

Sur le chemin le menant vers l'extérieur, ceux qui le croisaient se retournaient sur son passage, intrigués de voir cet homme rouge comme un homard se promener dans les couloirs de l'hôpital. Heureusement pour eux, personne n'avait songé à lui demander s'il se sentait bien.

Une fois à l'extérieur, il se dirigea directement vers la Mercedes de son avocat, suivi de près par le lieutenant O'Brian.

Ce dernier, qui s'était rapproché dangereusement près de sa cible avant que celle-ci ne quitte l'hôpital, fut soulagé de voir que Yamashita et la Mercedes noire ne quittaient pas l'enceinte de l'hôpital.

Caché dans le garage des ambulances d'où il avait une excellente vue sur le stationnement de l'hôpital et Yamashita, il put ainsi prendre en note le numéro de la plaque d'immatriculation de la Mercedes et demanda au central de la GNC de trouver le propriétaire. Ensuite, il appela son patron pour prendre ses ordres.

— Patron, ici O'Brian.

— Allez-y Marcel. Que se passe-t-il ?

— Yamashita a quitté l'hôpital voilà quelques minutes.

— Merde ! Où est-il maintenant ? demanda Vézina.

— Pas loin. Il a pris place dans une Mercedes noire et qui est toujours dans le stationnement de l'hôpital. J'ai aussi demandé au bureau de me trouver à qui appartenait l'auto grâce au numéro de la plaque.

— Bien joué Marcel ! Nous serons avec vous dans deux petites minutes.

— Parfait, je vous attends.

— Et Marcel ?

— Oui !

— Ne le quittez pas des yeux.

— Compris patron.

34

Yamashita frappa faiblement à la fenêtre de l'auto et la porte s'ouvrit. Une fois assis, regardant droit devant lui, les larmes s'étaient remises à couler.

— Hiro ! Quoi ? Que se passe-t-il ? Comment va Hiroko ?

— Elle est morte Hayato, ils ont tué ma femme.

— Quoi !!! Cela n'a pas de sens, ce n'est pas vrai !

— Ils ont tué ma femme, les salauds.

Kurotani regardait son vieil ami. Il pouvait sentir sa douleur, sa détresse.

— Est-ce que Masao est au courant ? demanda l'avocat.

— Non. Pas encore. Je dois l'appeler pour lui apprendre la nouvelle.

— Merde ! Je suis vraiment désolé mon ami. Que s'est-il passé ?

Yamashita lui expliqua en détail tout ce qui était arrivé, depuis son entrée en salle de réanimation jusqu'à sa mort. Il lui parla également d'Anna Sato et de l'étrange offre qu'elle lui avait faite. L'avocat lui répondit qu'ils auraient besoin de toute l'aide possible s'ils voulaient se venger, car il savait très pertinemment que son patron ne laisserait pas cet odieux crime impuni. Mais avant de lui demander ce qu'il avait en tête, il se devait de l'avertir qu'il serait peut-être risqué de faire disparaître plusieurs personnes, surtout si celles-ci avaient travaillé à l'urgence le jour de la mort de sa femme. Il serait sûrement le suspect numéro un !

Son patron le regarda d'un œil sévère.

— Hayato, regarde-moi bien dans les yeux et ouvre bien tes oreilles, car je ne le répéterai pas. Il y a cinq personnes qui, par leur incompétence, ont tué Hiroko. Je veux que toutes ces personnes paient de leur vie, comme ma femme a payé de la sienne. Tous ceux, je dis bien tous ceux qui se mettront en travers de mon chemin y laisseront aussi leur vie. Est-ce que je me suis bien fait comprendre ?

— Oui, Hiro, très bien. Quel est le plan alors ? demanda l'avocat. Vas-tu attendre que le rituel funéraire d'Hiroko soit terminé ou agir le plus vite possible ?

— Je n'y ai pas encore pensé. Laisse-moi enterrer ma femme bien-aimée et ensuite on s'occupera d'eux.

— Tu sais que je serai toujours derrière toi mon ami, dit l'avocat.

— Je sais, je sais.

— Maintenant, je dois retourner à l'intérieur pour régler les derniers détails, veux-tu m'attendre encore un peu ?

— Pas de problème, prends ton temps et je serai ici si tu as besoin de moi. Et pour Masao, veux-tu que je m'en charge ?

— Non, c'est à moi de le faire, répondit Yamashita.

Tout en regardant son ami de longue date retourner vers sa femme, Hayato Kurotani fut submergé d'une vague de chagrin intense. Apprendre qu'Hiroko venait de mourir, dans des circonstances qui auraient pu être évitées, l'anéantissait.

Il considérait Hiroko comme sa propre sœur. Lorsque le couple Yamashita avait perdu son fils unique dans un accident d'auto plusieurs années auparavant, c'était lui qui avait réconforté la mère éplorée pendant que son mari broyait du noir et voulait annihiler l'humanité entière qui, selon lui, était responsable de la mort de son fils.

Hayato n'avait aucun souvenir d'une dispute ou d'une mésentente entre lui et la défunte. Secrètement, il avait envié son ami plusieurs années durant pour avoir trouvé une femme comme elle, et ce, jusqu'au jour où lui-même avait rencontré la femme de sa vie.

Assis dans son auto, il eut aussi une pensée pour Masao, le fils adoptif du couple. Celui-ci avait été recueilli par les Yamashita après la mort de ses parents dans un accident d'avion. Masao était très proche de sa nouvelle mère et sa disparition le ferait sûrement souffrir, de la même manière qu'il avait souffert lorsque sa mère biologique était morte. Comment réagirait-il ? Il avait vu lui aussi comment les ambulanciers s'étaient occupés de sa mère à la grange en après-midi. Dieu merci, il n'avait pas les mêmes gênes que son père, ce qui fait qu'il ne partirait pas en guerre comme son père voulait le faire. Peut-être serait-il capable de raisonner Hiro et ainsi éviter un bain de sang inutile.

Kurotani avait affirmé à son patron qu'il serait avec lui lorsque celui-ci serait prêt à assouvir sa vengeance. La vérité était qu'il ne pensait pas que le clan pouvait se permettre d'attirer l'attention d'une telle façon. Au Québec depuis peu, les affaires commençaient à peine à bien fonctionner, du moins celles qui étaient illégales. Alors, pourquoi risquer de tout perdre ?

En attendant, comme tout bon avocat, il suivrait les directives de son patron.

35

Masao Fukuda ne se rappelait pas la dernière fois où il s'était senti aussi angoissé. Sa mère était partie en ambulance voilà plusieurs heures et il était toujours sans nouvelles.

Adopté par les Yamashita alors qu'il avait quinze ans, il s'était intégré rapidement au mode de vie de ses nouveaux parents. Ceux-ci avaient perdu leur fils unique quelques années plus tôt. Dès les premiers jours dans sa nouvelle famille, Masao n'essaya pas de remplacer leur fils défunt, mais plutôt d'agir comme s'il avait été son frère. Il ne voulait pas l'amour que le couple portait à son fils unique, mais il voulait qu'ils l'aiment lui, pour ce qu'il était et ce qu'il serait plus tard.

De ses deux nouveaux parents, Masao s'était toujours mieux entendu avec sa mère. Ils avaient les mêmes passions, les mêmes goûts. Au début, le père en fut très jaloux, mais le fils lui fit vite comprendre qu'il les aimait tous les deux et qu'ils avaient la même place dans son cœur.

Depuis leur arrivée au Québec, Masao s'intéressait aux affaires de la famille. Passionné d'automobile, il travaillait au garage d'auto de luxe de son père comme mécanicien. Aimé et apprécié de ses collègues de travail, il était travaillant et ce qui faisait son charme était sa naïveté. Il était facile de lui faire croire n'importe quoi.

Après avoir terminé de tout ramasser à la grange, comme le lui avait demandé son père, Masao était retourné à la maison familiale. Nerveux, ne tenant pas en place, il faisait les cent pas sur le patio à l'arrière de la résidence, se demandant ce qui pouvait bien se passer à l'hôpital. À maintes reprises, il faillit aller rejoindre son père, mais Ganji Iwa, le numéro deux dans l'organisation, l'en dissuada.

— Masao, ton père t'a demandé de l'attendre ici. Tu dois respecter ses ordres.

— Mais bordel, je n'en peux plus d'attendre seul sans rien faire.

— Je comprends fiston, mais tu n'es pas seul. Tous ceux présents cet après-midi sont ici avec toi.

Fukuda ne savait plus quoi répondre. Découragé, il donna un coup de pied dans la chaise qui se trouvait le plus près de lui.

Chaque fois que le téléphone sonnait, les regards se dirigeaient vers cet objet qui annoncerait peut-être une mauvaise nouvelle.

Masao maudissait les deux ambulanciers qui étaient venus chercher sa mère, surtout le plus gros. Avec un certain recul, il regrettait d'avoir empêché son père de faire la peau à ces deux imbéciles.

Le téléphone sonna. Masao regarda l'appareil posé sur la table près de la piscine, s'approcha lentement et répondit, tout en s'apercevant que tous le regardaient. Il reprit ses esprits et colla le combiné sur son oreille. Il n'y avait personne à l'autre bout du fil, mais un téléphone sonnait toujours. C'est alors que Fukuda se rendit compte que c'était un appel sur son propre cellulaire.

Sans perdre un instant, il sortit le téléphone de son étui et le regarda comme si c'était un instrument de torture qui lui ferait souffrir le martyr s'il répondait. Finalement, il appuya sur la touche *parler*, et avant qu'un seul son ne passe par son oreille gauche et termine sa course jusqu'au cerveau, il sut immédiatement que sa vie venait de basculer.

36

Yamashita retourna à la salle de réanimation rencontrer l'infir-mière-chef et le coordonnateur médical de l'urgence. Il y signa quelques documents puis l'infirmière lui expliqua la marche à suivre pour prendre possession du corps de sa femme. Mais Yamashita l'interrompit d'un geste de la main.

— Mon avocat va contacter l'hôpital demain, d'ici là, j'aimerais que vous gardiez ma femme ici à votre morgue, et s'il vous plaît, essayez de ne pas perdre son corps.

— Monsieur Yamashita, je ne vois pas pourquoi et comment nous pourrions perdre le corps de votre femme, nous...

— Écoutez-moi bien monsieur. Lorsque ma femme est arrivée ici en fin d'après-midi, elle était toujours vivante, pas en grande forme, mais vivante. Personne n'a voulu s'occuper d'elle, vous m'entendez ? Aucun médecin n'est resté à son chevet. Seule la jeune infirmière, Cathy je crois, était présente. Malgré sa bonne volonté, elle a injecté le mauvais médicament qui a tué ma femme. Si elle avait été bien encadrée par un médecin, ma femme serait peut-être encore vivante. Depuis notre arrivée, nous avons été traités comme si nous étions des moins que rien. Alors, après tout ce que nous avons vécu aujourd'hui, oui, j'ai peur que la suite d'erreurs se poursuive.

— Je ne peux pas commenter les faits, car je ne les ai pas tous en main, mais je peux vous assurer que nous allons ouvrir une enquête pour faire la lumière sur...

— Je me fous de votre enquête ! Ma femme est morte sous vos soins. Elle aurait trépassé dans une ruelle seule que cela aurait été la même chose.

— Monsieur Yamashita, je comprends votre désarroi et peut-être que vous ne me croirez pas, mais je sympathise du plus profond de mon cœur avec vous. Comme je vous l'ai dit, je vais faire ouvrir une enquête, car il est inacceptable qu'une situation comme celle-là se soit produite et je n'accepterai pas que cela sème le doute sur le professionnalisme de mon urgence.

— Faites ce que vous voulez, je m'en fous. Tout ce que je veux, c'est partir d'ici au plus vite. Mon avocat vous contactera demain matin pour les derniers arrangements.

Yamashita se leva et, sans un regard vers les deux cadres de l'hôpital, quitta le bureau pour rejoindre son ami qui l'attendait à l'extérieur.

37

Lorsque Vézina arriva à l'hôpital, sans perdre une seconde, il téléphona à son lieutenant pour avoir des nouvelles de Yamashita. Il apprit que le yakuza était retourné à l'intérieur quelques instants plus tôt et qu'il n'était toujours pas ressorti. Il apprit également que la Mercedes dans laquelle Yamashita avait pris place appartenait à un certain Hayato Kurotani. Tanaka lui confirma que c'était l'avocat véreux du clan et un des meilleurs amis de Yamashita.

O'Brian signala à son patron que leur cible était maintenant avec deux haut placés de l'urgence, mais qu'il n'avait aucune idée du sujet de leur conversation. Avant que Vézina le lui demande, O'Brian l'avertit qu'il serait très risqué pour lui de se rapprocher.

— Très bien Marcel. Ne prends pas de chance.

— Comme vous voudrez, répondit le policier.

— Nous sommes stationnés pas très loin de nos yakuzas. Nous allons attendre que Yamashita ressorte avant de faire quoi que ce soit.

— OK. Attendez un instant ! Je le vois qui s'en va. Vous devriez le voir sortir d'une seconde à l'autre.

— Bien reçu. Reste caché au cas où il ferait demi-tour.

— Où est-ce que je m'en vais maintenant ?

— Attends que nos deux moineaux soient partis et viens nous rejoindre. Je veux avoir un compte rendu plus détaillé de ce que tu as vu ce soir !

— Parfait ! J'arrive, répondit le lieutenant O'Brian.

Après avoir mis fin à son appel, Vézina remarqua que Tanaka n'était plus lui-même. Il avait le regard fixe, les poings tellement serrés que ses jointures étaient devenues toutes blanches. C'est à ce moment qu'il fit la connexion entre son ami et Yamashita. Tanaka se retrouvait en face du meurtrier de sa femme et de son fils.

— Je devrais sortir et aller lui mettre une balle entre les deux yeux à ce fils de pute !

— Je comprends Bill, mais cela ne ramènerait pas ta famille, et c'est toi qui te retrouverais en prison et non lui.

— Je sais que tu as raison, mais c'est plus fort que moi !

— Si tout ce que tu m'as dit sur le bonhomme est vrai, il va faire un faux mouvement et nous allons le coincer à ce moment.

Ayant repris ses esprits, Tanaka expliqua à son ami ce à quoi la GNC devait s'attendre de la part de Yamashita, mais en insistant sur les probabilités qu'il ne se passe rien avant que le processus funéraire ne soit terminé. Au Japon, lorsqu'il y a décès d'un être cher, une fois l'incinération faite, il faut attendre quarante-neuf jours avant de procéder à la mise en terre des cendres. Il y a tout un rituel à respecter. Ce n'est pas comme ici où, après deux ou trois jours, tout est terminé. De plus, ce qui venait compliquer les choses pour Yamashita et sa bande, c'est qu'ils n'avaient pas les mêmes installations qu'au Japon, comme un temple bouddhiste. Tanaka ne savait donc pas si Yamashita respecterait ou non la coutume.

À son avis, Vézina et son équipe auraient une petite pause avant le début des hostilités. Mais étant donné les circonstances, hostilité était un mot quasi minimaliste pour qualifier les représailles.

Le lieutenant O'Brian rejoignit son patron après avoir fait le tour de l'hôpital, évitant ainsi de se faire remarquer par les deux yakuzas. Installé à l'arrière de la voiture, Vézina présenta Tanaka à son homme de confiance. Les deux hommes se serrèrent la main.

O'Brian fit alors son rapport aux deux inspecteurs. Consultant ses notes à l'occasion, il prit moins de quinze minutes pour faire le tour de tout ce dont il avait été témoin au cours de la journée.

— Vous avez un drôle de système de santé ici ! s'exclama Tanaka.

— Ouais ! C'est gratuit, mais pas nécessairement bon, répondit Vézina.

Au même moment, la Mercedes ayant à son bord Hiroko Yamashita et Hayato Kurotani quitta le stationnement de l'hôpital.

— Voulez-vous que je les suive patron ? demanda O'Brian.

— Non Marcel. J'ai fait envoyer une auto chez lui et au garage. Discrètement, bien sûr, au cas où ! Selon Bill, il ne devrait rien se passer dans les prochains jours, du moins, espérons-le. Alors Marcel, si tu veux retourner à ton week-end de célibataire, tu as ma bénédiction.

— Vous êtes certain ? Vous n'avez plus besoin de moi ?

— Absolument. Allez ! Ouste ! Et Marcel, n'oublie pas de me parler du nouveau joujou que tu avais aujourd'hui.

— Promis. Merci patron. Vous savez où me joindre si vous avez besoin de moi.

O'Brian retourna à sa propre voiture. Plus besoin de se cacher maintenant. Il mit les voiles vers le restaurant chinois près de chez lui. La soirée n'était pas terminée, il aurait la chance de regarder un ou deux bons films avant d'aller au lit.

Vézina et Tanaka, avec les renseignements fournis par O'Brian, partirent rencontrer les responsables de l'urgence pour connaître les détails exacts de la mort d'Hiroko Yamashita.

38

Une fois tous les papiers signés, Yamashita retourna à la Mercedes de son avocat. Encore fou de rage à cause de l'incompétence flagrante du personnel soignant de l'urgence, le yakuza était plus que décidé à rendre justice lui-même. Selon lui l'hôpital essayait de camoufler ses erreurs en voulant ouvrir une enquête interne, sachant très bien que cette dernière finirait au fond d'un classeur.

Assis dans l'auto avec son avocat, Yamashita lui raconta ce que ces imbéciles lui avaient dit.

— Ne t'inquiète pas Hiro, je serai ici demain pour compléter les documents et m'occuper du corps d'Hiroko.

— Merci mon ami, je savais que je pouvais compter sur toi.

— Est-ce que tu as mis Masao au courant ?

— Non, pas encore. J'attendais d'être plus calme. Je vais l'appeler sur le chemin du retour. Allez, amène-nous à la maison.

Sans tambour ni trompette, les deux criminels japonais quittèrent l'hôpital, laissant derrière eux Hiroko Yamashita qui attendait d'être menée à son dernier repos.

— Hayato, je ne sais pas comment apprendre à mon fils que sa mère est morte. Que dois-je lui dire ?

— Laisse parler ton cœur. Les mots viendront. Ce n'est plus un enfant, c'est un yakuza.

Quelques minutes plus tard, Yamashita composa le numéro de téléphone de son fils qui répondit à la deuxième sonnerie.

Comme le lui avait conseillé son ami, il prit une grande respiration et ferma les yeux desquels les larmes avaient recommencé à envahir les rides de ses joues.

Une fois que les premiers mots furent sortis de sa bouche, il regretta de ne pas avoir attendu d'être face à face avec son fils pour lui annoncer la triste nouvelle. Au cri de mort qui résonna dans ses oreilles, son cœur se serra telle une orange que l'on presse pour en extraire le jus. Il aurait souhaité être près de lui pour le consoler. Même s'il n'était plus un enfant, Yamashita savait que Masao était très attaché à sa mère. C'était le même genre d'affection qu'il entretenait envers son défunt fils.

Alors qu'il allait lui dire qu'il l'aimait, son fils raccrocha. Sans avoir prononcé une seule parole, seulement un cri presque inhumain. Et pour la première fois depuis la mort de son fils unique, Yamashita éclata en sanglots incontrôlables. Kurotani, qui conduisait sans dire un mot, la gorge nouée lui aussi par les émotions, ne put que placer sa main sur l'épaule de son ami pour lui faire savoir qu'il compatissait avec lui.

Lorsqu'ils arrivèrent à la maison, les deux yakuzas ne remarquèrent même pas l'auto stationnée un peu plus loin sur la rue. Le policier était habillé en civil, passant ainsi inaperçu.

Yamashita ignorait comment se comporter avec son fils adoptif. Il avait peur que celui-ci ne le repousse ou le blâme pour la mort de sa mère. Au moment où il ouvrit la porte d'entrée, tel un coup de vent, Masao Fukuda tomba dans les bras de son père en pleurant comme un enfant.

Aucune parole ne fut prononcée, car il n'y avait nul besoin de dire quoi que ce soit. Les deux hommes restèrent ainsi plusieurs minutes.

Tous les autres membres du clan présents s'étaient réunis chez leur Oyabun pour offrir leurs sympathies. Ils firent alors un grand cercle autour du père et du fils en se tenant par les mains. Eux aussi pleuraient la perte de leur Kami-san.

Yamashita remercia ses amis pour leur soutien. Il leur rappela qu'Hiroko les aimait énormément et qu'elle veillerait sur eux.

Masao était quant à lui inconsolable. Les femmes des yakuzas les plus vieux essayaient de le consoler, mais il n'y avait rien à faire.

Yamashita n'en menait pas large lui non plus. Pendant que son fils était entouré d'amis, lui et Kurotani étaient assis à la bibliothèque familiale, un verre à la main. Les yeux toujours humides, les deux amis se remémoraient à tour de rôle des souvenirs d'Hiroko. Pendant l'heure qui suivit, ils rirent et pleurèrent à l'évocation des anecdotes du passé. Vers vingt et une heures trente, Masao vint annoncer à son père que tous les invités s'étaient retirés, sauf l'avocat de la famille.

Même si le fils adoptif ne vivait plus avec ses parents, il trouva la maison bien vide sans sa maîtresse. Plus jamais il n'entendrait sa mère fredonner les airs de chansons venant du pays de ses ancêtres. Il n'aurait plus son dessert préféré lorsqu'il viendrait à la maison rendre visite à son père.

Assis sur le même sofa que Kurotani, Masao demanda à son père des explications sur ce qui s'était passé à l'hôpital. Sans rien lui cacher, son père lui raconta les dernières heures de sa mère. Une fois qu'il eut terminé, Masao regarda Yamashita sans dire un mot. À vrai dire, personne ne parla pour les dix minutes suivantes. C'est à ce moment-là que Fukuda posa la question qui surprit tellement celui-ci qu'il s'étouffa avec sa gorgée de bourbon.

— Que viens-tu juste de demander ?

— J'ai demandé à Hiro s'il voulait faire sauter la tête de ces salauds !

Yamashita fut surpris lui aussi de la question posée par son fils, mais ne le laissa pas paraître. Il regarda en direction de son ami avocat et demanda.

— Alors Hayato, qu'en penses-tu ? Devrions-nous faire sauter la tête de ces salauds comme le demande Masao ?

L'avocat ne savait pas quoi répondre. Il ne voulait pas encourager le fils de son patron, surtout qu'il comptait sur lui pour convaincre son père de renoncer à sa vengeance.

— Je ne sais pas Hiro, tu connais déjà mon opinion sur le sujet.

— Je sais mon ami !

Yamashita regarda son fils et lui fit comprendre que cela ne ramènerait pas sa mère de tuer ceux qui étaient responsables de sa mort. Le mieux qu'il pouvait faire pour le moment était de mandater son avocat afin de poursuivre l'hôpital et les médecins en justice.

Masao n'en crut pas ses oreilles. Le grand Yamashita, celui dont tout le monde avait peur à Vancouver, se contenterait d'une poursuite contre un petit hôpital et ses médecins incompétents.

— Je comprends que tu sois en colère, continua son père. Je l'ai été moi aussi et je le suis encore, mais nous ne pouvons pas courir le risque d'éliminer ces incapables; la police mettra à jour notre organisation en nous suspectant d'être les auteurs des meurtres. J'espère que tu comprends ?

— Oui père ! répondit Masao.

L'avocat qui avait suivi l'échange, ne se rappelait pas la dernière fois que Fukuda avait appelé son père « père » et non Hiro.

Yamashita fit un clin d'œil à son vieil ami en lui signifiant d'ajouter quelque chose, mais il n'avait rien à dire. C'était à lui de régler le problème avec son fils.

Sans aucune autre forme d'argumentation, Masao embrassa son père sur les deux joues, salua Kurotani, et quitta la maison familiale.

Yamashita commençait à se sentir épuisé. La journée avait été longue et éprouvante.

— Mon fidèle ami, je vois dans ton regard que tu es confus. Si j'ai dit à Masao que je ne voulais pas de vengeance, c'était seulement pour ne pas le mêler à tout cela. Si jamais il m'arrivait quelque chose, c'est à lui que reviendront les rênes de mes affaires disons... légales. Pour le reste, c'est toi et Iwa qui serez responsables, en attendant que mon fils puisse prendre la relève.

— Mais Hiro, tu sais que tu n'as pas à faire tout cela !

— Hayato, je sais que tu désapprouves mon désir de me venger, et je n'essayerai pas de te convaincre ce soir, mais je dois te dire que personne ne me fera changer d'idée.

— Ça, je le sais, répondit l'avocat.

Les deux hommes restèrent quelques minutes à regarder leur verre, puis Kurotani enchaîna en changeant de sujet.

— Je ne sais pas si tu t'en es aperçu, mais ton ami l'inspecteur Tanaka était à l'hôpital ce soir. Lorsque tu es venu me rejoindre dans l'auto, il était stationné un peu plus loin avec un autre policier, je crois.

— Non, je ne l'ai pas vu. Merci de ne m'avoir rien dit avant, car je serais probablement allé le voir et je ne crois pas que cela aurait été très constructif. Qu'en penses-tu ? Maintenant, connaissant Tanaka, ce sont tous les corps policiers de la région qui doivent être en état d'alerte. Il leur a certainement dit que j'allais tuer tout le monde de l'urgence et tant qu'à y être, faire sauter l'hôpital au complet ! ricana Yamashita.

— Probablement. Hiro, je viens d'avoir une bonne idée. Tu sais ce qui serait bien ?

— Non, quoi ?

— Que tu envoies une lettre de remerciement à l'hôpital et aux médecins de l'urgence. Tu soulignes leurs efforts pour avoir tenté de sauver Hiroko, et tu t'excuses aussi pour ton comportement agressif disant que tu ne pensais pas tout ce que tu leur as dit ! Tu étais sous l'effet du stress puisque tu avais peur de perdre ta femme.

Yamashita s'apprêtait à une réplique cinglante lorsque son ami le fit taire d'un geste de la main.

— Même si tu ne penses pas un seul mot de tout cela, si la police apprend ta démarche, cela fera baisser leurs inquiétudes face à toutes représailles de ta part. Ils pourraient même ne plus te considérer comme une menace.

— Je vois ce que tu veux dire, vieille crapule, et je suis d'accord.

— Bien. Je vais rédiger quelque chose demain que je te ferai lire pour approbation puis je l'enverrai à la direction de l'hôpital.

— C'est parfait pour moi. Maintenant, tu m'excuseras, mais je dois encore accomplir une pénible tâche : je dois téléphoner aux parents d'Hiroko, au Japon, pour leur apprendre la triste nouvelle.

— Bien entendu mon ami, je te laisse et je reviendrai demain après m'être occupé de la dépouille d'Hiroko.

Une fois son avocat parti, Yamashita téléphona au Japon, mais pas chez ses beaux-parents. Ceux-ci seraient mis au courant après son important coup de téléphone à un vieil ami qui était le seul à qui il pouvait demander conseil.

39

Masao était de retour chez lui. La soirée avait été pénible; il avait le cœur brisé. Partout où ses yeux se posaient, c'était Hiroko qu'il voyait. C'était elle qui l'avait aidé à choisir et à décorer son appartement. Tout ce qu'il voyait ou touchait lui rappelait sa mère.

Debout sur le balcon de son condo, une bière à la main, Fukuda regardait le ciel étoilé, essayant de trouver l'étoile où sa mère était assise à le surveiller, à veiller sur lui.

Il prit une autre gorgée de sa bière, s'essuya la bouche du revers de la main, puis pensa à son père. Il savait que celui-ci était dévasté par la mort de sa femme. Avec la journée qu'Hiro venait d'avoir, Masao avait pensé qu'il voudrait venger la mort de son épouse. Étonnamment, son père se dégonflait. Ce n'était pas le Yamashita qu'il connaissait et il en fut déçu.

Fukuda termina sa bière et alla en chercher une autre qu'il vida en seulement deux gorgées. L'effet de la boisson se faisait maintenant sentir. Plus ou moins habitué à l'alcool, sa tête tournait comme s'il était assis sur un carrousel, et sa démarche était boiteuse. Tout en retournant à l'intérieur, il se mit à réfléchir à un moyen de venger lui-même sa mère. Si son père n'avait pas les couilles pour le faire, alors, lui le ferait. Une fois rendu dans le salon, il s'assit sur le sofa, allongea ses jambes sur la table et s'endormit en rêvant à sa mère.

* * *

Il était vingt-deux heures lorsque Yamashita téléphona à son ancien partenaire d'affaires au Japon. Etsuo Matsumoto répondit à la deuxième sonnerie. La dernière fois que les deux amis s'étaient parlé, ils s'étaient promis de ne plus reprendre contact à moins d'une catastrophe et, dans le cas qui le concernait présentement, la mort d'Hiroko Yamashita faisait partie de cette catégorie.

Après les salutations d'usage, Yamashita expliqua à son vieil ami les circonstances de la mort d'Hiroko. Matsumoto ne savait pas quoi répondre. Le silence se fit entre les deux hommes pendant une ou deux minutes. De toute manière, il n'y avait rien à redire; ils se connaissaient tellement bien qu'ils savaient exactement ce à quoi l'autre pensait ou ce qu'il ressentait.

— Etsuo, j'ai besoin de ton aide.

— Demande-moi n'importe quoi mon frère, car tu sais que la réponse sera toujours oui.

— J'aimerais me débarrasser de ceux qui ont tué Hiroko. Le problème est que je ne veux pas prendre un de mes gars ou quelqu'un qui pourrait me relier personnellement à leur mort.

— Je vois. Et tu aimerais que je trouve quelqu'un pour toi ?

— Qui ne soit pas asiatique, ajouta Yamashita.

— Aucun problème. Je crois que j'ai la personne qu'il te faut. Il s'appelle...

— NON, arrête ! Je ne veux pas savoir son nom, en fait, ne me dis absolument rien de lui. Tu seras notre intermédiaire.

— Comme tu voudras mon ami.

— Je vais te donner une adresse Internet sécurisée et lorsque tu voudras communiquer avec moi, tu le feras par courriel et non par téléphone.

— As-tu toujours le petit carnet de code que nous utilisions dans le temps ?

— Oui.

— Utilise-le. Si jamais nos messages étaient interceptés, personne ne pourrait les déchiffrer sans le carnet.

— Bonne idée, s'exclama Yamashita. Je vais même m'acheter un petit portable, comme cela, je le détruirai après, quand tout sera terminé.

— Je vois que tu es toujours aussi alerte, surtout pour ton âge, répondit Matsumoto en riant.

— Tu peux bien parler vieille crapule, tu es plus âgé que moi.

— Une dernière chose, et c'est la plus importante. Lorsque le tueur sera au Canada, personne, je dis bien personne, ne doit le toucher. C'est un des meilleurs de sa profession et il a de nombreux contacts beaucoup plus importants que moi, alors je tiens à protéger mes fesses. Suis-je bien clair ?

— Absolument mon frère.

Avant de mettre fin à la communication, Yamashita s'informa sur la famille de son ami, sur le pays, puis s'excusa encore une fois d'avoir téléphoné à une heure indue et le salua une dernière fois avant de raccrocher.

Maintenant qu'il avait réglé ce problème, il devait s'attaquer au suivant, plus émotif celui-là, soit d'annoncer aux parents d'Hiroko que leur fille unique était morte.

40

Le lundi suivant la mort d'Hiroko Yamashita, les inspecteurs Vézina et Tanaka demandèrent une réunion d'urgence avec le plus haut gradé de la GNC de Valleyfield. À onze heures, ils rencontrèrent le commandant Marcel Pouliot.

Vézina commença par lui présenter son collègue de Vancouver, puis il entreprit le récit des événements du samedi. Il n'oublia aucun détail, même les menaces voilées envers le personnel soignant. Il eut besoin d'un peu moins de vingt minutes pour tout raconter. L'inspecteur Tanaka n'avait encore rien dit.

Le commandant Pouliot ne sembla pas prendre la situation au sérieux. Sans avoir posé une seule question, il leur répondit que selon lui, n'étant plus dans son pays ou dans une communauté japonaise, et ayant probablement peu d'hommes avec lui, les chances que ce Yamashita sème la zizanie étaient minces.

L'inspecteur Tanaka, qui connaissait très bien le chef de la mafia japonaise, essaya d'expliquer à Pouliot qu'il ne fallait absolument pas prendre Yamashita à la légère. Il lui raconta tout ce qu'il savait sur l'homme, autant professionnellement que personnellement.

Rien à faire.

Même en sachant ce que Yamashita pouvait accomplir pour arriver à ses fins, le commandant Pouliot décida quand même de rester en attente. Il ne voulait pas alerter le personnel de l'hôpital où avait été soignée la femme de ce Yamashita pour rien.

Les inspecteurs Vézina et Tanaka durent donc se résoudre à accepter la décision de leur supérieur, et ce, même s'ils savaient que leur patron sous-estimait la puissance de l'endeuillé. Que pouvaient-ils évoquer pour démontrer le volcan qui menaçait de se réveiller ?

DEUXIEME PARTIE

41

Samedi 13 octobre 2013

Par une belle soirée d'octobre, le mercure indiquait encore vingt degrés à vingt-deux heures trente. Tous les amateurs qui sortaient de l'amphithéâtre des Canucks de Vancouver, le Rogers Arena, étaient fous de joie, sauf l'inspecteur Rémi Vézina, car leur équipe favorite venait encore de gagner. Les Canadiens de Montréal, pour une rare fois, avaient amorcé la nouvelle saison de hockey dans l'Ouest canadien. Contrairement à leurs hôtes, qui en étaient à une sixième victoire de suite, Montréal venait de subir une quatrième défaite consécutive.

Après la partie de hockey, Tanaka amena son ami prendre un dernier verre dans un pub populaire de la ville et aussi un des plus tranquilles et sécuritaires, car c'était celui où les policiers aimaient se retrouver après leur quart de travail pour prendre une bière.

Ils parlèrent hockey et Vézina dut même subir les railleries du mauvais début de saison de son équipe préférée. Après plusieurs minutes d'un bombardement en règle, il capitula et décida de payer une tournée à ceux qui étaient assis à leur table.

Au petit matin, avec plusieurs bières derrière la cravate, Vézina et Tanaka rentrèrent au domicile de l'inspecteur japonais. Celui-ci avait vivement insisté pour que son ami québécois demeure chez lui et non à l'hôtel.

Tanaka n'avait plus de famille à Vancouver, alors, lorsqu'il avait la chance d'inviter quelqu'un chez lui, il le faisait toujours avec plaisir et plus particulièrement avec son ami policier. Lors de son passage au Québec, les deux inspecteurs s'étaient découvert des atomes crochus et Tanaka avait le pressentiment qu'ils auraient sans aucun doute la chance de travailler ensemble dans un avenir rapproché.

Tanaka prépara un copieux petit déjeuner fait d'œufs, de bacon, de saucisses ainsi qu'une grande carafe de café fort. Les deux amis mangèrent comme si cela faisait une semaine qu'ils n'avaient rien avalé.

Une fois le repas terminé, les deux policiers prirent chacun une douche et allèrent faire une petite sieste qui s'étira jusqu'après l'heure du dîner.

Deux mois plus tôt, à la fin des conférences sur le crime organisé, l'inspecteur Tanaka avait invité son homologue québécois à venir passer quelques jours à Vancouver. C'était sa façon à lui de remercier son nouvel ami pour l'hospitalité qu'il avait démontrée pendant son séjour dans la métropole québécoise.

Au début, Vézina avait cru ne pas pouvoir se libérer pour son voyage à Vancouver. Les nombreuses enquêtes et le manque d'effectifs faisaient en sorte que son patron n'osait pas le laisser partir. Après plusieurs jours de négociations, l'inspecteur fut autorisé à prendre sa semaine de vacances tant désirée.

Le samedi après-midi, une fois qu'ils eurent récupéré un peu de sommeil, Tanaka amena Vézina visiter les bureaux de la GNC. Après seulement dix minutes à l'intérieur du bâtiment, Vézina se rendit compte que les installations d'ici étaient à la fine pointe de la technologie s'il les comparait à celles situées à Valleyfield. À la vue de tous ces gadgets, Vézina se dit que les budgets ne semblaient pas être les mêmes ici qu'à Montréal.

Tanaka en profita également pour le présenter à tous ceux qui étaient présents, surtout ceux qui s'étaient occupés et qui s'occupaient toujours du dossier Yamashita. Vézina en profita alors pour poser toutes les questions qui lui passaient par la tête à propos du chef de la mafia japonaise nouvellement arrivé dans son patelin. Il put ainsi se faire une petite idée de ce contre quoi il aurait peut-être à se battre prochainement.

42

À quatre mille neuf cents kilomètres du domicile de Bill Tanaka, Hiro Yamashita venait de se lever. Il était neuf heures du matin. Tout comme à Vancouver, la température en ce mois d'octobre était splendide. Le maximum prévu par les météorologues serait sûrement dépassé de plusieurs degrés. Le ciel était bleu et sans nuages.

L'automne était agréable et la seule chose qui assombrissait l'humeur des gens était le mauvais début de saison de nos Canadiens. La veille, ils avaient encore perdu à Vancouver et les partisans commençaient déjà à monter aux barricades et réclamaient des changements.

Yamashita n'avait rien à faire des gens heureux ou tristes, rien à faire du beau temps ou de la pluie. Son monde à lui était maintenant peint en totalité de noir. Aucune lumière ne perçait les ténèbres qui recouvraient son âme, du moins, ce qu'il en restait, car depuis la mort de sa femme, les émotions de joie et d'amour s'étaient envolées avec elle.

Le rituel funéraire avait pris fin depuis au moins un mois et demi avec la mise en terre des cendres de la défunte. Malgré les visites quotidiennes de ses amis, malgré les encouragements continuels de son fils, Yamashita avait énormément de difficulté à vivre son deuil.

Tous les jours, beau temps mauvais temps, le yakuza rendait visite à sa femme au cimetière. Il lui parlait pendant plusieurs minutes, lui demandant conseil. À quelques reprises, il émit même le souhait d'aller la rejoindre. Tous ses problèmes seraient ainsi réglés. Sauf qu'il ne pouvait pas laisser son fils adoptif seul, sans parents encore une fois. Masao n'était plus un enfant, mais s'il voulait le voir prendre les rênes du clan plus tard, il se devait d'être là avec lui pour le guider.

Son meilleur ami et avocat ne savait plus vraiment quoi faire pour le faire sortir de sa torpeur. À part ses visites au cimetière, Yamashita ne voulait rien entreprendre comme jadis.

Kurotani avait anticipé que le deuil d'Hiroko pour Yamashita serait une progression délicate, complexe et laborieuse, mais jamais à ce point. Rien ne l'intéressait. Si Ganji Iwa et lui-même n'avaient pas été là, le clan serait sûrement au bord du gouffre. Étant des nouveaux venus dans le milieu criminel de la région, ils ne devaient pas perdre le rythme. Et c'est exactement ce que Yamashita était en train de faire tellement il dérivait. Leur nouveau resto-bar fonctionnait pourtant à plein régime, autant le restaurant lui-même que ses dessous plus ou moins légaux. Ce n'était pas le temps de tout foutre en l'air. Le grand patron devait absolument se ressaisir et vite.

L'avocat décida donc qu'il était temps d'avoir une discussion d'homme à homme avec son patron. Alors qu'il allait partir pour L'Île-Perrot, Kurotani reçut un appel surprise de son ami. Yamashita lui demanda de venir le rejoindre à son bureau, situé au premier étage du garage de réparation de voiture de luxe, et ce, le plus vite possible. Il fut surpris et soulagé de l'entendre si enjoué au téléphone. Aussitôt après avoir raccroché, il prit certains documents qu'il devait lui faire signer et se dépêcha d'aller rejoindre son patron au garage.

Yamashita reçut son ami à la porte avec un grand sourire et une bonne poignée de main, ce qui surprit Hayato, car lorsqu'ils s'étaient parlé vers neuf heures trente ce matin, celui-ci semblait être encore déprimé. Rien ne laissait croire que quelques heures plus tard, il agirait comme si rien ne s'était passé. Il ne savait pas s'il devait lui demander ce qui avait bien pu le remettre de si bonne humeur, mais son petit doigt lui disait qu'il allait le savoir bien assez tôt. Il ne fut pas déçu.

— Hayato, mon ami, comment vas-tu par une si belle journée ?

— Très bien Hiro, et toi ? demanda l'avocat intrigué.

— Depuis quelques heures, merveilleusement bien !

— Je vois, répondit l'avocat. Non, en fait je ne vois pas, j'en étais rendu à penser que tu pourrais t'enlever la vie, tellement tu avais l'air déprimé, et maintenant tu agis comme si rien n'était arrivé. Que se passe-t-il ?

— Du calme maître, répondit Yamashita avec un grand sourire. Oui, j'ai pensé aller rejoindre Hiroko…

— Alors…

— Ne m'interromps pas veux-tu ?

— Pardon, continue.

— Bien. Comme tu l'as vu, comme vous l'avez tous vu, la perte de ma femme a été et est toujours très dure pour moi. Tu te souviens le samedi soir de sa mort, je t'avais mentionné que je voulais venger la mort d'Hiroko et tu m'avais déconseillé de le faire pour les raisons que tu connais.

— Oui.

— Après ton départ le samedi soir, j'ai passé un appel au Japon à un de mes vieux amis. Tout ce que j'avais en tête, c'était de voir tous les intervenants ayant travaillé à sauver ma femme morts. J'en étais obsédé. Je ne voyais même plus le visage d'Hiroko dans ma tête tellement mon esprit était tourné vers ces salauds. Alors, avec ce vieil ami, nous avons discuté pendant quelques heures du problème. Je dois t'avouer qu'il était quelque peu d'accord avec toi, mais il comprenait aussi mon point de vue.

— Je ne comprends pas ce qu'il vient faire dans l'équation ! le coupa l'avocat.

— Attends, laisse-moi finir. Bon, où en étais-je ? Ah oui ! Mon ami m'a expliqué que je ne devais pas impliquer des membres de mon organisation. Avec Tanaka qui était en ville lors du décès d'Hiroko, il y a fort à parier que la GNC d'ici est maintenant sur notre dos et attend la moindre erreur de notre part. Alors, nous devons être extrêmement prudents. Je ne veux pas courir de risque. Si un des jeunes se faisait arrêter par la police, je ne suis pas certain qu'il pourrait résister longtemps à un interrogatoire serré sans rien avouer.

— Alors, quelle est la solution ? demanda l'avocat.

— La solution ! Je vais faire venir quelqu'un de l'extérieur du pays pour faire le sale boulot. Cette personne n'est jamais venue au Canada, donc, les chances qu'elle soit reconnue ou refoulée aux douanes sont très minces. Le plus pratique dans tout cela est que si elle se fait prendre par la police, elle ne pourra pas être associée à notre organisation, car elle ne connaîtra pas mon nom et moi le sien. Tout transitera par mon ami au Japon. Et tiens-toi bien, ce quelqu'un ne sera pas japonais ou asiatique comme nous. Qui plus est, je n'ai aucune idée de sa nationalité.

— Hum… Tu crois que ça va marcher ton truc ?

— Pourquoi pas ? Nous allons faire le plus dur, c'est-à-dire prendre le plus de renseignements possible sur chaque cible, monter un dossier et le faire remettre à notre homme.

— Encore une fois Hiro, je ne sais pas. C'est bien beau tout cela, mais tu oublies les imprévus. Tu te rends bien compte que les chances que tout se déroule comme tu l'imagines n'arrivent pas du tout. Il y a trop de facteurs qui entrent en ligne de compte. Si tu veux mon avis en tant qu'ami et avocat… oublie tout cela. Nous ne sommes plus au Japon où nous pouvions faire ce que nous voulions sans que la police intervienne. Tu as beaucoup plus à perdre qu'à gagner avec ton projet de vengeance.

— Tu t'inquiètes toujours pour rien Hayato.

— Est-ce que tu vas rencontrer l'homme censé régler tes problèmes ?

— Non et c'est ça le plus beau. Je vais lui envoyer les noms, adresses, habitudes des sujets et c'est lui qui décidera quand agir. Comme ça, on ne pourra pas nous relier à ces meurtres.

— Vraiment patron, je n'ai pas un bon pressentiment à propos de tout ceci.

— Ma décision est prise et je ne changerai pas d'idée. Tu es avec ou contre moi ? À toi de choisir ton camp.

— Je te l'ai dit voilà plusieurs semaines, je serai toujours avec toi. Qu'en est-il de Masao ? Tu vas le mettre au courant ?

— Non. Je veux qu'il reste en dehors de tout cela.

— Comme tu voudras.

Les deux amis discutèrent encore quelques heures pour peaufiner leur plan.

En fin d'après-midi, pour fêter le retour à la vie de son patron, Hayato Kurotani organisa une fête avec les principaux lieutenants de Yamashita. Ils firent la fête au nouveau restaurant-bar que le chef de la mafia japonaise avait acquis dans le courant de l'année.

43

Contrairement à son père, Masao se leva de bonne humeur ce samedi matin. Après avoir pris sa douche et son petit-déjeuner, il téléphona à sa nouvelle petite amie. Celle-ci était infirmière au même hôpital où sa mère était décédée quelques semaines plus tôt. Ils planifièrent de se rejoindre un peu plus tard pour aller au cinéma.

Avec l'humeur massacrante de son père, Masao attendait toujours l'occasion de lui présenter sa nouvelle flamme.

Jour après jour, son père semblait s'enliser dans les sables mouvants de la dépression. Peu importe ce qu'il faisait pour lui remonter le moral, rien ne fonctionnait. La semaine précédente, il avait fait l'erreur de lui demander encore une fois s'il pensait venger la mort d'Hiroko. La réponse fut cinglante et surtout douloureuse pour son égo.

Son père ne lui laissait donc plus le choix. C'était à lui d'agir.

N'ayant pas l'expérience des vieux membres du clan, il ne savait pas vraiment par quoi commencer. Il n'était pas question qu'il demande de l'aide. Si son père venait à apprendre ce qu'il projetait de faire, c'était lui qui risquait d'y passer. Alors, mieux valait prendre son temps et jouer prudemment.

Masao et sa petite amie sortaient du cinéma lorsque son téléphone cellulaire sonna. Après avoir écouté son interlocuteur pendant deux minutes, il raccrocha.

— Qu'y a-t-il Masao ? demanda Catherine. Tu as l'air plus heureux tout d'un coup ! Pourtant, je ne t'ai rien fait encore, ajouta-t-elle avec un petit sourire coquin.

— C'est mon père !

— Rien de grave j'espère ? dit Catherine en lui prenant les mains.

— Non, non. Il semble qu'il soit revenu dans le monde des vivants.

— Hein ?

— Ben oui ! Je t'avais dit que mon père était sur le bord de la dépression et qu'il ne parlait plus à personne ou presque. Eh bien au téléphone, c'était son meilleur ami, et pour fêter son retour, il organise un souper avec tous ses amis.

— Et tu dois y aller ? demanda l'infirmière.

— Oui ! J'aimerais beaucoup.

— Je comprends mon amour. Vas-y !

— Tu es certaine ?

— Ben oui ! Je vais aller faire un tour chez ma sœur.

— Merci mon amour.

— Tu sauras bien quoi faire pour te faire pardonner.

— Oh oui !

Masao raccompagna son amie chez elle, puis alla se changer pour son souper. Le jeune yakuza espérait vraiment que son père soit bel et bien redevenu son modèle, fort et fier comme un vrai chef.

Avec tous ces lieutenants réunis avec lui ce soir, Masao pria pour qu'enfin, Hiro annonce son plan pour venger la mort de sa mère. « Elle ne mérite pas d'attendre plus longtemps que justice soit faite ! », se dit-il.

44

À Vancouver, l'inspecteur Vézina prenait un grand plaisir à passer sa dernière soirée dans l'Ouest canadien. Lui et l'inspecteur Tanaka soupaient dans un restaurant très huppé du centre-ville.

À quelques tables d'eux mangeaient également deux acteurs américains célèbres qui étaient les vedettes d'une une superproduction hollywoodienne filmée sur l'île. Un peu plus loin, ils reconnurent quelques joueurs des Canucks de Vancouver. Tanaka, qui connaissait un des joueurs, réussit à obtenir l'autographe des joueurs présents pour le fils de Vézina.

L'inspecteur québécois n'en revenait tout simplement pas de se retrouver dans un tel endroit.

À la fin du souper, Tanaka remit à son confrère un gros cartable noir contenant des copies et des photos du dossier que la GNC de Vancouver avait recueillies au cours des quinze dernières années sur Hiro Yamashita et sa bande de yakuza.

— Que suis-je censé faire avec ceci ? demanda Vézina.

— Avec la bénédiction de mes patrons, mes hommes et moi avons monté ce dossier sur Yamashita pour toi. Tout ce que tu as besoin de savoir est là. Photos, comptes rendus d'enquêtes… tout y est.

— Je te remercie Bill, mais je ne peux pas accepter.

— Rémi, ce n'est pas une offre que nous te faisons, c'est un cadeau. S'il y a une chance que tu puisses coincer ce salaud et que ce petit présent puisse te donner les munitions pour le faire, prends-le et ne dis rien.

— Merci, mon ami. Je vais en prendre grand soin.

Les deux hommes continuèrent la soirée au bar de l'établissement en sirotant leur bière. Vézina y alla mollo dans sa consommation d'alcool; il avait encore en mémoire la cuite de la veille.

Vers minuit, l'inspecteur Tanaka raccompagna son invité à l'aéroport puisque ce dernier revenait à Montréal sur le vol de nuit.

Lorsque l'appel final pour le vol d'Air Canada en direction de Montréal fut annoncé, les deux amis se donnèrent l'accolade et se promirent de rester en contact. Vézina l'assura qu'aussitôt que Yamashita ferait des siennes, il serait le premier à être mis au courant. Sur une chaleureuse et solide poignée de main, Vézina remercia une dernière fois son collègue pour son hospitalité ainsi que pour le magnifique cadeau.

Une fois que l'avion de Vézina eut décollé, Tanaka repartit à son domicile où la solitude l'attendait. Il avait vraiment apprécié les quelques journées passées avec Rémi Vézina. Même en le connaissant depuis peu, il le considérait maintenant comme un de ses meilleurs amis.

En arrivant à la maison, il eut un petit pincement au cœur en pensant à Vézina. Celui-ci avait une famille qui l'attendait à l'aéroport tandis que lui, c'est une maison vide et sans vie qui l'attendait, une fois les portes verrouillées.

45

Zurich, dimanche matin. Le caméléon prenait son petit déjeuner à la terrasse d'un des nombreux petits cafés situés tout près de son hôtel. Il y avait peu de monde pour un dimanche matin. Cette journée du mois d'octobre était radieuse. Ni trop chaude, ni trop froide. Juste à côté du café, il y avait un parc dans lequel il pouvait voir les enfants jouer au frisbee et les chiens courir à la recherche d'écureuils imaginaires qu'eux seuls pouvaient détecter.

Le caméléon était en Suisse pour ses vacances. À la suite d'un très gros contrat qu'il venait d'effectuer en Italie pour un de ses meilleurs commanditaires, et ayant mis moins de temps que prévu à effectuer le boulot, il avait choisi de venir passer quelques jours à Zurich.

La veille, il avait reçu un message urgent d'un de ses bons clients au Japon. Celui-ci voulait savoir s'il était intéressé à effectuer un contrat pour un de ses amis. Les détails viendraient plus tard, mais le contrat serait quant à lui très lucratif. Il avait répondu qu'il serait peut-être intéressé, toutefois, il voulait en savoir plus. Il avait une autre offre sur la table et il voulait s'assurer de choisir la meilleure des deux.

Comme à son habitude, son client lui répondit rapidement : cinq personnes à liquider, les différents renseignements personnels sur les cibles seraient recueillis par le client et les résultats téléchargés à son adresse courriel sécurisée habituelle.

Le caméléon sembla satisfait de ce qu'il lut et répondit qu'il acceptait le contrat. Il demanda le nom de la ville où il devrait se rendre ainsi que la date du déplacement. Le prix du contrat dépendrait de la complexité du boulot.

Une fois le message envoyé, il parcourut les nouvelles du monde sur Internet tout en sirotant son café. Il sentait que ce coup-là serait facile : « vite fait, bien fait et amène la monnaie ! »

Juste avant de fermer son ordinateur, dix minutes plus tard, le caméléon alla consulter une dernière fois sa messagerie électronique et bingo, le Japonais avait répondu à sa dernière demande. Il décida donc de réserver un vol pour le jour suivant, et ce, même si on lui demandait encore quelques semaines afin de pouvoir recueillir les informations sur les cibles. Il aimait bien l'idée d'aller voir la ville, de faire un peu de reconnaissance. Cela lui donnait la chance de visiter un peu et de trouver ses repères lorsque viendrait le temps d'accomplir son boulot. Une fois son repas terminé, il alla payer l'addition et retourna à son hôtel faire les réservations pour son voyage du lendemain.

* * *

Au même moment, en Angleterre, sur la chaîne BBC, passait une émission sur les criminels les plus recherchés par Interpol. Sans le savoir, le caméléon figurait en dix-septième position.

Il était recherché comme spécialiste en espionnage industriel avec violence. Le problème était qu'il avait abandonné cette branche du milieu criminel pour une autre beaucoup plus lucrative.

Il s'était baptisé le caméléon, car, comme le reptile du même nom, il pouvait changer d'apparence en un clin d'œil. Grâce à ce don, il était capable de se promener partout où il voulait. Jamais personne n'avait réussi à l'identifier. Tout ce qu'Interpol avait, c'était une photo de lui déguisé et non une photo de sa vraie physionomie. Ses empreintes digitales n'étaient fichées nulle part. Par contre, lors d'un contrat au Portugal l'année précédente, le caméléon avait malencontreusement laissé quelques gouttes de son sang. En effet, à la suite de son méfait, il s'était fait une petite entaille sur l'avant-bras. Le sang avait été recueilli pour en extraire l'ADN. Ainsi, le jour où il commettrait une erreur, les limiers auraient un moyen de l'identifier et de le mettre derrière les barreaux.

* * *

Dans leur chambre d'hôtel, faisant la grasse matinée, Ester et Wesley Sinclair regardaient l'émission sur Interpol.

— Regarde chéri tous ces criminels qui courent les rues, c'est incroyable !

— Je sais, mais regarde le bon côté des choses; ils sont tous en Europe et non chez nous au Canada.

— Tu as raison, mais regarde le numéro dix-sept comme il est mignon, je ne peux pas croire que l'on puisse être mignon comme cela et être si dangereux en même temps.

— Ne t'inquiète pas mon amour, on n'en rencontrera sûrement aucun. Maintenant, finissons de faire nos valises et retournons au Québec revoir nos enfants. Ils me manquent énormément.

— Le dernier qui termine paie le dîner ! dit Ester en riant aux éclats.

46

Deux jours après le retour parmi les vivants de Yamashita, Anna Sato n'avait toujours pas eu de nouvelles du chef de la mafia japonaise. À plusieurs reprises durant les semaines précédentes, elle avait tenté de lui téléphoner, mais à chaque fois elle avait raccroché dès la première sonnerie.

Elle se souvenait que Yamashita lui ait dit qu'il aurait assurément besoin de ses services, mais n'avait pas voulu spécifier la nature de ceux-ci. Se doutant qu'il était peut-être un yakuza, Anna espérait qu'il lui ferait faire des choses plus ou moins légales. Elle était un peu lasse d'être la gentille Anna et elle voulait avoir des montées d'adrénaline autres que celles causées par la fatigue de son travail.

À trente-six ans, célibataire et sans enfants, Anna travaillait à l'urgence depuis bientôt seize ans. Sur le quart de nuit pendant plus de douze ans, elle était passée à celui de soir par la suite.

Toute jeune, Anna voulait devenir médecin. Ses parents l'avaient toujours encouragée jusqu'au jour où sa mère était tombée très malade. Quelques années plus tard, son père avait dû se résigner à quitter son emploi pour prendre soin de sa femme. Ce faisant, toutes les économies devant servir aux études de médecine d'Anna étaient passées en divers frais médicaux pour sa mère.

Ne pouvant plus réaliser son rêve, Sato s'était tournée vers les soins infirmiers. De cette manière, elle allait pouvoir prendre la relève auprès de sa mère. Malgré sa bonne volonté, il devenait de plus en plus difficile pour elle de subvenir aux besoins de sa famille ainsi qu'à ses propres besoins.

Son père et sa mère étaient maintenant placés dans une maison pour personnes âgées. Avec leur maigre revenu de retraite, ils arrivaient très difficilement à payer le loyer eux-mêmes donc une partie du salaire d'Anna allait directement à ses parents.

Après quelques années de travail, Anna avait été en mesure de faire l'acquisition d'un petit bungalow dans le vieux Pierrefonds.

L'hypothèque était maintenant payée, mais la maison avait besoin d'un bon coup de pinceau à l'extérieur comme à l'intérieur et de quelques autres rénovations.

Ses parents ayant toujours pris soin d'elle auparavant, il était maintenant légitime qu'elle en fasse de même pour eux. Alors, les rénovations devraient attendre encore un peu, faute de fonds.

Avec Yamashita, Anna avait cru percevoir une opportunité en or de faire beaucoup d'argent. Ainsi, elle pourrait peut-être se gâter un peu. Elle l'avait bien mérité.

* * *

L'inspecteur Vézina était lui aussi de retour au travail. Pendant ses vacances à Vancouver, rien de bien exceptionnel ne s'était produit, la routine quoi !

Son patron ne cessait de lui rappeler que lui et l'inspecteur Tanaka avaient paniqué pour rien lorsque Hiro Yamashita avait perdu sa femme. Ceux-ci avaient demandé à ce que Yamashita et son clan soient placés sous surveillance, prétextant que celui-ci pourrait entreprendre des représailles contre ceux qui avaient soigné la victime. Et bien entendu, le grand patron se félicitait de ne pas les avoir écoutés. Il avait ainsi économisé l'argent des contribuables.

Officiellement, rien n'avait été entrepris contre Yamashita et ses hommes. Officieusement, Vézina avait demandé à des amis policiers à la retraite d'effectuer une petite surveillance éloignée. Bien entendu, ces derniers n'avaient aucun mandat, autant pour l'écoute électronique que pour faire des perquisitions. Lors de leur dernier rapport, rien de particulier n'avait été relevé. Aucun nouveau membre n'était arrivé et les mêmes personnes tournaient dans l'entourage du groupe. C'était la même chose au restaurant-bar où on savait qu'il se passait des choses illicites. Mais ce n'était pas cela qui les intéressait.

Vézina se demandait comment Tanaka avait pu poursuivre Yamashita pendant si longtemps sans devenir fou. Lui-même n'avait rien à reprocher au Japonais et déjà, il se sentait sombrer dans une légère paranoïa. Cela lui fit peur, car il avait vu d'anciens collègues faire des dépressions à la suite de chasses à l'homme qui avaient tourné en obsessions sévères. Il ne voulait surtout pas en arriver là.

Le même soir, après le souper, Vézina s'enferma dans son bureau avec un bon café noir ainsi qu'un gros morceau de gâteau au chocolat. Une fois bien installé, il consulta le dossier sur Hiro Yamashita que son collègue de Vancouver lui avait donné. Tout ce qu'il savait sur le mafieux lui avait été raconté par Tanaka lorsqu'ils étaient au restaurant à Vancouver. Mais maintenant qu'il lisait le dossier que son ami lui avait donné, il n'en revenait tout simplement pas. La méchanceté de cet homme n'avait aucune limite. Il regarda les atrocités que Yamashita avait fait subir à plusieurs de ses victimes à un point tel qu'il en eut la nausée. Cet homme était diabolique.

Peu après minuit, il n'en pouvait plus et il commençait à sentir ses yeux sortir de leurs orbites tellement il avait lu. Il décida qu'il était temps d'aller se coucher. Et, comme depuis quelques nuits, il fit des cauchemars sur Yamashita.

47

Lundi soir, un avion d'Air Canada en provenance d'Angleterre atterrit à l'aéroport Pierre-Eliott-Trudeau à dix-huit heures trente. Une fois leurs bagages récupérés et les douanes passées, Ester et Wesley Sinclair attendaient tranquillement leur taxi lorsqu'Ester donna un grand coup de coude dans les côtes de son mari, lui faisant perdre le souffle.

— Mais bordel de merde Ester ! Pourquoi m'as-tu frappé ?

— Je m'excuse mon bébé, mais regarde là-bas près du guichet automatique...

— Oui ! La femme blonde et son garçon.

— Non, juste à côté du guichet, l'homme avec la valise noire. C'est le numéro dix-sept de la liste des individus les plus recherchés par Interpol.

— Hum... Je crois que le vin que tu as pris dans l'avion au souper t'a monté au cerveau. Pourquoi cet homme, qui est recherché partout en Europe, viendrait-il ici, dans un aéroport où il a facilement passé

154

les douanes et attendrait « je ne sais quoi ? » Tant qu'à y être, veux-tu que j'aille lui demander son nom pour que l'on puisse téléphoner à la police ?

— Non idiot !

— Alors, laisse tomber s'il te plaît. Il se peut qu'il lui ressemble. Il y a du monde partout qui ressemble à quelqu'un quelque part et cela ne fait pas d'eux des meurtriers.

— Je ne sais pas, je sens que j'ai raison… Bof, c'est toi qui dis vrai : le vin était merveilleusement bon !

— Parfait. Je savais bien que tu n'avais pas perdu la raison. Maintenant, allons retrouver les enfants.

Sans le savoir, le couple Sinclair venait d'échapper à une mort certaine. Par contre, en n'ayant pas suivi son instinct, Ester venait de condamner à mort plusieurs personnes innocentes.

Pendant qu'il attendait dans la file pour un taxi qui l'amènerait à l'hôtel Delta, dans le centre-ville de Montréal, le caméléon remarqua le couple qui attendait tout près de la sortie avec ses valises. Pendant quelques secondes, il eut l'impression que la femme le regardait bizarrement. Discrètement, il scruta les lieux, à droite puis à gauche, et juste derrière lui, une jeune mère de famille se disputait avec son jeune garçon. Il se trouvait donc directement entre le couple et la jeune femme. Lorsque le couple fut parti, il réalisa que la dame regardait la mère et son enfant et non lui. C'est avec un soupir de soulagement que le caméléon reprit sa place dans la file d'attente. De toute manière, il était impossible que quelqu'un ait pu le reconnaître avec son déguisement.

Une fois dans le taxi et certain de ne pas être suivi, il fit mentalement la liste de tout ce qu'il voulait faire au cours des prochains jours. Il n'était pas question de laisser par écrit son itinéraire ou ses projets. En gardant tout en mémoire, il s'assurait de ne laisser aucune trace derrière lui.

Ni vu, ni connu.

48

À la mi-novembre, Anna Sato reçut enfin l'appel tant attendu. Yamashita l'invitait au restaurant pour discuter boulot. Il lui donna rendez-vous le samedi soir suivant, dans un restaurant chic du centre-ville.

Anna prit une bonne partie du samedi après-midi à choisir la robe qu'elle porterait pour son rendez-vous. N'ayant pas l'habitude de ce genre de sortie, elle ne savait pas comment s'habiller. Il était hors de question qu'elle demande l'aide de ses amies, car elle devrait répondre à leurs questions, ce qu'elle ne pouvait pas se permettre.

Anna changea d'idée trois fois. La couleur ne convenait pas, le décolleté était trop plongeant ou la robe trop courte. Finalement, elle jeta son dévolu sur une robe rouge que sa meilleure amie lui avait donnée pour son dernier anniversaire de naissance.

Sato était une très belle femme. Grande pour une Asiatique, ses cheveux noirs de jais gardés longs, ses yeux vert émeraude, son petit nez qui retroussait vers le haut comme celui de la reine Cléopâtre et pour terminer, une généreuse poitrine. Le tout faisait en sorte que la majorité des hommes et même des femmes se retournaient sur son passage.

Avec tous ces attributs physiques, elle avait beaucoup de mal à rencontrer des hommes. La plupart du temps, ce n'était que des aventures d'un soir et rarement on la rappelait pour un second rendez-vous. À la longue, elle s'était habituée à cette situation. Elle se répétait souvent qu'un jour, elle rencontrerait son prince charmant. Mais pour l'heure, elle devait rencontrer Yamashita.

Ne voulant pas être en retard, Anna arriva dix minutes en avance. Elle fut conduite à la table que le mafieux japonais avait réservée. Elle commanda un verre de vin rouge en attendant Yamashita. Voyant qu'il n'arrivait pas, elle se demanda s'il lui avait fait une mauvaise blague. Finalement, il se pointa avec quinze minutes de retard, tout en s'excusant et en mettant la faute sur les embouteillages.

Après que le serveur eut apporté le verre de vin, Yamashita et Sato parlèrent de tout et de rien, comme s'ils se connaissaient depuis des années. Anna trouva Yamashita très séduisant pour un homme de son âge. Sa femme et lui avaient dû faire un très beau couple.

Une fois le repas terminé et le café servi, Yamashita demanda à l'infirmière si elle souhaitait toujours travailler pour lui. Anna essaya de rester le plus calme possible, ne voulant pas laisser paraître sa joie. Quelque quinze secondes plus tard, Anna s'entendit dire oui. Yamashita la regarda avec un grand sourire puis commença à lui expliquer ce qu'il attendait d'elle.

Anna écouta attentivement les explications de son nouveau patron. Et posa quelques questions pertinentes ici et là.

— En gros, ce que vous voulez, c'est l'adresse du domicile et les horaires de travail des personnes qui seront sur la liste que vous allez me donner ?

— C'est cela Anna. Comme je viens de vous expliquer, j'ai décidé de porter plainte au civil contre eux, vous comprendrez qu'il est très important de garder le secret. Je sais que ce sont vos collègues de travail, mais leur incompétence a causé la mort de ma femme. Vous avez été la seule à avoir eu de la sympathie et de la commisération pour Hiroko et moi et cela, je ne l'oublierai pas.

Yamashita comptait sur la naïveté d'Anna. Il lui avait sorti de belles paroles pour lui faire croire qu'il avait vraiment besoin d'elle. C'était elle qui lui avait offert son aide et non le contraire. S'il avait vraiment voulu traîner ces salauds en justice, il n'aurait jamais eu besoin d'elle. Toutefois, pour assouvir sa vengeance, il ne pouvait pas tout simplement demander à l'administration de l'hôpital de lui donner les renseignements dont il avait besoin.

— D'accord, j'accepte ! dit Anna. Vous devinerez aussi que je ne ferai pas cela gratuitement. J'ai entre autres deux hypothèques à payer, mentit-elle.

— Je sais et je comprends. Ne vous inquiétez pas, vous serez grassement rémunérée. Trouvez-moi les informations que je vous demande d'abord, et si tout se déroule bien, nous ferons peut-être encore affaire. En attendant, voici un petit acompte qui vous aidera sûrement.

Yamashita lui remit alors une enveloppe brune qu'elle plaça directement dans son sac à main sans regarder ce qu'il y avait à l'intérieur. Son cœur battit très fort à l'idée de découvrir le montant qu'il y avait.

— Vous ne regardez pas ce qu'il y a dans l'enveloppe ? demanda Yamashita.

— Non, je vous fais entièrement confiance, lui répondit Anna.

— Comme vous voudrez. Maintenant, voici la liste dont je vous ai parlé. Je souhaiterais avoir les renseignements d'ici le début décembre. Pensez-vous pouvoir le faire dans ce laps de temps ?

— Oui, aucun problème monsieur.

— Très bien. Si vous avez d'autres questions ou problèmes, appelez-moi à ce numéro. Une fois que les renseignements seront recueillis, appelez ce numéro et non le mien. La personne qui vous répondra vous expliquera comment faire pour nous les faire parvenir.

— Tout est bien de mon côté.

— Parfait ! s'exclama Yamashita en se frottant les mains. Maintenant, dégustons ce gâteau au chocolat que le serveur nous a si chaudement recommandé.

Tout en attendant que le dessert arrive, Sato et Yamashita continuèrent à discuter de la pluie et du beau temps.

49

Une fois la soirée terminée, Anna remercia chaleureusement Yamashita pour le merveilleux souper, sans toutefois faire mention de l'enveloppe qu'il lui avait remise.

Sur le chemin du retour, Anna se sentit tout excitée et avait même des papillons dans le ventre. Elle n'arrivait pas à croire qu'elle venait peut-être de s'associer avec un yakuza.

Tout en conduisant prudemment pour ne pas attirer l'attention des policiers sur elle, Anna ne cessait de caresser l'enveloppe qu'elle savait pleine d'argent. À quelques reprises au cours du trajet, elle pensa même à se garer sur le bas-côté de la route pour regarder combien il y avait, mais mieux valait attendre d'être arrivée à la maison.

Aussitôt chez elle, Anna gravit rapidement les marches menant à la porte d'entrée de sa maison. Dans l'excitation du moment, elle n'arrivait plus à trouver ses clefs. Après deux minutes de recherche infructueuse, Anna recula d'un pas et se dit à voix haute « Anna ma fille, relaxe. Tout va bien. Ouvre ton sac à main, prends tes clefs et ouvre cette foutue porte. »

Et c'est ce qu'elle fit.

Anna referma la porte derrière elle, puis se dirigea vers la cuisine. Les mains tremblantes, elle déposa l'enveloppe sur la table. Elle prit ensuite place sur une des chaises et fit tourner l'enveloppe entre ses mains pendant quelques instants. Soudainement, le doute s'empara d'elle. Autant elle était excitée de connaître le montant qu'il y avait dans l'enveloppe, autant maintenant elle n'était plus certaine de vouloir le savoir. Une fois l'enveloppe ouverte, son association avec Yamashita serait scellée.

Anna pensa alors à ses parents et à quel point cet argent pourrait lui faire du bien, lui donner un petit coussin financier, elle qui n'avait pas pris de vraies vacances depuis très longtemps.

Finalement, la curiosité prit le dessus et elle commença à compter les billets.

Les tremblements du début se répétèrent, mais de manière plus prononcée cette fois. Anna déposa l'argent sur la table, le regardant comme si c'était une patate chaude. Tout d'un coup, la température de la pièce sembla avoir augmenté de dix degrés.

Anna ouvrit le réfrigérateur et sortit la bouteille de vin blanc et s'en servit un grand verre. Pas une coupe; un verre plein. Après deux gorgées, elle recompta encore une fois le contenu de l'enveloppe. Elle ne s'était pas trompée. Il y avait bien cinq mille dollars.

Pendant qu'elle se servait un autre verre de vin, Anna pensa aux trois noms sur la liste que Yamashita lui avait donnée. Elle n'avait aucune sympathie pour les deux premiers, avec lesquels elle avait déjà travaillé. Ce n'étaient que deux nuls. C'était plutôt le dernier nom qui lui posait un problème. Malgré les événements tragiques qui s'étaient déroulés au mois de juillet passé, Anna espérait que rien de grave ne lui arrive.

Reprenant l'argent pour aller le cacher dans sa chambre, Anna faillit commettre une grave erreur. Dans l'euphorie du moment, elle avait voulu téléphoner à sa meilleure amie, mais s'était ravisée lorsqu'elle s'était rappelé les paroles de Yamashita : « *Vous ne devez en parler à personne, sinon, notre contrat ne sera plus valable.* » Sortant de la lune, elle raccrocha avant d'avoir composé le dernier chiffre du numéro.

L'effet de l'alcool se faisait maintenant sentir. Ne voulant plus prendre de risques, Anna plaça son argent dans le premier tiroir de son bureau et retourna à la cuisine terminer son vin.

Plus tard, avec les facultés de plus en plus affaiblies, Anna sombra dans un sommeil profond et sans rêve.

* * *

De son côté, Yamashita partit retrouver son ami et avocat au domicile de celui-ci. Une fois son manteau enlevé et après s'être servi un whisky, Yamashita lui raconta sa soirée avec Anna Sato.

— Le poisson est bien ferré, mon ami Hayato. J'avais peur qu'elle s'aperçoive que je n'avais pas vraiment besoin d'elle, mais par chance, elle a gobé toutes mes salades. Aussi, l'épaisse enveloppe que je lui ai remise l'a aidé à ne plus poser de questions.

— Et que vas-tu faire lorsque tout sera terminé ?

— Je ne sais pas encore. On va voir. Elle pourrait nous servir encore.

Les deux hommes partirent à rire en même temps.

Le plan qu'ils avaient concocté était très simple. Sato trouverait les adresses des tueurs d'Hiroko. Ils engageraient un détective privé qui n'a aucune relation avec eux pour qu'il rassemble le plus d'informations possible sur leurs futures victimes, puis se débarrasseraient de lui. Pour terminer, ils feraient parvenir les renseignements au tueur engagé par l'ami du yakuza au Japon. Yamashita ajouta à l'intention de Kurotani.

— Mon ancien partenaire d'affaires au Japon m'a fait promettre qu'il n'arriverait rien à l'homme qu'il nous enverrait.

— Que veux-tu dire ?

— En gros, nous ne pourrons pas nous débarrasser du tueur comme nous allons le faire avec le privé. Je n'ai pas tous les détails, mais s'il devait lui arriver quoi que ce soit, nous devrions en assumer les conséquences. Connaissant mon ami comme je le connais, nos vies pourraient être en danger.

— Oh ! Que vas-tu faire alors ?

— M'assurer que rien ne lui arrive.

— Si ton ami tient autant à lui que cela, il doit être vraiment bon... et cher aussi.

— Les deux, et je m'en fous de son prix. Ces salauds vont le payer très cher, c'est moi qui te le dis.

Après cette petite montée de lait, Yamashita se calma. Et tout comme Anna Sato l'avait fait un peu plus tôt, les deux mafieux célébrèrent une bonne partie de la soirée, du moins, ce qu'il en restait.

50

Lundi 2 décembre 2013

Comme tous les premiers du mois, Yamashita rencontrait ses lieutenants, c'est-à-dire, tous ceux qui s'occupaient des secteurs illégaux de l'organisation. La rencontre avait lieu au resto-bar du chef de la mafia japonaise.

Chaque département, comme s'amusait à les appeler Yamashita, était dirigé par un yakuza, généralement choisi parmi les plus expérimentés.

Lors de la réunion mensuelle, Yamashita étudiait les livres de comptabilité et écoutait le responsable faire le compte rendu de son secteur d'activité.

Quand arriva le tour de celui qui s'occupait du secteur jeux et paris, le yakuza Konji Yoshi expliqua le petit problème qu'ils avaient eu la veille au sous-sol du resto-bar réaménagé en salle de jeux.

— Probablement que le nom ne vous dit rien, mais il s'appelle Antonio Carmelli, a soixante-cinq ans et est veuf. Il est le propriétaire d'un petit restaurant italien situé juste en face du Palais de Justice de Valleyfield. À ce qu'il paraît, le restaurant est un lieu de rencontre entre avocats, juges et journalistes couvrant la scène judiciaire.

— Quel est le problème ? demanda Yamashita.

— Le vieux Carmelli, comme tout le monde le surnomme, a commencé à venir jouer ici voilà quelques semaines. La plupart du temps, il repartait avec de petits gains, sinon, ses pertes étaient très minimes. Après quelques jours, la dette était remboursée. Or, hier soir, le vieux a perdu un peu plus de cinquante mille dollars au poker et à la roulette. À la fin de la soirée, lorsque je suis allé le voir, il m'a dit qu'il n'avait pas cette somme et qu'il n'était pas question pour lui de payer, du moins pas en un seul versement. Je lui ai expliqué que nous trouverions un arrangement, que de toute manière, je savais où il travaillait, et que s'il essayait de nous duper, il en subirait les conséquences. Alors patron, que dois-je faire ?

Yamashita avait écouté son lieutenant lui expliquer le problème. Il posa une ou deux questions puis, après avoir réfléchi quelques minutes, répondit à son responsable des jeux.

— Konji, voici ce que tu vas faire. Tu m'as bien dit que son restaurant était situé en face du Palais de Justice de Valleyfield, n'est-ce pas ?

— Oui.

— Très bien. Tu vas lui proposer un arrangement qui va nous être plus profitable de cette façon que d'avoir ces cinquante mille dollars plus les intérêts. Tu vas lui dire que nous voulons seulement vingt mille dollars, qu'il pourra nous remettre sur six mois sans intérêts, mais en contrepartie, il devra être nos yeux et nos oreilles lorsque les avocats, les juges ou les journalistes couvrant la scène judiciaire iront manger à son restaurant. Je veux qu'il me monte un dossier sur les informations de pointe, je veux le nom des avocats, des juges, et savoir s'il entend les avocats parler en bien ou en mal des juges ou le contraire. S'il refuse l'offre, je veux voir mes cinquante mille dollars avant la fin du mois. Si je n'ai pas la totalité de mon argent à la date limite, je vais m'assurer personnellement qu'il ne puisse plus jamais faire la cuisine et qu'il soit cloué à un fauteuil roulant pour le reste de ses jours. Me suis-je bien fait comprendre Konji ?

— Très bien patron. Je crois que vous venez d'avoir une sacrée bonne idée.

Tout le monde à la table applaudit l'initiative du patron. Tranquillement, les yakuzas commencèrent à prendre place dans l'échiquier criminel de la Montérégie.

Ayant terminé la réunion sur une bonne note, Yamashita demanda à ce qu'on apporte le souper et le vin.

À part Yamashita et son avocat, personne d'autre n'était au courant du projet personnel du patron. Même s'il était certain que chacun des membres aurait été partant pour y participer, il était beaucoup plus sage d'y mêler le moins de gens possible. En temps voulu, ses lieutenants seraient mis au courant.

* * *

Masao était également présent à la réunion mensuelle. Étant donné qu'il était un des plus jeunes yakuzas, il n'était pas en droit d'avoir son propre secteur d'activité comme les plus anciens. Son statut de fils du numéro un du groupe n'y changeait rien. Les règles avaient été écrites pour être respectées, et personne n'était au-dessus des lois, celle des yakuzas du moins.

Encore une fois, Masao avait espéré, prié même pour que son père annonce enfin le début des hostilités contre les meurtriers de sa mère. Il en resta sur son appétit. Aucune mention ne fut faite du règlement de compte tellement attendu.

Personne parmi les plus vieux ne lui posa de questions. Quant aux plus jeunes, ils avaient peur de son père.

Lorsque Yamashita mit fin à la réunion, Masao comprit officiellement que c'était maintenant à lui de jouer.

Masao Fukuda n'était que le fils adoptif d'Hiro Yamashita. Il n'y avait aucun lien de sang entre eux. Par contre, par un pur hasard, les deux hommes semblaient être connectés d'une certaine façon, car ils eurent la même idée, chacun de leur côté. Ils utilisèrent tous deux une infirmière pour glaner les informations nécessaires à la réalisation de leur plan respectif visant à assouvir leur vengeance.

Au début de sa supposée relation amoureuse avec la jeune infirmière qui, sans surprise, travaillait également à l'urgence de l'hôpital où sa mère était décédée, Masao espérait obtenir les renseignements dont il avait besoin, puis laisserait tomber la jeune femme. Ce qu'il n'avait pas prévu dans son plan, c'est qu'il tomberait réellement amoureux de sa complice. De toute sa vie adulte, il n'avait jamais éprouvé quelque chose d'aussi intense pour une femme. Chacune des secondes passées à ses côtés n'était que pur bonheur.

Malgré tout l'amour qu'il avait pour son amie de cœur, il n'était pas question de faire marche arrière dans son projet. Ce qui avait été entrepris devait être terminé.

Aussitôt que le repas entre Yamashita et les yakuzas prit fin, Masao partit rejoindre Catherine chez elle où une nuit d'amour et de passion l'attendait.

51

Le lendemain, Yoshi et un des hommes de main de Yamashita allèrent rendre visite au propriétaire du restaurant italien, Antonio Carmelli. Les deux hommes prirent place sur une banquette et demandèrent à voir le patron. Le serveur lui répondit qu'il était occupé à l'arrière et qu'il avait demandé à ne pas être dérangé. Mais lorsque l'homme de main se leva et que le serveur se retrouva nez à nez avec le sosie du mythique Bigfoot, il changea aussitôt d'idée et alla chercher son patron.

Carmelli semblait irrité de sa faire déranger et, lorsqu'il aperçut Yoshi et Bigfoot, il sentit son cœur s'arrêter. Il s'approcha du duo et demanda poliment comment il pouvait les aider. Yoshi lui demanda s'ils pouvaient se parler dans un lieu où ils ne seraient pas dérangés.

Carmelli lui demanda alors de bien vouloir le suivre dans son bureau. Yoshi demanda à Bigfoot de rester devant la porte et de ne laisser entrer personne, ce que Carmelli interpréta comme étant de mauvais augure pour lui et sa santé.

Une fois dans le bureau, Yoshi exposa à Carmelli ce que Yamashita avait décidé de faire pour l'énorme dette de jeu qu'il avait accumulée quelques jours auparavant.

— Monsieur Carmelli, vous comprendrez que l'offre que je vais vous faire n'est pas négociable. Vous acceptez ou vous refusez, m'avez-vous bien compris ?

— Oui, trop bien.

— Alors, voici. Nous vous offrons la possibilité de couper votre dette à vingt mille dollars au lieu des cinquante mille du départ. Nous vous laissons six mois pour nous rembourser, et ce, sans aucun intérêt...

— Et je devrai ensuite me prostituer pour vous, c'est cela ?

— Monsieur Carmelli, vous n'y êtes pas du tout. Ce que nous aimerions, c'est que vous soyez nos yeux et nos oreilles lorsque les juges et les avocats qui travaillent au Palais de Justice ainsi que les différents journalistes couvrant la scène judiciaire viendront manger à votre restaurant. Nous voulons avoir leurs noms. Si les journalistes parlent des hommes de loi en bien ou en mal, nous voulons les détails que personne ne connait, sauf vous.

— Et si je refuse ?

— Si vous refusez, vous n'aurez que le restant du mois pour nous rembourser les cinquante mille dollars. Si le solde complet n'est pas payé dans le délai convenu, mon ami, qui attend si patiemment devant votre porte, viendra vous voir personnellement. Soit pour collecter l'argent ou pour pratiquer son élan au baseball. À vous de choisir. Ah oui... pas un mot à la police. Suis-je bien clair ? C'est un arrangement privé entre homme du monde et personne d'autre ne doit être mis au courant. Nous vous laissons jusqu'à demain midi pour prendre votre décision. On dit que la nuit porte conseil, alors faites le bon choix, monsieur Carmelli. Je vous laisse ma carte. Rappelez-moi demain avant-midi ou c'est mon ami qui viendra chercher la réponse.

— Je n'ai pas vraiment le choix, n'est-ce pas ? Pour être vos yeux et vos oreilles, comment devrai-je faire ? Est-ce que mes employés seront mêlés à tout cela ? Ils n'ont pas à payer pour mes erreurs.

— Pour la première question, lorsque le contrat sera signé, nous vous expliquerons comment faire. Pour l'autre question, tant et aussi longtemps que vous respecterez votre part du contrat, personne d'autre ne sera mis au courant ni mêlé à quoi que ce soit. Tout ce que je viens de vous dire sera mis noir sur blanc sur le contrat.

— Parfait. Alors, sortez de mon restaurant immédiatement, ordonna Carmelli.

— C'est un plaisir de faire des affaires avec vous. Au revoir et à bientôt.

Une fois que Yoshi fut dans son auto, il téléphona à l'avocat du clan pour lui faire préparer le contrat de Carmelli, puis il lui raconta en détail sa rencontre. Finalement, quinze minutes plus tard, il recommença encore une fois le même discours, mais cette fois, pour son patron.

* * *

Deux jours après la rencontre entre Yoshi et Carmelli, Anna Sato composa le numéro de téléphone qui était inscrit sur la carte que Yamashita lui avait donnée. Une voix d'homme lui répondit à la deuxième sonnerie et lui donna les indications à suivre pour remettre les renseignements qu'elle avait recueillis. La voix lui indiqua également qu'une fois les renseignements reçus, elle recevrait son autre paiement par la poste. Elle n'eut même pas le temps de poser une question que son interlocuteur avait déjà raccroché.

Une heure plus tard, toujours en suivant les instructions qu'elle avait reçues, Anna alla déposer les renseignements à l'endroit que la voix lui avait indiqué.

Une fois sa tâche accomplie, elle réfléchit à l'idée de se cacher non loin de là pour voir celui ou celle qui viendrait récupérer l'enveloppe contenant les renseignements demandés par Yamashita.

Après avoir pesé le pour et le contre, elle décida qu'il était plus sage de ne pas traîner dans les parages. Elle avait beaucoup plus à perdre qu'à gagner en restant cachée près d'ici.

De nature curieuse, Anna retourna chez elle avec regret par le chemin que l'informateur lui avait dit de prendre.

De toute manière, il ne lui restait qu'une heure avant le début de son quart de travail à l'hôpital.

52

Mercredi 4 décembre 2013

Un peu plus d'un mois après être revenu de Montréal pour sa première visite de reconnaissance de la ville pour son prochain contrat, le caméléon était de passage en Espagne, un de ses pays préférés. Il y faisait toujours très beau et les femmes étaient les plus belles qu'il ait rencontrées. Il parlait très bien espagnol, ce qui lui permettait, une fois déguisé, de passer pour un habitant local.

En ce début du mois de décembre, il n'avait toujours pas reçu les détails du boulot qu'il avait accepté de faire au Canada. Il n'était pas de nature à paniquer facilement, sauf qu'il avait déjà refusé une autre affaire, certes moins rémunératrice, mais il l'avait refusée quand même.

Il commençait à se poser des questions : ledit contrat était toujours valide ou avait-il été annulé sans que personne ne l'ait averti ?

Quelque peu exaspéré par la situation, il décida d'envoyer un court message à son intermédiaire au Japon. Une fois la missive envoyée, le caméléon partit faire une promenade dans les rues encombrées de Madrid.

Cela faisait maintenant plusieurs semaines qu'il n'avait tué personne. Il ne considérait pas être un psychopathe comme Ted Bundy ou tous les autres du même genre, mais il adorait traquer sa proie, connaître ses habitudes, ses allées et venues, choisir le meilleur moment pour attaquer et tuer, tout en essayant de prévoir l'imprévu. Tout cela l'excitait au même titre que courtiser une femme. À quelques reprises, il eut même de solides érections le moment d'exécuter sa cible venu, à voir dans leurs yeux la peur morbide s'installer puis la vie s'éteindre comme une petite flamme.

Lorsqu'il avait douze ans, ses parents lui avaient acheté un chat tout gris. Il avait aimé cette boule de poils jusqu'au jour où, en revenant de l'école, il avait trouvé Ti-gris en train de mâchouiller son jouet préféré. Fou de rage, il lui avait donné un grand coup de pied dans les flancs et le chat s'était sauvé pendant quelques jours.

Le troisième jour, revenant de l'école, il trouva son chat qui l'attendait sur le balcon, il ne comprit pas pourquoi l'animal qu'il avait battu revenait vers lui.

Un de ses nouveaux copains à l'école lui avait raconté les expériences que les Allemands avaient fait subir aux Juifs dans les camps de concentration. Mais avant tout, ils testaient leurs nouveaux moyens de torture sur des animaux. Le jeune homme, celui qui allait devenir le caméléon dans sa vie d'adulte, avait écouté avec attention les récits de son ami.

Ayant pris des notes sur ce que son ami avait raconté, l'apprenti tortionnaire décida d'essayer lui aussi les mêmes techniques de torture que les Allemands avaient utilisées jadis. Avec l'aide d'un de ses camarades, ils avaient commencé leur expérimentation sur Ti-gris.

Au début, les deux gamins s'amusaient à voir souffrir l'animal, mais peu après le début du jeu, comme l'appelait le caméléon, lui seul semblait y prendre plaisir. C'est ainsi que les autres jours, le caméléon se retrouva seul à faire ses petits jeux sur tout animal qui lui tombait sous la main. Il puisait sa force, son désir de continuer en regardant sans cesse la bête droit dans les yeux. Essayant de lire, de décoder ce que sa proie ressentait avant de mourir. La voir se débattre par tous les moyens possibles, même si celle-ci se savait perdue.

Lorsqu'il ôta la vie à son premier être humain, il rechercha cette même ivresse lors du passage à trépas qu'il avait ressentie avec les animaux.

Avec le temps et l'âge, la cruauté de ses actes l'avait quitté, mais l'euphorie du moment final était restée.

Depuis lors, à de très rares occasions, il avait tué pour le plaisir. Pour lui, assassiner quelqu'un était devenu un travail. Aujourd'hui, il sentait qu'il avait besoin d'un petit challenge en attendant son prochain contrat. Lorsqu'il décidait d'y aller pour le plaisir, il se choisissait toujours une cible pour qui la mort aurait peu – de son point de vue – d'impact. Il ne voulait pas de cible trop facile non plus. Il décida donc que le lendemain serait jour de chasse. Il irait se balader à Barcelone, en quête d'une proie, homme ou femme, mais jamais d'enfant.

Après une bonne nuit de sommeil, son petit-déjeuner avalé et bien douché, il prit l'allure d'un homme d'affaires : veston, cravate, lunettes et pour terminer la transformation, un porte-documents. Avec son allure distinguée, il était assuré de passer inaperçu dans les artères achalandées où ses pas le conduiraient au hasard.

Sur l'heure du midi, il repéra une cible. Un banquier selon ce qu'il entendait. Celui-ci était en train de sermonner un de ses employés, et ce, à la vue de tout un chacun. Le caméléon dut même se retenir pour ne pas l'abattre immédiatement sur place. Pour lui, engueuler un employé était une chose qui devait se faire dans le bureau du patron et non en public. Pour l'instant, il ne pouvait qu'observer cet enfoiré d'imbécile enguirlander le pauvre bougre.

Le banquier devait être âgé d'une cinquantaine d'années. Chauve sur la quasi-totalité de son crâne, un nez d'alcoolique rougi par l'abus de boisson et une paire de lunettes dont la partie inférieure des verres était maculée d'une matière non identifiable. C'était à se demander comment il arrivait à marcher avec cette chose opaque sur le nez. Avec au moins une quinzaine de kilos en trop, il était plus facile de passer par-dessus que de vouloir le contourner !

Le caméléon remarqua également que son sujet potentiel n'avait pas d'alliance à l'annulaire de la main gauche. De toute manière, qui voudrait d'un imbécile comme lui pour mari ?

Le tueur décida donc que son prochain trophée serait le banquier. Il se donnait deux jours pour accomplir sa tâche, c'est-à-dire, débarrasser la terre d'un parasite sans respect ni envers lui-même et encore moins envers ses employés.

La banque en question était une petite succursale et non une de ces grosses multinationales où l'on vous servait café et croissant lorsque vous attendez votre tour. En fait, c'était une institution de quartier avec ces quelques caissières courtoises, un aide-gérant et une ou deux secrétaires.

Il n'y avait aucun agent de sécurité sur place. Par contre, plusieurs caméras étaient placées un peu partout et filmaient les allées et venues des clients au moment où ils pénétraient dans la bâtisse.

Alors qu'il faisait la file derrière deux autres clientes, le caméléon feignait l'indifférence en regardant un peu partout, mémorisant ainsi l'emplacement des caméras de surveillance. Il chercha également où était situé le bureau du gérant, celui-là même qui, d'ici deux jours, prendrait domicile de façon permanente juste en face sa banque, c'est-à-dire au cimetière.

Il lui importait peu que les caméras le prennent en image, car à sa prochaine visite, il serait un autre homme ou même une femme.

Ayant enregistré chaque détail de l'intérieur de la banque, le caméléon sortit et fit discrètement le tour du bâtiment, repérant ainsi les sorties de secours et tout ce qui serait utile à sa fuite en cas de pépin. Satisfait du travail de reconnaissance qu'il venait d'accomplir, le caméléon repartit en direction de son hôtel.

Une fois redevenu lui-même, il alla consulter sa messagerie électronique. À sa grande joie, il avait reçu une réponse à ses questions du matin. Le message mentionnait qu'il était attendu pour le vendredi à venir et que les renseignements utiles lui seraient remis une fois sur place. D'autres détails viendraient plus tard.

Cette bonne nouvelle en amenait une mauvaise. Il ne pourrait donc pas aller faire la peau à ce banquier miteux. Il serait très mal vu de sa part de se faire remarquer avant de partir pour l'Amérique.

Ce n'était que partie remise. Une fois son contrat terminé, il reviendrait terminer ce qu'il avait commencé.

Maintenant qu'il était fixé sur sa nouvelle assignation, le caméléon devait choisir les identités qu'il adopterait dans les prochains jours, voire, les prochaines semaines.

À dix-neuf heures, tous les arrangements quant à son voyage du lendemain étaient réglés. Le caméléon descendit au restaurant de l'hôtel pour un dernier souper puis dormit comme un loir, heureux que l'action débute, comme au cinéma quand le *clap* se fait entendre. Prise I...

53

Mardi 10 décembre 2013

Les Bruins de Boston étaient encore en train de battre les Canadiens de Montréal. Tard en deuxième période, Boston avait les devants quatre à un. C'était une autre partie à l'image de l'équipe, c'est-à-dire décevante.

Le téléphone sonnait depuis quelque temps lorsque la femme de l'inspecteur Rémi Vézina vint le sauver du film d'horreur qu'il regardait.

— Rémi ! Téléphone pour toi mon amour, c'est le bureau.

— Merci trésor, je le prends d'en haut au grenier.

Vézina quitta avec plaisir l'écran géant et alla répondre dans son bureau. Il regarda l'heure tardive et se demanda ce qui pouvait être grave au point de recevoir un appel à cette heure.

— Rémi Vézina !

— Euh ! Monsieur, c'est O'Brian. Je m'excuse de vous déranger à...

— Oui ! Qu'est-ce qui se passe O'Brian ?

— Monsieur, la police municipale vient de m'apprendre qu'ils ont découvert le corps d'un homme gisant sans vie derrière un grand conteneur à déchets non loin d'un dépanneur à Pincourt. Deux douilles de 9 mm ont également été retrouvées près du corps. La victime a été identifiée comme étant Pierre Ruel, un détective privé connu des policiers.

— O'Brian, je m'excuse de vous interrompre, mais quel est le rapport entre ce meurtre et la GNC ?

— J'y arrive. Les policiers sur place ont rencontré deux témoins qui ont affirmé être certains à cent pour cent d'avoir aperçu deux hommes de nationalité japonaise quittant les lieux du crime. Lorsqu'un des témoins a rapporté au commis du dépanneur ce qu'il venait tout juste de voir, celui-ci est allé faire une petite reconnaissance, par curiosité pour estimer ce qui se tramait et c'est à ce moment qu'il a découvert le cadavre du pauvre type.

— Et comment as-tu été mis au courant ? demanda Vézina.

— Après les événements de l'été dernier avec Yamashita et sa bande, j'avais demandé aux autres corps policiers de me rapporter tout incident impliquant des Japonais. C'est ainsi que le détective responsable de l'enquête m'a téléphoné un peu plus tôt pour me mettre au parfum. Ils nous ont aussi envoyé les deux douilles pour que nous puissions faire l'analyse balistique.

— Est-ce que le policier responsable t'a donné d'autres éléments ?

— Non, il m'a dit que vous pouviez lui téléphoner demain, qu'il vous mettrait au courant du dossier.

Après avoir pris en note le nom et le numéro de téléphone du policier en charge de l'enquête, Vézina remercia le lieutenant O'Brian et raccrocha.

L'inspecteur se dirigea vers la fenêtre de son bureau au grenier, se demandant quel genre de dangers ces hommes et ces femmes pouvaient bien avoir simplement en marchant dans la rue. Ils n'avaient certainement pas à se soucier de croiser un criminel tel qu'Hiro Yamashita. Non, c'était plutôt à lui qu'incombait la tâche de les protéger, et non le contraire.

Vézina sortit de sa rêverie lorsqu'il entendit son plus jeune fils crier « Quatre à deux, Pa ! » Vézina sourit, sachant très bien qu'il était trop tard pour une remontée des Canadiens.

Revenant à son bureau, il prit le petit bout de papier avec le numéro de téléphone de l'inspecteur chargé de l'enquête sur le meurtre du privé puis s'apprêta à lui téléphoner lorsqu'il changea d'idée. Mieux valait lui laisser le temps de ramasser des preuves et de commencer l'enquête. Il remit donc son appel au lendemain sans toutefois cesser de se poser des questions. « *Se pouvait-il que Yamashita ait commencé à exécuter son plan de vengeance ? Aurait-il déjà commis une erreur ? Comment savoir si ce meurtre était relié ou non à sa rancune ?* »

Pour l'instant, il était trop agité pour aller se coucher. Il décida de rouvrir le dossier que son ami Tanaka lui avait donné et de reprendre depuis le début. Peut-être y trouverait-il des choses qu'il n'avait pas vues avant ou un indice qui pourrait l'aider. Et si la nuit portait conseil...

Le matin suivant, à neuf heures tapant, l'inspecteur Vézina téléphona à son collègue chargé de l'enquête de la mort de Pierre Ruel.

Après les formules de politesse habituelles, Vézina expliqua en deux mots à son confrère l'intérêt qu'il portait à ce dossier.

Vézina écouta donc attentivement le policier lui raconter la chronologie des événements de la veille. En fin de compte, l'inspecteur Vézina apprit qu'il n'y avait pas grand-chose de concret pour le moment. Aucune fibre, aucune tache de sang autre que celle de la victime elle-même et peu d'empreintes digitales. Le seul point positif jusqu'à maintenant était les deux douilles de 9 mm. Celles-ci étaient toujours en cours d'analyse aux laboratoires de la GNC.

Peut-être auraient-ils plus de chance de ce côté.

— Mon assistant m'a parlé de deux témoins. Qu'en est-il ? demanda Vézina.

— Effectivement, il y a bien eu deux témoins, non pas du meurtre en tant que tel, mais de la fuite des deux présumés assassins, répondit le détective Asselin.

— Côté fiabilité, sont-ils crédibles ?

— Tout à fait. Les deux hommes ne s'étaient jamais rencontrés avant les événements d'hier soir. Nous allons les interroger un peu plus tard pour prendre leur déposition complète.

— Qu'ont-ils dit jusqu'à maintenant ?

— Que les suspects étaient repartis en voiture, une Toyota Yaris de couleur foncée. Lorsque nous les avons rencontrés hier, leur famille était avec eux et les enfants pleuraient. Alors, nous avons convenu de nous revoir ce midi.

— Et la victime ? demanda Vézina.

— Pierre Ruel, quarante-cinq ans. Célibataire et sans enfants. Il était connu des policiers municipaux pour s'être déjà associé à différents gangs criminalisés. Nous avons également interrogé ses voisins qui l'ont décrit comme étant quelqu'un de réservé. Il ne recevait jamais de clients chez lui et personne n'avait jamais remarqué ou vu des Asiatiques venant le visiter.

Les deux policiers discutèrent pendant quelques minutes, puis Vézina demanda la permission de pouvoir interroger lui aussi les deux témoins. Le détective Asselin lui donna donc leur nom et numéro de téléphone.

Comme l'inspecteur Vézina allait raccrocher, Asselin reprit.

— Inspecteur Vézina, j'allais oublier. Je viens juste de voir ce détail sur mes notes. Les deux témoins nous ont affirmé avoir remarqué des tatouages sur le derrière de la tête, plus précisément dans le cou.

— En êtes-vous vraiment certain ?

— Ce sont leurs paroles.

— Merci encore une fois pour votre aide. Je vous tiens au courant si j'apprends d'autres choses.

— Merci à vous. Et bonne journée.

Vézina n'arrivait pas à cacher son excitation. Sans perdre une seconde, il reprit le dossier que la GNC de Vancouver lui avait donné et feuilleta rapidement les pages à la recherche de photos. Malheureusement, il y en avait très peu, et sur celles qu'il y avait, rien de bien concluant.

Ne voulant pas se laisser abattre si facilement, Vézina décida de téléphoner à la personne ayant le plus de connaissances dans ce domaine, son ami, l'inspecteur Bill Tanaka.

— Allo Bill, c'est Rémi Vézina à Montréal, comment vas-tu mon ami ?

— Eh ! Rémi ! Content de te parler. Ça va très bien, et toi ?

— Très bien merci. Bill, je m'excuse de te déranger, mais j'aurais une question pour toi.

Vézina raconta à Tanaka ce qui s'était passé la veille et lui spécifia ce qu'il attendait de lui.

— Je devine ta question Rémi. Habituellement, les tatouages sont faits sur les mains et les bras, mais il arrive parfois qu'on les retrouve sur le derrière de la tête ou sur le cou. Je vais t'envoyer un courriel avec les photos de tous les tatouages que nous avons recueillis des yakuzas du clan de Yamashita. Peut-être que tes témoins auront aperçu l'un d'eux ?

— Merci beaucoup Bill, je vais attendre ton courriel. À part cela, quoi de neuf à Vancouver ?

— Rien de bien spécial, l'habituel. Aussitôt que tu as des nouvelles, fais-le-moi savoir. Je veux suivre l'affaire !

— C'est promis. À bientôt mon ami.

Une fois la communication terminée, Vézina, qui avait décidé de rester à la maison pour l'avant-midi, descendit à la cuisine se préparer un petit déjeuner. Il était seul à la maison pour les prochaines heures puisque sa femme était partie travailler et ses enfants étaient à l'école.

Avec son plateau chargé au maximum, l'inspecteur retourna au grenier avec les victuailles qu'il mangerait tout en surfant sur Internet.

À sa grande surprise, il s'aperçut que Tanaka lui avait déjà envoyé le courriel promis. Il avait pensé le recevoir plus tard en après-midi. Il déposa son plateau sur la petite table près de la fenêtre et ouvrit le message de son ami.

Les photos, au nombre de quinze, montraient des yakuzas avec toute sorte de tatouages sur le corps. Plusieurs représentaient des dessins, tandis que les autres étaient des symboles japonais.

Vézina ne comprenait pas comment des êtres humains sains d'esprit ou plutôt pas sains d'esprit du tout, pouvaient s'infliger de tels symboles sur le corps.

Il imprima les photos en couleur et en plusieurs exemplaires et les plaça dans sa valise qu'il apporterait aux bureaux de la GNC en après-midi. Avant de continuer son travail, il transmit un petit mot de remerciement à son confrère de Vancouver.

54

En après-midi, l'inspecteur Vézina arriva aux bureaux de la GNC de Valleyfield, et comme à son habitude, alla se servir une grande tasse de café noir. Avant même que ses fesses ne touchent à sa chaise, le lieutenant arriva en coup de vent dans le bureau de son patron.

— Bordel de merde O'Brian, tu m'as fait renverser mon café sur mon pantalon. Et pourquoi ce grand sourire sur ton visage ?

— Je m'excuse patron, mais vous allez capoter. Vous vous souvenez des deux douilles de 9 mm que les municipaux nous ont envoyées hier ? Eh bien, nous avons fait l'analyse et l'arme qui a tiré la balle correspond à cent pour cent à l'arme qui a été utilisée pour commettre deux meurtres. Devinez où ?

— Je n'ai pas le goût de jouer aux devinettes Marcel.

— OK, répondit O'Brian tout excité. L'arme a déjà été utilisée à... Vancouver, il y a quatre ans !

À ces mots, Vézina renversa complètement le reste de son café.

— Quoi ? Répète ça s'il te plaît ?

— Vous avez bien compris. L'arme qui a été utilisée pour assassiner le privé hier soir a déjà servi pour un double meurtre à Vancouver, et ce, dans les bonnes années de notre ami Yamashita là-bas. Fait encore plus intéressant : l'arme appartenait à un des yakuzas de Yamashita. Deux jours avant le début de son procès pour le meurtre de deux revendeurs de drogue d'un concurrent, le yakuza a tout simplement disparu. Pouf ! Évanoui dans la nature. Plus personne ne l'a revu par la suite. Une enquête a aussitôt été lancée, mais sans succès. Sa disparition reste encore un mystère des plus complets. Et voilà que quatre ans plus tard, la même arme réapparaît par magie pour tuer le pauvre détective privé. La question qu'il faut maintenant se poser est : s'agit-il du même tueur ou de quelqu'un d'autre ?

— Incroyable ! Est-ce que tu as pu avoir une photo du yakuza en question ? Si nous pouvions avoir une photo, nous pourrions la montrer aux deux témoins d'hier soir, suggéra Vézina.

— Je vais contacter le bureau de Vancouver pour voir ce qu'ils peuvent faire. Je vous reviens bientôt avec des nouvelles.

— Euh ! Marcel, désolé de m'être emporté tout à l'heure.

— Pas de problème patron, dit O'Brian en quittant le bureau de son supérieur.

Vézina n'en revenait tout simplement pas. La chance commençait peut-être à tourner.

Assis à son bureau, plusieurs questions se bousculaient dans son esprit : était-ce le début de la vendetta de Yamashita ? Quel était le rapport entre le détective privé et le personnel de l'urgence ? Et la plus importante : Yamashita était-il derrière tout cela ?

Vézina eut alors une pensée pour ceux et celles qui avaient essayé de sauver la vie d'Hiroko Yamashita. Est-ce que leur vie était en danger ?

S'il pouvait relier la mort du privé au yakuza grâce aux douilles retrouvées près du cadavre, il pourrait peut-être convaincre son patron du danger que représentait le chef de la mafia japonaise pour les employés de l'urgence.

Vingt minutes plus tard, O'Brian revint avec une série de photos couleur.

Celles-ci montraient des hommes soupçonnés d'être des yakuzas.

Sur le dessus de la pile se trouvait la photo du yakuza suspecté d'avoir tué deux revendeurs de drogue de Vancouver quelques années plus tôt. Sans surprise, le suspect avait des tatouages sur les deux bras, dans le dos et, le plus important pour l'inspecteur, derrière la tête, juste à la base du cou. Vézina vérifia avec les photos que Tanaka lui avait envoyées et Eurêka, le même tatouage se retrouvait sur les deux jeux de photos.

Il venait donc de trouver, espérait-il, l'emblème du clan de Yamashita.

Plus les minutes passaient, plus il devenait clair pour Vézina que Yamashita était derrière le meurtre du privé. L'inspecteur n'était pas du genre à croire aux coïncidences, enfin pas avec l'expérience qu'il avait acquise durant sa carrière de limier.

O'Brian, qui était reparti à son bureau, revint encore quelques minutes plus tard, cette fois d'un pas posé et en cognant à la porte avant d'entrer.

— Patron ?

— Oui Marcel, répondit Vézina.

— J'ai du nouveau sur les douilles du 9 mm.

— Et…

— Le technicien en balistique a trouvé des empreintes digitales sur les deux douilles retrouvées hier soir. Aucune d'entre elles ne concordait avec le yakuza disparu à Vancouver. J'ai vérifié avec le dossier que la GNC de là-bas nous a fait parvenir.

— Merde ! Si ce n'est pas lui, alors qui est-ce ?

— Aucune idée. Si j'avais à parier, je dirais que Yamashita a fait éliminer son homme avant son procès, mais a oublié de se débarrasser définitivement de l'arme. Pour une raison que je ne m'explique pas, ceux qui ont abattu le privé ont utilisé la même arme que celle qui a tué les revendeurs de drogue à Vancouver.

Vézina regarda son fidèle compagnon avec un petit sourire en coin.

— Bien joué Watson ! dit-il, faisant référence au talent d'analyse du bras droit de Sherlock Holmes.

— De rien. Tout le plaisir est pour moi, répondit O'Brian en riant, lui aussi.

Tout en replaçant les photos correctement, Vézina continua.

— Devine quoi Marcel ? Je crois que je viens de trouver la marque distinctive des yakuzas de Yamashita.

L'inspecteur se servit des photos pour démontrer sa théorie à son bras droit. Celui-ci approuva d'un signe de tête en regardant de plus près les photos.

— Alors, si un ou les deux témoins d'hier soir pouvaient reconnaître le ou les tatouages qu'ils ont vus sur les suspects, nous aurions une bonne présomption de la culpabilité de Yamashita.

— Quand êtes-vous censé les rencontrer ?

— Je ne sais pas encore. J'ai demandé à Brigitte de les contacter et d'arranger un rendez-vous.

Et comme par magie, la secrétaire de l'inspecteur Vézina fit son apparition sur le seuil de la porte du bureau de son patron. Elle frappa discrètement et remit une petite note à Vézina.

— Merci Brigitte ! Marcel, nous allons en avoir le cœur net vers dix-neuf heures ce soir.

— Allez-vous avoir besoin de moi ?

— Oui. Nous allons les rencontrer séparément, chacun un. Ensuite, une fois l'entretien terminé, nous allons comparer les informations recueillies. Mais pour l'instant, j'aimerais préparer les questions que nous allons leur poser.

— Parfait ! Je suis partant.

Les deux hommes se firent servir du café et des sandwichs et s'enfermèrent dans le bureau de Vézina avec la consigne de ne pas les déranger.

55

À dix-neuf heures tapant, le premier des deux témoins arriva aux bureaux de la GNC. Une des secrétaires, qui était restée pour la soirée, prit son manteau et le guida dans une des deux salles de conférences. Elle lui offrit également du café puis quelques minutes plus tard, Vézina vint le rejoindre.

— Bonsoir monsieur Tremblay. Je m'excuse de vous avoir fait attendre.

— Aucun problème. J'en ai profité pour me réchauffer avec mon café.

— Très bien, je me présente. Je suis l'inspecteur Rémi Vézina, inspecteur sénior ici, à la Gendarmerie nationale du Canada.

— Enchanté ! Appelez-moi Robin s'il vous plaît.

— Parfait. Robin, avant de commencer, je tiens à vous dire que je n'ai eu aucun écho de votre rencontre avec le détective Asselin plus tôt aujourd'hui. Alors, je m'excuse à l'avance si les mêmes questions reviennent encore.

— Je comprends. Allez-y.

Vézina regarda ses notes pendant quelques secondes, puis il s'élança.

— Vous avez été témoin hier soir, de la fuite de deux hommes vietnamiens, qui ont probablement perpétré un meurtre à Pincourt.

— Oui. Mais ils n'étaient pas vietnamiens !

Vézina releva quelque peu la tête de ses notes avec un sourire à peine imperceptible.

— Que voulez-vous dire ?

— Les deux hommes que j'ai vus n'étaient pas vietnamiens, ils étaient japonais.

— Comment pouvez-vous être certain ?

— J'ai travaillé deux ans au Japon. Je sais faire la différence, croyez-moi.

— Très bien, des Japonais. Qu'avez-vous donc vu ?

— Nous revenions de la pratique de hockey de notre fils le plus jeune. Ma femme voulait avoir du lait pour le déjeuner du lendemain, alors, je me suis arrêté au dépanneur, nous habitons tout près. Lorsque je suis revenu à l'auto, j'ai remarqué qu'il y avait une auto de stationnée non loin du conteneur à déchets. J'ai trouvé ça bizarre, car personne ne se stationne là d'habitude.

— Et pourquoi ? voulut savoir Vézina.

— Il y fait très noir et assez souvent, il y a des bouteilles de bière cassées par terre.

L'inspecteur lui fit signe de poursuivre.

— Comme j'ouvrais la portière de l'auto, j'ai entendu du bruit venant de cette direction, et c'est là que j'ai aperçu les deux Japonais qui s'apprêtaient à prendre place dans leur voiture.

Vézina fit alors signe au témoin d'attendre une seconde.

— Robin, vous venez de me perdre dans vos explications. Vous m'avez dit qu'il faisait très noir près du conteneur, et quand même, vous avez été capable de faire la différence entre des Japonais et des Vietnamiens. Expliquez-moi cela !

· Robin Tremblay sourit à l'inspecteur Vézina.

— Vous n'êtes jamais allé à ce dépanneur, n'est-ce pas ?

— Non ! Jamais.

— Je comprends alors votre scepticisme. Sur le côté de la bâtisse, celui où il y a le conteneur, il y a une grosse lumière... brûlée, du moins, la majorité du temps. Il arrive parfois que cette satanée lumière reprenne vie pendant quelques secondes à quelques minutes, puis qu'elle retourne dans les abysses des ténèbres. Comme si quelqu'un lui donnait une petite tape pour la réveiller. C'est de cette façon que j'ai aperçu les deux Japonais. Au moment où ils retournaient à leur auto, la lumière s'est allumée pendant au moins une quinzaine de secondes.

Vézina comprenait tout maintenant. Soulagé de ne pas avoir à faire à un petit comique, il continua.

— Robin, je vais maintenant vous montrer des photos de tatouages. J'aimerais que vous me disiez si vous en reconnaissez un.

Vézina, qui avait préalablement placé la photo du présumé yakuza de Yamashita sur le dessus de la pile, se croisa les doigts.

— Vous êtes chanceux inspecteur. La première photo, le conducteur avait le même tatouage sur le derrière de la tête, à la base du cou.

Tremblay se retourna pour montrer à Vézina l'emplacement exact.

— Vous en êtes certain ?

— À deux cents pour cent. Comme je viens de vous le dire, lorsque la lumière reprend vie, c'est tout le périmètre du dépanneur qui s'illumine. Quand celui qui a pris place derrière le volant s'est retourné pour s'asseoir, son cou et sa tête ont été exposés à la lumière.

— Et l'autre type. Avez-vous remarqué quelque chose ?

— Non.

— Rien sur le cou ou la tête ?

— Aucune idée, il portait une tuque.

— Et pour l'auto ?

— Une Toyota Yaris foncée. Et non, je n'ai pas relevé le numéro de la plaque.

Vézina jubilait sur sa chaise. Il avait devant lui le témoin parfait.

— Avez-vous remarqué quelque chose d'autre ? N'importe quoi sortant de l'ordinaire.

— Oui. Les deux hommes semblaient drogués.

— Que voulez-vous dire ?

— Leur comportement. Pourquoi choisir un tel lieu pour assassiner quelqu'un ? Dans leur fuite, ils n'avaient vraiment pas l'air pressés de partir. Leurs gestes étaient lents. À un certain moment, j'ai même cru qu'ils s'obstinaient.

L'inspecteur regarda une dernière fois ses notes, s'assurant qu'il n'avait rien oublié. Satisfait, il remit sa carte professionnelle au témoin en lui demandant de le contacter si jamais quelque chose lui revenait en mémoire.

— Je vous remercie infiniment de nous avoir consacré un peu de votre temps monsieur Tremblay.

Les deux hommes se serrèrent la main, puis Vézina raccompagna son premier témoin jusqu'à la sortie.

Quelques minutes plus tard, O'Brian en faisait autant avec le second.

Les deux policiers se réunirent donc dans le bureau de Vézina pour comparer ce qu'ils venaient d'apprendre. Chacun écouta l'autre raconter son entretien. Après leur monologue respectif, Vézina reprit.

— OK mon ami. Je crois que nous sommes sur la bonne voie. Les deux témoins nous ont dit exactement la même chose. Ils ne se sont jamais rencontrés, donc, personne ne pourra dire qu'ils ont arrangé leur témoignage. Ensuite, et c'est le plus important pour moi, le tatouage. Sans aucune hésitation, ils ont pointé celui que nous connaissons.

— Je suis d'accord avec vous. Les réponses venaient sans délai. Lorsque j'ai mentionné par exprès que c'étaient des Chinois, il m'a corrigé dans la seconde, en affirmant que c'était bel et bien des Japonais et non des Chinois. Et maintenant, qu'allons-nous faire ? Nous ne pouvons pas faire arrêter Yamashita juste sur ces preuves indirectes.

— Non, absolument. Sauf que maintenant, nous savons que Yamashita est derrière tout cela. Il ne nous reste qu'à trouver le pourquoi et où cela va nous mener.

— Allez-vous prévenir Tanaka à Vancouver ?

— Oui, mais pas ce soir. Il est trop tard là-bas. Je vais l'appeler demain à la première heure.

Les deux policiers discutèrent encore de ce qu'ils venaient d'apprendre, puis Vézina remercia son bras droit pour son aide et lui donna congé pour le reste de la soirée.

Maintenant seul à l'étage, Vézina but une lampée de café froid et commença à rédiger le rapport qu'il remettrait à son patron plus tard.

56

— Quoi ! s'écria Yamashita avec fureur. Répète-moi qui s'est chargé d'éliminer le privé.

— Tonga et Ishu, répondit Norito Mori en tremblant de tous ses membres comme une feuille.

— Qu'est-ce que j'avais demandé Norito ? T'en rappelles-tu ? hurla de plus belle Yamashita.

— Tu avais demandé qu'on nous envoie quelqu'un de l'extérieur n'ayant aucun lien avec l'organisation.

— EXACTEMENT ! Et qui nous a-t-on envoyé ? Deux idiots de Japonais faisant partie de notre groupe, et qui plus est, possédant un dossier criminel long comme le bras.

— Ce n'est pas de ma faute patron, répondit Mori sur la défensive. J'ai fait exactement ce que vous avez demandé. En plus, vous ne m'avez jamais mentionné pourquoi vous vouliez vous débarrasser du privé.

— Norito, je n'ai pas de comptes à te rendre. Tu travailles pour moi et non le contraire. Je n'ai donc pas à te demander la permission pour éliminer qui que ce soit.

Outre Yamashita et son avocat, personne d'autre ne soupçonnait leur manigance pour se débarrasser des meurtriers d'Hiroko. Il ne fallait surtout pas que Masao soit mis au courant. Depuis plusieurs mois, son fils adoptif n'avait cessé de lui demander s'il allait faire quelque chose pour venger sa mère. Alors, si jamais celui-ci l'apprenait, il n'osait pas penser à ce qu'il ferait.

Mori n'osait plus regarder Yamashita dans les yeux. S'il avait eu le pouvoir de se téléporter, il serait déjà retourné au Japon.

— Où sont-ils maintenant ? demanda Yamashita.

— Cachés dans un motel, je crois.

— Tu crois ! vociféra encore une fois Yamashita.

— Désolé. J'en suis sûr patron.

— Parfait. Je veux que ces deux imbéciles soient rayés de la carte dans la journée. Je veux également que leurs armes soient récupérées et détruites. Il ne faut absolument pas que la police mette la main dessus. Et maintenant, est-ce qu'il y a des chances que mes ordres soient correctement exécutés cette fois ?

— Tout à fait patron. Je m'en occupe immédiatement.

— Norito, si rien n'est fait comme je le demande, ne reviens plus ici. Pars te cacher le plus loin possible, car c'est moi qui viendrai régler ton compte.

Mori répondit par un hochement de la tête puis quitta précipitamment le bureau de Yamashita.

Une fois son deuxième lieutenant parti, Yamashita se servit un scotch sans glace. Il se devait de boire quelque chose pour faire redescendre sa pression sanguine. Au diable son médecin. Ce dernier voulait le bourrer de pilules, ce qu'il refusait obstinément.

Le yakuza avait parfois l'impression de travailler avec une bande d'incompétents. Lorsqu'il demandait à ses subordonnés de faire une simple tâche, ils le faisaient tout croche. C'était à se demander s'ils ne le faisaient pas exprès. Il regrettait le temps où il menait ses troupes d'une main de fer. Il inspirait la peur, la crainte, autant chez ses hommes que chez ses ennemis alors que maintenant, à cause de la réduction de ses effectifs depuis son départ de Vancouver, il ne pouvait plus les menacer. Ses hommes savaient très bien que le terme remplacer voulait dire éliminer. Du moins, c'est dans ce sens qu'il avait utilisé ce terme durant ses années de gloire.

Une fois que le liquide ambré eut engourdi chacune des cellules de son corps, Yamashita commença à se sentir beaucoup mieux. Du même coup, ses idées devinrent plus claires.

Il prit alors quelques minutes pour faire le tour des récents événements qui s'étaient déroulés depuis vingt-quatre heures.

Yamashita craignait que les deux clowns aient laissé des traces derrière eux, traces qui pourraient les relier à lui et à son organisation. Il espérait maintenant que Norito serait capable de faire ce qu'il lui avait demandé : le ménage.

Ce n'était vraiment pas le temps d'attirer l'attention sur lui, surtout pas lorsque le moment de se venger arrivait à grands pas.

Tous les renseignements obtenus par Anna Sato et feu le détective privé venaient d'être envoyés à son avocat, qui lui, se chargerait de les faire parvenir à destination. Ce que personne ne savait, même pas Kurotani, c'est que Yamashita avait retiré deux noms de la liste. Il voulait s'occuper lui-même de deux des assassins de sa femme. Tant pis s'il se faisait prendre. Sa femme adorée était morte… alors plus rien ne le retenait sur cette terre. Venger sa mort serait une noble récompense.

57

Vendredi 13 décembre 2013

L'inspecteur Vézina et le lieutenant O'Brian étaient en réunion avec leur patron, le commandant Marcel Pouliot. Les deux policiers essayaient de convaincre les hautes instances qu'Hiro Yamashita préparait quelque chose d'important.

Vézina lui parla du meurtre du détective privé et des deux témoins qui avaient aperçu deux hommes de nationalité japonaise quitter les lieux du crime.

O'Brian prit ensuite le relais et expliqua l'épisode des douilles de 9 mm et du yakuza disparu mystérieusement avant son procès. Il raconta aussi que les deux présumés suspects avaient été retrouvés morts dans un hôtel miteux de Vaudreuil à la suite d'une exécution classique, c'est-à-dire avec une balle entre les deux yeux. Les deux témoins interrogés quelques jours plus tôt ont formellement identifié les corps des victimes comme étant les individus qui avaient abandonné le corps du détective privé derrière le conteneur à déchets à Pincourt. Les tatouages concordaient avec la description qu'ils en avaient faite.

Le commandant Pouliot écouta et prit des notes, mais ne sembla pas impressionné plus qu'il ne le fallait.

Voyant que son patron semblait dubitatif, Vézina y alla avec sa théorie selon laquelle, quelqu'un du clan Yamashita avait merdé en faisant appel à ces deux tueurs, d'autant plus qu'ils avaient utilisé une arme ayant servi quatre ans plus tôt à Vancouver par un des tueurs de Yamashita. Pour réparer leur erreur, Yamashita aurait demandé à ce que les deux tueurs soient éliminés à leur tour. De cette manière, aucun témoin n'était laissé derrière.

O'Brian remit au grand patron le dossier avec tous les rapports qu'il avait réunis. Le commandant Pouliot feuilleta le document rapidement et répondit à ses subordonnés qu'il lui fallait plus de preuves que cela. Il voulait connaître le rapport entre le détective privé et les employés de l'urgence. Il ne pouvait tout simplement pas justifier l'utilisation abusive de policiers pour la surveillance d'un individu sans raison valable.

— Rémi, trouve-moi une preuve bétonnée qui démontrera qu'il y a un danger potentiel pour les médecins et infirmières de l'urgence où s'est déroulé le tragique événement de l'été passé, et je reconsidérerai ma décision de nous impliquer dans le dossier. Jusque-là, je ne peux rien faire.

Pouliot leva la main pour faire taire Vézina qui allait parler.

— J'ai déjà parlé au plus grand spécialiste de Vancouver. Il confirme que le bonhomme est potentiellement dangereux.

Vézina se leva d'un bond et coupa la parole à son patron.

— Marcel ! Je m'excuse de t'interrompre, mais je ne crois pas que tu comprennes la gravité de la situation. Est-ce que tu as parlé avec l'inspecteur Tanaka à Vancouver ?

Devant le silence de celui-ci, Vézina comprit qu'il n'en avait rien fait.

— Quand tu lui auras parlé, tu comprendras vraiment la définition des mots « potentiellement dangereux ». Tant qu'à y être, demande-lui de te parler de ce qui est arrivé à sa famille.

Sans rien ajouter, Vézina quitta le bureau de son patron, le visage cramoisi de colère. O'Brian, qui connaissait très bien son patron, savait qu'il valait mieux ne rien ajouter, ni le déranger dans ses pensées.

Une fois assis à son bureau, Vézina continua à psalmodier contre l'inertie que la bureaucratie encourage.

Il lui faudrait donc reprendre le dossier depuis le début. Le seul hic, c'était que ledit dossier était très mince. Il convoqua alors une réunion avec ses hommes pour le samedi matin neuf heures, sachant très bien que c'était jour de congé pour la plupart d'entre eux. Qu'à cela ne tienne, il devait trouver les liens entre les trois meurtres et le clan dormant en apparence. « La balle est dans mon camp ! », se dit-il en se frottant le menton.

58

Pour la première fois de la semaine, Yamashita s'était levé du bon pied. Les affaires marchaient bien. Son dentiste lui avait confirmé que ses dents étaient en parfaite condition pour son âge et son ami et avocat était venu le rejoindre pour le petit-déjeuner. Selon lui, il avait d'autres bonnes nouvelles à lui annoncer.

Lorsqu'ils furent rendus au café, Kurotani lui annonça que les renseignements d'Anna Sato et du détective privé avaient été envoyés à l'adresse courriel sécurisée que leur contact au Japon leur avait donnée.

Yamashita apprit également que les deux tueurs envoyés par erreur de Vancouver avaient été éliminés comme il l'avait ordonné. Kurotani avait aussi découvert qu'il y avait eu semble-t-il, un mélange dans les assignations via Vancouver. C'était en fait un Américain qui aurait dû s'occuper du privé et non ces deux imbéciles. À la vue du grand sourire qui se formait sur le visage de son patron, Hayato sut qu'il venait d'éviter une tempête.

Une fois l'avocat parti, Yamashita fut pris de nostalgie. Ce serait la première fois depuis plusieurs décennies que lui et sa femme ne seraient pas ensemble pour la période des fêtes. Malgré le fait qu'ils célébraient plus ou moins Noël, ils s'étaient habitués aux coutumes nord-américaines.

Il eut aussi une pensée pour son fils adoptif qui, lui aussi, passerait son premier Noël sans sa deuxième mère.

Sur un coup de tête, Yamashita téléphona à son vieil ami au Japon, faisant fi des consignes qu'il avait reçues avant d'accepter les conditions émises par son ancien partenaire en affaires. Il voulait ainsi savoir à quel moment son tueur passerait à l'action.

59

Lundi 16 décembre 2013

Le jour de son trente-septième anniversaire de naissance, Anna Sato reçut un cadeau inattendu. En faisant le tri de ce que contenait sa boite aux lettres, elle découvrit une enveloppe brune avec son nom écrit en noir, mais sans adresse de retour ni de timbre-poste. Intriguée, elle mit de côté le reste de son courrier et fit tourner cette enveloppe entre ses mains. Elle tenta même de placer l'enveloppe devant une source lumineuse, espérant du même coup voir ce qu'il y avait à l'intérieur. Peine perdue, l'enveloppe était brune et opaque : rien ne pouvait filtrer sans l'ouvrir. Ce qu'elle fit.

À sa grande surprise, il y avait dix mille dollars en grosses coupures ainsi qu'une note signée par Yamashita lui-même, lui souhaitant un joyeux anniversaire et une belle journée.

Anna n'en croyait pas ses yeux. Elle venait de recevoir le double de ce qui avait été convenu. Du coup, elle pensa à lui remettre la moitié, mais changea d'avis au bout de dix secondes de réflexion.

Les yeux fermés, elle pensa à tout ce qu'elle pourrait faire avec cet argent : se payer le voyage à Cuba dont elle rêvait depuis très longtemps et changer d'auto, car la sienne était pleine de rouille. Sa garde-robe avait besoin aussi d'être changée. Et pour terminer, elle ne pouvait pas oublier ses parents.

Soudainement, une lumière s'alluma dans sa tête. Comment pourrait-elle justifier une telle rentrée d'argent ? Tout comme le premier versement qu'elle avait reçu quelques semaines plus tôt, elle ne pourrait pas en expliquer la provenance.

À regret, elle devrait reconsidérer à la baisse l'importance des cadeaux qu'elle s'offrirait.

Toujours consciente de la façon dont elle dépenserait son argent, Anna choisit d'y aller avec de petites dépenses qui n'attireraient pas l'attention sur elle.

Ce cadeau tombé du ciel amena un autre problème, non pas pécuniaire, mais de conscience. Elle faisait une réflexion sur la pertinence d'avoir donné les renseignements privés sur ses collègues de travail à un étranger, et pour de l'argent, qui plus est. Elle se foutait complètement des deux médecins. Si Yamashita se décidait à les poursuivre en justice et qu'il devait avoir gain de cause, leurs assurances couvriraient toutes les amendes. Par contre, pour Cathy Nadeau, tout le monde savait qu'elle avait administré le mauvais médicament qui avait mis fin aux jours d'Hiroko Yamashita. Alors, il était presque certain qu'elle serait reconnue coupable. Étant donné qu'elle n'avait pas le même type d'assurance que les deux médecins, il lui était impossible de savoir s'il elle pourrait elle-même payer les amendes.

Par contre, si la responsabilité en incombait à l'hôpital, cela ne serait pas pour déplaire à Anna.

Voilà quelques années, après qu'elle eût obtenu son poste à temps plein sur le quart de soir, on lui avait refusé deux ou trois promotions. L'administration de l'hôpital l'accusait d'avoir une mauvaise influence sur ses jeunes collègues, ce qu'elle réfutait haut et fort.

Elle ne prenait jamais de congé de maladie, refusait rarement de faire des heures supplémentaires, et ce, même si celles-ci n'étaient pas obligatoires. Plus important encore à ses yeux, elle se savait une bonne collègue de travail, autant avec les plus anciennes que les plus jeunes.

Alors, l'administration pouvait bien aller se faire voir et payer, espérait-elle, plusieurs millions en dédommagement à Yamashita. Peut-être penserait-il à elle une fois les procédures terminées.

Sa crise de conscience terminée, Anna partit à la banque déposer sa cagnotte, tout en espérant qu'on ne lui demanderait pas la provenance de tout cet argent. « J'ai un amant riche, peut-être... »

TROISIEME PARTIE

60

Mercredi 5 février 2014

En ce début du mois de février, Masao Fukuda se sentait en paix avec lui-même. Le mois de janvier avait été relativement tranquille, sentimentalement et professionnellement. C'était toujours le grand amour entre lui et Catherine. Son cœur ne battait que pour sa dulcinée.

La période des fêtes avait par contre été pénible, du moins, plus qu'il ne l'avait imaginé. Sa relation avec son père adoptif s'était encore détériorée au cours des derniers mois. Masao n'avait toujours pas accepté la lâcheté de son père. Depuis le décès de sa mère, son père avait constamment refusé d'entreprendre des actions radicales contre les meurtriers d'Hiroko. Il avait bien tenté quelques rapprochements, mais Masao s'était plus ou moins laissé endormir par les belles paroles de son père.

C'est ainsi qu'en ce 5 février, Masao Fukuda était plus que prêt à finir ce qu'il avait entrepris voilà plusieurs mois, c'est-à-dire faire payer de leur vie chacun des responsables de la mort d'Hiroko Yamashita, sa mère adoptive.

Masao savait pertinemment que ses chances de finir ses jours derrière les barreaux étaient grandes. Par le passé, il s'était toujours contenté de petits méfaits comme des vols de voitures ou du trafic de drogue, sans jamais se faire prendre. Mais aujourd'hui, il allait franchir la ligne de non-retour.

Quelques semaines plus tôt, Masao avait obtenu la permission de son père, qui était le propriétaire du garage où il travaillait, de prendre une semaine de vacances. Il lui avait fait croire qu'il voulait aller faire du ski avec son amoureuse dans les Cantons-de-l'Est.

Fukuda savait que sa blonde serait dans la région de Québec pour un congrès relié à son travail. Ainsi, il n'y aurait aucun risque que son père la rencontre par hasard. Quant à Catherine, sa blonde, il lui avait dit qu'il se rendrait à Bromont pendant quelques jours faire du ski avec deux de ses amis.

Ayant couvert ses arrières avec son père et sa blonde, Masao pouvait partir en guerre l'esprit en paix.

Depuis les premiers instants où il avait décidé de venger la mort de sa mère, Masao s'était mis de l'argent de côté, caché dans une vieille boîte à chaussures que même sa blonde ne trouverait pas. En agissant de cette manière, il ne laisserait aucune trace bancaire pouvant le situer dans les Laurentides. Tout serait payé comptant. Aucun achat par carte de crédit ni de débit.

Avant de partir, il avait fait l'achat d'équipements plus ou moins légaux pouvant lui être nécessaires pendant son voyage. Malheureusement pour lui, il n'y avait pas dans les bibliothèques des manuels précis tels que « Meurtre 101, comment tuer les meurtriers de sa mère ». C'est ainsi que Fukuda se présenterait à Tremblant sans avoir de plan d'attaque. Il irait à l'aveugle. Suivre sa cible et improviser. Le jeune yakuza avait assez d'imagination pour trouver une façon d'arriver à ses fins.

Comme prévu, Fukuda arriva à Tremblant le mercredi midi pour soi-disant faire du ski. De cette manière, il n'attirerait pas trop l'attention sur lui.

Par une chance incroyable, Masao et le docteur Ducharme seraient logés au même étage. En fait, leurs deux chambres étaient quasiment l'une en face de l'autre.

Alain Ducharme était l'anesthésiologiste qui avait refusé de venir à l'hôpital intuber Hiroko Yamashita. Si cet homme avait eu ne serait-ce qu'une petite parcelle de conscience professionnelle et était venu faire ce pour quoi il était grassement payé, sa mère serait probablement encore vivante.

Vers quinze heures, Fukuda téléphona à la réception de l'hôtel et demanda à parler au docteur Ducharme. Ne voulant pas être localisé par l'établissement, il était sorti passer son coup de fil dans la cabine téléphonique d'un restaurant non loin de l'hôtel.

Après une dizaine de sonneries, le préposé lui répondit qu'il n'y avait pas de réponse à la chambre demandée, et que non, il ne pouvait pas dire si le client était arrivé ou non.

Masao ne savait pas s'il devait s'inquiéter de l'absence du médecin. Catherine avait pourtant été catégorique; le docteur Ducharme irait passer quelques jours à Tremblant avec sa famille pour faire du ski, comme il le faisait depuis quelques années.

Masao retourna donc à l'hôtel et prit place sur une des chaises placées à gauche de l'entrée du restaurant. De cette position, il aurait une vue parfaite sur la réception, les ascenseurs et bien entendu le restaurant lui-même. Avec son journal, il passerait pour quelqu'un attendant l'arrivée d'un proche ou d'un ami.

Photo en main, cachée par le journal, le jeune yakuza scrutait discrètement le visage de chaque homme qui passait près de lui, à la recherche du premier tueur de sa mère.

Après un peu plus d'une heure trente d'attente infructueuse, Fukuda décida de se déplacer un peu plus loin, car les employés et les commerçants des petites boutiques attachées à l'hôtel commençaient à devenir méfiants à son égard. Feignant l'ennui, il se dirigea vers le bar de l'hôtel dont la vue était tout aussi bonne qu'à l'endroit où il se trouvait précédemment.

Tout en continuant à surveiller l'arrivée de sa cible, Masao, qui n'avait rien mangé depuis le petit déjeuner, s'informa auprès du barman s'il était possible de commander quelque chose à grignoter.

Une fois son appétit satisfait, les pensées du yakuza dérivèrent vers son amoureuse. Ils n'avaient pas encore parlé mariage, mais les deux pensaient emménager ensemble dans les mois à venir. Jamais il n'avait cru aimer une femme aussi éperdument qu'il aimait Catherine. Mais là, assis au bar d'un hôtel chic de Tremblant à attendre l'arrivée d'un homme qu'il désirait tuer à tout prix, qu'allait-il survenir à son amoureuse si quelque chose tournait mal et qu'il était tué ? Malgré l'amour infini qu'il lui vouait, il restait toujours cette petite porte entrouverte dans son esprit qui lui rappelait qu'il s'était servi d'elle pour obtenir les renseignements si importants à la réalisation de sa vendetta. Pourrait-il un jour tout lui avouer ? La perte de sa deuxième mère lui avait fait très mal. À la pensée de perdre l'amour de sa vie, il aimerait mieux mettre fin à ses jours que de vivre sans elle. Ne plus l'entendre dire qu'elle l'aimait lui serait insupportable.

Soudainement, sortant de sa transe, Masao crut apercevoir celui qu'il attendait depuis plusieurs heures. Il laissa vingt dollars sur le comptoir et suivit discrètement l'individu. Près des ascenseurs, il s'aperçut que ce n'était pas la bonne personne.

Désemparé, il consulta sa montre pour se rendre compte qu'il était déjà dix-huit heures, et qu'il n'y avait toujours aucun signe du médecin. N'ayant rien à perdre, Fukuda monta à sa chambre pour enfiler son habit de ski. Peut-être avait-il manqué Ducharme lors d'un moment d'inattention. Il venait de décider d'aller faire un tour vers les montagnes de ski. Avec de la chance, il y rencontrerait l'une des cinq personnes qu'il haïssait le plus sur terre.

Vers vingt heures trente, il fut clair qu'il rentrerait bredouille de sa première tournée de chasse. Il décida que le mieux pour lui était d'aller se reposer à sa chambre afin d'être fin prêt pour une autre longue journée le lendemain.

Au moment où Masao allait refermer sa porte, il entendit des bruits de pas venant derrière lui. Sans savoir pourquoi, il se retourna et aperçut le docteur Ducharme qui passait sa carte magnétique dans la fente appropriée et entrait dans sa chambre avec ses bagages. Il fut encore plus surpris de voir que le médecin était venu seul et non avec sa famille comme il avait été prévu.

Aussitôt qu'il eut refermé la porte de sa chambre et qu'il fut certain que Ducharme ne l'ait pas vu, Masao sauta de joie. L'espoir venait de renaître. Et la chance semblait être au rendez-vous : le médecin était seul.

Assis sur le coin du lit, Fukuda ferma les yeux et remercia sa mère de veiller sur lui.

Une bière à la main, Masao commença à planifier sa prochaine opé-ration. Tout ce dont il avait besoin se trouvait dans son sac à dos. Il ne lui restait plus qu'à suivre Ducharme de près, sans se faire repérer, et à passer à l'action le moment venu.

Sachant que les cuisines étaient encore ouvertes, Masao se fit monter un copieux repas à sa chambre pour fêter à l'avance, ce qu'il espérait être une mission remplie de succès pour le lendemain.

61

Le docteur Alain Ducharme arriva beaucoup plus tard qu'il ne l'avait voulu en ce mercredi soir.

Quelques heures avant de partir pour les Laurentides, lui et sa femme s'étaient disputés. Comme c'était souvent le cas chez les couples qui s'aimaient beaucoup, une niaiserie fut l'élément déclencheur des hostilités.

De gros mots furent échangés entre les deux époux, de la vaisselle brisée et heureusement, il n'y eut aucune victime. Suite à cette rare altercation, la femme du docteur Ducharme décida d'aller passer les vacances avec les enfants chez ses parents à leur chalet des Cantons-de-l'Est, au grand désarroi de l'esseulé.

Pendant les minutes suivantes, Ducharme essaya de convaincre sa femme de renoncer à son idée d'aller en Estrie et de venir avec lui car les enfants attendaient cette période de l'année avec impatience. Ce fut peine perdue, madame refusa et il dut donc plier l'échine et se résigner à partir tout seul pour le Nord, tandis que le reste de sa famille irait par l'Est. Il ne lui restait qu'à en profiter, en commençant par une bonne nuit de sommeil où il pourrait ronfler sans recevoir des coups de coude dans les côtes.

Alain Ducharme s'était levé tôt en ce jeudi matin. Après avoir mangé au restaurant de l'hôtel, il avait songé à téléphoner à sa femme pour s'excuser de sa conduite de la veille, mais se ravisa. Connaissant sa femme, celle-ci ne voudrait probablement pas lui parler, du moins, pas aujourd'hui. C'est donc le cœur triste qu'il se dirigea vers les pentes de ski, espérant que l'air froid de la montagne lui remonterait le moral.

Skieur expérimenté, il n'hésitait jamais à se mesurer aux pistes les plus difficiles. L'une après l'autre, il dévalait les pentes à vive allure, les autres skieurs le prenant pour un professionnel.

Peu après midi Ducharme, qui venait de terminer son dîner au sommet de la montagne, s'était assis sur un des bancs pour admirer le paysage tout en dégustant un chocolat chaud.

Dans un élan de nostalgie, il sortit son cellulaire et commença à prendre des photos du décor féérique qui s'offrait à ses yeux. Quelques minutes plus tard, sans plus réfléchir, il avait composé le numéro de téléphone de sa femme pour lui expliquer les magnifiques paysages qui s'offraient à lui. En entendant sa voix, il sortit de sa rêverie et une vague de bonheur intense irradia tout son corps.

Comme il l'avait voulu le matin, il s'excusa pour son comportement inapproprié de la veille. Il lui mentionna qu'il ne pensait pas ce qu'il lui avait dit ! Il s'ennuyait terriblement d'elle et des enfants. Il écouta sa femme lui dire à peu près la même chose, puis il lui demanda de venir le rejoindre à Tremblant. Sans hésitation, elle accepta et Ducharme entendit même les garçons crier de joie à l'annonce de la bonne nouvelle. Ils se promirent de se retrouver le vendredi avant-midi à l'hôtel. Il lui donna le numéro de sa chambre puis ils discutèrent encore plusieurs minutes et se quittèrent en se disant qu'ils s'aimaient.

Maintenant qu'il savait que sa famille allait être à ses côtés dans moins de vingt-quatre heures, Ducharme repartit à la conquête du mont Tremblant.

Tout en skiant une pente classée intermédiaire, l'anesthésiologiste ne remarqua pas qu'un autre skieur le suivait depuis plusieurs heures. Aucun contact n'avait eu lieu entre les deux hommes, le chasseur se contentant de suivre sa proie.

* * *

Fukuda était lui aussi sur les pentes de ski depuis plusieurs heures. Comparativement à celui qu'il suivait, il n'était pas un expert en la matière et il commençait à ressentir les effets de la fatigue. Tout en regardant le médecin faire descente après descente sans être le moins du monde essoufflé, il se demanda à quel moment celui-ci en aurait assez et déciderait de rentrer à l'hôtel.

Mais alors qu'il entrevit l'occasion de se rapprocher et de prendre l'initiative, un autre skieur accosta Ducharme. L'inconnu prit place auprès du médecin sur la chaise du remonte-pente. Masao qui ne voulait pas se laisser distancer par les deux hommes arriva juste à temps pour prendre place derrière Ducharme et son invité mystère. Il n'était pas question pour le jeune yakuza de perdre de vue sa cible. Il le suivrait jusqu'en enfer s'il le fallait.

Tel était son destin !

62

Alors que le docteur Ducharme croyait avoir le siège du remonte-pente pour lui seul, un homme arriva rapidement et vint s'assoir à ses côtés, volant ainsi la place convoitée par Masao Fukuda.

Le médecin, surpris, regarda l'inconnu d'un œil interrogateur. L'homme était habillé d'une combinaison de ski hors prix. Dans la quarantaine, le teint bronzé de quelqu'un habitué de prendre beaucoup de soleil.

Par politesse, Ducharme lui dit bonjour. L'étranger le salua à son tour, mais demanda quelque chose qui laissa le médecin pantois.

— Je m'excuse, mais ne seriez-vous pas le docteur Alain Ducharme ? Vous êtes anesthésiologiste si je me rappelle bien.

— Oui, répondit le médecin sur la défensive. Est-ce qu'on se connait ?

— Oh ! Pardonnez mon impolitesse. Je me présente, Marco Hamelin, je suis représentant d'une compagnie de fournitures médicales spécialisée en anesthésie. Je suis allé faire une démonstration de notre nouveau produit à votre hôpital voilà quelques mois et à cette période, je n'avais pas de moustache.

— Hum… je ne me rappelle pas, mais ce n'est pas grave, répondit Ducharme.

— Belle journée pour faire du ski ! s'exclama Hamelin.

— Effectivement. Est-ce la première fois que vous venez ici, à Tremblant ?

— Non, j'étais ici dans le temps des fêtes avec ma femme et mes garçons. Il y a deux semaines, je suis allé à une réunion à Whistler en Colombie-Britannique, un magnifique endroit pour faire du ski.

— Chanceux ! C'est un des endroits où j'aimerais aller faire du ski ! s'exclama Ducharme.

Une fois arrivé au somment, Hamelin poursuivit.

— Docteur Ducharme, je regarde l'heure et il commence à se faire tard. Je me demandais si vous accepteriez de venir prendre une bière avec moi au bar de l'hôtel, et on pourrait ensuite souper.

— Pourquoi pas ? Allons faire une dernière descente puis retrouvons-nous au bar près du grand foyer en pierre.

— C'est parfait pour moi. Le dernier en bas paie le souper.

— Entendu. À plus tard et bonne chance pour la course.

Pendant qu'Alain Ducharme, suivi de près par Masao Fukuda, effectuait sa dernière descente, Ester et Wesley Sinclair arrivaient à Tremblant pour une fin de semaine romantique. Par pure coïncidence, ils logeaient au même hôtel que le docteur Ducharme.

Monsieur Sinclair avait prévu rester à l'hôtel pour le reste de la journée. Le temps de défaire les bagages et prendre une douche, il serait temps d'aller souper. Mais madame, elle, voulait aller faire du ski de soirée. N'étaient-ils pas venus ici pour cela ?

Ester espérait y voir des célébrités. Elle avait vu à la télévision que certains acteurs américains aimaient venir faire du ski dans le splendide décor du mont Tremblant, reconnu mondialement. Alors dans ses rêves les plus fous, elle s'imaginait en train de discuter avec Brad Pitt et Angelina Jolie. Mais la vie n'étant pas toujours ce à quoi on rêvait, Ester rencontrerait bel et bien une célébrité, mais pas celle sur laquelle elle fantasmait.

63

Le docteur Ducharme arriva le premier au bas de la piste. Contrairement à Hamelin qui avait pris son temps, le médecin y était allé à fond de train. Se fiant à son expérience des pistes, il n'avait pas hésité à couper les coins ronds pour s'assurer de la victoire.

Satisfait de sa performance, il n'en fut pas moins ravi de voir que l'addition irait au représentant. De toute manière, ceux-ci avaient de grosses allocations de dépenses. Alors, pourquoi se priver de se faire gâter ? Ce n'était pas qu'il n'avait pas les moyens, au contraire, mais sa nature de gratteux lui dictait de garder son argent pour sa famille qui arriverait le vendredi matin.

Une fois que Marco Hamelin l'eût rejoint, les deux hommes se saluèrent puis il fut convenu de se retrouver au bar de l'hôtel pour dix-huit heures trente. Ducharme ferait la réservation à son nom.

Tout se déroulait parfaitement selon le plan que Marco Hamelin, alias le caméléon, avait concocté. Les renseignements fournis par son commanditaire semblaient être bien exacts, jusqu'à maintenant du moins.

Arrivé deux jours plus tôt en provenance de l'Allemagne, Hamelin/ le caméléon était venu directement à Tremblant faire un repérage des lieux. Il avait visité les différents hôtels du centre de villégiature, y réservant une chambre sous un nouveau nom en utilisant un déguisement différent à chacun des établissements.

La veille, il avait fait quelques descentes sur les deux versants de la montagne pour se familiariser avec les pistes et voir s'il y avait des endroits propices à une embuscade.

Tout comme Fukuda la veille, Hamelin avait repéré le docteur Ducharme au moment où celui-ci faisait son entrée à l'hôtel. Coup de chance pour lui, le médecin était arrivé seul et non pas avec sa famille comme il avait été prévu. Ce petit changement de programme lui faciliterait grandement la tâche.

* * *

Fukuda, qui s'était rapproché le plus près possible du médecin sans se faire repérer, eut tout juste le temps d'entendre les deux hommes se donner rendez-vous pour dix-huit heures trente au bar de l'hôtel. « Au moins, se dit-il, il n'aurait pas à chercher toute la soirée celui qu'il voulait rayer de la surface de la Terre. »

Le restaurant n'affichait pas complet, ce qui permit à Masao, qui n'avait pas réservé de table, d'en obtenir une place tout près du bon docteur.

Bien décidé à en finir ce soir, Fukuda avait choisi de passer à l'action à la première occasion qui se présenterait.

Avant de partir pour Tremblant plus tôt cette semaine, Masao s'était procuré quelques potions non pas magiques, mais plutôt diaboliques, comme le lui avait mentionné le trafiquant.

L'homme qui lui avait vendu les sachets lui avait conseillé de mettre le poison dans un liquide foncé tel que de la bière ou du vin rouge. Il se devait d'éviter tout ce qui était clair. Lorsque la pastille se dissoudrait, elle produirait une légère mousse, un peu comme les antiacides le faisaient lorsque déposés dans un verre d'eau. Celui-ci lui avait également promis qu'une seule dose viendrait rapidement à bout de sa cible.

L'affaire conclue, Masao avait acquis le poison en toute discrétion, prenant soin de ne pas mentionner qu'il voulait se débarrasser d'un médecin incompétent. Puis il se tut. Moins l'homme en savait, mieux c'était.

* * *

Avant de se rendre à leur table, l'anesthésiologiste et le représentant en fournitures médicales prirent un apéritif au bar de l'hôtel. Les deux hommes discutèrent boulot puis la conversation tourna sur le hockey et des chances des Canadiens de Montréal de faire les séries éliminatoires du printemps.

Le caméléon n'avait aucune connaissance du hockey. Il ne savait même pas qui étaient les Canadiens de Montréal. Le seul sport qu'il connaissait vraiment était le soccer. Ne voulant pas trahir son incompétence, Hamelin fit semblant de s'y connaître en répondant oui ou non aux commentaires du médecin, sans jamais toutefois diriger la conversation.

Lorsqu'ils reçurent le signal que leur table était prête, Ducharme avait déjà consommé plusieurs verres, ce qui n'était pas dans ses habitudes. Habituellement, il se contentait d'un ou deux verres de vin au souper. Par contre, il n'avait pas remarqué que son compagnon n'avait pas touché à sa consommation et qu'il buvait seulement de l'eau.

À la fin du plat principal, Ducharme avait descendu la presque totalité d'une bouteille de vin rouge à lui seul. Son cerveau commençait peu à peu à tourner au ralenti. Pendant ce temps, Hamelin continuait à prendre son eau tout en faisant semblant de boire son vin, toujours sous le nez du médecin.

64

Deux tables plus loin sur la gauche, Masao commençait à s'impatienter royalement. Le temps passait et les deux hommes étaient toujours à leur table. Avec tout ce que le tueur d'Hiroko avait ingurgité depuis le début de la soirée, il ne comprenait pas ce qui empêchait le médecin d'aller vider sa vessie. Le moment venu, Ducharme aurait sûrement besoin de l'aide de l'autre type. Pendant ce temps, Masao en profiterait pour glisser la pastille dans son verre de vin rouge.

Fukuda reluquait la barmaid lorsqu'il s'aperçut que le docteur Ducharme essayait de se lever. En reculant sa chaise, il tomba à la renverse. Heureusement, il ne s'est pas blessé. De toute manière, avec tout l'alcool qu'il avait ingurgité, son cerveau aurait été incapable de reconnaître un signal de douleur venant d'une des parties de son corps.

Sans quitter du regard sa cible, le yakuza sortit discrètement la pastille blanche de son veston et la cacha dans le creux de sa main. Aussitôt le médecin en route pour la salle de bain, Masao allait se lever à son tour lorsqu'il vit l'autre homme assis avec Ducharme donner le verre de vin du docteur à une des serveuses qui passait près de leur table. Ce petit geste anodin venait quelque peu contrecarrer ses plans.

Un sentiment de panique l'envahit aussitôt. Il n'avait pas pensé à un plan de rechange. Dans son esprit, il n'aurait qu'à placer la pastille dans le liquide et le tour serait joué. Mais Masao se rassit tranquillement et prit de grandes respirations par le nez pour se calmer. Quelques secondes plus tard, il entrevit une lueur d'espoir. L'invité du médecin se leva et se dirigea à son tour vers la salle de bain. Fukuda fit fonctionner son cerveau à toute vitesse, exploit particulièrement considérable étant donné qu'il n'utilisait qu'une petite partie de celui-ci. Le yakuza se leva et d'un air décontracté, s'avança vers la table du docteur Ducharme. Feignant de perdre l'équilibre, il s'accota sur la table du médecin et déposa la pastille dans le verre à moitié rempli de bière de ce dernier. Une fois revenu correctement sur ses deux pieds, il regarda discrètement dans la salle pour s'assurer qu'il n'avait pas été démasqué. Voyant que personne ne lui prêtait attention, il se dirigea vers l'entrée du restaurant, d'où il demanda l'addition. À vingt heures quarante-cinq, sans jeter un regard derrière lui, Masao retourna à sa chambre, sachant qu'il ne restait au bon docteur Ducharme que quelques heures à vivre.

* * *

Ducharme et Hamelin étaient de retour à leur table. Pour le médecin, sa visite à la salle de bain fut des plus mouvementées.

Premièrement, il s'était trompé de porte entrant dans la salle des dames. Une fois remis sur le bon chemin par une des employées de l'hôtel, Ducharme eut toutes les difficultés du monde à descendre la fermeture éclair de son pantalon. Finalement, après plusieurs tentatives infructueuses, il put enfin soulager sa vessie devenue grosse comme un ballon de plage.

Le chemin du retour fut tout aussi mémorable. L'anesthésiologiste ne cessait de se cogner contre toutes les tables qu'il rencontrait. À une occasion, il s'assit même à la mauvaise table. C'est en apercevant Hamelin qui lui faisait signe qu'il comprit son erreur et rebroussa chemin pour le rejoindre.

Une fois bien assis à sa place, et soulagé d'être revenu sain et sauf, Ducharme chercha du regard son verre qui, malheureusement pour lui, avait été enlevé par le serveur, à la demande du caméléon. À la place, Hamelin lui offrit une tasse de café qu'il avait soigneusement préparée avant le retour du médecin.

Quelque peu déçu de ne plus avoir d'alcool, Ducharme but son café d'une seule gorgée, au grand plaisir du représentant. Du même coup, Ducharme ne remarqua pas le petit sourire en coin du caméléon.

Quelques minutes plus tard, avant de boire sa deuxième tasse de café, Ducharme commença à se sentir nauséeux. Avec son cerveau embrumé par les effets de la boisson, il n'était pas en état de penser rationnellement comme un médecin.

— Alain, est-ce que ça va ? Tu as l'air malade, tu es pâle.

— Je ne sais pas, je ne me sens pas bien du tout. J'ai soudainement très mal au cœur et j'ai le vertige.

— Je ne suis pas médecin, mais je crois qu'il serait mieux que tu ailles t'étendre un peu dans ta chambre, je crois que les bières et la bouteille de vin que tu as prises ne t'ont pas fait bon effet.

— Je crois que tu as raison, répondit Ducharme.

— Je vais appeler le serveur pour qu'il m'amène la facture.

— Non, non, c'est moi qui paie. Ils la mettront sur ma note finale.

— Merci beaucoup, c'est très gentil à toi.

Hamelin aida son ami à se lever. Il tremblait comme une feuille lorsqu'ils quittèrent le restaurant et prirent la direction des ascenseurs sous le regard étonné des clients et des membres du personnel hôtelier.

65

Vers vingt et une heures, Masao Fukuda somnolait dans sa chambre d'hôtel. Immédiatement après avoir quitté le restaurant et Ducharme, il était monté prendre quelques bières pour célébrer la réussite de sa première mission.

Alors qu'il rêvait aux tatouages qu'il se ferait faire après avoir réglé le compte de tous les responsables de la mort de sa mère adoptive, il fut réveillé par une voix forte venant du corridor.

Curieux, sans faire de bruit, il entrouvrit la porte de sa chambre et aperçut le docteur Ducharme, soutenu par le représentant, entrer dans la chambre du médecin. À voir l'état dans lequel se trouvait le docteur, il était clair que son plan fonctionnait à merveille. Si le truand qui lui avait vendu le poison disait vrai, il ne restait donc plus beaucoup de temps au docteur Alain Ducharme à passer sur cette terre.

Dans un élan d'euphorie, Masao pensa téléphoner à son père pour lui apprendre la bonne nouvelle, mais sachant sa promesse de ne rien tenter, il changea d'idée. Masao se maudit même d'y avoir pensé. Il était presque certain que si son père apprenait qu'il avait été mêlé à la mort du médecin, il n'aurait certainement pas la chance de continuer ce qu'il avait entrepris.

Chassant les idées sombres de sa tête, Masao s'ouvrit une autre bière qu'il but tranquillement, mais cette fois-ci, en fantasmant sur la femme qu'il aimait.

Avec les effets embrumant de l'alcool, Fukuda n'eut pas connaissance du départ de Marco Hamelin, alias le caméléon. Le bruit de ses ronflements l'empêcha d'entendre la porte de la chambre du docteur Ducharme se refermer quarante-cinq minutes plus tard.

* * *

Vers vingt-deux heures, alors qu'ils revenaient de leur ski de soirée, Ester et Wesley Sinclair regardaient par la vitrine des boutiques les articles très luxueux que les commerçants espéraient vendre aux riches clients. Son mari insistait pour aller voir un manteau dans une des boutiques lorsqu'Ester crut apercevoir un fantôme passer devant le restaurant. Elle reconnut immédiatement l'homme qu'elle avait vu quelques mois plus tôt à la télévision de la BBC. Jamais elle ne pourrait oublier ces yeux, ce regard froid presque animal. Elle donna un léger coup de pied à son mari pour attirer son attention sur l'homme qui venait de passer, mais lorsqu'il se retourna vers elle, l'inconnu était déjà sorti de l'hôtel. Sinclair lui demanda pourquoi elle l'avait frappé à la jambe et lorsqu'elle lui raconta qu'elle venait de revoir l'homme recherché par Interpol, le même qu'ils avaient aperçu à Montréal. Il se mit à rire de bon cœur, ce qui mit sa femme de mauvaise humeur.

— Wesley ! Je t'assure que j'ai bien vu le même homme qu'à l'aéroport, tu te rappelles ?

— Oui, je me rappelle, mais tu dois sûrement faire erreur. Encore une fois, pourquoi cet homme recherché par la police internationale serait-il ici, à Tremblant ? Cela n'a aucun sens mon amour. Je te l'ai dit, tu as trop d'imagination.

— Je te jure que c'était bien lui encore une fois.

— Chérie, arrête tout de suite ! demanda Sinclair d'un ton autoritaire. Tout le monde nous regarde. Il n'y a pas de tueur recherché par Interpol ici et je ne veux plus en entendre parler.

À contrecœur, Ester accepta d'en rester là, sauf que discrètement, elle regardait partout pour voir si elle ne pourrait pas l'apercevoir de nouveau. Il s'était déjà déguisé en courant d'air.

ᑫᑫ

Vendredi 7 février 2014

Juste avant midi, Nathalie Ducharme arriva avec ses deux fils à la réception de l'hôtel où elle devait rejoindre son mari. En pénétrant dans le hall du complexe hôtelier, les deux garçons laissèrent échapper un grand « Oh ! ». Pour eux, s'était le plus beau motel qu'ils aient visité. Leur père essayait tant bien que mal de leur expliquer la différence entre hôtel et motel, mais rien à faire. Pour ces deux petits bonshommes, ces grandes bâtisses remplies de chambre à coucher étaient des motels.

Après avoir obtenu à la réception le numéro de la chambre de son mari et avoir récupéré la carte magnétique, le petit groupe partit en direction des ascenseurs. Son mari lui avait demandé de le prévenir dès leur arrivée afin qu'il descende à leur rencontre, mais que les enfants voulaient faire une surprise à leur père et arriver sans crier gare.

Une fois arrivée devant la bonne chambre, Nathalie introduisit la carte magnétique dans la fente appropriée et entendit le clic indiquant que la porte était déverrouillée. Les garçons et elle entrèrent en gardant le silence. Leurs bagages déposés, ils partirent sans bruit à la recherche du père de famille.

Ducharme avait loué pour l'occasion une petite suite avec deux chambres et une petite cuisinette.

La mère envoya ses fils voir dans la première chambre, tandis qu'elle partit voir dans l'autre. Les petits partirent avec la main devant la bouche, ne voulant pas compromettre leur présence, ayant tous les deux le fou rire.

Lorsque Nathalie arriva sur le seuil de la porte, ne voyant rien dans la chambre à cause de la noirceur, elle alluma la lumière et en une fraction de seconde, elle vit son univers s'écrouler sous ses yeux.

Criant à s'arracher les poumons, Nathalie Ducharme eut juste le temps d'arrêter ses deux fils avant que ceux-ci ne puissent voir leur père sans vie.

Peu de temps après le début des cris, ni Nathalie, ni les enfants ne l'entendirent, mais quelqu'un s'était mis à frapper à grands coups dans la porte d'entrée de la chambre de la famille Ducharme. C'est ainsi qu'ils se rendirent compte de la présence d'un homme derrière eux.

La cavalerie venait d'arriver.

* * *

Trente minutes après que Nathalie Ducharme eut fait la macabre découverte, l'inspecteur Rémi Vézina était encore au lit avec un mal de tête carabiné. Il avait passé une très mauvaise nuit. Une minute en sueur puis l'autre, frissonnant comme s'il était couché sur un bloc de glace. Il ne cessait de se couvrir ou de se découvrir, si bien que son épouse était partie dormir dans la chambre d'amis. Malgré le vaccin contre la grippe qu'il avait reçu comme tout le monde au mois de novembre dernier, Vézina était certain d'avoir chopé un méchant rhume.

Vers six heures du matin, il avait demandé à sa femme d'appeler pour lui au bureau pour leur dire qu'il ne rentrerait pas travailler aujourd'hui. Il avait aussi laissé comme consigne de ne le déranger sous aucun prétexte.

À midi trente sa femme, malgré la consigne, vint le réveiller, mais à contrecœur. Elle savait le genre de nuit qu'il avait passé et aurait souhaité le laisser dormir encore un peu, mais après ce qu'elle venait d'entendre au téléphone, mieux valait le réveiller.

— Rémi, chéri, réveille-toi.

— Quoi ? Laisse-moi dormir.

— Un appel pour toi, c'est important.

— Dis-leur de rappeler demain.

— Chéri, je crois vraiment que tu devrais prendre l'appel.

Au son de la voix de sa femme, Vézina sut que cela devait être vraiment important. De peine et de misère, il réussit à se lever. Une fois debout, il alla prendre un verre d'eau avec deux Tylenol et se rendit tant bien que mal à son bureau.

— Oui allo ! C'est mieux d'être vraiment important, répondit Vézina, sans prendre la peine de demander qui appelait.

— Monsieur, je m'excuse de vous déranger, c'est O'Brian.

— Nom de Dieu O'Brian, fais-tu exprès ou quoi. Si je me rappelle bien, tu devrais être en vacances à Tremblant ?

— Oui monsieur.

— Et comme tu ne cesses de penser à moi pendant tes vacances, tu as décidé de me déranger chez moi !

— Non monsieur. On vient juste de découvrir un cadavre dans une des suites de l'hôtel où je suis et...

— O'Brian, vas-tu m'avertir toutes les fois qu'un meurtre vient d'être commis ? demanda Vézina irrité.

— Non monsieur. Seulement quand c'est l'anesthésiologiste qui a refusé de venir voir la femme de Yamashita à l'hôpital au mois de juillet passé.

— Quoi ? J'espère pour toi que ce n'est pas une blague. Je me sens patate, je n'ai pas le goût de me faire niaiser !

— Pas du tout patron. Sa suite est au même étage que la mienne.

— Une suite ! Tu as une suite à Tremblant. Bordel O'Brian, as-tu gagné le gros lot ?

— Non, non. Sur chacun des étages, il y a différentes grandeurs de suites. Pour ma part, je n'ai qu'une chambre avec un grand lit.

— Très bien. Continue.

— C'est sa femme qui a découvert le corps en arrivant ce matin. Lorsque j'ai entendu crier, je suis immédiatement sorti dans le corridor pour voir d'où venaient les cris. J'ai frappé à la porte, mais n'obtenant aucune réponse, j'ai tenté de pousser la porte. La porte n'étant pas fermée, je suis entré dans la chambre en m'identifiant comme étant policier. La femme et les enfants criaient à s'arracher les poumons. J'ai aussitôt demandé les ambulanciers ainsi que la police. J'ai fait sortir la famille pour la mettre dans ma propre chambre avec ma femme, puis je me suis identifié comme étant un policier de la GNC. J'ai ainsi pu avoir accès à toute la scène.

Le mort est bel et bien le docteur Alain Ducharme, anesthésiologiste à l'hôpital du West Island.

— Est-ce que le corps est toujours là ? demanda Vézina soudainement plus réveillé.

— Oui. Étant donné le lien possible avec Yamashita, j'ai demandé à ce que la GNC se charge de l'enquête.

— C'est très bien O'Brian. Demande à ce que le responsable du bureau de Sainte-Agathe vienne vous donner un coup de main. En attendant que j'arrive, bouclez la chambre, et ne laissez personne y entrer avant que notre équipe de techniciens en scène de crime ne soit sur place. Quant à moi, j'appelle le grand manitou pour le mettre au courant et je viens vous rejoindre.

— Patron, pourquoi ne prenez-vous pas l'hélicoptère pour venir ici ? Il y a un héliport juste à côté de l'hôtel.

— Très bonne idée. Je serai donc sur place très bientôt.

Aussitôt que Vézina eut raccroché, il partit s'habiller et demanda à sa femme de lui apporter deux autres Tylenol et un verre d'eau puis il appela au bureau pour voir si l'hélicoptère était disponible. Le responsable le fit attendre quelques minutes puis lui confirma que l'oiseau serait prêt d'ici quinze minutes. L'inspecteur remercia son interlocuteur puis avertit sa femme qu'il serait absent pour une bonne partie de la journée, et ce, sans lui donner de détails. Étant femme de policier, surtout d'un inspecteur, la femme de Vézina savait que son mari aurait à quitter le nid familial sans aucun préavis pour répondre à des urgences. Évidemment, elle ne lui aurait jamais demandé : « Et tu rentres quand mon chéri ? »

67

Sur l'heure du souper vendredi soir, Hiro Yamashita reçut un courriel sécurisé de Matsumoto qui lui apprenait que le docteur Alain Ducharme était parti vers un monde meilleur. Après avoir relu le message deux fois, il l'effaça définitivement de son ordinateur, ne voulant laisser aucune trace derrière lui. Il ne restait que deux autres personnes à éliminer. Il avait pleine confiance en son vieil ami du Japon. Celui-ci lui avait promis que les cibles seraient toutes supprimées, et son ami ne l'avait jamais laissé tomber auparavant.

* * *

Deux heures plus tard, Vézina arriva à l'hôtel. Il fut surpris de constater qu'il n'y avait pas autant d'agitation qu'un événement semblable aurait dû apporter, et c'était tant mieux.

Par contre, à l'étage où le corps avait été trouvé, il y avait beaucoup plus de va-et-vient. Tous les clients de l'étage avaient été regroupés dans une grande salle de conférence pour y être interrogés par les policiers. Les deux extrémités du couloir étaient bloquées et surveillées par d'autres policiers, empêchant ainsi tout départ prématuré de clients ayant quelque chose à cacher à la police.

Vézina aperçut son second en grande discussion avec un autre policier. Lorsque celui-ci l'aperçut à son tour, il lui fit signe de venir les rejoindre. Vézina fut alors présenté au responsable de la GNC à Saint-Jovite.

L'officier responsable se nommait Pierre Bouchard, comme l'ancien défenseur des Canadiens de Montréal. Il était en poste depuis presque cinq ans. Il n'avait pas juste le nom de l'ancien joueur de hockey, il avait aussi la carrure. Grand, large d'épaules, les mains grosses comme des pattes d'ours, il inspirait le respect juste par sa présence. Vézina aurait bien aimé compter sur un homme tel que le lieutenant Bouchard dans son équipe.

Une fois les présentations faites, Bouchard le mit au courant de tout ce qu'il avait recueilli jusqu'à maintenant, c'est-à-dire bien peu d'indices.

— En gros, patron, continua O'Brian, la femme de la victime nous a raconté qu'elle et son mari s'étaient disputés plus tôt cette semaine et qu'elle avait décidé d'aller passer ses vacances chez ses parents en Estrie et non avec son mari dans les Laurentides. Hier, en après-midi, son mari lui a téléphoné chez son père pour s'excuser de sa conduite, bla-bla-bla et lui a demandé de venir avec les enfants le rejoindre à Tremblant ce matin, ce qu'elle a accepté. Une fois arrivée à l'hôtel, elle s'est informée à la réception pour savoir si son mari lui avait laissé une clef, ce qu'il avait effectivement fait. Avec sa carte en main, elle et les enfants sont montés à la chambre, et c'est à ce moment que la femme a trouvé son mari sans vie sur le lit.

— A-t-elle touché au corps de son mari ou à quelque chose d'autre ?

— Non, elle affirme n'avoir touché à rien.

— OK. Est-ce que l'équipe de techniciens en scène de crime est arrivée ?

— Oui, ils ont commencé à prendre des photos et à relever les empreintes, répondit O'Brian.

— Parfait. Dès qu'ils auront terminé les photos, je veux aller voir moi-même la scène avant qu'ils ne touchent au corps. Avez-vous les combinaisons blanches protectrices pour ne pas contaminer la scène ?

— Oui, répondit O'Brian, j'en ai demandé plusieurs.

Quinze minutes plus tard, ayant reçu l'autorisation du responsable en scène de crime, Vézina et ses hommes revêtirent leur combinaison avec les bottines et les bonnets pour les cheveux et pénétrèrent dans la chambre. Vézina avait accroché un micro à l'intérieur de sa combinaison. Ainsi, au lieu de prendre des notes, il n'aurait qu'à dicter ce qu'il voyait et tout serait enregistré.

Vézina fit le tour de la chambre sans dire un mot, observant chaque détail. Il s'arrêta devant le corps qu'il examina attentivement, puis se déplaça vers la salle de bain où il regarda par terre et découvrit ce qui ressemblait à des résidus gastriques. Il en trouva également derrière la cuvette. Il demanda au technicien en scène de crime s'il avait vu la même chose et s'il en avait pris des photos et ramassé des échantillons.

— Oui inspecteur, nous attendions que vous ayez examiné les lieux avant de prendre les échantillons.

— Très bien, merci, répondit Vézina.

Une fois qu'il eut fait le tour de la salle de bain, il retourna jusqu'au lit, s'arrêta juste à côté de la table de nuit où on avait retrouvé la seringue ainsi que l'ampoule de narcotique. Vézina regarda attentivement les lieux, se déplaçant de gauche à droite du lit où se trouvait le corps du docteur Ducharme. Après quelques secondes, il s'accroupit à la gauche du cadavre et fit signe au TSC de s'avancer un peu. Pointant quelque chose du doigt, il demanda au technicien s'il avait pris des photos de ce qu'il lui montrait.

— Je crois bien que oui, mais pour en être certain, je vais en prendre d'autres, répondit le technicien.

— Venez voir, demanda Vézina en faisant signe aux autres de se rapprocher. Vous voyez, juste sous le garrot ayant servi à faire gonfler les veines, il y a un petit bout de latex bleu comme ceux des gants que l'on utilise dans les hôpitaux. Et ici, juste sur le côté du lit dans les plis des draps, il y a un autre morceau.

— Cela voudrait dire que…, commença O'Brian.

— Cela voudrait dire que le bon docteur n'est pas mort d'une overdose, mais qu'il a bel et bien été assassiné, répondit Vézina.

68

Un silence de plomb venait de tomber dans la pièce. O'Brian réalisait à peine l'impact de la découverte. Quant à Vézina, il était triste pour la jeune famille. Mais d'un autre côté, si Ducharme avait vraiment été assassiné, cela lui donnerait sûrement les arguments tant recherchés pour convaincre son patron qu'il était temps d'apporter une attention particulière à Yamashita et d'assurer la sécurité des personnes ayant été impliquées dans la mort d'Hiroko Yamashita.

— Est-ce que vous avez récupéré des empreintes sur l'ampoule de narcotique ou sur le garrot et la seringue ? demanda Vézina.

— Une sur l'ampoule, mais je ne peux pas dire à qui elle appartient à ce stade-ci. Pour le garrot et la seringue, rien, c'est ce qui est inhabituel. C'est comme si le tueur avait oublié de mettre les empreintes de sa victime sur les autres accessoires, répondit le technicien.

Il y avait une jeune femme avec le groupe d'hommes. Elle avait à peu près vingt-cinq ans, était blonde aux yeux bleus, de taille moyenne, le genre de femme qui attirait les regards sur elle partout où elle passait. Elle était la nouvelle stagiaire en techniques d'enquête. C'était aussi sa première affectation. Elle s'approcha de l'inspecteur Vézina et lui demanda s'il voulait bien lui expliquer son raisonnement.

— Et vous êtes ? demanda l'inspecteur Vézina, contrarié d'avoir été interrompu dans ses pensées.

— Pardon monsieur. Je m'appelle Brigitte Valois. Je suis stagiaire en scène de crime.

— Rémi ! Intervint le technicien responsable. Je m'excuse. J'ai oublié de faire les présentations. Comme Brigitte vient de le dire, c'est notre nouvelle stagiaire pour les prochains mois. Et il se trouve que c'est sa première enquête avec nous.

Vézina radoucit son humeur quelque peu tout en serrant la main de la nouvelle venue.

— Pas de problème mademoiselle Valois.

— Appelez-moi Brigitte.

— Très bien Brigitte. Pour répondre à votre question. Premièrement, regardez le garrot sur le bras de la victime et vous remarquerez qu'il n'est pas tout à fait relâché. C'est la première erreur du meurtrier.

— Comment cela ? demanda Brigitte

— Très simple. Si vous voulez vous injecter une drogue via une veine, vous ferez en sorte de relâcher complètement le garrot pour vous assurer que la drogue circulera jusqu'au cerveau, et non comme ici où ce dernier semble être encore plus ou moins serré. Deuxièmement, il y a bien une marque de piqûre sur la peau dans le pli du bras, mais aucune trace d'un tampon imbibé de sang nulle part. Lorsque l'aiguille a été retirée, il n'y a eu qu'une seule petite tache de sang qui a séché, faute de circulation sanguine probablement. Toujours à propos du garrot, regardez le sens de la boucle.

— Oui, et puis ? répondit la stagiaire.

— La boucle du garrot est du mauvais côté. Je m'explique. Si j'attache ma chaussure moi-même, la boucle de mon lacet sera face à moi. Par contre, si vous m'attachez ma chaussure, ladite boucle vous fera face une fois terminée. Ici, c'est la même chose avec le garrot. Lorsque le tueur a mis le tourniquet sur le bras de Ducharme, il l'a fait de la même manière que si vous m'aviez attaché ma chaussure, c'est-à-dire que la boucle faisait face au tueur et non le contraire. Troisièmement, nous venons de retrouver deux morceaux de latex bleu, signe que le tueur portait des gants de latex pour masquer ses empreintes. Et pour terminer, il y a les deux échantillons de résidus gastriques retrouvés. Les analyses nous diront si les échantillons appartiennent au docteur Ducharme ou à notre tueur. Si tel était le cas, en ce qui concerne le présumé meurtrier, nous aurions ainsi la chance d'avoir son ADN, ce qui serait encore mieux qu'une empreinte digitale. J'allais oublier, il manque aussi une débarbouillette dans la salle de bain. J'ai fait le tour et ne l'ai trouvé nulle part.

— Donc, vous pensez que le tueur a étouffé sa victime et fait en sorte que le meurtre passe pour un suicide par overdose ?

— Oui, c'est cela !

— Mais comment le tueur s'y est-il pris pour maîtriser Ducharme ? Le bonhomme est assez costaud, demanda encore une fois la stagiaire.

— Pour l'instant, je n'en ai aucune idée. Peut-être l'a-t-il drogué ! L'autopsie nous le dira sûrement, répondit Vézina fier de lui. Surtout content de ne plus avoir ce mal de bloc.

— Rémi ! demanda le TSC.

— Oui Rolland !

— Je viens de remarquer quelque chose d'étrange. Regarde l'ampoule de Sufentanyl.

— Je ne vois rien de spécial. Qu'y a-t-il ? demanda Vézina.

— Le nom de la compagnie pharmaceutique qui a fabriqué le médicament, elle n'est pas d'ici, du moins en Amérique du Nord.

— Intéressant, en effet.

Même si Vézina avait son petit magnétophone portatif avec lui, le lieutenant O'Brian n'en prenait pas moins des notes de tout ce qui se disait ou presque dans la chambre. Celui-ci enchaîna.

— Mon cousin est pharmacien dans un hôpital de Montréal, je vais m'informer auprès de lui pour savoir s'il connait cette compagnie et si oui, d'où elle vient.

— Très bien Marcel, mais restez discret.

— À vos ordres patron, répondit O'Brian.

L'inspecteur Bouchard parla pour la première fois.

— Rémi ! Quelle est votre théorie ?

— Hum ! s'exclama Vézina, le regard tourné vers le corps du médecin. En gros, notre tueur aurait drogué Ducharme. Avec quoi ? Je l'ignore. Les deux hommes se sont retrouvés dans la chambre. Ducharme, incapable de se défendre, aurait été étouffé par l'inconnu avec la débarbouillette. Il aurait installé le garrot sur le bras du médecin et injecté la drogue. Sans s'en rendre compte, ses gants se seraient déchirés et deux petits morceaux seraient restés coincés dans les plis des draps. A-t-il été dérangé dans son travail, oubliant ainsi de petits détails comme le latex et les traces de résidus gastriques ?

— Mais comment est-il parti ? demanda Bouchard.

— Je ne sais pas, répondit Vézina. C'est à nous de le trouver.

— Et pour l'heure du décès ? la question venant d'O'Brian.

— Le légiste nous a dit que la mort remontait à moins de dix-huit heures, répondit le technicien en regardant ses propres notes.

Vézina regarda sa montre et fit le calcul dans sa tête.

— Donc, Ducharme serait mort vers vingt-deux heures hier soir.

Tout le monde acquiesça d'un signe de tête.

— Avez-vous interrogé le personnel de l'hôtel et du centre de ski ? Son équipement est à l'entrée. Peut-être a-t-il rencontré son meurtrier sur les pentes de ski. Je veux que tous les employés qui travaillaient hier soir soient rencontrés par un policier.

Bouchard se dirigea vers la cuisinette pour donner ses ordres à ses hommes. Pendant quelques minutes, le silence se fit dans la chambre. Tous ceux encore présents essayaient de visualiser ce qui avait bien pu se passer la veille. C'est Brigitte Valois qui rompit ce silence devenu lourd.

— Pardonnez-moi inspecteur ! l'interrompit la stagiaire.

— Oui Brigitte, qu'y a-t-il ?

— Les ambulanciers sont ici pour amener le corps à l'institut médico-légal pour l'autopsie.

— Très bien.

Vézina demanda ensuite à son bras droit d'aller s'assurer que la femme du médecin ainsi que ses enfants n'aperçoivent pas le corps du père de famille. O'Brian revint moins de cinq minutes plus tard pour lui apprendre que le passage était libre.

Feu le docteur Alain Ducharme fut alors transporté par les ambulanciers. À la sortie du corps, tous ceux présents dans la chambre y allèrent d'une petite prière personnelle, tout en ayant une pensée pour sa femme et ses enfants qui avaient eu le malheur de découvrir le pauvre homme sans vie.

L'inspecteur Bouchard était de retour avec les autres après avoir donné la consigne à ses hommes d'interroger tous les employés qui étaient en service le soir du meurtre du docteur Ducharme.

Il demanda ensuite à l'inspecteur Vézina ce qu'il devait annoncer à la femme du défunt.

— Je vais m'en occuper moi-même, Pierre. En attendant, pas un mot à la presse.

Une fois que Vézina eut fini de faire le tour avec le TSC, pris toutes les photos qu'il voulait avoir et ramassé toutes les preuves matérielles, l'inspecteur et son assistant allèrent s'entretenir avec la veuve.

Les deux policiers de la GNC rencontrèrent Nathalie Ducharme dans la chambre du lieutenant O'Brian. Les deux jeunes fils du couple étaient quant à eux avec le frère de l'épouse du médecin. L'hôtel leur avait attribué une chambre en attendant que la mère vienne les rejoindre.

Vézina commença par lui exprimer ses plus sincères condoléances. L'épouse d'O'Brian était assise sur le petit sofa de la chambre avec la veuve, lui tenant la main pour la réconforter. O'Brian, quant à lui, avait pris place sur le coin du lit tandis que l'inspecteur Vézina avait jeté son dévolu sur la seule chaise de la pièce. Encore une fois, comme il l'avait fait sur la scène du crime, Vézina mit en marche son petit magnétophone.

C'est sans entrer dans les détails que Nathalie Ducharme apprit que son mari avait été assassiné.

— Pourquoi ? demanda-t-elle en pleurs.

— C'est ce que nous allons essayer de découvrir.

Pendant quelques minutes, personne ne parla. Seuls les pleurs de la veuve résonnaient dans la chambre.

Vézina reprit, sachant très bien qu'il était difficile pour la femme du médecin de répondre à ses questions.

— Savez-vous si votre mari avait des ennemis ? A-t-il déjà reçu des menaces quelconques ?

— Pas à ma connaissance. Si c'était le cas, il ne m'en a jamais parlé. Croyez-vous que cela pourrait être un ancien patient ? demanda-t-elle.

Vézina et O'Brian s'échangèrent un regard que l'épouse du défunt ne remarqua pas, mais qui, par contre, n'échappa pas à madame O'Brian.

— Je ne sais pas Nathalie. Est-ce que je peux vous appeler par votre prénom ?

— Oui, bien sûr.

— Nathalie, je m'excuse à l'avance, mais je me dois de vous poser cette question. Votre mari faisait-il usage de drogue ? N'importe laquelle ? Aurait-il pu avoir une maîtresse ?

Si elle fut vexée par la question, elle ne le laissa pas paraître.

— Bien sûr que non ! Comme tous les couples, nous avions des périodes un peu plus difficiles que d'autres, mais nous nous aimions encore énormément.

— Est-ce qu'il vous a parlé d'une rencontre qu'il aurait faite hier, dans la journée ?

— Non ! Lorsqu'il m'a téléphoné hier après-midi, il était sur la montagne. Je lui ai demandé s'il avait parlé à du monde que l'on connaissait, car certains de nos amis viennent souvent faire du ski ici. Il m'a répondu que non et qu'il trouvait très dur de faire du ski seul, sans les êtres qu'il aimait le plus au monde !

Suite à ce souvenir, Nathalie se remit à pleurer de plus belle, toujours consolée par la femme du policier. Après quelques minutes, séchant ses larmes, elle fit signe à Vézina de continuer.

— Parfait ! Avez-vous de la famille avec vous présentement pour vous aider ? demanda Vézina.

— Mes parents vont arriver bientôt. Mais mon frère est déjà ici avec les enfants. Inspecteur Vézina, je veux que vous trouviez celui qui a enlevé un père exceptionnel à mes enfants, dit Nathalie Ducharme d'une voix remplie de tristesse.

— Vous avez ma parole que je vais trouver ce salaud, promit l'inspecteur Vézina.

Les deux policiers laissèrent les femmes seules et sortirent dans le corridor discuter de la marche à suivre.

69

Yamashita jubilait. Cet enfoiré d'anesthésiologiste était enfin parti rejoindre ses ancêtres.

Aux nouvelles télévisées de vingt heures sur LCN, le présentateur rapporta la mort d'un homme dans un hôtel de Mont-Tremblant. Le nom de la victime n'était pas mentionné, ni les détails concernant sa mort. Yamashita lui, connaissait son nom. Par contre, ce qu'il ignorait et dont il se foutait royalement, c'était la manière que le tueur avait utilisée. Il payait très cher pour que le boulot soit fait proprement et, à première vue, il en avait pour son argent.

Le journaliste sur place continuait son reportage en soulignant que la police affirmait n'avoir aucun suspect pour le moment.

Yamashita eut une pensée : si son tueur était aussi bon qu'on le lui avait dit, eh bien ces chers policiers n'auraient aucun suspect à se mettre sous la dent avant longtemps.

Bien entendu, les détails particuliers n'ayant pas été dévoilés à la presse, Yamashita ne pouvait savoir que son tueur avait merdé.

En attendant, il décida de répondre à son vieil ami au Japon pour le remercier de lui avoir recommandé un vrai professionnel.

* * *

Masao Fukuda était de retour chez lui. Une fois ses bagages montés dans son appartement, il ne prit même pas la peine de les défaire tellement il était exténué. Pour la première fois depuis les derniers jours, il pouvait enfin respirer normalement.

Tôt le vendredi matin, après avoir pris sa douche et ramassé ses affaires, il fit au moins deux fois le tour de la chambre pour s'assurer qu'il ne laissait rien traîner derrière lui. Comme il l'avait si souvent vu dans des films policiers, il avait, à l'aide d'un linge sec, essuyé toutes les surfaces qu'il croyait avoir touchées pendant son séjour. Une fois satisfait, il cacha le linge dans sa valise et prit la direction des ascenseurs, sans toutefois s'attarder devant la chambre du docteur Ducharme.

Au début, il avait planifié de frapper à la porte du médecin, voulant s'assurer que celui-ci était bel et bien mort. Dans son raisonnement, il s'était dit que si personne ne répondait, le tour était joué. Dans le cas contraire, si on répondait à la porte, il aurait tout simplement demandé à voir une personne fictive. Sauf qu'au dernier moment, dans un élan de sagesse qu'il ne se connaissait pas, il décida de jouer la prudence et de ne pas attirer l'attention sur lui. Un autre client ou un membre du personnel aurait pu l'apercevoir près de la porte du médecin à attendre et le signaler à la police plus tard lorsque le corps aurait été découvert.

Pendant une bonne partie de la journée, Masao avait écouté tous les bulletins de nouvelles, espérant entendre que le corps sans vie du docteur Alain Ducharme avait été retrouvé dans un hôtel chic à Mont-Tremblant.

Ce ne fut que sur l'heure du souper qu'il entendit enfin l'information à la télévision. À son grand découragement, le journaliste rapportait les faits, mais sans nommer la victime. Il mentionnait seulement qu'un corps sans vie avait été découvert sur l'heure du midi et que la police n'avait aucun suspect pour le moment.

Fukuda ne comprenait pas ce qui se passait. Parlaient-ils du même homme ? Il ne pouvait tout simplement pas téléphoner à la police et leur demander si la victime ne serait pas par hasard un certain Alain Ducharme, médecin de profession.

Masao repensa à la dernière fois qu'il avait vu Ducharme vivant, et il s'encouragea à ce souvenir. Le toubib avait l'air tellement mal en point qu'il était certain que la drogue avait bel et bien fonctionné et que l'inconnu décédé était bien sa cible.

Encore une fois, il eut une pensée pour son père. Mais comme la dernière fois, il la repoussa au plus profond de lui-même. Il célèbrerait sa première victoire tout seul, et tant pis pour le chef des yakuzas. Il apprendrait la nouvelle par les médias comme tout le monde.

Ce que Masao ne savait pas, c'était que son père avait été mis au courant bien avant lui.

70

L'enquête avançait lentement. Après avoir interrogé plusieurs employés, tant à l'hôtel qu'au centre de ski, Vézina avait maintenant la certitude que le tueur avait approché sa victime sur les pentes de ski. Bon nombre d'employés du centre de ski se rappelaient avoir aperçu la victime faire plusieurs descentes avec un autre homme.

Par la suite, ils avaient été revus au bar du restaurant à discuter ensemble. Le serveur qui les avait servis à leur table fut catégorique : Ducharme avait consommé beaucoup d'alcool. Puis, juste avant le dessert et malgré son niveau d'ivresse avancé, le médecin s'était senti très malade, et cela n'avait rien à voir avec l'alcool. Un des serveurs avait même offert son aide au compagnon du médecin pour le raccompagner à sa chambre, mais l'autre avait poliment refusé en disant qu'il avait la situation bien en main. Après qu'ils eurent disparu dans l'ascenseur, plus personne ne revit les deux hommes.

Une des femmes de chambre affirma avoir vu les deux hommes dans le corridor menant à la chambre de la victime. Celui-ci ne semblait pas du tout dans son assiette. Il faisait beaucoup de boucan, comme s'il était ivre. Ce fut la dernière fois que le docteur Alain Ducharme fut aperçu vivant.

L'inspecteur Vézina sentait que sa chance s'arrêtait ici. Il avait bien le nom que l'inconnu avait utilisé pour rencontrer Ducharme, mais après vérification, le nom s'était avéré être un faux. La description physique n'avait rien donné non plus. Personne n'avait revu ce Hamelin le lendemain du meurtre. Bien que le signalement du suspect ait été envoyé à tous les postes de police de la région, Vézina ne se faisait guère d'idée quant aux chances de le retrouver, du moins, sous cette apparence.

Encore une fois, l'inspecteur fut interrompu dans ses pensées.

— Patron, je m'excuse de vous déranger.

— Qu'y a-t-il O'Brian ?

— Je ne sais pas si c'est important, mais il y a une femme qui dit avoir reconnu un tueur recherché par Interpol, ici même, et à Montréal à l'automne dernier.

— Hein ! De quoi a-t-elle l'air ? Saine d'esprit ou un peu folle sur les bords ?

— Elle semble normale, répondit le policier avec un sourire qui voulait dire « vous verrez bien par vous-même ».

— OK, amenez-la-moi.

Cinq minutes plus tard, une femme d'une cinquantaine d'années, élégamment vêtue, fut présentée à l'inspecteur Vézina.

— Bonjour madame Sinclair, je suis l'inspecteur Rémi Vézina. Comment puis-je vous aider ?

— C'est moi qui peux vous aider, inspecteur !

— Ah oui ! Et comment ? demanda l'inspecteur en retenant un sourire.

— L'automne dernier, mon mari Wesley et moi étions en visite en Angleterre pour voir les châteaux médiévaux et aussi...

— Et puis madame Sinclair, demanda Vézina, que s'est-il passé ?

— Ah oui ! Le dimanche matin avant notre retour, nous faisions la grasse matinée en écoutant la télévision et il y avait un reportage d'Interpol sur les criminels les plus recherchés. Le numéro dix-sept m'avait frappé par sa beauté. Je ne pouvais pas croire qu'un si bel homme puisse être dangereux.

— Madame Sinclair ! s'impatienta Vézina.

— J'y arrive inspecteur. Eh bien, le lundi quand nous sommes arrivés à l'aéroport à Montréal, tandis que nous attendions notre taxi, nous avons...

— Tu as vu, la corrigea son mari.

— OK, j'ai vu l'homme recherché, le numéro dix-sept, et je l'ai revu hier soir. Nous étions devant une des boutiques lorsque je me suis retourné et que je l'ai vu passer juste devant moi. J'ai reconnu le même regard que j'avais vu à la télévision et à l'aéroport. Je suis certaine que c'était le même homme.

Vézina regarda son mari qui avait les yeux tournés vers le ciel et qui semblait embarrassé par le comportement sa femme. Sans prononcer un mot, Wesley Sinclair s'excusa pour son épouse.

— Je vois. Vous êtes donc certaine à cent pour cent que c'était bien le même homme qu'à la télévision ?

— Euh ! Non, pas à cent pour cent quand même.

— Parfait madame Sinclair, nous allons vérifier vos informations. Y a-t-il un numéro de téléphone où on peut vous joindre si nous avons besoin de renseignements supplémentaires ?

Ester Sinclair lui donna son numéro de cellulaire, tout excitée d'avoir aidé la police. Ses amies en seraient toutes jalouses.

L'inspecteur Vézina s'apprêtait à lui donner sa carte professionnelle, mais se ravisa au dernier moment. Il eut l'intuition que s'il lui donnait sa carte, elle le harcèlerait chaque jour pour savoir où en était l'enquête.

— Très bien. Donc, s'il y a du nouveau, on vous le fera savoir, répondit Vézina. Vous n'aurez qu'à laisser les numéros de téléphone où on peut vous joindre au lieutenant O'Brian. Je vous remercie encore une fois.

L'inspecteur serra la main de Wesley Sinclair et lui donna une petite tape amicale sur l'épaule qui voulait dire : ne lâche pas mon vieux.

Un policier fit sortir le couple de la salle que les responsables de la police avaient transformée en centre de commandement.

71

Plus tard, en début de soirée, Vézina et les autres responsables s'étaient réunis pour partager ce qu'ils avaient trouvé jusqu'à ce moment. Après une heure de discussion, Vézina récapitula.

— Nous avons le docteur Alain Ducharme qui a été retrouvé mort dans sa chambre d'hôtel. Nous avons aussi la quasi-certitude que c'est un meurtre déguisé en overdose. Nous n'avons aucune piste jusqu'à maintenant, enfin rien qui nous conduirait à un suspect. C'est comme si le présumé tueur s'était évaporé dans la nature. Selon la femme du médecin, il n'avait aucun ennemi.

Tous les hommes présents se regardèrent et c'est O'Brian qui parla pour tout le monde.

— Sa femme ne doit pas connaître Hiro Yamashita.

Tous approuvèrent d'un signe de tête.

— Espérons que l'autopsie nous aidera à voir plus clair dans ce mystère.

Vézina mit fin à la réunion et tout le monde partit continuer l'enquête chacun de son côté.

Peu après vingt heures, Rémi Vézina téléphona aux bureaux de la GNC à Valleyfield et demanda qu'on lui trouve le grand patron, qui, par un pur hasard, était toujours à son bureau.

— Marcel, c'est Rémi.

— Est-ce que tu peux m'expliquer ce que tu fais à Tremblant ? Tu étais censé te reposer à la maison. Et c'est quoi ce bordel avec l'hélico ?

— J'étais vraiment malade ce matin patron. Je ne me souviens pas la dernière fois où je me suis senti moche comme ça. Si j'avais eu le choix, je serais resté au lit, crois-moi ! C'est O'Brian qui m'a téléphoné de Tremblant pour m'apprendre que le docteur Alain Ducharme avait été retrouvé sans vie dans sa chambre d'hôtel.

— O'Brian n'était pas censé être en vacances ? demanda Pouliot.

— Oui. Mais par un curieux hasard, il s'est retrouvé sur le même étage que le médecin.

— Mais quel est le rapport ?

— Tu te souviens de l'anesthésiologiste qui avait refusé de venir intuber la femme d'Hiro Yamashita, préférant terminer sa partie de golf ? Ce refus avait conduit à la mort de la femme.

— Oui ! Je me rappelle bien. Et alors ?

— C'est pour la mort de ce fameux docteur qu'O'Brian m'a fait venir jusqu'ici.

— Bordel ! Qu'est-ce qui est arrivé ? demanda le supérieur de Vézina.

— C'est la femme et les deux jeunes fils du médecin qui ont découvert son corps peu avant midi.

— Bordel de merde Rémi !

— Tu peux le dire encore Marcel, répondit Vézina.

Pendant les quinze minutes suivantes, l'inspecteur Vézina relata à son patron les événements tragiques s'étant produits au chic hôtel du Mont-Tremblant. Il lui fit part également de sa théorie sur le modus operandi du meurtre, mais ne pouvait malheureusement rien avancer sur le mobile précis. Par contre, il avait sa petite idée du « par qui ».

— Bordel de merde ! s'exclama Marcel Pouliot. Qui d'autre est sur le coup ?

— La GNC de Saint-Jovite et la police municipale de Tremblant nous donnent un coup de main. Mais c'est nous qui mènerons la danse.

— Parfait.

— Marcel, tu voulais avoir des preuves supplémentaires sur Yamashita, les voici. Le toubib n'avait pas d'ennemis, pas de maîtresse, un bon père de famille quoi. Pourquoi quelqu'un voulant se débarrasser de lui monterait-il une telle mise en scène ? Je te le demande encore. Faisons mettre le yakuza sur écoute téléphonique et électronique pendant un certain temps. Si rien ne se produit, tant mieux. Mais si on peut empêcher quelqu'un d'autre de perdre la vie, alors ça en aura valu la peine.

Pouliot ne disait pas un mot à l'autre bout du fil.

— Marcel, tu es toujours là ?

— Oui, oui. Je réfléchissais.

— Nous devons aussi faire quelque chose pour les autres personnes impliquées dans la mort accidentelle d'Hiroko Yamashita, maintenant que nous savons que son mari a commencé sa vengeance.

— OK. OK. Rappelle-moi dans une heure. Et en attendant, ramène ton gros cul ici. Et l'hélico aussi.

— À vos ordres patron !

72

Samedi 8 février 2014

Cette même fin de semaine, au restaurant italien Chez Luigi, situé en face du Palais de Justice de Valleyfield, Paolo Tuzzi nettoyait les tables après le service du midi. Paolo était le neveu du propriétaire du restaurant.

Âgé de trente ans, il était marié et père d'un jeune garçon de huit ans. Malgré son nom à connotation italienne, Paolo n'avait rien du physique de l'étalon italien. C'était à se demander s'il était vraiment Italien. Avec ses cheveux couleur carotte et des taches de rousseur sur les deux joues, il ressemblait plus à un personnage de bande dessinée. En dépit de ses attributs peu avantageux, il avait toujours su tirer son épingle du jeu avec les filles, d'où son mariage avec la belle Rosita. N'ayant jamais terminé ses études secondaires, il avait travaillé dans différents endroits avant que son oncle ne lui offre un emploi bien rémunéré dans son restaurant.

Paolo travaillait comme homme à tout faire. Il aidait un peu dans chaque département du restaurant, tant dans la cuisine que dans la salle à manger. Il était aussi responsable de la réception des marchandises. Il effectuait notamment la livraison des repas du midi au Palais de Justice.

Le restaurant avait une entente avec la direction du Palais de Justice. Lors des procès, lorsque les jurés ne voulaient pas manger ce qu'il y avait à la cafétéria de l'établissement, ceux-ci commandaient au restaurant, via le greffier. La nourriture y était très bonne, et le service rapide.

Paolo était connu et très apprécié des employés réguliers. Il était du genre à s'occuper de ses affaires et à ne poser aucune question.

Un des vices cachés de Tuzzi était les jeux de hasard, le poker entre autres. Il aimait dépenser quelques dollars ici et là en jouant aux cartes. Il se considérait comme un joueur moyen, c'est-à-dire juste assez bon pour se faire une partie avec ses meilleurs amis de temps à autre et espérer gagner.

Pendant que Paolo s'affairait à nettoyer les tables, il aperçut son oncle discuter au téléphone. De nature curieuse, Paolo se rapprocha discrètement de son parrain. Faisant maintenant semblant de travailler, il entendit les mots : resto-bar, poker et mot de passe. Ces mots lui résonnèrent dans la tête comme s'il s'était cogné la caboche. Toujours attentif à ce que son oncle disait, il réussit à comprendre qu'il parlait d'un nouveau resto-bar ouvert depuis quelques mois près de chez lui où se tenaient des parties de poker plus ou moins légales dans le sous-sol de l'établissement. Seuls ceux qui donnaient le bon mot de passe au portier et montraient la couleur de leur argent avaient droit d'y jouer.

Alors qu'il priait intérieurement pour connaître ce fameux mot de passe, Paolo entendit son oncle prononcer le mot magique. N'ayant pas vraiment une bonne mémoire, Tuzzi inscrivit le mot sur une serviette en papier qu'il fourra dans la poche arrière de son pantalon.

Tout excité par sa découverte, c'est avec un large sourire sur le visage que Paolo se remit au travail. Machinalement, toutes les trois minutes, il regardait sa montre, sachant qu'il ne lui restait qu'une heure à faire avant de terminer sa journée. Il ne cessait de penser à la soirée qu'il passerait plus tard. Heureusement pour lui, sa femme et son fils étaient partis chez sa sœur à Sherbrooke pour toute la fin de semaine. Il aurait ainsi tout le loisir d'aller jeter un coup d'œil à ce nouveau resto-bar, d'autant plus qu'il avait caché à sa femme le compte qu'il avait ouvert dans une banque différente de la leur, expressément pour ce genre d'activités.

Comme il devait lui téléphoner après le souper, il lui dirait qu'il irait prendre une bière avec des amis et elle n'y verrait que du feu.

73

Lundi 10 février 2014

Rémi Vézina arriva à l'immeuble de la GNC de très bonne humeur en ce lundi matin. À la réunion de la veille, avec tous les grands patrons et l'assistant du procureur, les choses avaient été faites correctement dès le début. Étant donné que leur demande devait être signée par un juge puisqu'il risquait d'y avoir des poursuites au criminel par la suite, c'était préférable ainsi. C'est pourquoi Me Tremblay avait été saisi du dossier. Il avait été décidé, à la suite du compte rendu détaillé des événements des derniers jours, par l'inspecteur Vézina ainsi que par les antécédents criminels de Yamashita, qu'une demande en bonne et due forme serait faite à la cour pour les autoriser à placer le yakuza sur écoute.

Comme convenu, Vézina et l'assistant du procureur se rendirent chez le juge Marcotte pour dix heures trente. Une fois assis dans le bureau du magistrat, Me Tremblay présenta l'inspecteur Rémi Vézina au juge. Le juge posa quelques questions à l'inspecteur puis l'avocat fit part de la demande d'écoute électronique et téléphonique contre Hiro Yamashita.

L'inspecteur Vézina fit au juge un bref compte rendu de la feuille de route, plutôt bien garnie, du chef de la mafia japonaise. Son temps passé à Vancouver et ses démêlés avec la justice canadienne de la province de l'Ouest. En fait, il lui fit un court résumé du dossier que Tanaka lui avait donné, incluant photos et rapports de police.

La veille au soir, Vézina s'était bien préparé pour cette rencontre. Il avait sorti les points majeurs, les plus importants selon lui, qu'il voulait expliquer au juge. Pour convaincre ce dernier, il se devait d'avoir un dossier en béton.

En terminant son exposé, l'inspecteur rappela au juge que si le mandat leur était octroyé pour l'écoute, ça pourrait peut-être sauver des vies humaines.

Le juge Marcotte remercia l'inspecteur Vézina pour son exposé, puis jeta un coup d'œil au dossier qu'il avait entre les mains. Il posa de nouveau quelques questions à l'assistant du procureur sur différents points du dossier. Pendant les quinze minutes suivantes, aucune parole ne fut prononcée. Le magistrat relut certains passages du dossier et regarda quelques photos en secouant la tête en signe de dégoût. Lorsqu'il reporta son attention sur ses deux visiteurs, sa décision était prise.

Le juge Marcotte se racla la gorge en retirant ses lunettes.

— Messieurs, je comprends l'urgence de la situation. Avec tous les antécédents du suspect et ses risques de récidives, je vais vous donner une permission de trente jours pour la surveillance téléphonique et électronique d'Hiro Yamashita, et ce pour son domicile, son bureau ainsi que son cellulaire. J'espère que cela vous permettra de ramasser les preuves nécessaires pour le mettre derrière les barreaux.

— Votre Honneur, nous vous remercions de votre aide et de votre confiance, répondit l'avocat, mais pourrais-je vous demander une dernière chose ?

— Allez-y.

— Vous serait-il possible de mettre le mandat d'écoute sous scellé pendant sa période de validité ?

— Je n'y vois pas d'inconvénient, dit le juge. Et bonne chance messieurs.

— Merci beaucoup votre Honneur, conclut Vézina.

Les deux hommes quittèrent le bureau du juge avec une copie du mandat d'écoute en main. Une fois sorti du Palais de Justice, Vézina téléphona à son patron pour lui annoncer la bonne nouvelle. Pouliot lui répondit qu'il mettrait en branle le processus avec les différents intervenants. L'inspecteur lui promit les papiers aussitôt qu'il aurait terminé son dîner avec l'avocat.

Lorsqu'il eut raccroché, Me Tremblay l'invita à manger au petit restaurant italien situé de l'autre côté de la rue.

Heureusement pour eux, le propriétaire des lieux était absent pour le service du midi.

* * *

Immédiatement après avoir reçu l'appel de l'inspecteur Vézina, le commandant Pouliot donna l'ordre à ses spécialistes en communication et en informatique de mettre en branle les systèmes d'écoute téléphonique tels qu'autorisés par le juge Marcotte. Ainsi, tout appel entrant ou sortant de même que les courriels de Yamashita seraient enregistrés.

Dès son retour du Palais de Justice, l'inspecteur Vézina fut heureux de découvrir que son patron n'avait pas perdu de temps. Un local supplémentaire avait été aménagé en face de la salle de communication déjà existante. Vézina et Pouliot n'avaient plus qu'à former des équipes pour assurer une couverture adéquate.

Vézina rappela à ses hommes l'importance de la mission. Un homme innocent avait déjà perdu la vie et il était impératif d'éviter que d'autres subissent le même sort. Plus les preuves seraient nombreuses, meilleures seraient les chances d'épingler ce salaud.

Tout le monde était d'accord pour dire que personne ne s'attendait à ce que le suspect avoue clairement qu'il allait faire tuer quelqu'un à une date et une heure précises, mais tous devaient être attentifs à tout instant pour ne pas laisser passer quoi que ce soit d'important. Le diable est dans les détails[3], disait un vieux proverbe. Un autre disait : Les rapports avec les hommes d'affaire et les avocats, c'est le problème de toutes les veuves[4].

---

3   L'expression a été inventée par le philosophe allemand Nietzsche, au XIXe siècle. Si elle ne fait pas directement référence à la religion, l'image renvoie à un être maléfique qui viendrait semer la zizanie de manière discrète, en agissant sur les détails.
4   Yoko Ono. Artiste, chanteuse, écrivaine, musicienne, peintre et poétesse, née en 1933 et veuve de John Lennon.

74

Mercredi 12 février 2014

En se levant ce mercredi matin, le caméléon se sentait beaucoup mieux. Pour la première fois depuis plusieurs jours, la faim le tiraillait. La nausée et les crampes abdominales étaient maintenant choses du passé.

C'était la première fois de toute sa carrière qu'il devait interrompre un contrat pour cause de maladie.

Lorsqu'il se regarda dans le miroir de la salle de bain, il fut heureux de constater qu'il ne ressemblait plus au zombie qu'il était la veille. Il avait certes perdu quelques livres, mais ce petit contretemps pourrait être utilisé pour la deuxième partie de son contrat.

Il prit ensuite une longue douche, laissant couler l'eau bouillante sur son corps endolori. Il sentait la tension dans ses muscles le quitter et par le fait même il se sentit revivre.

Maintenant ragaillardi, le caméléon se fit monter un petit-déjeuner. Il devait refaire ses forces, autant pour son corps que pour son esprit.

Il y avait une dernière chose qu'il se devait de faire, une chose très importante. Il devait envoyer un courriel à son contact pour le mettre au courant des derniers événements le concernant et lui dire qu'il était maintenant rétabli à cent pour cent et prêt à continuer ce pour quoi il était chèrement payé !

* * *

Cette même journée, en après-midi, l'inspecteur Vézina reçut le rapport préliminaire d'autopsie du docteur Alain Ducharme. Le rapport indiquait que la victime était morte par strangulation. Le pathologiste avait retrouvé des fibres dans la bouche de la victime. Ces fibres venaient assurément d'une débarbouillette, la même que celle utilisée dans la salle de bain où logeait la victime. L'équipe en scène de crime avait apporté une de ces débarbouillettes pour comparaison.

Lors de l'examen externe du cadavre, une seule trace d'aiguille avait été découverte sur toute la surface du corps : celle laissée par le tueur dans le pli du coude. Ce fait venait détruire la théorie de l'overdose, le médecin n'ayant jamais fait usage d'aiguilles auparavant.

L'examen toxicologique quant à lui était très intéressant. Premièrement, la présence de Sufentanyl, un puissant narcotique, avait été détectée. Mais, chose particulière, il n'y en avait que dans le réseau sanguin de la région du bras gauche. Le pathologiste expliquait sa découverte en spécifiant que si le médicament avait été injecté après l'arrêt du cœur, il était normal que la drogue n'ait pas été en mesure de parcourir tout le circuit sanguin, ce qui confirmait encore une fois la thèse du meurtre. La drogue avait été injectée après la mort du médecin. Un autre médicament fut aussi identifié : le Versed, un puissant sédatif. Contrairement au Sufentanyl, le Versed avait été trouvé non pas dans le système sanguin, mais dans le contenu gastrique de la victime, de même que dans un des échantillons des résidus gastriques retrouvés sur les lieux du crime. Quant à l'autre spécimen, aucune drogue n'avait été identifiée.

Vézina relut le rapport une autre fois, puis il fit venir O'Brian dans son bureau. Une fois que celui-ci eut à son tour terminé de lire les préliminaires du médecin légiste, Vézina lui demanda ce qu'il en pensait.

— Je crois que tu avais raison, Rémi ! Tout devient clair maintenant.

— Il ne nous reste plus qu'à trouver le coupable. L'identité du commanditaire ne fait plus de doute, à mon avis.

— Ces éléments de preuves corroborent les témoignages des serveurs du bar et du restaurant de l'hôtel ainsi que celui de la femme de chambre, celle ayant aperçu Ducharme vivant pour la dernière fois.

— En effet, répondit Vézina. Bon, je vais aller voir le grand manitou pour lui montrer cela. Ensuite, je ferai parvenir une copie à Me Tremblay.

Vézina fut déçu de ne pas pouvoir rencontrer son patron. Celui-ci était en réunion à Montréal toute la journée. Il laissa malgré tout une copie à sa secrétaire et repartit en sens contraire.

Avant de retourner à ses affaires, il fit un détour par la salle d'écoute : toujours rien.

Tout en reprenant la direction de son bureau, il relut une troisième fois le rapport. La bonne nouvelle était qu'ils avaient maintenant l'ADN du présumé tueur, si bien sûr, le résidu gastrique retrouvé derrière la cuvette de la salle de bain de la victime était bien le sien.

De retour dans son espace, Vézina décida qu'il était maintenant temps de mettre son nouvel ami, l'inspecteur Tanaka au courant des événements s'étant produits au cours de la dernière semaine.

75

Jeudi 13 février 2014

Le jeudi matin, une semaine après la mort du docteur Alain Ducharme, les policiers responsables de l'écoute téléphonique et électronique reçurent leur premier vrai contact.

L'appel venait du Japon, mais aucun nom ne fut prononcé. Une des deux voix, celle de la personne qui répondit, fut identifiée comme étant Hiro Yamashita, l'autre voix demeurant inconnue, mais gardée en mémoire par le système. Le message disait simplement « notre ami commun a repris du service, a été malade pour quelques jours », fin du message.

Une fois traduite en français, l'information fut transmise à l'inspecteur Vézina et à son équipe d'enquêteurs. À ce moment, c'est tout ce qu'ils avaient à se mettre sous la dent.

Une fois que le responsable de l'enquête eût pris connaissance du message, il remercia l'officier de permanence tout en se demandant quelle pouvait bien être la signification de ce message et, le plus important : qui était cet ami commun ?

* * *

Yamashita fut soulagé d'enfin entendre que son tueur était toujours actif. Juste à penser qu'une autre cible serait éliminée bientôt lui remonta le moral, surtout qu'il en était à finaliser lui-même son plan pour l'élimination de ses deux propres cibles, boulot qu'il avait prévu de faire pendant la prochaine fin de semaine.

En attendant les informations qui lui manquaient et qu'il attendait depuis plusieurs jours, il reçut un de ses lieutenants, le responsable des jeux et paris, Konji Yoshi.

— Bonjour patron, je vous apporte le compte rendu du vieux Carmelli. Il n'y a rien eu de bien spécial lors des deux dernières semaines au Palais de Justice.

— Très bien. Autre chose Konji ?

— Oui, euh ! La demande vient de Carmelli, monsieur.

— Bon, qu'est-ce qu'il veut ce vieil italien ?

— C'est à propos de son neveu, Paolo Tuzzi.

— J'écoute.

— Son neveu a commencé à venir jouer au poker au resto-bar et il a déjà perdu beaucoup d'argent. Le vieux Carmelli dit que le petit a une femme, un enfant et une maison à payer. Le vieux aimerait que vous soyez flexible avec lui et surtout avec sa dette.

— Et comment ce… Tuzzi a-t-il été invité ? demanda Yamashita. Je pensais que vous aviez un registre de ceux à qui vous donniez le mot passe !

— Aucune idée d'où il a pris ça patron.

— Et pourquoi serais-je bon prince avec lui ?

— Je ne sais pas patron, je ne suis que le messager, mais si je peux me permettre une suggestion ?

— Allez, vas-y.

— Cela ne nous ferait pas de mal de réduire sa dette. De toute manière, le jeune va continuer à venir jouer, donc, si on est gentil avec lui et que plus tard nous avons besoin d'un service, nous aurions de quoi les faire chanter, je veux dire, le neveu et l'oncle.

— Je vois ce que tu veux dire. À combien s'élève sa dette ?

— À peu près dix mille dollars.

— Bien, coupe-la de moitié et dis-lui que c'est la première et dernière fois que je lui fais un cadeau.

— À vos ordres patron.

— Aussi, je veux que vous gardiez ce... Tuzzi à l'œil.

Une fois que Yamashita fut seul, il verrouilla la porte de son bureau, se servit un scotch sans glace et prit la photo de sa femme à deux mains. « Mon amour, tu me manques terriblement. Comme je te l'avais promis, tous ceux qui ont causé ta mort subiront le même sort très bientôt. J'espère que tu es avec notre fils bien-aimé. En attendant que l'on soit ensemble de nouveau, veille sur moi et aide-moi à accomplir notre vengeance. »

Yamashita termina son verre en versant quelques larmes et donna un baiser sur la photo avant de la remettre soigneusement en place sur son bureau.

76

Le caméléon avait maintenant terminé la surveillance de sa deuxième cible. Les renseignements donnés par son commanditaire étaient solides. Il n'avait qu'à suivre ce qui était indiqué sur sa feuille de route.

Le fait d'avoir reçu les horaires et habitudes de ses cibles lui facilitait grandement les choses, surtout après la petite interruption au programme due à une gastro-entérite. Par chance, la journée supplémentaire qu'il avait prise pour reprendre des forces avait été bénéfique.

N'ayant pas eu à faire tout le travail de recherche, branche ingrate de sa profession, il put à la place peaufiner son plan dans son ensemble. Le plus important était de préparer sa fuite, une fois son contrat terminé.

Comme à son habitude, il s'était préparé plusieurs portes de sortie. De cette manière, si une porte se refermait devant lui, il y en avait toujours une autre de secours. C'est pourquoi il était toujours en vie après tant d'années à avoir pratiqué ce métier.

Si tout se passait comme il l'avait planifié, il serait de retour en Europe ce samedi après-midi.

* * *

L'inspecteur Vézina était quelque peu frustré. Cela faisait plusieurs heures qu'il essayait de rejoindre son confrère à Vancouver, mais sans succès. Pourtant, la veille, lui et Tanaka avaient discuté longuement. Son ami lui avait dit qu'il essaierait de l'aider du mieux qu'il pourrait.

Lorsqu'il avait téléphoné au quartier général de la GNC à Vancouver, une des secrétaires lui avait répondu que l'inspecteur Tanaka était parti sur une nouvelle mission, mais avait refusé de lui dire où exactement.

Il regarda sa montre et s'aperçut qu'il n'avait rien avalé depuis le petit-déjeuner. Il décida alors de sortir manger une bouchée et se changer les idées. Au moment où il enfilait son manteau, quelqu'un frappa à la porte de son bureau, ce qui eut pour effet de le mettre encore plus de mauvaise humeur. Alors qu'il s'apprêtait à grogner quelque chose, il regarda en direction de la porte et sans vraiment y croire, aperçut l'inspecteur Tanaka se tenant debout sur le seuil de la porte de son bureau.

— Alors inspecteur Vézina, on ne répond pas lorsque quelqu'un frappe à sa porte ? demanda Tanaka.

— Bordel de merde Bill, j'ai failli faire une crise cardiaque.

— Désolé partenaire. On m'a dit que tu pourrais avoir besoin d'un coup de main ici.

— Excuse-moi mon ami, j'en perds mes bonnes manières. Bienvenue dans mon humble bureau. Je suis très content de te voir. Quand es-tu parti ? Je viens d'appeler ton bureau et on m'a dit que tu étais parti sur une nouvelle enquête.

— C'est exact, me voici. C'est ton patron qui a parlé au mien et on m'a demandé de venir donner un coup de main si l'aventure m'intéressait.

— Parfait mon ami, tu vas pouvoir m'aider. Mais avant que tu n'arrives, je m'en allais manger quelque chose, est-ce que tu m'accompagnes ?

— Avec plaisir, j'ai une faim de loup.

— Alors, je t'invite à souper. Cela me donnera l'occasion de te mettre au parfum des derniers développements.

— Allons-y alors.

Les deux policiers partirent donc souper dans un restaurant situé tout près des bureaux de l'établissement fédéral. Tout en quittant les lieux, Tanaka saluait ceux et celles qu'il n'avait pas revus depuis sa dernière visite, l'été dernier. Même si son passage avait été de courte durée, il avait eu le temps de se lier d'amitié avec certains de ses confrères québécois.

Une fois installés à leur table et la serveuse partie avec leur commande, Vézina en profita pour faire lire le rapport préliminaire de l'autopsie d'Alain Ducharme à son confrère. Quelques minutes plus tard, une fois sa lecture terminée, Tanaka donna ses impressions à son collègue.

— Je me pose des questions Rémi. Ce n'est pas dans les habitudes de Yamashita de faire dans la dentelle. Ici, nous avons quelqu'un de très méticuleux. Cet acte a été mis au point longtemps à l'avance, ce n'est pas quelque chose de fait sur un coup de tête. Les hommes de Yamashita eux, se seraient contentés de se cacher dans le sous-bois près des pistes de ski et l'auraient tout simplement abattu d'une balle dans la tête. Se pourrait-il qu'il n'ait pas ordonné l'élimination du médecin ?

— Je comprends ton raisonnement Bill, mais n'oublie pas que la victime était l'anesthésiologiste qui avait refusé de venir voir sa femme à l'urgence. Et que fais-tu des deux Japonais aperçus quittant les lieux du meurtre du détective privé à Pincourt ? Les deux suspects ont été identifiés par deux témoins qui se trouvaient non loin du lieu du crime, et ce, grâce aux photos que tu m'avais fait parvenir. Et ces deux mêmes suspects ont été abattus quelques jours plus tard.

— Je sais, mais j'attendrais d'avoir plus de preuves que cela pour penser l'arrêter. Si tu agis maintenant, avec seulement des présomptions et non des preuves solides, un bon avocat réussira à le sauver encore une fois. Et avec l'écoute téléphonique et électronique, avez-vous recueilli quoi que ce soit d'utile ?

— Seulement un appel bizarre. On entendait la voix de Yamashita sur le répondeur, en français et en japonais, puis une autre voix, celle-là en japonais. Une fois traduit, ça disait, et je cite : notre ami commun a repris le boulot, a été malade pour quelques jours. Cela pourrait être notre tueur !

— Peut-être, mais encore une fois, rien n'indique qu'ils faisaient allusion au docteur Ducharme.

— Mouais ! Tout de même, j'ai le sentiment que quelque chose de grave va arriver bientôt, répondit Vézina.

— J'espère bien que tu te trompes.

Les deux amis terminèrent leur repas tout en discutant hockey. Au début de la saison, Tanaka et Vézina avaient mis quelques dollars sur la table, chacun y allant de sa prédiction sur les chances de voir son équipe préférée faire les séries éliminatoires au printemps.

77

Vendredi 14 février 2014

Le vendredi matin, Yamashita se réveilla de bonne heure, mais contrairement à son habitude, décida de rester encore au lit. La veille, avant de s'endormir, il avait fait une longue prière. Il avait demandé à sa femme et à son fils de le guider dans la mission qu'il s'était donnée voilà plusieurs mois.

Dans son esprit, c'était la seule et unique chose à faire. Rien ne pourrait le faire changer d'avis. C'est pour cela qu'il n'en avait même pas parlé à son meilleur ami et avocat, de peur que celui-ci ne tente de le convaincre de renoncer à son projet.

La veille, il avait reçu par courrier les derniers renseignements qu'il lui manquait. Après les avoir étudié minutieusement pour éliminer les éléments inutiles, il finalisa enfin son plan. Non, pas le sien, mais celui de son épouse. D'où elle se trouvait présentement, c'était Hiroko qui lui avait soufflé ce qu'il devait faire, il en était certain.

Minutieux, il voulait d'abord régler certains détails, et ce, dans l'éventualité où il lui arriverait quelque chose.

Il espérait de tout cœur que tout se déroulerait sans problème. Pensant à son fils adoptif qu'il aimait comme son propre fils, il ne voulait pas que celui-ci souffre encore une fois, même si la perte de sa deuxième mère les avaient quelque peu éloignés l'un de l'autre. Il savait aussi que le fait d'avoir refusé haut et fort de venger sa mère l'avait grandement déçu et que ce refus était la principale raison de leur éloignement.

En cachant ses projets à Masao, il savait que son fils serait en sécurité. C'était à lui et à lui seul de prendre les risques d'une telle aventure.

Un jour, son fils comprendrait, et il lui pardonnerait.

Yamashita avait laissé, dans une grande enveloppe à l'attention d'Hayato Kurotani, ses dernières volontés ainsi que ses instructions pour l'organisation.

Peu avant quinze heures, Yamashita reçut un courriel de Matsumoto lui annonçant que leur ami commun était dans les temps et de ne pas s'en faire. Encore une fois, ses prières de la veille furent entendues, il en était certain.

À dix-sept heures quarante-cinq, l'esprit en paix, il téléphona à son fils, mais sans succès. Déçu, il s'habilla et regarda une dernière fois l'intérieur de sa demeure sans savoir s'il y reviendrait un jour. Plus tard, il mentionnerait à son ami et avocat qu'il avait aperçu l'amour de sa vie lui envoyer la main juste avant qu'il ne sorte dans le froid glacial du mois de février.

78

Le caméléon aussi était fin prêt. Il avait décidé de fêter en avance le succès de son contrat en passant la nuit de jeudi à vendredi avec la même prostituée que la semaine précédente. Encore une fois, il ne fut pas déçu de la qualité du service.

Le vendredi midi, sa belle-de-nuit venait tout juste de partir lorsque sa pagette vibrait pour lui annoncer qu'il avait reçu un courriel important. Une fois habillé, il ouvrit son portable, se brancha sur Internet et après avoir entré son mot de passe, l'accès au site sécurisé lui fut autorisé. Le message venait de son contact au Japon. Le commanditaire s'impatientait et voulait savoir s'il devait engager un concurrent pour finir le travail.

Le caméléon lui répondit qu'il n'y avait aucun problème, que tout serait terminé avant la fin de la journée. Celui-ci commençait à vraiment en avoir marre. Il lui avait déjà expliqué la raison de son retard et encore, on le harcelait. Il n'avait jamais fait faux-bond à un commanditaire et ce n'était pas aujourd'hui qu'il commencerait.

Tout compte fait, c'était la dernière fois qu'il acceptait de venir au Canada.

* * *

Aux installations de la GNC, en ce vendredi après-midi, l'inspecteur Vézina était sur les dents. Tout allait de travers dans l'enquête et rien n'aboutissait. Son sixième sens lui disait que Yamashita allait faire une connerie, mais il n'avait rien pour confirmer ses soupçons. Ses subordonnés ne savaient plus comment faire pour le calmer. Tous ici savaient que Vézina se trompait rarement lorsque son fameux sixième sens était en alerte. C'était donc avec appréhension que tout le monde attendait les événements à venir.

Quant à l'inspecteur Tanaka, il était plus réservé, plus calme et aussi plus habitué à ce genre de situation impliquant Yamashita. Il connaissait très bien le chef des yakuzas, mais là, c'était du nouveau pour lui. Il ne savait pas comment interpréter l'attitude de son vieil ennemi. Rien ne collait dans ce qu'il connaissait du mafieux. Il essayait de distinguer les signes annonciateurs, mais en vain. La seule chose à faire était d'attendre, à moins bien sûr que quelqu'un, quelque part, découvre un autre fil conducteur.

Au moment où Vézina quittait son bureau pour aller aux toilettes, un des agents responsables des communications accourut vers lui avec une feuille de papier entre les mains.

— Patron ! Attendez.

— Quoi ! Je peux même plus aller pisser tranquille merde.

— Yamashita a reçu un courriel du Japon, monsieur.

— Quand ? demanda Vézina.

— Voilà quelques minutes, répondit l'agent.

— Et… accouche, s'impatienta l'inspecteur.

— Le message disait que tout serait terminé à la date prévue, soit ce soir avant minuit, c'est tout. Et toujours impossible de remonter jusqu'à l'adresse de l'expéditeur.

— Merde, est-ce que le traducteur aurait pu se tromper ou oublier quelque chose ?

— Non, c'est exactement ce que disait le message, désolé patron.

— OK. Merci.

Au lieu d'aller aux toilettes comme il devait le faire, Vézina alla voir Tanaka, qui discutait avec d'autres policiers, pour le mettre au courant. Après avoir discuté plusieurs minutes du problème, les deux inspecteurs allèrent voir le grand patron.

— On ne peut pas rester là, les bras croisés à ne rien faire. Je sais qu'on ne peut pas arrêter ce salaud de Yamashita sans preuve. Selon O'Brian, qui était sur place lors de l'événement tragique de l'été passé, les docteurs Ducharme et Hébert ainsi que l'infirmière Cathy Nadeau seraient les plus susceptibles de subir les foudres de Yamashita. À la minute où l'on se parle, un des deux médecins a déjà été assassiné. Et rien ne nous indique qu'il ne sera pas le dernier.

— Je comprends ce que tu veux dire Rémi. Tant que je n'aurai pas de preuves solides impliquant Yamashita à cent pour cent, je ne peux pas lui placer un policier au cul. Tu m'as démontré la nécessité de faire surveiller ses lignes téléphoniques et ses courriels. Il ne te reste plus qu'à me prouver qu'il est bien le commanditaire. En attendant, le mieux que je puisse faire, c'est de laisser une voiture près du domicile des victimes potentielles. Comme ça le tueur, s'il y en a un, y pensera à deux fois avant de passer à l'action, ne sachant pas si sa cible est accompagnée ou non d'un policier.

— Merci Marcel, c'est mieux que rien.

— Parfait. Je te laisse organiser la surveillance et tu m'appelles si tu as besoin de quelque chose.

— Merci patron.

Tanaka, qui n'avait pas dit un mot pendant l'échange entre les deux policiers québécois, signala à Vézina que c'était la meilleure chose à faire pour l'instant, faute de preuves supplémentaires.

— Je sais Bill.

— Quelle heure est-il ?

— Quinze heures tapant, répondit Tanaka.

— OK, je vais faire envoyer une voiture aux domiciles du docteur Hébert et de Cathy Nadeau, avec des rotations aux quatre heures. Pendant ce temps-là, je veux revoir toutes les transcriptions que nous avons interceptées. De ton côté, j'aimerais que tu écoutes l'appel téléphonique qui a été enregistré, peut-être que tu entendras quelque chose qui nous a échappé.

— Pas de problème, allons-y. Heu ! Rémi.

— Oui, quoi ! répondit Vézina de meilleure humeur.

— Tes yeux.

— Quoi mes yeux.

— Ils sont jaunes.

— Oh ! Merde, je dois aller pisser. Le niveau est monté trop haut, répondit Vézina en badinant.

Tout en riant aux éclats, Tanaka ajouta le plus sérieusement du monde :

— Rémi, tu devrais mettre des couches au cas où.

— Très drôle, très drôle.

Dix minutes plus tard, Tanaka et Vézina étaient de retour dans le centre de communication. Vézina fit part de ses ordres quant au déroulement des actions à venir.

Vers dix-huit heures quinze, Vézina appela les deux auto-patrouilles envoyées plus tôt chez l'infirmière et le médecin, pour s'enquérir de la situation.

— Ici Kim, je suis devant le domicile de l'infirmière Cathy Nadeau, c'est un quartier tranquille. Rien à signaler pour le moment.

— Bien reçu, répondit Vézina.

La policière Kim Roy, vingt-huit ans, mère célibataire d'un petit garçon de huit ans, était au service de la GNC depuis cinq ans. Ambitieuse et sûre d'elle-même, elle n'aimait pas prendre de risques inutiles sur le terrain. Elle avait perdu son conjoint, lui aussi policier, deux ans plus tôt, dans une embuscade perpétrée par des trafiquants de drogue. Le père de son fils avait voulu jouer les héros et avait, par le fait même, pris des risques inutiles qui lui avaient coûté la vie.

Après ce drame, Kim s'était promis ou plutôt avait promis à son fils qu'il ne lui arriverait jamais la même chose.

Quelqu'un connaissant son histoire aurait pu croire qu'elle aurait demandé d'être affectée à des tâches administratives, mais ça aurait été mal la connaître. Elle ne reculait jamais devant un défi, cherchant sans cesse à se surpasser.

Il lui arrivait parfois de prendre des assignations de moindre enver-gure comme celle-ci : rester assise dans une auto-patrouille et sur-veiller l'immeuble où habitait une infirmière. Dans quatre heures, elle serait relevée par un autre policier et irait rejoindre son fils. Lorsque ce dernier lui demanderait comment avait été sa soirée dans l'auto de police, comme il se plaisait à dire, elle lui répondrait : Tout s'est très bien passé, rien à signaler. C'était leur réplique préférée.

Ensuite l'inspecteur appela son autre voiture.

— Ici Steve, rien à signaler, chez l'urgentologue tout est tranquille.

— Parfait, restez sur vos gardes et ouvrez l'œil.

Une fois que Vézina fut satisfait des effectifs sur place, il téléphona à son patron pour lui demander la permission d'avoir une équipe d'in-tervention prête, au cas où il y aurait du grabuge. Cela lui fut refusé.

Pendant tout ce temps, personne n'avait pensé à faire surveiller leur présumé commanditaire, alors que toute l'attention était tournée vers les présumées victimes. Il n'y avait rien ni personne pour arrêter Yamashita dans sa folie meurtrière.

79

Masao Fukuda avait passé une partie de la journée de jeudi à discuter avec le vieux mécanicien du garage où il travaillait.

Tout en restant discret sur ses intentions, il avait posé un nombre ini-maginable de questions à l'ancien yakuza. Ce n'était pas la première fois que Masao discutait ainsi avec le mécano. Jour après jour, il avait acquis la confiance de celui-ci en y allant de demandes anodines.

Mais aujourd'hui, il voulait tout savoir des tours de passe-passe de l'ancien tueur et des meurtres qu'il avait commis étant plus jeune, dans son Japon natal.

Le jeudi soir, Masao était relativement en confiance quant à sa manière de procéder pour se débarrasser du docteur Jocelyn Hébert. Il avait enregistré, à son insu, tout ce que le vieux mécano lui avait raconté. Tous les détails étaient gravés dans sa tête. Il avait même essayé de visualiser ce qu'allait être sa soirée du vendredi. Il se de-mandait s'il allait ressentir la même excitation que le yakuza avait éprouvée lorsque plus jeune, il avait tué le nouveau petit ami de son ancienne amoureuse.

Pour ne pas attirer l'attention en étant absent, Masao avait décidé de se présenter au garage. De toute manière, le vendredi, celui-ci fermait ses portes sur l'heure du midi. Il aurait assez de temps pour compléter ses emplettes de dernière minute. Le reste de son plan était déjà fin prêt.

Fukuda était revenu à son appartement plus tard en après-midi. Il s'était acheté des vêtements sombres, ce qui optimiserait ses chances de réussite. Ne voulant laisser aucune trace derrière lui, il avait passé chaque morceau un par un, enlevant les étiquettes ou tout signe qui pourrait le compromettre. Il avait fait attention d'acheter des vête-ments qui ne laissaient aucune peluche, il serait donc impossible d'en retracer les fibres sur une scène de crime.

Il prit une douche et se fit livrer une pizza. Avant de partir, il télépho-na à Catherine pour annuler la soirée qu'ils avaient prévue ensemble. Masao lui fit croire qu'il avait contracté la gastro et qu'il ne voulait pas la lui transmettre.

Le côté professionnel de Catherine prit le dessus. Elle lui posa toutes sortes de questions sur ses symptômes. Mais Fukuda avait prévu le coup. Il avait fait une recherche sur internet sur la gastro pour connaître les symptômes. Fier de lui après avoir répondu correc-tement à toutes les questions de son amoureuse, il lui promit de lui téléphoner le lendemain matin pour lui donner des nouvelles. Après s'être envoyé une tonne de baisers, Masao raccrocha, triste de lui avoir menti encore une fois.

Tout en finissant d'assembler son matériel pour sa prochaine mission, Masao entendit le téléphone sonner. Pensant que c'était encore Catherine, il s'approcha du récepteur et aperçut le nom de son père. Il allait prendre l'appel, mais se ravisa au dernier moment. « Qu'il aille au diable », dit-il à voix haute, laissant sonner. Peu avant dix-huit heures, il se mit en route pour une soirée de travail, qui espérait-il, serait productive.

80

La soirée s'annonçait tranquille pour les ambulanciers Carl Trottier et Serge Cantin. Ils venaient tout juste de terminer leur souper.

Depuis qu'ils avaient commencé leur quart de travail vers seize heures, ils n'avaient répondu qu'à un seul appel. Une dame âgée s'était fracturée la hanche gauche sur la glace en allant promener son chien.

Le temps de se rendre au domicile de la dame, de lui donner les premiers soins, de la transporter à l'hôpital et de revenir dans leur secteur de travail, il était temps d'aller souper. Tout le long, ils avaient dû l'écouter jacasser à propos de son stupide chien qui n'arrêtait pas de japper comme si c'était lui qui s'était brisé la hanche.

Comme à leur habitude du vendredi soir, les deux équipiers étaient allés manger chez Subway. En sortant du restaurant, l'ambulancier Cantin appela le répartiteur pour lui dire qu'ils iraient attendre dans le stationnement de l'école secondaire à Pincourt. Les superviseurs aimaient toujours savoir où étaient les ambulanciers en service lorsqu'ils n'avaient pas d'appels. De cette façon, il leur était plus facile de gérer les urgences.

À dix-huit heures quarante-cinq, le conducteur de l'ambulance stationna à l'endroit mentionné plus tôt au répartiteur. Cantin plaça l'ambulance de manière à pouvoir partir rapidement si un appel leur était assigné.

Les deux hommes discutèrent pendant quelques minutes puis Carl Trottier partit s'installer sur la civière à l'arrière de l'ambulance pour piquer un petit somme tandis que son confrère lui, jouerait avec son *Game Boy*. De toute manière, la soirée s'annonçait tranquille, le froid gardant les gens chez eux, au chaud.

Depuis la bourde de l'été passé où l'une de leurs patientes était morte, les deux hommes avaient été suspendus sans salaire pour un mois. Faute de main-d'œuvre qualifiée, la compagnie d'ambulance de la région avait décidé de les garder.

Serge Cantin avait par la suite demandé à être jumelé avec un autre coéquipier. Étant donné que personne ne voulait travailler avec Trottier, sa demande fut donc refusée. Celui-ci avait bien menacé de démissionner, sauf qu'il lui serait impossible de trouver un autre poste ailleurs avec tous les incidents apparaissant à son dossier. Il se résigna donc à demeurer avec le même équipier encore quelque temps.

* * *

Aux alentours de dix-huit heures cinquante, Yamashita passa avec son auto de location sur le boulevard Pincourt. La rue donnait sur l'entrée de l'école secondaire. À son grand bonheur, il constata que l'ambulance numéro 612 était bien présente et à l'endroit précise où on lui avait dit qu'elle serait, c'est-à-dire tout près du petit boisé séparant le terrain de l'école des maisons donnant sur Grand Boulevard. L'ambulance était le seul véhicule présent, ce qui rassura Yamashita.

Yamashita savait qu'il n'avait pas droit à l'erreur. Avant d'agir, il se devait d'être certain à cent pour cent qu'il n'y aurait personne d'autre dans les parages. Également, le plus important était que ces deux nigauds ne reçoivent pas d'appel d'urgence pendant son approche.

Bon signe, toutes les lumières de l'école étaient éteintes. Personne ne risquait de quitter les lieux et de le surprendre en plein travail. Cinq minutes après son premier passage de reconnaissance, Yamashita pénétra à son tour dans le stationnement de l'école et alla se garer derrière l'ambulance.

Ayant pris soin de retirer l'ampoule du plafonnier, évitant ainsi qu'on aperçoive son visage, il sortit de son auto avec son arme chargée et le silencieux bien en place. Avec sa tuque à l'effigie des Bruins de Boston et son gros parka d'hiver, il était impossible pour le conducteur de l'ambulance de pouvoir le reconnaître lorsqu'il s'avancerait vers lui. Yamashita sentait l'adrénaline couler à flots dans ses veines. Il pouvait presque entendre son cœur battre, et ce, malgré le bruit du trafic sur le Grand Boulevard. Cela faisait très longtemps qu'il n'avait pas ressenti cette euphorie. Habitué de donner l'ordre d'exécuter tel ou tel individu, il en avait presque perdu la main. Mais maintenant, face à son destin, son arme dans ses poches et sa cible à quelques mètres de lui seulement, tout lui revenait. C'était comme apprendre à faire du vélo : tu l'apprenais une fois puis tu ne l'oubliais plus.

Tranquillement, il s'avança avec assurance vers l'ambulance.

81

Masao Fukuda venait d'arriver dans le quartier où habitait le docteur Jocelyn Hébert. Il était l'urgentologue de garde l'après-midi où Hiroko Yamashita était décédée.

Tout comme son père adoptif venait de le faire à Pincourt, il fit un passage de reconnaissance sur la rue du médecin. Masao remarqua aussitôt la voiture de police stationnée devant l'immeuble du médecin. Il aperçut par contre seulement un policier assis au volant. Inquiet, il se demanda ce que pouvait bien faire la police ici. Était-il venu chercher un collègue ? Ou pire ! Attendait-il le médecin pour l'escorter jusqu'à l'hôpital ? Chassant ces pensées négatives, il regarda l'heure sur sa montre et fut heureux de constater qu'il était dans les temps.

En quittant son appartement, il était passé s'acheter deux pizzas et une caisse de bière. Une fois dans le stationnement des visiteurs, il sortit avec ses achats afin de passer facilement pour un particulier venant passer la soirée avec ses chums, et n'aurait aucune difficulté à déjouer la vigilance du policier.

Sans un regard en direction de la rue, le jeune yakuza se dirigea vers l'entrée de l'immeuble. À son grand soulagement, une adolescente sortait avec son frère cadet pendant que ceux-ci se disputaient à propos d'un jeu vidéo. Profitant de l'occasion, Fukuda entra et se déplaça vers les ascenseurs. Suivant les recommandations du vieux yakuza, il fit semblant de chercher quelque chose dans son manteau, mais sans cesser de regarder de chaque côté, s'assurant qu'aucun locataire n'était dans les parages. Satisfait de se savoir seul, il se débarrassa de ses accessoires dans la chute à ordures, puis laissa échapper un grand soupir de soulagement. Il était parvenu sans encombre dans la bâtisse.

Jusqu'à maintenant, tout se déroulait selon son plan.

Masao prit ensuite la direction du stationnement au sous-sol. Une fois devant la porte d'accès donnant sur le garage, il entrouvrit celle-ci de quelques centimètres pour s'assurer qu'aucune auto n'était en marche ou que personne n'arrivait dans sa direction. Calmement, il entra dans le stationnement souterrain et toujours d'une démarche normale, partit à la recherche de la BMW rouge du docteur. Comme depuis le début de la soirée, la chance était au rendez-vous.

Il n'eut à faire que quelques mètres pour trouver ce qu'il cherchait. Son ami qui travaillait à l'hôpital ne s'était pas trompé pour l'auto. En plus de la couleur facile à repérer, le numéro de plaque d'immatriculation était bien celui qu'il avait mémorisé. Il espérait juste que le médecin quitte son logement à la bonne heure. Son contact lui avait expliqué que le docteur Hébert était du genre routinier. C'était comme si sa vie était programmée à l'avance. Il était comme un robot, répétant les mêmes choses jour après jour. Il y avait un nom pour ce genre de comportement, mais il l'avait oublié.

Il regarda encore une fois sa montre : toujours dans les temps. Et toujours personne d'autre sur le champ de bataille.

Masao se rappela aussi les paroles du vieux mécano : « Toujours rester sur ses gardes Masao. Dans n'importe quel boulot, toujours avoir les idées claires. C'est comme conduire une auto en hiver, tu dois faire attention à ce que tu fais et surtout à ce que les autres vont faire. »

C'est donc sur cette pensée qu'il se dirigea vers la BMW. Une fois à sa hauteur, il donna un petit coup de pied sur le pneu arrière de l'auto. On lui avait mentionné qu'il n'y avait jamais d'alarme lorsque le docteur stationnait son bolide dans le garage de son immeuble.

À son grand bonheur, il n'avait pas déclenché le système antivol. Il tenta ensuite d'ouvrir la porte arrière de l'auto. Gloire à Dieu, son ami avait eu encore raison et les portes n'étaient pas verrouillées. Sans faire de bruit, il prit place derrière le siège du conducteur, mais avant de s'accroupir, il retira la lumière du plafonnier et replaça le couvercle. De cette manière, lorsque le docteur Hébert ouvrirait sa porte, aucune lumière ne viendrait trahir sa présence.

Nerveux, il regarda encore une fois sa montre, dix minutes encore à attendre.

82

Sur l'heure du souper, tout était calme dans le centre de commandement aménagé dans l'immeuble de la GNC. Chacun vaquait aux tâches qui lui avaient été confiées. Une bonne partie de ceux qui étaient présents se demandaient ce qu'ils faisaient ici à perdre leur temps. Ils avaient l'impression que les inspecteurs Vézina et Tanaka avaient développé une obsession contre le dénommé Yamashita, surtout que, jusqu'à maintenant, aucune preuve solide n'était venue confirmer leurs soupçons.

Tout ce qu'ils avaient, c'était un médecin vraisemblablement assassiné et personne ne pouvait dire si l'ordre était venu du yakuza. Tout le reste n'était que simple présomption.

L'inspecteur Tanaka demanda à un des agents présents de prendre contact avec les policiers stationnés devant l'immeuble de l'infirmière et du médecin pour une mise à jour de leur situation respective. En agissant ainsi, il s'assurait de garder ses hommes sur le qui-vive. Par expérience, il savait qu'être en mode surveillance dans une auto-patrouille, seul, surtout pendant une soirée froide d'hiver pouvait conduire l'agent à baisser sa garde.

Quelques minutes plus tard, Tanaka reçu confirmation que tout était calme, tant chez le docteur Hébert que chez Cathy Nadeau.

Vézina venait de recevoir la nouvelle indiquant que tout était normal chez le doc Hébert et Cathy Nadeau. Cependant, il n'avait aucune idée si le médecin et l'infirmière étaient toujours à leur domicile respectif ou s'ils étaient déjà partis avant que ses policiers ne soient arrivés sur place.

Son patron lui avait interdit d'entrer en communication avec qui que ce soit de l'hôpital, déjà que personne au centre hospitalier n'avait fait le rapprochement entre Yamashita et la mort du docteur Ducharme ! La cause du décès, selon la version officielle, était que le médecin avait succombé à un infarctus. Sa veuve quant à elle, savait qu'il n'en était rien et avait promis de garder le secret à condition que le coupable soit traduit en justice.

De plus, Vézina avait les mains liées. Il ne pouvait pas téléphoner à Hébert et Nadeau pour leur demander s'ils étaient toujours en vie et leur dire de faire gaffe, car il y a probablement un tueur fou à leurs trousses. Cette situation le mettait en rogne.

C'est alors qu'un des agents sur place suggéra tout simplement de leur téléphoner en demandant à parler à une personne bidon, sachant très bien qu'il n'y aurait personne de ce nom avec eux. Ils auraient ainsi la confirmation qu'ils étaient chez eux.

Vézina donna son accord et une des secrétaires encore sur place passa les deux appels. Comme prévu, elle confirma quelques minutes plus tard à l'inspecteur Vézina que les deux oiseaux étaient bien au chaud et à l'abri de tout danger.

« Pour le moment, du moins », se dit Vézina.

Pendant ce temps, Tanaka regardait l'équipe d'agents travailler et eut l'impression que leur concentration n'était pas au maximum. Un peu plus tôt, il avait surpris une conversation entre une des secrétaires et un technicien responsable de l'écoute téléphonique se demandant ce qu'ils pouvaient bien faire encore ici à cette heure.

— Mais c'est quoi ce cirque ? demanda le technicien.

— Je ne sais pas. J'aime bien l'inspecteur Vézina, mais là, il n'y a aucune preuve concrète sur la table. Vous n'avez rien entendu sur le téléphone ou l'Internet ? répliqua la secrétaire.

— Rien d'excitant, avait répondu le technicien avare de commentaires. Et l'autre, le Japonais avec Vézina, j'en ai marre de prendre mes ordres de lui. Il pense tout connaître sur leur présumé suspect, Yamashita, alors que si c'était vraiment le cas, il aurait été capable de l'arrêter bien avant, lorsqu'il était à Vancouver.

Ces paroles lui firent monter la moutarde au nez. Tanaka demanda alors la permission à son ami de s'adresser à l'équipe, permission qui lui fut accordée.

— Excusez-moi tout le monde ! J'aimerais avoir votre attention quelques minutes, demanda Tanaka.

— Bien. Pour ceux qui ne me connaissent pas, je suis l'inspecteur William Tanaka de la GNC, en poste à Vancouver. Je sais que certains d'entre vous croient que je n'ai rien à faire ici. Peut-être avez-vous raison. D'autres pensent que c'est dû à mon incompétence si Yamashita n'a pas été arrêté avant aujourd'hui, dit l'inspecteur en regardant le technicien en communication droit dans les yeux. Depuis le début de la soirée, je regarde tout le monde travailler, mais personne ne semble vraiment prendre ce dossier au sérieux. Je sais que nous sommes vendredi soir, certains d'entre vous avaient probablement prévu de sortir en famille ou avec des amis. Je sais aussi que les preuves que nous avons en notre possession ne pèsent pas lourd. Cela fait plusieurs années, douze ans exactement, que je traque ce salaud. Seul l'inspecteur Vézina est au courant de ce que je vais vous dire. Il y a cinq ans, Yamashita a fait assassiner ma femme et mon fils. Ce sadique criminel a fait prendre des photos de ma famille lorsque l'auto a explosé à un coin de rue de notre maison. La journée de leurs funérailles, une enveloppe m'attendait avec tous les détails, seconde par seconde, de leur mort. Yamashita y avait placé une petite note qui disait : « D'un ami qui pense à vous ! »

Tanaka fit une pause, car les larmes lui montaient aux yeux en se remémorant ce chapitre bouleversant de son passé. Ce qu'il voulait faire comprendre à l'équipe d'enquêteurs, c'était de saisir l'urgence de cette enquête car les suivantes seraient plus terribles encore. Vézina lui tendit un verre d'eau. Il en prit une gorgée, puis il continua, la rage au cœur.

— Si je vous exhibais les photos de tous ceux qu'il a fait éliminer, hommes, femmes, sans différence pour lui, vous en auriez des nausées. Il est malin comme un renard et sans pitié comme le vautour fonçant sur sa proie. Personne n'a réussi à le faire condamner encore. Pour vous prouver que rien ne l'arrête, il a même fait exécuter un juge ! Alors, mes amis, ne le sous-estimez pas. Aidez-moi à le démasquer, hors de tout doute. Chaque détail compte ici.

Vézina approuva de la tête. Mais avant de poursuivre, il regarda ses amis présents dans la salle et put constater que les paroles de Tanaka avaient fait mouche. La plupart d'entre eux avaient une famille. Les visages qu'il voyait en disaient long.

— À mon tour maintenant, je serai bref. Il faut protéger le docteur Hébert et l'infirmière Cathy Nadeau. Beaucoup d'entre vous sont au courant du courriel que Yamashita a reçu aujourd'hui, celui qui mentionnait que tout serait terminé avant la fin de la journée.

Vézina regarda sa montre.

— Il reste un peu moins de six heures à la journée. Malheureusement, nous ne pouvons être certains à cent pour cent que ce courriel faisait référence au docteur Hébert et à Cathy Nadeau. C'est pourquoi nous devons rester vigilants. D'autres témoins du décès de sa femme peuvent aussi être visés. Alors, mes amis, faisons de notre mieux et tout le monde au boulot.

Tout le groupe acquiesça d'un signe de la tête pour faire savoir aux deux inspecteurs qu'ils avaient bien compris, et tous se remirent au travail.

83

Masao était en train de s'assoupir lorsqu'il entendit du bruit s'approchant de l'avant de l'auto. Il regarda rapidement sa montre : presque vingt heures. Il était exactement à l'heure, comme d'habitude.

Le premier problème était que, dans la position dans laquelle il se trouvait, il lui était impossible de vérifier l'identité de celui ou celle qui s'approchait du véhicule. Cela pouvait être sa cible ou un autre locataire se rendant à sa propre voiture. L'unique moyen pour lui d'avoir confirmation était d'attendre que la portière de l'auto s'ouvre.

Après s'être installé derrière le siège du conducteur, Masao avait préparé le fil métallique qu'il avait ensuite enroulé dans sa main gauche, l'autre extrémité étant reliée à une petite poignée en bois. Il ne se servirait que d'une trentaine de centimètres de ce fil. Selon les renseignements qu'il avait recueillis auprès de son vieil ami au garage, utiliser plus de trente centimètres de fil limitait les mouvements. Le moment venu, il n'aurait qu'à prendre la poignée dans sa main droite et à tendre le fil qu'il passerait alors autour du cou du docteur Hébert, puis à croiser les mains et à tirer vers lui de toutes ses forces.

Fukuda venait tout juste de préparer son fil lorsque la portière avant s'ouvrit. Étant bien accroupi derrière le siège du conducteur, il ne pouvait être vu par sa cible. Celle-ci ne sembla pas surprise de voir que son plafonnier ne s'était pas allumé, car il n'entendit aucun commentaire venant du médecin. Hébert prit place derrière le volant et déposa sa mallette sur le siège côté passager. Juste au moment où il allait mettre la clef dans le contact, Masao se redressa tout aussi agilement que rapidement de derrière le siège et dans un mouvement rapide, passa le fil métallique autour du cou du médecin et commença à serrer le fil, de plus en plus fermement.

* * *

Yamashita longea l'ambulance en gardant ses bras le long de son corps, sachant très bien que le conducteur l'avait déjà aperçu. Il ne voulait pas l'inquiéter ou lui faire peur. Son arme était cachée dans la poche avant de son parka où il lui serait très facile de l'atteindre.

Pendant le court trajet qui l'amenait vers le tout premier responsable de la mort de sa femme, il sentit son cœur accélérer, comme au début de sa carrière, lorsque chaque crime le faisait monter en grade.

De son côté, l'ambulancier Cantin avait bien vu l'auto entrer dans le stationnement de l'école. Sur le coup, il pensa à un jeune couple d'amoureux venant se minoucher. Mais lorsqu'il vit que l'auto revenait vers eux et s'était arrêtée derrière le camion, il eut une petite montée d'adrénaline. Son premier réflexe fut de verrouiller les portières. Regardant par son rétroviseur latéral, il réalisa que le conducteur s'avançait vers lui. Il prit dans sa main droite son téléphone, au cas où il aurait à demander de l'aide s'il se sentait menacé. Son confrère quant à lui était couché derrière en train de faire une sieste. Ce dernier n'avait donc aucun moyen de savoir ce qui se passait à l'avant et Cantin ne voulait pas le déranger pour rien.

Une fois arrivé près de la portière du conducteur, Yamashita sortit son plus beau sourire, sachant qu'il ne serait pas reconnu immédiatement, puis avec sa main gauche il frappa doucement à la fenêtre de l'ambulance. L'ambulancier, toujours sur ses gardes, hésita quelques secondes, puis abaissa de quelques centimètres la fenêtre.

— Je m'excuse monsieur, demanda Yamashita. Je cherche la pharmacie, ça fait dix minutes que je roule en voiture sur le Grand Boulevard et je ne l'ai toujours pas trouvée. Pourriez-vous m'indiquer le chemin s'il vous plaît ?

— Euh ! Certainement, répondit Cantin en abaissant encore sa fenêtre de quelques centimètres supplémentaires.

C'est à ce moment que Yamashita sortit son arme de la grande poche de son manteau et, sans crier gare, il retira sa tuque. D'un ton froid comme la mort elle-même, il demanda à l'ambulancier s'il se souvenait de lui.

Cantin blêmit en reconnaissant Yamashita et avant qu'il n'ait le temps d'avertir son confrère couché à l'arrière, ce dernier lui logea deux balles entre les yeux. Les seuls bruits entendus furent les petits

« poufs » du compresseur du silencieux lorsqu'il expulsa les deux projectiles, mettant fin à sa première vengeance. Rapidement, il ramassa les douilles. Yamashita, qui n'avait pas vu l'autre nigaud, en conclut qu'il devait être couché à l'arrière du camion. Malgré l'utilisation du silencieux, le yakuza s'attendait à ce que le deuxième ambulancier vienne au secours du premier. De toute manière, il était prêt, mais rien de tel ne se passa.

Le gros balourd n'avait rien entendu. N'entrevoyant aucun mouvement, Yamashita remit l'arme dans sa poche, sans toutefois la lâcher et analysa rapidement la situation. Avec la fenêtre ouverte, le froid mordant qui s'engouffrait dans le véhicule finirait sûrement par réveiller l'autre.

Sans perdre une seconde, il se dirigea vers l'arrière du camion, mais pas avant d'avoir remis sa tuque sur sa tête, même si ce n'était que pour quelques secondes. Il diminuerait les risques d'être identifié si quelqu'un d'autre s'aventurait en voiture vers eux.

Une fois rendu devant les deux grandes portes arrière, Yamashita prit une grande inspiration et regarda vers le ciel en demandant à Hiroko, sa femme adorée, de veiller sur lui puis, sans tambour ni trompette, ouvrit les portes toutes grandes en sortant son arme, certain que Trottier serait sur ses gardes.

84

Le médecin, pris de panique, essaya de crier, mais, à son grand effarement, aucun son ne voulut sortir de ses cordes vocales. La douleur que le fil d'acier faisait en pénétrant la chair de son cou était insupportable. Il sentait le sang s'écouler de l'ouverture de la plaie et ruisseler sur sa poitrine. Plus les secondes passaient, plus sa vue s'embrouillait.

Dans un effort désespéré, le médecin essaya d'atteindre son agresseur derrière lui avec ses mains et ses bras. Il fit de grands gestes dans les airs pour essayer de l'agripper. Il eut quelques secondes d'espoir lorsqu'il sentit les ongles de sa main droite pénétrer dans le bras de son agresseur. Seulement, ses espoirs partirent en fumée lorsque le tueur redoubla d'efforts pour en finir une fois pour toutes avec lui. Le tout dura au plus cinquante secondes. Le docteur Hébert sentait ses forces l'abandonner. Il aurait pu klaxonner pour attirer l'attention de quelqu'un ou même faire peur au tueur, mais dans son état de panique et d'extrême douleur, il n'y pensa même pas.

Il ne savait même pas pourquoi il allait mourir ce soir ni qui était son bourreau. Il s'endormit. Il n'entendit pas son bourreau lui parler, mentionnant le nom de Yamashita, ni remercier sa défunte et vénérée mère de l'avoir aidé à venger sa mort.

L'assassin tira lentement sur le fil et sentit monter en lui une excitation fulgurante. Son plan était parfait.

85

Pour la première fois depuis son initiation, Masao Fukuda se sentit comme un vrai yakuza. Il avait enlevé la vie à un deuxième être humain coupable de la mort de sa mère.

Il se rendit compte de cette formidable érection lorsque la vie avait quitté le corps du docteur Hébert. Pas la même sensation qu'il ressent avec sa copine, mais c'était une jouissance viscérale qui l'amena au bord de l'éjaculation, le laissant avec un frisson de puissance ultime auquel il prenait goût. Étant donné que sa Kami-san était partie prématurément par la faute de ce médecin, il était normal que lui aussi quitte précocement ce bas monde.

Fukuda se sentait maintenant puissant, immortel. Il se voyait déjà devenir le bras droit de son père adoptif et Oyabun : le nouveau nettoyeur du clan.

Il enroula le fil et le plaça dans un grand sac de plastique, évitant ainsi de laisser des traces de sang, comme lui avait conseillé le vieux yakuza. Puis, il remonta le collet du manteau du docteur pour cacher la marque laissée par le fil d'acier. Pour terminer, il attacha fermement la ceinture de sécurité du médecin et bascula légèrement le siège vers l'arrière, laissant ainsi la gravité faire le travail et garder le corps du docteur Hébert en place, bien appuyé au dossier. Il dormait... sans espoir de se réveiller !

Masao avait exécuté son plan à merveille à une exception près. Le vieux yakuza l'avait cependant bien averti. Dans les histoires qu'il lui avait racontées sur son passé, le yakuza avait maintes fois répété à Masao que la clef du succès dans ce genre d'entreprise était la fuite. Vous aviez beau prendre votre temps pour la préparation de votre contrat, une fois le boulot accompli, il fallait déguerpir au plus vite.

Après avoir perdu des minutes précieuses, Masao sortit du véhicule et regarda à l'intérieur pour s'assurer qu'il n'avait rien oublié. Grâce à cette vérification, il aperçut un de ses gants noirs reposant sur la banquette arrière. Jetant un coup d'œil furtif des deux côtés, il s'avança de nouveau à l'intérieur de l'auto. Alors qu'il reculait pour sortir, la porte, qui s'était refermée sur lui, s'ouvrit d'un coup sec sans qu'il touche à la poignée.

Surpris, il voulut demander ce que l'étranger lui voulait, mais la dernière chose qu'il vit avant de mourir fut le pistolet pointé à quelques centimètres de sa tête.

86

Le caméléon avait passé la journée du vendredi à mettre la touche finale à son plan. Il ne lui restait que deux cibles à éliminer. Après le tirage au sort, le docteur Hébert fut l'heureux élu d'avoir le privilège de mourir le premier ce soir. Il serait suivi de l'infirmière Cathy Nadeau.

Il révisa ses notes sur le docteur Hébert et l'infirmière. Ce n'était pas le temps d'oublier un détail qui ferait capoter l'une ou l'autre de ses missions.

Le docteur Hébert commencerait sa garde à vingt et une heures, ce qui veut dire qu'il quitterait son immeuble vers vingt heures trente. Il n'aurait donc qu'à être sur place pour vingt heures, ce qui devrait être amplement suffisant. Heureusement pour lui, les deux cibles habitaient à proximité l'une de l'autre.

Satisfait, le caméléon se déguisa et sortit souper dans un bon restaurant. Il n'aimait pas travailler l'estomac vide, surtout que la soirée serait particulièrement occupée.

Une fois arrivé à la bonne adresse, le caméléon fut surpris lui aussi, tout comme l'avait été Masao Fukuda, de voir une auto de police stationnée devant l'immeuble du médecin. Qu'à cela ne tienne, cinq minutes plus tard, il était dans l'immeuble. La veille, il était venu faire une petite visite de reconnaissance. Il savait donc où étaient les portes de sortie et celle donnant sur le garage intérieur et encore plus important, il savait où était située l'auto de l'urgentologue. Durant cette même visite, il avait repéré une camionnette, à quelques places de la BMW rouge du médecin, qui n'avait plus ses pneus. Il en avait profité pour cacher un sac contenant un épais manteau d'hiver qu'il enfilerait après avoir abattu sa cible.

Au moment où il entrouvrit la porte donnant sur le stationnement intérieur, le caméléon vit avec horreur que le docteur Hébert s'asseyait dans son auto. Sans paniquer, il regarda sa montre : vingt heures cinq. Il ne comprenait plus rien. Que faisait le médecin à cette heure-ci ? Réfléchissant à toute vitesse, il modifia son plan. S'assurant que la cible ne l'avait pas vu, il pénétra rapidement dans le garage et s'accroupit derrière l'auto la plus proche puis fila directement derrière la camionnette.

Pour la deuxième fois en moins de deux minutes, une autre tuile lui tomba sur la tête. Au même moment où il se redressait, il aperçut un inconnu accroupi derrière Hébert en train d'étrangler celui-ci. Le caméléon n'en croyait pas ses yeux. Il était en train de se faire souffler son contrat par quelqu'un d'autre. Aussitôt il pensa à son commanditaire. Se pouvait-il qu'il ait décidé de faire affaire avec un autre tueur ?

Comment savoir ?

Sans perdre une seconde de plus, il s'assura que le silencieux était bien en place. Lorsque l'autre type aurait terminé son boulot, il lui réglerait son compte. Pas question de perdre le contrat.

Plus le caméléon regardait l'autre tueur travailler, plus il devenait clair que c'était un amateur. Impossible que cet imbécile puisse être un tueur à gages. Peu de temps après, il en eut la confirmation.

Le caméléon s'approcha sans faire de bruit et regarda le pauvre type à genou sur la banquette arrière. S'assurant qu'ils étaient seuls, le caméléon ouvrit la porte de l'auto d'un geste rapide. Lorsque l'amateur se retourna vers lui avec une expression de surprise dans le visage, il sortit son arme, visa entre les deux yeux et appuya deux fois sur la détente.

Rapidement, il cacha son arme. Pas besoin de vérifier si l'autre tueur était mort. Par contre, il vérifia le pouls sur le cou du médecin : rien.

Satisfait malgré tout, il récupéra son sac de sous la camionnette et enfila le manteau qu'il y avait caché.

Sans paniquer, il s'apprêta à quitter les lieux lorsqu'il aperçut deux femmes qui venaient dans sa direction. Sans perdre une seconde, il enfila profondément sa tuque sur sa tête tout en relevant le collet de son manteau.

Deux solutions s'offraient à lui : il pouvait retourner vers les ascenseurs et du même coup passer tout près des deux femmes ou encore partir vers la porte donnant sur l'autre extrémité de l'immeuble. Sans une hésitation, il se dirigea donc vers la sortie la plus éloignée.

Une fois à l'extérieur, il poussa même l'audace jusqu'à passer devant la voiture de police qui était stationnée devant le domicile du docteur Hébert. Sans ralentir son allure, il prit la direction du centre d'achats situé un peu plus loin sur la rue pour récupérer l'auto qu'il y avait laissée plus tôt dans la journée.

Maintenant, il devait se préparer pour sa dernière cible. Une fois le boulot terminé, il pourrait retourner à sa chasse, sans avoir de comptes à rendre.

87

Peu après vingt heures, l'inspecteur Vézina commença à douter de lui et surtout de son fameux sixième sens. Se pourrait-il que son trop grand désir d'arrêter Yamashita ait altéré quelque peu son jugement ?

Jusqu'à maintenant, autant l'écoute téléphonique qu'électronique n'avaient rien apporté de bien concret à l'enquête. De plus, rien n'indiquait que la mort du docteur Ducharme puisse être reliée à Yamashita, et ce, malgré le fait que ce Ducharme fut l'anesthésiologiste qui avait refusé de venir intuber la femme de leur suspect.

Les policiers en surveillance chez Cathy Nadeau et Jocelyn Hébert n'avaient rien signalé de suspect jusqu'à maintenant. Peut-être que ses hommes avaient raison et que cela virait à l'obsession.

Rémi Vézina était un homme de métier et d'honneur. Si la tendance se maintenait dans les prochaines heures, il aurait peut-être droit à son premier échec.

Tanaka avait remarqué l'attitude de son ami qui semblait découragé. Il lui proposa donc d'aller prendre l'air dehors pour refaire le plein d'énergie. Effectivement, une fois rendu à l'extérieur et après avoir pris plusieurs grandes respirations, Vézina sentit son cerveau se remettre en marche. Pendant les quelques instants suivants, les deux policiers restèrent muets, les mains bien au chaud dans leur manteau d'hiver, en marchant le long du stationnement. Puis, ce fut Tanaka qui brisa le silence.

— Rémi, mon ami, arrête de te torturer de la sorte. Même si ton intuition te disait qu'il se passerait quelque chose, cela ne veut pas dire que c'était prévu pour arriver ce soir. Le courriel intercepté ne voulait peut-être rien dire non plus. Le fait que vendredi ait été mentionné pourrait signifier un autre type d'engagement, une livraison de drogue ou d'armes. Qui sait ?

— Et le meurtre de personnes innocentes aussi, répondit Vézina.

— Je sais Rémi.

— Bon. Nous savons que les deux cibles possibles sont à leur domicile. Que savons-nous de Yamashita ? Sait-on où il se trouve ? demanda Vézina.

— Je pensais que tu avais placé quelqu'un en planque devant chez lui, répondit Tanaka.

— Merde ! s'écria Vézina. Vite, je dois prendre les dispositions pour faire envoyer quelqu'un chez ce salaud.

Les deux policiers retournèrent en vitesse à l'intérieur en espérant qu'il ne soit pas trop tard. Aussitôt arrivé à son bureau, il demanda à ce qu'on envoie une auto-patrouille banalisée au domicile et au garage de Yamashita. Il fallait absolument savoir s'il était chez lui. Dans le cas contraire, Dieu seul savait ce qu'il était en train de faire.

* * *

Cathy Nadeau était contente d'avoir pris congé ce vendredi soir. En début de semaine, elle avait accepté de faire la soirée du vendredi en heures supplémentaires, mais avait annulé sur l'heure du midi. Elle avait donné comme raison de son absence qu'elle avait depuis la veille un mal de gorge et qu'une soirée supplémentaire à se reposer devrait la remettre sur pied. De plus, c'était sa fin de semaine de travail et elle ne voulait pas placer ses autres collègues dans une situation difficile en restant à la maison le samedi ou peut-être même le dimanche. Le manque de personnel faisait en sorte que l'administration ferait appel à des agences, et dans ces situations, il n'était pas certain que la remplaçante soit assez qualifiée pour assumer un surplus de travail.

Un peu avant l'heure du souper, une de ses amies qui était en congé de maternité avait proposé de venir passer la soirée avec elle, mais Cathy avait gentiment refusé la proposition, lui expliquant qu'elle voulait se coucher de bonne heure pour être en forme samedi matin, et que fatiguée comme elle était, elle serait de très mauvaise compagnie.

Après avoir pris un long bain chaud, elle enfila son pyjama préféré, se prépara un bon chocolat chaud et prit deux aspirines pour son mal de tête et de gorge. Elle s'installa ensuite confortablement sur le sofa pour regarder le DVD qu'elle avait loué plus tôt dans la journée. C'était un film d'action qui avait été en salle avant les fêtes et qu'elle n'avait pas eu l'occasion d'aller voir.

Quelques minutes seulement après avoir commencé le film, Cathy sombra dans un sommeil léger. Elle rêva qu'elle était sur une plage au Mexique, le soleil réchauffant son corps… lorsqu'elle se réveilla en sursaut, car quelqu'un venait de frapper à la porte.

Elle se redressa sur le sofa en se frottant les yeux, regarda l'horloge et se demanda qui pouvait bien venir frapper chez les gens à cette heure. Elle réussit tant bien que mal à se rendre à la porte d'entrée. Sans trop se demander qui pouvait bien frapper, elle enleva les sécurités et ouvrit la porte « Heureuse de vous voir en vrai ! J'jure que je ne vous f'rai pas mal… »

88

Carl Trottier était couché sur la civière à l'arrière de l'ambulance. Il somnolait lorsqu'il entendit ou plutôt sentit que la fenêtre à l'avant du camion avait été ouverte. Habitué de dormir avec la fenêtre de sa chambre entreouverte hiver comme été, il ne fit aucun cas de l'air froid qui envahissait le véhicule. Il referma les yeux et réussit même à retrouver le rêve dans lequel il était plongé. Il n'avait même pas entendu les deux poufs causés par l'arme de Yamashita lorsque son collègue avait été abattu. Aussi, lorsque les portes arrière de l'ambulance s'ouvrirent toutes grandes, Trottier ne s'en aperçut même pas.

Yamashita, l'arme à la main, venait d'ouvrir les portes arrière et s'apprêtait à tirer lorsqu'il constata que l'ambulancier dormait encore sur la civière. Il ne savait pas s'il devait être content ou contrarié. Il s'approcha prudemment et mit le pied gauche sur le marchepied arrière. C'est ce tangage soudain du véhicule qui réveilla l'ambulancier.

Trottier se redressa d'un mouvement rapide et fixa l'intrus qui se tenait debout devant lui. Encore engourdi par le sommeil, il regarda en direction de son collègue à l'avant et son sang se glaça dans ses veines. Son partenaire avait la tête appuyée sur le volant et une partie de sa cervelle était étalée sur ses épaules ainsi que sur la fenêtre du côté passager. Le sang dégoulinait de partout.

D'un geste rapide, Trottier essaya de se remettre debout pour aller aider son collègue, faisant fi de la menace à laquelle lui-même faisait face, mais Yamashita lui cria de rester où il était. C'est à ce moment qu'il réalisa qu'il était vraiment menacé. Ses yeux avaient bien remarqué l'arme que l'intrus tenait dans sa main, mais l'information n'était pas encore arrivée à son cerveau. Il se retourna donc vers l'étranger et confirma mentalement ce que ses yeux avaient enregistré quelques secondes plutôt, c'est-à-dire l'arme avec un silencieux pointé sur lui.

Après avoir crié au gros obèse de ne pas bouger, Yamashita grimpa complètement dans l'ambulance. Il retira sa tuque et ses lunettes et regarda l'ambulancier droit dans les yeux, puis il lui demanda s'il se souvenait de lui. Trottier regarda attentivement l'homme armé debout devant lui. Rien, il avait beau se creuser les méninges, il n'avait toujours aucune idée de l'identité de l'énergumène qui le menaçait. Puis soudainement, la lumière se fit dans sa tête. C'était le mari de la femme japonaise de l'été passé, sauf qu'il ne comprenait pas pourquoi son mari était là à vouloir lui faire du mal à lui et son collègue.

— C'est quoi cette merde ? C'est quoi ton problème bonhomme ?

— Tu oses me demander pourquoi je suis ici, quand tu sais très bien que c'est par votre faute si ma femme est morte, répondit Yamashita.

— Oh là ! Elle est morte à l'hôpital, je n'ai rien à faire là-dedans mec.

— Au contraire, mec. Si vous aviez fait votre travail correctement à la ferme, elle serait toujours en vie. Je ne peux pas la ramener, mais je peux vous envoyer avec elle par contre.

— Vous êtes malade ou quoi ? J'ai des droits ici.

— ASSEZ ! hurla Yamashita. Rassure-toi, tu ne seras pas le seul à partir. Tous ceux qui ont été impliqués seront tous en enfer ce soir.

— Ce n'est pas vrai, répondit Trottier en pleurant comme un enfant. C'était un accident vous savez, je…

Sans crier gare, Yamashita leva le bras droit et sans hésiter une seconde, appuya une fois sur la détente. Un léger « pouf » se fit entendre lorsque la balle quitta l'arme pour se retrouver directement dans le cœur de l'ambulancier. Celui-ci ne cria même pas. Il plaça ses mains sur sa poitrine puis regarda le sang s'écouler entre ses doigts. Il savait que son cœur s'était arrêté de battre. Il regarda une dernière fois Yamashita lorsque celui-ci appuya de nouveau sur la détente, et cette fois-ci, contrairement au premier projectile, il ne ressentit aucune douleur lorsque la balle vint se loger dans son cerveau. Le tout avait pris à peine trois secondes.

Yamashita n'eut aucuns remords après avoir tué l'ambulancier. Pour lui et sa femme, la vengeance était complète. S'il réussissait à s'en tirer, ce qu'il croyait, il pourrait continuer sa misérable vie. Sinon, il irait en prison.

Il regarda Trottier s'effondrer sur la civière puis, sans un geste de compassion, il s'apprêta à quitter l'ambulance lorsqu'il remarqua qu'une petite lumière rouge clignotait juste en dessus du rétroviseur du pare-brise avant. Il s'arrêta, intrigué. Il se pencha un peu plus vers l'avant, en prenant soin de ne pas marcher dans le sang de sa victime. Il commençait même à dépasser le corps de l'ambulancier lorsqu'il entendit le bruit d'une voiture approchant dans leur direction. Rebroussant chemin calmement, il ressortit par où il était entré, referma les portes et enfonça sa tuque profondément sur sa tête, puis retourna à sa voiture, la tête baissée entre ses épaules.

Une fois dans sa voiture, il quitta tranquillement le stationnement de l'école. Tout en conduisant sans attirer l'attention sur lui, il retourna à Dorion où il avait fait l'échange avec sa propre voiture. Il demanderait à Masao de lui rendre un simple service : aller la chercher le lendemain et de la rapporter à la compagnie de location.

Une fois qu'il eut repris possession de sa voiture, il alla jeter son arme dans la benne à ordures d'un chantier de construction à Vaudreuil. Ensuite, il prit la direction de la maison.

Il devait maintenant aller annoncer la bonne nouvelle à ses beaux-parents au Japon. Il était aussi très anxieux de savoir si, du côté de son tueur à gages, la soirée avait été aussi productive que la sienne. C'est donc le cœur rempli de joie qu'il retourna chez lui.

89

Vézina avait fait demander à la police municipale d'envoyer une voiture au domicile ainsi qu'au garage de Yamashita à L'Île-Perrot. Il avait aussi laissé comme instructions de s'enquérir seulement de la présence ou non du suspect aux dites adresses. Si celui-ci se trouvait à l'une ou l'autre des coordonnées, le policier avait ordre de ne rien faire. S'il quittait les lieux, il fallait seulement le suivre. Dans le cas où il était absent, il fallait attendre sur place et aviser les bureaux de la GNC lorsqu'il serait de retour. En aucun cas, le suspect ne devait être arrêté. Et, une dernière chose : il n'était pas nécessaire de rester discret. Peu importait si le suspect repérait les policiers.

En fin d'après-midi, Vézina avait demandé la coopération de la police municipale, ce qui lui avait été accordé avec plaisir. Des enquêteurs lui avaient même été offerts ainsi que quelques voitures supplémentaires si le besoin se faisait sentir.

Vézina et Tanaka attendaient impatiemment des nouvelles des voitures envoyées chez Yamashita lorsqu'une des secrétaires apporta un dossier à son patron.

Vézina l'ouvrit et constata qu'il s'agissait des résultats toxicologiques effectués sur le corps du docteur Alain Ducharme. L'inspecteur lut attentivement le dossier pendant quelques minutes. Les conclusions étaient les mêmes que dans le rapport préliminaire. Un seul élément nouveau y apparaissait et venait en partie du lieutenant O'Brian.

L'ampoule de narcotique retrouvée sur le lieu du crime avait attiré l'attention du TSC. La compagnie ayant fabriqué ledit médicament n'était pas connue en Amérique du Nord. O'Brian, qui avait des contacts dans le milieu pharmaceutique, avait fait parvenir à son ami une photo de l'ampoule où l'on voyait le nom de la compagnie ainsi que le numéro du lot de fabrication. La réponse le laissa interdit.

— Qu'est-ce que tu as Rémi ? Tu as l'air bizarre.

— Te rappelles-tu l'ampoule de narcotique retrouvée près du corps de Ducharme ?

— Oui. Le TSC nous avait dit qu'il ne reconnaissait pas le nom de la compagnie.

— C'est ça. Eh bien, tiens-toi bien. La compagnie est allemande.

— Quoi ? Mais qu'est-ce qu'une ampoule de Sufentanyl fabriquée en Allemagne peut bien faire ici ?

— Je ne sais pas moi non plus. Mais écoute bien. O'Brian avait refilé cette partie du dossier au département des narcotiques de la GNC à Ottawa. Ces derniers ont communiqué avec la compagnie en Allemagne et grâce au numéro de lot, ils ont appris que notre ampoule faisait partie d'un lot volé à la compagnie il a quelques mois.

— Wow ! Sait-on si le docteur Ducharme a été en Europe dernièrement ?

— Sa femme m'a dit que son mari n'était pas sorti du Canada au cours des douze derniers mois. Et il y a une chose que je ne comprends pas. Pourquoi irait-il s'approvisionner en Europe, alors qu'il peut en avoir facilement ici ? Il est anesthésiologiste, non ? Tout cela ne tient pas debout.

— À mon avis, le tueur s'est procuré la drogue de l'autre côté de l'Atlantique avant de venir ici.

— Tu as sans doute raison, répondit Vézina, évasif.

Vézina donna ensuite le dossier à Tanaka pour qu'il puisse le lire à son tour. Une fois sa lecture terminée, Tanaka demanda à son collègue ce qu'il pensait de cette femme à l'hôtel qui affirmait avoir aperçu deux fois au Québec un des hommes recherchés par Interpol.

— Je ne sais pas Bill.

— Peut-être devrions-nous appeler Interpol pour qu'ils nous envoient par fax ce qu'ils ont sur le bonhomme numéro dix-sept, celui que la femme dit avoir vu l'automne dernier à l'aéroport et plus récemment, à Tremblant, le jour de la mort du docteur Ducharme. Je peux m'en occuper si tu veux, je connais quelqu'un là-bas qui peut nous aider. Si le tueur vient d'Europe, peut-être y a-t-il un rapport entre le meurtre de Ducharme et le numéro dix-sept ?

— Parfait alors ! Tu peux prendre mon bureau si tu veux, le numéro du télécopieur est dessus.

— Je reviens dans quelques minutes, répondit Tanaka.

Pendant que Tanaka était au téléphone, Vézina fit le tour de ses troupes, donna des encouragements et posa des questions. Il apprit qu'il n'y avait rien à signaler chez le docteur Hébert ni chez l'infirmière Nadeau. Quant à Yamashita, les deux voitures de police envoyées sur place venaient juste de confirmer que le suspect n'était à aucune des adresses connues, ce qui laissa l'inspecteur Vézina soucieux.

Comme demandé, les policiers étaient restés sur place en attendant que le suspect se pointe.

Dix minutes plus tard, Tanaka revint avec la photo et le descriptif du suspect numéro dix-sept.

— Déjà de retour ! Tu as trouvé quelque chose d'intéressant ? demanda Vézina.

— L'homme serait de nationalité allemande. Bel homme, grand et costaud. Il parlerait au moins quatre langues et serait un spécialiste du déguisement. Il n'a jamais été arrêté par la police, et… ah oui, il travaille surtout en Europe et en Asie.

— Attends un peu Bill, tu as bien dit spécialiste du déguisement ?

— Oui, répondit Tanaka sans faire immédiatement la connexion entre Tremblant et le numéro dix-sept. Et puis ? Oh non ! Ça expliquerait que personne n'ait revu l'homme qui avait accompagné Ducharme à sa chambre. Ça veut aussi dire qu'il pourrait bien nous passer sous le nez sans qu'on s'en aperçoive.

— Merde, répondit Vézina. Qu'est-ce qui nous dit qu'il n'a pas frappé encore une fois pendant que nous sommes ici à attendre ?

— Tu as raison Rémi. Je vais demander au policier d'aller sonner à la porte des gens qu'on surveille. On ne peut plus courir de risque.

Vézina approuva d'un signe de tête puis alla demander à sa secrétaire de faire venir Ester Sinclair, et ce, le plus rapidement possible. Il sortit le numéro de téléphone de son portefeuille et le lui remit. Ensuite, il demanda l'attention de tout le monde.

— Un instant s'il vous plaît. Puis-je avoir votre attention ? Nous venons peut-être de faire une percée dans la recherche de notre suspect du meurtre du docteur Ducharme. Il pourrait ressembler à ceci, ajouta-t-il en faisant circuler la photo. Mais il y a un problème : le suspect serait le genre de criminel spécialiste du déguisement. Il pourrait passer nous voir sans que nous le sachions. À Tremblant, peu de temps après la mort du médecin, une femme a affirmé avoir reconnu un fugitif recherché par Interpol. C'est peut-être notre homme. Nous attendons le dossier complet d'Interpol sur le bonhomme. En attendant, soyez vigilants. Merci.

90

Vézina retourna voir Tanaka. Celui-ci était en liaison avec le policier chargé de la surveillance chez le docteur Hébert.

— Inspecteur Tanaka, demanda le policier.

— Oui, je suis ici.

— J'ai frappé à la porte du médecin et il n'y a pas eu de réponse. Comme je m'en allais, sa voisine est sortie de son appartement et m'a dit que le docteur Hébert était parti il y a environ une demi-heure. Par contre, nous ne l'avons pas vu quitter l'immeuble ni même sortir du garage avec sa BMW.

— Merde ! Êtes-vous allé voir au garage ? demanda Tanaka.

— Non, nous y allons maintenant.

— Très bien, je reste en ligne et j'attends. Dépêchez-vous, je vous en prie.

Vézina se tenait derrière son ami. Sans entendre ce que les deux hommes se disaient, il sentit la tension dans la voix de son confrère. Lui-même ayant déjà vécu des situations semblables où il avait l'impression d'être sur un fil d'acier au-dessus d'un gouffre qui attendait de l'engloutir. Il comprit, au ton de la discussion, que quelque chose allait de travers.

Quelques instants plus tard.

— Inspecteur Tanaka !

— Oui, je suis toujours là ! L'avez-vous trouvé ?

— Oui.

— Comment va-t-il ? demanda Tanaka en sachant d'avance la réponse.

— Il est mort, monsieur.

— QUOI ?

— Ce n'est pas tout, il y a un autre corps avec le docteur Hébert.

— Répétez s'il vous plaît ?

Le policier présent sur les lieux lui répéta mot pour mot ce qu'il venait tout juste de lui dire.

Plus personne ne parlait au central. Vézina sentit sa pression artérielle monter en flèche. Il ne voulait pas interrompre son collègue, mais dans le fond de son cœur, il savait que le docteur Hébert ne pourrait jamais démasquer son meurtrier.

Tanaka était pétrifié. Comment pour l'amour de Dieu, cela avait-il pu se produire ?

— Où sont-ils ? demanda le policier.

— Le médecin est assis à la place du conducteur dans son auto. De ce que je peux voir par la fenêtre de la porte, il a été étranglé. Je peux voir une marque sur son cou, mais je ne pourrais le jurer à cent pour cent, car le col de son manteau est relevé. L'autre corps lui, est couché sur le côté sur la banquette arrière. Il y a du sang dans la fenêtre de la porte côté passager. Je peux aussi voir un trou juste entre les deux yeux du Japonais…

— Stop ! Que venez-vous de dire ?

— Un trou entre…

— Non, non, après !

— Du Japonais !

— Êtes-vous certain ?

— Ça en a tout l'air en tout cas.

— Écoutez-moi bien. Bouclez tout le garage, personne n'entre et personne ne sort de là. Une équipe du TSC est en route pour vous rejoindre. Vous ne touchez à rien tant qu'ils ne seront pas là. Des renforts vont vous rejoindre aussi.

— Compris, nous nous mettons au travail immédiatement.

* * *

Tanaka expliqua à Vézina ce qu'il venait d'apprendre à propos de la découverte de deux corps dans la BMW du docteur Hébert.

— Quoi ? Hébert est mort ? Merde !

— Le plus troublant Rémi, c'est le deuxième corps, un Japonais.

Tanaka savait qu'en disant cela, il déclencherait une diarrhée verbale chez son ami.

— Quel Japonais ? demanda Vézina.

— Il y avait le corps d'un jeune homme, début vingtaine, à l'arrière de la voiture du docteur Hébert. Il semble qu'il soit Japonais. Et non Rémi, ce n'est pas Yamashita. Il n'a plus vingt ans.

— Si ce n'est pas lui, qui est-ce alors ?

— Aucune idée. Le policier sur place attend l'arrivée d'un inspecteur et les TSC avant de faire quoi que ce soit.

— Parfait. Marcel ! appela Vézina.

— Oui patron !

— Marcel, je veux que tu te rendes chez le docteur Hébert et que tu prennes en charge l'enquête sur les deux assassinats dans la voiture.

O'Brian regarda son patron d'un drôle d'air.

— Non Marcel, ce n'est pas Yamashita, malheureusement. Dès ton arrivée, je veux avoir l'identité du Japonais. Je tiens à savoir s'il est relié ou non à ce salaud.

— Très bien, je pars à l'instant.

Une fois O'Brian parti, Vézina retourna voir Tanaka.

— Je ne comprends plus rien. Cela n'a aucun sens Bill. Je veux dire, le bonhomme étrangle Hébert puis se fait sauter la cervelle après. Aucune personne saine d'esprit ne ferait une chose pareille.

— Et s'il y avait deux tueurs Rémi ? Le deuxième surprend le premier à lui voler son contrat. Pour avoir le crédit du meurtre du médecin, il se débarrasse du premier et touche la prime. Le commanditaire lui, se fout de qui fait quoi, pourvu que la cible soit éliminée.

271

— Peut-être, répondit Vézina. J'aimerais bien savoir où se situe Yamashita dans tout ce casse-tête. Personne ne sait où ce salaud se trouve. L'urgentologue qui a laissé mourir sa femme s'est fait éliminer et le corps d'un inconnu japonais vient mêler les cartes. Mais qu'est-ce qui se passe bordel ?

— Je suis dans le noir complet, comme toi mon ami. Bienvenue dans le merveilleux monde diabolique d'Hiro Yamashita.

Se tournant vers un autre policier, Vézina demanda qu'on appelle Cathy Nadeau pour la prévenir qu'elle serait évacuée dans un lieu sûr.

— Je me fous de ce que Pouliot dira. Il y a eu assez de morts comme cela. Et en passant qu'on m'appelle le grand patron, dit Vézina de mauvaise humeur.

Lorsqu'il repartit pour son bureau avec Tanaka, il remarqua que tous ceux présents dans la salle le regardaient. Certains lui firent un petit signe de tête, d'autres lui demandèrent pardon silencieusement d'avoir douté de lui plus tôt dans la soirée. L'inspecteur, quelque peu surpris par cette solidarité, prit la parole.

— Merci mes amis. Maintenant, allons retrouver ce fils de pute !

* * *

Les inspecteurs Vézina et Tanaka furent avisés qu'il n'y avait aucune réponse au domicile de Cathy Nadeau. Cela faisait au moins quatre fois qu'une des secrétaires tentait de joindre l'infirmière au téléphone.

Sans perdre une seconde, Tanaka téléphona à la policière qui surveillait le domicile de l'infirmière.

91

Lorsque Yamashita passa devant son garage pour vérifier que tout était tranquille, il remarqua l'auto de police stationnée devant la bâtisse. Il y avait seulement un policier à l'intérieur de l'auto, ce qui le rassura, car si cela avait été pour l'arrêter, il y aurait eu plus d'un policier. Tout allait donc bien jusqu'à maintenant.

Il continua son chemin jusqu'à son domicile. À sa grande surprise, une autre auto était stationnée en face de chez lui. Lorsqu'il se stationna devant la porte du garage, il remarqua qu'il y avait aussi un seul policier. Celui-ci ne fit aucun geste pour sortir de son auto. Il eut presque envie d'aller demander au policier ce qu'il faisait en face de chez lui, mais changea d'idée. Il décida d'appeler son avocat au cas où il aurait entendu parler de quelque chose que lui ne savait pas. Peut-être bien que la police voulait lui mettre un peu de pression n'ayant rien d'autre d'intéressant à faire. Sauf qu'au moment où il refermait la porte d'entrée, il eut peur d'avoir été découvert. Quelqu'un l'avait-il aperçu et donné son signalement à la police ? Tout compte fait, il allait téléphoner à son avocat. Après tout, c'était pour cela qu'il le payait si chèrement.

Ensuite, il passerait son appel au Japon.

* * *

Le caméléon n'avait pas perdu de temps. Aussitôt hors de vue de l'immeuble du docteur Hébert, il s'était dirigé vers son prochain arrêt pour enfiler son nouveau déguisement. Une fois satisfait du changement, il changea d'auto puis partit en direction du domicile de sa dernière cible.

Tout en conduisant prudemment – ce n'était pas le temps d'attirer l'attention sur lui en brûlant un feu rouge ou en oubliant de faire un stop – il essaya de comprendre ce qui s'était passé quelques minutes auparavant. Il n'avait aucune idée de l'identité du type qu'il venait d'abattre. Et que faisait-il dans l'auto du médecin ? Une autre question lui venait aussi à l'esprit : y avait-il plus d'un contrat sur la cible ? Impossible ! Son contact lui aurait mentionné ce détail, du moins, il l'espérait.

Il y avait un autre problème. Le médecin était censé quitter son immeuble beaucoup plus tard qu'il ne l'avait fait. Alors, comment ce type avait-il fait pour savoir à quel moment agir ? Le bon côté de l'affaire c'est que la cible avait été éliminée. Son commanditaire n'avait pas à savoir comment cela s'était passé. Tant et aussi longtemps que le paiement du contrat était transféré dans son compte en Suisse, le reste importait peu.

Avant d'arriver à destination, il se doutait bien qu'il y aurait une autre auto de police, mais encore une fois, cela ne le dérangeait pas du tout. Au contraire, cela lui offrait un défi. Il était déjà passé deux fois sous le nez des policiers chez Hébert, alors qu'est-ce qui l'empêcherait d'en faire autant ici ?

Une fois rendu chez Cathy Nadeau, le caméléon fit un passage de reconnaissance dans la rue et repéra aussitôt l'auto de police. Pour ne pas attirer l'attention, il plaça son auto dans le stationnement de l'immeuble suivant.

Il sortit de la voiture et alla chercher dans le coffre arrière son sac à dos et le sac de couches. Il s'assura que l'auto était bien verrouillée et avec son petit bagage, il s'en retourna à pied vers l'immeuble de l'infirmière. Son petit manège de père de famille le ferait passer sans problème devant le policier.

Encore une fois, la chance lui sourit lorsqu'il arriva à la porte d'entrée de l'immeuble. Un jeune adolescent sortait au même moment, ce qui permit au tueur d'entrer sans problème. Une fois à l'intérieur, il se dirigea vers les ascenseurs. Sa future victime habitait au quatrième étage. Lorsque les portes furent refermées, le tueur appuya sur le bouton du troisième étage. Ne voulant pas montrer qu'il se rendait au quatrième, il ferait le reste du chemin à pied via les escaliers.

* * *

Une fois que Yamashita fut à l'intérieur de son domicile, il fit le tour des lieux pour s'assurer qu'il n'y avait personne. Il savait qu'il faisait cela inutilement, mais c'était plus fort que lui. Voilà plusieurs années, à Vancouver, sa famille et lui avaient passé près de se faire assassiner à deux occasions par des clans rivaux. Alors, plus par habitude qu'autre chose, il faisait la tournée intérieure de son domicile.

Rassuré, il alluma le foyer pour réchauffer la maison, même si celle-ci était déjà chauffée à l'électricité. Il aimait l'odeur du bois qui se consumait tranquillement, le bruit que faisaient les étincelles comme un défilé d'étoiles filantes pendant une nuit chaude d'été.

Quelques minutes plus tard, il commençait déjà à ressentir les bienfaits du feu sur son corps. Il ne restait plus qu'à réchauffer son âme, ce qu'il fit en se servant un verre de son meilleur whisky. Aussitôt que les effets de la première gorgée eurent atteint son cerveau et commencé à dissoudre la tension accumulée pendant la soirée, il se sentit merveilleusement bien. Tout le stress des derniers jours venait de s'effacer. Il ferma les yeux et revit en flash les prouesses qu'il venait d'accomplir. Voir ces deux ordures mourir sous ses balles lui apporta une certaine sérénité. Il avait promis à sa femme qu'il obtiendrait dédommagement et il avait tenu parole.

Promesse faite, promesse tenue. Il ne lui restait qu'un autre engagement à tenir. Il devait maintenant téléphoner à ses beaux-parents au Japon pour leur annoncer que tous ceux impliqués dans la mort de leur fille bien-aimée faisaient maintenant partie du passé.

Mais avant de faire son appel, il alla vérifier s'il avait reçu un message de son vieil ami au Japon. À sa grande joie, il avait reçu confirmation que le docteur Jocelyn Hébert était mort et qu'il était en route pour la dernière cible. Ce que le tueur avait omis de laisser savoir à son intermédiaire, c'était qu'il avait également tué le fils de son commanditaire.

Satisfait des derniers développements, Yamashita prit donc place à son bureau et composa le numéro de téléphone qui allait changer sa vie. La vengeance n'était qu'un feu de paille.

92

La policière qui était en poste chez l'infirmière notait tous ceux qui entraient ou sortaient de l'immeuble. Par chance, il n'y avait pas de garage intérieur; la porte de côté donnant à l'extrémité de l'immeuble ne fonctionnait que pour sortir et personne ne l'avait empruntée jusqu'à maintenant.

Kim Roy était en communication avec l'inspecteur Tanaka. Il lui ordonna d'aller immédiatement à l'appartement de Cathy Nadeau et d'y rester jusqu'à nouvel ordre. En aucun cas elle ne devait ouvrir la porte à quiconque. Il lui expliqua rapidement ce qui était arrivé au docteur Hébert et que les policiers en faction devant son immeuble n'avaient rien vu. Il lui expliqua aussi que le présumé tueur était un spécialiste du déguisement. Il lui donna également la description et le nom qu'Interpol leur avait donné.

La policière Roy installa son écouteur à l'oreille pour pouvoir parler et avoir les mains libres.

Tout en quittant son auto, elle décrivit l'homme qu'elle venait de voir entrer dans l'immeuble. Elle l'avait vu se stationner à l'immeuble voisin et revenir à pied avec un sac à dos et ce qui semblait être un sac de couches. Elle avait trouvé ça bizarre étant donné que le stationnement de l'immeuble où il était entré était presque vide.

— Oh merde ! Vite Kim, dépêchez-vous d'aller chercher Nadeau, vous venez probablement de voir passer notre tueur. Restez sur vos gardes et ne vous fiez à personne, compris ? Je vais essayer d'appeler Nadeau pour la prévenir.

— Je suis au pas de course, répondit la policière alors qu'elle se dirigeait vers l'immeuble.

* * *

Toujours ensommeillée, Cathy ouvrit la porte à ce héros baraqué qu'elle venait de voir triompher des méchants dans son film d'action. Lorsqu'elle aperçut le visage de l'homme, elle laissa échapper un cri d'horreur. Elle fit un geste pour refermer la porte, tandis que l'homme qui se tenait devant elle retira son masque tout en s'excusant de lui avoir fait peur. Elle reconnut ainsi son voisin d'en face. Celui-ci travaillait pour une compagnie qui produisait des accessoires et des effets spéciaux pour les grosses productions cinématographiques, tant canadiennes qu'américaines. Pierre voulait vérifier le réalisme du nouveau masque en latex qui serait prochainement utilisé. Il eut sa réponse avec la réaction de sa voisine.

Ils discutèrent quelques minutes sur le seuil de la porte. Cathy ne voulait pas l'inviter à l'intérieur, car le connaissant, elle aurait toute la difficulté du monde à s'en débarrasser plus tard. S'excusant encore une fois de la frousse qu'il lui avait causée, Pierre retourna tout sourire vers son appartement. Cathy retourna, en riant et soulagée, reprendre sa place sur le sofa pour continuer le visionnement de son film.

Tout en se dirigeant vers le salon, Cathy fit un détour vers la salle de bain, car depuis qu'elle avait terminé son souper, des crampes abdominales s'étaient jointes à son mal de tête. Une revue en main, Cathy n'eut pas la chance d'entendre le téléphone qui sonnait.

93

L'inspecteur Vézina était assis à son bureau lorsqu'un agent arriva en courant pour lui demander de venir immédiatement à la salle de communication.

— Que se passe-t-il ? demanda Vézina.

— Yamashita a reçu un autre courriel du Japon et il est en train de passer un appel, toujours au Japon.

Vézina regarda pour voir si Tanaka était dans la pièce et, constatant qu'il était absent, demanda qu'on aille le chercher le plus vite possible.

Alors qu'il allait poser une question, le technicien responsable de l'écoute téléphonique le fit taire d'un geste de la main.

Le technicien, voyant la nervosité chez son patron, lui assura que tout serait enregistré. Ainsi il n'y avait aucune crainte à avoir s'ils ne pouvaient pas tout suivre à la seconde près.

On entendit alors Yamashita parler, en japonais bien sûr. Après quelques échanges entre le yakuza et son interlocuteur à l'autre bout du monde, Tanaka se pointa en silence pour écouter la conversation.

— MON DIEU ! Protégez-nous ! laissa-t-il tomber en plaçant sa main sur son front.

Tout le monde se retourna dans la direction d'où était venue l'exclamation pour apercevoir Tanaka debout, blanc comme un drap. Un agent se rua vers lui pour le soutenir. L'inspecteur semblait chancelant sur ses jambes. Le policier lui donna une chaise où il s'assit durement.

— Quoi Bill ? Qu'est-ce qu'ils ont dit ? demanda Vézina nerveusement.

N'obtenant aucune réaction de Tanaka, l'inspecteur Vézina s'approcha de son ami et lui toucha gentiment l'épaule, ce qui le fit sursauter. Heureusement, cette distraction lui fit prendre une grande inspiration, car sans s'en apercevoir, il avait retenu son souffle depuis les révélations de Yamashita.

— Bill. Est-ce que tu peux nous dire ce que Yamashita a dit ?

Toujours sous le choc, Tanaka répondit mécaniquement à Vézina.

— Il parlait à son beau-père au Japon. Rémi, il vient tout juste d'avouer avoir tué lui-même les deux ambulanciers qui avaient transporté sa femme à l'hôpital. Il a aussi mentionné que le tueur engagé avait tué les docteurs Ducharme et Hébert et qu'il ne restait que l'infirmière, une question de minutes…

C'est alors que Tanaka sortit de sa transe et se dépêcha de demander à ce qu'on lui donne le numéro de téléphone de Cathy Nadeau, le plus vite possible. Vézina regarda son ami et collègue, abasourdi. Trente secondes plus tôt, Tanaka était comme paralysé par ce qu'il venait d'apprendre, et maintenant, il était comme le chef d'orchestre guidant ses musiciens.

En attendant, l'inspecteur japonais essaya de contacter la policière Roy, celle qui était en route pour aller chercher Nadeau. Sauf qu'il n'était pas capable d'avoir la communication. Elle avait sans doute éteint son téléphone. Pourtant, il lui avait explicitement demandé de toujours rester en ligne.

— Bill, est-ce que Yamashita a dit quand et où il avait tué les deux ambulanciers, car nous n'avons eu aucune information à cet effet ?

— Ce soir, qu'il leur a dit, répondit Tanaka.

Au même instant…

— Inspecteur Vézina, la police municipale vient de retrouver les corps de deux ambulanciers dans le stationnement de l'école secondaire à Pincourt.

— Merde. Est-ce qu'ils ont l'identité de ces personnes ?

— Aucune idée monsieur. Je vais m'informer, répondit le policier.

— Inspecteur Tanaka, j'ai le numéro de téléphone que vous cherchiez.

— Merci, dit Tanaka en prenant le bout de papier avec le numéro dessus.

Pendant que son collègue téléphonait chez Cathy Nadeau, Vézina divisait ses hommes pour les envoyer sur le terrain. Tandis qu'une équipe irait chez le docteur Hébert à Pierrefonds, une autre irait à l'école secondaire de Pincourt porter main-forte aux policiers municipaux. Un peu plus tard, Vézina demanderait aux autorités concernées l'exclusivité de l'enquête. La dernière équipe, quant à elle, se rendrait en renfort chez Cathy Nadeau. Il expliqua à ses hommes l'importance d'agir avec prudence. Ils devraient s'assurer de récolter le plus de preuves possible contre Yamashita et, encore plus important, ils devaient absolument protéger l'infirmière.

Tanaka était toujours au téléphone. À la quatrième sonnerie, une voix ensommeillée répondit.

— Allo ? répondit Cathy Nadeau.

— Mademoiselle Nadeau, mon nom est Bill Tanaka, de la Gendarmerie nationale du Canada.

— Attendez inspecteur, on frappe à la porte, je reviens dans une minute, cela doit être mon voisin encore une fois.

— NON… n'y allez pas Cathy ! s'écria Tanaka angoissé.

Trop tard, Tanaka entendit Cathy déposer le téléphone sur une table.

— Rémi, cria Tanaka, je crois que nous arrivons trop tard ! Elle est partie répondre à la porte.

— Bordel de merde, s'écria Vézina avec colère. Où est rendue la policière qui était devant l'immeuble ? hurla cette fois-ci l'inspecteur.

94

Sans le savoir, le caméléon et la policière étaient engagés dans une course dont l'enjeu était la vie ou la mort de Cathy Nadeau.

Le tueur avait été quelque peu ralenti par l'ascenseur qui avait des problèmes, ce qui avait permis à la policière de rattraper le terrain perdu. Contrairement à son opposant, elle avait décidé de prendre l'escalier situé près de l'ascenseur, qu'elle ne pouvait pas attendre au risque d'être ralentie.

Une fois que le tueur fut sorti de l'ascenseur au troisième étage, au lieu de continuer par l'escalier tout juste à côté, il décida d'aller prendre celui situé à l'autre bout du couloir. De ce fait, cela épargna pour l'instant la vie de la policière Roy, car au même moment où elle arrivait au troisième étage, le caméléon serait sorti de l'ascenseur juste à côté. Donc, ils se seraient retrouvés face à face.

Lorsque le tueur, toujours au troisième étage, arriva devant la porte donnant sur la cage d'escalier, il l'ouvrit sans faire de bruit. Heureusement pour lui, la porte fonctionnait beaucoup mieux que les ascenseurs. N'apercevant personne dans la cage, il gravit le dernier étage pour se rendre chez sa cible.

La policière Roy, quant à elle, prit quelques secondes pour fermer le son de sa radio. Son cellulaire était déjà fermé même si l'inspecteur Tanaka lui avait demandé de le laisser ouvert. Le temps précieux qu'elle perdit pour éteindre sa radio permit au caméléon d'atteindre le quatrième étage en premier. Il entrouvrit encore une fois la porte et s'assura que le couloir était libre. Avant de s'aventurer dans le corridor, il installa son sac à dos sur son épaule droite et dans sa main gauche, le sac de couches qu'il avait préalablement trafiqué. En après-midi, lors des derniers préparatifs, le caméléon avait fait l'achat d'un gros sac de couches. Pratiquant un trou au centre du sac, il en retira quelques couches, laissant juste assez d'espace pour y cacher son arme munie d'un silencieux.

Le tueur fut le premier à s'aventurer dans le corridor. L'appartement de l'infirmière se trouvait à mi-chemin entre la cage d'escalier et l'ascenseur. Une fois arrivé devant la porte numéro 421, le caméléon inséra sa main dans son sac trafiqué puis agrippa son arme tout en la laissant cachée. De cette manière, personne ne suspecterait ce père de famille rapportant un sac de couches pour son enfant d'être un dangereux tueur à gages.

La policière Kim Roy ouvrit la porte donnant sur le couloir en essayant de faire le moins de bruit possible. Elle s'aventura dans le passage en position accroupie, son arme sortie le long de sa cuisse droite et pointée vers le sol. Elle avait entendu frapper à une des portes sur sa gauche. S'avançant de quelques mètres, elle vit l'homme avec le sac de couches qui frappait de nouveau à la porte de ce qui semblait être la 421, donc, celle de l'infirmière Nadeau. Elle se redressa doucement. L'homme lui tournait le dos et ne pouvait donc pas la voir qui s'approchait derrière lui. La policière se rappela aussi les paroles de l'inspecteur Tanaka, qui lui avait dit d'être extrêmement prudente, que le tueur était très intelligent et dangereux. Toujours en s'approchant centimètre par centimètre du suspect, l'agente Roy vit l'homme placer sa main droite sur le sac de couches. Soudainement, le doute s'insinua dans l'esprit de Kim Roy. Et si ce n'était pas le bon type ! Ce n'était peut-être que le mari ramenant des couches pour le bébé. Mais lorsqu'il retira sa main de quelques centimètres, elle aperçut la crosse d'un pistolet.

Sans perdre une seconde, elle pointa son arme en direction du suspect. Le sol étant recouvert d'un épais tapis, le genre à poil long, le bruit de ses pas était donc étouffé et l'aidait à passer inaperçue. Arrivée à moins de trois mètres, elle donna un petit coup sur le mur avec son pied pour attirer l'attention du suspect. À partir de ce moment-là, tout se déroula très vite.

Le caméléon s'était placé de côté le long du mur pour ne pas être directement devant la porte lorsque l'infirmière regarderait par le judas. Ce faisant, il avait oublié de couvrir ses arrières. Il avait maintenant le dos tourné vers les ascenseurs. Il ne pouvait donc pas voir ceux ou celles qui arrivaient dans l'autre sens. Dans son esprit, tout serait terminé en quelques secondes à partir du moment où l'infirmière ouvrirait sa porte.

Il voulait attendre trente secondes avant de frapper une nouvelle fois à la porte. Puis, s'assurant d'avoir bien en main son arme, il frappa de nouveau. Quelques secondes plus tard, il entendit les verrous qui s'activaient à l'intérieur de l'appartement ainsi qu'une petite voix demandant qui était là. Alors qu'il s'apprêtait à répondre, il entendit quelqu'un derrière lui frapper fortement sur le mur du corridor et vociférer « Mueller, par ici espèce d'enfoiré. »

Dans un même mouvement, il pivota sur lui-même tout en sortant son arme du sac de couches pour faire face à l'intrus qui avait osé le déranger. Il n'en croyait pas ses yeux, une policière se tenait à trois mètres de lui, les bras tendus avec son arme pointée. Sans crier gare, il fit le geste de lever son arme, et le temps que ses yeux clignent une fois, une détonation sourde se fit entendre dans le couloir du quatrième étage.

95

Au central de Valleyfield, on n'avait plus de nouvelles de la policière Kim Roy. Tanaka avait demandé à un des techniciens présents de continuer d'appeler la policière. Ils se devaient absolument de savoir si l'infirmière Nadeau était en sécurité. À ce moment, personne n'avait idée de la situation dans laquelle se trouvait leur collègue.

— Inspecteur, demanda un des agents.

— Oui, qu'y a-t-il ?

— Les services d'urgence font état de plusieurs appels au 911 affirmant avoir entendu un coup de feu dans l'immeuble où habite Cathy Nadeau.

— Ce n'est pas vrai ! répondit Vézina. Où en sont les renforts bordel ?

— Ils viennent tout juste d'arriver à l'immeuble, monsieur.

— Pas trop tôt.

— Dites-leur de monter immédiatement chez l'infirmière et ils ont intérêt à la sortir de là vivante.

— À vos ordres monsieur.

— Girard ! cria Vézina.

— Oui patron.

— D'autres nouvelles sur les ambulanciers ? Des témoins ?

— Euh ! Pas encore, je vais m'informer immédiatement monsieur.

* * *

Cathy Nadeau venait tout juste de répondre au téléphone lorsqu'elle entendit frapper à sa porte. Était-ce encore ce voisin envahissant ?

Elle commençait à déverrouiller le premier verrou lorsqu'elle entendit frapper de nouveau. Elle demanda encore une fois qui était là. Plus les secondes passaient, plus Cathy devenait impatiente. C'était la deuxième fois ce soir qu'elle se faisait déranger, alors il valait mieux que celui ou celle qui venait lui faire perdre son temps ait une sacrée bonne raison pour le faire. N'obtenant aucune réponse, elle regarda par le judas et aperçut du coin de l'œil qu'il y avait bien quelqu'un, mais que celui-ci était placé sur le côté, rendant ainsi son identification impossible. Sa main s'arrêta sur le loquet lorsqu'elle entendit une voix féminine parler. Une seconde plus tard, le bruit d'un coup de feu retentit dans le corridor, juste devant sa porte.

Instinctivement, elle se jeta par terre.

Une fois l'écho de la détonation évanoui, elle s'aperçut qu'elle avait retenu son souffle pendant plusieurs secondes. Sans faire de bruit, elle s'éloigna de la porte d'entrée pour se diriger à quatre pattes vers le salon où le téléphone reposait toujours sur la table. De là, elle pourrait appeler la police.

Sous le choc, Cathy avait complètement oublié que l'inspecteur Tanaka était déjà en ligne avec elle. La première question qu'elle voulait lui poser était : mais c'est quoi ce bordel ?

Lorsqu'elle eut enfin le courage de se lever, elle prit le téléphone puis se laissa tomber à l'autre extrémité du sofa. Elle plaça le combiné sur son oreille pour se rendre compte que la communication avait été coupée. Toujours tremblante, elle composa le 911 et demanda la police, sans savoir qu'elle était déjà de l'autre côté du mur et qu'elle venait de lui sauver la vie.

96

Plus le temps passait, plus le stress dans la salle augmentait en intensité. Ils n'avaient plus de nouvelles d'une des leurs. Un coup de feu avait été tiré. Par qui et sur qui ? Toutes ces questions demeuraient pour l'instant sans réponse.

Vézina faisait les cent pas pour faire passer sa colère lorsque l'agent Girard revint le voir.

Tanaka était silencieux et il maugréait intérieurement contre la naïveté de Kim Roy. Il lui avait expressément demandé de rester en ligne pendant son trajet jusqu'à l'appartement de l'infirmière, mais pour une raison inconnue, elle avait raccroché. En attendant qu'on puisse le remettre en communication avec la policière, il réécouta encore une fois l'enregistrement de la conversation entre Yamashita et son beau-père. Le connaissant bien, Tanaka s'imaginait le sourire qu'il devait avoir sur sa sale gueule lorsqu'il raconta à son beau-père ses exploits meurtriers de la soirée. Mais ce qui le faisait encore plus sourire, lui, c'est que Yamashita ne savait pas que sa conversation avait été enregistrée. Encore plus savoureux pour l'inspecteur, il entrevoyait maintenant l'occasion de mettre ce meurtrier sous les verrous une bonne fois pour toutes.

Lorsqu'il aperçut Girard se diriger vers l'inspecteur Vézina, Tanaka lui fit signe de venir le voir.

— Qu'avez-vous trouvé ? demanda Tanaka.

— Le gros lot inspecteur, le gros lot, répondit le policier avec un grand sourire.

— QUOI ? Qu'est-ce qu'il y a ? demanda Vézina énervé en voyant les deux policiers parler ensemble.

— Rémi, l'agent Girard, ici présent, vient de me dire que nous venons de gagner le gros lot. N'est-ce pas Martin ?

— Oh oui monsieur ! répondit le jeune policier tout excité.

— Accouchez Girard, c'est quoi votre gros lot ?

— Très bien. Je viens de parler au responsable de la compagnie d'ambulance pour avoir les noms des deux ambulanciers retrouvés morts. Le responsable m'a appris qu'il y a quelques semaines, ils ont fait installer sur quelques ambulances des caméras de surveillance qui filment à l'intérieur de la cabine arrière, un peu comme les caméras sur les autos de police qu'on voit aux États-Unis. Par contre, ici, c'est pour filmer le travail des ambulanciers. Aussitôt que les portes arrière de l'ambulance s'ouvrent, la caméra s'active automatiquement, à moins que le conducteur ne désactive la caméra, mais dans ce cas, ils doivent avoir une bonne raison de le faire. Ce nouveau truc n'a pas encore été annoncé au public, les essais n'étant pas encore terminés. Or, lorsque Yamashita a ouvert les portes pour pénétrer dans l'ambulance, il a déclenché la caméra sans le savoir. Vous devinez le reste. Il a été filmé en train de tuer l'ambulancier. En passant, c'était bien les deux mêmes ambulanciers qui avaient transporté la femme de Yamashita à l'hôpital l'été passé.

L'humeur de l'inspecteur changea du tout au tout. Aussi anxieux il était voilà deux minutes, aussi joyeux il était maintenant. L'agent Girard continua son récit.

— Nous avons donc l'enregistrement avec son et couleur du meurtre d'un des deux hommes présents dans l'ambulance. J'ai tout de suite demandé au responsable de la compagnie de placer le DVD en lieu sûr, celui-ci étant maintenant considéré comme une preuve matérielle légale. J'ai aussitôt envoyé un policier le récupérer.

— Bon boulot Girard, le remercia Tanaka.

— On le tient ! s'écria Vézina en tapant des mains.

Tout le monde avait entendu la bonne nouvelle. Les sourires étaient de retour sur les visages, on se donnait la main en se félicitant mutuellement. Mais l'inspecteur Tanaka fit arrêter les festivités.

— Eh oh ! Tout le monde ! On vient de remporter une bataille, mais pas la guerre. On doit continuer à travailler aussi fort qu'avant, sinon plus. Je crois que vous avez oublié ce que je vous ai dit voilà quelques heures. Ne pas tenir pour acquis ce que vous n'avez pas encore. J'ai tellement été déçu de nombreuses fois. Soyez contents du travail effectué, mais dites-vous qu'il en reste encore beaucoup à faire.

Et tout le monde redevint sérieux.

— Est-ce qu'on sait ce qui est arrivé à l'agente Roy et à l'infirmière Nadeau ?

Tanaka n'eut pas le temps de terminer sa phrase qu'une des secrétaires de Vézina vint le voir pour lui dire qu'elle avait Cathy Nadeau au téléphone pour lui. Sans perdre un instant, il demanda à ce qu'elle lui transfère la communication dans le bureau de Vézina.

— Allo, ici l'inspecteur Tanaka. Cathy, c'est vous ?

— Oui, répondit-elle en pleurant. Mais qu'est-ce qui se passe ici inspecteur ? Je viens d'entendre un coup de feu dans le corridor.

— Cathy, écoutez-moi bien. Il y a probablement une policière dans le corridor de votre étage, nous avons perdu la communication avec elle voilà quelques minutes, nous essayons de la rétablir. En aucun cas, vous n'ouvrez la porte, même si on crie police, et ce, tant et aussi longtemps que je ne vous aurai pas donné la permission de le faire. Je vais vous donner un mot de passe, un des policiers aura le même. Lorsqu'on frappera à votre porte, vous demanderez le code et si jamais ce n'est pas le bon, vous n'ouvrez pas. Je vais rester en ligne avec vous jusqu'à ce que vous soyez en sécurité. Est-ce que vous m'avez bien compris ?

— Oui, je n'ouvre à personne, j'attends le mot de passe.

— C'est bien cela. Est-ce que vous êtes blessée ?

— Non, je n'ai rien, seulement peur.

— C'est normal Cathy.

Tanaka lui donna donc un code, le même qu'il donnerait à la police qui viendrait sécuriser l'infirmière.

— Inspecteur, est-ce qu'il y a quelqu'un de mort devant chez moi ?

— Je ne sais pas encore Cathy, vous devriez entendre les renforts d'un moment à l'autre. Tout cela sera bientôt fini, je vous le promets.

— OK.

Tanaka resta donc en ligne avec Cathy Nadeau pendant encore quelques minutes, le temps que les renforts soient arrivés et qu'ils aient sécurisé l'immeuble.

97

La policière Roy n'en croyait pas ses yeux lorsqu'elle vit le suspect se retourner dans sa direction avec son arme pointée sur elle. Dans un monde meilleur, elle aurait aimé lui donner une petite tape sur l'épaule, lui dire qu'il en avait assez fait comme ça, que l'immeuble était plein de policiers armés qui convergeaient tous vers l'étage et que le temps de la retraite était maintenant arrivé. Mais ce n'était pas le meilleur des mondes et ce salaud n'en avait rien à foutre de ses belles manières.

Sans hésitation, elle appuya sur la détente de son arme. Une fois le coup parti, elle ferma les yeux et se retrouva à l'école de police. Son instructeur de tir lui disait toujours que ce qui faisait la différence entre la vie ou la mort d'un agent de police dans des situations semblables c'était la fraction de seconde que prenait le policier pour décider s'il allait tirer ou non. Toujours garder en mémoire que le criminel qui se tenait devant vous avec une arme, lui, ne se poserait pas ce genre de questions. Dans ce cas-ci, Kim Roy fut reconnaissante envers son instructeur. Sans le savoir, il venait de lui sauver la vie.

Aussitôt que le suspect fut par terre, Roy rechercha l'arme du tueur. Elle la localisa tout juste à côté du suspect, directement entre elle et lui. Son arme toujours pointée sur le tueur, la policière s'approcha prudemment dans sa direction. Une fois arrivée près de l'arme, avec l'aide de son pied, elle la poussa le plus loin possible de Mueller. L'arme hors d'atteinte, elle se pencha sans jamais quitter des yeux le suspect et la ramassa. Lorsqu'elle entendait une porte s'ouvrir, elle s'identifiait et ordonnait au locataire de retourner à l'intérieur et de refermer la porte le plus vite possible en indiquant que les secours arriveraient d'une seconde à l'autre.

Après s'être approchée un peu plus de Mueller, elle fut heureuse de constater qu'il n'était pas mort. Ses deux mains étaient bien visibles. Il remuait les pieds et marmonnait des mots qui semblaient être en allemand. Toujours en s'assurant de rester hors d'atteinte, au cas où le suspect tenterait quelque chose, elle vit qu'une petite mare de sang était en train de se former sous l'épaule droite du suspect.

L'homme semblait souffrir énormément. Il respirait rapidement, était en diaphorèse et très pâle, probablement à cause du sang qui s'écoulait de son épaule.

Sans savoir pourquoi, elle ne ressentait aucune pitié pour cet assassin sans scrupules.

Toujours en gardant le contact visuel avec la victime, elle ouvrit sa radio et demanda du renfort et une ambulance, en précisant que le suspect était blessé et sous contrôle. Moins d'une minute plus tard, quatre autres policiers, arme au poing, arrivèrent au quatrième étage où s'était déroulée la confrontation entre la policière et le tueur.

Les quatre hommes entourèrent Mueller. Un des policiers lui fit comprendre que sa partie de chasse était maintenant terminée. Il fut retourné sur le dos sans ménagement au même moment où les ambulanciers arrivèrent avec le matériel. Ils installèrent Mueller sur une civière. Un des ambulanciers avait appliqué des compresses sur la blessure, espérant ainsi arrêter l'hémorragie.

Tandis qu'ils s'apprêtaient à transporter le caméléon vers l'hôpital, la policière Roy, qui était restée en retrait, laissa échapper un grand soupir de soulagement en s'apercevant qu'elle n'était plus seule. Du moment où les renforts étaient arrivés, jusqu'au moment où ils étaient partis, elle s'était déconnectée de la réalité. C'était comme si son cerveau s'était placé en mode de veille pour la préserver d'un choc nerveux.

De toute sa jeune carrière dans les forces de l'ordre, c'était la première fois qu'elle devait se servir de son arme de service.

Un des officiers présents sur les lieux vint s'enquérir de l'état de la policière.

— Est-ce que tout va bien, mademoiselle ? Êtes-vous blessée ?

— Je vais bien, merci, répondit Kim Roy tremblante.

— Joli coup que vous venez de faire, mais très dangereux. Vous auriez dû attendre les renforts avant d'agir.

— Si je n'avais pas agi, c'est l'infirmière qui serait morte. J'ai fait ce qu'on m'a entraîné à faire monsieur ! cria presque la policière.

— On se calme s'il vous plaît. Je ne suis pas ici pour vous semoncer, mais m'assurer que tout a été fait dans les règles. Je viens juste de parler avec l'inspecteur Tanaka et il veut vous voir aussi vite que possible. Comme vous le savez, il y aura une enquête sur les événements de ce soir, et de ce que je peux voir et comprendre, il ne devrait pas y avoir de problème pour vous.

— Merci monsieur.

— Très bien. Un de vos collègues va vous ramener au bureau de la GNC, l'inspecteur Tanaka vous y attend.

Alors que la policière Roy arrivait vers la sortie de l'immeuble, elle rencontra les ambulanciers et Mueller sur sa civière. Celui-ci était menotté solidement et n'arrêtait pas de se plaindre de la douleur. Un des policiers s'approcha du suspect et lui demanda, en lui murmurant à l'oreille, s'il préférait avoir une balle entre les deux yeux pour le soulager. Le tueur ne répondit rien. De toute manière, il n'en avait plus la force.

En regardant l'ambulance partir vers l'hôpital, la policière se demanda si elle reverrait son premier suspect appréhendé un jour.

98

Peu après vingt et une heures trente, le commandant Pouliot venait tout juste d'arriver dans l'immeuble de la GNC lorsque les nouvelles de la policière Kim Roy arrivèrent. Aussitôt après avoir été mis au courant pour Yamashita, Pouliot avait lui-même téléphoné à Me Tremblay, l'assistant du procureur, pour lui demander de venir les rejoindre le plus vite possible. Il lui expliqua brièvement les derniers développements en insistant sur le fait qu'ils avaient maintenant la chance de se débarrasser une fois pour toutes du diable en personne. Des décisions importantes devaient être prises. L'avocat lui répondit qu'il serait sur place dans la prochaine demi-heure.

Dans la grande salle de conférence s'étaient réunis les inspecteurs Vézina et Tanaka, le commandant Pouliot, l'agent Girard et deux secrétaires.

Les inspecteurs Vézina et Tanaka auraient voulu aller rejoindre les hommes sur le terrain, mais malheureusement, ils devaient régler le problème de Yamashita avant. En attendant l'assistant du procureur, ils récapitulèrent ce qu'ils avaient recueilli comme preuves au cours de la soirée.

Vézina regarda l'agent Girard et d'un signe de tête l'invita à commencer le compte rendu.

— Merci patron. Pour commencer, nous avons l'agent O'Brian et une équipe de TSC au domicile du docteur Jocelyn Hébert. Dans son dernier rapport qui date de dix minutes, O'Brian a fait état de deux morts, le premier étant le docteur Hébert lui-même. Selon le TSC, la victime aurait été étranglée par ce qui semble être un fil métallique retrouvé dans un grand sac en plastique sur l'autre victime. La deuxième victime elle, tenez-vous bien, est Masao Fukuda, le fils adoptif d'Hiro Yamashita. Il fut intronisé comme yakuza le jour du décès de sa mère adoptive. Le pauvre type est allé tuer le docteur avec ses papiers d'identité sur lui. Il aurait été surpris par ce qui semble être le tueur à gages de son père, le dénommé Mueller. O'Brian a aussi mentionné qu'ils avaient récupéré la douille ayant tué Fukuda. Elle sera comparée à l'arme utilisée par Mueller.

Le groupe restreint discuta quelques minutes du premier meurtre de la soirée. Des questions furent posées, certaines n'ayant aucune réponse pour le moment. Tout le monde prenait des notes également, puis Girard continua.

— Nous avons également une autre équipe à l'école secondaire de Pincourt où Yamashita a tué par balle les deux ambulanciers. Il n'y a aucun témoin jusqu'à maintenant. Les TSC sont sur place également, et nous venons tout juste de recevoir le DVD du meurtre d'un des deux ambulanciers.

— Attendez une minute ! Je croyais qu'il y avait seulement une caméra dans l'ambulance, demanda Vézina.

— Non. C'est ce que j'avais cru comprendre, mais le responsable de la compagnie m'a expliqué qu'il y avait une caméra à l'arrière du camion et une autre à l'avant. Celle-ci devait être dirigée vers l'avant de l'ambulance, sauf que dans le cas qui nous intéresse, la caméra n'avait pas bien été fixée. Ce qui nous a permis d'avoir le meurtre des deux ambulanciers avec son et couleur.

— Wow ! C'est plus que parfait, répondit Vézina.

— Nous attendrons que Me Tremblay soit avec nous pour visionner cette bande, proposa le commandant Pouliot.

— Et pour terminer, reprit Girard, nous avons la tentative de meurtre sur la personne de Cathy Nadeau. Tout comme dans les deux autres scènes de crime, nous y avons une équipe d'enquêteurs et d'ESC.

— Est-ce qu'il y a quelqu'un avec mademoiselle Nadeau ? demanda Vézina.

— Oui. On lui a offert d'aller à l'hôpital, mais elle a refusé. Une de ses amies est venue la rejoindre et nous avons laissé un policier devant chez elle pour la nuit. Avec Mueller à l'hôpital, amoché, elle ne court aucun risque.

— Qui s'occupera de cette enquête ? Il est clair que cela ne sera pas nous, demanda Tanaka.

— En effet. L'enquête sera confiée à la sûreté municipale, répondit Pouliot.

Tous approuvèrent d'un hochement de la tête.

— Un instant Martin, demanda Tanaka sortant de la lune. Tu as bien dit que le Japonais retrouvé mort avec le docteur Hébert était le fils adoptif de Yamashita ?

— Oui inspecteur.

— Merde ! répondit Tanaka. Il ne faut absolument pas que le père apprenne que son fils est mort, et surtout dans les circonstances dans lesquelles il a été retrouvé.

— Pourquoi ? demanda Vézina.

— Tu te rappelles Rémi lorsque sa femme est morte ?

— Oui.

— Je t'avais dit que je ne savais pas comment il réagirait. Maintenant, nous le savons, plusieurs mois plus tard. S'il apprend que son fils est mort avant que nous l'arrêtions, ça va être l'enfer.

— Alors, il nous faut l'arrêter immédiatement ! s'exclama Girard.

— Minute papillon ! reprit Pouliot. Si nous voulons l'arrêter à son domicile, il va nous falloir un mandat d'arrestation, et je ne crois pas que l'on va trouver un juge à cette heure-ci pour cela. Attendons Me Tremblay. Nous savons que le suspect est chez lui bien au chaud. Il y a une auto de police en permanence devant son domicile. Il ne risque pas de nous filer entre les pattes.

— Très bien, répondit Vézina. Aussitôt que l'avocat est ici, on règle le problème. Maintenant mes amis, nous avons fait du bon boulot avec le peu d'informations que nous avions à notre disposition.

— Qu'en est-il des journalistes ? demanda Tanaka. Tôt ou tard, ils apprendront ce qui s'est passé ce soir et voudront avoir des détails. Comme je viens de le mentionner, Yamashita ne doit pas apprendre que son fils est mort ce soir.

— Ne t'inquiète pas Bill. O'Brian a reçu des ordres très stricts concernant les journalistes. Nous serons tenus d'avertir qu'il y a eu mort d'homme, mais nous ne sommes pas obligés de nommer les victimes immédiatement. Une fois le yakuza derrière les barreaux, nous ferons connaître les noms.

— Parfait alors.

— Inspecteur Vézina, l'interrompit sa secrétaire, l'assistant du procureur vient d'arriver. Il attend dans le bureau du commandant Pouliot.

— Merci. Dis-lui de venir nous rejoindre, demanda Vézina à sa secrétaire.

99

L'appel que Yamashita avait passé au Japon avait duré moins de quinze minutes. Son beau-père avait très bien reçu le message que les meurtriers de sa fille unique étaient enfin éliminés. Il n'eut aucune sympathie envers les familles des victimes. Les parents pouvaient s'estimer chanceux d'être encore en vie, car dans une situation semblable au Japon, tous les membres de la même famille y passaient afin de servir d'exemple pour dissuader les autres clans.

Avant de mettre fin à la communication, Yamashita avait promis à son beau-père que quoiqu'il arrive, il ferait appel à lui.

Pour Yamashita, savoir que sa belle-famille ne le considérait pas comme responsable de la mort de leur fille n'avait pas de prix. Ayant déjà vécu avec eux dans son pays natal, il savait que le père d'Hiroko n'était pas quelqu'un qui pardonnait facilement.

Assis sur le sofa préféré de sa défunte femme, juste devant le grand foyer du salon familial, Yamashita regardait les photos de sa femme et de son fils. Il se rappelait la tristesse de ses beaux-parents lorsqu'Hiroko leur avait appris qu'ils quittaient l'Asie pour s'installer en Europe. Savoir qu'ils ne verraient pas leur petit-fils grandir les avait anéantis.

Le yakuza se sentit vraiment nostalgique en repensant au bon vieux temps. Tous ces souvenirs lui semblaient si lointains.

Puis le téléphone se fit entendre, ce qui le ramena au temps présent. Avant de répondre, il jeta un coup d'œil à l'afficheur.

— Hayato ! Mon ami, comment vas-tu ?

— Bien Hiro. Tu as l'air en forme pour un vendredi soir.

— On ne peut rien demander de mieux, surtout à mon âge. Alors, quoi de neuf ?

— Rien de bien spécial. Ça fait quelques jours que je n'ai pas eu de tes nouvelles. En passant, Naomi te fait dire bonjour et voudrait que tu viennes souper avec nous dimanche soir.

— J'en serais très heureux. Dis-lui merci de ma part.

— Es-tu certain que tout va bien, tu as une voix bizarre ce soir ?

— Tout va bien mon ami, je t'assure. Je viens tout juste de me prendre un deuxième verre, alors… Ah oui ! J'allais oublier. J'ai parlé à mes beaux-parents ce soir et ils te saluent toi et ta famille.

— C'est très gentil de leur part.

Au fil de leur conversation, l'avocat trouvait l'attitude de son patron quelque peu inhabituelle. Il ne savait pas quoi, mais quelque chose s'était produit et c'est ce quelque chose qui rendait son patron joyeux. Il se questionnait. Était-ce le fait d'avoir parlé à ses beaux-parents ce soir qui le rendait si heureux ?

L'avocat avait peur que son ami ait commis une stupidité ou quelque chose du genre. Yamashita avait parlé de vengeance quelques mois plus tôt, et l'avocat avait travaillé très fort pour le dissuader d'entreprendre une telle action. Cela aurait été suicidaire pour lui. Alors, comment cela se faisait-il qu'il ait des papillons dans le ventre en pensant à son patron ? Aurait-il commis l'irréparable ? Il était au courant pour le tueur à gages. Au moins, de ce côté, personne ne pourrait le relier à tous ces meurtres. Le suspecter oui, le prouver non.

— Hayato, es-tu toujours là ?

— Oui, excuse-moi.

— Que dirais-tu qu'on se retrouve demain vers onze heures chez Tim Hortons ? suggéra Yamashita.

— Cela me semble une bonne idée. Hiro, dis-moi, je veux la vérité. Tu n'as rien fait de stupide dernièrement ? demanda l'avocat.

— Bien sûr que non, mentit Yamashita.

— OK. À demain alors.

— Parfait mon ami. Bonne nuit et à demain.

Puis Yamashita raccrocha.

Le technicien responsable de l'écoute téléphonique eut le souffle coupé lorsqu'il entendit la conversation entre Yamashita et son avocat. Si ce dernier était au courant des agissements de son patron au cours des dernières heures, il en aurait probablement une syncope.

Le technicien s'assura que tout avait été enregistré; il relaya l'information à l'inspecteur Vézina. À lui maintenant de décider de la marche à suivre.

100

Aussitôt que l'assistant du procureur fut introduit dans la salle de conférence, le commandant Pouliot identifia les autres personnes présentes à la réunion. Les présentations terminées, la secrétaire de l'inspecteur Vézina apporta du café frais ainsi que des beignets. À cet instant, le téléphone de l'avocat sonna. Vingt secondes plus tard, il s'excusa auprès du groupe, il s'éloignait pour un moment.

Quelqu'un cogna à la porte et fit remettre à l'inspecteur Vézina un message qui lui faciliterait la tâche pour le matin suivant. Vézina dut lire le message deux fois avant de le faire passer aux autres. Une fois qu'ils l'eurent tous lu, ils se regardèrent avec un grand sourire de satisfaction.

Personne ne pouvait croire qu'Hiro Yamashita s'était livré lui-même sur un plateau d'argent.

Après des semaines sans succès, à chercher ce petit quelque chose qui ferait tomber le yakuza, voilà qu'aujourd'hui, la chance qui les fuyait leur offrait maintenant ce petit présent fort apprécié.

Cette nouvelle de dernière minute mettait un baume sur les évènements tragiques de la dernière semaine, et tout particulièrement de ce vendredi. Aussi déprimés fussent-ils au début de la soirée, aussi enjoués se sentaient-ils maintenant.

Le procureur venait de faire son entrée dans la réunion. S'excusant de son retard, il se servit une tasse de café et prit connaissance de la note qu'ils avaient reçue un peu plus tôt. Tout comme l'inspecteur Vézina, il relut deux fois le message puis il s'adressa aux deux policiers.

— Messieurs, je tiens tout d'abord à vous féliciter pour votre magnifique travail. Le commandant Pouliot m'a mis au courant de la situation lorsqu'il m'a téléphoné plus tôt. Alors, j'attends un compte rendu complet.

L'inspecteur Vézina s'éclaircit la gorge, sortit les notes qu'il avait prises plus tôt avec les membres de son équipe, puis pendant l'heure suivante, fit son rapport au procureur.

Vézina y alla d'un bref rappel des circonstances de la mort d'Hiroko Yamashita, des deux présumés membres du clan de Yamashita retrouvés morts dans un motel de Vaudreuil et pour terminer, de la mort du docteur Ducharme. Tous ces événements avaient déjà été expliqués à l'avocat avant d'aller rencontrer le juge pour l'obtention du mandat pour mettre Yamashita sur écoute. Me Tremblay le remercia pour ce petit rappel et l'invita à continuer.

— Fukuda est, était le fils adoptif de Yamashita, précisa-t-il.

Vézina attendit quelques secondes avant de continuer, pour voir si l'avocat allait questionner un aspect du portrait de la situation décrite.

— Et d'après la petite note que vous m'avez remise, Yamashita n'est pas encore au courant ?

Tanaka prit la parole.

— Croyez-moi Robin, s'il était au courant, il ne serait pas sagement chez lui en ce moment. Il serait l'équivalent d'un fou furieux lâché en pleine nature.

— Il y a une chose que je ne comprends pas. Est-ce que Yamashita et son fils ont fait équipe ensemble ? demanda l'avocat. Peut-être est-ce ce Fukuda qui a tué le docteur Ducharme ?

— Je ne crois pas, répondit Vézina. Celui qui a tué Ducharme était un professionnel. Il a certes commis quelques bourdes, mais il était très organisé comparativement à Fukuda qui lui, était un amateur. Aller commettre un meurtre avec ses cartes d'identité, avouez que ce n'est pas fort.

Tous rirent de la blague de l'inspecteur.

— J'imagine qu'il serait préférable d'arrêter Yamashita avant qu'il n'apprenne la mort de son fils ? demanda l'avocat.

— Avec ce que nous venons d'apprendre pour le rendez-vous de Yamashita avec son avocat pour demain midi, et le fait que le tueur n'ait pas mentionné Fukuda dans son rapport, je crois que nous sommes mieux d'attendre à demain. Nous aurons ainsi plus de temps pour nous préparer. De toute manière, la presse n'aura pas les noms des victimes tant et aussi longtemps que Yamashita ne sera pas derrière les barreaux, répondit Vézina.

— OK, Rémi, laissons Fukuda de côté un petit peu et continuez votre récit.

Vézina s'exécuta et expliqua à Me Tremblay l'épisode de l'infirmière Cathy Nadeau et comment elle avait été sauvée des griffes de Mueller par l'efficacité de la policière Kim Roy.

De temps à autre, l'inspecteur Tanaka y allait d'un commentaire ou d'une précision sur tel ou tel point, ce qui aidait l'avocat à mieux comprendre les faits. Et à quelques occasions, le procureur avait interrompu les policiers pour leur demander des éclaircissements sur certains des détails apportés.

Le patron de l'inspecteur Vézina, le commandant Marcel Pouliot, demanda s'ils avaient eu d'autres nouvelles de l'infirmière Nadeau.

— Elle va bien, un peu secouée par les événements de la soirée, mais qui ne le serait pas ? répondit Tanaka avant d'avaler sa pâtisserie.

— Où est-elle présentement ? demanda l'avocat.

— Toujours chez elle. Une de ses amies, une collègue de travail, est venue passer la fin de semaine avec elle. C'est une femme incroyable, vous savez ! Imaginez-vous qu'elle veut absolument aller faire son quart de travail. Bien entendu, nous avons essayé de l'en dissuader, mais sans succès.

— Est-ce bien sage de sa part ? voulut savoir l'avocat.

— Le tueur est sous bonne garde à l'hôpital, il est en plus blessé à l'épaule et Yamashita croit qu'elle est morte alors je ne pense pas qu'elle soit en danger. De toute façon, nous avons ordonné aux policiers qui gardent le suspect de ne pas la laisser voir Mueller, sous aucun prétexte, expliqua Tanaka.

— C'est vous qui voyez, répondit le commandant Pouliot. Si vous pensez qu'elle est en sécurité, c'est bon pour moi.

Me Tremblay, qui s'était servi un autre café, regardait tour à tour les inspecteurs Vézina et Tanaka et attendait la suite du récit. Jusqu'à maintenant, il n'avait rien entendu de bien concret concernant Hiro Yamashita.

— Messieurs, jusqu'à maintenant, vous ne m'avez parlé que du tueur à gages Ralph Mueller, de ses victimes et de Masao Fukuda. Qu'en est-il de Yamashita lui-même ?

Tanaka fit un signe de tête à son confrère qu'il pouvait y aller.

Vézina consulta ses notes et continua son récit.

— Comme je vous l'ai déjà expliqué, nous suspections Yamashita d'avoir engagé un tueur après la découverte du corps du docteur Ducharme à Tremblant, alors c'est pour cette raison que nous vous avons demandé d'obtenir un mandat de la cour pour avoir l'autorisation de mettre sous écoute électronique et téléphonique ce salaud. Suite à cela, nous avons recueilli quelques bribes d'informations qui nous laissaient croire que le tueur passerait de nouveau à l'action aujourd'hui. Nous avons pris des mesures pour protéger le docteur Hébert et l'infirmière Nadeau, mais malheureusement nous avons, non, j'ai failli à mon devoir : celui de protéger des citoyens. Il y a eu quatre victimes innocentes jusqu'ici et un individu du clan qui a péri.

Il fit une pause, ému devant ce triste constat.

— Continuez, je vous prie, demanda l'avocat impatient.

— Très bien ! Tous nos efforts ont été concentrés sur le tueur à gages, et pendant ce temps, personne, je veux dire… je n'ai pas pensé une seconde que Yamashita entreprendrait lui-même des représailles contre qui que ce soit. Encore une fois, j'ai merdé sur toute la ligne. Par conséquent, des innocents ont perdu la vie. En presque vingt-cinq ans de carrière dans les forces de l'ordre, c'est la première fois qu'un tel règlement de comptes prévisible ne peut pas être avorté. Seule l'infirmière a été épargnée.

Tanaka voyait que son confrère devenait émotif. Il lui fit alors un autre petit signe qui voulait dire qu'il prenait la relève.

— Encore une fois, à ce stade-ci de l'enquête, nous n'avons pas encore tous les faits. Par contre, au moment même où je vous parle, nous sommes certains à cent pour cent qu'Hiro Yamashita a tué de sang-froid les deux ambulanciers, Carl Trottier et Serge Cantin. La bonne nouvelle…

— Je m'excuse de vous interrompre inspecteur Tanaka, mais comment pouvez-vous être certain de la culpabilité de Yamashita, si vous n'avez pas tous les faits comme vous dites ? demanda le procureur.

— Bonne question ! Lorsque je parlais de faits, je faisais référence aux circonstances entourant la mort des ambulanciers. Ce que nous ne savons pas encore c'est comment Yamashita est arrivé sur place, s'il y a eu des témoins, ce genre de détails. Quant à la certitude de sa culpabilité, j'allais vous annoncer que nous avons présentement en notre possession un enregistrement en couleurs qui nous montre Yamashita en pleine action dans l'ambulance, au moment même où il abat les deux ambulanciers.

— Avez-vous regardé la scène ? demanda le procureur tout excité par cette nouvelle.

— Non, pas encore, nous vous attendions !

— Incroyable ! s'exclama le commandant Pouliot. Je n'ai jamais pensé qu'on nous livrerait ce salopard aussi facilement.

Me Tremblay s'était levé et faisait les cent pas. Son cerveau roulait à cent mille à l'heure. Il s'arrêta soudainement et se tourna vers l'inspecteur Vézina.

— Je comprends mieux la note que vous m'avez fait lire lorsque je suis arrivé tout à l'heure. Yamashita nous a fait connaître, sans s'en rendre compte, l'endroit où nous allons pouvoir l'arrêter. Et vous savez quoi ? Le plus beau dans l'affaire c'est que nous n'aurons même pas besoin de mandat pour son arrestation puisqu'il se trouvera dans un lieu public; nous entrons, l'arrêtons et repartons, aussi simple que cela. La seule chose à laquelle nous devrons faire bien attention, c'est son avocat. Tout devra être fait dans les règles de l'art. Il ne faudra pas que son avocat puisse trouver une faille dans notre procédure d'arrestation.

— Ne vous inquiétez pas, nous allons commencer ce soir à organiser la belle journée de demain.

— Avant que vous ne fassiez tout cela Rémi, j'aimerais visionner cette bande. Ensuite, nous vous laisserons travailler, dit le commandant Pouliot.

— Messieurs, avant tout, j'aimerais vous féliciter pour votre excellent travail ! s'exclama Me Tremblay. Grâce à vous, un important criminel sera mis sous les verrous dans quelques heures. Je sais aussi que vous devez conduire plusieurs enquêtes en même temps en plus de préparer le spectacle pour demain matin onze heures. Alors, allons voir comment Yamashita s'est passé la corde au cou.

Tous semblaient excités à la perspective de voir ce grand criminel qu'était Hiro Yamashita derrière les barreaux. Était-ce la scène finale d'une saga meurtrière dont l'inspecteur Tanaka avait été également victime ?

101

Le visionnement de la vidéo montra Yamashita en pleine action. Tout ceci était, selon Tanaka, très révélateur de sa personnalité.

En trente ans de carrière, Pouliot n'avait jamais vu une chose semblable. Plusieurs des criminels qu'il avait fait mettre derrière les barreaux étaient des monstres, mais ici, de voir Yamashita qui abattait cet homme de sang-froid lui avait donné la nausée.

— Bill, demanda Vézina. Avant que tout le monde se sépare, j'aurais une question pour toi ? Après la mort du docteur Ducharme, je t'avais dit que je voulais faire une demande à la cour pour placer Yamashita sous écoute.

— Je me rappelle.

— Tu m'avais alors dit de m'assurer que le mandat, s'il était accepté, soit mis sous scellé. Pourquoi ?

L'avocat s'apprêta à répondre, mais Tanaka, d'un geste poli de la main, le fit taire.

— Je vais vous raconter une petite histoire pour vous faire mieux comprendre.

Tanaka regarda en direction de Pouliot qui, d'un signe de tête, lui fit signe de continuer.

— Voilà plusieurs années, bien avant que Yamashita n'élimine ma famille, nous avions localisé un des sous-traitants, si je peux m'exprimer ainsi, du yakuza. Ceux-ci s'occupaient des transactions de drogue et d'armes. Toujours est-il que nous avions eu l'idée de faire placer les quelques membres de ce petit groupe sur écoute, espérant pouvoir les relier à Yamashita et sa bande de yakuzas. Après avoir accumulé assez de preuves, mon patron et un des substituts du procureur de la province sont allés faire une demande d'écoute téléphonique pour ce groupuscule. En moins de deux, un juge nous octroyait ledit mandat.

— Vous n'aviez pas demandé de le placer sous scellé ? demanda Vézina.

— Non. Nous étions tellement contents d'avoir effectué une telle percée contre ce salaud. Dès le lendemain, nous avons commencé à recueillir d'autres informations encore plus incriminantes contre Yamashita. Puis soudainement, plus rien pendant quelques jours. Aucune communication, rien de rien. Et tout d'un coup, les infos ont recommencé à rentrer.

L'avocat, qui écoutait attentivement le récit de Tanaka secoua la tête d'un air dégoûté. Tanaka, à qui le geste n'avait pas échappé, lui demanda.

— Vous comprenez ce qui est arrivé n'est-ce pas ?

— Oui. Trop bien.

Alors, Tanaka continua son histoire.

— Avec les nouvelles informations reçues, nous avons été en mesure de monter une opération contre ces salopards. Nous avions la date, l'heure et le lieu de la transaction de drogue. Avec quelques jours de préparation, nous avons obtenu les mandats nécessaires pour les arrestations à venir, et nous avons pu sécuriser les lieux. Nous étions prêts pour la guerre. Quelques heures avant le début de l'opération, nous avons intercepté une communication entre le clan Yamashita et les sous-traitants disant que le lieu de la transaction était changé et l'heure avancée. Cela nous a complètement désorganisés. Nous n'avions plus le temps d'effectuer les ajustements. Malheureusement pour nous, personne n'avait eu le temps de vérifier l'information. Donc, quinze policiers armés jusqu'aux dents se sont rendus à la nouvelle adresse. Cinq minutes après leur arrivée, seulement quatre d'entre eux étaient encore en vie à la suite d'une fusillade.

Depuis quelques secondes, Tanaka avait le trémolo dans la voix et les mains tremblantes à l'évocation de ces souvenirs. Personne ne parlait, s'imaginant comment cela pouvait être difficile pour Tanaka de revivre ces moments douloureux.

Vézina brisa le silence.

— Qu'est-ce qui s'est passé ?

— Ces salopards savaient que nous savions. Ils nous ont joué la comédie depuis le début.

— Mais comment ont-ils su ? demanda Girard.

— Le mandat pour l'écoute téléphonique ! répondit Me Tremblay.

— Oui. Et c'est ici que je veux que tout le monde réalise à quel point Yamashita est le diable en personne.

— Allez, vas-y, l'encouragea Vézina.

— La secrétaire du juge qui a lancé le mandat avait des problèmes financiers à cause d'un divorce très difficile. Je ne sais pas comment, mais Yamashita l'a appris et a réussi à acheter la secrétaire. Lorsque le juge lui a demandé de ranger le mandat, elle y a jeté un coup d'œil et voyant que Yamashita y était mentionné, elle en a fait une copie et l'a fait parvenir au yakuza. Je vous laisse imaginer le reste. Ce salaud a manipulé l'information que nous recevions et a conduit nos hommes, mes amis, à une mort atroce et inutile.

— Et si vous aviez demandé de placer le mandat sous scellé, la secrétaire n'aurait jamais rien su, et par le fait même, Yamashita n'aurait pas eu vent de la menace qui pesait contre lui et son organisation, réalisa Vézina.

— Exactement, répondit Tanaka. Alors, mes amis, ne sous-estimez pas l'ennemi. Il est dans la région depuis peu. Il n'a peut-être pas encore eu le temps d'étendre ses tentacules partout, mais attention, cela ne tardera pas si personne ne l'arrête.

— Je n'arrive pas à y croire ! s'exclama Pouliot.

— Quand je vous disais qu'il n'y avait aucune limite à ce que ce monstre pouvait faire, vous en avez maintenant une preuve, renchérit Tanaka.

— Je comprends tout maintenant. Merci Bill.

Tous ceux présents vinrent serrer la pince à Tanaka avant de partir. Seul l'inspecteur Vézina resta.

102

L'inspecteur Vézina était maintenant revenu dans son bureau. Avec Tanaka, il commença à dresser la liste des choses à faire et à ne pas oublier pour le lendemain.

Juste après le visionnement de la vidéo, l'agent O'Brian avait communiqué avec son patron pour le mettre au courant de l'évolution de l'enquête chez le docteur Hébert. Les indices qu'ils avaient retrouvés étaient déjà en route pour le laboratoire de la GNC. Les deux corps étaient partis à l'institut médico-légal. En ce qui concernait Masao Fukuda, il confirma à Vézina que tout avait été fait selon ses ordres. Avant de raccrocher, O'Brian demanda à parler à Tanaka si celui-ci était encore présent.

— Oui Marcel !

— Inspecteur, j'ai fait ce que vous m'aviez demandé. Le tout devrait être prêt demain en après-midi.

— Parfait ! Personne n'a posé de questions ?

— Non.

— Merci Marcel ! conclut Tanaka en raccrocha avec le sourire.

Puis Tanaka téléphona au policier qui était de garde chez l'infirmière Nadeau. Les nouvelles qu'il reçut le rassurèrent. Mademoiselle Nadeau était toujours avec son amie et la dernière fois qu'il lui avait parlé, celle-ci se portait très bien. Les deux collègues étaient même prêtes pour leur samedi de travail.

Enfin, le policier responsable de l'enquête sur la mort des deux ambulanciers avait lui aussi fait rapport à l'inspecteur Vézina. Les deux corps avaient été transportés à l'institut médico-légal aux fins d'autopsie.

Il était tout près de vingt-trois heures lorsque l'inspecteur Vézina ordonna aux gens encore présents de rentrer à la maison. Seuls ceux qui étaient de garde pour l'écoute se devaient de rester. Il demanda à ce que tout le monde soit de retour pour huit heures trente le lendemain matin. Ils avaient une longue et importante journée devant eux.

Une fois qu'ils furent seuls ou presque, les deux hommes parlèrent stratégie. Combien d'agents leur faudrait-il et où devraient-ils être placés ? Pendant l'heure suivante, ils planifièrent la marche à suivre. Connaissant bien le restaurant où se déroulerait l'arrestation du yakuza, Vézina fut capable de faire un croquis des lieux. Ils y placèrent chaque policier. Une équipe qui se fondrait dans le décor. De cette manière, Yamashita ne pourrait pas soupçonner quoi que ce soit.

C'est les yeux rougis de fatigue que les deux amis se séparèrent peu après minuit.

— Bill, demain ça va être ta journée. Passe une bonne nuit et ne rêve pas à tu sais qui, ricana Vézina.

— Je vais essayer. Merci pour tout mon ami. Tu mènes cette enquête de main de maître.

103

Sans savoir que son avenir serait modifié par les derniers événements, surtout ceux de la dernière soirée, Paolo Tuzzi, malgré les avertissements sévères de son oncle et malgré le fait qu'on lui avait réduit sa dette de jeu de moitié, continuait à venir jouer quand même au poker.

Lorsqu'il arriva au resto-bar, Paolo eut peur de se faire refuser l'accès aux tables. Mais à sa grande surprise, personne ne fit attention à lui, étant déjà un habitué de la place.

Pendant qu'il attendait au bar qu'une place se libère à l'une des tables, il se rappela la rencontre qu'il avait eue avec son oncle. Il fut surpris que celui-ci soit au courant de son goût pour le jeu et encore plus surpris qu'il sache le montant exact de sa dette de jeu. Au début de leur conversation, il avait même pensé tout nier en bloc, dire qu'il n'avait aucune dette, que quelqu'un l'avait sûrement induit en erreur. Connaissant son oncle et parrain comme il le connaissait, il n'aurait jamais été capable de lui faire avaler cela. À contrecœur, il lui avoua qu'il avait un penchant pour les jeux de cartes.

— Je n'appelle pas cela un simple penchant Paolo, quand après seulement trois soirées, tu devais un peu plus de vingt mille dollars. Est-ce que Rosita est au courant de tout cela ? demanda l'oncle Carmelli.

— Euh ! Non, répondit Paolo honteux.

— Veux-tu bien me dire à quoi tu pensais pour en arriver là ? As-tu gagné au loto sans nous l'avoir dit ?

— C'est plus fort que moi mon oncle. Lorsque je t'ai entendu parler au téléphone des parties de poker, je n'ai pas pu m'empêcher de venir jeter un coup d'œil. J'ai vu l'autre soir une émission à la télévision sur les tournois de poker, et j'en ai eu la piqûre immédiatement.

— Paolo, tu dois cesser cela maintenant. Ces gens, ceux à qui appartient la salle de poker, ne sont pas des enfants de chœur. Je ne sais pas si tu as remarqué, mais plusieurs d'entre eux sont des yakuzas. Dans leur pays, ils sont considérés comme les pires criminels. Ils ne sont pas du genre à aimer se faire contrarier, sinon… Est-ce que tu te vois à l'hôpital avec les deux jambes cassées ? Tu as une femme et un fils Paolo. Si tu ne penses pas à toi, au moins, pense à eux.

Paolo Tuzzi n'osait pas regarder son oncle droit dans les yeux. Il savait qu'il avait été stupide et pire encore. Il n'avait pensé qu'à lui-même et non à sa famille.

— J'ai réussi à faire baisser ta dette de moitié. Comme ils me l'ont bien fait comprendre, c'était la première et dernière fois qu'ils te faisaient un cadeau de la sorte.

— Mon oncle, comment es-tu au courant de tout cela ? Je veux dire pour leur organisation ?

— J'ai honte de l'avouer, mais j'ai perdu quelques dollars moi aussi là-bas. Depuis que j'ai remboursé ma dette, j'évite ce lieu comme la peste. Tu devrais en faire autant avant qu'il ne soit trop tard.

— Je vais le faire mon oncle, je veux arrêter. Après tout ce que tu as fait pour moi auprès d'eux, je te dois bien cela. Mais s'il te plaît, pas un mot à Rosita, je ne veux pas qu'elle soit mêlée à tout cela.

— Si tu arrêtes tout de suite, je ne dirai rien à ta femme, promit Carmelli.

Il fut dérangé dans ses souvenirs par l'hôtesse qui le conduisit à sa table. Pendant quelques secondes, Paolo songea à quitter la salle pour honorer la promesse faite à son oncle, mais à la vue des autres joueurs, de l'odeur de la bière et de l'ambiance qui y régnait, il se persuada que c'était sa soirée chanceuse et qu'il repartirait les poches pleines. Il décida donc d'oublier sa promesse et succomba à la tentation d'affronter la malchance sous son plus beau déguisement.

104

Samedi 15 février 2014

Le samedi matin, à sept heures tapant, l'inspecteur Vézina était à son bureau à préparer la magnifique journée qu'il avait devant lui.

Quelle ne fut pas sa surprise de voir arriver toute son équipe : secrétaires, agents de bureau et techniciens quelques minutes après lui. Il leur avait pourtant demandé d'être là pour huit heures trente. Sans attendre les ordres du patron, tous se mirent au boulot. Chacun savait ce qu'il avait à faire.

Avant de quitter le bureau la veille, lui et Tanaka avaient terminé le rapport que le procureur leur avait demandé.

L'inspecteur Vézina téléphona à l'hôpital pour prendre des nouvelles du suspect qui avait été blessé dans l'immeuble de l'infirmière Nadeau. Il apprit ainsi que Mueller avait été opéré tard en soirée, pour retirer la balle qu'il avait reçue lors de sa confrontation avec la policière. Son état de santé n'inspirait plus aucune crainte pour sa vie, mais il devrait rester quelques jours à l'hôpital.

Vézina ordonna donc qu'un policier soit en permanence à l'intérieur et un autre à l'extérieur de la chambre. Il avait aussi demandé aux autorités de l'hôpital de ne pas révéler la vraie raison du séjour de ce patient un peu spécial, ce qui lui fut accordé.

Pendant que l'inspecteur Vézina s'informait de l'état de santé du suspect à l'hôpital, l'inspecteur Tanaka était, quant à lui, en communication avec les gens d'Interpol. Il leur apprit que le dénommé Ralph Mueller avait été arrêté la veille et blessé par balle à l'épaule droite lors de son arrestation. Sa vie n'était pas en danger.

Tanaka expliqua sans trop y aller de détails, comment ils en étaient venus à le capturer. Après plusieurs minutes de discussion, il promit à son ami européen de le tenir au courant de l'évolution de l'enquête.

Vers neuf heures, tous les agents de Vézina étaient occupés à compléter leur tâche. De temps en temps, on venait lui poser une question ou lui demander une information. Même le grand patron donna un coup de main, lui qui ne travaillait jamais le samedi.

Lorsque Vézina regardait ses troupes s'activer, il aurait cru voir des abeilles dans une ruche. Tous avaient le même but : mettre ce salaud de Yamashita sous les verrous.

Vers neuf heures quarante-cinq, l'inspecteur Vézina commença à s'impatienter. Toutes les deux minutes, il regardait sa montre, comme si ce petit geste anodin allait faire avancer le temps. Plus les secondes passaient, plus l'anxiété montait. Encore un peu plus d'une heure trente avant que Yamashita ne se fasse passer les menottes. Vézina savait très bien que Tanaka attendait ce moment depuis longtemps. Il se ferait une joie de lui laisser le plaisir de lire ses droits à ce salaud, sachant qu'avec toutes les preuves qu'ils avaient contre Yamashita, aucun avocat aussi bon soit-il ne pourrait le sauver d'une condamnation à vie.

Tanaka était aussi nerveux que son collègue. Il ne se rappelait plus du nombre de fois qu'il avait rêvé à ce moment. La veille, avant de s'endormir, il avait parlé avec sa défunte femme et son fils… dans son cœur. Il leur avait expliqué que la vie criminelle de Yamashita tirait à sa fin. Encore quelques heures de liberté et c'en serait fini. Pour la première fois depuis leur mort, Tanaka se réveilla à six heures trente du matin.

À dix heures, Vézina reçut un appel d'un de ses hommes en provenance du Tim Hortons de L'Île-Perrot. Tout le monde était en place.

Bien sûr, personne n'était en uniforme et personne ne portait sa plaque de policier. Une unité d'intervention avait été mise à la disposition de l'inspecteur Vézina. Celle-ci resterait en retrait, hors de vue du restaurant, mais prête à intervenir en cas de besoin.

Satisfait, l'inspecteur ordonna au reste de son équipe de se mettre en route.

Me Tremblay téléphona pour leur souhaiter bonne chance et leur offrir son aide si le besoin s'en faisait sentir. Il rappela également à Vézina que le côté positif dans l'arrestation de Yamashita dans un lieu public était qu'ils n'auraient pas besoin de mandat d'arrestation. Sur ce, Vézina lui promit de l'appeler aussitôt que l'opération serait terminée.

* * *

Yamashita s'était levé de la même manière qu'il s'était couché, c'est-à-dire l'âme en paix. À son réveil, le ciel était bleu, sans nuages. La météo n'annonçait pas de neige pour les prochains jours, ce qui faisait grandement son affaire, car il prévoyait inviter son fils à faire du ski au Mont St-Sauveur dans les Laurentides ce dimanche.

En pensant à son fils, Yamashita se rendit compte qu'il n'avait pas eu de ses nouvelles depuis plusieurs jours. Même si leur relation restait tendue, il n'en demeurait pas moins qu'il aimait toujours son fils adoptif.

Sans regarder l'heure, car il savait Masao matinal, Yamashita téléphona au domicile de son fils. Après cinq sonneries, le répondeur se fit entendre sauf que contrairement à l'invitation de celui-ci, le yakuza ne laissa aucun message, se contentant de raccrocher. Il essaya sur le cellulaire et obtint le même résultat. Tout en réfléchissant sur l'endroit où pouvait être son fils, Yamashita réalisa que c'était la fin de semaine de congé de son amoureuse. Comme Masao ne répondait à aucun de ses téléphones, son père en conclut qu'il devait sûrement être parti pour un week-end en amoureux quelque part. Il essaierait de le joindre de nouveau plus tard dans la journée chez sa copine.

Après avoir pris son petit déjeuner et sa douche, il téléphona à son avocat pour confirmer leur rendez-vous. Heureux à la perspective de revoir son ami dans quelques heures, Yamashita alluma la télévision.

Parcourant les chaînes de nouvelles l'une après l'autre, il dut se rendre à l'évidence que nul n'était au courant des personnes retrouvées mortes la veille. Il consulta ensuite les journaux où il trouva un petit article sur la mort de deux ambulanciers. Aucun détail n'était donné puisque l'enquête ne faisait que débuter.

Yamashita commença à se poser des questions. Il avait cru que les événements d'hier soir seraient à la une des journaux et des bulletins de nouvelles et que ça serait le sujet de discussion numéro un en ville. Mais non, rien. De plus, il n'avait eu aucune nouvelle du tueur. Il savait que le docteur Hébert avait été éliminé hier soir, mais il n'y avait aucun moyen d'avoir une confirmation pour l'autre cible. Il pensa même téléphoner à son ami au Japon pour savoir si celui-ci avait eu des nouvelles, mais en jetant un coup d'œil à sa montre, il s'aperçut rapidement qu'il n'aurait pas assez de temps, car il devait partir pour aller rejoindre son avocat. C'est donc à contrecœur et quelque peu inquiet qu'il éteignit la télévision et referma les journaux pour aller à son rendez-vous.

À aucun moment Yamashita supposa que la police puisse avoir la collaboration des médias pour retarder l'annonce des trois décès de la veille.

105

À dix heures quarante-cinq, tout le monde était à son poste. Des policiers en civil se trouvaient assis près de la porte d'entrée, d'autres formaient un couple d'amoureux savourant un bon café chaud et une soupe au poulet. L'assistant du procureur avait, quant à lui, décidé d'assister à l'arrestation du suspect pour s'assurer du bon déroulement de l'opération.

Le reste de l'équipe était stationné dans une camionnette derrière l'établissement en attente, prêt à entrer en action aussitôt que le suspect serait installé à sa table.

Pour éviter que les inspecteurs Vézina et Tanaka ne soient repérés à leur arrivée, il avait été décidé que ceux-ci pénètreraient dans la bâtisse par la porte arrière donnant sur la cuisine, ainsi, Yamashita n'aurait pas le temps de réagir.

À onze heures dix, un des policiers sur place annonça que le suspect venait d'arriver avec son avocat. Après que les deux hommes eurent été chercher leur plateau et se soient attablés, le même policier donna cette fois le OK pour l'entrée en scène des inspecteurs pour procéder à l'arrestation officielle du suspect.

* * *

Lorsque Yamashita arriva chez Tim Hortons à onze heures, il regarda dans le stationnement pour voir si l'auto de son ami y était, ne l'apercevant pas, il décida d'attendre au chaud dans sa voiture. Cinq minutes plus tard, l'avocat arriva enfin et d'un signe de tête voulant dire bonjour, les deux amis quittèrent leur voiture respective et se dirigèrent vers l'entrée du restaurant. Une fois à l'intérieur, les deux hommes se donnèrent l'accolade puis commandèrent leur petit déjeuner. Après avoir payé, ils prirent place à la table juste à côté du faux couple d'amoureux policiers. Yamashita s'apprêtait à entreprendre la conversation lorsque, sans savoir pourquoi, il releva la tête et regarda en direction de la cuisine. Une ombre, puis ce qu'il prit pour un mirage se dessina devant lui. Son pouls s'accéléra. L'avocat ayant remarqué le changement dans la physionomie de son patron regarda dans la même direction que celui-ci. Ce fut un choc.

Le premier réflexe de Yamashita fut de se lever et de vouloir quitter les lieux, mais au même moment, au moins dix autres personnes, dont le couple juste à leur droite, se levèrent en se plaçant face au duo japonais, en ouvrant leurs manteaux pour qu'ils puissent voir l'insigne de police ainsi que leur arme. Les autres clients n'entendirent rien. Yamashita, devenu blanc comme neige, se laissa tomber sur sa chaise.

Kurotani ne comprenait plus rien. Il aurait bien voulu demander à son patron ce que signifiait tout ceci. Il voyait bien que la cavalerie de la GNC était sur place, sauf qu'il n'avait aucune idée de la raison de ce cirque. Il fixa alors Yamashita dans les yeux, mais celui-ci détourna son regard, l'avocat comprit aussitôt ce que son patron avait dû faire. Maintenant, l'amitié qu'il avait pour son patron tourna comme le vin, et prit le goût âcre de la rage.

106

Tanaka et Vézina avaient agi en fins stratèges. Comme des comédiens qui vont entrer en scène, ils avaient des papillons dans le ventre. Vézina donna une petite tape amicale sur l'épaule de son collègue et les deux hommes sortirent de la cuisine pour aller à la rencontre de Yamashita.

Tanaka fut le premier à entrer en contact visuel avec son ennemi juré. Lorsque Yamashita l'aperçut, l'expression de ce dernier fit sourire l'inspecteur japonais. Pendant quelques secondes, Tanaka pensa à sa famille disparue. Il aurait aimé sortir son arme et lui tirer une balle entre les deux yeux, mais cela aurait été trop facile pour ce salaud.

Vézina remarqua alors l'étonnement chez l'avocat de Yamashita. Celui-ci semblait ne pas comprendre ce qui se passait. Il regardait son client puis les policiers. On aurait dit qu'il regardait un match de tennis, sa tête allant d'un côté à l'autre, cherchant à comprendre le jeu. Yamashita, lui, savait ce qui se passait. Il fut tout d'abord surpris de voir arriver la cavalerie, et une fois le choc passé, il essaya même de leur fausser compagnie. Cependant, lorsqu'il vit la quantité d'agents présents dans le restaurant, il dut se résigner à se rendre. Il n'y avait aucun endroit où il pouvait se cacher ni fuir.

Après que les deux inspecteurs furent arrivés à la table du yakuza, et qu'il se soit rassis en guise de soumission, Tanaka prit la parole d'un ton feutré.

— Bonjour Hiro. J'ai le plaisir de vous annoncer que vous êtes en état d'arrestation pour les meurtres de Carl Trottier et de Serge Cantin. Vous…

— QUOI ? s'écria le Japonais. Qui sont-ils ces deux-là ?

— Vous devriez le savoir, vous avez annoncé leur mort vous-même à vos beaux-parents hier soir.

On aurait dit que Yamashita avait arrêté de respirer pendant quelques secondes. Une fois le choc initial passé, Yamashita reprit des couleurs puis changea de siège, pour se trouver du même côté que son avocat. L'inspecteur continua ce qu'il avait commencé.

— Vous êtes en état d'arrestation pour les meurtres de Carl Trottier et de Serge Cantin. Vous avez le droit de garder le silence, si vous ne voulez pas exercer ce droit, tout ce que vous direz pourra être utilisé contre vous. Vous avez le droit à un avocat. Si vous n'en avez pas les moyens, un avocat commis d'office pourra vous être accordé par la cour. Si vous choisissez de parler à un policier, vous avez le droit de mettre fin à l'interrogatoire à tout moment. Avez-vous compris ce que j'ai dit ? Voulez-vous répondre à nos questions sans un avocat ?

— Allez au diable, répondit Yamashita avec un rictus mauvais.

— Une minute inspecteur, demanda l'avocat de Yamashita. C'est quoi ce bordel ? De quel crime parlez-vous ?

— Je vois que votre patron ne vous a pas mis au courant de ses activités d'hier soir, alors qu'il a tué de sang-froid les deux ambulanciers que j'ai mentionnés plus tôt. Plus tard dans la soirée, votre client a téléphoné à ses beaux-parents au Japon pour leur annoncer que leur fille avait été vengée comme il se devait. Je n'entrerai pas dans les détails, mais c'était clair, net et précis comme confession. Ah oui, j'allais oublier. Nous avons les meurtres sur vidéo. Cela sera très convaincant devant les jurés ! s'exclama Tanaka avec un grand sourire.

L'avocat regarda son ami d'une drôle de façon, regard qui semblait dire : « Mais qu'est-ce que tu as fait là ? » Il savait qu'il ne pouvait rien lui demander ici même. Il n'en revenait tout simplement pas de la stupidité de son patron. Ce dernier lui avait pourtant promis qu'il ne tenterait rien lui-même pour venger la mort de sa femme, et voilà que maintenant, il se fait arrêter pour double meurtre.

Yamashita quant à lui, regardait les deux inspecteurs avec mépris, comme s'il les mettait au défi de le faire condamner.

Vézina, qui était placé juste à la gauche et en retrait de Tanaka, regardait la scène qu'il avait devant lui et comprit aussitôt pourquoi son collègue vouait une haine intense à cet homme. Juste le regard que celui-ci jetait était suffisant pour vouloir lui en coller une. Vézina ne comprenait pas comment son ami faisait pour rester aussi calme, sachant que l'homme qu'il avait devant lui était responsable de la mort de sa famille.

Tanaka s'approcha du suspect, lui demanda de bien vouloir se lever et de se retourner, puis, avec une sensation de joie, d'euphorie même, il lui passa les menottes derrière le dos. Lorsqu'il entendit le clic du dernier bracelet se refermant sur le poignet de son ennemi, il ne put retenir un rire libérateur, qui fit retourner Yamashita. Alors, l'inspecteur demanda à deux autres policiers de bien vouloir amener cette ordure hors de sa vue, ce qu'ils firent avec plaisir.

Me Tremblay, qui avait assisté à la scène sans rien dire, se leva une fois que Yamashita et son avocat furent partis. Il fit signe aux deux policiers d'attendre avant de partir.

— Messieurs, encore une fois, félicitations pour ce magnifique boulot. Tout a été fait selon les règles. Son avocat s'est esquivé en douce... Nous aurons sans doute de ses nouvelles rapidement ! Il ne pourra pas nous reprocher quoi que ce soit. Je dois vous dire également que j'ai vraiment aimé son expression d'étonnement, avec la mâchoire décrochée, lorsque vous avez mentionné l'existence d'une vidéo et l'appel capté à sa belle-famille.

— Je sais, j'ai remarqué moi aussi, répondit Vézina. Je ne pourrais le jurer, mais je crois que son avocat n'était pas au courant des petites manigances de son patron.

— Je ne serais pas surpris, renchérit Tanaka. J'ai bien hâte de voir ce qu'il va évoquer pour sa défense.

— Nous le saurons bien assez tôt. Quant à moi, je serai à mon bureau pour le reste de l'après-midi. Je veux me préparer pour lundi. Si vous avez besoin de moi, vous savez donc où me trouver.

Les deux inspecteurs remercièrent l'avocat d'une solide poignée de mains pour son aide.

Avant de partir, l'inspecteur Vézina s'excusa auprès des quelques clients plus curieux devant ce va-et-vient inhabituel, puis en donnant une petite tape amicale sur l'épaule de son confrère, ils quittèrent les lieux et partirent manger une bouchée avant d'aller rencontrer le dénommé Ralph Mueller.

107

Le samedi avant-midi, Mueller se réveilla la bouche sèche, désorienté. Il ressentit alors une douleur fulgurante à son épaule droite, allant jusqu'au bout de ses doigts. Lorsqu'il essaya d'aller toucher son épaule, son geste fut stoppé par une autre douleur, cette fois venant de son poignet gauche. Sa main étant menottée aux barreaux du lit.

Mueller ne comprenait pas ce qui se passait. Il ne pouvait définitivement plus bouger et il souffrait le martyre. Les yeux toujours embrouillés, il ne distinguait pas grand-chose de la pièce où il se trouvait. Il crut même, pendant quelques secondes, apercevoir quelqu'un assis dans le coin, mais sans en être vraiment sûr. Chaque fois qu'il essayait de bouger, même les jambes, la douleur était tel un éclair s'abattant sur un arbre. Cette dernière irradiait vers tout le côté droit de son corps. Il avait l'impression de se retrouver dans un grand trou noir. Lorsqu'il se forçait à se souvenir, c'était comme s'il était au fond d'un puits et qu'il essayait de grimper à la surface avec seulement ses doigts comme appui sur la paroi glissante recouverte de limon. C'était impossible.

Essayant de reprendre le contrôle de ses émotions, le caméléon se força à fermer les yeux, et ce, malgré la douleur térébrante. Il prit quelques grandes inspirations, fit le vide de son esprit, puis soudainement, la mémoire lui revint.

Il se rappelait avoir tué ce type, le Japonais à l'arrière de l'auto du médecin dont le nom ne lui revenait pas. Ensuite, après être allé changer de déguisement, il s'était rendu chez l'infirmière pour la supprimer, mais sans savoir comment, un policier ou une policière, il n'était pas certain, lui avait tiré dessus avant qu'il n'ait la chance d'ouvrir le feu.

C'était la première fois qu'on l'empêchait d'accomplir ce pour quoi il était payé. Il se rappela aussi comment les policiers l'avaient bousculé pendant qu'ils lui passaient les menottes. Lorsque l'ambulance était arrivée, les policiers l'avaient installé sur la civière, toujours menotté et conduit à l'hôpital. C'est seulement dans l'ambulance que l'ambulancier avait nettoyé sa blessure et mit un pansement en attendant qu'il soit vu par un médecin. Il avait demandé quelque chose contre la douleur, mais le policier prenant place avec eux à l'arrière du véhicule avait fait signe à l'ambulancier de ne rien donner.

Mueller aperçut alors quelqu'un assis au fond de la pièce, il en était maintenant certain. Avec les effets du calmant, il n'arrivait pas à distinguer si c'était un policier ou un membre du personnel.

— Eh ! Vous là-bas, cria Mueller.

— Quoi ? lui répondit une voix bourrue.

— Qui êtes-vous ?

— Personne, répondit l'étranger.

— Comment ça personne ?

— Personne, j'ai dit.

— Où suis-je ? demanda Mueller.

— Au purgatoire, en attendant d'aller en enfer.

— Allez donc vous faire foutre.

— Merci, mais vous en premier.

Le policier s'amusait à faire perdre patience à son prisonnier.

— Bordel de merde ! s'impatienta le tueur. Je veux voir mon avocat.

— Il est occupé ailleurs, répondit le policier.

Sur ces mots d'amour, une infirmière entra dans la chambre et alla tirer les rideaux, ce qui éclaira la chambre.

Mueller s'aperçut donc que c'était bien un policier qui était à son chevet. L'infirmière, même si son patient avait le bras gauche attaché avec une paire de menottes au lit, restait prudente lorsqu'elle était près de celui-ci.

Elle prit ses signes vitaux, changea le pansement, la blessure était propre. Elle signifia au patient que son médecin passerait le voir bientôt. Avant de partir, elle lui demanda s'il avait beaucoup de douleur, ce qu'il répondit par l'affirmative. Elle lui promit de revenir dans quelques minutes avec quelque chose pour le soulager.

Juste avant que l'infirmière ne quitte la chambre, le policier lui rappela que le suspect devrait être alerte et réveillé pour rencontrer les inspecteurs plus tard en après-midi. L'infirmière lui répondit qu'il n'y aurait pas de problème, ce qui rassura le policier.

Une fois que l'infirmière partie, le policier reprit sa conversation avec le tueur.

— Alors comme cela, on se spécialise dans l'élimination des médecins maintenant.

— Je ne parlerai pas sans la présence de mon avocat.

— Comme vous voulez.

L'échange entre les deux hommes s'arrêta là. Mueller ferma les yeux en attendant que l'infirmière revienne avec l'analgésique, tandis que le policier replongea dans la lecture de son journal. Il lut cette brève manchette à voix haute :« Interpol est à la recherche d'un spécialiste du déguisement ». Le blessé serra les poings. Son contrat précisait que personne ne pouvait faire de lien… ainsi, personne ne viendrait à sa rescousse !

108

Anna Sato était de retour d'un congé de maladie. Cela avait commencé par un banal rhume qui avait tourné en pneumonie bilatérale. Elle dut même être hospitalisée quelques jours pour recevoir une thérapie agressive d'antibiotiques. Le médicament avait bien fait son travail sauf que cela avait affaibli son système. Pendant sa convalescence, Anna avait perdu plusieurs livres, surtout au début, n'arrivant pas à garder ce qu'elle mangeait.

Ce samedi matin était sa première journée au travail. Pour ménager ses efforts, l'infirmière-chef lui avait confié seulement trois patients légers. Pendant sa pause de l'avant-midi, les autres infirmières étaient venues prendre de ses nouvelles. On lui fit le rapport de tous les petits potins s'étant produits pendant son absence, et inévitablement, la discussion bifurqua sur la rumeur de l'assassinat du docteur Hébert et de la tentative de meurtre manquée sur leur consœur Cathy Nadeau. Une infirmière rappela aussi aux autres la mort du docteur Ducharme une semaine auparavant.

Chacune d'entre elles y alla d'une hypothèse quant aux raisons de la présumée mort du docteur Hébert.

Sauf Anna.

En écoutant ses amies parler, Anna se rappela ce qu'elle avait fait pour monsieur Yamashita, celui-là même qui avait perdu sa femme tragiquement l'été précédent. C'était elle qui avait trouvé les renseignements sur les trois membres du personnel de l'hôpital et qui les lui avait remis. Maintenant, deux des trois personnes figurant sur cette liste étaient mortes et la troisième l'avait échappé de justesse. Pendant un instant, Anna se sentit très mal. Il était hors de question d'aller voir les autorités pour leur raconter son histoire. Elle serait sûrement accusée de complicité de meurtre, pensa-t-elle.

Une des infirmières ayant remarqué le malaise de Sato lui demanda si elle se sentait bien. Anna lui répondit qu'elle était encore un peu faible, c'est tout, et que d'apprendre la mort de personnes si gentilles comme les docteurs Hébert et Ducharme l'avait bouleversée. Bien entendu, Anna avait menti quant à leur gentillesse. C'était plutôt le contraire, mais cela, elle ne pouvait pas le dire à sa collègue.

Anna s'excusa auprès de ses amies, prétextant qu'elle devait se rendre aux toilettes, mais en fait, elle voulait être seule pour réfléchir à ce qu'elle venait d'apprendre et aux conséquences que cela pourrait avoir pour elle.

Pendant le reste de la journée, les pensées d'Anna étaient très contradictoires. Elle ne cessait de se répéter qu'elle n'était pas responsable de leur mort, que ce Yamashita n'avait pas utilisé ses informations pour les faire supprimer. D'un autre côté, en y pensant bien, le docteur Ducharme avait refusé de laisser sa partie de golf pour venir voir la patiente, la femme de Yamashita. Le docteur Hébert, lui, avait plus que négligé l'état de santé critique de la patiente pour se concentrer seulement sur le ministre de la Justice. Pour terminer, c'est l'infirmière Cathy Nadeau qui avait administré le mauvais médicament ayant provoqué la mort de la patiente.

Tout d'un coup, Anna eut très peur. Et si elle était vraiment responsable ou du moins, impliquée malgré elle dans ces morts, ne courait-elle pas elle aussi le risque de se faire éliminer, étant possiblement témoin indirect des évènements ? Elle avait essayé de se convaincre que les victimes avaient couru à leur perte en ayant été négligentes envers leur patiente, ce qui la fit se sentir moche d'avoir eu une telle pensée.

Elle avait reçu une grosse somme d'argent pour ces renseignements. Comment pourrait-elle justifier ses actions ? Elle décida alors qu'il n'y avait rien qu'elle puisse faire pour l'instant, sinon attendre.

À la fin de son quart de travail, Anna rencontra dans un des couloirs de l'hôpital deux policiers ayant chacun une plaque de la Gendarmerie nationale du Canada. Aussitôt, son cœur bondit dans sa poitrine. Avec de grands efforts, elle s'empêcha de partir en courant, étant convaincue qu'ils venaient pour elle. Lorsque ceux-ci prirent place dans l'ascenseur, Anna fut tellement soulagée qu'elle manqua d'uriner directement en plein milieu du corridor. Elle se plaqua contre le mur pour s'empêcher de tomber par terre et ferma les yeux pendant quelques secondes, le temps que ses émotions reviennent à la normale. Jetant un coup d'œil dans le couloir, elle fut soulagée de voir qu'il n'y avait plus personne. Elle n'aurait donc pas à expliquer son comportement bizarre.

À grands pas, elle quitta l'hôpital et s'en alla directement chez elle. Malgré les températures froides de l'hiver, Anna sentit la sueur couler le long de son échine. Elle ne pensa même pas à allumer le chauffage dans son auto.

109

Yamashita fut amené au quartier général de la GNC, où on prit ses empreintes digitales et les photos officielles avec son numéro de prisonnier. Son avocat attendait dans une salle attenante que les premières formalités soient terminées pour pouvoir rencontrer son client et ami.

Une heure plus tard, Yamashita fut conduit sous escorte dans une salle où il pourrait rencontrer son avocat en privé.

— Hiro, peux-tu m'expliquer ce qui se passe ?

— Est-ce que nous sommes filmés ou enregistrés ? demanda calmement Yamashita.

— Non, c'est privé.

— Bien. Oui, j'ai tué ces deux salauds d'ambulanciers, ils ne méritaient pas de vivre. Oui, j'ai engagé un tueur à gages venant d'Europe pour s'occuper des deux médecins et de l'infirmière qui ont tué ma femme.

— Mais bordel, tu m'avais promis que tu ne ferais rien par toi-même.

— Je sais. Je ne voulais pas te mêler à tout cela mon ami. Maintenant, tu dois me faire sortir d'ici, demanda Yamashita.

— Je ne peux pas, répondit l'avocat. Je n'ai pas ma licence pour pratiquer le droit criminel au Québec.

— QUOI ? Tu blagues, j'espère ?

— Je suis sérieux. Nous allons devoir trouver quelqu'un pour te défendre. Cela ne sera pas facile. Nous devrons trouver un avocat qui ne posera pas trop de questions sur ton passé et qui suivra mes instructions. Je ne pourrai pas être sur le devant de la scène, mais serai assurément derrière.

— Est-ce que tu as des noms, car si j'ai bien compris, je vais voir le juge seulement lundi matin ?

— J'ai entendu parler de quelqu'un, je vais essayer d'entrer en contact avec lui pour voir son intérêt à te défendre. En attendant, tu ne dis pas RIEN à personne sans qu'il n'y ait un avocat avec toi.

— Très bien, répondit Yamashita, qui commençait à trouver que la situation n'était plus drôle du tout.

— Dis-moi maintenant, est-ce que tu savais que tu étais sous écoute ?

— Pas du tout. Crois-tu que je sois assez stupide pour aller annoncer à mes beaux-parents que je viens de tuer ceux qui étaient responsables de la mort de leur fille en sachant que j'étais sur écoute ?

— Non, bien sûr que non. Pardonne-moi.

Les deux hommes restèrent quelques minutes à se regarder sans dire un mot. De toute manière, il n'y avait rien à dire, le mal était fait.

Ce qui choqua l'avocat par contre, c'était l'indifférence de Yamashita face à la situation. Depuis le début, il n'avait pensé qu'à lui-même, sans se soucier des conséquences sur les autres membres de l'organisation. Le groupe était censé rester dans l'ombre, ne rien faire pour se faire remarquer. C'était son nouveau slogan depuis qu'il avait élu domicile au Québec. Et là, cet imbécile venait de tout foutre en l'air pour une question de vengeance.

— Bon, je vais y aller. Je dois trouver cet avocat le plus vite possible avant que la cour ne t'en assigne un que nous ne connaissons pas.

— Hayato, avant que tu ne quittes la prison, j'aurais un service à te demander. J'ai essayé de joindre Masao ce matin chez lui et sur son cellulaire et je n'ai obtenu aucune réponse. Je ne sais pas s'il est parti avec Catherine quelque part. Pourrais-tu le contacter et lui raconter ce qui vient de se passer, s'il te plaît ?

— Pas de problème. Une fois rendu à la maison, je vais essayer de le retrouver.

— Très bien, fais de ton mieux mon ami. Tu sais où me joindre si tu as besoin de moi, répondit Yamashita en riant tout seul.

Les deux hommes se serrèrent la main, puis l'avocat quitta la pièce en se demandant si son ami reverrait un jour le soleil.

110

Vers quinze heures trente, les inspecteurs Vézina et Tanaka arrivèrent à l'hôpital où était soigné Ralph Mueller. Ils avaient reçu confirmation de son identité par Interpol quelques heures plus tôt. La police européenne leur avait transmis aussi tout ce qu'ils avaient sur le tueur professionnel. Le dossier était assez volumineux, car il était recherché depuis au moins dix ans. Au début de sa carrière, il se spécialisait dans l'espionnage industriel de haut niveau, n'hésitant jamais à éliminer qui que ce soit, mais cela lui posait problème dans ses missions. C'est de là que lui était venu le goût du meurtre, qui payait plus que l'espionnage.

Il était très discret, rusé et surtout patient, son atout majeur étant sa facilité à se déguiser. Il pouvait changer d'apparence le temps d'un battement de cils. Il aimait aussi utiliser des potions empoisonnées pour faire passer ses victimes de vie à trépas en douce. Il avait un petit penchant pour la pharmacologie morbide... en conclurent les analystes.

C'était une des raisons qui faisaient de lui quelqu'un de si difficile à arrêter. Il ne commettait jamais d'erreurs et ne laissait aucune trace derrière lui, sauf dans le cas du meurtre du docteur Ducharme à Tremblant. Le résidu gastrique retrouvé par terre près de la toilette de la salle de bain lui appartenait. Le laboratoire avait confirmé la correspondance de l'ADN. Avait-il goûté à sa propre médecine ? Le mystère demeurait entier.

Une fois que Vézina eut parcouru le dossier, il appela le directeur général de l'hôpital pour lui expliquer la situation, mais sans entrer dans les détails légaux. Tanaka et lui pouvaient donc se présenter à la chambre de leur présumé meurtrier pour l'interroger.

Le policier de garde devant la porte de la chambre du suspect se leva lorsqu'il aperçut les deux inspecteurs.

— Bonjour inspecteurs.

— Rien à signaler ? demanda Vézina.

— Non monsieur. Comme demandé, il y a un autre agent à l'intérieur avec le suspect et chaque personne qui entre doit signer ici, dans le registre des signatures.

— Et le suspect, comment va-t-il ?

— Pas trop jasant. Il semble sûr de lui. J'espère que vous allez pouvoir casser son assurance et son petit air supérieur.

— Nous allons essayer d'en savoir plus sur les raisons de ses gestes, répondit Vézina en riant. Va-t-il nous confirmer le nom de son commanditaire, comme on le soupçonne ?

Puis, sans se faire annoncer, Vézina et Tanaka entrèrent dans la chambre.

La chambre de Mueller était sombre. Vézina ordonna au policier de garde à l'intérieur d'aller prendre un café. Mueller regardait les deux policiers s'approcher avec méfiance, comme s'il pensait qu'ils allaient le battre.

Vézina s'identifia et ouvrit l'interrogatoire tandis que, Tanaka restant en retrait.

— Bonjour monsieur Mueller, c'est bien Mueller, n'est-ce pas ?

— Si vous le dites.

— Je le dis. Peu importe votre nom, vous serez jugé pour double meurtre et tentative de meurtre. Vous...

— Vous n'avez rien contre moi pour le meurtre des deux médecins. Comment allez-vous prouver que j'étais sur place, hein ? le coupa Mueller.

— Je n'ai pas mentionné que les victimes étaient des médecins.

Mueller en resta bouche bée, il savait qu'il venait de commettre une bourde.

Tanaka s'approcha du lit avec un porte-document et sortit deux photos qu'il remit à son confrère. Vézina regarda la première photo pendant quelques secondes puis la montra à Mueller. Celui-ci reconnut évidemment le docteur Ducharme. Soudainement, son cœur manqua un battement. Du mieux qu'il le pouvait, il essaya de ne pas laisser paraître son angoisse, ayant aperçu les deux morceaux de latex bleu entourés au feutre noir.

— Je vois que vous reconnaissez les lieux du crime, et surtout les deux petits bouts de latex bleu.

Mueller ne répondit rien. Il n'avait pas à le faire. L'expression sur son visage parlait pour lui.

Puis, Vézina lui montra la deuxième photo. Il lui expliqua ce qu'elle représentait et à sa vue, Mueller en arrêta presque de respirer, ce qui n'échappa pas aux deux policiers. Encore une fois, Mueller se rappela la scène : ne supportant pas l'odeur du vomi lorsqu'il avait retiré la débarbouillette de la bouche du médecin, il avait eu la nausée et s'était dirigé vers la salle de bain pour vomir à son tour. Il avait cru avoir le temps de tout faire dans la cuvette de la toilette, mais apparemment il n'avait pas bien nettoyé.

Vézina reprit.

— Comme vous le voyez, nous avons votre ADN avec nous.

— Cela ne prouve rien. Vous n'avez rien pour le comparer ! s'exclama Mueller avec un peu plus d'assurance.

— Au contraire, répondit Vézina. Lors de votre chirurgie, hier soir, nous avons recueilli un échantillon de votre sang pour faire une comparaison avec le résidu gastrique que nous avons retrouvé dans la chambre du docteur Ducharme. De plus, Interpol nous a aussi donné accès à tout ce qui se trouve dans leur banque de données.

— Interpol n'a absolument rien sur moi. Vous bluffez.

— C'est ce que vous croyez.

Vézina chercha dans le dossier d'Interpol pendant quelques secondes, puis lui montra la brique d'une centaine de pages qu'il avait dans son attaché-case.

— Voilà ! Lors d'un assassinat, il y a quatre ans en Belgique, votre cible était un haut responsable du gouvernement belge. En vous sauvant par une fenêtre, vous vous êtes égratigné le bras gauche sur un petit morceau de verre cassé. Sans vous en rendre compte, quelques gouttes de votre sang sont restées sur ces débris. Les prélèvements figurent au précieux dossier, je vous le signale.

Mueller ne répondit rien encore une fois.

— Vous semblez surpris ! Vous ne pensiez pas avoir commis autant d'erreurs que cela, monsieur Mueller, continua Vézina.

Plus la conversation avançait, plus le caméléon perdait de son assurance. Il n'était pas habitué d'avoir affaire à la police, d'autant plus qu'il n'avait pas les idées tout à fait claires pour trouver la réplique cinglante qui l'aurait tiré de l'embarras.

Pour la première fois depuis le début de l'entretien, Tanaka s'approcha du lit.

— Monsieur Mueller, je suis l'inspecteur Tanaka de la GNC à Vancouver. Je suis ici pour aider mon collègue à résoudre cette affaire, car j'ai beaucoup d'expérience quant à la lutte contre le clan d'Hiro Yamashita. Nous savons que vous avez été engagé par lui pour éliminer les personnes responsables de la mort de sa femme.

— Je n'ai pas…

Tanaka leva la main gauche, lui signifiant de se taire.

— Monsieur Mueller, ne nous prenez pas pour des imbéciles. Nous avons un enregistrement téléphonique de votre employeur affirmant à une tierce personne que vous aviez éliminé les deux médecins et l'infirmière, sauf qu'à ce moment-là, il n'était pas au courant de votre échec sur l'infirmière.

Mueller ne savait pas quoi penser. Jamais dans toute sa carrière, il n'avait manqué une cible ou été aussi près de se faire prendre par la police. C'est à croire que la chance l'avait abandonné.

Il se demandait quoi faire. Avait-il des chances de s'en sortir libre ? Probablement pas.

S'il était extradé en Europe, il écoperait sûrement de la prison à vie ou même pire, d'une mort déguisée en accident. Ici au Québec, il pourrait peut-être s'en tirer pour quelques années en prison.

Que faire ? Nier ? Négocier ? Trahir pour s'en sortir ?

— Mueller ! s'exclama Vézina en le faisant sortir de sa rêverie. En d'autres mots, vous êtes cuit. Il n'y a aucun avocat qui pourrait vous sortir du merdier où vous êtes en ce moment. Celui que nous voulons c'est Yamashita. Donnez-nous les détails de votre embauche et nous verrons ce que nous pouvons faire pour vous aider.

— Vous croyez vraiment que je vais tout déballer pour vous faire plaisir ? Si c'est ce que vous pensez, c'est que vous devez encore croire au Père Noël.

— Ce ne sera pas Noël tous les jours pour toi, car tu vas passer le restant de tes jours en prison. Ici ou de l'autre côté de l'Atlantique, on s'en fout. À toi de voir. Tu parles, tant mieux, sinon, tant pis, répondit Vézina.

— On pourrait aussi faire passer le mot que tu nous as balancé Yamashita, et ce, même si ce n'est pas vrai. Nous serions curieux de voir ce que le bonhomme et son organisation feraient de toi.

Vézina attendit quelques minutes pour voir sa réaction.

Aucune.

— Jeudi avant-midi, tu vas être transféré en prison et tu passeras devant le juge après. Bonne chance quand même.

Les deux policiers en avaient assez de voir ce spécialiste de l'entourloupette s'en tirer avec un simple silence. Sans lui dire au revoir, ils quittèrent la chambre. Une fois sorti, Vézina ordonna au policier qui était de garde dans la chambre d'y retourner et de ne pas parler au suspect. Aucun téléphone, aucun visiteur autre que le personnel soignant.

Juste au moment où les deux inspecteurs allaient prendre place dans l'ascenseur, le policier de garde sortit avec Mueller précipitamment de la chambre en criant à l'inspecteur Vézina d'attendre. Celui-ci retint la porte avant qu'elle ne se referme et attendit que le policier les rejoigne.

— Inspecteur, le suspect aimerait vous parler. Il dit qu'il veut se confesser.

Tanaka regarda Vézina avec un sourire et les deux policiers retournèrent à la chambre tranquillement.

Lorsqu'ils furent à l'intérieur, Mueller signifia à Vézina qu'il était prêt à tout raconter en échange d'une peine allégée. L'inspecteur approuva d'un signe de tête et lui expliqua.

— Nous allons revenir demain avant-midi avec quelqu'un pour vous filmer et un autre pour la sténo. Je vous suggère fortement d'appeler un avocat pour que celui-ci soit présent. Si vous n'en avez pas, la cour vous en assignera un. M'avez-vous bien compris ?

— Oui.

— Le policier de garde vous aidera si vous avez besoin d'aide.

Lorsque tout fut en ordre, Tanaka et Vézina repartirent pour le bureau faire leur rapport et ensuite souper. Ce samedi resterait gravé dans leur mémoire : un doublé qu'ils ne seraient pas prêts d'oublier.

111

Dimanche 16 février 2014

Le dimanche avant-midi, tout l'hôpital était au courant des événements du vendredi.

Cathy Nadeau était de retour au travail. Elle ne voulait pas passer pour une martyre. Elle était en vie et en bonne santé. Il ne servait à rien de rester à la maison à se tourner les pouces. Heureusement, elle avait rencontré le psychologue de l'hôpital la veille, ce qui l'avait grandement aidée. N'ayant pas assisté directement à la confrontation entre Mueller et la policière, il était plus facile pour elle de passer à travers cette épreuve.

Ses collègues ne savaient pas vraiment comment se comporter en sa présence, ce qui la faisait sourire. Alors, une fois le rapport des infirmières de nuit terminé, elle leur adressa quelques mots. À tour de rôle, ses amies vinrent lui faire l'accolade et le reste de la journée se déroula sans problème.

À la pause de l'après-midi, Cathy rencontra Anna Sato à la cafétéria de l'hôpital. Les deux infirmières ayant traité la femme de Yamashita, Cathy se permit un peu plus de détails sur sa fameuse soirée de vendredi. L'échange se transforma tout doucement en confidence.

— Lorsque j'ai appris que les meurtres des docteurs Ducharme et Hébert et le mien avaient été commandés par ce Yamashita, je n'en croyais pas mes oreilles, expliqua Cathy Nadeau.

Quant à Anna Sato, ses pires craintes se concrétisaient, c'est-à-dire que les renseignements recueillis pour Yamashita avaient servi à faire tuer ses collègues de travail. Elle leva les yeux sur Cathy et en eut la nausée. Comment pouvait-elle rester là, à lui parler, en sachant que, par sa faute, sa collègue avait failli être assassinée ? Anna ne savait pas si elle devait lui dire la vérité.

— Et toi, demanda Cathy. As-tu eu des problèmes avec ce monstre après la mort de sa femme ?

— Non, répondit Sato la tête basse. J'essaie de ne pas paniquer après ce qui vient de se passer. J'espère que je ne suis pas sur la liste des futures victimes, cette seule pensée me traumatise. J'ai même pensé partir en vacances quelque part…

— Chanceuse. Si tu peux le faire, qu'est-ce qui te retient ? De mon côté, j'espère qu'il pourrira en enfer, avec autant de morts sur la conscience !

— Moi aussi ! s'exclama Anna sans trop de conviction. Il ne doit plus être capable de se regarder dans un miroir…

— Bah ! Ça ne donne rien de s'apitoyer sur ce salaud. Nous devons passer à autre chose et vivre nos vies.

— Tu as bien raison Cathy. Bon, il est temps de retourner au travail.

— Ouais ! Malheureusement.

Et les deux femmes retournèrent à leur service respectif.

* * *

Après avoir quitté son patron, Hayato Kurotani était allé directement à son bureau. Le nom de l'avocat qu'il voulait joindre était dans le répertoire des numéros de téléphone de sa secrétaire. Une fois le numéro noté, il alla prendre un ou deux dossiers qu'il voulait revoir le lendemain.

Rendu à la maison, Kurotani embrassa sa femme tendrement sur la joue et lui raconta les tristes événements de la journée. En bonne épouse de yakuza, elle ne posa aucune question. Elle prit juste le temps de le regarder droit dans les yeux et de lui serrer la main plus fort, lui signifiant de faire attention à sa propre vie… Elle l'aimait tant !

Alors que l'avocat retourna travailler dans son bureau, sa femme, qui préparait le souper, échappa une assiette par terre qui se brisa avec fracas et poussa aussitôt un cri qui alarma son mari. Croyant que sa femme venait de se blesser, Kurotani descendit les marches trois à la fois. Arrivé dans la cuisine, il remarqua les débris d'assiette gisant un peu partout sur le sol. Il regarda sa femme, cherchant d'éventuelles traces de sang. Ne voyant rien de suspect, il demanda à son épouse ce qui se passait. Le regard livide, elle pointa en direction de la télévision qui était sur la chaîne LCN.

Kurotani força sa femme à s'asseoir sur le sofa. Une fois assise, il lui apporta un grand verre d'eau froide. Lorsqu'il regarda son épouse attentivement, il remarqua des larmes qui coulaient sur ses joues. De plus en plus anxieux, il lui demanda.

— Qu'y a-t-il ma chérie ? Pourquoi ce cri et ces larmes ?

Sans prononcer une seule parole, elle lui indiqua encore une fois la télévision du doigt. Intrigué, l'avocat se retourna et fixa l'écran.

Le journaliste disait se trouver devant l'immeuble où habitait une des deux victimes, soit le docteur Jocelyn Hébert. Ce dernier était urgentologue à l'hôpital de l'ouest de l'île. Les deux corps avaient été découverts par un des locataires de l'immeuble hier soir. Ce n'est que cet après-midi que la police a fait connaître l'identité des deux victimes.

Kurotani ne savait plus que penser. Il était maintenant clair que cet incompétent d'Hébert avait été éliminé par le tueur à gages. Mais qui était l'autre victime ? L'avocat ne comprenait pas la réaction de sa femme, elle ne connaissait même pas le médecin.

Reportant son attention sur le journaliste, Kurotani sentit le sang se figer dans ses veines en entendant la question du lecteur des nouvelles qui était en studio.

— Robert, avons-nous le nom de la deuxième victime retrouvée dans l'auto du médecin ?

— Oui Pierre. Il s'agissait d'un dénommé Masao Fukuda, un résident de Pierrefonds. C'est le seul renseignement que nous avons pour le moment.

Kurotani était sous le choc. Hiroko l'été dernier et maintenant Masao. Son ami sera sûrement anéanti lorsqu'il apprendra la nouvelle.

Sa femme pleurait silencieusement, tenant la main de son mari, lui aussi au bord des larmes. Ce dernier ne s'était même pas aperçu qu'elle lui serrait la main si fort qu'elle aurait pu la broyer.

Yamashita était-il déjà au courant ? Il fallait absolument qu'il le lui apprenne lui-même, en espérant que personne ne l'avait déjà fait.

Faisant les cent pas dans le salon familial, l'avocat se demandait ce qui avait bien pu se passer. Que faisait Masao avec Hébert ? Son patron lui avait bien dit que le tueur avait confirmé avoir tué le toubib. Serait-ce ce même tueur engagé par Yamashita qui aurait abattu son fils ?

Cela n'avait aucun sens !

Le couple discuta quelques minutes puis l'épouse suggéra à son mari d'aller annoncer la terrible nouvelle à son ami, maintenant incarcéré. Un frisson de terreur le parcourut.

— Je n'ose pas imaginer quelle sera sa réaction. Heureusement, il n'a pas d'armes… sinon, je craindrais qu'il ne tue le messager sans aucune pitié.

112

Yamashita était assis sur un lit de plexiglass dans sa petite cellule. C'était à croire qu'il avait hérité de ce qui se faisait de plus petit dans cette prison. N'étant pas habitué à être confiné dans des espaces restreints comme celui-là, il trouvait très difficile de rester là à attendre et à ne rien pouvoir faire. Il frissonnait.

Depuis que son ami et avocat était parti un peu plus tôt, il avait eu le temps de réfléchir à ce qui s'était passé au cours des dernières vingt-quatre heures.

Avait-il des regrets quant aux actions qu'il avait commises ? Aucun. Referait-il la même chose si c'était à refaire ? Absolument. Alors pourquoi se sentait-il ébranlé ?

Ce matin, en plus d'inviter son fils à faire du ski, il avait eu l'intention de lui apprendre que les responsables de la mort de sa mère avaient été punis par le pire châtiment possible : la mort. Malheureusement, il n'avait pas été en mesure de lui parler. Il espérait donc que son ami pourrait le joindre pour lui.

Une autre chose à laquelle il avait eu le temps de réfléchir est ce que Tanaka lui avait dit en lui passant les menottes : « nous avons les meurtres sur vidéo ». Il ne comprenait rien à son charabia. Il n'avait vu personne d'autre dans les parages qui aurait pu le filmer. Alors, comment pouvait-il affirmer qu'ils l'avaient vu ? Et si c'était vrai, personne n'arriverait jamais à le faire sortir d'ici.

Il n'avait jamais été condamné auparavant et ce n'était pas aujourd'hui que cela allait se passer. Il n'y avait qu'une seule solution, comme dans le bon vieux temps à Vancouver. Il en parlerait à Kurotani lors de sa prochaine visite. Il n'était pas question de laisser Tanaka, cette pourriture de policier, le mettre derrière les barreaux pour le restant de ses jours.

N'ayant rien d'autre à faire, Yamashita venait tout juste de s'étendre sur sa couchette lorsqu'un gardien ouvrit la porte de sa cellule. Sans prononcer une parole, il lui fit signe de le suivre. Yamashita fut transféré dans une cellule plus grande où il y avait un lavabo ainsi qu'une petite toilette. De plus, chose inhabituelle, il y avait aussi un ordinateur portable sur le lit. Le gardien lui expliqua que quelqu'un était passé quelques minutes plus tôt et l'avait laissé pour lui.

— Qu'est-ce que c'est ? demanda Yamashita.

— Une vidéo des nouvelles sur LCN de cet après-midi, répondit le gardien.

— Mais pourquoi ?

Yamashita repensa au présumé DVD. La peur le saisit comme les ténèbres enveloppent la nuit. Il ne voulait pas se voir à la télévision abattant ces deux imbéciles.

— Quand vous serez prêt, appuyez sur n'importe quelle touche. Sous l'oreiller, il y a aussi une enveloppe pour vous. À ouvrir après le visionnement. Le yakuza attendit que le gardien se soit éloigné puis il appuya sur une touche.

Yamashita ne comprenait pas trop ce qu'il voyait. Lorsque le journaliste parla du docteur Hébert retrouvé mort dans son auto, il sentit une chaleur intérieure parcourir chacune des fibres de son corps. Aussitôt, il sut que son avocat et ami lui avait fait parvenir cette vidéo pour lui remonter le moral, jusqu'au moment où le journaliste répondit à une question à propos d'une autre victime. L'incertitude s'empara alors de son esprit. La peur qui le tenaillait quelques instants plus tôt resurgit. Il hésitait entre continuer ou fermer l'ordinateur.

Trop tard.

Il entendit le journaliste prononcer le nom de son fils.

Dans un accès de colère, il prit le portable et le lança contre les barreaux de sa cellule. Fou de rage et de tristesse, il ne cessait de crier le nom de Masao.

Encore et encore.

Tout ce qui lui tombait sous la main était aussitôt lancé ou brisé.

L'enveloppe s'apprêtait à subir le même sort lorsque Yamashita arrêta son geste. Sans même réfléchir, il sortit le contenu qu'il regarda sans vraiment croire ce qu'il voyait. Des photos de son fils mort. Le trou laissé par la balle qui avait fracassé son crâne entre les deux yeux était très visible. La deuxième photo montrait Masao dans le sac mortuaire, la tête toujours à l'extérieur.

Yamashita retourna les photos et y trouva une note écrite à la main. Les yeux noyés de larmes, il lut « D'un ami qui pense à vous ». Le yakuza se lança contre les barreaux en criant à tue-tête, sans discontinuer « Tanaka ! Tanaka ! Sois maudit ! Je te tuerai de mes propres mains ! »

Pendant tout le temps où Yamashita avait été changé de cellule pour visionner son petit film, l'inspecteur Tanaka regardait, en direct, la déchéance de son ennemi. Il laissa quelques minutes de plus au meurtrier de sa famille pour sombrer dans l'abîme de la tristesse, puis, tout doucement, il sortit de sa cachette, s'assurant d'être bien vu par le yakuza. Tanaka ne prononça aucune parole, ne fit aucun signe. Sa seule présence suffisait à décupler la douleur que Yamashita pouvait ressentir. Lorsque leurs yeux entrèrent en contact, Tanaka sut que son ennemi était au tapis. Malheureusement, le décompte n'était pas encore rendu à dix. Il savait que ce salaud essaierait de se relever. C'était donc à lui et à Vézina de l'en empêcher.

Aussi discrètement qu'il était arrivé, Tanaka disparut, laissant Hiro Yamashita seul avec sa douleur et ses démons.

113

Le dimanche soir après le souper, Rémi Vézina était au téléphone avec l'assistant du procureur qui s'occupait du dossier Yamashita. L'inspecteur voulait le mettre au courant de la petite séance vidéo avec Mueller un peu plus tôt dans la journée. Vézina lui avait fait parvenir une copie de la vidéo ainsi que de la transcription des aveux de Mueller qu'il pourrait consulter le lundi matin à son bureau.

L'avocat rassura l'inspecteur que le dossier était déjà bien monté, avec ou sans les aveux de Mueller. Me Tremblay le remercia aussi pour le magnifique boulot que lui et son équipe avaient accompli. Sans lui et l'inspecteur Tanaka, le suspect ou plutôt les suspects courraient toujours et qui sait si d'autres vies auraient été perdues.

Vézina avait quelques craintes. Avec le passé judiciaire de Yamashita, il craignait que ce dernier ne réussisse à obtenir sa remise en liberté. Tanaka lui avait tellement donné d'exemples dans lesquels ce pourri s'en était sauvé en achetant des complices un peu partout. Mais, l'avocat le rassura. Tout d'abord, il s'opposerait à sa remise en liberté. Il ne fallait pas oublier qu'il n'était plus à Vancouver, mais bien au Québec. De plus, son avocat personnel n'avait pas le droit de pratiquer le droit criminel ici, ce qui voulait dire qu'il devrait se trouver un autre avocat.

— Rémi, relaxez. J'ai plus d'un tour dans ma manche. Il n'est pas question qu'il revoie le soleil aujourd'hui, demain ou un autre jour pour le reste de sa vie.

Rassuré, l'inspecteur Vézina fit promettre à l'avocat de le tenir au courant quant au dénouement de la première comparution.

Assis à son bureau au grenier, sirotant son café fumant, Vézina repassa mentalement le film de la dernière semaine comme l'avait fait Yamashita, mais vu d'une autre perspective. L'inspecteur cherchait les erreurs qui auraient pu être commises pendant l'enquête en cours. Ce n'était surtout pas le temps d'avoir oublié un petit détail, une petite formalité qui ferait en sorte que Yamashita soit libéré.

Il savait que les preuves maîtresses étaient en béton : la vidéo montrant ses exploits en direct, sa confession à ses beaux-parents et les aveux de son tueur à gages. Que demander de plus ?

Il pensa ensuite à son ami, Bill Tanaka. Ce dernier avait remis la monnaie de sa pièce à Yamashita avec les photos de son fils mort. Qui pourrait l'en blâmer ? Ce salaud avait fait assassiner sa famille.

Voir cet enfoiré derrière les barreaux pour le restant de ces jours serait un baume sur les plaies de Tanaka. Bien sûr, cela ne ramènerait pas sa famille, mais au moins, ils seraient vengés.

Il se rappela du sourire et de la fierté que Tanaka avait eus la veille, lorsqu'il lui avait lu ses droits et lui avait passé les menottes. Après toutes ces années à essayer de le mettre à l'ombre, il était normal que cette revanche lui mette un baume au coeur.

Vézina fut alors sorti de sa rêverie par sa plus jeune fille qui le tirait par la manche pour qu'il vienne jouer au Monopoly avec le reste de la famille, ce qu'il accepta avec plaisir.

114

Lundi 17 février 2014

Le lundi matin, le nouvel avocat de Yamashita, Me François Renaud, arriva au Palais de Justice pour rencontrer son nouveau client. Kurotani avait bien fait comprendre à Renaud qu'il n'était pas question de mélanger le passé de Yamashita à Vancouver avec ce qui se passait présentement ici. Il lui avait seulement expliqué ce qu'il avait besoin de savoir pour défendre son nouveau client.

Renaud ne comprenait pas pourquoi, mais son confrère avait été des plus catégoriques : s'il n'acceptait pas les consignes émises par Yamashita ou lui-même, ils se trouveraient un autre avocat qui lui, se plierait à leurs demandes.

Donc, à huit heures trente, Me Renaud rencontra enfin son nouveau client. Sa première impression fut qu'il venait de s'embarquer dans le genre de galère qu'il pourrait regretter plus tard. Ce n'était pas le genre de cause qui le rendrait célèbre, mais plutôt le contraire. N'ayant rien de bien important à faire ces temps-ci, il avait accepté de défendre ce présumé yakuza accusé de meurtre.

Lorsque Yamashita arriva dans la petite salle réservée pour les rencontres avocat/client, Mᵉ Renaud se leva pour l'accueillir. Les deux hommes se serrèrent la main. L'avocat, qui avait été mis au courant de la mort du fils de son client trois jours plus tôt, lui offrit ses sympathies. N'obtenant aucune réponse en retour, il n'insista pas.

Contrairement à ce qu'il avait promis à Kurotani, Renaud avait fait quelques recherches Internet sur la vie de son client à Vancouver. Ce qu'il avait trouvé lui avait glacé le sang.

C'était donc à regret qu'il se présenta à son client. Il lui parla de son expérience en tant qu'avocat et lui affirma qu'il avait un très bon pourcentage d'acquittements. Yamashita lui posa quelques questions à son tour et ce dernier sembla satisfait des réponses de son nouvel avocat. Il lui rappela aussi son engagement à obéir à son avocat personnel. Ces quelques mots réussirent à lui arracher un faible sourire.

Mᵉ Renaud lui expliqua ensuite les chefs d'accusation que la couronne comptait présenter en cour un peu plus tard. Bien entendu, ils allaient plaider non coupable. Renaud lui demanda s'il avait d'autres questions. D'un signe de tête négatif de son client, l'avocat quitta la salle en lui disant qu'ils se reverraient dans peu de temps. Une fois dans les corridors du Palais de Justice, il se demanda dans quelle jungle fourmillant de prédateurs il venait de mettre les pieds.

* * *

N'ayant pas encore reçu son congé, Ralph Mueller dû comparaître de son lit d'hôpital pour répondre aux deux chefs d'accusation pour meurtre au premier degré et un autre pour tentative de meurtre. La cour lui avait attribué un avocat commis d'office. Lors du prononcé des chefs d'accusation, l'avocat de Mueller déclara que son client plaiderait coupable pour tous les chefs mentionnés.

Le caméléon était quelque peu nerveux. C'était sa première expérience en tant qu'accusé. Durant toute sa carrière de tueur à gages, il ne s'était jamais fait arrêter et n'avait jamais même reçu une contravention pour excès de vitesse.

Personne n'avait été dans la possibilité de lui confirmer s'il serait ou non extradé en Europe, où la majorité de ses meurtres avaient été commis. Il était trop tôt dans les procédures.

Parmi ses clients, des gens très riches et influents, qui n'hésiteraient pas à payer le gros prix pour le faire disparaître de la surface de la Terre.

Son avocat avait été très clair : d'après les preuves que la police avait contre lui, ses chances d'être acquitté des charges retenues étaient quasiment inexistantes. Le fait d'avoir coopéré avec la police pourrait peut-être lui permettre d'avoir une réduction de peine de quelques années. Par conséquent, il ne devait pas espérer une trop grande générosité de la part du procureur.

Une fois tout le monde parti, Mueller posa quelques questions à son avocat, puis ce dernier lui fit signer quelques documents. Quinze minutes plus tard, le caméléon se retrouva seul avec son ange gardien.

115

Immédiatement après la comparution de Yamashita devant le juge, Me Tremblay téléphona à l'inspecteur Vézina pour lui raconter comment s'était déroulée l'audience.

— Rémi, c'est Robin. Je viens tout juste de quitter la salle d'audience.

— Comment a-t-il plaidé ? demanda Vézina d'entrée de jeu.

— Comme je vous l'avais expliqué, il a plaidé non coupable, c'est la procédure normale. Aussi, ils ont renoncé à l'enquête sous cautionnement.

— Je comprends que tu lui as parlé de la petite vidéo, dit Vézina.

— Oh oui ! Et j'ai mentionné l'appel fait au Japon aussi.

— Merveilleux ! Alors, quelle est la prochaine étape ?

— Je vais devoir faire parvenir à son avocat toutes les preuves que nous avons jusqu'à maintenant. Heureusement, ces preuves ne sont pas reliées à des témoins que l'avocat de la défense pourrait discréditer. Ils ne feront certainement pas venir ses beaux-parents du Japon et nous n'avons aucune idée de l'identité de son mystérieux contact au Japon non plus. Je m'attends par contre à ce qu'ils essaient de faire refuser la vidéo ainsi que ce que nous avons obtenu par l'écoute électronique et téléphonique.

— Peuvent-ils y arriver ?

— Je ne crois pas. Nous avions un mandat du juge pour l'écoute et le système vidéo dans les ambulances. Ce dernier était en place depuis plusieurs semaines déjà, et suivait un protocole d'utilisation bien établi.

— Et pour l'enquête préliminaire ? demanda l'inspecteur.

— Nous avons fixé une date dans un mois. D'ici là, j'espère avoir reçu les résultats d'autopsie des victimes et les comparaisons d'ADN. Nous avons déjà le résultat du test de résidus de poudre sur les vêtements de Yamashita qui s'est montré positif. Demain, je lui ferai parvenir une copie de tout ce que nous avons jusqu'à maintenant.

— Comment était Yamashita en passant ? J'ai appris qu'il avait fait une crise terrible en apprenant la nouvelle de la mort de son fils, demanda Vézina.

— Il avait l'air renfermé. Je sais que lui et son avocat personnel, ce Kurotani je crois, ont passé une partie de l'après-midi d'hier à discuter. J'imagine que l'avocat a dû calmer son patron un petit peu.

— Ce petit interlude n'affectera pas la suite des procédures, j'espère ?

— Non. Si ça avait été le cas, son avocat se serait plaint au tribunal.

— Et son nouvel avocat, comment est-il ? s'enquit Vézina.

— Plutôt réglo. Ce n'est pas le genre à faire des vacheries en cour. J'aurais pensé qu'ils se seraient démerdés pour trouver quelqu'un, disons… comme eux : vicieux, sans âme. Mais de toute manière, peu importe l'avocat, il finira ses jours derrière les barreaux.

— Est-ce que tu vas t'occuper aussi du tueur à gages ?

— Non, je suis trop occupé, c'est un autre de mes collègues qui a pris le dossier.

Quelques minutes plus tard, Vézina remercia l'avocat de l'avoir tenu au courant.

Aussitôt après avoir raccroché, l'inspecteur alla voir son collègue de la Colombie-Britannique pour lui faire un compte rendu détaillé de ce qu'il venait d'apprendre.

Vézina fut très content de voir le grand sourire se dessiner sur le visage de Tanaka lorsqu'il lui dit que Yamashita avait renoncé à l'enquête sous cautionnement.

— Bill, je crois que nous le tenons ce salaud. Les preuves que nous avons sont solides. Elles ne laissent place à aucune interprétation. On le voit tuer deux personnes puis pas longtemps après on l'entend avouer tous ses crimes. Que veux-tu de plus incriminant que ça ?

— Je suis d'accord avec toi, mon ami, répondit Tanaka. Mais, continua-t-il en levant la main droite en l'air, il faut toujours penser à l'impossible avec cette face de dragon. Il doit sûrement avoir pensé à quelque chose, j'en suis certain. Ce n'est pas dans ses habitudes d'être le gentil petit agneau. Arriver devant le juge sans se battre, ce n'est pas lui. Même avec la mort récente de son fils, ce n'est pas ça qui va l'affecter. Il n'a pas de conscience Rémi. Je sais que j'ai dit que nous le tenions. Même si les preuves sont solides, ce n'est pas le jury qui m'inquiète, c'est Yamashita et son organisation.

— Je ne te comprends pas Bill. Tu es heureux et anxieux en même temps ?

— C'est la première fois que nous avons des preuves qui pourraient l'envoyer à l'ombre pour longtemps. Et de l'autre côté, il peut être dangereux même s'il est en prison, et c'est cela qui me fait peur.

— Je vois. Alors c'est à nous de faire en sorte que ça n'arrive pas.

Les deux hommes discutèrent encore quelques minutes puis Tanaka annonça ensuite à Vézina qu'il repartait pour Vancouver. Avec Yamashita derrière les barreaux, il n'avait plus grand-chose à faire ici pour l'instant.

Son patron lui avait téléphoné pour lui demander s'il pouvait revenir au bercail. Un nouveau gang de rue avait fait son apparition à Vancouver et faisait beaucoup de dommages.

Vézina lui répondit qu'il n'y avait aucun problème. Il n'y avait rien de plus à faire pour l'instant. L'enquête progressait normalement.

— Ce n'est qu'un au revoir Rémi. Si jamais il y a quelque chose de vraiment important d'ici le procès, tu n'as qu'à me donner un coup de fil et je reviendrai si vous avez besoin de moi.

— Bill, avant de partir, j'aimerais savoir ce que tu as ressenti en voyant Yamashita samedi regarder les photos de son fils et la vidéo.

— Honnêtement ?

— Oui.

— Un plaisir étrange, un orgasme cérébral ! Je m'excuse de la comparaison, mais il n'y a pas de mot pour décrire la sensation que j'ai eue. Pendant quelques secondes, j'ai même cru que ma femme et mon fils étaient à mes côtés à regarder cette charogne crier sa douleur comme un porc.

— Tu n'as rien entendu par la suite, aucune plainte ?

— Non, rien. Même si j'en avais eu, cela ne m'aurait pas dérangé. Le risque en valait le coup.

— C'est parfait pour moi, mon ami.

Vézina serra la main de son collègue et lui proposa de le reconduire à l'aéroport, ce que Tanaka accepta avec plaisir. Une fois qu'il eût salué tout le monde, les deux hommes partirent pour Dorval.

116

Nerveux, Hayato Kurotani revint rencontrer son patron en prison le mardi midi. Me Renaud, sur l'ordre de Yamashita, avait laissé la consigne aux gardiens de permettre à Kurotani de venir le voir même en son absence. Le nouvel avocat avait bien tenté d'argumenter avec son client sur la nécessité pour lui d'être présent à tous leurs entretiens; rien à faire.

Lorsque Yamashita fut conduit dans la salle réservée aux rencontres avocat/client, Kurotani eut un choc. Son patron semblait avoir vieilli de quinze ans en l'espace de quelques jours, le regard absent, sans vie. Toujours impeccablement vêtu, il ressemblait maintenant à un itinérant.

Yamashita s'assit sans daigner serrer la main de son ami. D'une voix amère, le chef de la mafia japonaise alla droit au but.

— Hayato, qu'as-tu trouvé pour me sortir d'ici ?

— Rien de bon mon ami.

— Que veux-tu dire ?

— Le tueur à gages que tu as engagé est détenu à l'hôpital. Il a été blessé lors de son arrestation.

— Et pour mon fils ? rétorqua Yamashita en serrant les mâchoires avec rage.

Kurotani savait que lorsque son ami était dans cet état, mieux valait ne pas le contrarier.

— De ce que j'ai pu apprendre, Masao aurait assassiné le médecin en l'étranglant avec un fil métallique.

L'avocat n'aurait pas pu le jurer, mais il croyait avoir aperçu pendant une ou deux secondes, une expression de fierté se dessiner sur le visage placide du prisonnier.

— Pour une raison encore inconnue, quelqu'un d'autre serait intervenu et aurait abattu Masao d'une balle entre les deux yeux.

À l'évocation de ce souvenir, Yamashita revit les photos de son fils que Tanaka lui avait envoyées. Retenant ses sanglots, il fit signe à son ami de continuer.

— Il n'y a aucun témoin et aucune caméra de surveillance n'était installée dans le garage souterrain.

— Qu'est-ce qui leur fait croire que c'est vraiment Masao qui a tué le médecin ?

— Le petit avait placé le fil ensanglanté dans un sac en plastique. Ces empreintes digitales ont été retrouvées sur le sac et sur la poignée en bois reliée au fil. De plus, il y avait des taches de sang appartenant à la victime sur ses vêtements.

— Est-ce qu'ils me laisseront au moins assister aux funérailles de mon fils ?

Kurotani fit un mouvement négatif de la tête, lui qui avait tout essayé pour convaincre les autorités.

— Bordel ! Hayato. Trouve un moyen... Je te paie pour ça !

— Désolé mon ami, ils ont refusé de te laisser sortir, même pour un adieu à ton fils. Tu représentes un trop gros risque.

En disant ces paroles, l'avocat eut le réflexe de se reculer, car à la seconde où les derniers mots furent prononcés, Yamashita abattit violemment sa chaise sur la petite table. Aussitôt, deux gardiens arrivèrent en trombe. Kurotani leur fit signe que tout allait bien. Peu rassurés, ils attendirent que Yamashita se calme et ils apportèrent une autre chaise, en résine cette fois, afin qu'il reprenne sa place, avant de les laisser seuls.

— Hiro, contrôle-toi s'il te plaît ! Ce n'est pas de ma faute s'ils ont refusé.

— Les chiens, ils n'ont pas le droit de m'empêcher d'aller aux funérailles de mon fils.

— Je sais Hiro. Je vais demander à Renaud de voir avec l'assistant du procureur s'il ne pourrait pas négocier une exception.

— Merci mon fidèle ami. Je n'arrête pas de voir ces foutues photos dans ma tête. As-tu réfléchi à ce dont je t'ai parlé hier ?

— Oui. Je vais rencontrer le reste du groupe bientôt pour leur en parler. Mais avant, je dois m'occuper de faire les arrangements pour Masao.

Yamashita ne répondit rien. Toujours fou de rage, il sentait son sang bouillir dans ses veines en pensant qu'il ne pourrait pas revoir son fils une dernière fois avant qu'il ne soit incinéré.

Kurotani lui, ne savait pas comment aborder le sujet du tueur à gages.

— Hiro, il y a toujours le problème de ton homme de main.

— Ce n'est plus un problème pour moi. Je veux que ce trou du cul aille tenir compagnie à tous ceux qu'il a tués, peu importe l'endroit où ils se trouvent en enfer.

— Que fais-tu de ta promesse à Etsuo ? Il t'avait bien averti qu'il ne devait rien arriver au tueur.

— Je me fous d'Etsuo. J'avais engagé quelqu'un pour tuer trois incompétents, et mon fils est devenu la troisième victime. Je vais te donner son numéro de téléphone. Tu l'appelles et tu lui expliques la situation. Tu lui diras que je veux que ce fils de pute mange les pissenlits par la racine d'ici quarante-huit heures. M'as-tu bien compris Hayato ? Tu lui fais un cocktail toi-même s'il le faut. Tu joues ta propre vie mon vieux !

— Très bien.

— Le tueur, quand quittera-t-il l'hôpital ? demanda Yamashita.

— Si tout va bien, jeudi avant-midi.

— Alors, il devra être éliminé avant son transfert à la prison.

— Aussitôt que je serai à mon bureau, je l'appelle. Il va japper !

— Hayato ! Je ne veux pas de son approbation, pas le moment de mettre des gants blancs, un point c'est tout.

— OK.

Les deux hommes se regardèrent sans rien dire pendant plusieurs minutes, puis Kurotani reprit.

— Et comment veux-tu que j'opère cette fois ? Tu as un plan ?

— Tu te rappelles la petite infirmière japonaise, Sato je crois ? Nous avons toujours les photos compromettantes et l'enregistrement de son souper avec moi. Alors, tu la rencontreras et lui demanderas de nous rendre un dernier petit service, sinon, je ne serai pas le seul à subir un procès pour meurtre. Elle travaille au même hôpital où ce salaud est soigné, je crois. Une injection mortelle, genre venin d'abeille, qui passera inaperçue vu le contexte. À elle de trouver avec quoi et quand le shooter avant qu'il soit transféré. Et tant mieux s'il plane un peu avant de quitter ce monde. Un luxe que mon épouse adorée n'a pas eu… Je maudis les abeilles !

— Pas de problème patron. Autre chose ?

— Oui. Je veux que le vieux Carmelli ramasse le plus de renseignements possibles sur les juges et avocats qui entendront les causes pour ces meurtres. Il ne doit pas y en avoir beaucoup à ce Palais de Justice. Je veux savoir sur quoi reposera la preuve car je pourrai alors m'infiltrer dans le processus… avec ton aide évidemment !

— Tout sera fait comme tu le demandes.

Ils se serrèrent la main et l'avocat promit de lui donner des nouvelles le plus vite possible. Abattu mais non vaincu, le prisonnier regagna sa cellule. Pour lui, le mot justice n'avait rien en commun avec la protection des innocents. Vraiment rien !

117

L'avocat officiel d'Hiro Yamashita, Me François Renaud était âgé de trente-huit ans. Marié à une avocate, le couple avait deux magnifiques enfants.

Depuis qu'il était tout jeune, Renaud rêvait de devenir un avocat spécialisé en droit criminel pour défendre les plus dangereux tueurs de la province. Après dix ans à plaider des cas médiocres, à défendre des *loosers*, il n'avait réalisé que la moitié de son rêve. Il en avait marre des petits malfrats sans envergure.

Au fil des ans, il avait accepté sa situation. Sa femme nourrissait son ambition. Elle ne cessait de lui répéter qu'il faisait ses classes.

Peu après dîner, Me Renaud reçut une copie des preuves que la couronne voulait faire admettre en cour. Cela incluait la vidéo montrant son client abattre de sang-froid les deux ambulanciers. Ensuite, il y avait l'enregistrement de la confession des crimes qu'il venait de commettre lui-même, ainsi que ceux que son tueur à gages avait commis. Et pour terminer, il y avait la confession de Ralph Mueller sur son lit d'hôpital.

Sans la vidéo et la confession de son client, l'avocat croyait qu'il aurait été capable de le faire acquitter, avec un doute raisonnable. Sauf que maintenant, c'était pratiquement impossible.

L'assistant du procureur connaissait les antécédents judiciaires du yakuza. Il ferait sûrement en sorte que le jury l'apprenne aussi, ce qui n'arrangerait pas sa cause.

Me Renaud devait rencontrer son client et son chien de poche un peu plus tard en après-midi. Il ne savait pas ce que Yamashita allait décider de faire, car franchement, il n'y avait pas de miracle possible.

Si la décision lui revenait, ce dont il doutait, il passerait directement aux aveux. Autant éviter de laisser à la couronne le temps de faire resurgir un passé compromettant. En attendant son rendez-vous avec le diable, Renaud quitta son bureau pour se rendre à la bibliothèque. Il avait une ou deux recherches à faire qui pourraient peut-être éviter la prison à vie à son client.

* * *

Une fois rendu à son bureau, sans se soucier du décalage horaire, Kurotani téléphona à Etsuo Matsumoto au Japon.

Comme à son habitude, le vieux criminel japonais répondit avant la fin de la deuxième sonnerie. Après les politesses d'usage, Kurotani lui raconta les événements tragiques de la dernière fin de semaine. À la fin du récit, Matsumoto exprima sa tristesse et ses sympathies.

Lorsque l'avocat lui expliqua que son ami et patron voulait venger la mort de son fils, Matsumoto resta muet. Un silence lourd de conséquences se prolongea sur plus de quinze secondes Le vieux japonais allait-il digérer et acquiescer ?

— Hayato, je ne crois pas qu'éliminer le…

— Etsuo ! Hiro est intraitable sur ce point. Il ne sera plus de ce monde d'ici les quarante-huit prochaines heures.

— Je vois. Cette discussion est une formalité ! Le caméléon a échoué sa mission, *exit* !

— Étant donné que tu étais l'intermédiaire, il semble que sa demande de t'en informer d'abord était une marque de respect entre vous.

Matsumoto savait que plusieurs clients et clientes seraient déçus d'apprendre la mort du caméléon. Sauf que dans la situation où ce dernier se trouvait, mieux valait qu'il emporte avec lui tous ses secrets.

343

Ainsi fut scellé le destin de Ralph Mueller.

118

Un peu avant quinze heures, Anna Sato téléphona chez elle pour relever les messages de sa boîte vocale. Elle attendait un appel d'un de ses amis qui lui confirmerait ou non s'il avait obtenu des billets pour aller voir le nouveau spectacle de sa chanteuse préférée au Centre Bell. À sa grande surprise et pour son plus grand malheur, le seul message venait du collaborateur anonyme de Yamashita, dont elle n'avait pas eu de nouvelles depuis avant les fêtes de fin d'année.

Une de ses amies ayant remarqué l'air terrifié d'Anna, vint lui demander si elle se sentait bien. Anna lui fit un oui de la tête.

La voix du démon, comme elle l'appelait maintenant, exigeait qu'elle vienne le rencontrer à seize heures trente dans un petit café près de l'hôpital. Il ne lui donna aucune raison, mais signifia qu'il était dans son intérêt de ne pas manquer le rendez-vous, sinon, il pourrait y avoir de graves conséquences qui ne s'expliquaient pas par téléphone.

Avant de raccrocher, Anna s'assura d'effacer le message, ne voulant laisser aucune trace pouvant la relier au clan de Yamashita. Puis, sans perdre une seconde, elle se dirigea vers la salle de bain la plus proche. Devant le miroir, Anna aperçut une tout autre personne.

Celle qu'elle voyait présentement était blême, tremblante et peu sûre d'elle. Sans crier gare, son estomac se révulsa et elle eut juste le temps d'ouvrir la porte de la cabine la plus près pour vomir. Quelques minutes plus tard, toujours livide, Anna se rinça le visage à l'eau froide, ce qui sembla lui redonner des couleurs.

De retour à l'urgence, elle partit voir l'infirmière-chef pour lui demander la permission de rentrer chez elle, ne se sentant pas très bien.

Une fois dans son auto, Anna regarda partout autour d'elle, essayant de voir si quelqu'un l'observait. Craintive, elle fit démarrer son auto et s'en alla directement à la maison.

Sur le chemin du retour, elle réalisa qu'elle ignorait tout de cet homme. À cette pensée, elle fut parcourue d'un grand frisson. Elle avait suivi les actualités des derniers jours; elle savait donc que son employeur était en prison et qu'il voudrait sans doute un autre service ayant un lien avec l'hôpital.

Aussitôt arrivée chez elle, Anna se fit couler un bon bain chaud, espérant que la chaleur dénouerait ses muscles tendus comme des cordes de piano. Il ne lui restait plus grand temps avant son rendez-vous avec le diable.

* * *

Quinze minutes après le début de la rencontre, Kurotani se leva, regarda Anna droit dans les yeux, puis lui remit un bout de papier avec un numéro de téléphone qu'elle devrait mémoriser et détruire par la suite. L'émissaire de Yamashita lui laissa jusqu'au jeudi matin pour faire ce qu'il lui demandait. Après cette date butoir, elle devrait assumer les conséquences de son refus ou de son échec. Dans le cas où elle réussirait sans bavure, une généreuse récompense lui serait offerte.

Puis, sans rien ajouter, l'avocat laissa Anna, seule à leur table.

Abasourdie par la demande qu'elle venait de recevoir, Anna commença par faire ce que lui avait dit le yakuza, c'est-à-dire apprendre le numéro de téléphone par cœur et détruire le papier. Ensuite, elle alla payer les consommations et retourna chez elle.

Tout comme elle l'avait fait quelques heures plus tôt, Anna reprit un autre bain, mais cette fois accompagnée d'une tisane bien chaude.

Après quelques minutes, Anna commença à respirer. La confusion qui l'avait envahie pendant sa rencontre avec Kurotani commençait à se dissiper lentement. Une fois séchée et habillée de son pyjama préféré, Anna s'étendit sur son lit.

Elle n'avait pas beaucoup de temps devant elle pour prendre sa décision, décision qui sera la plus importante de sa vie.

Anna avait donc deux choix devant elle. Le premier : aller voir la police et leur expliquer ce qu'elle avait fait avant les fêtes et ce que Yamashita lui demandait de faire maintenant. Le second : tout simplement faire ce qu'ils lui demandaient, c'est-à-dire assassiner Ralph Mueller.

Ce qui n'aidait pas à prendre sa décision était que, peu importe ce qu'elle choisirait, elle risquait de se retrouver elle-même en prison. Alors, que faire ?

Il était hors de question de se confier à qui que ce soit. Elle ne voulait pas mettre la vie de ses amis en danger.

Laissant son esprit dériver au son de la musique qu'elle avait mise en sortant du bain, Anna se rappela un film qu'elle avait vu quelques mois plus tôt, où une infirmière étant dans la même situation qu'elle, avait éliminé un de ses patients et s'en était sortie sans problème. « Alors, pensa-t-elle tout haut, pourquoi pas essayer ? »

Anna décida donc d'aller louer le film de nouveau pour voir si elle pouvait faire ce que cette infirmière avait fait.

Tout d'un coup, l'espoir d'Anna refit surface. Peut-être qu'en fin de compte, elle aurait une petite chance de s'en tirer. Restait à trouver le cocktail parfait…

Sa décision était donc prise.

119

Sur l'heure du souper, l'avocat rencontra son client ainsi que son petit chien de poche. Sans préambule, il énuméra et expliqua l'implication de chacune des preuves que la couronne prévoyait déposer contre lui. Il émit aussi le commentaire qu'il lui serait très difficile de convaincre un jury d'être indulgent.

Les deux Japonais se regardèrent sans dire un mot, ce qui n'échappa pas à l'avocat québécois.

— Messieurs, demanda Me Renaud. Nous retournerons en cour dans trois semaines pour l'enquête préliminaire. Si vous voulez mon avis, avec les preuves en béton qu'ils ont contre nous, nous devrions nous soustraire à l'enquête et aller directement au procès, et ce, le plus rapidement possible. Je crois que nous pourrions trouver une date pour le début de l'automne. Si…

— Si c'est votre recommandation, nous allons la suivre, répondit Yamashita, tout en regardant encore une fois son ami.

— Très bien alors. Je vais entrer en contact avec le procureur pour trouver un arrangement.

— Merci Me Renaud pour votre aide. Nous savons que la cause ne sera pas facile, mais nous avons confiance en vous, répliqua l'avocat personnel de Yamashita.

— Alors, messieurs, je vous laisse. Bonne soirée.

— Maître ! Avant que vous partiez, avez-vous eu des nouvelles pour notre requête ? Celle pour permettre à mon ami d'assister aux funérailles de son fils, demanda Kurotani.

— Je suis désolé. J'ai tout fait, mais la permission vous a été refusée encore une fois.

Kurotani, ayant pressenti la nouvelle, avait déjà une main sur le bras de son patron pour éviter qu'il s'emporte.

— Merci quand même, répondit Yamashita, les lèvres serrées.

— Encore une fois, je suis désolé.

Yamashita et Kurotani se levèrent pour serrer la main de leur avocat.

Une fois sorti de la salle, Renaud ne comprenait pas encore ce qui s'était vraiment passé avec son client. Il avait entendu parler de sa fameuse crise du samedi précédent. C'était pourquoi il rechignait à lui avouer lui-même que personne ne voulait le voir sortir d'ici, même pour accompagner son fils mort.

Arrivé à son bureau, il téléphona à Me Tremblay, l'avocat de la couronne pour prendre un rendez-vous, afin de programmer la suite des procédures. Il lui apprit par le fait même que son client renonçait à son enquête préliminaire pour aller directement au procès.

Le rendez-vous fut fixé pour le lendemain, au bureau du procureur. Une fois cette tâche réglée, Me Renaud prit la pile de messages et se fit servir une tasse de café par sa secrétaire. Il lui restait encore beaucoup de travail avant sa rencontre avec son confrère.

* * *

Ralph Mueller était couché dans son lit et regardait la partie de hockey à RDS. Il n'avait jamais rien compris à ce sport, étant plutôt un fanatique de football européen.

Il s'était entretenu avec son avocat plus tôt dans la journée et les nouvelles n'étaient pas trop bonnes. Selon le juriste, l'échantillon d'ADN retrouvé sur les lieux du meurtre du docteur Ducharme correspondait bel et bien au sien. Encore plus grave, la balle ayant tué Masao Fukuda correspondait également à son arme, celle qu'il avait en sa possession lors de son arrestation, l'examen balistique ayant confirmé le tout. Les chances qu'il puisse éviter la prison étaient quasi inexistantes. Sa seule consolation était que, grâce à sa coopération avec les policiers, il pourrait peut-être passer quelques années de moins derrière les barreaux. À l'âge qu'il avait, il n'était pas certain d'en ressortir sur ses deux jambes.

Sur ce point, il avait tout à fait raison.

Mueller avait un autre problème. Si ses clients en Europe apprenaient qu'il était détenu au Québec, des haut placés de différents gouvernements tenteraient sûrement de le faire éliminer. Personne ne voudrait courir le risque de le voir parler et donner certains de ses employeurs pour marchander une clémence de la cour.

Il n'avait aucun moyen de leur faire savoir qu'il n'était pas dans ses intentions de déballer ses secrets professionnels.

D'une façon ou d'une autre, il était condamné à rester à l'ombre pour plusieurs années, que ce soit dans une tombe ou en prison.

Ce dont il était certain, c'est qu'il serait transféré à la prison dans quelques jours, le jeudi avant-midi. Il appréhendait ce transfert avec anxiété. N'ayant jamais fait de prison de sa vie, il ne savait pas à quoi s'attendre. Il se mit à chercher par quels moyens il pourrait bien s'évader tandis que la chose était encore possible. L'était-elle, même pour le maître du déguisement ?

120

Mercredi 19 février 2014

Le mercredi matin, Anna Sato était de retour au travail. L'infirmière-chef de l'unité où elle travaillait était très heureuse de la revoir en meilleure forme que la veille, surtout que deux autres infirmières avaient pris un congé de maladie pour la journée.

Anna travailla l'esprit troublé. Depuis sa rencontre avec l'avocat japonais, elle n'avait cessé de réfléchir aux conséquences que cela entraînerait si elle faisait ce qu'on lui demandait de faire. Elle avait regardé deux fois le fameux film en maudissant le scénariste de n'avoir pas détaillé davantage la composition de son cocktail meurtrier.

Elle n'avait presque pas dormi de la nuit, calculant ses chances de réussir sa mission. Elle pensa aussi à ses vieux parents. Qu'adviendrait-il d'eux si elle se faisait prendre par la police et aboutissait en prison pour vingt-cinq ans ? Qui pendrait soin d'eux ?

Le temps jouait contre elle.

Le plus compliqué serait de s'approcher de la chambre du patient. Il y avait toujours un policier de garde à l'entrée. Comment justifierait-elle sa présence dans cette chambre ?

La chance tourna enfin en sa faveur lorsqu'un peu avant le dîner, le responsable de la liste de rappel lui demanda si elle était disponible pour faire une nuit, la prochaine, en heures supplémentaires, à l'étage de chirurgie, étage où était soigné le patient qu'elle devait éliminer. Sans hésiter, Anna accepta.

Le reste de son quart de travail se déroula sans problème, et elle eut même un regain d'énergie.

Anna avait décidé d'opter pour le même plan que l'infirmière de son film. Elle le peaufina donc mentalement tout en vaquant à ses tâches. Elle devait passer au bloc opératoire chercher un des médicaments nécessaires à l'exécution de son plan. Les autres substances étaient disponibles dans la salle de préparation des médicaments, présente sur chaque département.

Plus son plan prenait forme, mieux elle se sentait et plus confiante elle devenait. Elle s'arrangerait pour avoir Mueller comme patient. De cette manière, il paraîtrait normal qu'on la voie entrer et sortir de sa chambre.

À la fin de son quart de travail, Anna était toute souriante. Elle salua ses collègues de travail puis décida d'aller se chercher des sushis pour souper. Une petite sieste lui serait nécessaire avant d'aller faire la nuit, puisque mieux valait être alerte pour la tâche qu'elle avait à accomplir.

Au moment de fermer les yeux, à la veille d'un carrefour important de sa vie, Anna eut la certitude qu'elle allait réussir sa mission. Ensuite, ce cauchemar serait derrière elle, et en plus, elle aurait le loisir de dépenser allègrement cet argent si simple à liquider.

121

Le mercredi suivant l'arrestation d'Hiro Yamashita, l'avocat de la défense et celui de la couronne se réunirent pour discuter de la suite des procédures du dossier Yamashita.

Mᵉ Renaud annonça à son collègue que son client renonçait à son enquête préliminaire et désirait accélérer la tenue du procès, et ce, devant juge et jury.

Il confirma que son client comprenait les charges retenues contre lui et se disait victime d'un coup monté par ses anciens concurrents de Vancouver.

Me Tremblay fut surpris de la tournure des événements. Selon ce qu'il avait entendu dire par l'inspecteur Tanaka, Yamashita n'était pas du genre à renoncer si facilement à la liberté. Il ne comprenait pas non plus ce que ses anciens ennemis de Vancouver venaient faire dans l'histoire. En ce qui le concernait lui, en tant qu'avocat de la couronne, c'était les preuves en béton qu'il y avait contre Yamashita qui importaient. Elles étaient en petit nombre, mais crédibles.

— Quand pensez-vous avoir les résultats des autopsies ? s'enquit l'avocat de la défense.

— J'espère d'ici une à deux semaines. Ah oui ! J'allais oublier. Je voulais vous le faxer, mais étant donné que vous êtes là. J'ai reçu hier le résultat du test de résidu de poudre. Dans le cas de votre client, le résultat était positif. Yamashita a bel et bien tiré lui-même avec une arme. Il semble que votre client ait oublié de prendre une douche et de se débarrasser de ses vêtements après avoir tué les deux ambulanciers.

L'avocat de la défense regardait son collègue sans rien dire. En fait, il n'y avait rien à dire.

L'assistant du procureur lui remit une copie du rapport qu'il plaça dans sa valise.

— Il me semble François que vous allez avoir besoin de beaucoup de chance pour faire acquitter votre client.

— Aucun commentaire, répondit Renaud avec un petit sourire.

— Alors, si nous regardions pour trouver une date pour la tenue du procès, suggéra l'avocat de la couronne.

— J'avais pensé au début de l'automne, après la fête du Travail, proposa Renaud.

— Hum ! Délai trop court. Avec les preuves que nous avons, j'aurai besoin de trois jours maximum et il faut effectuer la sélection des jurés, répondit Tremblay. Disons la première semaine de novembre.

— C'est parfait pour moi. Et pour la sélection des jurés ? demanda Renaud.

— Que penseriez-vous d'après la fête du Travail ? Les gens seront de retour de vacances.

— Allons-y pour cela alors.

— Aussitôt que nous aurons terminé ici, je demanderai à ma secrétaire de faire la demande à la cour pour l'assignation d'un juge.

Les deux confrères continuèrent de discuter du procès à venir pendant encore une heure, puis Me Renaud remercia son collègue en lui disant qu'il était temps pour lui de retourner à son bureau.

Une fois seul, Tremblay téléphona à l'inspecteur Vézina pour le mettre au courant de la décision de Yamashita d'aller directement au procès. Il lui annonça aussi la date choisie et en profita pour lui demander de lui trouver tout ce qu'il pourrait sur Hiro Yamashita, concernant son passé de criminel à Vancouver et à l'extérieur du pays. Les preuves qu'ils avaient étaient solides, il pourrait donc prévenir des coups bas de la défense.

— C'est trop facile…, commenta Vézina. Il doit être en train de manigancer quelque chose… Je pressens qu'un lapin va sortir d'un chapeau. Nous allons garder l'œil ouvert.

122

Jeudi 20 février 2014

Il était minuit passé. La journée de mercredi venait de se terminer. Anna Sato venait tout juste de prendre le rapport de ses collègues du quart de soir et comme elle le souhaitait, Ralph Mueller faisait partie de ses patients.

Anna était préalablement allée chercher le curare qu'elle voulait utiliser pour commettre son crime. Tout comme dans le film qui l'inspirait, elle avait mis une paire de gants en latex dans sa poche de sarrau afin de ne pas laisser d'empreintes digitales sur le flacon d'Anectine. Le médicament reposait dans un sac en papier bien caché dans son sac à dos.

Anna avait prévu de passer à l'action lorsqu'au moins deux de ses collègues seraient en pause. Il n'y avait pas de patients qui demandaient une très grande attention sur l'étage. La chambre du fameux Ralph Mueller, quant à elle, était toujours gardée par un policier.

Plus tôt dans la journée, elle s'était renseignée pour connaître la marche à suivre concernant le policier. Par bonheur, il n'y avait rien de bien particulier à faire. Il fallait seulement lui donner son nom et matricule lors de chaque visite.

Une fois cette première étape passée, Anna révisa mentalement la suite de l'opération. Au début de son quart de travail, elle avait pris, sans que personne ne la voie, un flacon de chlorure de potassium qu'elle cachait dans sa poche de sarrau enveloppé dans un papier mouchoir.

Vers trois heures du matin, alors que tout était calme et que deux des infirmières étaient parties en pause pour une heure, Anna alla chercher le flacon d'Anectine dans son sac puis passa à la salle de bain pour préparer sa mixture mortelle.

Dans une seringue de 5 ml, elle aspira 100 mg d'Anectine. Ce curare amènerait la paralysie complète du système musculaire en quelques secondes, empêchant le patient de respirer. C'était l'effet de la piqûre d'abeille en somme sur la pauvre madame Yamashita, mais en beaucoup plus rapide. Ce dernier serait toujours conscient, mais incapable de parler ou de bouger. Dans l'autre seringue, elle préleva 10 ml de chlorure de potassium. Une fois injecté dans la veine, le médicament amènerait le cœur en fibrillation ventriculaire dans les vingt secondes suivantes, puis à l'asystolie complète et donc à la mort, le tout dans d'affreuses souffrances.

Une fois sa potion médicamenteuse prête, son « cocktail japonais », comme elle s'amusait à le nommer en pensant à Yamashita, Anna cacha les seringues dans sa poche de sarrau en les couvrant de plusieurs épaisseurs de papier.

À aucun moment, elle ne songea à changer d'idée.

Elle arriva devant la chambre de Mueller, signa le registre et sans jeter un regard au policier assis, elle pénétra dans la chambre.

La lumière de la salle de bain était allumée et la porte légèrement entrouverte. Anna constata que son patient dormait profondément. Sans plus attendre, elle s'approcha du patient et s'assura que son soluté coulait normalement. Satisfaite, elle sortit les deux seringues de sa poche. D'un geste rapide, elle enleva l'aiguille, connecta la seringue au site d'injection du soluté et injecta rapidement les 5 ml d'Anectine dans le système circulatoire de Mueller. Sans perdre de temps, Anna fit la même chose avec la seringue de chlorure de potassium. Au moment où la deuxième seringue fut retirée du soluté, l'Anectine commençait déjà à faire son effet.

Anna eut juste le temps de placer sa main devant sa bouche pour retenir un cri.

Dans le film qui l'avait inspirée, Anna n'avait pas trop fait attention au jeu de l'acteur lorsque le patient qu'il incarnait était décédé à la suite du même cocktail que celui-ci.

Sauf que maintenant, c'était la réalité et non de la fiction.

Anna eut un choc lorsqu'elle vit son patient convulser sous l'effet du curare. Tous ses muscles se contractaient l'un après l'autre. Son corps se mit à trembler comme une feuille soufflée par un vent froid de novembre. Ses yeux s'agrandirent comme des pièces d'un dollar. Heureusement, il ne fit pas de bruit, ce qui aurait à coup sûr alerté le policier à l'extérieur.

Anna comprit que la fin était proche lorsqu'elle vit les lèvres du patient devenir bleues, suivies de son visage. Elle n'oubliera jamais l'expression de panique, de terreur dans les yeux de Mueller. À ce moment précis, elle fut prise de remords. Peut-être était-il encore temps d'appeler à l'aide. « Mais non idiote, entendit-elle dans sa tête. Si tu appelles à l'aide, ils sauront que c'est toi. »

Deux minutes après l'injection des deux médicaments, Mueller avait cessé de bouger. Anna regarda en direction de la porte. Rassurée, elle se rapprocha du patient, puis elle tâta le pouls au niveau de la carotide. Avec une certaine angoisse, elle ne sentit aucune pulsation. À l'aide de son stéthoscope, elle écouta le cœur qui ne battait plus.

C'en était fait du tueur à gages Ralph Mueller.

Non sans une certaine tristesse, Anna arrangea le cadavre de son patient, de sorte que si le policier venait dans la chambre, il ne remarquerait rien d'anormal et surtout pas la cyanose sur le visage du patient.

Avant de quitter la chambre, Anna prit les deux seringues et se rendit rapidement dans la salle de bain. Elle fit couler l'eau froide du robinet puis elle aspira l'eau avec chaque seringue pour rincer toute trace de médicament. Ensuite, elle retira l'embout de caoutchouc noir de chacun des pistons qu'elle jeta dans la toilette et tira la chasse pour faire partir l'eau. Le reste des seringues serait disposé dans quatre poubelles différentes. De cette manière, il sera impossible pour la police de retrouver l'arme du crime si jamais on suspectait autre chose qu'une mort naturelle.

Une fois sortie de la chambre, Anna repassa devant le policier qui, encore une fois, ne la regarda même pas. D'un pas normal, elle retourna au poste des infirmières.

N'ayant pas d'autre tournée de patient à faire avant le matin, Anna savait qu'elle devait jouer la comédie lorsqu'elle irait revoir Mueller pour sa visite du matin. Le reste de la nuit se déroula sans problème.

Après être revenues de leur pause à six heures quinze, Anna et les autres infirmières partirent faire la dernière tournée de la nuit.

Mueller était le troisième patient sur la liste d'Anna, c'est donc vers six heures trente-cinq, une fois rendue dans la chambre de son patient qu'elle cria à l'aide. Le policier fut le premier à la rejoindre. Ce dernier semblait désorienté, ne sachant trop ce qui se passait et ce qu'il devait faire. Puis, les autres infirmières arrivèrent. Anna avait déjà téléphoné pour faire annoncer le code bleu, c'est-à-dire qu'un patient était en arrêt cardio-respiratoire et que le médecin de garde à l'urgence devait se rendre sans tarder sur place.

Les infirmières étaient bien entraînées, chacune faisait ce qu'elle avait à faire en attendant l'arrivée du médecin de l'urgence. Lorsque celui-ci fut dans la chambre, le patient était déjà sur le moniteur cardiaque provenant des soins intensifs. Sur l'écran, le tracé montrait une asystolie complète, et ce, malgré le massage cardiaque efficace qu'on venait de lui faire. La peau du patient était froide et cyanosée.

Anna expliqua au médecin de garde que lors de sa visite vers trois heures, le patient dormait paisiblement, ayant reçu un calmant un peu plus tôt. Sa respiration était normale. Sans faire de bruit, elle avait remonté les couvertures jusqu'à ses épaules.

Puis, en arrivant quelques minutes plus tôt, elle avait été intriguée de découvrir son patient exactement dans la même position qu'à la fin de sa visite précédente. C'est en allumant les lumières de la chambre qu'elle avait remarqué son teint livide et sa cyanose. Cherchant un pouls carotidien et n'en trouvant pas, elle avait lancé le code.

Après un peu plus de trente minutes de manœuvres soutenues sans succès, l'urgentologue regarda le tracé cardiaque et signifia son intention d'arrêter les manœuvres de réanimation. Mueller fut déclaré mort à sept heures quinze.

Le policier qui était de garde devant la chambre s'était placé à l'écart dans un coin pour ne pas nuire au travail des infirmières. Immédiatement après que le médecin eut déclaré le patient mort officiellement, il ordonna que plus personne ne touche au corps. Ce dernier devait rester tel qu'il était présentement. Une enquête serait ouverte aussitôt qu'il aurait avisé ses supérieurs.

Lorsqu'elle entendit le policier mentionner qu'il y aurait une enquête, Anna sentit sa belle assurance s'évanouir. Dans son film, il n'y avait pas eu d'enquête policière après la mort du patient. Pourquoi n'avait-elle pas pensé à cette éventualité ? Elle se rassura en se disant qu'elle avait bien couvert ses arrières en détruisant toutes les pièces de l'arme du crime. Ils ne pourraient jamais retrouver tous les morceaux.

Alors, pourquoi cette peur ?

À la fin du quart de travail, l'infirmière-chef de l'unité vint s'enquérir de l'état d'Anna, le patient décédé étant un des siens.

— Je suis OK, répondit Anna.

— Tu es certaine de ne pas vouloir prendre la journée ? demanda sa supérieure.

— Certaine, merci. Ce n'est pas la première fois qu'un de mes patients meurt, j'en ai vu plusieurs à l'urgence.

— Comme tu voudras Anna.

— Merci quand même.

— Allez ! Passe une belle journée quand même, l'encouragea l'infirmière-chef.

Les deux femmes se séparèrent. Anna s'en retourna à l'urgence pour son quart régulier de jour.

Aussitôt qu'elle eut quitté le département de chirurgie, Anna se dirigea vers une des salles de bain pour vomir. Tout le stress de la nuit passée venait de la quitter. Elle s'essuya le visage en se regardant dans le miroir. Elle ne réalisait pas encore l'ampleur de son geste. Elle faisait maintenant partie de la même race que Yamashita, c'est-à-dire… une tueuse, une criminelle. Avait-elle eu le choix ?

Une fois arrivée à l'urgence pour prendre son rapport du quart de nuit, elle se sentait beaucoup mieux, se permettant même de sourire. Elle eut également une pensée pour l'infirmière du film qui l'avait inspirée.

Malgré la possibilité d'une enquête sur la mort de Ralph Mueller, Anna espérait passer une magnifique journée. N'avait-elle pas été parfaite, dans son rôle de justicière invisible ?

123

Lorsque l'inspecteur Vézina arriva au bureau le jeudi matin, une mauvaise nouvelle l'attendait.

Il avait prévu de faire partie de l'escorte qui conduirait Ralph Mueller de l'hôpital à la prison. Ils avaient reçu l'autorisation du médecin la veille, ce dernier estimant que son patient était assez rétabli pour quitter l'hôpital.

En voyant O'Brian, il sut que quelque chose n'allait pas.

— Parle Marcel, qu'y a-t-il ?

— Ralph Mueller est mort.

— QUOI ?

— Mueller est mort ce matin. Il semble qu'il ait fait un infarctus massif. C'est son infirmière qui l'a découvert ce matin en faisant sa tournée, lui expliqua son assistant.

— Merde ! Mais comment est-ce possible ? L'enfoiré semblait en bonne santé, à part son épaule. Est-il encore dans sa chambre ou a-t-il été transporté à la morgue ? demanda Vézina.

— J'ai demandé qu'ils le laissent dans la chambre. J'ai pensé que tu aimerais peut-être voir le corps avant qu'il soit autopsié. J'ai aussi pris la liberté de laisser un policier à l'intérieur et un autre à l'extérieur de la chambre, comme ça, nous serons certains que personne ne touchera au corps.

— Très bien pensé O'Brian. Allons voir si on peut découvrir quelque chose sur place.

— Je vous suis inspecteur.

Les deux hommes partirent donc pour l'hôpital voir le corps de Ralph Mueller.

Vézina n'en revenait tout simplement pas. Hier, Mueller était un délateur, témoin incriminant contre Yamashita et aujourd'hui, pouf ! Plus rien. Se pourrait-il que Yamashita l'ait fait éliminer ? C'était la question à un million de dollars. Et si c'était le cas, par qui ? Comment aurait-il pu faire le coup ? En dehors des personnes concernées, nul n'était au courant de la présence de Mueller à l'hôpital.

Une fois arrivés sur place, Vézina et O'Brian se rendirent directement à l'étage de chirurgie. Ils furent reçus par l'infirmière responsable du département. Le trio discuta quelques minutes puis Vézina demanda à rencontrer le médecin qui avait déclaré Mueller mort et l'infirmière qui s'était occupée du patient. Peu importait l'ordre, cela ne ferait aucune différence.

En attendant de rencontrer tout ce beau monde, les deux policiers allèrent voir le corps du meurtrier une dernière fois.

Lorsque le policier de garde devant la chambre de Mueller aperçut l'inspecteur Vézina se diriger vers lui avec un air qui lui semblait mauvais, ce dernier se leva d'un bond et attendit son supérieur.

— Inspecteur ! s'exclama le policier avant que Vézina n'ait pu placer un mot, je suis vraiment désolé, je veux dire pour Mueller. Je n'ai rien vu venir.

— Tout doux mon ami, répondit Vézina. Comment auriez-vous pu savoir que ce salaud allait mourir d'une crise cardiaque ?

— Aucune idée monsieur. C'est juste que cela me fait chier qu'il soit mort sous ma garde.

— Ce n'est pas de votre faute. S'il a été assassiné, nous allons découvrir par qui et comment, ne vous en faites pas.

— Merci monsieur.

— Alors ! Racontez-moi votre nuit, demanda l'inspecteur.

— Très bien. Pendant la soirée, il n'y a rien eu à signaler selon mon prédécesseur. Lorsque j'ai remplacé mon collègue à minuit, je suis entré dans la chambre et Mueller ne dormait pas. Il m'a salué puis je suis ressorti m'asseoir à l'extérieur, comme à mon habitude. Vers trois heures du matin, son infirmière est venue pour sa première tournée.

— Ce n'est pas un peu tard pour une première tournée ? demanda O'Brian.

— Pas vraiment. L'infirmière de soir était passée juste avant minuit lui donner quelque chose contre la douleur. Si vous voulez plus de détail, c'est avec l'infirmière que vous devriez voir, répondit le policier.

— Est-ce que vous avez pris son nom en note ?

— Oui, comme toujours. Toute personne entrant dans la chambre doit signer le registre. Elle s'appelait Anna Sato, répondit le policier en regardant dans son cahier.

Vézina et O'Brian échangèrent un regard sans dire un mot à l'évocation du nom d'Anna Sato.

— Vous avez bien dit Sato ?

— Oui, c'était bien Anna Sato.

— Ensuite.

— Mademoiselle Sato est entrée dans la chambre pour quelques minutes, puis est repartie vers le poste des infirmières pour ne revenir que ce matin pour sa dernière tournée. Je dirais qu'environ quinze secondes plus tard, elle criait à l'aide.

— Et lorsque l'infirmière Sato est venue vers trois heures, avait-elle quelque chose avec elle, comme des seringues ?

— Non. Elle avait les mains libres.

— Savez-vous ce qu'elle venait faire ?

— Non, je ne lui ai pas demandé.

— Avait-elle l'air nerveuse, agitée en ressortant de la chambre ? demanda O'Brian.

— Non. Elle semblait normale, tout comme à sa dernière visite.

— Parfait. Merci pour votre aide. Aussitôt que le corps sera parti, vous prendrez le reste de la journée. C'est la maison qui paie, dit Vézina.

— Merci monsieur, cela ne sera pas de refus.

Les deux policiers de la GNC pénétrèrent dans la chambre de feu Ralph Mueller. Le corps était recouvert d'un drap blanc. Le policier de garde assis dans le coin de la chambre se leva à la seconde où

Vézina et O'Brian arrivèrent près du lit. L'inspecteur lui fit signe de rester assis. O'Brian tira le drap vers le bas pour découvrir le haut du corps de Mueller. Ils aperçurent alors le cadavre rigide du tueur.

Au premier regard, rien ne semblait suspect. Le personnel infirmier avait, comme on le lui avait demandé, laissé le corps tel qu'il était lorsque le médecin de l'urgence avait déclaré Mueller mort. Le patient était encore intubé, les solutés en place, de même que la planche de réanimation qui était toujours sous son dos.

— Rémi, demanda O'Brian, tu penses que c'est l'infirmière Sato qui a fait le coup, hein ?

— Je ne sais pas Marcel, je ne sais pas.

— Pour ma part, si je voulais me débarrasser de quelqu'un, surtout à l'hôpital, j'opterais pour la ligne veineuse comme arme. Tu injectes ton poison et voilà, le tour est joué. Ni vu ni connu. Comme dans les films…

Vézina ne répondit rien. Il pensait à ce que son second venait tout juste de dire, à propos du soluté.

— Marcel, je veux que tu places sous scellé, le sac ainsi que la tubulure du soluté. Tu n'as qu'à l'enrouler sur le bras. En aucun cas, on ne doit y toucher. Je vais demander au légiste de voir s'il ne trouverait pas des traces de quelque médicament que ce soit.

Les deux hommes restèrent là, silencieux, en se demandant si Mueller était parti de lui-même ou si quelqu'un l'avait aidé à trépasser. Et comme il n'avait pas qu'un ennemi sur terre, il serait amusant de remonter les filières.

124

Le jeudi avant-midi, Hayato Kurotani était à son bureau pour planifier l'importante rencontre qu'il devrait tenir avec les plus vieux membres du clan. Occupé par sa tâche, il se rappela qu'Anna Sato avait jusqu'à huit heures le matin même pour accomplir sa mission.

Anxieux, il composa le numéro de sa ligne privée. Il entra son mot de passe, attendit quelques secondes, puis une voix féminine lui apprit qu'il avait un nouveau message. Suivant les instructions, il appuya sur la touche demandée et écouta le message.

— Allo, le travail a été fait. Maintenant, donnez-moi mon argent, mes photos et l'enregistrement et laissez-moi tranquille.

L'avocat sauta de joie. Enfin une bonne nouvelle.

Cela ne rendrait pas la liberté à son patron, mais c'était un problème de moins à gérer.

Kurotani devait rencontrer Yamashita plus tard dans la journée. Il était certain que ce dernier serait heureux d'apprendre que son fils avait été vengé.

Il y avait aussi le problème d'Anna Sato : allait-elle voir la police et tout leur déballer ou bien leur ferait-elle du chantage ? Dans un cas comme dans l'autre, il laisserait la décision à son patron. Si jamais il lui demandait son avis, il lui répondrait qu'il serait plus sage de l'empêcher de parler, et ce, à jamais, les morts n'étant pas trop bavards.

Peu après onze heures, Kurotani termina les arrangements pour les funérailles de Masao. Tout avait été fait selon les désirs du père.

Il téléphona ensuite à son épouse pour l'inviter à manger avec lui. Il passerait la prendre d'ici quarante-cinq minutes, mais avant son rendez-vous galant, il devait aller rendre une petite visite au vieux Carmelli. Il avait une mission à lui confier, une mission qu'il ne pouvait pas refuser. Cette pensée le fit sourire. Il avait bien hâte de voir l'expression sur le visage du vieux lorsqu'il lui apprendrait la bonne nouvelle.

* * *

Vers dix heures trente du matin, soit presque trois heures après que Mueller fut déclaré mort, Anna revenait de sa pause-café lorsqu'une de ses collègues vint lui dire que l'infirmière-chef voulait lui parler. Aussitôt, elle sentit son pouls s'accélérer et ses mains devenir moites. Elle remercia son amie et partit en direction du bureau de sa supérieure.

Arrivée sur le seuil de la porte, Anna frappa doucement.

— Entre Anna.

— Vous vouliez me voir ?

— Oui, Anna assieds-toi.

— Qu'y a-t-il ? Ai-je fait quelque chose de mal ?

— Non, non, ne t'inquiète pas.

Le téléphone sonna et l'infirmière-chef répondit. Elle parla quelques instants, puis s'excusa auprès d'Anna d'avoir interrompu leur conversation.

— Bon, où en étais-je ? Ah oui ! Je t'ai fait venir parce que l'inspecteur Vézina de la GNC a demandé à te rencontrer. Il a aussi demandé à voir le docteur Goyette. Étant donné que c'est toi qui a découvert le corps et qu'il était ton patient, la police veut juste te poser quelques questions.

— Est-ce que j'ai besoin de mon avocat ? demanda Anna soucieuse.

— Non, pas du tout. Tu n'as rien fait de mal.

— OK, si vous le dites.

— Allez, ils t'attendent à la chambre du défunt patient, mais ne t'en fais pas, le corps n'est plus là.

Anna quitta le bureau de l'infirmière-chef pour aller au troisième étage où l'unité de chirurgie était située.

Anna fut prise de panique. Sans réfléchir aux conséquences, d'un pas rapide, elle prit la direction de l'entrée de l'hôpital. Alors que les portes coulissantes s'ouvraient devant elle, lui donnant une liberté provisoire, Anna cessa d'avancer, provoquant même un petit carambolage humain. Se rendant compte de sa maladresse, elle s'excusa timidement, puis alla prendre place sur un des sièges situés près du bureau de la sécurité.

Le corps tremblant, elle s'aperçut qu'elle avait failli sortir dehors sans son manteau d'hiver ni ses bottes.

Anna ne savait plus quoi faire. Partir sans rencontrer les policiers qui l'attendaient équivalait à leur avouer sa culpabilité. Par contre, si elle les affrontait, serait-elle capable de rester impassible et ne rien laisser paraître de compromettant ? Elle savait les policiers très perspicaces lorsqu'ils soupçonnaient quelqu'un.

Prenant son courage à deux mains, Anna se leva et repartit en direction des ascenseurs d'un pas lent, essayant d'imaginer les questions qu'ils pourraient lui poser.

Pendant la courte durée du trajet entre le premier et le troisième étage, Anna avait gardé les yeux fermés, s'efforçant tant bien que mal de se calmer. C'était la première fois qu'elle serait interrogée par des policiers. Elle espérait juste être capable de ne rien laisser paraître de ses émotions, plutôt confuses en ce moment.

Arrivée devant la chambre, Anna se demanda encore une fois s'il serait plus sage d'avouer ce qu'elle avait fait, leur expliquer les approches de Yamashita par son avocat, le chantage qu'elle subissait et comment ils l'avaient obligée à tuer Mueller. Peut-être qu'elle pourrait négocier quelque chose avec la police.

Sa décision était prise.

125

Une fois devant la porte, Anna fut heureuse de voir que ce n'était pas le même policier que la nuit passée. Elle se nomma puis il la fit entrer dans la chambre.

À l'intérieur, Anna aperçut deux autres policiers qu'elle ne connaissait pas. Le plus vieux des deux n'avait pas l'air commode. Elle se demanda encore une fois si c'était vraiment la bonne solution de tout raconter à la police, surtout avec ce policier-ci.

— Ah ! Mademoiselle Sato ! s'exclama Vézina avec un grand sourire chaleureux.

— Oui, répondit Anna nerveusement.

— Merci de prendre quelques minutes de votre précieux temps pour venir nous rencontrer. Je suis l'inspecteur-chef Rémi Vézina de la GNC à Valleyfield et voici mon assistant, le lieutenant O'Brian. Asseyez-vous, je vous en prie.

Anna lui sourit en lui donnant la main. Peut-être avait-elle mal jugé l'individu, il semblait vraiment sympathique et amical.

— Je vais être bref Anna. Est-ce que je peux vous appeler Anna ? demanda l'inspecteur.

— Bien sûr inspecteur.

— Parfait ! Anna, je sais que vous avez eu une fin de nuit occupée avec la mort soudaine d'un patient. Il se trouve que ce patient était sous ma garde et qu'il m'incombe de trouver la cause de sa mort.

— Je comprends inspecteur, répondit Anna calmement, ce qui la surprit.

— Bon. À votre première visite, comment était votre patient ?

— Lorsque je suis entrée dans la chambre, monsieur Mueller regardait la télévision. Je lui ai demandé comment il se sentait et il m'a répondu qu'il avait une douleur à l'épaule. Je lui ai offert quelque chose pour le soulager, mais il a refusé. Il m'a dit qu'il serait transféré à la prison en avant-midi et que là-bas, il n'y aurait rien contre la douleur, aussi bien s'y habituer tout de suite. J'ai ensuite pris ses signes vitaux qui étaient bons et lui ai dit que je reviendrais plus tard voir comment était sa douleur à l'épaule, puis je suis sortie de la chambre pour aller voir un autre patient.

— Ensuite ? demanda Vézina.

O'Brian était assis en retrait et prenait des notes. En même temps, il observait Anna, essayant de déchiffrer son langage corporel, sa façon de bouger les mains, la tête, son regard. Jusqu'à maintenant, tout semblait normal.

Anna avait débité ce mensonge sans même y réfléchir. Les mots sortaient de sa bouche l'un après l'autre.

O'Brian observa à ce moment un petit changement dans le comportement d'Anna. Était-ce le fait de se rappeler les événements de la nuit passée ou bien mentait-elle quant à ses agissements ?

— OK, répondit l'inspecteur Vézina en prenant des notes lui aussi. Continuez.

— Lorsque nous avons commencé notre tournée après ma pause, monsieur Mueller était le troisième patient sur ma liste. En entrant dans la chambre, j'ai remarqué que les draps n'avaient pas bougé depuis la dernière fois où je l'avais vu. J'ai appelé son nom en même temps que je faisais de la lumière et j'ai tout de suite remarqué la cyanose sur son visage. Je me suis approchée du lit pour abaisser les draps et j'ai remarqué ses mains. Elles étaient bleues. J'ai alors cherché un pouls carotidien et je n'ai rien trouvé. J'ai immédiatement crié à l'aide et composé le numéro d'urgence pour avoir le médecin et toute l'équipe de réanimation. Les autres infirmières sont arrivées et nous avons commencé les manœuvres en attendant le docteur qui est arrivé deux minutes plus tard. Nous avons continué les manœuvres pendant encore trente minutes, jusqu'à ce que le docteur nous demande d'arrêter. Ensuite, le policier nous a demandé de ne plus toucher au patient. Nous avons ramassé le matériel qui n'était pas branché au patient puis nous sommes sorties.

— Absolument personne n'a touché au corps du patient après le décès ? demanda Vézina.

— Cela aurait été impossible avec la présence du policier dans la chambre qui surveillait le corps.

— Est-ce qu'une autre infirmière aurait pu venir voir le patient sans que vous le sachiez ?

— C'est possible, sauf qu'elle aurait été obligée de donner son nom au policier. Or, quand je suis venue pour ma dernière visite, il n'y avait que mon nom d'inscrit dans son registre.

— C'est vrai, vous avez raison, lui répondit O'Brian, qui avait le registre avec lui.

— Une dernière question Anna.

— Allez-y, je vous en prie.

— Avez-vous, pendant votre visite, injecté quoi que ce soit au patient ?

O'Brian aperçut immédiatement un changement dans la posture d'Anna. Celle-ci venait de relever les épaules, serrer les cuisses l'une contre l'autre et détourner son regard de l'inspecteur Vézina pendant quelques secondes, comme si elle cherchait une réponse.

— Non ! Absolument rien, répondit Anna sur la défensive. Je lui avais offert quelque chose pour la douleur à son épaule, mais il l'avait refusé.

— Très bien Anna, c'est tout. Je vous remercie de votre temps. Passez une belle journée.

Anna se leva, fit un signe de tête au lieutenant O'Brian et remercia également l'inspecteur Vézina, puis elle sortit de la chambre pour retourner à l'urgence.

Tout en marchant, elle se maudit d'avoir réagi de la sorte lorsqu'il lui avait demandé si elle avait administré un médicament à son patient. Elle espérait seulement qu'ils ne l'auraient pas remarqué. Pour le reste, elle était satisfaite de sa performance. Et à bien y penser, cela s'était plutôt bien passé.

La porte refermée derrière elle, les policiers échangèrent leurs impressions.

— Alors Marcel, qu'en penses-tu ?

— Je ne suis pas certain, Rémi. Lorsque tu lui as demandé si elle avait administré quelque chose à Mueller, elle a réagi comme quelqu'un de coupable. Son langage corporel a changé. Et juste avant, lorsqu'elle a dit être allée voir un autre patient plus loin, elle mentait, car le policier de garde m'a dit qu'elle était retournée directement au poste des infirmières.

— Ouais ! Ça va être difficile à prouver. Elle pourrait affirmer que le policier dormait à sa sortie de la chambre, expliqua Vézina.

Les deux hommes regardèrent le lit où était mort Mueller en essayant de deviner ce qui c'était vraiment passé.

— Je veux que tu fasses une petite enquête sur mademoiselle Sato. Commence à partir de la mort de la femme de Yamashita. Vérifie son compte en banque et si elle a fait des voyages récemment.

— Parfait, je vais m'y mettre dès mon retour au bureau. Autre chose ? demanda O'Brian.

— Oui. Appelle au bureau du légiste qui va faire l'autopsie de Mueller et demande-lui de chercher tout médicament ayant pu provoquer un arrêt cardiaque, et qu'il regarde en même temps la fameuse tubulure intraveineuse.

— C'est comme si c'était fait, lui répondit son assistant.

Puis, peu après midi, les deux policiers quittèrent l'hôpital. Ils avaient rencontré le médecin de l'urgence qui avait dirigé les manœuvres de réanimation et déclaré le patient mort.

Ils n'apprirent rien de nouveau de ce côté.

Vézina repartit pour Valleyfield voir le procureur de la couronne chargé du procès de Yamashita pour lui annoncer la mort du tueur à gages, tandis qu'O'Brian, de son côté, allait voir un juge afin d'obtenir un mandat de recherche sur Anna Sato. Ce revirement de situation venait injecter une dose d'adrénaline dans les veines des enquêteurs.

126

À quatorze heures ce jeudi après-midi, Yamashita reçut son ami à la prison de Valleyfield, toujours dans la même pièce où les gardiens pouvaient les surveiller de loin. N'étant pas l'avocat attitré à son procès, il n'avait pas droit au privilège avocat/client. Les deux amis n'avaient pas le droit de s'échanger des documents. Par contre, et heureusement pour eux, leurs différentes conversations n'étaient pas écoutées.

— Comment vas-tu Hiro ? demanda l'avocat.

— Comme un oiseau dans une cage mon ami, répondit Yamashita avec amertume.

— Je vois qu'ils ne t'ont pas enlevé ton sens de l'humour.

— Alors, dis-moi, est-ce que tu as une bonne nouvelle pour moi ?

Au sourire de son ami, il sut que c'était le cas. L'avocat n'avait pas à en dire plus. Yamashita savait que Sato s'était débarrassée du tueur à gages.

— Que veux-tu que je fasse d'elle ? murmura l'avocat.

— Rien. Attends. À bien y penser, fais-lui savoir que si elle parle à qui que ce soit, ce sont ses parents qui vont en payer le prix. Envoie-lui une photo de ses parents pour qu'elle saisisse le message. Si on l'élimine elle aussi, ça amènera les soupçons sur nous et j'en ai déjà assez sur le dos comme ça. Si elle a vraiment peur, elle la fermera.

— Et si la police découvre que c'est elle qui a fait le coup ? demanda l'avocat.

— Ce sera sa parole contre la mienne. Elle n'a aucune preuve, alors.

— Très bien, c'est toi le patron.

— Et pour le vieil Italien ? Quoi de neuf ?

— Il n'était pas content, mais n'avait pas le choix. Il va faire ce que je lui ai demandé.

— Et pour Masao ?

— Tout a été fait selon tes désirs Hiro.

— Merci Hayato.

Kurotani regarda son patron droit dans les yeux.

— Dis-moi, mon vieil ami, comment vas-tu vraiment ?

— Je n'ai plus aucune raison de vivre Hayato. Hiroko et Masao étant partis, que me reste-t-il ? Les personnes que j'aimais le plus au monde m'ont quitté. Je m'en veux terriblement de ne pas avoir mis Masao au courant de mes projets. Il serait probablement encore en vie si je l'avais fait.

— Tu ne pouvais pas savoir qu'il tenterait quelque chose par lui-même. Arrête de te culpabiliser pour cela. Ce qui est fait est fait. Personne ne peut revenir en arrière.

— Je sais que tu as raison, mais je n'y peux rien. Il semble que tous ceux que j'aime finissent par mourir prématurément.

L'avocat ne répondit rien. Il ne savait pas quoi dire de toute manière.

— Hiro, je vais laisser des documents pour toi via ton avocat et tu me feras savoir ce que tu en penses.

— OK, répondit Yamashita sans trop de conviction.

— Parfait mon ami.

Les deux hommes discutèrent encore une demi-heure puis Kurotani quitta son patron pour aller faire un tour au garage, voir comment avançaient les affaires.

Une fois que son ami fut parti et qu'il eut retrouvé sa petite cellule, Yamashita retomba dans sa mélancolie. À chaque battement de cœur, ses pensées étaient pour sa femme. Elle lui manquait terriblement !

Allongé sur sa couchette, les yeux fermés et ruisselants de larmes, il revoyait son visage souriant, son rire enjôleur. Avant de s'endormir le soir, elle lui disait à quel point elle l'aimait. Et puis, l'image de son fils adoptif venait remplacer celle d'Hiroko. Non pas le fils enjoué qu'il avait connu, mais celui que Tanaka avait voulu qu'il garde à jamais dans son esprit. L'image de Masao avec le trou laissé par la balle l'ayant tué, l'image de Masao dans le sac mortuaire.

Que cet enfoiré de Tanaka aille pourrir en enfer !

Yamashita était habitué de faire souffrir les autres et non le contraire. Mais ici, tout ce qu'il lui restait, c'était la souffrance.

Si seulement il pouvait mettre fin à ses jours et aller rejoindre sa famille bien-aimée parmi leurs ancêtres. Malheureusement, il ne disposait d'aucune arme pour se faire harakiri.

127

Lundi 24 février 2014

Le lundi suivant la mort de Mueller, l'inspecteur Vézina reçut un coup de fil du médecin légiste.

— Inspecteur Vézina, ici le docteur Patel de l'institut médico-légal. C'est moi qui ai fait l'autopsie de Ralph Mueller.

— Ah oui ! Comment allez-vous docteur ?

— Bien, merci. Je vous appelle parce que vous vouliez avoir les résultats le plus vite possible.

— En effet ! Qu'avez-vous trouvé ?

— Pour commencer, le sujet est bien mort d'un arrêt cardiaque, mais pas de cause naturelle. Le cœur de cet homme était un cœur en santé. Aucune artère bloquée, aucun signe avant-coureur non plus. Les autres organes étaient tous en bonne santé. Quant à la tubulure intraveineuse, vous aviez raison de suspecter quelque chose. Dans le site d'injection proximal, c'est-à-dire celui le plus près de la poche de soluté, nous avons trouvé des résidus de chlorure de potassium. Il a dû recevoir une dose massive de ce médicament, ce qui a conduit le cœur en fibrillation ventriculaire en quelques secondes puis le cœur s'est tout bonnement arrêté. C'est ce qui me fait dire que cet homme a été assassiné de sang-froid.

— Mais docteur, comment se fait-il qu'il n'ait pas crié ? J'imagine que cela doit être extrêmement douloureux ? demanda Vézina abasourdi par les révélations du légiste.

— En théorie, oui, il aurait dû hurler de douleur, sauf si on lui a donné quelque chose pour l'en empêcher.

— Comment ? Comme quoi ? voulut savoir l'inspecteur.

— Hum ! J'opterais pour un curare, l'Anectine en particulier. Ce médicament entraîne la paralysie des muscles en quelques secondes. Et une fois éliminé par ce que nous appelons les pseudocholinestérases plasmatiques, il est très difficile de découvrir sa présence. Si on lui avait injecté un narcotique, nous aurions été en mesure de l'identifier.

— Je n'arrive pas à y croire. Pourriez-vous par contre préciser l'heure réelle de la mort ?

— Absolument ! Je dirais entre trois et quatre heures trente du matin.

— Oh ! s'exclama Vézina en pensant à Anna.

— Vous aurez le compte rendu complet de l'autopsie la semaine prochaine. Maintenant, à vous de trouver le meurtrier.

— Merci infiniment docteur Patel pour votre aide.

— Pas de problème inspecteur, je suis là pour ça.

Une fois qu'il eut terminé son appel avec le légiste, Vézina resta assis à son bureau, pantois.

Il était maintenant clair qu'Anna Sato avait bel et bien éliminé Ralph Mueller.

Mais pourquoi ?

Quelle était la connexion entre elle et Yamashita ? Les deux étaient Japonais. Et alors ?

À cet instant, Vézina se souvint qu'O'Brian ait mentionné l'avoir vue auprès de Yamashita pendant les événements tragiques de l'été.

Il n'était pas question d'aller voir Yamashita et de lui demander s'il connaissait Anna Sato. Quant à Sato elle-même, il devait avoir plus d'éléments avant d'aller la confronter.

Vézina se demandait où en était O'Brian dans son enquête. Et en parlant du loup, où était-il ? Il ne l'avait pas encore vu ce matin. Il se laissa une petite note pour ne pas oublier de l'appeler, mais d'abord, il voulait téléphoner à Vancouver pour mettre son ami au courant des derniers développements.

* * *

Juste après le dîner, O'Brian arriva au bureau de la GNC et alla directement voir son patron. Ce dernier était au téléphone avec l'avocat de la couronne. Vézina lui fit signe de la main de venir s'asseoir en lui montrant deux doigts, lui signifiant qu'il n'en avait pas pour longtemps. Cinq minutes plus tard, Vézina raccrocha et regarda son adjoint en voulant dire « Bordel, où étais-tu ? »

— Patron, j'ai terminé l'enquête que vous m'aviez demandé d'effectuer sur Anna Sato.

— Alors ! Qu'est-ce que ça donne ?

O'Brian sortit son calepin, regarda quelques pages et s'élança.

— Enfant unique. Ses parents sont nés au Japon et ont immigré au Canada voilà trente ans de cela. Son père était jardinier au Jardin botanique de Montréal tandis…

— Était ? demanda Vézina.

— Non, non. Attends, tu vas comprendre.

— Continue.

— Bon ! Sa mère quant à elle, était enseignante suppléante dans une école primaire. Le couple avait réussi à économiser de l'argent pour permettre à leur fille d'aller faire l'école de médecine. Sauf que la mère est tombée gravement malade et le mari a dû quitter son emploi pour s'occuper de sa femme. Toutes les économies mises de côté pour Anna ont alors été utilisées pour payer des frais de médicaments. Ne pouvant plus faire sa médecine, la fille a décidé d'entreprendre ses études en soins infirmiers. Au début de sa carrière professionnelle, elle prenait soin de ses vieux parents, tout en travaillant dans deux hôpitaux. Malheureusement pour elle, son père est aussi tombé malade. N'étant plus capable de s'occuper de ses vieux et de travailler comme elle le faisait, elle a dû se résigner à placer ses parents dans un centre d'accueil pour personnes âgées. Avec leur état de santé précaire, peu d'établissements étaient enclins à les accepter sauf un. Ce dernier avait le personnel soignant qualifié pour leurs besoins. Par contre, le prix du loyer pour le couple était exorbitant. Le salaire d'Anna suffisait à peine pour elle et ses parents. Là où ça devient intéressant, c'est que juste avant les fêtes, elle a déposé dans son compte en banque dix mille dollars comptant. Elle s'est ensuite payé un voyage dans le sud après les fêtes et a utilisé le reste pour ses parents. Ce qui est vraiment flippant, c'est qu'elle a déposé un autre dix mille dollars dans le même compte vendredi passé, soit le lendemain de la mort de Mueller.

— Tu veux dire, le meurtre de Mueller.

— Quoi ? Quelqu'un a avoué ? demanda O'Brian.

— Non, pas encore. J'ai parlé au légiste qui a fait l'autopsie et selon lui, c'est impossible que Mueller ait eu un infarctus. Son cœur était trop solide. Par contre, il a trouvé des résidus de chlorure de potassium dans le soluté. C'est le même principe que lorsqu'on exécute un criminel par injection létale. Le docteur Patel croit qu'on lui a administré un curare à action rapide et que c'est pour cette raison que le patient n'a pas été capable de hurler de douleur lorsque son cœur s'est emballé avant de s'arrêter. Le docteur a dit que le patient est resté conscient jusqu'à la fin.

— C'est vraiment dégueulasse que quelqu'un fasse subir ça à un autre être humain.

— Je suis d'accord avec toi, Marcel.

— Alors, que fait-on maintenant ?

— Récapitulons, veux-tu ? Premièrement, nous savons ce qui a causé la mort. Nous connaissons la méthode employée et l'heure approximative du meurtre qui correspond à la première visite de l'infirmière Sato. Nous venons d'apprendre, avec ta petite enquête, qu'elle a reçu une grosse somme d'argent avant les fêtes et qu'elle en a profité pour faire un voyage dans le sud le mois passé. Le jour suivant la mort de Mueller, elle a reçu le même montant que la première fois. Tout ça fait que nous avons un suspect. Nous connaissons l'arme du crime sans toutefois pouvoir le prouver, faute de retrouver les seringues. Le seul problème que nous avons c'est que nous ne savons pas ce qui a motivé Sato à agir ainsi. A-t-elle été forcée de tuer Mueller ou a-t-elle agi de sa propre initiative pour venger la mort des deux médecins tués par Mueller ?

— En gros, nous n'avons rien pour la faire condamner ? demanda O'Brian.

— Sans les seringues avec ses empreintes et les résidus de médicaments, non, pas vraiment.

— On pourrait la rencontrer et lui mettre un peu de pression. Lui laisser savoir que nous savons qu'elle a fait le coup. Elle semble naïve, peut-être qu'elle va craquer. Qu'en penses-tu ?

— Je ne sais pas. J'aimerais savoir s'il y a un lien entre elle et Yamashita.

— On pourrait la faire placer sous écoute téléphonique et électronique comme on a fait avec Yamashita.

— Le problème, c'est qu'on tient déjà Yamashita pour meurtre. Savoir qu'il s'est payé Sato pour éliminer son tueur à gages ne changera rien à sa situation.

— Et pour Sato. Elle s'en tire facilement ?

— Ça va être au procureur de décider s'il veut aller plus loin ou non. Comme je l'ai dit, sans l'arme du crime avec ses empreintes en notre possession, on n'a rien de rien. À moins qu'elle avoue de plein gré, ce dont je doute fortement !

— Je comprends patron. Dans le fond, elle vient de faire économiser beaucoup d'argent aux contribuables québécois.

— Ouais ! On devrait lui donner un autre dix mille dollars pour la remercier !

L'inspecteur Vézina félicita son assistant pour le bon boulot accompli. Une fois qu'il fut seul, il téléphona au procureur responsable du dossier de Ralph Mueller pour le mettre au courant des dernières trouvailles concernant Anna Sato et lui demander ce qu'il voulait faire avec elle.

Étant seul à son bureau en fin d'après-midi, Vézina ressortit le dossier que Tanaka lui avait remis sur Yamashita.

Il se rappela que son collègue lui avait déjà mentionné que même en prison, Yamashita restait quelqu'un de potentiellement dangereux. Comme il l'avait lu et vu en photo, ce salaud n'avait pas eu peur de faire éliminer tous ceux qui se mettaient en travers de son chemin. Une phrase de Tanaka lui revint à l'esprit. « Méfie-toi de son avocat véreux. Si les deux hommes ne se parlent pas ou ne se voient pas, tu augmenteras tes chances d'avoir moins de problèmes. Pour arriver à leurs fins, il n'y aura aucune limite quant à la cruauté de leurs actes. Ces deux monstres n'ont aucune conscience. »

Vézina prit le téléphone, appela à la prison où était détenu Yamashita et demanda à parler au directeur. Pendant qu'il attendait, Vézina consulta ses notes pour trouver le nom. Une fois le directeur en ligne, l'inspecteur lui expliqua le but de son appel, puis ce dernier lui confirma qu'effectivement, Yamashita et Kurotani se voyaient tous les deux jours et pour au moins deux heures à chaque fois. Vézina le remercia et raccrocha.

Pendant les cinq minutes suivantes, il réfléchit à la situation, se demandant si le procureur pouvait faire arrêter ces visites.

Sans plus attendre, il téléphona à Me Tremblay. Vézina lui expliqua le problème et ses conséquences sur le procès à venir. L'avocat de la couronne lui promit d'appeler le juge immédiatement pour essayer de faire cesser ces visites.

L'inspecteur le remercia et l'avocat lui promit de le tenir au courant.

Assis en regardant l'heure sur sa montre, Vézina se félicita pour le bon coup qu'il venait de faire. Son ami Tanaka aurait de quoi célébrer, tellement il serait fier de lui.

128

Vendredi 28 février 2014

Une semaine après la mort de Ralph Mueller, Anna Sato était toujours libre. La police ne l'avait plus approchée depuis sa rencontre avec l'inspecteur Vézina. Elle en conclut donc qu'ils n'avaient rien trouvé qui aurait pu l'incriminer.

Le vendredi matin, Anna Sato prenait son café en lisant son journal lorsqu'elle entendit quelqu'un sonner à sa porte. Regardant l'heure, sept heures trente, elle se demanda qui pouvait bien venir la déranger si tôt. Déposant sa tasse sur la table de la cuisine, elle se dirigea vers la porte d'entrée.

Avant d'ouvrir la porte, elle referma sa robe de chambre pour ne pas prendre froid, puis elle entrebâilla la porte.

Surprise qu'il n'y ait personne, elle sortit la tête de quelques centimètres à l'extérieur de la maison, espérant apercevoir celui ou celle qui avait sonné. Encore une fois, personne en vue. Quelque peu exaspérée, Anna allait refermer la porte lorsqu'elle remarqua une grande enveloppe brune qui reposait sur sa galerie.

Sentant le froid prendre possession de son corps, elle ramassa le colis et referma rapidement la porte. De retour à la cuisine, elle but une grande gorgée de son café pour se réchauffer.

Maintenant bien au chaud, Anna fit tourner l'enveloppe dans tous les sens. Seule son adresse était inscrite. Par contre, l'adresse de l'expéditeur ne figurait pas sur l'enveloppe, qui n'avait pas de timbre non plus.

Ne sachant trop quoi faire, elle décida d'ouvrir le colis. De toute manière, c'était son nom à elle qui était inscrit et non celui du voisin. Y allant avec précaution, Anna réussit à déchirer une des extrémités sans endommager ce qu'il y avait à l'intérieur.

Après une autre gorgée de café, elle sortit le contenu et s'aperçut qu'il s'agissait de photos. Elle les retourna pour y jeter un coup d'œil et à la seconde où son regard se posa sur les clichés, Anna lâcha un cri de terreur.

Instinctivement, elle laissa tomber les photos sur la table et sortit de la cuisine en pleurant. Elle fit les cent pas dans la maison en se tenant la tête à deux mains. Quelques minutes plus tard, de retour à la cuisine, essuyant les larmes sur ses joues, elle reprit les photos.

Ses parents avaient été photographiés très récemment, à différents endroits de leur maison de retraite. Il y avait même une photo prise de nuit dans leur chambre à coucher. Une note faisait également partie du contenu de l'enveloppe. « Nous savons où habitent tes parents. Si tu parles à la police, ce sont eux qui souffriront et qui iront rejoindre celui que tu as tué. Alors silence, sinon… »

Anna fut soudainement prise de nausée. Toutes sortes de questions se bousculaient dans sa tête. La police en avait-elle fini avec elle ? Serait-elle capable de rester elle-même pour ainsi garder sa famille en vie ?

Elle n'arrivait pas à croire dans quel pétrin elle s'était fichue.

Que faire ?

Il était clair qu'elle ne pouvait pas avertir ses parents. Les connaissant, ils iraient immédiatement à la police, et ce, même avec les avertissements de Yamashita. Si jamais il leur arrivait quelque chose par sa faute, elle ne se le pardonnerait jamais.

Deux heures s'étaient écoulées depuis qu'elle avait reçu les photos.

Anna n'avait pas encore fini de reprendre le contrôle de ses émotions que le téléphone se mit à sonner. Craignant que ce soit les sbires de Yamashita qui lui mettaient de la pression, elle n'osa pas répondre. Mais sans savoir pourquoi, elle s'avança près du téléphone et répondit.

— Oui allo !

— Mademoiselle Sato ?

— Oui.

— Ici l'inspecteur Vézina, de la GNC.

— Oui, répondit-elle, sur le bord de la crise de nerfs.

— Je m'excuse de vous déranger, mais je voulais vous mettre au courant moi-même.

— Au courant de quoi inspecteur ? demanda Anna.

— Nous avons terminé notre enquête sur la mort de Ralph Mueller. Nous en sommes arrivés à la conclusion que c'est vous qui l'avez tué.

— Non, ce n'est…

— Nous avons reçu le rapport d'autopsie. Mueller a été tué avec du chlorure de potassium et possiblement de l'Anectine aussi. N'ayant pas l'arme du crime, le procureur a décidé de ne pas porter d'accusation contre vous. Mais je tiens à vous rappeler que le dossier reste encore ouvert. Si jamais vous voulez parler, vous savez où me joindre.

Anna ne disait pas un mot. Elle se sentait comme un zombie. Elle tenait le combiné collé à son oreille, espérant que son cerveau enregistrait tout ce que l'inspecteur Vézina disait.

— Mademoiselle Sato. Je ne vous ai jamais dit cela, mais vous venez de faire économiser plusieurs milliers de dollars aux contribuables québécois.

Encore une fois, Anna n'avait toujours pas prononcé une parole que l'inspecteur mettait fin à la communication.

Anna n'en revenait pas. Ils savaient qu'elle avait fait le coup, mais ne la poursuivraient pas.

Devait-elle rire ou pleurer ? Elle n'en croyait pas ses oreilles. Elle venait de tuer quelqu'un et elle allait s'en tirer.

C'est alors que ses yeux se posèrent sur les photos de ses parents et la sensation d'euphorie des dernières minutes s'envola en fumée.

Un problème venait d'être réglé, celui avec la police. Restait maintenant celui avec Yamashita. Elle devait tout faire pour qu'il n'arrive rien à ses parents. Elle pensa même téléphoner à l'avocat de Yamashita, celui qu'elle appelait le diable et lui dire que la police ne retiendrait aucune charge contre elle. Qu'il n'avait plus à les menacer, elle et sa famille ! Mais voudrait-il la croire ?

Probablement pas.

La perspective de surveiller ses arrières en tout temps ne l'enchantait absolument pas. C'est pourtant ce qu'elle devrait faire à partir de cette seconde.

129

Lundi 3 mars 2014

En début de semaine, l'avocat de la couronne, Me Robin Tremblay, téléphona à l'inspecteur Vézina pour lui annoncer une bonne nouvelle. Le juge à qui il avait demandé de restreindre les visites de Yamashita seulement à l'avocat attitré à sa défense, avait accepté la suggestion sur-le-champ.

Me Tremblay avait les documents signés du juge et les remettrait à l'avocat de Yamashita et au directeur de la prison en après-midi.

L'inspecteur Vézina le remercia pour son aide en lui précisant qu'il serait beaucoup plus facile de contrôler Yamashita et sa bande de cette manière.

Ce que Vézina ne savait pas encore, c'est que personne n'avait réussi à le contrôler et que personne ne pouvait le faire, de son vivant !

Vers treize heures, comme convenu, l'avocat de la défense, Me François Renaud arriva au bureau de son confrère.

Après les politesses d'usage, l'avocat de Yamashita reçut l'avis de restriction des visites. Dorénavant, seul l'avocat de la défense pourrait rencontrer son client à la prison. Aucun autre visiteur n'aurait la permission de voir Yamashita en personne ou de lui parler au téléphone, et ce, jusqu'à nouvel ordre.

— C'est quoi cette histoire de suspension de visite ? demanda Renaud.

— C'est une ordonnance de la cour, répondit Tremblay.

— Je vois bien que c'est une ordonnance de la cour, je ne suis pas aveugle. C'est le pourquoi qui m'intéresse.

— Avant de vous répondre, laissez-moi vous poser une question. Connaissez-vous tout le passé criminel de votre client ? Je veux dire ses heures de gloire comme chef de la mafia à Vancouver ?

L'avocat de la défense regardait le document qu'il avait devant lui sans répondre à la question de son collègue. En fait, il ne savait pas quoi lui répondre. S'il lui répondait oui, Yamashita risquait de l'apprendre. Par contre, une réponse négative le ferait passer pour un incompétent aux yeux de son confrère. Il ne pouvait tout simplement pas avouer à son collègue qu'il avait passé un pacte avec le diable en personne. Il ne pouvait pas non plus lui dire qu'il n'était payé que pour faire les commissions entre son client et son ami avocat.

— À votre silence, je vois que vous ne l'avez pas fait.

Renaud ne dit rien encore une fois pour le faire changer d'idée.

— N'ayez crainte, je ne vous demanderai pas les raisons. Par contre, je vais vous dire qu'il a déjà fait éliminer des avocats, des jurés et même un juge qui voulait l'empêcher de faire ce dans quoi il excelle, c'est-à-dire l'art d'être un criminel. Lui et son avocat véreux sont de la pire espèce. Si vous ne pouvez les séparer, la cour s'en chargera. Donc, à vous de leur annoncer la mauvaise nouvelle. Je ne sais pas quelle sorte d'arrangement vous avez pris avec ce duo, mais ils sont implacables. Un conseil : faites attention à vous.

— Robin, je ne suis pas un faible, malgré les apparences. Je suis un avocat qui se dévoue au droit. J'ai encore mon honneur. Je sais que le fait de défendre un truand reconnu, peut sembler être une tache à mon intégrité. Comme vous, j'ai une famille à nourrir et des comptes à payer chaque mois. J'aurais pu refuser la cause, mais c'est quelqu'un d'autre qui l'aurait prise et qui aurait encaissé les honoraires. Je vais vous avouer quelque chose qui pourrait mettre ma carrière en péril, mais tant pis. Je suis convaincu de la culpabilité de mon client. Avec toutes les preuves que vous avez contre lui, je ne vois pas comment un jury sain d'esprit pourrait l'acquitter. Bien sûr, je vais tout faire pour le défendre comme il se doit, mais en fin de compte, je ne pleurerai pas le jour de sa condamnation, si vous et moi sommes encore vivants à ce moment-là !

— François, je n'ai jamais pensé que vous étiez un faible. Au contraire, vous avez une excellente réputation, dans votre spécialité. J'essaie seulement de vous mettre en garde contre votre client. Cet homme est un scélérat, un perfide. J'ai vu des photos de ses victimes et je peux vous dire que j'en ai eu la chair de poule et pourtant, j'en ai vu des choses dégueulasses dans ma vie.

— Merci, répondit Renaud. Je savais dans quoi je m'embarquais au départ, n'ayez crainte. Comme je vous l'ai dit, je vais essayer de le défendre au meilleur de mes capacités, mais…

— Je comprends.

— Je vais donc vous laisser, je dois aller à la prison lui annoncer la bonne nouvelle.

— Bonne chance alors ! lui souhaita Me Tremblay.

— Merci, je vais en avoir besoin.

Une fois que son collègue fut parti, Tremblay se demanda si le fait de séparer ces deux merdes l'une de l'autre pourrait avoir des conséquences néfastes sur son confrère. Alors qu'il s'apprêtait à en parler à l'inspecteur Vézina, la sonnerie du téléphone lui fit perdre le fil de ses pensées.

* * *

Quelques heures plus tard, Yamashita reçut son avocat québécois dans la salle habituelle. Le yakuza était dans tous ses états. Son avocat et ami s'était fait refuser l'accès quelques heures plus tôt. Personne n'avait voulu lui expliquer la raison de ce refus et c'était à son avocat à le mettre au courant.

Alors, lorsque Renaud pénétra dans la salle, Yamashita lui sauta quasiment à la gorge.

— C'est quoi cette merde d'injonction ou je ne sais quoi qui m'empêche d'avoir de la visite ? demanda Yamashita hystérique.

— Calmez-vous pour commencer, lui répondit l'avocat.

— Me calmer, vous êtes comique vous, l'avocat.

— Écoutez. Ce n'était pas ma décision, je m'y suis opposé, mais le juge a refusé d'écouter mes arguments.

— Bordel ! Je me fous qu'il ait refusé de vous écouter, c'est moi qui vous paie, alors vous allez faire ce que je vous dis. Je vais recevoir mon ami demain, que cela vous plaise ou non.

— Impossible. Le directeur de la prison a reçu les consignes du juge de ne laisser personne à part moi venir vous voir jusqu'au procès. Désolé, mais il n'y a rien que je puisse faire.

Renaud n'avait jamais vu Yamashita agité de la sorte. Il avait beau lui expliquer, ce salaud ne voulait rien comprendre.

— Écoutez, si vous voulez avoir un autre avocat pour vous défendre, allez-y. Sauf que mon remplaçant ne pourra rien de plus puisque l'ordre émane du juge.

— OK, OK. C'est juste que ça me contrarie beaucoup. Comment puis-je faire marcher mes affaires si je ne peux pas rencontrer mon associé ?

— Je vais faire une autre demande au juge pour faire casser l'injonction, mais je ne promets rien.

— C'est entendu, je vous remercie pour votre aide, répondit plus calmement Yamashita.

La façon dont le yakuza avait répondu à l'avocat le fit frissonner.

À voir comment il le traitait, Renaud envisagea la possibilité de se désister en tant qu'avocat de Yamashita mais il craignait que son client s'en prenne à lui ou pire, à sa famille. Se rappelant les paroles de l'assistant du procureur à propos de Yamashita faisant éliminer des avocats, il décida qu'il serait plus judicieux pour lui de continuer ce qu'il avait entrepris.

Il ne voulait pas faire partie des statistiques.

130

Mercredi 14 mai 2014

Le mois de mai était bien avancé. Les températures des derniers jours ressemblaient à celles du mois de juillet.

Même si leur patron était toujours en prison, les affaires du clan devaient continuer à rouler, autant celles légales qu'illégales.

En l'absence de Yamashita, c'était l'administrateur du clan, Ganji Iwa, aidé de l'avocat Hayato Kurotani qui dirigeait la destinée des yakuzas. Les deux hommes avaient une mission à accomplir, c'est-à-dire faire libérer leur patron et ami. C'était leur priorité.

Tous les membres du clan savaient que la couronne avait un dossier en béton contre Yamashita et que les chances qu'il reçoive une sentence légère étaient pratiquement nulles. Ils devaient donc trouver un moyen… illégal pour le faire sortir de prison.

Depuis l'arrestation de Yamashita au mois de février dernier, les plus anciens s'étaient réunis à maintes reprises pour essayer de trouver une solution digne de leur chef.

Plusieurs idées avaient été émises, mais aucune n'avait assez de chance de réussir pour être retenue. Tous s'accordaient pour dire que s'ils avaient été à Vancouver, il y a longtemps que Yamashita aurait été libre. Le clan avait plusieurs amis auxquels ils auraient pu faire appel pour les aider, contrairement à ici, où ils étaient considérés comme les petits nouveaux. Yamashita n'avait pas encore eu le temps de tisser sa toile parmi les autres organisations criminelles.

Kurotani convoqua une autre réunion pour la semaine suivante.

Yamashita, qui attendait toujours son procès en solitaire à la prison du Palais de Justice, ne recevait que son avocat Me François Renaud. Tout autre visiteur lui était interdit.

Renaud, à la demande de son client et de l'avocat de l'organisation Hayato Kurotani, avait essayé jusqu'à la dernière minute de faire autoriser Yamashita à assister à la mise en terre des cendres de son fils. Mais, tout comme pour les funérailles, l'avocat s'était cogné à l'intransigeance des autorités pénales, refusant toujours de lui accorder cette permission.

Le père de famille eut beaucoup de difficulté à accepter la décision. Les jours suivant l'enterrement, Yamashita avait même décidé de faire la grève de la faim. C'était selon lui, sa seule façon d'aller retrouver sa famille ainsi que leurs ancêtres. Une semaine plus tard, s'apercevant qu'il était toujours parmi les vivants et qu'il n'y avait aucun signe lui laissant croire qu'il pourrait mourir bientôt, il se résigna à accepter son sort et se remit à manger.

* * *

Peu après dix-huit heures en ce lundi soir, Iwa et Kurotani reçurent la visite de leur homme de main, Ashida Fuku. Il était grand et avait les épaules carrées comme les joueurs de football américain, sans les épaulettes. Ce yakuza avait un signe très distinctif : le nombre exceptionnel de tatouages sur son corps. Fuku avait également été élevé dans la pure tradition des yakuzas. Son grand-père ainsi que son père en étaient. Son destin était donc tout tracé.

De tous les hommes de main que Yamashita avait eus pendant sa longue carrière, Ashida Fuku était sans contredit le meilleur. Lorsqu'il se voyait confier une mission, peu importe sa nature, son taux de succès était de cent pour cent. Il était sans pitié.

Certaines rumeurs venant du Japon rapportaient que son père aurait vendu l'âme de son fils au diable. Depuis son tout jeune âge, Fuku semait le mal partout où il passait. Son premier meurtre avait été commis quand il n'avait que onze ans.

L'expression « dommage collatéral » ne figurait pas dans son vocabulaire. Pour lui, tuer un enfant, une femme ou une personne âgée ne lui posait aucun problème. Si cela servait ses intérêts ou ceux de son patron, il y allait.

Une fois la réunion commencée, d'entrée de jeu, Iwa y alla d'une bonne nouvelle. Il expliqua aux deux autres qu'une solution pour faire libérer Yamashita venait peut-être de s'offrir à eux.

Iwa leur expliqua que le propriétaire du petit restaurant italien situé juste en face du Palais de Justice de Valleyfield, où se tiendrait le procès de leur patron, lui avait donné un rapport détaillé sur le juge qui présiderait le procès de Yamashita au mois de novembre prochain.

— Explique-toi Ganji, demanda Kurotani.

— Très bien mon ami. Tout d'abord, le juge se nomme Pierre Ouellet. D'après mes sources, il ne sera pas un bon juge pour nous. Il est connu pour détester tout ce qui touche à la mafia. Le vieux Carmelli a surpris une discussion entre le juge Ouellet et un autre juge, le meilleur ami d'Ouellet. Les deux hommes se connaîtraient depuis plus de trente ans.

— Comment cela est-il censé nous aider ? demanda Kurotani, dubitatif.

— Attends, j'y arrive.

— Pardonne mon impatience Ganji.

— Lors de leur conversation, le juge Roy aurait annoncé à son ami que sa femme et lui avaient décidé d'aller passer deux semaines en Thaïlande, un pays que sa femme avait toujours voulu visiter. Le couple fêterait son quarantième anniversaire de mariage à l'automne.

— Ganji, je m'excuse encore une fois, mais quel est le rapport entre ce vieux couple et Yamashita ? demanda Kurotani.

— Patience et arrête de m'interrompre.

L'avocat fit signe à son ami de continuer.

— La femme du juge Roy est présentement en rémission d'un cancer de l'utérus. Depuis quelque temps par contre, il semblerait que son état de santé se soit détérioré. Avant qu'il ne soit trop tard, le juge veut faire un dernier voyage avec madame. Le juge a aussi mentionné que côté sexe, depuis que sa femme avait subi l'ablation de l'utérus deux ans plus tôt, il n'avait pas eu de relation sexuelle. À quelques reprises, il avait songé à se payer une escorte pour assouvir ses pulsions sexuelles, mais l'amour qu'il portait à sa femme l'en empêchait. Il ne l'avait jamais trompée.

Kurotani se tapa dans les mains.

— Je vois où tu veux en venir vieux filou.

Fuku, qui lui n'avait rien compris, se fit expliquer par l'avocat les grandes lignes du plan.

— As-tu la date de leur départ ? demanda Kurotani.

— Oui. J'ai tout cela dans le rapport de Carmelli.

— Bien. Nous allons voir jusqu'où leur amitié est solide.

Fuku parla pour la première fois.

— Êtes-vous certain que ça va fonctionner ?

— Si tout est bien fait, ici autant que là-bas, le procès n'ira pas jusqu'à la délibération des jurés.

Les trois hommes discutèrent avec animation pendant plus d'une heure. Ils baptisèrent leur opération « Exit Thaïlande ».

Ashida Fuku hérita de l'organisation outre-mer de la mission. Quant à Ganji Iwa, il s'occuperait de la partie locale. Kurotani lui donna le nom d'un de ses amis qui se chargerait d'obtenir les renseignements sur le juge Roy, et ce, très rapidement. Tous ces renseignements seraient primordiaux pour Fuku, surtout étant donné ce qu'il voulait faire.

L'homme de main de Yamashita les rassura.

— Je sais exactement ce que je vais faire. J'aurai besoin des renseignements seulement quelques jours avant leur départ. Je partirai pour l'Asie dans deux jours, le temps de faire les réservations. Côté budget ? demanda Fuku.

— Illimité, répondit Iwa.

— Bien. Messieurs, vous allez m'excuser, mais j'ai un voyage à planifier.

Sur ce, Fuku s'en alla sans serrer la main de ses partenaires.

— Bon débarras ! s'exclama Iwa. Je n'ai jamais aimé ce type. Il me fait peur.

— Laisse-le faire, il fait très bien ce qu'on lui demande. Avec lui là-bas, je ne m'inquiète pas du tout.

— Hayato, tu es bien conscient que nous avons besoin d'un plan B, au cas où le premier ne marcherait pas.

— Je sais, et j'en ai un.

Kurotani lui expliqua en long et en large ce qu'il avait l'intention de faire. Iwa regarda son ami avec un grand sourire.

— Salopard, dit-il.

— Oui, mon ami, j'en suis un, répondit l'avocat feignant d'être sérieux.

Quelques jours plus tard, Fuku envoya un courriel à Iwa pour lui confirmer que le piège était fin prêt à recevoir sa prise et, une fois celui-ci refermé, il n'y aurait pas d'échappatoire pour le juge, ce qui signifierait la libération de leur patron.

131

Jeudi 29 mai 2014

Pendant qu'Iwa et ses hommes s'occupaient du juge Roy et de son voyage en Asie, Kurotani lui, préparait le plan B.

Il avait appris du vieux Carmelli que son restaurant préparait parfois les repas pour les membres du jury. Cela lui avait donné une idée.

Kurotani, par l'entremise de l'avocat québécois de Yamashita, avait reçu le numéro de téléphone du beau-père de son patron. Bien entendu, Yamashita voulait connaître la raison de cet intérêt soudain pour sa belle-famille. Kurotani lui avait fait savoir qu'il était plus sage pour lui de ne pas connaître tous les détails. À mots couverts, son ami lui faisait comprendre qu'il était en train d'essayer de le sortir de là, et que ce n'était pas le temps de venir tout faire foirer en posant trop de questions.

À la deuxième tentative, Kurotani réussit à joindre le père d'Hiroko Yamashita au Japon.

Après s'être excusé de le déranger et avoir échangé les politesses d'usage, l'avocat alla directement au but. Il lui expliqua en détail chacune des étapes du plan qu'il avait concocté pour faire sortir Yamashita de prison.

— Si j'ai bien compris Hayato, tu n'as besoin que du numéro de téléphone du type que tu as mentionné plus tôt ?

— C'est bien cela, monsieur Irabu. Dans le temps où nous étions tous au Japon, Hiro et moi faisions souvent affaire avec lui. Je ne sais pas s'il est toujours vivant. C'est pour cette raison que j'implore votre aide.

— Tu n'as pas à implorer qui que ce soit. J'ai déjà dit à Hiro que si jamais il avait besoin de moi, il n'avait qu'à me faire signe. Je sais qu'il a pris de grands risques en voulant venger la mort d'Hiroko, et ces derniers l'ont conduit en prison. Alors tout ce que je pourrai faire pour l'aider, je vais le faire.

— Merci du fond du cœur monsieur.

Irabu et Kurotani restèrent silencieux quelques secondes.

— Ton idée de faire avorter le procès en jouant avec l'amitié des deux juges est très bonne. Mais j'aime encore mieux l'autre, c'est plus frappant. Les méchantes langues diront que c'est cruel ! Et puis ?

— Je suis content que cela vous plaise.

— Laisse-moi ton numéro de téléphone et je te rappelle d'ici une heure avec les informations que tu m'as demandées. Hayato !

— Oui monsieur Irabu ?

— S'il te plaît, fais savoir à Hiro que nous sommes derrière lui et qu'il est dans nos prières aussi.

— Je n'y manquerai pas, c'est promis, répondit Kurotani.

— Bien. Je te rappelle bientôt.

— Merci encore pour tout ce que vous faites.

Irabu avait déjà raccroché avant que l'avocat n'ait fini sa phrase.

En attendant d'avoir les renseignements demandés, Kurotani fit une liste de toutes les questions qu'il souhaitait poser à son ancien partenaire en affaire. La liberté de son patron et ami en dépendait.

Heureusement pour l'avocat, il lui restait un peu moins de six mois pour préparer son plan B. En plus, l'idée d'Irabu de combiner les plans A et B en même temps était très bonne. Mieux valait mettre toutes les chances du même côté.

Kurotani avait appris que Fuku avait terminé de tisser sa toile en Thaïlande, telle une araignée prête à bondir sur sa proie. Une fois le juge Roy tombé dans le piège, rien ne pourrait l'en faire sortir.

La sonnerie du téléphone ramena Kurotani de la Thaïlande au Québec. Comme promis, le père d'Hiroko le rappelait, une heure plus tard.

L'avocat écouta et prit en note les renseignements que le vieil homme lui donnait. Une fois terminé, il le remercia et promis de le tenir au courant.

Le yakuza retourna dans le temps, loin dans le passé alors que Yamashita et lui faisaient leurs débuts dans le milieu criminel japonais. Kurotani avait toujours été un peu jaloux de son ami. Ce dernier avait l'instinct d'un meneur d'hommes. Il n'avait qu'à élever la voix et tout le monde l'écoutait, le suivait. Bien entendu, parmi les plus vieux, certains furent envieux face à ce jeune blanc-bec. Mais que pouvaient-ils faire ? Il était le fils de l'Oyabun.

Puis Dan Suzuki fit son apparition. Du même âge que Kurotani et Yamashita, ce fils de paysan aurait pu devenir acteur à Hollywood s'il avait voulu. D'un physique taillé au couteau et d'une beauté à faire craquer toutes les femmes, il avait choisi le milieu criminel.

De la même façon que ses attributs physiques lui auraient été utiles dans le milieu artistique, ils lui servaient parmi les mafieux. Tout ce dont vous aviez besoin, il le trouvait. Plus la prime à la réception de la marchandise était élevée, plus vite vous étiez satisfait.

Kurotani souriait à la pensée de ces souvenirs d'antan. Maintenant, il espérait seulement que ce bon vieux Suzuki se souviendrait de lui et qu'il pourrait aussi lui donner un coup de main.

Tout en composant le numéro que le beau-père de Yamashita lui avait donné, Kurotani se croisa les doigts. À la fin de la dixième sonnerie, l'avocat allait raccrocher lorsqu'il entendit une voix bourrue répondre. Pendant quelques secondes, Kurotani ne prononça aucune parole, se sentant projeté dans le passé. Suzuki beuglait des obscénités lorsque l'avocat sortit de sa transe et lui répondit par la phrase que le trio avait l'habitude d'utiliser lorsqu'un des trois appelait un des deux autres. À son tour, Suzuki resta silencieux, éprouvant la même sensation que Kurotani avait éprouvée un moment plus tôt. Tel un robot, Suzuki lui répondit mot à mot ce qu'il aurait répondu voilà plusieurs décennies de cela.

Les deux vieux amis, contents de se retrouver enfin, discutèrent pendant un peu plus d'une heure. Ils parlèrent du bon vieux temps. Puis, Kurotani redevint sérieux. Il raconta à Suzuki ce qui était arrivé à Hiroko, la mort du fils adoptif et enfin l'arrestation de Yamashita.

L'avocat lui expliqua ensuite comment ils comptaient s'y prendre pour faire libérer leur patron. Pendant tout ce temps, Suzuki n'avait rien dit, se contentant d'écouter ce que son ami lui racontait. Une fois que Kurotani eut raconté toute l'histoire et demandé son aide, Suzuki lui répondit qu'il ferait tout son possible pour les aider.

— Dan, peux-tu m'avoir ce que je t'ai demandé ?

— Oui. Sans problème.

— Combien de temps avant que je puisse l'avoir ?

— Oh là, mon ami ! Ça va prendre plusieurs mois à réaliser. Il n'y a rien que je puisse faire pour aller plus vite. Ce que tu veux prend du temps à produire. Ce n'est pas comme arriver à la pharmacie et pouf, c'est prêt cinq minutes plus tard.

— OK, répondit l'avocat. Dan, quel est le pourcentage de réussite de ton produit ?

— Avec la quantité que tu m'as demandée, je dirais deux cents pour cent, répondit Suzuki.

— Sans blague ?

— Kurotani ! Depuis que nous nous connaissons, est-ce que je t'ai déjà laissé tomber ?

— Oui, une fois. Quand tu es parti avec ma blonde le jour de mon vingt-cinquième anniversaire de naissance !

— Ah oui ! Je me rappelle maintenant. Beau spécimen que tu avais là, répondit Suzuki en riant grassement.

— Ouais !

Redevenant sérieux à son tour, Suzuki continua.

— Hayato, écoute-moi bien. Ce que tu m'as demandé et surtout la quantité que tu m'as demandée vont prendre du temps à fabriquer. Tu m'as dit que le procès était prévu pour le début novembre ?

— Oui.

— Bien. À la fin septembre, je vais communiquer avec toi pour te donner les détails de la fin de la transaction. Tu devras suivre à la lettre le mode d'emploi. Tu te trompes et c'est toi qui y passes. Compris ?

— Parfaitement, mon ami.

Puis les deux hommes discutèrent de tout et de rien pendant encore quelques minutes. Juste avant de raccrocher, Kurotani demanda à son vieil ami :

— Dan, une dernière question avant d'y aller. Qu'est-il arrivé à cette fille que tu m'as volée ?

— Hum! Je l'ai mariée. Et je pense à te remercier tous les jours en la baisant, depuis.

Sans répondre, Kurotani raccrocha en riant aux éclats.

132

Vers la fin du mois de mai, l'inspecteur Vézina décida de téléphoner à son confrère et ami à Vancouver. Cela faisait plusieurs semaines qu'il n'avait pas eu de ses nouvelles. Ayant vérifié le décalage horaire, Vézina composa le numéro des bureaux de la GNC à l'autre bout du pays. À la deuxième sonnerie, l'inspecteur entendit Tanaka répondre.

— Inspecteur Tanaka !

Le policier québécois décida de jouer un petit tour à son ami.

— Si, yé voudrais avoir ouné pizza por favor, demanda Vézina.

— Eh l'ami ! Tu t'es trompé d'endroit. Ce n'est pas une pizzéria ici, c'est un poste de police fédérale, répondit Tanaka.

— Si, si. Mais yé veux ouné pizza, avec pepperoni.

— VOUS ÊTES SOURD OU QUOI ? On ne vend pas de pizzas ici !
Puis Tanaka raccrocha rageusement.

À l'autre bout du fil, Vézina en avait mal aux côtes tellement il riait. Il dut même attendre quelques minutes avant de téléphoner de nouveau à Tanaka, mais avec cette fois sa propre voix.

— Oui, quoi encore ? répondit Tanaka, toujours en colère. Il n'y a pas de pizzas ici.

— Eh ! Bill, c'est moi, Rémi Vézina. C'était quoi l'affaire de pizzas ?

— Oh ! Rémi. Allo, comment vas-tu ? Je m'excuse de la manière grossière avec laquelle je t'ai répondu. Il y a un type qui vient de m'appeler pour commander une pizza…

— Il é voulait ouné pizza pepperoni ?

— QUOI ? C'était toi le gars de la pizza !

— Oui, répondit Vézina mort de rire.

— Merde ! Je ne t'avais même pas reconnu. Tu m'as bien eu vieux nigaud.

— Qu'y a-t-il de neuf à Vancouver ? s'informa Vézina.

— Oh, la même routine que d'habitude. Ah oui ! Je me suis fait une nouvelle copine.

— Wow ! C'est merveilleux mon ami. Que fait-elle ?

— Elle est infirmière dans un hôpital près d'ici.

— Je suis heureux pour toi vieux frère.

Les deux amis parlèrent pendant quelques minutes puis Tanaka s'informa de son vieil ami Yamashita. Vézina lui expliqua que celui-ci était détenu au centre de détention du Palais de Justice de Valleyfield. Chose surprenante dans son cas, il n'avait causé aucun trouble jusqu'à maintenant. Il était sage comme une image, comme s'il avait renoncé à se battre et qu'il avait accepté son sort.

— Je crois qu'il se sent coupable de la mort de son fils. Il n'y a plus rien qui le retient ici.

— C'est aussi mon impression, répondit Vézina.

Mais Tanaka le mit tout de même en garde.

— Rémi, ne le sous-estime jamais. Toujours prévoir l'improbable. Ce n'est pas la première fois que je te le dis. Présentement, il semble inoffensif, mais cela peut changer très rapidement.

Vézina lui expliqua qu'il avait fait arrêter les visites et les appels téléphoniques entre Yamashita et son avocat véreux.

— La première journée, les deux yakuzas étaient tellement furax que le nombre de policiers à la prison avait été augmenté pour s'assurer que Kurotani et ses acolytes ne tentent rien de stupide. Puis, quelques jours plus tard, tout était revenu à la normale.

— C'est une très bonne idée que tu as eue. De cette manière, ces deux crapules ne pourront pas comploter ensemble.

— Et pour le reste du clan, tu penses qu'ils pourraient tenter quelque chose ? demanda Vézina.

— C'est dur à dire. Si ce salaud était détenu ici, à Vancouver, je te répondrais oui. Mais là, au Québec, je ne sais pas.

Vézina resta songeur. Il ne savait pas s'il devait être content ou pas. Malheureusement, il ne pouvait pas demander à ce que le reste du clan soit placé sous surveillance.

— Et du côté de la couronne, sont-ils prêts ? demanda Tanaka.

— Plus que prêt. Bill, il semble maintenant que la vie criminelle de ton ennemi tire à sa fin.

— J'aimerais vraiment te croire Rémi, je te jure, mais je ne prends rien pour acquis avec ce salaud.

— Je vois ce que tu veux dire.

— Présentement, ce n'est pas lui qui m'inquiète, c'est Kurotani.

— Relaxe Bill, nous avons la situation bien en main.

Après quelques minutes supplémentaires à parler famille et hockey, les deux amis se saluèrent en se promettant de se revoir bientôt.

Vézina était vraiment heureux que son ami se soit enfin trouvé une nouvelle compagne de vie. Son deuil avait assez duré. Depuis la mort tragique de sa famille, Tanaka avait vécu avec la culpabilité d'avoir tué lui-même sa femme et son fils.

Il lui souhaitait beaucoup de bonheur. Peut-être aurait-il le plaisir de la rencontrer bientôt.

133

Lundi 9 juin 2014

En ce premier lundi du mois de juin. La clientèle se faisait rare au restaurant du vieux Carmelli. La journée pluvieuse n'aidait pas aux affaires. Il avait plu toute la fin de semaine ainsi que les deux dernières journées de la semaine précédente.

Autant les températures avaient été extraordinaires quelques semaines plus tôt, autant c'était maintenant tout le contraire avec la pluie, le vent et le froid.

Il y avait toujours les habitués de la place qui, beau temps mauvais temps, étaient au rendez-vous. Carmelli pouvait donc compter sur eux pour aider à faire marcher la boutique.

Lorsqu'il arriva au boulot, une des serveuses lui remit un message qu'il avait reçu plus tôt par téléphone. La note mentionnait que son cousin italien de la Gaspésie passerait sur l'heure du midi pour le voir. Carmelli relut le message une autre fois en se grattant la tête. Le hic était qu'il n'avait pas de cousin en Gaspésie. Il comprit immédiatement qu'un membre du clan japonais le visiterait incognito.

Mais pourquoi ?

Il n'avait plus remis les pieds dans leur foutue maison de jeux depuis plusieurs semaines. Il venait tout juste de terminer de rembourser sa dette de jeu. C'était même lui qui leur avait appris le nom du juge qui présiderait le procès de leur patron.

« Alors, c'est quoi leur maudit problème ? »

Carmelli pensa aussitôt à son neveu. Avait-il perdu encore de l'argent ? Si oui, pourquoi venir le voir lui, encore une fois ?

Peu après l'heure du lunch, une serveuse vint chercher Carmelli dans la cave à vin pour lui dire qu'un homme demandait à le voir. Le vieux propriétaire demanda alors à son employée de le décrire.

Une fois qu'il fut clair que l'homme en question venait de la part de Yamashita, il demanda à ce qu'elle conduise le visiteur dans son bureau.

Dix minutes plus tard, Carmelli, qui avait fait exprès de prendre son temps, pénétra à son tour dans la pièce. Il s'assit derrière le meuble en chêne sans serrer la main de l'étranger.

— Bonjour, cher cousin ! s'exclama l'homme de main de Yamashita en riant.

— Qu'est-ce qui me vaut l'honneur de votre visite ? Je croyais avoir réglé ma dette avec vous ?

— Bah ! Vous savez ce que c'est. Nous avons regardé dans nos livres et avons trouvé une petite dette impayée.

— Vous m'en direz tant. Je vous ai dit la dernière fois que j'en avais terminé avec vous.

— Monsieur Carmelli, vous en aurez fini avec nous quand nous vous dirons que vous en avez fini. Suis-je bien clair ?

— Enfoiré, répondit avec colère Carmelli.

— Je vois que nous sommes sur la même longueur d'onde. Maintenant, écoutez-moi bien.

Carmelli écouta, pendant les cinq minutes suivantes, le représentant de Yamashita lui expliquer ce qu'il attendait de lui. Ce qu'il entendit lui glaça le sang. Il avait fait de petites choses malhonnêtes dans sa jeunesse, mais là, c'était le cauchemar. Si sa femme décédée, Dieu ait son âme, était encore de ce monde, elle le tuerait à coup sûr.

Il essaya tant bien que mal de refuser, mais les photos que l'émissaire de Yamashita lui montra le rendirent très docile et réceptif. Le yakuza lui laissa quelques instants pour absorber le choc puis il continua.

— Je vais vous laisser un numéro de téléphone. Une fois que vous aurez reçu le paquet, vous appellerez à ce numéro. On vous dira quoi faire.

Carmelli ne pouvait croire ce qui lui arrivait. Alors qu'il pensait sa vie revenue sur la bonne voie, voici que ce gangster arrivait et le menaçait de détruire tout ce qu'il avait entrepris de reconstruire. Pour une rare fois, il remercia le ciel d'avoir emporté sa femme. De cette manière, elle ne risquait pas d'être humiliée par son comportement disgracieux.

Au moment où le Japonais quittait le bureau, Carmelli aperçut Paolo par la fenêtre de son bureau et eut une idée. Encore une fois, sa femme aurait été outrée de sa conduite, sauf que dans les circonstances présentes, il n'avait pas vraiment le choix.

Carmelli expliqua son idée à son visiteur et celui-ci accepta la proposition avec un sourire.

Une fois qu'il fut seul dans son bureau, Carmelli ferma les stores et se mit à pleurer comme un bébé. Il venait tout juste de se rendre compte qu'il avait vendu son âme au diable.

Une fois que les larmes eurent cessé, Carmelli se maudit d'avoir été si faible. Il ne pouvait croire ce qu'il venait d'accepter de faire et surtout qu'il avait impliqué son neveu. Avait-il vraiment le choix ? Si les photos qu'on lui avait montrées avaient été divulguées, c'est sa carrière et sa vie qui auraient été détruites, et ce, à jamais.

Il ne lui restait plus qu'à attendre le signal de l'ennemi pour passer à l'action, tout en espérant qu'on ne remonte jamais jusqu'à lui.

QUATRIEME PARTIE

134

Dimanche 28 septembre 2014

Vers sept heures trente du matin, la sonnerie du téléphone réveilla l'inspecteur Vézina. D'une humeur massacrante depuis la bévue d'un de ses policiers la veille sur la scène d'un meurtre sordide, ce dernier réussit tant bien que mal à sortir du lit et à se rendre à la cuisine où le téléphone sans fil avait été laissé. En prenant l'appareil dans sa main, sa première pensée fut d'ouvrir la porte d'entrée et de lancer cet instrument de torture aussi loin qu'il le pouvait. À la place, il appuya sur la touche « parler ».

— Vézina ! hurla-t-il.

Le jeune policier à l'autre bout du fil en eut la chair de poule. Prenant une grande respiration, il ferma les yeux et se lança.

— Inspecteur Vézina, ici l'agent Bédard, de la prison….

— Qu'y a-t-il Bédard ? Accouchez ! cria Vézina, qui n'avait pas fait attention à la provenance de l'appel.

Les mains tremblantes l'agent Bédard, qui venait tout juste d'être engagé à la prison du Palais de Justice de Valleyfield, était celui qui avait perdu à la courte paille avec ses collègues. Ce dernier s'était vu obliger de téléphoner à l'inspecteur de la GNC. Les autres agents étaient, quant à eux, très soulagés de ne pas être à la place du jeune Bédard.

— Bédard, je vous laisse cinq secondes pour parler, sinon je raccroche.

— Yamashita vient d'être transporté à l'hôpital !

— Quoi ! Répétez, je vous prie.

Le jeune policier avala sa salive en maudissant ses collègues.

— J'ai dit que Yamashita venait de partir pour l'hôpital.

— Merde ! Pour quelle raison ?

— Vers six heures trente ce matin, il s'est plaint de douleurs thoraciques et de difficultés respiratoires. Le responsable de nuit a téléphoné au médecin de garde pour le mettre au courant et lui demander de venir voir le prisonnier, mais il n'a pas voulu se déplacer. Il a plutôt demandé de faire transférer le malade à l'hôpital.

— Une minute jeune homme. Tu me dis que le toubib n'est pas venu voir Yamashita et qu'il a décidé de son propre chef de faire transférer un prisonnier sans avoir l'accord d'un haut placé ?

— Oui, répondit l'agent Bédard, de plus en plus nerveux.

— Combien de policiers sont avec lui ?

— Deux.

— Bordel de merde Bédard ! Ce monstre est accusé de meurtre. Sa bande de yakuzas pas trop loin, prête à saisir la moindre chance pour faire libérer leur patron. Et vous, vous l'envoyez à l'hôpital avec seulement deux policiers.

— Oui ! répondit le jeune policier penaud.

— Jeune homme, y a-t-il autre chose que le mot oui que vous sachiez dire ?

— Oui ! Euh non ! Monsieur, ce n'est pas de ma faute, je…

— Bédard, vous allez téléphoner au docteur de ce matin et lui demander de venir à la prison et de m'y attendre. S'il refuse, vous envoyez deux agents de police le chercher, menottes aux poings. Suis-je bien clair ?

— Oui. Je veux dire parfaitement clair monsieur.

Aussitôt après avoir raccroché, Vézina téléphona à la GNC et demanda que soient envoyés cinq ou six agents bien armés à l'hôpital, et ce, le plus rapidement possible. Il leur expliqua la situation de Yamashita en leur demandant d'être très vigilants une fois rendus sur place. Ensuite, il retourna à sa chambre et s'habilla en vitesse tout en faisant attention de ne pas réveiller sa femme.

Vézina ne croyait pas du tout que cet enfoiré de yakuza ait eu une crise cardiaque. C'était sûrement un sale tour de sa part et de celle de sa bande.

En fait, ce qui mettait le plus l'inspecteur en colère, s'était le manque flagrant de jugement du médecin de garde de la prison. Vézina espérait seulement qu'il n'y aurait pas d'innocentes victimes à cause de la négligence du docteur.

Aussitôt l'inspecteur arrivé aux urgences de l'hôpital, il demanda à être conduit au chevet d'Hiro Yamashita. Une infirmière l'escorta sans plus attendre à une des civières où reposait son prisonnier.

Vézina fut heureux de voir que six de ses hommes, bien armés, et les deux policiers de la prison entouraient Yamashita. Ce dernier par contre, semblait résigné.

Le médecin de garde qui avait examiné Yamashita venait tout juste de rejoindre le groupe. Le regard sévère, il fit signe à Vézina de le suivre à l'écart des autres.

— Rémi, c'est quoi cette merde ? demanda le médecin.

— Bon matin Martin, répondit Vézina.

— Oui, pardonne-moi. Veux-tu bien me dire ce que ce clown fait ici ?

— Avant de te répondre, comment va-t-il ?

— Comment va-t-il ? Cet homme est en parfaite santé !

— Je vois.

— Chanceux, parce que moi je ne vois rien !

Le médecin dévisagea le policier avec colère.

— Est-ce bien lui qui est accusé d'avoir tué deux ambulanciers et d'avoir commandité les meurtres des deux médecins de Pointe-Claire ?

— Oui, répondit Vézina.

— Alors, peux-tu me dire pourquoi ce dangereux criminel a été transféré ici, et avec en plus seulement deux policiers ?

— Martin, je vais être honnête avec toi, je n'en ai aucune idée. J'ai été mis au courant après qu'il eut été transporté ici. Je peux par contre t'assurer que des têtes vont tomber pour cette bavure.

Le toubib regarda Vézina sans rien dire, se demandant s'il devait croire le policier.

— Alors, tu n'as rien trouvé d'anormal, je veux dire physiquement ?

— Pour quelqu'un qui est arrivé en souffrant, il s'est vite remis en apercevant la cavalerie arriver.

— C'est ce que je pensais. Je peux le ramener à la maison ?

— Absolument. À moins que tu veuilles que je lui donne une piqûre qui le soulagerait pour longtemps, très longtemps.

— Martin, ne commence pas cela, tu sais que je pourrais être sérieusement tenté te laisser faire, répondit Vézina à moitié sérieux.

Quinze minutes plus tard, Yamashita et les six Rambos de la GNC retournèrent à la prison du Palais de Justice. Sur le chemin du retour, l'inspecteur Vézina téléphona à Me Tremblay pour lui raconter ce qui venait de se produire et lui demanda d'avertir l'avocat du yakuza.

Quant au médecin ayant autorisé le transfert à l'hôpital du prisonnier sans les autorisations nécessaires, l'inspecteur Vézina lui passa un savon comme jamais personne ne l'avait fait. Les policiers sur place et témoins de la scène eurent même pitié du pauvre docteur.

Yamashita lui, était retourné penaud dans sa petite cellule à regarder le plafond et espérer qu'une vraie crise cardiaque vienne l'emporter, et ce, pour toujours.

En après-midi, Vézina téléphona au domicile de son ami Bill Tanaka pour lui raconter la tentative de fugue de son bon ami Yamashita.

Une fois son récit terminé, Vézina dut attendre quelques secondes avant d'avoir les commentaires de son confrère.

— Sait-on pourquoi il a simulé une crise cardiaque ?

— Non. Son avocat s'est entretenu avec lui plus tôt, il n'a rien voulu dire.

— Très bizarre ! Aurait-il pu s'agir d'une tentative d'évasion qui n'a pas fonctionné ?

— Difficile à dire. Comment aurait-il pu faire cela ? Il n'a plus aucun contact avec Kurotani ou les autres bonsaïs.

— Tu m'as dit que le médecin n'avait pas voulu se déplacer ! Peut-être était-il au courant et qu'il a ordonné le transfert dans ce but. Peut-être s'est-il lié d'amitié avec un de ses geôliers et c'est ce dernier qui a tout arrangé ?

— Je vois à quoi tu penses et la réponse est que : je n'en ai aucune idée. Tout est possible.

— Même si Yamashita n'a aucun contact avec son clan, cela ne veut pas dire que son avocat, en l'occurrence Mᵉ Renaud, n'agit pas comme intermédiaire, volontairement ou non.

— Encore une fois, je ne sais pas quoi dire. C'est une chose à laquelle je n'avais jamais pensé.

— Je crois que vous devriez faire une petite enquête sur ceux qui gravitent autour de Yamashita. Peut-être y en a-t-il un qui s'est laissé acheter par Yamashita ?

— Très bonne idée mon ami. Je vais en parler à Marcel Pouliot plus tard.

Les deux policiers bavardèrent encore quelques instants et Tanaka lui promit d'être là pour le début du procès. Il ne voulait surtout pas manquer cela, depuis le temps qu'il attendait ce moment.

135

Jeudi 30 octobre 2014

En ce jeudi matin, trois jours avant le début du procès d'Hiro Yamashita, Hayato Kurotani était à l'extérieur de sa résidence de L'Île-Perrot et ramassait les feuilles mortes tombées au cours de la semaine. La météo prévue pour cette fin de semaine étant mauvaise, il avait décidé de faire le ménage sur son terrain une dernière fois avant les premières bordées de neige.

Son épouse venait tout juste de lui apporter un thé vert bien bouillant lorsque son cellulaire vibra dans sa poche. Il regarda l'afficheur et se dépêcha de répondre, car l'appel venait du Japon.

Il répondit par la phrase codée qu'ils utilisaient lui, Yamashita et Suzuki dans le temps, il y a de nombreuses années. Quelqu'un qui écouterait la conversation n'aurait aucune idée de ce qu'ils se disaient. Après que son interlocuteur lui eut donné la bonne réponse, Kurotani raccrocha et partit au pas de course vers son bureau situé au premier étage de son domicile.

Dix minutes plus tard, utilisant un téléphone jetable, l'avocat appela son ancien partenaire au pays du soleil levant.

— Hayato mon ami, comment vas-tu ? demanda Suzuki aussitôt après avoir répondu.

— Très bien vieux frère. Et toi ?

— Comme un poisson dans l'eau, ricana Suzuki.

L'allusion fit sourire Kurotani.

— Je commençais à croire que tu m'avais oublié.

— Impossible mon ami. Je te l'avais dit que ça pourrait prendre plusieurs semaines.

— Alors, qu'est-ce que tu as pour moi ?

— Tout ce que tu as demandé, et même plus !

— Parfait. Mais le procès commence lundi et je n'ai rien reçu encore.

— Je sais tout ça. C'est un de mes amis en visite à Montréal qui a le cadeau. Comme je te l'ai expliqué, je ne veux pas t'exposer inutilement. C'est pour cette raison que je ne t'ai pas envoyé le tout chez toi. Maintenant, si tu me donnes le nom, l'adresse et la date de la livraison, mon ami se fera un plaisir d'aller te porter le paquet. Juste en passant, le facteur n'est pas asiatique, alors il sera impossible de te relier au colis.

— Je vois que tu as tout prévu.

— Je n'ai pas le choix. Je ne veux pas me faire coincer par qui que ce soit. De toute manière, il sera impossible pour la police de remonter jusqu'à l'expéditeur, c'est-à-dire jusqu'à moi.

— Je n'en attendais pas à moins de ta part, rajouta Kurotani.

— Bon, maintenant, passons aux choses sérieuses. Premièrement, tu ne devras pas être vu près de cette livraison. Deuxièmement, tu devras avertir celui ou celle qui manipulera le contenu du paquet de porter des gants, des lunettes protectrices ainsi qu'un masque, comme ceux des chirurgiens. Il ou elle n'aura pas le droit à l'erreur, car il n'existe aucun antidote.

Suzuki continua d'énumérer la marche à suivre pour que le contenu commandé atteigne sa cible sans dommages collatéraux. Une fois terminé, Kurotani demanda.

— Tu es certain que ça va marcher ta potion magique ?

— Hayato, si sa forme naturelle marche à cent pour cent, la forme modifiée avec mes deux produits spécialement préparés pour toi est deux fois plus létale. As-tu entendu parler aux nouvelles, il y a quelques semaines, du massacre de vingt-cinq prêtres bouddhistes d'un petit village du nord du Japon ?

— Oui. Ils se seraient tous suicidés à ce qu'il paraît.

— Absolument pas ! Le propriétaire du terrain voulait les expulser de ses terres même si les prêtres avaient signé, plusieurs années auparavant, un bail pour une durée de cinquante ans avec le père de l'actuel propriétaire. Lorsque le fils s'est retrouvé à la tête du domaine familial, il n'a pas voulu respecter l'entente signée par son père. Ne voulant pas dépenser de l'argent dans les tribunaux, tu sais comment ils sont, il a opté pour la manière rapide.

— La ruche a été mise à contribution…

— Oui, mais ce nectar était trois fois moins puissant que la formule Y spécialement mixée pour ne laisser aucune trace. Les vingt-cinq vieillards sont morts moins de deux heures plus tard.

— Cool ! Pour sauver un ami, c'est parfait, répondit Kurotani.

— J'étais certain que tu dirais ça. Elle refroidit tous ceux qui la touchent !

L'avocat de Yamashita posa encore plusieurs questions à Suzuki, pour être certain de connaître parfaitement le produit, Kurotani lui donna les renseignements dont son ami avait besoin pour la livraison discrète au vieux Carmelli.

Kurotani promit à son vieil ami de le tenir au courant du déroulement du procès et de son aboutissement.

Deux minutes plus tard, Kurotani téléphonait à Ganji Iwa pour le rassurer : il n'y avait aucun doute dans son esprit que Yamashita serait libre dans quelques semaines. Le coup de théâtre serait fracassant. On ne parlerait même pas d'une évasion spectaculaire !

136

Vendredi 31 octobre 2014

Le vendredi avant le début du procès, l'inspecteur Rémi Vézina soupait en compagnie de son ami et collègue, l'inspecteur Tanaka de la GNC de Vancouver. Les deux hommes étaient maintenant réunis pour le procès d'Hiro Yamashita qui débuterait le lundi suivant.

Les membres du jury avaient été choisis la semaine précédente, et ce, sans incident. Sept hommes et cinq femmes formaient le jury qui déciderait du sort de l'accusé.

Des mesures exceptionnelles avaient été prises pour garder l'identité des jurés confidentielle. Connaissant les antécédents de l'accusé dans d'autres procès où il avait fait face à la justice, l'assistant du procureur avait demandé au juge qu'il n'y ait aucun spectateur, incluant le bras droit de l'accusé, lors de la sélection des jurés, ce que le juge Ouellet avait accepté.

Pendant le souper, Vézina expliqua à son ami qu'ils étaient tombés sur un bon juge. Le juge Ouellet avait beaucoup d'expérience dans ce genre de procès. Intègre, il respectait toujours les deux avocats qui plaidaient devant lui. C'était le genre de juge à laisser les juristes travailler, tant qu'ils restaient dans la légalité. Il n'aimait pas qu'un avocat le fasse paraître incompétent ou stupide. Le bonhomme avait soixante-cinq ans et quelques livres en trop. Avec ses yeux bleu-gris et son regard intense, il imposait le respect. Rares étaient ceux qui osaient l'affronter dans la vie de tous les jours, encore moins dans une salle d'audience, *sa* salle d'audience.

Vézina lui expliqua aussi que la sécurité serait augmentée pour la durée du procès, ce que Tanaka approuva d'un signe de tête.

— Alors Rémi, demanda Tanaka, sommes-nous prêts pour mettre ce fumier derrière les barreaux ?

— Oh oui ! mon ami, et ce, pour très longtemps.

— Parfait. J'espère juste que ni lui, ni quelqu'un de son clan ne tenteront quelque chose de stupide pendant le procès.

— Arrête, tu t'inquiètes pour rien Bill. Tout est sous contrôle, lui répondit Vézina.

— Tu n'étais pas là Rémi, toutes ces fois où nous pensions l'avoir coincé pour de bon. Et, sans crier gare, quelqu'un arrivait et faisait tout échouer.

— Je sais tout ça, sauf que nous ne sommes pas à Vancouver ici !

— On verra bien mon ami.

Pendant le dessert, Vézina décréta une pause dans la saga Yamashita. Il voulait maintenant connaître les détails concernant la nouvelle flamme de son ami. Ce dernier ne se fit pas prier deux fois. Une heure plus tard, le policier québécois avait l'impression de tout savoir sur celle qui avait fait chavirer le cœur de Tanaka.

137

Samedi 1er novembre 2014

Paolo Tuzzi se réveilla très tôt ce samedi matin. Non pas qu'il avait souhaité le faire, mais son fils de sept ans avait décidé de jouer avec sa console de jeux PS3 dans le sous-sol familial. Il l'avait réveillé tellement le son de la télévision était fort. Sans crier, Paolo lui demanda gentiment de bien vouloir baisser le volume, ce qu'il fit sans rouspéter.

Pendant un court laps de temps, il fut désorienté. Il pensait se trouver dans sa chambre, mais au lieu du lit conjugal, il se trouvait étendu sur le sofa au sous-sol, où son fils était en train de tuer des extraterrestres. Encore pire, il avait un mal de tête carabiné. Juste le fait d'ouvrir les yeux le faisait souffrir. Il se rappela alors sa dernière soirée et tout l'alcool qu'il avait ingurgité.

Au début de la soirée, la chance était avec lui. Ses mains étaient toujours gagnantes. À un certain moment, il avait accumulé un peu plus de dix mille dollars en gains.

Tout lui souriait.

Puis, vers minuit, la chance qui l'avait si bien servi le quitta. Frustré, il commença à boire un peu plus. Plus il perdait, plus il buvait, jusqu'au moment où il s'aperçut qu'il était dans le rouge de vingt mille dollars.

Comment allait-il pouvoir payer tout cela ? Son oncle allait sûrement vouloir le tuer, mais pas avant que sa propre femme ne l'ait fait au moins deux fois. Elle n'était pas au courant de ses parties de poker et il allait assurément devoir lui avouer tôt ou tard.

Lorsqu'il était rentré quelques heures plus tôt, la porte de la chambre était barrée de l'intérieur avec une note collée dessus. Il se rappela avoir lu le papier deux fois au moins. Sa Rosita lui avait préparé le sofa au sous-sol.

Une fois qu'il eut réussi à s'asseoir sur le sofa, Paolo resta dans cette position, les yeux toujours fermés pendant cinq bonnes minutes. S'agrippant au dossier, il réussit tant bien que mal à se mettre debout. Prenant son courage à deux mains, il partit en direction de la salle de bain du sous-sol. Heureusement pour lui, il n'avait que quelques pas à faire pour y arriver, mais dans son état, cela lui parut comme un kilomètre. Il n'osa même pas ouvrir la lumière tellement sa tête lui faisait mal. Il avait l'impression que ses yeux allaient sortir de leurs orbites. Lorsqu'il eut fini d'uriner toutes les bières qu'il avait consommées la veille, Paolo décida d'aller se recoucher. Tout en faisant le chemin inverse, il regretta de ne pas avoir écouté sa femme et être allé au cinéma en amoureux avec elle.

À peine dix minutes après s'être rendormi, son fils, qui était parti écouter la télévision à l'étage, redescendit au sous-sol en courant et criant.

— Papa, papa ! réveille-toi. Il y a un monsieur chinois qui veut te voir.

— Hein ! Quoi ? répondit Paolo encore endormi.

— Il y a un Chinois qui veut te voir, répéta son fils.

Tuzzi, même s'il avait le cerveau encore embrumé par les vapeurs de l'alcool, sut tout de suite que ce n'était pas un Chinois qui voulait le voir.

— Est-ce que ça ne serait pas plutôt un Japonais ?

— OUI ! Comme dans l'émission sur les kamikazes que nous avons vue l'autre jour ?

— Oui, c'est ça.

— Le monsieur chinois, non, japonais veut te voir.

— OK. Dis-lui que j'arrive bientôt.

Une fois qu'il fut seul, Paolo sentit son sang se glacer dans ses veines. Sans savoir pourquoi, l'effet de l'alcool sembla se dissiper beaucoup plus rapidement qu'il ne l'aurait cru.

La peur s'empara alors de lui. Il se rappela ce que son oncle lui avait dit à propos de la mafia japonaise. Si elle vous accordait une chance, mieux valait la saisir, car il n'y en aurait pas de deuxième. Maintenant pris de panique, Paolo s'empressa de s'habiller. Il ne savait pas si l'étranger l'attendait à l'intérieur avec sa femme ou à l'extérieur. Dans les deux cas, sa femme ne devait pas être trop contente.

Tuzzi monta retrouver les siens en essayant d'agir le plus normalement possible. Il savait que sa démarche était branlante. Il s'était brossé les dents deux fois pour essayer d'enlever le goût de la boisson de sa bouche, mais sans succès.

Une fois remonté à l'étage et suant à grosses gouttes, Paolo se dirigea vers sa femme pour lui voler un baiser, mais le regard assassin qu'elle lui envoya le fit changer d'idée. Il comprit à son air glacial qu'il aurait plus d'une explication à lui donner pour qu'elle veuille bien lui pardonner.

— Tu as de la visite Paolo, lui dit sa femme avec colère.

— Merci mon bébé d'amour.

Elle ne répondit même pas et s'en retourna dans leur chambre avec leur fils. Paolo regarda en direction du couloir et aperçut l'étranger qui l'attendait dans le salon. Ce dernier écoutait attentivement l'échange houleux entre les deux époux. Tuzzi se dirigea alors vers le Japonais en essayant de se rappeler s'il l'avait déjà aperçu quelque part, mais en vain. Une fois arrivé au salon, Paolo alla directement au but.

— Que me voulez-vous ?

— N'ayez crainte, monsieur Tuzzi, je n'ai rien dit à votre femme à propos de votre soirée d'hier soir. Je suis ici pour vous rappeler que vous nous devez vingt mille dollars. Nous sommes conscients que vous n'avez pas cette somme sur vous, c'est pour ça que je suis ici, pour vous proposer un arrangement.

— Eh ! merde ! On ne pourrait pas faire ça ailleurs qu'ici, s'il vous plaît ?

— Non. C'est maintenant ou je déballe tout à votre femme.

— OK, OK.

— Nous vous offrons la possibilité de payer votre dette en entier, moyennant quelques minutes de votre temps.

— Et comment devrais-je faire ça ? demanda Tuzzi.

— Mercredi matin, quelqu'un va venir vous voir au restaurant. Il vous donnera un petit paquet et vous n'aurez qu'à suivre ses instructions. Ai-je été assez clair, monsieur Tuzzi ?

— Ouais, très clair.

— Le moment venu, une action négative de votre part amènera de terribles représailles contre votre femme et votre fils. Elle est très sexy madame Tuzzi…

— J'ai dit que j'avais compris, répliqua Tuzzi d'un ton agressif. Et maintenant, foutez le camp de chez moi.

L'émissaire de Yamashita quitta le domicile des Tuzzi sans prononcer une seule parole.

138

Mardi 4 novembre 2014

Vers huit heures trente, le propriétaire du restaurant italien situé en face du Palais de Justice de Valleyfield s'affairait à inscrire le menu du jour sur le tableau noir de l'entrée lorsque la porte principale s'ouvrit, laissant ainsi pénétrer le vent froid de novembre.

Carmelli s'essuya les mains pleines de poussière de craie, puis se dirigea vers son client.

— Je m'excuse, mon petit monsieur, mais il est trop tôt pour le dîner.

— Ce n'est pas grave, répondit l'étranger avec un accent français prononcé. Je ne suis pas ici pour manger. Est-ce que je pourrais voir le propriétaire, monsieur Carmelli, s'il vous plaît ?

— C'est moi, répondit-il, commençant à devenir inquiet. Il se rappela la visite impromptue qu'il avait reçue quelques mois plus tôt.

— J'ai un paquet pour vous. Ne me demandez pas ce que c'est, je n'en ai aucune idée. On m'a demandé de livrer ce paquet à cette adresse et à un certain Carmelli. Ce que vous ferez avec ne me regarde pas.

Sans autre explication, le livreur lui laissa le paquet que Kurotani lui avait envoyé et quitta le restaurant.

Carmelli resta debout avec le paquet dans les mains, songeur.

— Est-ce que vous allez bien patron ? demanda un des cuisiniers qui venait d'arriver pour sa journée de travail.

Cette apparition soudaine de son employé fit sortir Carmelli de la lune.

— Oui, Raoûl, je vais bien.

— OK patron, puis le cuisinier retourna à ses fourneaux.

Sans perdre une seconde, le vieil Italien alla s'enfermer dans son bureau. Une fois la porte verrouillée et les rideaux tirés, Carmelli composa le numéro de téléphone qu'on lui avait ordonné d'appeler lorsqu'il recevrait le paquet. À la troisième sonnerie, Hayato Kurotani répondit.

— Oui.

— Je m'appelle Luigi Carmelli. J'ai reçu un colis.

Kurotani sourit pour lui-même. Suzuki n'avait pas perdu la main en fin de compte.

L'avocat expliqua en détail à Carmelli comment disposer du contenu de la boîte. Il répondit à quelques questions que le vieil Italien lui posa. Sans lui parler de la nature du produit, Kurotani le mit en garde, car ce dernier voulait être certain que le vieux ne ferait rien de stupide pour mettre sa vie en danger. Ce n'était pas lui qu'il voulait voir mourir. Une fois que Carmelli lui eut répété ce qu'il devait faire le lendemain, Kurotani lui rappela une dernière fois de penser à sa famille et à ses employés avant de déroger aux consignes, ce qui serait regrettable.

— Allez vous faire foutre, lui répondit le restaurateur, avant de raccrocher rageusement.

Ne sachant plus quoi faire, il éclata en sanglots. Heureusement pour lui, personne ne pouvait le voir pleurer. Sans regarder l'heure, il ouvrit le dernier tiroir de son bureau et en sortit une bouteille de cognac. En cas d'urgence seulement, aimait-il dire. Prenant son verre cul sec, Carmelli sentit son esprit s'engourdir grâce à l'alcool. Faisant fi de sa peur, il replaça son cognac où il l'avait pris et retourna parmi ses employés.

Si Dieu existait vraiment, peut-être viendrait-il le chercher pour les réunir, lui et sa femme avant l'heure de tombée du lendemain. Et en se tournant pour que personne ne le voie, il fit son signe de croix.

139

En ce premier mercredi de novembre, alors que les arbres étaient maintenant dénudés de leurs feuilles, et malgré une deuxième journée glaciale consécutive, le soleil brillait de tous ses feux. L'hiver commençait déjà à préparer son arrivée.

Le procès d'Hiro Yamashita entamait sa troisième journée d'audience. Jusqu'à maintenant, aucun événement particulier ne s'était produit. Tout se déroulait comme les inspecteurs Vézina et Tanaka l'avaient espéré.

Depuis le début de procès, l'avocat de la défense n'avait marqué aucun point pour son client. Fait bizarre, Yamashita ne semblait pas s'en faire. Il restait calmement assis à côté de son avocat.

Toutes les preuves apportées par la couronne pour démontrer la culpabilité de l'accusé avaient porté leurs fruits face aux jurés. Ces derniers ne cessaient de dévisager l'accusé après chaque témoignage. Yamashita lui, restait de marbre, bien droit, à regarder les jurés sans broncher. Pour lui, c'était comme une salle d'attente chez le dentiste.

L'inspecteur Tanaka, malgré le bon déroulement du procès, était un peu nerveux. Par expérience, voir Yamashita si calme lui rappelait de mauvais souvenirs. Même si Vézina ne cessait de lui rappeler que tout se passait bien, il avait toujours des papillons dans le ventre.

À neuf heures, l'huissier ordonna à la salle de bien vouloir se lever pour l'entrée du juge Ouellet. Une fois que ce dernier eut pris place, il demanda à la salle de bien vouloir se rasseoir.

Il salua les deux avocats et demanda à ce que l'on fasse entrer les membres du jury.

Une fois que le silence fut revenu dans la salle d'audience, le juge Ouellet s'adressa à l'avocat de la défense.

— Me Renaud, je viens d'apprendre que vous voulez appeler un autre témoin à la barre ?

L'avocat se leva en regardant son client qui, d'un signe de tête, le pria de continuer.

— Oui votre Honneur !

— Très bien, répondit le magistrat.

Ce dernier regarda en direction de l'assistant du procureur.

— Me Tremblay. Je sais que vous deviez y aller de votre réquisitoire ce matin !

— Aucune objection, votre Honneur.

— Très bien donc. Me Renaud, vous pouvez appeler votre témoin.

Renaud, qui était toujours debout, appela à la barre monsieur Hiro Yamashita.

Les murmures de stupéfactions s'élevèrent dans la salle. Les spectateurs se regardèrent, incrédules. Même chose chez l'accusation.

— Bill, qu'est-ce qu'il fait ? demanda Vézina.

— Je ne sais pas. Peut-être que son avocat et lui cachaient quelque chose qu'ils gardaient pour la fin !

— Comme quoi ?

— Aucune idée Rémi !

Hayato Kurotani, qui était assis derrière la table de la défense, savait lui que Yamashita était à la barre des témoins seulement pour gagner du temps. Il apercevait du coin de l'œil les deux inspecteurs de la GNC qui se demandaient ce que Yamashita pouvait bien déclarer là, à ce stade-ci du procès, alors qu'il n'y avait absolument rien à faire pour le sauver d'une condamnation à perpétuité.

Une fois que Yamashita fut assis à la barre des témoins et qu'il eut prêté serment, Me Renaud commença son interrogatoire.

Plus le temps passait et moins les deux inspecteurs comprenaient. Ils voyaient Yamashita déblatérer sur ses ennemis, sur la mort tragique de sa femme et sur la perte de son fils. Pendant plus d'une heure, ils avaient écouté ce que Vézina compara à de la bouillie pour les chats. À une ou deux occasions, Tanaka avait aperçu le juge bayer aux corneilles tellement le témoignage du yakuza était insipide.

À dix heures quarante, Me Renaud annonça enfin qu'il n'avait plus de questions.

Le juge Ouellet remercia l'avocat de la défense, puis regarda sa montre.

— Il est maintenant près de dix-heures quarante-cinq. Nous allons prendre une pause de quinze minutes, puis Me Tremblay pourra y aller de son contre-interrogatoire.

Le magistrat ajouta, avant de frapper avec son marteau :

— À mon âge, il y a certains besoins qui ne peuvent attendre.

Ce petit commentaire fit sourire la foule.

Une fois le juge Ouellet retiré dans son bureau et les membres du jury dans leur salle, spectateurs et journalistes quittèrent la salle d'audience pour aller se dégourdir les jambes.

Les avocats des deux parties, ainsi que leurs collaborateurs, étaient restés à leur table respective.

Vézina et Tanaka s'approchèrent de la table de Me Tremblay.

— Robin, qu'est-ce que ce guignol peut bien vouloir prouver à témoigner ? demanda Vézina.

— Aucune idée ! répondit l'avocat de la couronne. J'ai pondu quelques questions pendant son témoignage qui viendront clouer son cercueil pour de bon.

Pendant que Vézina et Tremblay discutaient, Tanaka lui, regardait vers la table de la défense. Yamashita discutait avec Kurotani.

Que pouvaient bien préparer ces deux ordures ? Tanaka avait le pressentiment que quelque chose allait se produire, mais il ne savait pas quoi. Trop de mauvais souvenirs se bousculaient dans sa tête. Vézina le ramena sur terre en lui faisant signe qu'il était temps de retourner à leur place puisque la pause serait terminée dans deux minutes. « Ils ont sûrement des raisons de faire tout ce cirque... Un juge qui ramollit... C'est de mauvais augure ! »

140

Dans la salle, les membres des familles et les journalistes étaient également de retour à leur siège. Parmi les journalistes présents, certains venaient d'aussi loin que de Vancouver. Les médias de la province de l'ouest voulaient être sur place pour voir ce qu'ils espéraient être la condamnation d'un des plus grands criminels de leur province.

Les familles des deux ambulanciers assassinés par Yamashita ainsi que celles des docteurs Ducharme et Hébert étaient assises derrière la table de l'accusation, n'étant précédées que des inspecteurs de la GNC. Quant à l'infirmière Cathy Nadeau, elle avait préféré rester chez elle. Assise dans la dernière rangée du côté des journalistes, Anna Sato priait en silence pour que son cauchemar se termine avec l'emprisonnement à vie d'Hiro Yamashita.

À l'entrée de la salle d'audience, plusieurs policiers armés étaient placés pour faire en sorte de dissuader quiconque d'agir stupidement. Les autorités craignaient que des membres des familles éprouvées par la perte d'un être cher, conséquence de la cruauté de l'accusé, n'essaient de se faire justice eux-mêmes.

À onze heures cinq, le juge Ouellet n'était toujours pas revenu. Les murmures reprirent de plus belle dans la salle d'audience.

Les deux avocats se regardèrent, ne sachant trop quoi faire, ils regardèrent du côté du greffier qui ne semblait pas plus que les autres savoir ce qui se passait. Ce n'était pas dans les habitudes du magistrat de retarder la séance de la sorte. Étant reconnu comme quelqu'un de ponctuel, on se demandait ce qui pouvait bien le retarder. Ceux qui le connaissaient bien savaient qu'il était diabétique et souffrait d'hypertension artérielle.

Avec ses soixante-cinq ans bien sonnés et un mètre quatre-vingt-cinq pour cent kilos, le juge Ouellet avait dû être hospitalisé six mois plus tôt à la suite d'un léger infarctus du myocarde.

Les deux inspecteurs de la GNC ne comprenaient pas non plus ce qui pouvait bien retarder le juge. Vézina aperçut alors la physionomie de son ami. Ce dernier semblait soucieux.

— Bill, je sais à quoi tu penses. Arrête de t'imaginer des choses qui ne sont pas encore arrivées. Le juge est peut-être parti aux toilettes et ça lui prend plus de temps. Peut-être qu'il manque de papier pour s'essuyer et qu'il attend que le concierge lui en apporte, dit Vézina en souriant.

— Je sais Rémi. C'est une mauvaise habitude que j'ai. Mais bordel ! Regarde ce salaud de Yamashita. Il sourit comme s'il savait qu'il allait sortir libre au retour du juge. Je n'aime pas ça, Rémi.

— Relaxe amigo !

— Facile à dire pour toi. Tu n'as jamais vu cette crapule être libérée avant la fin d'un procès pour vice de procédure. Tu n'as jamais eu à regarder les familles de ses victimes dans les yeux pour leur dire que tu étais désolé, que le meurtrier de leur père, de leur mari ou d'un autre être cher, alors qu'il s'en tirait sans sentence.

— Non, jamais. Mais j'ai confiance en notre système judiciaire, sinon, je ne serais pas policier. Je fais confiance au juge Ouellet ainsi qu'à Me Tremblay et surtout, j'ai confiance en toi mon ami. J'aime croire que tu n'as pas fait tout ce chemin et vécu toutes ces épreuves pour le voir encore une fois partir libre. Non mon ami. Cette fois, c'est la fin pour lui.

Tanaka serra doucement l'épaule de son ami en guise de remerciement. L'avocat de la couronne fit alors signe aux deux policiers de s'approcher.

— Inspecteur Tanaka, demanda Me Tremblay.

— Oui Maître.

— Vous qui connaissez bien l'accusé, croyez-vous que cela puisse être une manigance de Yamashita, je veux dire, quelque chose concocté par son groupe ? Ce n'est pas dans les habitudes du juge Ouellet d'agir de cette façon.

— Je ne sais pas jusqu'où il est prêt à aller. Il n'a jamais eu de complexes envers la justice, mais c'était chez lui, ici, hum... je ne sais pas.

— Peut-on demander au greffier d'aller voir si le juge est correct ? demanda Vézina.

Me Tremblay fit alors un petit signe pour attirer l'attention du greffier. Ce dernier se présenta alors à la table de l'accusation.

— Oui Maître, dit le greffier.

— Paul, savez-vous ce qui se passe avec le juge Ouellet, vous a-t-il laissé de quelconques instructions ?

— Oui et non. Il m'a seulement dit de ne pas le déranger, mais là, ce n'est pas normal, je suis tout aussi surpris que vous.

— Pouvez-vous aller voir s'il va bien ? demanda Tanaka.

— N'ayez pas peur Paul, mentionna Tremblay, j'en prends l'entière responsabilité. Je sais qu'il vous avait dit de ne pas le déranger, mais là, il y a des limites.

Me Tremblay regarda l'inspecteur Vézina et ce dernier lui répondit qu'il était dans le brouillard lui aussi.

Dans la salle d'audience, aucun journaliste n'avait osé partir. Pour plusieurs d'entre eux, c'était une situation unique. Jamais un juge ne s'était retiré de cette façon sans raison. C'était à croire qu'ils étaient dans un téléroman. Or, la fin d'un épisode est alors conçue pour créer un effet dramatique saisissant. Si la réalité dépassait la fiction...

141

Le magistrat venait de suspendre l'audience pour quinze minutes. Juste avant de quitter la salle, il avait fait signe au greffier de venir le voir.

— Oui votre Honneur, demanda le greffier.

— Paul, que personne ne me dérange pour les quinze prochaines minutes ! En plus de mon cœur, mes intestins commencent à me faire des misères.

— Très bien votre Honneur, répondit le greffier en retenant un sourire. Ah oui, j'allais oublier Monsieur, le juge Roy vous attend dans votre bureau. Je ne sais pas c'est à quel sujet, il n'a pas voulu me le dire, mais il semblait très contrarié.

— Parfait Paul, je vous remercie.

Le juge Ouellet quitta la salle et se rendit dans son bureau. Situé en coin, avec deux grandes fenêtres, c'était l'un des plus spacieux du Palais de Justice. Le drapeau du Québec trônait derrière l'immense meuble en acajou.

Tout en enlevant sa toge, le juge Ouellet aperçut du coin de l'œil son vieil ami, le juge René Roy. Considéré comme un des meilleurs magistrats de la province, il avait refusé une nomination comme juge à la Cour suprême du Canada pour pouvoir rester auprès de sa femme gravement malade.

En revenant des toilettes, le juge Ouellet donna l'accolade à son ami. Ils s'échangèrent les formalités habituelles, s'informèrent sur la famille. Ouellet avertit Roy qu'il n'avait que dix minutes à lui consacrer, sinon il devrait revenir à la fin de la journée. Il lui proposa même d'aller souper au restaurant. Mais le juge refusa. Il semblait préoccupé. Il avait les mains qui tremblaient et son vieux tic près de l'œil droit était même revenu. Ouellet, à qui rien n'échappait, demanda à son ami ce qui le tracassait de la sorte. Le juge Roy se leva, et alla regarder par la fenêtre à la gauche du bureau. Il avait le regard perdu et ne semblait pas savoir comment se confier à son ami.

— Pierre, je suis dans le trouble et pas à peu près, dit le juge Roy.

— Dans le trouble comment René ? Il me reste cinq minutes avant de retourner en salle d'audience, alors, c'est quoi le problème ?

— Attends, je ne sais pas par où commencer, bordel, ce n'est pas facile à dire.

— René, accouche, dit le juge en remettant sa toge face au miroir de sa salle de bain.

Le juge Roy continua d'arpenter la pièce, de plus en plus nerveux, ce qui commençait à rendre son confrère aussi anxieux.

— Écoute René, depuis le temps qu'on se connait, on en a vu et fait des choses ensemble. Tu sais que tu peux tout me dire, alors, s'il te plaît, dis-moi ce qui ne va pas.

— D'accord, mais avant, promets-moi de ne pas me juger. Je me suis déjà rendu mon propre verdict, et il n'est pas joli. Alors, promets-moi !

— Je te le promets camarade. C'est quoi ton gros problème que je retourne à mon procès.

Ce que le juge Roy s'apprêtait à faire n'était pas facile. Dévoiler une face cachée, obscure même, de sa personnalité à quelqu'un qui le connaissait depuis tant d'années, qui avait assisté à son mariage et aux anniversaires de ses enfants n'était pas facile.

Lorsqu'ils étaient avocats, ensemble ils avaient fait condamner des dizaines d'individus dangereux pour la société. Et là, dans les prochaines minutes, tout le respect et l'amitié que le juge Pierre Ouellet avait pour lui s'envolerait en poussière pour une erreur commise voilà quelques mois.

René Roy revint s'asseoir devant son vieux compagnon. Il prit une gorgée de la bouteille d'eau froide qu'il avait apportée avec lui, puis en se maudissant intérieurement, y alla de son récit.

Cinq mois plus tôt, le juge Roy et son épouse Nicole étaient allés passer trois semaines de vacances en Thaïlande. C'était le premier voyage du couple depuis plusieurs années. Son épouse souffrait d'une grave maladie et son état de santé ne lui permettait pas de faire de grands voyages. Donc, lorsque le médecin leur avait appris qu'elle était en période de rémission, ils en avaient profité pour faire un dernier tour de piste ensemble.

Ils avaient donc choisi l'Asie comme destination. Ils s'étaient installés au Royal Phuket Yacht Club de Nai Harn Beach, situé à la pointe sud de l'île de Phuket. Les premières journées s'étaient très bien déroulées, le moral de la femme du juge était excellent, les médicaments aidant, et Nicole était plus encline à s'amuser. Ils firent des promenades sur le sable blanc de la plage, goûtèrent l'eau de l'océan qui était d'un bleu turquoise à couper le souffle. Le soir, ils visitaient des restaurants, leur préféré étant la Cabane, un restaurant français qui avait comme cadre la jungle.

Après quelques jours passés sur l'île, les choses commencèrent à se gâter. À la fin de la journée, après le coucher du soleil, René voulait sortir s'amuser, continuer à faire le tour des restaurants, des promenades sur la plage, sauf que son épouse ne voyait pas les choses du même œil.

Elle lui donnait comme excuse que les médicaments qu'elle devait prendre la fatiguaient plus qu'elle ne le pensait. Alors, le juge avait proposé de rester à la chambre et de se faire des câlins. Même à soixante-deux ans, les désirs grivois face à l'être aimé étaient toujours présents. Le décor exotique des lieux renforçait ses ardeurs, mais malheureusement, pas celles de son épouse. Leur libido était inversement proportionnelle au désir de l'autre. C'est-à-dire que plus monsieur avait le goût de faire l'amour, moins sa femme en voulait.

Le juge ne se rappelait même plus la dernière fois qu'il avait eu une relation sexuelle avec sa femme. Il lui était maintenant très difficile d'accepter de perdre ainsi sa virilité.

Dès lors, les moments de bonheur qu'ils avaient vécus depuis le début du voyage firent place aux disputes. Celles-ci se multiplièrent au fur et à mesure que la fin des vacances approchait.

Un soir, après une autre dispute avec sa femme, le juge était allé faire une marche de santé pour faire descendre sa pression. Un des préposés aux ascenseurs, qui était en pause à l'extérieur de l'hôtel et qui avait assisté à quelques-unes des disputes du couple, s'était approché du juge et l'avait mené à l'écart près de la piscine extérieure de l'hôtel.

Dans un français passable, le jeune homme lui avait expliqué qu'un de ses cousins était propriétaire d'un service d'escorte de luxe. Le client pouvait choisir dans un catalogue la compagnie d'une personne qui lui plairait.

Service discret et garanti.

Le juge avait demandé au garçon d'ascenseur pourquoi il pensait qu'il aurait besoin d'un tel divertissement

— Les ascenseurs sont comme les murs, ils ont des oreilles. Je vous ai entendu dire que vous n'aviez pas souvent de sexe.

Le juge s'était senti rougir. Il n'avait jamais pensé que des étrangers avaient entendu leurs querelles. Par contre, à l'évocation du service d'escorte, les désirs charnels de monsieur le juge avaient refait surface. Ce dernier avait alors demandé à son nouvel ami d'autres détails, démontrant peut-être un certain intérêt. C'est ainsi qu'il apprit que le paiement se ferait en liquide et qu'il n'y aurait aucun papier à signer.

Ses pulsions sexuelles prenant maintenant le dessus, le juge accepta l'offre du jeune homme. Ils conclurent de se retrouver le lendemain soir vers vingt heures près de la piscine. D'ici là, les arrangements seraient pris avec le cousin responsable du service d'accompagnement personnel.

Après avoir remercié son ami, le juge partit faire sa promenade. Il devait mettre de l'ordre dans sa tête. Les derniers jours avaient été pénibles pour lui et sa femme. Depuis qu'ils se connaissaient, ça allait être la première fois qu'il tromperait sa femme. Comment réagirait-il en revenant auprès d'elle ?

Serait-il capable de la regarder en face, de lui dire qu'il l'aime plus que tout ? Toutes ces questions demeuraient sans réponses. Mais à l'évocation d'une rencontre intime, sans témoin et sans retenue, il sentit son membre se dresser. « J'ai bien le droit à des petites vacances, moi aussi ! »

142

De retour à l'hôtel, le juge avait pris une douche tiède, espérant ainsi calmer ses ardeurs. Heureusement pour lui, lorsqu'il s'était couché, sa femme dormait déjà à poings fermés.

C'était tant mieux, car il n'avait pas vraiment le goût de lui parler.

Le juge eut beaucoup de difficulté à s'endormir. Il ne cessait de penser à son rendez-vous du lendemain soir. Le prix n'avait pas d'importance, il avait l'argent. Il se demandait plutôt quel genre de femme il choisirait. C'est sur ces pensées sensuelles de tenir entre ses bras une jeune beauté asiatique qu'il sombra dans les bras de Morphée.

Au petit déjeuner, la conversation avait porté sur les activités de la journée. Le juge espérait que sa femme ne voudrait faire aucune activité qui pourrait le retarder ou même le fatiguer pour la soirée à venir. Il ne fut pas déçu. Se sentant nauséeuse, sa femme désirait rester près de l'hôtel. Elle irait peut-être à la plage, sinon, elle resterait à la piscine de l'hôtel. Elle donna même la permission à son mari d'aller visiter la grande ville s'il le souhaitait. Mais ce dernier refusa, préférant rester auprès d'elle au cas où elle aurait besoin de lui. Heureuse, elle lui donna un léger baiser sur le front et partit se préparer pour la plage.

La journée s'était vraiment bien passée. Le juge et sa femme avaient discuté pendant plusieurs heures, tantôt au soleil, tantôt à l'abri d'un grand parasol. Peu après seize heures, les deux Québécois étaient retournés à leur chambre et en profitèrent pour faire une petite sieste, sans se quereller pour une fois.

Alors qu'il prenait sa douche avant de descendre au restaurant de l'hôtel, le juge Roy pria intérieurement pour que sa femme n'émette pas le désir d'aller faire une promenade en soirée. Ses prières furent exaucées lorsqu'après le repas, son épouse déclara vouloir aller se coucher de bonne heure. Fort heureusement pour lui, sa femme ne remarqua pas le large sourire qui s'était formé sur son visage.

Une fois que son épouse eut pris ses médicaments et après qu'elle se soit faufilée sous les couvertures, le juge Roy resta auprès d'elle à lui parler. Quelques minutes plus tard, vérifiant qu'elle était bien endormie, le juge alla se changer et descendit attendre son ami à la piscine.

À vingt et une heures, le jeune Thaïlandais rejoignit le juge et les deux complices partirent voir le cousin propriétaire du bordel.

Après les présentations, le cousin expliqua au juge les règlements de la maison. Une fois qu'il eut accepté verbalement ceux-ci, le juge se fit offrir le catalogue. Après quelques minutes d'hésitation, il laissa tomber son dévolu sur une jeune femme d'à peine vingt et un ans. Confirmant que c'était bien son choix, le cousin passa un coup de fil à ladite demoiselle, puis il conduisit son client dans un chic hôtel.

La chambre avait déjà été payée, la facture serait passée au client. Une fois à l'étage, le juge paya ce qu'il devait au cousin pour la chambre et les frais. La récompense de l'escorte serait payée après la soirée.

Satisfait, le cousin serra la main du juge et lui souhaita une belle soirée. Il lui promit même qu'il n'était pas prêt de l'oublier.

Maintenant seul dans la chambre, le juge en fit le tour. Il trouva un grand seau à glace avec une bouteille de champagne d'un grand cru. Il y trouva aussi plusieurs condoms sur les tables de chevet. Il y avait même un faux foyer situé juste devant le lit. La seule chose que le juge ne remarqua pas était les caméras sans fil cachées un peu partout dans la chambre. Du matériel de grande qualité qui ne manquerait pas d'enregistrer tant le son que les images.

Le juge regarda sa montre : plus que cinq minutes à attendre. Le vieux magistrat se sentait comme un ado vivant son premier rendez-vous. Des papillons tourbillonnaient dans son ventre, ses mains étaient moites et pire encore, il se demandait s'il allait être capable de livrer la marchandise.

À l'heure promise, la jeune femme sonna à la porte de la suite. Lorsque le juge lui ouvrit, il sentit ses jambes défaillir sous lui devant tant de beauté. Il reconnaissait bien la fille du catalogue, mais n'avait jamais cru ni même espéré qu'elle serait si belle, si féminine.

Il invita la jeune femme à entrer. Pendant une fraction de seconde, alors qu'elle passait devant lui, il se demanda si cette créature venue du jardin d'Éden était majeure. Il allait prendre le risque de lui demander lorsqu'il l'aperçut en train de se déshabiller près du lit. À la vue de ce corps sublime, il ne pensa plus qu'au sexe et en oublia le plus important.

Ayant été privé de tout rapport sexuel pendant des lunes, il ne s'attarda pas trop longtemps en préliminaires et en bavardage; il passa aussitôt à l'action, à la grande surprise de la prostituée et de celui qui enregistrait leurs ébats sexuels.

Deux chambres plus loin était situé le poste d'observation vidéo. Le responsable, un jeune Japonais sympathisant du clan de Yamashita, regardait d'un air ennuyé, les images se déroulant devant lui. Il avait reçu l'ordre de filmer tous les ébats sexuels du juge Roy. Avec tout le matériel que le commanditaire lui avait fourni, il lui serait quasiment impossible de manquer ne serait-ce qu'une parole ou un coup de hanche du client. Le nombre élevé de caméras et de micros lui facilitait la tâche.

Il lui avait également été demandé d'être bien certain d'avoir sur vidéo l'échange d'argent entre le juge et la prostituée.

Une fois que le DVD serait bien monté, il devrait téléphoner à Ashida Fuku, l'homme de main de Yamashita, et ce dernier passerait chercher la marchandise dans l'heure suivante. Le yakuza avait fait le voyage jusqu'en Thaïlande pour superviser toute l'opération.

Deux heures plus tard, n'en pouvant plus, le juge en sueur alla à la salle de bain. À son retour, il remercia la jeune femme en lui payant le prix convenu avec le cousin et il ajouta un généreux pourboire. Cependant, cette dernière lui en demanda le double du prix pour la soirée.

Le juge en resta pantois.

— Mais c'était le prix qui avait été fixé avant ! s'écria le juge. Vous ne pouvez pas le changer comme cela.

— C'était le prix pour une prostituée majeure, pas pour une mineure. Pour les moins de quinze ans, c'est double tarif.

— Mineure !

— Oui, répondit la jeune fille en riant, j'ai seulement quatorze ans.

— Mais, mais, ce n'est pas vrai ! Je dois sûrement rêver.

— Monsieur, vous me payez maintenant ou j'appelle la police et je leur dis que vous m'avez forcé.

Le juge se sentit soudainement très mal. Il arpenta la chambre en pleurant presque. La jeune fille quant à elle, était assise sur le lit et attendait calmement que son client lui donne son argent.

N'ayant d'autre choix, il paya la jeune prostituée et quitta l'hôtel aussi vite qu'il le put, en colère contre lui-même de s'être fait avoir de la sorte. Il avait couché avec une prostituée mineure et dans un pays étranger en plus. Quelles étaient les lois ici pour des attouchements sexuels sur une mineure ? Et au Québec, si jamais cela s'ébruitait, sa carrière serait foutue. Sa femme le laisserait même si ce n'était pas le bonheur dans leur couple. Ses amis, ses confrères, tous le renieraient pour toujours. Qui voudrait s'associer avec un magistrat agresseur sexuel de mineure ? Sa seule porte de sortie était que la jeune fille ne parle pas.

Une fois de retour à son hôtel, le juge alla prendre une douche. Il se devait d'enlever de sa peau l'odeur du parfum de la jeune prostituée. Sous le jet bouillant de l'eau, son corps tremblait comme une feuille. N'étant plus capable de refouler ses émotions, il s'assit dans la douche et se mit à pleurer comme un bébé.

Le reste des vacances se déroula sans encombre et, fait encore plus rassurant, sans nouvelles de la jeune fille, comme s'il ne s'était rien passé.

De retour au Québec, le juge Roy pensait s'en être admirablement sorti. Les mois suivants lui donnèrent raison, jusqu'à ce matin. Du moment où il avait reçu Ashida Fuku dans son bureau, il sut que sa vie ne serait plus jamais la même et que son cauchemar ne faisait que commencer.

143

Le juge Ouellet écouta le récit de son ami sans dire un mot, mais avec la physionomie de quelqu'un qui vient tout juste d'apercevoir les fantômes d'Elvis et de Michael Jackson faisant un duo.

— Mais bordel René, à quoi pensais-tu en faisant cela. Tu penses avec ta queue ou quoi ?

— Je ne sais pas, j'ai tout foutu en l'air.

— Oui, mais si tu n'as rien dit à personne, et que la fille n'a rien dit elle aussi, où est le problème... et quel est le rapport avec moi et le procès ?

— Tous mes ébats de la soirée ont été filmés Pierre. Il y avait des caméras et des micros cachés, ils ont tout filmé les salauds.

— Quoi ! Ai-je bien compris ?

— Oui, répondit le juge Roy sans regarder son ami.

— Mais cela s'est produit en Thaïlande et nous sommes au Québec. Qui pourrait bien te faire du chantage ?

— L'accusé de ton procès, Hiro Yamashita.

Le juge Ouellet regarda son ami, stupéfait et sans voix. Ses yeux d'un bleu d'azur lui envoyèrent des flammèches qui auraient pu transpercer un éléphant.

— Comment ? Pourquoi ? Je ne suis même pas impliqué dans tes combines... pourquoi alors ?

— Ce matin, un homme est venu me voir, un Japonais. Il s'est présenté comme étant un associé de Yamashita. Il avait avec lui une copie de la vidéo de mes ébats avec la mineure. Je n'ai même pas eu la chance de dire un mot. Il m'a dit savoir que toi et moi avions une grande amitié, et ce, depuis très longtemps. Il m'a demandé de venir t'ordonner de trouver un moyen de faire annuler le procès de Yamashita.

— Quoi ? demanda le juge Ouellet. Répète s'il te plaît.

— Tu m'as bien compris. Si je ne le fais pas ou que tu refuses d'annuler le procès, une copie de la vidéo sera remise à ma femme, une au barreau et une autre aux médias. Ils me feront passer pour un prédateur sexuel juvénile, et ce, partout dans le monde. Il leur serait très facile de faire un montage vidéo.

La première pensée du juge Ouellet fut d'abattre son poing sur la mâchoire de cet imbécile qui se tenait debout devant lui. Mais, comme il ne pouvait pas, il lui demanda ce qu'il pensait faire.

— Quoi ? Ce que je vais faire ! C'est plutôt à moi de te poser la question. C'est ma carrière et ma vie qui sont en jeux. Que vas-tu faire, toi ?

— Monsieur le juge ! Je n'ai jamais cédé aux menaces ou au chantage de qui que ce soit et ce n'est certainement pas aujourd'hui que je vais commencer. Ce n'est pas moi qui t'ai demandé d'aller faire le con en Thaïlande avec une mineure. Yamashita est coupable, je le sais, les jurés le savent et tout le monde le sait. Ne me demande pas de te sortir de la merde où tu t'es mis et de faire en sorte que Yamashita ressorte libre et qu'il recommence à tuer et à faire toutes ses magouilles. Ne penses-tu pas qu'ils sont sur un nuage à Vancouver ? Ce salaud n'est plus chez eux à foutre le bordel et à tuer tous ceux qui se mettent sur son chemin. Va voir l'inspecteur Tanaka et demande-lui qu'il te raconte toutes les atrocités que Yamashita et son gang de demeurés ont commises là-bas. Demande-lui aussi qu'il te parle de ce qu'ils ont fait à sa femme et à son fils et tu comprendras que je ne peux pas le laisser partir, à moins qu'il soit reconnu non coupable par le jury ! explosa le juge Ouellet.

Le magistrat partit se rincer le visage à l'eau froide, espérant faire descendre la colère qu'il avait envers son ami.

En ressortant de la salle de bain, il ajusta sa toge, regarda son ami, du moins, ce qu'il en restait et sortit de son bureau sans lui adresser la parole. Il était déjà en retard pour la suite de l'audience.

144

Aussitôt que les douze membres composant le jury furent de retour dans la salle des délibérations, le plus jeune du groupe s'exclama :

— Qu'est-ce qui se passe ? Il se prend pour le Bon Dieu ou quoi ?

Le juré qui avait été nommé président par ses pairs regarda le jeune préposé aux bénéficiaires de vingt-quatre ans avec un air sévère. Immédiatement, le jeune s'excusa.

Depuis le début du procès, les sept hommes et cinq femmes avaient décidé de n'émettre aucun commentaire ou jugement contre l'accusé ou qui que ce soit, tant et aussi longtemps qu'ils ne seraient pas à huis clos.

Par contre, comme tous ceux présents dans la salle d'audience, les jurés n'avaient aucune idée de la raison de ce retard. Personne n'était venu les avertir de quoi que ce soit.

Plusieurs d'entre eux se rappelaient le témoignage de l'inspecteur Tanaka, ce policier de Vancouver qui pourchassait Yamashita depuis de nombreuses années. Ils avaient encore en mémoire le récit d'un des procès de l'accusé, où ce dernier avait fait éliminer un des avocats de la poursuite pendant son procès. Bien évidemment, les policiers n'avaient pu prouver que Yamashita avait commandité le meurtre, mais tous savaient que l'ordre venait de lui.

Mᵉ Renaud s'était aussitôt opposé à ces racontars qui, selon lui, porteraient préjudice à son client. Même si le juge avait accepté l'objection, le mal avait été fait. Les jurés avaient entendu ce que l'avocat de la couronne voulait qu'ils entendent.

— Qu'est-ce qui se passe de l'autre côté d'après vous ? demanda l'enseignante.

— Aucune idée ! répondit le président du jury.

— Pensez-vous qu'il est arrivé quelque chose au juge ? demanda une autre jurée.

Cette fois-ci, personne ne répondit.

À onze heures vingt-cinq, le président du jury avec l'accord des autres membres de son équipe prit le téléphone rouge et appela le greffier de la cour pour lui demander ce qui se passait de l'autre côté de la porte.

— M. Côté, je ne peux pas vous le dire parce que nous ne le savons pas nous-mêmes. Vous manque-t-il quelque chose en attendant ? demanda le greffier.

— Non Paul, merci. Nous commençons seulement à avoir un peu faim !

— Je m'excuse du retard, ça ne devrait pas être trop long j'espère, dit le greffier.

Le président mit les autres au courant. Tous y allèrent de leurs commentaires. Voyant que les plus jeunes semblaient anxieux, le doyen des jurés les rassura qu'ils étaient en sécurité et que rien ne pouvait leur arriver.

Il ne pouvait pas se tromper plus que ça. Être en sécurité était un bien grand mot.

* * *

Du côté de la défense, l'avocat de Yamashita, Me François Renaud était dans le brouillard lui aussi. Il avait déjà plaidé devant le juge Ouellet, mais c'était la première fois qu'il voyait celui-ci retarder une séance de la sorte et sans en avertir les deux avocats. Me Renaud avait vu son confrère s'entretenir avec le greffier quelques minutes auparavant, mais sans connaître les détails de leur conversation. Aussitôt après, ce dernier était parti en direction du bureau du juge.

Étonné et inquiet à la fois, l'avocat se demandait ce qui pouvait bien retarder le magistrat. Tout comme les membres du jury venaient de le faire, il se rappela le témoignage de l'inspecteur Tanaka. Se pourrait-il que la rumeur soit effectivement vraie ?

Toujours perdu dans ses pensées, Renaud repassa dans sa tête les neuf derniers mois au cours desquels il s'était occupé du dossier Yamashita. À partir du moment où il avait visionné le film montrant son client abattre de sang-froid ces deux ambulanciers, il savait qu'il s'était engagé à défendre le diable en personne.

429

Tout au long des procédures, il avait dû négocier non seulement avec son client, mais avec l'avocat personnel de ce dernier. À plusieurs reprises au cours des derniers mois, il s'était senti menacé et même surveillé. Il en était rendu à voir des Japonais un peu partout. À une ou deux occasions, il avait même songé à se récuser, mais la peur de représailles contre sa famille l'avait fait changer d'idée.

À cet instant précis, il se demanda si ce retard n'était pas causé par une machination de son client. La façon dont il souriait, son assurance : comme s'il savait quelque chose que les autres ne savaient pas.

* * *

Après avoir quitté la table du ministère public, le greffier s'était dirigé comme promis vers le bureau du juge Ouellet. Une fois devant la porte, il cogna doucement et attendit d'être invité à entrer.

Deux minutes plus tard, le juge entrouvrit la porte de quelques centimètres. Apercevant le greffier, il lui signifia son intention d'être de retour en cour d'ici cinq minutes. Le juge lui demanda d'attendre, qu'il lui téléphonerait pour l'avertir de son arrivée. Avant que ce dernier ne retourne en salle d'audience, le juge, ayant remarqué l'inquiétude sur le visage du greffier, le rassura en lui affirmant qu'il allait très bien. Satisfait, ce dernier retourna sur ses pas, soulagé.

Dix minutes plus tard, après avoir reçu l'appel du juge Ouellet, le greffier se leva et demanda à l'assistance de bien vouloir se lever pour accueillir l'honorable juge Ouellet.

Lorsque Yamashita aperçut le greffier qui revenait dans la salle, l'air soulagé, il sut immédiatement que le juge était sur le point de revenir à son tour. En attendant son arrivée, le yakuza regarda furtivement en direction de l'inspecteur Tanaka.

Tanaka détecta sur le visage de Yamashita une certaine angoisse. Il essaya du même coup d'entrer dans sa tête pour savoir à quoi il pouvait bien penser. Était-il responsable du retard du juge ? Ferait-il assassiner un des avocats ? Ce ne serait pas la première fois et certainement pas la dernière.

Tout le monde reprit place; Yamashita regarda attentivement le juge pour voir si le chantage amical avait porté fruit. Ce qu'il vit le laissa perplexe.

Il ne s'était pas attendu à voir un homme avec autant d'assurance et de détermination, mais plutôt quelqu'un d'abattu, d'effrayé. « Alors vieux bouc, tu as préféré sacrifier ton ami plutôt que d'annuler le procès. Tu as peut-être gagné la première manche, mais on verra bien ce que tu feras dans la deuxième. Surtout que tu n'auras pas à attendre bien longtemps mon ami ! »

Yamashita croisa les bras en attendant sa véritable minute de gloire.

145

Une fois que le magistrat eut repris sa place, il regarda la salle, les avocats et finalement l'accusé, sans rien laisser paraître de ses émotions. Comme il l'avait mentionné à son vieil ami, ce ne serait pas aujourd'hui qu'il plierait face au chantage.

— Greffier, pouvez-vous faire entrer les membres du jury s'il vous plaît, demanda calmement le juge.

— Bien votre Honneur.

Le greffier alla donc ouvrir la porte de la salle des délibérations et demanda aux jurés de bien vouloir revenir dans la salle d'audience. Le juge Ouellet était de retour et prêt à continuer.

En passant près de lui, les jurés lui demandèrent ce qui s'était passé. Comme réponse, il ne faisait que soulever les épaules en voulant dire « aucune idée ».

Les jurés reprirent leur place et regardèrent tous le juge Ouellet, un peu inquiets, puis ils fixèrent du regard l'accusé qui souriait narquoisement, comme à son habitude.

Le juge Ouellet frappa trois coups avec son marteau pour réclamer le silence. Une fois que l'ordre fut rétabli, il prit la parole.

— Mesdames, messieurs, membres du jury, Mes Renaud et Tremblay, je tiens à m'excuser de ce délai. Ce n'est pas dans mes habitudes d'agir de la sorte, mais un petit problème personnel demandant toute mon attention m'a retenu plus longtemps que je ne l'aurais cru. Le problème étant réglé, nous pouvons donc continuer le procès. Il est maintenant près de midi. Nous allons faire une vraie pause, mais cette fois-ci pour le dîner. J'imagine que tout le monde meurt de faim. Nous allons donc reprendre la séance à treize heures trente. Au retour, Me Tremblay pourra à son tour interroger le témoin.

Mais avant de se lever, le juge jeta un regard en direction de Yamashita. Ce dernier lui souriait à pleines dents et y alla même d'un clin d'œil à son endroit pour lui faire savoir qu'il n'avait pas dit son dernier mot.

Avant que la séance ne soit levée, Yamashita fit signe à ses acolytes qu'il voulait les voir. Il demanderait à son avocat, son petit chien docile, d'exiger que ses amis aient une autorisation pour venir le voir à sa cellule. Ils devaient préparer la suite du spectacle, même s'il était déjà commencé sans que personne ne le sache.

Lorsque le juge se leva après avoir suspendu la séance, le greffier lança :

— Que la salle se lève s'il vous plaît !

Tout le monde obtempéra et lorsque le juge fut parti à son bureau, les journalistes quittèrent la salle d'audience pour faire leur rapport à leur rédacteur en chef.

Les membres du jury furent conduits à la salle des délibérations. L'accusé reprit le chemin de sa cellule temporaire, au Palais de Justice, pour son dîner, en espérant que Kurotani et Iwa l'attendraient.

Me Tremblay demanda à s'entretenir avec le juge Ouellet. Ce dernier refusa sans donner de raison particulière. Face à ce refus, l'avocat décida d'aller prendre une bouchée avec les deux inspecteurs de la GNC.

Aussitôt la porte refermée derrière eux, les membres du jury laissèrent échapper un soupir de soulagement. Tous avaient craint le pire pendant ces longues minutes d'attente.

Les événements du matin étaient déjà chose du passé. Pour dîner, comme ils l'avaient fait depuis le début du procès, les jurés avaient commandé leur repas du midi au petit restaurant italien Chez Luigi. La nourriture y était toujours excellente. Celui qui faisait la livraison, Paolo Tuzzi, était vraiment gentil avec tout le monde et avait toujours une bonne blague ou un mot d'encouragement pour les jurés. Seule une jurée allergique à tout se prévalait du droit de recourir à un traiteur en qui elle avait confiance.

Toutes les boîtes contenant la nourriture devaient être fouillées pour s'assurer que personne n'y avait caché des armes ou des informations susceptibles d'influencer la décision ultime. Était-ce suffisant pour un dossier comme celui du redoutable Yamashita ?

146

Paolo Tuzzi avait commencé sa journée de travail à sept heures trente, comme à tous les matins de la semaine. Vers neuf heures quinze, alors qu'il plaçait la marchandise arrivée le matin même dans le gros congélateur, son oncle et propriétaire du restaurant ouvrit la porte de la chambre réfrigérée et mentionna à Paolo qu'il y avait quelqu'un à l'avant qui voulait le voir. Mais, avant que ce dernier ne sorte, Carmelli le pria de se dépêcher, car il y avait encore beaucoup de choses à faire avant l'affluence du midi.

Après avoir enlevé son épais manteau d'hiver, Paolo s'essuya les mains sur son tablier et se dirigea vers l'entrée du restaurant, se demandant qui pouvait bien vouloir le voir à cette heure.

Arrivé près du bar, une serveuse lui indiqua d'un signe du menton la banquette où l'attendait un visiteur. Paolo lui demanda si elle connaissait celui qui désirait le voir. Cette dernière lui répondit d'un haussement d'épaules qu'elle n'en avait aucune idée.

Contrarié, Paolo continua son chemin jusqu'à la banquette en question. Lorsqu'il leva les yeux, il eut l'impression que ses jambes allaient défaillir. Il se rendit compte que c'était le même homme qui était venu le voir quelques jours plus tôt. Impossible d'oublier l'arrangement qu'il avait pris avec ce spécialiste du chantage. De plus, il avait spécifiquement demandé à ce que personne ne vienne le voir ici. Alors, que faisait-il là ? N'ayant pas vraiment le choix, il s'assit à la table de son visiteur.

— Bonjour Paolo, comment allez-vous aujourd'hui ? lui demanda Ashida Fuku, qui s'était déguisé tout comme à sa première visite au domicile des Tuzzi.

— Bien. Qu'est-ce que vous me voulez ?

— Paolo, Paolo. Ce n'est pas bien d'être impoli avec ses amis, je viens…

— Vous n'êtes pas mon ami et ne le serez jamais. Que voulez-vous ? demanda Tuzzi.

— Ce que je veux, c'est vous aider. Vous avez encore perdu de l'argent la semaine passée !

— Comment savez-vous cela ? explosa Paolo.

D'un ton dur et ferme, Fuku le coupa.

— Silence ! Vous n'êtes pas en mesure de m'interrompre à tout bout de champ. Vous êtes dans la merde Paolo. Je viens vous proposer d'en sortir. Et maintenant, écoutez-moi bien, je ne le répéterai pas.

— Maudit Japonais ! s'énerva Tuzzi.

— Paolo, ce midi, c'est vous qui allez apporter les dîners aux jurés du procès Yamashita. Ce que je veux…

— Quoi ? Comment savez-vous ça ? le coupa Paolo.

— M. Tuzzi, j'ai dit la ferme. C'est moi qui parle. Suis-je bien clair ?

Paolo se mordilla les joues pour s'empêcher de répliquer. Il regarda autour pour s'assurer que personne ne les observait ou ne les écoutait.

— Je répète ma question. Est-ce vous qui allez apporter le dîner aux jurés du procès Yamashita ? Oui ou non ?

— Oui.

— Bien, très bien Paolo. Je crois qu'on va bien travailler ensemble.

— Travailler ?

— La ferme j'ai dit ! Écoutez simplement. Vous vous rappelez notre dernière rencontre ? Je vous ai dit que pour rembourser votre dette, vous auriez à faire un petit travail pour nous. De plus, avec ce que vous avez perdu lundi passé, vous n'avez plus vraiment le choix. Ou bien vous nous remboursez immédiatement, ou bien vous travaillez pour nous quelques minutes et nous oublions tout de votre dette.

Paolo regardait le Japonais sans rien dire.

— Les membres du jury vont commander leurs pâtes préférées. Je veux que vous ajoutiez la substance que nous avons livrée à la sauce. Rien ne va paraître, le goût ne changera même pas.

— Et si je refuse ? demanda Paolo.

— Si vous refusez ? Eh bien, d'autres personnes qui vous sont proches pourraient en souffrir. Nous savons où travaille votre épouse, où est scolarisé votre enfant ! Je peux même vous dire ce que votre garçon de sept ans portait ce matin pour aller à l'école. Vous constaterez, monsieur Tuzzi, que nous connaissons tout de votre vie. J'ai des hommes qui surveillent votre famille à la seconde où je vous parle. Vous voyez ce cellulaire ? Je le dépose sur la table. Dans cinq minutes, celui qui surveille votre épouse va appeler. En fonction de ce que je vais lui dire, votre épouse vivra ou mourra. Dix minutes après, j'aurai un autre appel, mais cette fois, pour votre fils. Croyez-vous toujours avoir le choix, monsieur Tuzzi ?

Paolo regarda l'émissaire de Yamashita droit dans les yeux. Malgré la rage qui le rongeait de l'intérieur, malgré la peur qui lui serrait les entrailles, Paolo fut effrayé par le fait que le yakuza ne semblait pas avoir de conscience, ni d'âme même. Donner l'ordre d'abattre sa femme et son fils lui semblait aussi facile que d'acheter du lait ou du pain à l'épicerie.

— Salaud.

— Trois minutes M. Tuzzi.

Paolo ne savait plus quoi faire. Il se doutait bien que cet additif n'allait pas simplement donner des boutons aux jurés. Mais d'un autre côté, s'il ne faisait pas ce qu'on lui demandait, c'est sa famille qui en paierait le prix. Il regarda sa montre. Encore une minute et cet enfoiré de Japonais qui le regardait toujours en souriant. Ce qu'il aurait aimé pouvoir lui mettre son poing à la figure et lui briser le cou.

— Trente secondes monsieur Tuzzi. Que décidez-vous ? demanda Fuku.

— Très bien bordel de merde, je vais le faire, mais je veux que vous laissiez ma famille tranquille.

— Aucun problème Paolo. Vous venez de prendre la bonne décision.

— À la minute près, le téléphone de Fuku sonna. Il répondit et parla vingt secondes en japonais puis raccrocha.

— OK, Paolo, rien n'arrivera à votre famille si vous faites exactement ce que je vais vous demander de faire.

Ashida Fuku lui expliqua ensuite comment l'ajouter à la sauce et à quel moment le faire.

Le vieux Carmelli observait la scène par le hublot en frissonnant. Il savait exactement ce qui se passait entre Paolo et le yakuza. Depuis quelques minutes, son neveu semblait très agité. Il avait beau connaître la raison du rendez-vous, il n'avait aucun moyen de connaître la teneur de leur discussion. Il avait simplement peur que Tuzzi refuse de faire ce que le yakuza lui demandait, mettant ainsi sa famille en danger.

Pour être certain qu'il avait bien compris, Fuku demanda à Paolo de lui répéter les instructions qu'il devrait suivre. Ce n'était pas le temps de commettre d'erreurs.

— Ah oui ! Très important. Gants et masque pendant… Une goutte par plat de la substance ambrée gélatineuse, pas plus, et un soupçon de l'autre produit. Vous devrez rester dans l'enceinte du Palais de Justice. Sous aucun prétexte, vous ne devrez quitter le bâtiment. Est-ce que vous avez compris ?

— Pas de panique le bridé, j'ai compris, je ne vais pas merder, lui répondit Tuzzi.

Il souhaita bonne chance à Paolo et quitta le restaurant.

Avant de sortir, Fuku fit un petit geste en direction du vieux Carmelli, lui signifiant que tout marchait comme prévu.

Une fois bien assis dans sa Mercedes, Fuku envoya un message texte à Kurotani. Ce dernier était dans la salle d'audience où se déroulait le procès de leur patron.

Lorsque l'avocat prit connaissance du message, il donna une petite tape sur le genou de Ganji Iwa pour attirer son attention. Le conseiller de Yamashita se pencha légèrement sur la droite pour pouvoir lire discrètement le message que lui montrait son ami. Iwa regarda ensuite Kurotani avec le plus grand sourire qu'il lui ait été possible de faire.

Le plan B était lancé.

147

À onze heures quarante-cinq, Paolo reçut le signal de son patron. Ce dernier venait de recevoir le OK du Palais de Justice. Il était maintenant temps de livrer le repas du midi aux jurés. Avec l'aide de son oncle, il plaça les boîtes contenant la nourriture dans la fourgonnette du restaurant. Même si le restaurant était situé en face de l'édifice, les règles voulaient que la nourriture passe par la cuisine pour être contrôlée avant d'être distribuée aux jurés. Une fois que toutes les boîtes furent installées dans la fourgonnette, Paolo s'assura d'avoir le flacon et le sachet bien sécurisés dans sa poche, ainsi que ses gants et son masque pour se protéger. Carmelli referma la porte arrière en donnant une tape sur le côté de la fourgonnette pour signaler qu'il pouvait partir.

Paolo fit signe à son oncle qu'il avait bien compris. Il fit ensuite démarrer la fourgonnette et salua son patron tout en quittant l'arrière du restaurant.

Plus les secondes passaient, plus Paolo devenait nerveux. Il ne cessait de penser à sa femme et à son fils, se demandant s'ils étaient réellement en sécurité. Pouvait-il vraiment croire le yakuza sur parole ? Il n'avait plus le choix, il lui restait à faire ce que le Japonais lui avait ordonné.

Pour mettre toutes les chances de son côté, Paolo alla stationner sa fourgonnette dans la cour du dépanneur situé un peu plus loin que le Palais de Justice, s'assurant que personne ne l'observait. De toute manière, avec la température glaciale, il n'y avait pas beaucoup de gens dans les rues. Sans perdre une seconde, il se dirigea vers l'arrière et repéra un coin à l'écart. Il entreprit d'ouvrir les enveloppes thermos contenant les plats des jurés. Puis, enfilant ses gants et son masque, les mains tremblantes, il sortit en premier le petit flacon de ses poches, l'ouvrit méticuleusement et en répandit une goutte dans chaque repas. Paolo s'arrêta quelques secondes, reniflant l'odeur venant de la gélatine. Un arôme agréable s'en échappait, mais il n'aurait su dire quoi exactement. Continuant sa tâche nerveusement, il ajouta ensuite la petite poudre qu'il remua avec un bâtonnet de *Popsicle*, mélangeant ainsi les pâtes pour en faire disparaître toute trace apparente. Satisfait, il referma les contenants chauds et enroula le flacon vide ayant contenu la gélatine dans son gant en le retirant avec précaution pour en faire un emballage. Il noua le gant par précaution puis enleva le second et le masque qu'il plaça dans un sac en plastique. Il était pâle et nerveux mais la première partie de sa mission était accomplie. Avant de reprendre sa place derrière le volant, il jeta le tout dans le conteneur à déchet rempli de déchets. Il pissa ensuite entre le mur et le conteneur, car la nervosité affectait sa vessie. Soulagé, il se mit en route pour la livraison. Sans s'en rendre compte, Paolo avait replacé le petit sachet dans sa poche de manteau.

Pendant le court trajet le menant à sa destination finale, Tuzzi essaya de ne pas penser à ce qu'il s'apprêtait à faire : être complice de plusieurs meurtres. Il espérait de tout cœur que ceux ou celles qui mangeraient ces pâtes maudites seraient seulement malades et rien d'autre. Sauf qu'il savait très bien que c'était définitif pour eux. Les jurés étaient condamnés !

Une fois la fourgonnette stationnée devant la porte d'entrée des cuisines, Paolo et un aide-cuisinier local, commencèrent à décharger les boîtes pour qu'un policier puisse les inspecter. Tout au long du processus d'inspection, Paolo suait à grosses gouttes. Il ne cessait de penser : « Si ce que m'a dit le Japonais était faux et qu'ils peuvent détecter le poison, ils vont comprendre que c'est moi le coupable. Je serai arrêté sur-le-champ. »

Un des agents qui supervisait la vérification des repas des jurés et qui connaissait bien Paolo lui demanda :

— Eh ! Paolo, quoi de neuf ? Tu sembles nerveux et en sueur.

Tuzzi, qui sentait la panique l'envahir, lui répondit :

— Je crois que j'ai attrapé une cochonnerie de virus. J'ai fait de la fièvre une bonne partie de la nuit.

— Ouais ! Avec cette foutue température, il faut faire attention.

Ayant reçu le signal de son confrère, celui qui avait questionné Paolo lui fit signe de poursuivre son chemin.

Retenant un cri de soulagement, Tuzzi quitta les cuisines et se dirigea dans le couloir menant aux ascenseurs. Habituellement, un agent aurait accompagné Paolo, mais ce dernier était bien connu du personnel, alors ils le laissèrent monter seul.

Après être sorti des ascenseurs, Paolo se dirigea d'un pas rapide vers la salle commune des jurés. Encore une fois, il dut se soumettre à un autre contrôle de sécurité, mais cette fois, grâce au document que lui avait remis le policier lors de la première fouille, il put rapidement poursuivre son chemin.

Un garde lui ouvrit la porte et, sous les applaudissements des affamés, il roula le chariot jusqu'à la petite cuisinette où il déposa les menus sur le comptoir. Il sortit les plats des boîtes thermos et fit la distribution aux jurés selon la liste qu'on lui avait remise. Une fois tout le monde servi, Paolo quitta la salle sans avoir prononcé une seule parole. Il avertit le policier qu'il reviendrait plus tard chercher les couverts. Il croisa dans le corridor le traiteur qui apportait le menu de la jurée allergique.

Paolo avança jusqu'au premier angle pour se diriger vers l'escalier. Il tomba nez à nez avec Ashida Fuku. Ce dernier tenait à s'assurer que la marchandise avait bel et bien été livrée comme convenu.

Ne sachant comment réagir, car il ne s'attendait pas à revoir cet enfoiré de Japonais ici, Paolo lui fit signe très discrètement que tout s'était bien passé, comme il le lui avait promis.

Heureux et satisfait de sa performance, Fuku quitta discrètement le Palais de Justice et fit parvenir à Kurotani un autre message texte pour lui apprendre que l'opération Y était en cours.

Une fois bien assis dans son auto, le yakuza retira son déguisement. Ainsi, si jamais Tuzzi se faisait prendre par la police et qu'il leur donnait son signalement, ces derniers n'auraient aucune chance de le retrouver, car la personne correspondant à ce signalement n'existerait plus depuis longtemps.

Il ne lui restait plus qu'à quitter la ville.

Sa mission était terminée. Il pouvait partir en paix et attendre quelques jours avant d'aller rejoindre son patron.

* * *

De retour à son bureau, le juge Ouellet se dirigea rapidement aux toilettes pour soulager sa vessie. En sortant de la salle de bain, il se dit qu'il faudrait qu'il aille voir son médecin à ce sujet.

Après avoir enlevé sa toge et l'avoir suspendue au portemanteau, le juge Ouellet se servit un grand verre d'eau froide et alla prendre place sur le sofa.

Il était toujours en colère contre son vieil ami et contre Yamashita. Il n'avait toujours pas pardonné au juge Roy d'avoir essayé de l'impliquer dans ses histoires. De quel droit lui demandait-il de libérer Yamashita ? Il avait bien tenté de lui expliquer qu'il lui était impossible d'arrêter le procès. Ce criminel de la pire espèce était plus que coupable de toutes les charges retenues contre lui.

Jamais dans sa carrière de magistrat il n'avait cédé au chantage de qui que ce soit. La décision qu'il avait prise avait été difficile. Il espérait juste que son ami comprenne son choix. Il lui laisserait encore un peu de temps, puis il lui téléphonerait.

Pour ce qui était de Yamashita, le juge Ouellet était en colère contre cet énergumène parce qu'il se croyait au-dessus de toutes les lois. Pour arriver encore une fois à ses fins, il avait sacrifié la carrière et la vie d'un honnête homme.

Le juge se rappela également que, lors de son retour en salle d'audience, Yamashita avait semblé surpris de le voir revenir sûr de lui, la tête haute, et prêt à rester intègre. Il espérait seulement que ce fumier en avait terminé avec toutes ses manigances.

S'apercevant qu'il avait maintenant faim, il téléphona à la cafétéria et demanda qu'on lui monte son sandwich préféré et un thé glacé. Tout en attendant son dîner, le juge repassa le film du témoignage de l'accusé qui avait eu lieu plus tôt dans la matinée. Il ne comprenait toujours pas pour quelle raison Yamashita avait voulu témoigner. Il n'y avait absolument rien que lui ou son avocat aient pu faire ou dire, qui ferait changer l'opinion des membres du jury. Alors pourquoi cette perte de temps ? Était-ce une nouvelle tactique du yakuza et de son clan ?

Il souhaitait seulement que Mᵉ Tremblay ne prenne pas trop de temps à contre-interroger Yamashita en après-midi. Après, si le temps leur permettait, les deux avocats pourraient y aller de leur plaidoirie.

Regardant sa montre, il fut heureux de constater qu'il lui restait du temps pour téléphoner à sa femme.

148

Alors que tout le monde ou presque avait quitté l'enceinte du Palais de Justice, Yamashita était assis, seul dans sa cellule, et prenait son repas sans manières.

Avant que le juge ne lève la séance et que son avocat de merde disparaisse pour l'heure du dîner, le yakuza lui avait expressément demandé de faire en sorte que ses deux amis puissent venir le voir quelques minutes.

Alors qu'il terminait son repas, Kurotani et Iwa furent conduits devant la cellule de leur patron. Malheureusement pour le trio, le juge Ouellet avait ordonné qu'il n'y ait aucun contact physique ou échange direct. Seulement une conversation serait tolérée entre Yamashita et ses hommes. Un policier était même assis non loin de là pour faire respecter la consigne du juge.

Kurotani essaya quand même de se rapprocher de son patron, mais aussitôt, le policier se leva et le fit reculer tout en lui disant que c'était le dernier avertissement, la prochaine fois, cela serait l'expulsion.

Ayant donc peu de temps devant eux, Kurotani raconta à Yamashita ce que Fuku lui avait dit avant de quitter le bâtiment. À savoir que Tuzzi avait été docile en tous points.

L'avocat rassura son ami.

— Hiro, si le plan A n'a pas fonctionné, le plan B fera l'effet d'une bombe, je te le promets. Tu n'auras qu'à rester assis et regarder le spectacle, mon ami.

Iwa, quant à lui, expliqua qu'un avion privé serait prêt à décoller de l'aéroport Pierre-Elliott-Trudeau, aussitôt qu'il serait libre. Ensuite, direction les Bahamas pour se faire oublier pendant quelque temps.

Ils parlèrent encore trente minutes, toujours en japonais, pour que le policier ne puisse pas comprendre ce qu'ils se disaient. Ils s'interrogèrent sur la réaction qu'auraient la police et le juge face au chaos qui allait bientôt s'abattre sur la salle d'audience. Yamashita était très heureux de la tournure des évènements. Leur plan fonctionnait parfaitement jusqu'à maintenant.

Le reste de la journée serait pareil à ce que l'on ressent lorsque les grandes vacances sont sur le point de commencer. Chaque minute semble une éternité !

* * *

N'ayant pu accompagner l'inspecteur Tanaka et Me Tremblay au restaurant, l'inspecteur Vézina descendit à la Cafétéria du Palais de Justice pour y prendre une bouchée.

La cafétéria n'étant pas ouverte au public, il n'y avait pas beaucoup de monde ce midi à part les réguliers de l'endroit. Peu après midi trente, Vézina aperçut Paolo Tuzzi assis tout seul au fond de la salle. L'inspecteur lui envoya la main pour le saluer, mais ce dernier ne sembla pas l'apercevoir ou l'avoir reconnu. Du même coup, le policier trouva que Tuzzi semblait nerveux et quelque peu agité sur sa chaise. Il lui sembla également que le jeune homme se parlait tout seul. Vézina n'en fit pas tout un plat; Tuzzi devait être stressé avec le restaurant dont la clientèle grandissait.

Tout comme le juge Ouellet, l'inspecteur Vézina espérait que tout se passerait bien à la reprise de la séance, mais tout comme le juge, il ne se doutait pas que Yamashita n'avait pas encore dit son dernier mot.

Après avoir mangé sa salade, il alla faire le tour de ses troupes, histoire de s'assurer que tout allait bien.

149

Aussitôt que Paolo Tuzzi fut parti de la salle des jurés, le repas commença presqu'en silence, chacun ayant reçu ce qu'il avait demandé.

Pendant les quinze minutes suivantes, les seuls bruits entendus étaient ceux des fourchettes s'entrecroisant avec les couteaux.

Encore une fois, les jurés furent unanimes pour dire que la nourriture avait été excellente. Certains d'entre eux auraient aimé une bonne cigarette après cela… malheureusement c'était interdit dans l'édifice gouvernemental. Qu'à cela ne tienne, un des jurés qui avait arrêté de fumer plusieurs années plus tôt, avait pensé à apporter plusieurs paquets de gomme pour ceux qui ne pouvaient profiter de leur vice.

Alors que tout le monde discutait, les premiers signes d'intoxication apparurent.

— Émilie, Yvon, est-ce que ça va ? demanda la jurée allergique à tout.

Puis, un peu plus loin.

— Johanne, Noëlla ! Que se passe-t-il ? Vous avez l'air bizarre.

— J'ai toute la langue engourdie et je vois embrouillé ! s'écria Émilie Lacroix d'une voix paniquée.

— Merde les amis, répondez ! Qu'y a-t-il ? demanda un autre juré.

Personne ne répondit.

Maintenant, toutes les conversations avaient cessé. Tous les autres membres se regardaient comme s'ils étaient possédés par un démon qui leur brûlait l'intérieur. Sans savoir pourquoi, chacun regarda son assiette, comme si le coupable se trouvait juste devant leurs yeux.

Seule à se sentir encore solide sur ses jambes, l'infirmière Nathalie Nolin demanda au président du jury d'aviser le greffier et d'appeler les services d'urgence. Elle l'aida à poser ce geste ultime avant de le voir s'effondrer au sol, vomissant tout le contenu de son estomac.

150

Vers treize heures cinq, les membres des familles des victimes, les journalistes ainsi que les personnes assistant au procès commencèrent à revenir dans la salle d'audience.

Alors que l'avocat de la couronne, Mᵉ Tremblay, discutait avec les inspecteurs Vézina et Tanaka, ils aperçurent le greffier quitter précipitamment son poste et partir en courant vers la salle des jurés. Intrigués, les trois hommes se regardèrent sans rien comprendre.

Dans l'assistance, le départ précipité du greffier n'avait échappé à personne, surtout pas aux journalistes. Quelques-uns d'entre eux essayèrent même de se rapprocher de l'avant de la salle, mais les policiers présents les firent reculer et reprendre leur place.

La seule personne qui semblait indifférente à ce qui se passait était nulle autre qu'Hiro Yamashita. Ce dernier venait de s'asseoir dans le box des accusés lorsque le greffier était parti sur les chapeaux de roues. Du même coup, un sourire s'était dessiné sur son visage.

Tanaka, qui se demandait quelle mouche avait bien pu piquer le greffier, avait également suivi l'arrivée de Yamashita escorté d'un policier. Tanaka avait remarqué le sourire que son ennemi avait d'une oreille à l'autre lorsque ce dernier fut appelé à... C'est à cet instant que le policier devina : ce qui se passait derrière la porte fermée était l'œuvre du machiavélique Yamashita. Qu'avait-il donc imaginé ?

Le greffier ouvrit la porte de la salle des délibérations en un mouvement brusque; il y découvrit un chaos inattendu. Il entendit d'abord les cris et les pleurs des jurés qui rampaient sur le sol. Seule l'infirmière tenait encore sur ses jambes. Elle lui fit signe de refermer la porte et de s'approcher.

Le greffier fut arrêté dans son élan par l'odeur écœurante. Il mit sa main sur sa bouche et ressortit en trombe, puis il fit de grands signes aux inspecteurs Vézina et Tanaka.

Sans perdre une seconde, les deux policiers se ruèrent dans la grande salle des jurés. Faisant fi de l'odeur insupportable, ils entrèrent mais ils ne s'attendaient pas à découvrir tous ces corps étendus par terre et presque sans vie.

— Bordel de merde ! s'écria Vézina en premier. Que s'est-il passé ici, pour l'amour de Dieu ? Vite, il faut des ambulances et du renfort ! C'est l'Apocalypse !

L'infirmière Nolin leur expliqua ce qui s'était passé, possiblement un empoisonnement alimentaire, car elle était la seule à ne pas avoir mangé les dîners livrés par le restaurant italien en raison de ses allergies. Tout en téléphonant, Vézina prit son collègue à part. Tanaka lui souffla à l'oreille que tout ceci ressemblait à du Yamashita à son meilleur. Le salaud semblait avoir trouvé un moyen pour faire foirer le procès.

À cet instant précis, Vézina comprit pourquoi Yamashita avait demandé à témoigner ce matin. C'était pour que les jurés puissent prendre leur repas. Cette ordure savait très bien ce qui allait arriver.

Tanaka sortit pour valider ce qui se passait dans la salle d'audience. Sans attendre la permission du juge, l'inspecteur Vézina ordonna de fermer tous les accès au Palais de Justice. Personne n'entrait jusqu'à nouvel ordre. Personne ne sortait sans son autorisation. Seule exception, les équipes médicales demandées.

Dans la salle d'audience, on commençait à craindre le pire. Qu'était-il arrivé aux douze membres du jury ? Les journalistes habitués de suivre la scène judiciaire se rendirent bien compte que quelque chose ne tournait pas rond. Tanaka fit demander au greffier s'il pouvait informer le juge. Ce dernier acquiesça.

L'angoisse dans la salle monta encore d'un cran lorsque des policiers armés vinrent se placer aux deux sorties possibles.

L'inspecteur Tanaka prit quelques secondes pour expliquer aux gens présents dans la salle que la séance serait retardée en raison d'un événement imprévu et les pria de bien vouloir rester à leur place pour l'instant. Vézina quant à lui, était parti mettre le juge Ouellet au courant de la situation.

151

Sans perdre une seconde, Vézina se dirigea vers le bureau du juge Ouellet. Sans même prendre le temps de frapper, le policier ouvrit la porte du spacieux bureau et fit signe au juge de rester sur place. S'assurant qu'ils étaient seuls dans la pièce, Vézina referma la porte.

— Que s'est-il passé ? Quels étaient tous ces cris ?

D'un regard sévère, le juge demanda.

— Yamashita ?

— Votre Honneur, Yamashita est capable des pires choses. Je n'aurais jamais pensé qu'il puisse s'attaquer aux jurés, ici dans cette salle d'audience, mais je crois que oui, tout ceci est son œuvre. Je ne sais pas comment il s'y est pris, mais je vous promets de tout faire pour trouver. Onze des douze jurés ont été intoxiqués et leur vie est menacée. Évidemment on peut présumer que le tout est orchestré par celui qui se trouve dans le box des accusés.

— Bien. Je vais le faire escorter à sa cellule et suspendre l'audience, dit le juge.

— Votre Honneur ! s'exclama Vézina. Si je peux me permettre, il a probablement anticipé que ce serait votre décision. Il y a sans doute prévu un plan d'évasion. J'aimerais mieux le garder ici, à vue, sous bonne garde. Je vais placer deux policiers armés à ses côtés. De cette manière, je n'aurai pas à surveiller un autre lieu, avec des effectifs limités.

Le juge Ouellet pesa le pour et le contre et accepta enfin la suggestion de l'inspecteur Vézina.

— Que deux de vos hommes restent à ses côtés à tout moment ! Et je ne veux pas que ses deux acolytes restent près de lui, qu'on les repousse dans le fond de la salle, séparément. Est-ce bien compris, inspecteur ?

— Reçu cinq sur cinq votre Honneur, répondit Vézina avec le sourire. Il faudrait maintenant vous rendre à la salle et annoncer la suspension. Pour éviter d'immobiliser les quelque cent personnes qui sont dans l'assistance, puis-je vous demander de les évacuer sous condition : chacun signe un registre avec leurs coordonnées complètes et se rendent disponible pour 48 heures en cas de besoin.

— Bien. Et pour les médias... Ils vont spéculer c'est certain. Que puis-je dire ?

— Évidemment, ils seront témoins du transport des victimes en ambulance. Même avec un cordon de sécurité, ils vont prendre des images et interroger des personnes. Je vous recommande d'en dire le moins possible. Onze des douze jurés ont eu un malaise. Les services d'urgence sont en route. Le procès est suspendu jusqu'à nouvel ordre.

— Astucieux ! J'y vais de ce pas. Vous êtes un fin stratège, est-ce qu'on vous l'a déjà dit ?

Quelques instants plus tard, le greffier demanda à l'assistance de faire silence. Il leur signifia de se lever et le juge fit son entrée, encore affligé, mais surtout ému par ce qui venait de se produire.

— J'ai une importante déclaration à faire...

Une fois son message livré, le juge donna fit un geste en direction du greffier pour que ses ordres soient exécutés.

* * *

Pendant ce temps, le ballet des ambulanciers commença, par une porte de service évidemment, alors que l'auditoire faisait la file pour signer le registre de sortie.

Lorsque les journalistes virent la dernière jurée sortir, encore debout, tous les micros se tendirent vers elle.

— Je ne peux rien vous dire de plus, ordre du juge Ouellet.

Le magistrat fit interrompre toutes les autres causes en évoquant des mesures exceptionnelles devant être prises dans l'intérêt de la Justice. Grâce aux policiers, les deux salles d'audience occupées furent évacuées dans le calme. Le personnel du Palais de Justice fut aussi invité à rentrer à la maison. À 14 h 10, seuls les acteurs majeurs et quelques clients de la cafétéria restaient sur place. Vézina et Tanaka commencèrent leur enquête. Des renforts avaient également été demandés ainsi que l'équipe scientifique de la GNC.

Le juge Ouellet avait demandé aux avocats des deux parties de le rejoindre à son bureau. Lorsque tout le monde fut assis, le juge les mit au courant de ce qui venait de se passer.

152

De retour avec le reste de l'équipe, Tanaka retrouva Vézina et le responsable des TSC Martin. Le technicien expliqua à l'inspecteur québécois que le malfaiteur avait sans doute dissimulé du poison dans les plats, pour éliminer les membres du jury. Pour ne pas nuire au travail de l'équipe scientifique, les trois hommes s'étaient retirés à l'écart pour continuer leur discussion.

— Je ne vois qu'une seule source plausible, dit Vézina. Le poison…

— …Viendrait du restaurant italien, le coupa Tanaka.

— Mais ça n'a aucun sens, renchérit le technicien.

— Je sais, répondit Vézina. Il doit bien y avoir une explication à tout cela !

— Le seul qui aurait eu l'opportunité d'ajouter quelque chose aux plats est celui qui a fait la livraison entre le restaurant et la salle des jurés. L'hypothèse d'une simple bactérie est aussi possible…

— Non ! Trop fulgurant comme effet. Entre nous, je ne peux pas croire que Paolo Tuzzi puisse être le responsable de tout ceci.

— Rémi, et qui d'autre alors ? Entre le départ et l'arrivée des repas ici, il aurait eu tout le temps nécessaire pour contaminer la nourriture, expliqua Tanaka.

Vézina ne savait quoi répondre. Sans preuve solide, il ne pouvait pas débarquer au restaurant et accuser tout le monde de tentative de meurtre sur onze jurés.

— Je sais à quoi tu penses, mon ami. Mais nous devons l'interroger. Si c'est vraiment lui le coupable, peut-être nous dira-t-il la nature de ce poison mystérieux.

Vézina regarda son ami sans dire un mot. Ce dernier comprit aussitôt que la chasse à l'homme était maintenant ouverte.

— Bill, laisse-moi téléphoner au restaurant avant, juste au cas où Paolo y serait !

—Vas-y mon ami.

Vézina prit son téléphone et fit dérouler sa liste de contacts jusqu'au numéro du restaurant. À la troisième sonnerie, une voix féminine répondit. Sans se nommer, l'inspecteur demanda à parler à Paolo Tuzzi. Après avoir attendu quinze secondes, la voix féminine lui répondit que Tuzzi n'était pas encore revenu du Palais de Justice. Vézina remercia la jeune femme et raccrocha.

À voir l'expression de son ami, Tanaka sut que Tuzzi n'était pas retourné au restaurant.

Puis, Vézina demanda à Yves Martin, le responsable des TSC, s'il pouvait essayer de trouver à quelle substance ils avaient affaire. Ce dernier lui répondit qu'il s'attaquait à cette question, dès que le labo pourrait lui donner des infos précises.

— Aussitôt que je découvre quelque chose, je vous appelle. Mais j'aime mieux vous avertir d'avance, cela pourrait prendre plusieurs jours, sinon plus. Je ne sais pas ce que je cherche. Avec les symptômes que les jurés malades ont montrés, je vous avoue que je ne sais pas par où commencer.

— Je sais Yves, faites de votre mieux.

Vézina fit alors signe à Tanaka de le suivre. Il fallait demander au juge un mandat d'arrêt contre Paolo Tuzzi.

Aussitôt qu'ils furent admis dans le bureau du juge Ouellet, Vézina alla droit au but et expliqua au magistrat qu'ils venaient de trouver comment les jurés malades avaient été contaminés, mais que malheureusement, ils n'avaient aucune idée par quelle substance, pour l'instant.

— Pensez-vous que ce Tuzzi a tout organisé lui-même, ou a-t-il agi sous les ordres de cette ordure de Yamashita ?

— De ce que je connais de Paolo, il a sûrement dû subir du chantage de quelqu'un chez Yamashita. Sinon, je ne vois pas comment il aurait pu planifier quelque chose de si gros tout seul. Et surtout, pour quel motif ?

— Mais bon sang Rémi ! Si c'est vraiment lui qui a fait le coup, seul ou avec l'aide de Yamashita, à quoi pensait-il ? Il devait bien se douter que l'on remonterait jusqu'à lui.

— Je sais Bill, je ne comprends pas moi-même.

Vézina essayait de toutes ses forces de se convaincre que Tuzzi n'était pas un meurtrier, que tout ceci était un coup monté, sauf que jusqu'à maintenant, les preuves parlaient d'elles-mêmes. Il comprenait maintenant l'attitude de Tuzzi à la cafétéria plus tôt : son agitation, sa nervosité. Avait-il fait semblant de ne pas le voir ou était-il trop perdu ? Alors, s'il pouvait mettre la main dessus et le questionner, peut-être apprendrait-il ce qui s'était vraiment passé dans la salle des jurés.

Avant de quitter le juge, Tanaka lui avait demandé, avec émotion, ce qu'il prévoyait faire de l'accusé. Comme le policier le lui avait appris, la mise en scène du matin quant à la présence à la barre des témoins de Yamashita, avait eu pour but de retarder le procès assez longtemps pour le forcer à suspendre l'audience pour la pause du midi. C'est ce qui avait permis à Paolo Tuzzi d'empoisonner les membres du jury, de « sa famille », comme le juge les appelait sur un ton paternaliste !

Une fois le mandat d'arrêt contre Paolo Tuzzi en main, les inspecteurs Vézina et Tanaka remercièrent le juge Ouellet et partirent mettre au point les détails pour l'arrestation de leur suspect numéro un.

* * *

Onze victimes reposaient dans un état critique à l'hôpital, tandis que la douzième n'en revenait pas, en bénissant pour la première fois de sa vie ces allergies alimentaires qui lui empoisonnaient le quotidien depuis l'enfance… Le juge eut la bonté de lui signer sa libération. Elle toucherait son plein salaire, en dépit de l'avortement du procès. L'infirmière put donc rentrer chez elle, sous consigne de ne pas parler à la presse.

153

De retour de son entretien avec le juge Ouellet et l'assistant du procureur, Mᵉ Renaud était sous le choc. Il observait ce rapace assit à ses côtés, l'air arrogant et supérieur. Riant aux éclats avec ses deux sbires, le trio semblait s'amuser de la situation.

L'avocat fixait toujours son client lorsque pendant une fraction de seconde, leur regard se croisa et ce dernier crut voir son client lui faire un clin d'œil. Abasourdi par ce geste qu'il jugeait obscène, il allait lui dire sa façon de penser lorsque deux policiers lourdement armés vinrent se positionner de chaque côté de Yamashita.

— C'est quoi leur problème ? demanda Yamashita furieux.

— L'ordre vient du juge Ouellet ! répondit Renaud avec un sourire en coin.

Yamashita essaya de se mettre debout, mais le policier le fit rasseoir d'une légère pression sur l'épaule. Ses deux acolytes voulurent se rapprocher pour défendre leur patron, mais encore une fois, les deux policiers s'interposèrent et firent reculer les deux yakuzas.

Le Japonais bouillait intérieurement. Il était quatorze heures vingt et il était toujours prisonnier. Dans la planification du plan, ses deux acolytes n'avaient pas prévu que les choses se dérouleraient de cette façon. Ils avaient supposé, qu'après le départ précipité des jurés malades ou morts, que le juge mettrait tout simplement fin au procès en prononçant un non-lieu. Au lieu de ça, il était coincé entre deux mastodontes armés jusqu'aux dents et ses deux amis ne pouvaient même plus l'approcher. Malheureusement pour lui, personne n'avait prévu de plan C. Il ne lui restait plus qu'à attendre le dénouement de la situation.

154

Après avoir livré les repas aux jurés, Paolo était descendu à la cafétéria du Palais de Justice pour attendre que ses précieux clients finissent de manger.

D'habitude, une fois la distribution terminée, Paolo retournait sans perdre de temps au restaurant pour l'affluence du midi. Mais aujourd'hui n'était pas une journée habituelle.

Le yakuza qui l'avait contraint à se transformer en meurtrier lui avait ordonné de ne pas quitter l'édifice jusqu'à ce qu'il reçoive le signal de retourner au restaurant. Lorsqu'il lui avait demandé quel serait le signal, Fuku lui avait répondu qu'il le saurait le moment venu.

C'est ainsi que lui, Paolo Tuzzi, était assis sur une chaise en plastique dans le fin fond de la cafétéria où il venait probablement tout juste d'assassiner d'honnêtes citoyens.

Entre son départ du restaurant et son arrivée au Palais de Justice, Tuzzi avait songé à résister au chantage. Mais juste à la pensée de voir ces monstres torturer sa femme et son fils, il avait repoussé cette éventualité et était resté concentré sur la tâche à accomplir.

Alors qu'il prenait son café à la cafétéria, Paolo aperçut du coin de l'œil l'inspecteur de la GNC. Ce dernier lui avait fait un signe de la main, mais étant trop énervé par ce qu'il venait de faire, il l'avait volontairement ignoré, espérant qu'il ne déciderait pas de venir lui parler. À son grand soulagement, après avoir payé son achat, le policier était retourné à l'étage.

Soulagé, Paolo eut une autre crise de remords. Pendant un court instant, il voulut courir vers l'inspecteur, le prendre à part et lui raconter toutes les atrocités qu'il avait faites depuis le début, mais l'arrivée impromptue de deux autres policiers le fit changer d'idée encore une fois.

Une heure plus tard, alors que Paolo était perdu dans ses pensées, une cloche se fit entendre dans tout le bâtiment, puis une voix masculine au ton sévère demanda à tous les policiers disponibles de se regrouper au deuxième étage à la salle 21-B. Paolo sut dès cet instant que la chasse à l'homme était ouverte et qu'il était la proie à abattre.

La panique s'empara de lui. Sans s'en rendre compte, son corps fut parcouru d'incontrôlables tremblements. Une préposée à la cafétéria fit un détour pour venir voir si tout allait bien, s'il avait besoin d'aide. Tuzzi la rassura en lui disant qu'il avait probablement attrapé un vilain rhume.

Paolo vit les policiers quitter la cafétéria et se diriger vers les escaliers. Il songea à profiter de la confusion du moment pour prendre la poudre d'escampette, mais encore une fois, la sécurité de sa famille passa en premier. S'il devait se faire arrêter pour meurtre, il voulait au moins avoir la chance de parler à sa Rosita une dernière fois pour lui expliquer ce qu'il venait de faire, lui dire qu'il l'aimait plus que tout au monde et qu'il était désolé pour tout le mal et la honte qu'il leur causerait à elle et à sa famille.

Il ouvrit son cellulaire et composa le numéro de son domicile. À la sixième sonnerie, sa belle-mère répondit, ce qui le surprit énormément, car elle ne venait jamais à la maison le lundi.

— Mama, c'est moi, Paolo. Qu'est-ce que vous faites à la maison ? Vous ne travaillez pas aujourd'hui ?

— Paolo, viens vite à la maison : Rosita est morte. C'est Marco qui m'a téléphoné, il a trouvé sa mère morte en revenant de l'école pour le dîner. Ma fille est morte ! cria la belle-mère de Paolo.

— Quoi ? Rosita est morte, c'est impossible, ils m'ont dit que ma famille ne serait pas touchée. Est-ce que Marco va bien Mama ?

— Oui. Paolo, dit-elle en pleurant, viens vite, je t'en prie, la police est ici et Marco n'arrête pas de pleurer. Je ne sais plus quoi faire.

— Mama, je suis au Palais de Justice. Il vient d'y avoir une alarme, personne ne peut sortir. Merde ! Qu'est-ce que j'ai fait ? J'ai tué ma femme ! dit Paolo en pleurant.

— Qu'est-ce que tu viens de dire ? Tu ne peux pas avoir tué Rosita, tu étais au travail. Pourquoi dis-tu ça Paolo ?

Il se rendit compte qu'il avait trop parlé.

— Ce n'est rien, Mama, je ne sais plus ce que je dis. Je vais essayer de venir le plus vite possible.

Paolo était en état de choc. Chaque fibre de son corps tremblait. Il sentit son cœur se briser en mille morceaux alors qu'il pensa à son fils. Qu'allait-il devenir si jamais on l'accusait d'être responsable du drame qui se jouait au deuxième étage ? Un désespoir profond s'empara de lui. Que dirait-il à son fils ? « Par ma stupidité, ta mère a été tuée »? « J'ai cru en des personnes que je ne connaissais pas, je les ai laissées se servir de moi pour qu'ils puissent faire du mal à des personnes innocentes et honnêtes. Je suis donc aussi coupable... et tellement lâche ».

Il ne pensait plus vraiment rationnellement. Un esprit de vengeance l'avait envahi. Il voulait anéantir ceux qui avaient tué sa femme et privé son fils de sa mère. Il voulait aussi venger les jurés. Il savait que le vrai coupable était cet enfoiré de Japonais, Yamashita. Il allait donc devoir payer.

Si la police l'arrêtait, il irait sûrement en prison et pour longtemps. Donc il décida de faire en sorte que son intervention en vaille la peine et envoie ce Yamashita en enfer. Il serra les poings en se disant : « Tu peux racheter tes erreurs... tu le peux ! »

155

Le juge Ouellet avait mis à la disposition de l'inspecteur Vézina une des salles d'audience libre qui leur servirait de centre de commandement. Il s'y trouvait avec quelques-uns des meilleurs membres de son équipe. Il fallait absolument retrouver Paolo Tuzzi, et ce, le plus rapidement possible. Le jeune homme était recherché pour interrogatoire seulement. Il n'était pas considéré comme dangereux et n'était pas armé. Vézina leur demanda d'y aller doucement avec lui et de l'approcher sans le menacer. Alors que les policiers quittaient la salle 21-B, Tanaka, quant à lui, venait rejoindre son confrère pour lui faire part des récriminations des proches de Yamashita,

— Je pensais qu'ils avaient été séparés, demanda Vézina. Le juge a précisé : dans la même salle mais à l'autre extrémité et sans contact entre eux. Est-ce clair ? Tu peux aller y mettre ton nez ?

Dix minutes plus tard, un des deux policiers qui escortait Yamashita guida les deux sbires du chef des yakuzas vers le fond de la salle et leur ordonna de s'asseoir gentiment et d'attendre. Dans le cas contraire, ils seraient arrêtés sur-le-champ pour outrage au tribunal et incarcérés séance tenante.

Maître Renaud, sur l'ordre de son client, tenta de faire infirmer la décision du juge, mais sans succès, au grand soulagement de l'avocat. Cette décision rendit Yamashita furieux. Il n'avait aucune confiance en son avocat. Il aurait aimé que Kurotani puisse le représenter pour le procès, mais n'ayant pas sa licence pour le droit criminel au Québec, on lui avait recommandé cette marionnette, supposément un des meilleurs pour ce genre de défense. Il ne comptait pas lui fournir de références professionnelles, au lendemain de sa libération… Que non !

156

Après le départ des gens du public, Paolo sut immédiatement qu'il lui restait peu de temps avant d'être arrêté et accusé de meurtre avec ou sans préméditation. Malheureusement pour lui, les secondes de sa liberté étaient comptées.

Il savait qu'il devait agir rapidement. Mais comment ?

Depuis qu'il avait appris la mort de sa femme, son cerveau s'était placé en mode de veille. Il n'arrivait plus à penser rationnellement. Une seconde, il voulait partir en courant au deuxième étage et étrangler Yamashita, et la seconde d'après, retourner chez lui consoler son fils. Malheureusement, il ne pouvait faire ni l'un ni l'autre.

Paolo regarda sa montre : cinq minutes tout au plus. D'ici deux minutes, les policiers seraient sûrement de retour et son commanditaire ne donnait pas de signal.

Il fallait bouger ! Ne pas rester ici. Mais où aller ?

Toutes les sorties étaient surveillées, et même en expliquant au gardien que Yamashita avait fait assassiner sa femme, jamais ce dernier ne le laisserait partir.

Tout naturellement, Paolo se rapprocha de la jeune serveuse qui l'avait interpellé un peu plus tôt.

— Merci beaucoup pour le café.

— Pas de problème monsieur, répondit la jeune femme. Vous semblez avoir une meilleure mine.

— Oui ! C'est un peu grâce à vous, dit Tuzzi en lui montrant la tasse de café vide. Mon garçon est revenu de l'école lundi avec un rhume, je crois qu'il me l'a donné.

— Je sais ce que c'est. Mon mari et moi venons tout juste d'en finir un.

— Comme on dit à la télévision, c'est la période pour ça. Bon, je dois remonter à la salle chercher la vaisselle sale du dîner et tout ramener au restaurant.

— Très bien ! Bon après-midi et soignez votre rhume.

— Promis et merci encore.

Paolo vit ses jambes commencer à bouger en direction de la sortie de la cafétéria. Une fois rendu sur le seuil, il tourna à droite en saluant de la main la caissière, puis il fit semblant de se diriger vers les ascenseurs. Après quelques pas, il s'arrêta pour s'assurer qu'il était seul dans le corridor. Il n'y avait personne en vue.

Il rebroussa chemin jusqu'à la porte d'entrée de la cafétéria en faisant très attention et jeta un coup d'œil à l'intérieur de la grande salle. Encore une fois, il n'y avait personne. La caissière était probablement partie à la cuisine. Sans perdre de temps, il traversa rapidement l'entrée et continua son chemin d'un pas normal. Rien ne servait d'aller trop vite et d'attirer l'attention.

Quelques secondes plus tard, il se retrouva devant une porte entrouverte. Son cœur se mit à battre la chamade, ne sachant s'il devait rester ou battre en retraite. Mais où irait-il de toute façon ? Prenant son courage à deux mains, il frappa trois petits coups à la porte, puis attendit. Cinq secondes plus tard, n'ayant obtenu aucune réponse, il poussa la porte du bout du pied et entra dans la pièce sombre en refermant derrière lui.

Sans faire de bruit, Paolo ouvrit la lumière et s'arrêta sec, sans même bouger un petit doigt. Tout en regardant autour de lui, il se rendit compte qu'il venait de pénétrer dans le bureau du responsable des agents de la paix du Palais de Justice.

La panique s'empara encore une fois de lui. Que faisait-il ici et comment était-il arrivé dans ce bureau ? Ça ne pouvait pas être lui ! Pourtant, il n'avait pas pris de drogue et il avait encore toute sa tête, du moins il l'espérait. C'était comme s'il s'était transformé en agent secret. Une pensée le fit alors sourire pour la première fois depuis plusieurs heures « dans une autre vie, je devais être une sorte de James Bond ». Puis la réalité le frappa en plein visage une autre fois : héros ou zéro, puisque sa femme était morte ?

Ne voulant pas attirer l'attention, il alluma la petite lampe de chevet qu'il y avait sur le bureau et éteignit la lumière principale. La pièce était minuscule et impersonnelle, sans fenêtres et sans décorations sur les murs. Sur le bureau placé dans le coin, trônait un vieil ordinateur relié à une vieille imprimante, un téléphone sans afficheur et pour compléter le paysage, la petite lampe de chevet. Au fond de la pièce, une autre porte donnait sur une petite salle de bain où il y avait un lavabo et une toilette ainsi qu'un haut casier.

Paolo continua de tourner sur lui-même et tomba sur ce qu'il cherchait : l'armurerie.

À sa grande surprise et surtout à son grand bonheur, les portes de l'armoire n'étaient pas verrouillées. La dernière personne ayant quitté la pièce avait dû partir précipitamment et oublier de la barrer ou bien, d'emblée, le responsable laissait les portes ouvertes pendant les heures ouvrables.

Avec une nervosité grandissante, Paolo ouvrit l'armoire. Ce faisant, il eut l'impression de retourner en enfance et de faire quelque chose que ses parents lui avaient interdit de faire. Il savait qu'il allait se faire punir, mais c'était plus fort que lui, il fallait qu'il le fasse. Il n'eut pas à fouiller longtemps pour trouver ce qu'il cherchait. Sur une des étagères, il trouva deux armes de poing, des Glock 9 mm.

Paolo en prit un et le fit tourner dans ses mains. Satisfait, il regarda si l'arme était chargée, mais évidemment, elle ne l'était pas. Juste à côté de l'endroit où se trouvait le pistolet, il y avait une boîte pleine de cartouches 9 mm. S'appliquant avec précaution, il retira le chargeur et introduisit une à une les cartouches. Une fois le chargeur bien rempli, il le replaça sur l'arme et vérifia que le cran de sécurité était bien en place. Par prudence, il ne fit pas avancer la première cartouche dans la chambre.

Toute cette opération lui avait pris une minute tout au plus. Mais soudain, il eut peur, peur de lui-même. Qui était-il donc devenu ? Il est vrai qu'il avait regardé un reportage sur les unités d'interventions spéciales de la police quelques semaines plus tôt, mais là, devenir aussi agile dans le maniement des armes de poing le mettait mal à l'aise. D'un autre côté, sentir le métal froid du Glock dans sa main avait quelque chose de rassurant.

Petit à petit, un plan se formait dans sa tête. Pour arriver jusqu'à Yamashita, il devrait jouer de finesse avec les policiers. Quel était le meilleur moyen de les faire baisser leur garde ? En étant un des leurs.

Paolo avait remarqué le casier dans la salle de bain. Alors qu'il s'y rendait, la sonnerie d'un téléphone se fit entendre. Les nerfs à vif à cause de l'énorme pression qu'il subissait, il courut presque jusqu'à la salle de bain et s'y enferma malgré que le téléphone sonne encore et encore. Rendu au bord de la crise de nerfs, il réalisa que c'était son propre téléphone qui sonnait sans discontinuer.

Tuzzi déposa son arme sur le rebord du lavabo et réussit à sortir son cellulaire de sa poche de pantalon.

— Allo, répondit Paolo en parlant à voix basse.

— Paolo, où es-tu ? demanda sa belle-mère toujours en pleurant.

— Encore au Palais de Justice, j'essaie de trouver le responsable pour avoir la permission de quitter le bâtiment. J'arrive bientôt Mama, menti Paolo. Comment va Marco ?

— Pas bien. Ma sœur est venue le chercher. Paolo, c'est terrible, j'ai entendu un des policiers dire que Rosita avait été violée plusieurs fois et brutalement. Viens vite s'il te plaît, demanda-t-elle hystérique et en sanglots.

Paolo était sans voix. Son cœur, qui s'était brisé plus tôt, venait encore de se fragmenter. Il regarda l'arme déposée près de lui et eut envie de se faire sauter la cervelle.

— Je vais faire tout mon possible Mama, je te le promets.

Après avoir raccroché, Paolo s'assura que son téléphone était bel et bien éteint.

Avant de continuer, il s'aspergea le visage d'eau froide. Depuis quelques secondes, la nausée le tenaillait. Le dernier appel de sa belle-mère l'avait rapproché des ténèbres.

Reprenant le fil de sa vengeance, Paolo ouvrit donc le casier et remercia le Bon Dieu d'être avec lui : il y avait un uniforme d'agent de la paix qui l'attendait. Aussi vite qu'il le put, il se déshabilla et enfila son nouveau costume. Il se regarda dans le miroir et fut soulagé de voir qu'il lui allait bien.

Ce déguisement lui donnerait les quelques secondes nécessaires pour s'approcher du yakuza et ainsi accomplir son destin.

Alors qu'il s'apprêtait à quitter le bureau, ses yeux s'arrêtèrent sur l'imprimante et sur les feuilles qui s'y trouvaient. Il prit donc quelques instants pour écrire un petit mot à l'attention de son fils. Il termina sa lettre en lui disant qu'il l'aimait plus que tout au monde et qu'il serait toujours avec lui… dans son cœur.

Il écrivit aussi une lettre d'excuses aux membres du jury, leur expliquant comment il en était arrivé là, à quel point il était désolé et qu'il essaierait de leur rendre justice.

Une fois les deux lettres terminées, Paolo trouva deux enveloppes dans un des tiroirs du bureau. Une était adressée à son fils et l'autre, aux jurés. Il les laissa ensuite sur le coin du bureau, bien en évidence.

Comme il s'apprêtait à partir, la porte du petit bureau s'ouvrit et Paolo se retrouva nez à nez avec un policier. Les deux hommes restèrent là, à se dévisager. Aucun des deux n'osait bouger, puis, soudainement, Paolo sortit de sa torpeur et pointa son arme en direction du policier. Il le menaça de lui tirer une balle en plein cœur s'il osait bouger ne serait-ce que d'un cheveu. Même s'il avait voulu, il n'en aurait pas été capable. Le jeune policier était tétanisé par la peur. Il ne répondit même pas lorsque Tuzzi le menaça avec son arme.

Paolo ordonna au policier d'enlever son uniforme et de s'asseoir sur la chaise, puis il lui passa les menottes qu'il fixa aux barreaux. Il serait donc impossible pour le policier de s'échapper.

Paolo se sentait encore une fois comme James Bond, mais sans les gadgets bling-bling. Il trouva du gros diachylon dans un des tiroirs du bureau, en coupa une bonne longueur et couvrit la bouche du policier en prenant soin de ne pas lui obstruer le nez.

Devant le miroir de la salle de bain, Paolo fixa sa cravate puis mit le Glock dans son étui à la ceinture. Il était maintenant prêt à aller faire son propre devoir de citoyen.

Avant de partir, ce dernier s'excusa une dernière fois auprès du policier. Sans y réfléchir, il lui expliqua brièvement la chronologie des événements qui l'avaient conduit jusqu'ici et les choix qu'il avait dû faire. Et pourquoi tout ça ? Les salauds avaient assassiné sa femme, laissant son fils orphelin de sa mère et de son père qui serait en prison. D'ici quelques minutes, le responsable de toutes ces atrocités allait payer pour tout le mal qu'il avait fait.

Ce n'était rien, mais le fait d'avoir expliqué ce qu'il avait fait et ce qu'il allait faire lui enleva un gros poids sur la conscience. Il quitta enfin le bureau, sachant que le jeune policier était tout de même confortable, puis il tourna à gauche et alla directement à la cage d'escalier. De là, il monta jusqu'au deuxième étage. En chemin, il ne rencontra qu'un seul policier qui ne lui adressa même pas la parole. Jusque-là, tout allait bien.

157

Pendant que les policiers étaient à la recherche de Paolo Tuzzi, Vézina et Tanaka poursuivaient l'enquête de leur côté.

L'inspecteur Tanaka eut alors une idée. Il demanda à son confrère la permission de quitter le Palais de Justice. Il y avait quelque chose qu'il voulait absolument vérifier, mais il n'en dit pas plus à son ami.

Tanaka se rappelait qu'un évènement semblable s'était produit dans la région de Vancouver plusieurs années auparavant. Yamashita n'avait pas été impliqué, mais le *modus operandi* semblait être le même.

Avant de sortir, Tanaka enfila son manteau et ses gants, puis il s'élança à toute vitesse sous le froid glacial. Il traversa la rue en se dirigeant vers le restaurant italien Chez Luigi. Une fois à l'intérieur, il demanda à voir le patron.

Tanaka se présenta et expliqua au vieil homme la situation dramatique qui prévalait sur les lieux. Jusqu'à maintenant, tous les soupçons pointaient vers Paolo, mais ils n'avaient aucune preuve directe. L'inspecteur demanda à Carmelli s'il avait revu Paolo depuis qu'il était parti faire sa livraison aux jurés.

— Non, lui répondit l'oncle de Paolo. Il m'a téléphoné pour me dire qu'il attendrait au palais que les jurés aient fini de manger. Il avait rencontré un de ses vieux amis et voulait aller manger une bouchée avec lui, mentit Carmelli.

Le vieux Carmelli n'en revenait pas que le plan ait si bien fonctionné. Il ne pouvait pas dire à l'inspecteur que c'était plutôt lui qui avait empoisonné les jurés, et non son neveu. À partir de maintenant, il devrait rester sur ses gardes et faire extrêmement attention à ce qu'il allait dire et comment il le dirait. Il ne fallait pas que les soupçons reviennent sur lui.

Tanaka prenait des notes. Il demanda si Paolo avait des problèmes quelconques soit dans son couple, avec ses confrères de travail ou de jeu.

— Non à la première et deuxième question, mais oui à la troisième.

Le policier releva vivement la tête de ses notes lorsqu'il entendit Carmelli lui dire que Tuzzi avait des problèmes de jeu.

— Vous avez bien dit qu'il avait des problèmes de jeu, n'est-ce pas ?

— Oui.

— Quel genre de problèmes monsieur Carmelli ?

— La plupart du temps, c'était le poker. Sa femme, Rosita, n'arrêtait pas de lui sonner les oreilles pour ça, mentit encore une fois le vieil Italien.

— Savez-vous s'il a de grosses dettes d'argent ?

— Je ne suis pas certain, mais je crois l'avoir entendu dire qu'il avait perdu dix mille dollars il y a quelques semaines.

Une sonnette d'alarme se déclencha aussitôt dans la tête de l'inspecteur. Ce à quoi il avait pensé, l'événement de Vancouver, s'apparentait drôlement à la situation actuelle. Il croyait avoir trouvé ce qui avait poussé Tuzzi à commettre ces actes.

— M. Carmelli, savez-vous si Paolo avait trouvé quelqu'un pour lui prêter de l'argent ?

— Je crois que oui. Il avait honte, vous savez. C'est un bon travaillant, naïf, mais un bon petit gars.

— Est-ce qu'il vous a dit de qui il avait emprunté l'argent ?

— Pas directement, mais une fois, il a parlé d'un enfoiré de Japonais. Lorsque je lui ai demandé des explications, il n'a pas voulu répondre.

— Et ce Japonais, est-ce que vous l'avez déjà vu ?

— Une fois, et pas plus tard que ce matin, répondit Carmelli.

Ce dernier savait qu'il prenait un risque énorme en parlant trop, mais il devait penser à lui, au cas où il serait compromis.

— Quoi ? Ce matin ! Êtes-vous certain de cela ?

— Oui, répondit Carmelli avec le sourire.

— Vers quelle heure ? Vous en souvenez-vous ?

— Hum. Rita… viens ici mon ange.

— Oui, monsieur Carmelli.

— Rita, est-ce que tu te rappelles à quelle heure le visiteur de Paolo est venu le voir ce matin ?

— Dix heures. Je m'en souviens, car c'est moi qui suis allée lui dire qu'il y avait quelqu'un qui voulait le voir et je suis sortie fumer une cigarette juste après. C'était l'heure de ma pause.

— Est-ce que vous vous souvenez de quoi avait l'air le visiteur ? Avait-il des signes distinctifs comme des tatouages, des piercings, des cicatrices ou n'importe quoi qui pourrait vous permettre de l'identifier si on vous montrait une photo de lui ? demanda Tanaka.

— Non, aucun tatouage, rien d'apparent. Il était bien habillé, parlait poliment, répondit Rita. Ah oui ! J'allais oublier. Il portait des gants en cuir. Il ne les a jamais enlevés, reprit la serveuse.

— C'est vrai, je m'en souviens, dit le patron.

— Paolo semblait mécontent de le voir. À quelques occasions, il a élevé le ton. Je suis allé lui demander si tout allait bien.

— Avez-vous entendu Paolo lui parler en mentionnant son nom ?

— Non. Désolé, répondirent en chœur M. Carmelli et Rita.

— Inspecteur ! demanda Rita.

— Oui.

— Juste avant que le visiteur ne parte, c'était en revenant de ma pause, j'ai vu le Japonais passer quelque chose sous la table à Paolo. J'ai cru voir quelque chose de blanc. Et lorsque Paolo s'est levé, je l'ai vu cacher un petit flacon dans son tablier.

— Quoi ? Et tu ne m'as rien dit ! explosa Carmelli. Je ne peux pas croire que Paolo puisse prendre de la drogue !

— Êtes-vous bien certaine de ce que vous venez de me dire Rita ?

— Oui monsieur.

— Monsieur Carmelli, demanda un des cuisiniers qui était assis non loin du groupe.

— Oui, Bruno.

— Je vous ai entendu parler vous et l'inspecteur. Lorsque l'étranger est parti, Paolo semblait vraiment dévasté, je ne l'avais jamais vu comme ça. Lorsqu'il est passé près de moi, il marmonnait. J'ai cru l'entendre dire qu'ils feraient du mal à sa famille s'il ne faisait pas ce qu'ils demandaient, qu'il n'avait pas le choix. J'ai voulu vous en parler patron, mais les clients ont commencé à arriver et j'ai oublié. Je m'en excuse monsieur.

— Ce n'est rien Bruno.

Tanaka, qui avait pris beaucoup de notes, referma son calepin.

— Merci énormément à vous trois. Vous venez peut-être de sauver Paolo. Je dois maintenant retourner au Palais de Justice. Est-ce que vous auriez l'adresse du domicile de Paolo s'il vous plaît ? demanda Tanaka.

Carmelli la lui donna à contrecœur puis l'inspecteur repartit en coup de vent.

Aussitôt à l'extérieur, Tanaka téléphona à Vézina, mais avant que ce dernier ne lui pose tout plein de questions, il lui demanda d'envoyer une voiture de police au domicile des Tuzzi pour s'assurer que sa famille était en sécurité. Il lui promit de lui raconter tout ce qu'il avait appris une fois qu'il serait de retour au centre de commandement.

158

Lorsque Tanaka arriva au centre de commandement, Rémi Vézina l'attendait avec une mine déconfite. Deux mauvaises nouvelles l'attendaient. La première : le juge Ouellet avait reçu un appel de l'hôpital où avaient été transportés les jurés malades. Malheureusement, ces derniers venaient tout juste de rendre l'âme. Les médecins avaient tout tenté, mais sans succès, combattant un mal qui leur étaient inconnu.

Puis, Vézina lui parla de la deuxième mauvaise nouvelle. Comme Tanaka le lui avait demandé, il avait fait envoyer une auto-patrouille au domicile des Tuzzi. Son interlocuteur lui avait répondu qu'une voiture était déjà sur place et qu'ils avaient trouvé la femme de Tuzzi assassinée. Il semblait qu'elle ait été violée sauvagement à plusieurs reprises. Une équipe médico-légale serait bientôt sur place. Tanaka tomba lourdement sur une chaise. Tout devenait maintenant clair comme de l'eau de roche pour lui. Il raconta sa visite au propriétaire du restaurant italien où travaillait Tuzzi. Vézina et Tanaka mirent donc les points sur les i et les barres sur les t et tout s'assembla comme un casse-tête. Ils ne savaient pas si Paolo était au courant de la mort de sa femme donc il était primordial qu'il soit retrouvé avant qu'il ne commette autre chose d'irréparable.

Vézina partit donc voir le juge Ouellet pour lui raconter ce que Tanaka avait appris par le patron de Paolo Tuzzi. Il lui expliqua également leur petite théorie sur la manière dont Tuzzi s'était fait piéger par Yamashita et sa bande.

Vézina lui apprit aussi que Paolo demeurait introuvable. Aussitôt, le juge ordonna que le bâtiment soit fouillé de fond en comble.

De retour avec Tanaka, Vézina fit passer le message à ses hommes de recommencer la fouille en débutant par le sous-sol. Il fallait passer chaque pièce, chaque local au peigne fin. Interroger chacune des personnes qu'ils rencontreraient et ne rien laisser au hasard.

Les policiers commencèrent donc par la cafétéria, le dernier endroit où Tuzzi avait été aperçu.

La caissière leur apprit que Paolo était présent sur l'heure du dîner. Elle l'avait vu parler au téléphone et il s'était mis à pleurer juste après avoir raccroché. Elle était même allée lui demander s'il se sentait bien et il avait répondu qu'il commençait un rhume. Peu de temps après, il avait commandé un café. Il semblait aller mieux. Il était sorti de la cafétéria et elle ne l'avait plus revu. Avant que les policiers ne partent, elle leur mentionna qu'au moment de quitter la cafétéria, Paolo lui avait dit qu'il devait retourner à la salle des jurés du procès Yamashita pour chercher la vaisselle sale. Le policier la remercia et quitta à son tour les lieux.

Avant de poursuivre les recherches, le policier téléphona à l'inspecteur Vézina pour lui raconter ce que la caissière leur avait appris, en mettant l'emphase sur l'appel que le suspect avait reçu ou passé et aussi sur le fait qu'il ait mentionné devoir retourner dans la salle des jurés. L'inspecteur remercia le policier et lui demanda de continuer les recherches.

Vézina se retourna vers Tanaka et lui raconta ce qu'il venait d'apprendre sur Tuzzi.

— Avec ce que tu viens de m'apprendre Rémi, je suis quasiment certain que Tuzzi est au courant pour sa femme, ce qui le rendra encore plus dangereux et imprévisible. Il voudra sûrement s'en prendre à Yamashita, si c'est lui le responsable.

— Oh oui ! C'est lui le responsable. Et je suis d'accord avec toi; il voudra certainement se venger. Je vais faire surveiller Yamashita de plus près, pour plus de sécurité. Et pour son retour à la salle des jurés, qu'en penses-tu ?

— Je crois qu'il a voulu nous leurrer. À l'heure qu'il est, il devrait déjà être ici, alors...

— Ouais ! Mais ne prenons pas de chance, le bonhomme doit être sous une énorme pression en ce moment et le stress pourrait lui faire faire des choses qu'il ne ferait pas dans des conditions normales.

Tanaka approuva, puis Vézina téléphona aux policiers qui avaient en charge la sécurité de Yamashita pour les avertir de rester vigilants. Sans entrer dans les détails, il leur parla de Paolo Tuzzi tout en donnant sa description physique. Il leur dit également de ne prendre aucun risque. Toute personne suspecte s'approchant de l'accusé sans autorisation devrait être arrêtée sur-le-champ.

Un des policiers suggéra de déplacer Yamashita dans le coin opposé de la salle, ce qui l'éloignerait de l'entrée et leur permettrait de voir venir qui que ce soit. Quant aux policiers, ils se placeraient de chaque côté de l'accusé et seraient en mesure de mieux le protéger.

Vézina, qui leur avait demandé d'attendre, vint les rejoindre dans la salle d'audience. Il analysa les différentes options puis, trouvant plausible la suggestion du policier, il autorisa le déplacement de l'accusé dans le fond de la salle.

Cette décision banale déplut à l'accusé qui s'impatientait de plus en plus, trépignant comme un taureau qui sent le matador se rapprocher.

159

Yamashita commençait à trouver le temps long. Personne ne lui parlait. Pendant plusieurs minutes, il avait invectivé son avocat pour son inefficacité à faire casser la décision du juge Ouellet concernant ses deux amis, puis, sans qu'il ne le voie venir, Renaud l'avait engueulé à son tour comme du poisson pourri. Jamais au grand jamais il n'avait laissé quelqu'un lui parler de cette façon. Pendant l'engueulade, les discussions tout autour s'étaient tues. Les regards étaient tous dirigés vers lui et son avocat. Il avait bien essayé de se lever pour répliquer, mais deux mains fermes l'avaient retenu sur sa chaise. Furieux, il avait croisé les bras et n'avait plus dit un seul mot.

Lorsqu'il vit l'inspecteur Vézina revenir dans la salle, il eut pendant une fraction de seconde l'espoir que c'en était terminé du procès, qu'il venait avertir ses deux gardiens de le laisser partir, qu'il était maintenant un homme libre. Mais au contraire, le grand sourire que le policier lui lança le ramena sur terre. L'inspecteur prit un des policiers à part, lui parla quelques secondes et lorsque le policier revint vers lui, il fit signe à son confrère et ces derniers amenèrent Yamashita sans ménagement à l'extrémité de la salle où trônait le drapeau du Québec, puis ils le firent assoir sur une chaise en bois inconfortable.

À partir de cet instant, il sut que le reste de l'après-midi serait très long.

Le juge Ouellet ne savait plus à quel saint se vouer. Il s'était rendu à la bibliothèque du Palais de Justice pour consulter la jurisprudence, mais en vain. Il s'était alors tourné vers des collègues plus vieux et ayant plus d'expérience et, malgré son appel à l'aide, il obtenait toujours et encore la même réponse : « aucune idée Pierre, je n'ai jamais vu cela, ou encore c'est la première fois qu'on voit onze jurés transportés à l'hôpital dans de telles circonstances, je ne sais pas quoi te dire, etc ». Et c'étaient les faits !

N'ayant pas d'autre choix, le juge prit alors son courage à deux mains et composa le numéro du poste de son vieil ami, enfin… il espérait qu'il le soit toujours.

— René, c'est Pierre, j'espère que je ne te dérange pas.

— Qu'est-ce que tu veux ?

— René, je m'excuse pour ce matin, mais je n'avais pas le choix.

— Ouais, et maintenant tu veux mon aide, c'est ça ? Et tu crois vraiment que je vais t'aider quand toi tu m'as laissé tomber ?

Sur ces mots, un bruit sec vint mettre fin à la conversation.

— René… René, allo ?

Le juge Roy avait raccroché. C'est ainsi qu'une longue amitié prit fin.

Le juge Ouellet était dévasté. Assis à son bureau, les yeux fermés, la tête entre les deux mains, il essaya de toutes ses forces de ne pas pleurer, mais c'en était trop. La mort des onze jurés, la fin possible de la carrière de son meilleur ami ainsi que de son mariage avaient fait déborder le vase et le firent craquer.

Entre deux sanglots, il revit le désespoir de son confrère lorsqu'il lui avait avoué son infidélité en Thaïlande. À ce jour, ça avait sûrement été la seule fois que son ami avait eu une aventure avec une autre femme que la sienne, mais ça avait été une fois de trop. Et tout cela était de sa faute. Non ! Ce n'était pas sa faute, mais bien celle de Yamashita si une des plus belles carrières de juge et une des plus belles histoires d'amour qu'il ait jamais connues allaient prendre fin abruptement. Mais que pouvait-il faire ? Si ça n'avait été que de lui, il aurait condamné l'accusé à la prison à vie sur-le-champ, sauf que dans les circonstances, la sentence n'aurait pas tenu bien longtemps. L'autre option était d'ordonner la tenue d'un autre procès et de revivre encore une fois un cauchemar.

De plus, les journalistes et les familles des victimes voudraient en savoir plus. La tristesse au ventre, le juge décida de continuer ses appels à l'aide et de garder encore Yamashita sous observation, au moins jusqu'à la fin de la journée. Il espérait secrètement que l'arrestation de Tuzzi mènerait à une confrontation directe. Évidemment, ce serait le scénario idéal. Mais le livreur s'était volatilisé !

160

Jusqu'ici, tout allait bien et le fait d'avoir expliqué son geste au policier lui avait enlevé un poids énorme sur la conscience.

Alors qu'il s'apprêtait à quitter l'homme qu'il avait ligoté, Paolo s'aperçut qu'il avait oublié quelque chose dans sa poche de pantalon. Sans savoir pourquoi, il ne voulait pas s'en séparer. Il revint donc sur ses pas pour le prendre avec lui. Puis, dans le placard, il trouva quelque chose qui ressemblait à un vieux plan du Palais de Justice.

Il l'étudia attentivement. Après quelques minutes à se situer sur le papier, il réussit enfin à repérer le petit bureau. Puis, il pointa la salle d'audience 21-B.

Paolo savait que Yamashita se trouvait toujours dans cette salle. Son seul problème était qu'il ne savait pas comment faire pour s'y rendre sans se faire remarquer. Certes, il pouvait toujours faire un bout de chemin, mais tôt ou tard, il se ferait repérer.

La peur commençait à le tenailler. Il entrevoyait les embûches et, possiblement, le fait de recevoir une balle fatale s'il tentait de fuir. Il regarda sa montre : quinze heures.

Son temps était plus que jamais compté. En regardant attentivement, il entrevit une possible solution. Derrière les salles 21-A et 21-B et C passait un long corridor que les juges empruntaient pour se rendre de leur bureau à la salle d'audience. Entre les salles A et B, il y avait un petit passage qui menait à une sorte de grand placard. Il étudia méticuleusement le plan et se rendit compte que cela correspondait à un monte-plats. Selon le plan, il partait du sous-sol, juste à côté de la cafétéria et se rendait jusqu'au quatrième étage. Il demanda ensuite au policier si le monte-plats était toujours en service. D'un signe de tête, il lui répondit par la positive. Paolo entrevit alors une lueur d'espoir.

À cette heure-ci, le monte-plats devait sûrement être en attente au sous-sol. Tout ce qu'il lui restait à faire était de se rendre à ce petit placard puis à monter jusqu'au deuxième étage.

Mais Paolo se posait d'autres questions. Est-ce que le monte-plats supporterait son poids du sous-sol au deuxième étage ? Et une fois en haut, que ferait-il ? Il ne savait même pas où Yamashita se situait dans la salle.

À cet instant précis, la chance sembla pencher de son côté. Sur la radio du policier, il entendit une conversation mentionnant que l'accusé avait été déplacé dans le coin de la salle, près du drapeau du Québec. Tuzzi reprit son plan, retrouva la salle 21-B, il déplaça son doigt jusqu'au coin de la salle et cria de joie. Il venait de trouver son point d'entrée et par le fait même, le début de la fin pour Yamashita.

Mais il y avait un problème. Comment allait-il se rendre au monte-plats ? Avec la radio qu'il avait prise au policier, il pouvait suivre la progression des recherches en cours pour le retrouver. Les policiers avaient déjà fouillé tout le sous-sol et en étaient maintenant rendus au premier étage. Cela lui laissait un peu de temps pour s'y rendre.

* * *

Yamashita devenait de plus en plus nerveux et en colère. Depuis le début de la journée, rien n'avait fonctionné comme il l'avait voulu. Ces deux mammouths de policiers, comme il les nommait, l'avaient déménagé dans le coin le plus éloigné de la salle sans lui donner la moindre explication. Son avocat semblait maintenant se foutre complètement de lui. Le juge et les deux enfoirés d'inspecteurs de la GNC avaient quant à eux disparu depuis un certain temps. Une fois qu'il serait libre et loin d'ici, il se promit de faire régler son compte à ce Vézina de merde tandis que son acolyte connaîtrait une mort lente et douloureuse.

Depuis que Kurotani et Iwa étaient partis vers l'arrière de la salle, il n'avait plus eu de leurs nouvelles. Il ne savait même pas si le plan de son départ par voie aérienne était au point.

Il avait bien essayé d'engager la conversation avec ses geôliers, mais sans succès. Alors qu'il insistait en leur posant des questions, le plus gros des deux lui broya presque l'épaule sans même sembler forcer, ce qui lui fit fermer le clapet pour de bon.

En repensant à la dernière année, Yamashita dut s'avouer qu'il avait commis plusieurs erreurs, erreurs qu'il avait eu la sagesse d'éviter à Vancouver. Il savait que la perte de sa femme au mois de juillet de l'année précédente et de son fils adoptif au mois de février de cette année l'avait affecté plus qu'il ne l'avait imaginé. C'était comme si une partie de lui était morte, en même temps que sa femme adorée.

S'il sortait libre de ce procès, il se promit qu'il referait sa vie afin de racheter un tant soit peu sa réputation d'honnête homme.

161

Une dernière fois, Paolo étudia son plan pour s'assurer de bien avoir en tête le chemin qu'il devait prendre. Bien malgré lui, il devrait repasser devant la cafétéria en espérant que la caissière ne le reconnaisse pas. De toute manière, avec son déguisement de policier, il avait toutes les chances de circuler sans problème.

Selon le tracé qu'il avait mémorisé, il devrait se rendre dans le corridor à droite de la cafétéria, faire le tour de celle-ci pour revenir à l'arrière, et de là, aller jusqu'à une toute petite salle où étaient entreposés du matériel et des fournitures pour la cafétéria. C'est là qu'il trouverait le monte-plats.

Paolo s'excusa une dernière fois auprès du jeune policier et quitta le bureau. Moins de quatre minutes plus tard, il se retrouva juste devant le monte-plats. Pendant son court trajet, il n'avait rencontré personne.

Il laissa échapper un soupir de soulagement.

Paolo reprit son souffle, puis il regarda de plus près et fut un peu surpris de voir qu'il s'agissait d'un vieux modèle qu'on pouvait faire monter ou descendre à l'aide d'un câble à partir de l'intérieur. Il se demanda alors si le chariot supporterait son poids dans l'ascension des deux étages. N'ayant de toute manière pas le choix, Paolo vérifia que son arme était bien chargée et que le cran de sûreté était toujours en place. Il fit une courte prière en demandant au Seigneur et à sa femme de veiller sur son fils.

Sa prière terminée, il s'appuya contre le mur, les mains tremblantes et moites et il sentit de grosses gouttes de sueur couler le long de son échine.

Avant aujourd'hui, Paolo n'avait jamais été une menace pour qui que ce soit. À la suite d'une décision qui n'avait pas été sienne, les conséquences de ses actes avaient mené à l'hospitalisation d'urgence de plusieurs personnes. Mais aujourd'hui, il allait rectifier le tir. Plus personne ne déciderait pour lui, même si le prix à payer était la mise à mort d'Hiro Yamashita.

Paolo ferma les yeux après s'être approché de la porte coulissante du monte-plats, compta jusqu'à trois puis il pénétra dans l'espace restreint en s'assoyant en petit bonhomme. Il referma la porte en poussant un autre grand soupir. Sans perdre un instant, il commença à faire monter le chariot lentement mais sûrement vers le deuxième étage.

* * *

Vézina et Tanaka suivaient par radio l'évolution des recherches. Le sous-sol n'avait rien donné, aucune trace du suspect. Les fouilles en étaient maintenant au premier étage.

Tanaka se demandait si Tuzzi n'avait pas trouvé le moyen de s'échapper.

— Mais comment ? demanda Vézina.

— Peut-être a-t-il trouvé un déguisement ! suggéra Tanaka.

— Même si c'était le cas, personne n'a été autorisé à quitter le bâtiment. Et même s'il avait pu quitter l'édifice, je ne crois pas qu'il l'aurait fait. Celui qui a fait assassiner sa femme se trouve toujours ici. Les chances que Tuzzi veuille rendre justice lui-même sont très bonnes.

— Je ne vois pas comment il pourrait réussir. Il n'y a que deux accès à la salle d'audience et ils sont bien gardés, même chose pour Yamashita. Il ne peut quand même pas arriver armé comme Rambo et faire son chemin jusqu'à lui en abattant tout le monde.

— Je sais Rémi, mais on ne connaît pas le degré de motivation de Tuzzi. Jusqu'où est-il prêt à aller dans sa vengeance ? À ce que je sache, il n'a téléphoné à personne pour dire qu'il voulait tuer Yamashita. Le seul soupçon que nous ayons, c'est qu'il a empoisonné les jurés. La raison nous est inconnue, pour l'instant.

Vézina ne répondit rien, sachant très bien que son ami avait raison. Quelque chose continuait de le tracasser, mais quoi ?

L'inspecteur Vézina repensa à ce qu'il avait appris sur la mort de l'épouse de Tuzzi. Il ne comprenait pas pourquoi il n'avait pas reçu de renseignements supplémentaires de la police. Il avait bien demandé à ce qu'on le tienne au courant de l'enquête. Son flair de policier lui disait qu'il y avait anguille sous roche.

Il téléphona donc au poste de police et demanda à parler à la personne à qui il avait demandé d'envoyer une voiture au domicile des Tuzzi. L'officier de quart lui répondit qu'il ne comprenait pas sa question.

— Inspecteur Vézina, à quel appel faites-vous référence ? demanda le sergent Delisle.

— Comment ça à quel appel je fais référence ! Celui que j'ai fait moi-même voilà un peu plus d'une heure. J'ai demandé qu'une voiture soit envoyée au domicile de Paolo Tuzzi. Quelques minutes plus tard, on me rappelait pour me dire que sa femme avait été assassinée et violée. Maintenant, vous me demandez de quel appel je parle !

— Inspecteur, ne vous énervez pas.

— Je suis un peu pressé par le temps. Le mari de la victime est quelque part dans le bâtiment et nous le recherchons activement pour lui poser quelques questions. Mais voyez-vous, nous pensons qu'il a été piégé par quelqu'un du clan Yamashita et que ce dernier a fait assassiner sa femme. Nous pensons également que Tuzzi est déjà au courant de la mort de celle-ci, ce qui nous laisse croire qu'il voudrait peut-être faire justice lui-même. Alors, si je pouvais avoir plus de détails sur les circonstances de la mort de madame Tuzzi, ça pourrait nous être utile.

— Un instant inspecteur, c'est moi qui suis de garde depuis ce matin et c'est la première fois que je vous parle ou que j'entends parler d'un meurtre commis dernièrement dans notre secteur. Est-ce que vous avez encore l'adresse du suspect ? Je vais vérifier si quelqu'un d'autre a pris l'appel à ma place, on ne sait jamais.

Vézina donna l'adresse à l'officier de garde et ce dernier revint quelques instants plus tard.

— Inspecteur, je suis confus. J'ai entré l'adresse que vous m'avez donnée et c'est bien celle de Paolo Tuzzi, mais dans notre registre, aucune voiture n'a été envoyée sur place et nous n'avons aucun rapport de meurtre ou d'autres problèmes provenant de cette adresse. Je ne sais pas quoi dire. Est-ce que vous vous souvenez du nom de la personne à qui vous avez parlé ? demanda le sergent Delisle.

— Non, je ne sais même pas si elle s'est nommée.

Après quelques secondes d'hésitation de la part du sergent Delisle, il dit :

— Vous avez dit « elle », or nous n'avons aucune femme en poste aujourd'hui. Êtes-vous bien certain que c'était une femme ?

— Une minute, c'est quoi ce bordel ? La première fois que j'ai appelé, j'ai parlé à une femme. Je lui ai demandé d'envoyer une voiture au domicile des Tuzzi le plus rapidement possible. Je lui ai même donné le numéro de mon cellulaire pour qu'elle puisse me rappeler. À peu près dix minutes plus tard, la même femme me rappelait pour me dire que l'épouse de Tuzzi avait été trouvée morte à son domicile et qu'il y avait deux voitures de police sur place. Même l'équipe en scène de crime était en route. Elle m'a promis qu'elle me rappellerait un peu plus tard pour me tenir au courant. Cela fait déjà plus d'une heure maintenant, et là, vous me dites que personne n'est mort ?

— Je n'ai pas dit que personne n'était mort, j'ai juste dit que nous n'avons envoyé aucune voiture, car nous n'avons reçu aucune demande à cet effet. Comme je vous l'ai aussi mentionné, nous n'avons aucune femme en service aujourd'hui.

Vézina fit fonctionner son cerveau au quart de tour. Il ne comprenait pas ce qui se passait.

— Sergent Delisle, nous avons un gros problème : quelqu'un chez vous a fait croire à mon suspect et à moi-même que sa femme avait été assassinée et violée sauvagement.

— Mais c'est impossible, se défendit le sergent Delisle. Je suis ici depuis dix heures ce matin et c'est la première fois que je vous parle.

Ce que le sergent Delisle et l'inspecteur Vézina ignoraient était que le clan Yamashita avait réussi, grâce à un crack en informatique, à s'introduire dans le système téléphonique du poste de police.

Lorsqu'il avait intercepté l'appel placé via le cellulaire de l'inspecteur Vézina, il avait court-circuité ledit appel.

— Alors, je vais faire envoyer tout de suite des voitures à l'adresse que vous m'avez donnée, et…

— Non sergent, attendez. S'ils ont réussi à nous berner de cette façon sans que l'on s'en aperçoive, c'est qu'ils sont très bien organisés. Envoyez deux voitures banalisées, et surtout, qu'elles restent hors de vue du domicile des Tuzzi. Je vais faire envoyer l'équipe tactique de la GNC sur place. Je sais qu'ils sont déjà en attente.

— Très bien inspecteur. Voulez-vous que mes hommes interviennent ? demanda le sergent Delisle.

— Non. Qu'ils restent en retrait. Et sergent, pas besoin d'alerter tout le poste sur l'opération. Restreignez l'information le plus possible. On ne sait pas qui sont les méchants et s'ils sont toujours sur place.

— Très bien inspecteur. Si vous avez besoin d'aide, nous serons là !

— Je sais. Merci sergent.

Vézina raccrocha et alla directement au bureau du juge Ouellet.

162

Il était à bout de souffle. Il avait également la sensation d'avoir les avant-bras en feu, gracieuseté des efforts surhumains qu'il avait dû fournir pour faire monter le monte-plats du sous-sol jusqu'au deuxième étage.

Non sans peine, il réussit à extraire sa longue carcasse hors du chariot. Une fois sorti, il s'assit le plus loin possible de la porte donnant sur le couloir, le dos appuyé contre le mur. Il avait maintenant besoin d'une bonne pause.

Sans même prendre la peine de compter, Paolo savait que son cœur battait à une vitesse supersonique. Ses battements résonnaient tellement fort qu'il n'était pas certain des bruits qu'il entendait autour de lui. Le son de chacune des contractions de ses ventricules cardiaques lui martelait les oreilles.

Pendant qu'il essayait de reprendre son souffle, Paolo eut une pensée pour sa femme assassinée. Il avait beau essayer de s'imaginer sa Rosita, belle et sexy, la rage et la haine qu'il éprouvait à l'encontre de Yamashita bloquaient chaque synapse de son cerveau, l'empêchant de faire surgir du fond de sa mémoire et de son cœur l'image de sa femme.

La colère le consumait de l'intérieur.

Pourquoi avait-il fallu qu'il mette les pieds dans ce satané resto-bar pour jouer au poker ?

Combien de fois sa femme lui avait-elle demandé d'arrêter de jouer ? Ils n'étaient pas riches. Le peu d'argent qu'ils avaient, ils devaient y faire attention. Leur fils grandissait à vue d'œil et les études coûteraient cher. Ils ne pouvaient se permettre de tout perdre, surtout pour rembourser ses dettes de jeu.

— Tu as raison mon amour, je vais arrêter, je te le promets, cette fois c'est vrai.

Et lui, qu'avait-il fait ? Il continuait à jouer et à perdre beaucoup, beaucoup d'argent. Rosita continuait à l'encourager à arrêter avant qu'il ne soit trop tard.

Maintenant, il était trop tard.

Par sa faute, sa Rosita était morte. S'il devait survivre à cette journée, comment pourrait-il regarder son fils dans les yeux sans se sentir coupable. Comment lui faire comprendre qu'il n'avait pas fait exprès, qu'il était tellement désolé ?

Après s'être un peu calmé, Paolo s'essuya les mains sur son pantalon. Depuis qu'il était arrivé au deuxième, la nervosité lui rendait les mains moites. La sueur sur son front était quasi permanente.

Vérifiant que son arme était toujours à sa ceinture, il s'approcha de la porte donnant sur le corridor. Avec maintes précautions, Paolo regarda à droite et à gauche, s'assurant que personne ne venait dans sa direction. Rassuré, il revint sur ses pas.

Paolo s'approcha cette fois de la petite porte qui donnait accès à la salle d'audience derrière le drapeau du Québec.

Il entendit le brouhaha de la salle d'audience et son pouls s'accéléra aussitôt. Il ferma les yeux en se disant que tout allait bien se passer et que tout serait terminé d'ici quelques minutes. Paolo consulta le croquis du plan qu'il s'était fait juste avant de partir du bureau.

Pile au bon endroit.

Il n'y avait plus qu'une porte et un drapeau qui le séparait de Yamashita et de son destin.

163

Une fois qu'il eut mis fin à sa conversation avec le sergent Delisle, Vézina fit signe à Tanaka de le suivre et partit en direction du bureau du juge Ouellet.

Sans prendre le temps de s'asseoir, Vézina expliqua au juge et à son ami ce qu'il avait appris quelques minutes plus tôt.

Vézina répondit à quelques questions du magistrat puis fut interrompu dans ses explications par son confrère.

— Votre Honneur, Rémi ! J'aimerais m'excuser pour tout ce qui arrive aujourd'hui. J'en prends l'entière responsabilité.

Le juge et le policier québécois se regardèrent sans rien comprendre ce que Tanaka disait.

— Yamashita nous a royalement baisés. J'aurais dû voir venir le coup. Je le connais quasiment comme le fond de ma poche et je n'ai rien fait pour l'empêcher de détruire la vie de tous ces honnêtes citoyens. Le procès se déroulait trop bien. Ce salaud nous a endormis et j'ai baissé ma garde. Par ma faute, onze jurés sont morts.

— Inspecteur Tanaka ! s'écria le juge. Personne, vous m'avez bien entendu, personne ne pouvait prévoir ce que ce salaud allait faire. Vous avez bien beau le connaître à fond, vous n'êtes pas dans sa tête, vous ne pouviez donc pas deviner ce qu'il ferait ou ne ferait pas. Alors, je ne veux plus entendre d'excuses de votre part. Ce n'est pas de votre faute. Me suis-je bien fait comprendre, inspecteur Tanaka ?

— Oui votre Honneur, merci de votre confiance.

— Rémi, avez-vous besoin de moi maintenant pour l'enquête ? demanda le juge Ouellet, qui était passé près de s'emporter contre Tanaka.

— J'aimerais envoyer notre équipe tactique au domicile des Tuzzi, précédée d'un éclaireur en civil.

— Bonne idée, intervint le juge. Je vais faire les arrangements.

Pendant que le juge Ouellet téléphonait au commandant du groupe tactique pour qu'il prépare ses hommes, les deux policiers de la GNC discutèrent de ce qu'ils venaient tout juste d'apprendre.

— Je ne comprends plus rien Bill. Pourquoi faire croire à Tuzzi que sa femme est morte ?

— Mets-toi à la place de Yamashita. Son plan est ingénieux !

— Comment ça ?

— Pour une raison que j'ignore, quelqu'un chez Yamashita semble avoir coincé Tuzzi avec ses dettes de jeu. Selon son patron, il devait un bon paquet de fric. Donc, ils le menacent de je ne sais trop quoi, puis le pauvre type, n'ayant pas le choix, place quelque chose dans la nourriture des jurés et hop, ils effacent sa dette comme par magie. Il sait que c'est lui qui les a tués et en plus, il apprend que sa femme vient d'être assassinée et violée. Si tu étais à sa place, que ferais-tu ? Tu sais que le salaud est toujours dans la bâtisse. Quelle serait ta réaction Rémi ? Tu n'as rien à perdre ! Tu voudrais sûrement te venger et tuer ce monstre.

— Mais pourquoi faire tout cela à Tuzzi ? demanda Vézina.

— C'est simple comme bonjour. Imagine Tuzzi qui arrive dans la salle d'audience. Le type a le cœur brisé par la mort brutale de sa femme, par son viol. Il est en rogne, le feu brûle dans ses yeux. Tu vois qu'il n'est plus là mentalement. Tout ce qu'il veut c'est débarrasser la terre de cette créature qu'est Hiro Yamashita. Crois-tu pouvoir l'en dissuader ? Alors, un policier un peu nerveux qui tient Tuzzi en joue appuie sur la gâchette et l'abat. Un des problèmes de Yamashita est réglé. Celui qui était censé l'aider, sans le vouloir, à faire annuler le procès est maintenant mort. Qui pourra témoigner et dire que ce sont les yakuzas qui sont responsables de tout ce cirque ?

— Je crois que tu pourrais avoir raison Bill. Alors maintenant, que fait-on ? Nous sommes incapables de trouver Tuzzi. Est-ce que sa femme est vraiment morte ou toujours en vie ? La réponse à ces questions nous les aurons lorsque nous tiendrons Paolo Tuzzi.

— Rémi, je m'excuse de vous interrompre. Tout est arrangé avec l'EIT, une équipe se dirige sur place au moment où l'on se parle. Ils attendront vos ordres.

— Merci votre Honneur.

— Rémi, intervint Tanaka, je dois me rendre sur place moi aussi, je veux dire chez Paolo. Je connais les yakuzas, je pourrai les identifier si je les vois. Je suis mieux placé que les policiers d'ici pour les affronter.

— Bill, si tu les connais, ils te connaissent aussi, c'est du suicide pur et simple, lui rétorqua Vézina.

— Non, je vais m'habiller comme un des cuisiniers du restaurant où travaille Paolo. J'ai vu qu'il y avait un Asiatique parmi le personnel. Je vais pouvoir facilement passer pour lui.

— C'est bien trop risqué Bill.

— On n'a pas le choix Rémi, on doit présumer que sa femme est toujours vivante. Si on réussit à la ramener ici, on aura des chances d'empêcher Paolo de faire une connerie. Je ne vais pas aller m'exposer comme ça pour rien. Tu sais que j'ai raison.

— D'accord, va voir et tu m'appelles dès que tu as des nouvelles.

— Promis.

Tanaka partit donc au restaurant où travaille Paolo afin d'emprunter un des uniformes de cuisinier. De là, il se rendit au domicile des Tuzzi.

À deux coins de rue de chez les Tuzzi, il y avait un parc. Les deux voitures de police demandées par l'inspecteur Vézina y étaient stationnées et attendaient qu'on leur fasse signe.

Une fois sur place, Tanaka alla directement retrouver l'officier commandant l'équipe d'intervention tactique. Ce dernier le mit au courant de ce qu'il savait, c'est-à-dire, pas grand-chose. Ses hommes et lui étaient à sa disposition.

Tanaka, qui était arrivé avec son auto de location, donna ses instructions autant aux policiers municipaux qu'à ceux de l'EIT. Une fois tout le monde sur la même longueur d'onde, Tanaka vérifia son arme et son déguisement, puis il fit signe au commandant de l'EIT qu'il se mettait en route pour la maison des Tuzzi.

164

Après s'être assuré qu'il n'y avait personne dans le corridor, Paolo revint près du monte-plats pour se calmer. Il ferma les yeux et sans le vouloir, le film de sa vie se mit à tourner dans son cerveau. Il se dit qu'il devait être en train de mourir… Un bruit dans l'escalier le fit sursauter. Il se frotta les yeux, regarda autour de lui ne sachant plus où il était, puis la mémoire lui revint. Immédiatement, il porta la main à son arme dont la présence le rassura. Combien de temps avait-il été perdu dans ses pensées ? Il regarda sa montre, quinze heures vingt.

Paolo se redressa et fit quelques flexions pour se dégourdir les jambes. Se sentant alerte, il se rapprocha encore une fois de la porte à travers laquelle il entendait toujours le bruit provenant de la salle. Yamashita devait encore y être à attendre sa libération ou de tenter de s'évader.

Paolo l'aurait reconnu coupable du meurtre de son épouse ainsi que des jurés, et par-dessus tout, coupable d'avoir gâché la vie de toute sa famille. Ne restait plus maintenant qu'à exécuter la sentence.

Paolo tourna doucement la poignée de la porte pour s'assurer qu'elle n'était pas verrouillée. Satisfait, il sortit son arme, enleva le cran de sûreté et fit monter une cartouche dans la chambre.

Avant de s'élancer, Paolo sortit la photo de sa femme et de son fils qu'il traînait en permanence dans son portefeuille. Alors qu'il regardait sa Rosita, une grosse larme coula sur sa joue et vint se déposer sur l'image de sa femme, laissant un grand cercle humide sur la photo. Avec la manche de sa chemise, il essuya la goutte, puis pour la dernière fois, il embrassa sa femme et son fils.

Après avoir glissé la photo dans une poche de sa veste, Paolo prit une grande inspiration, son arme pointée devant lui vers le haut, s'avança jusqu'à la porte le séparant de la salle d'audience et tourna encore une fois la poignée, mais cette fois en poussant doucement sur la porte qui s'ouvrit sans faire de bruit.

* * *

Pendant que Tanaka se dirigeait tranquillement vers la maison de Paolo Tuzzi, l'officier responsable de l'EIT, le commandant Grondin, regardait avec de puissantes lunettes d'approche la maison des Tuzzi ainsi que les alentours. N'ayant observé aucun mouvement suspect, Grondin donna à Tanaka l'autorisation pour l'approche finale.

Afin que l'équipe de l'EIT puisse suivre et entendre la progression de l'inspecteur de la GNC, Tanaka avait été équipé d'un émetteur-récepteur qui leur permettrait de communiquer plus librement.

C'est ainsi que Tanaka expliqua, à voix basse, son approche du domicile des Tuzzi.

Une fois arrivé, Tanaka gravit les quelques marches menant à la porte d'entrée avant. L'inspecteur sonna deux coups et attendit deux minutes avant de répéter son geste une autre fois. N'obtenant aucune réponse et ne pouvant rien voir depuis la fenêtre de la porte, il rebroussa chemin et partit vers l'arrière de la maison. Tout au long de son court trajet, Tanaka décrivait ce qu'il voyait au commandant Grondin.

Après avoir refermé la porte de la clôture en bois, Tanaka s'arrêta quelques secondes et regarda attentivement ce qui l'entourait, tentant de détecter tout mouvement suspect. Rassuré, il s'aventura sur le patio comme s'il marchait dans un champ de mines.

Les rideaux de la grande porte-fenêtre étaient fermés. Il lui était donc presque impossible d'apercevoir quoi que ce soit à l'intérieur. Comme le lui avait conseillé le commandant Grondin, il n'essaya pas d'ouvrir les portes ou les fenêtres tant qu'elles n'auraient pas été vérifiées par ses hommes.

Tanaka se déplaça sur sa droite où se trouvait la première fenêtre. Contrairement à la porte-fenêtre, le policier fut en mesure de voir ce qui semblait être la chambre du fils de Tuzzi avec son petit lit et ses jouets bien rangés.

Mais personne en vue.

Se déplaçant encore une fois vers la droite, Tanaka se retrouva cette fois devant la chambre principale.

Lorsqu'il regarda à l'intérieur, son cœur se mit à battre la chamade. Deux corps étaient étendus sur le ventre, les mains attachées dans le dos. D'où il se tenait, il lui était impossible de savoir si les deux femmes étaient toujours vivantes.

Sans s'en rendre compte, Tanaka avait dégainé son arme et averti Grondin de sa découverte.

Moins de soixante secondes plus tard, Grondin et ses hommes prirent la maison d'assaut et passèrent l'extérieur au peigne fin à la recherche d'explosifs. Aussitôt qu'il reçut la confirmation que tout danger était écarté, Tanaka et quelques policiers de l'EIT investirent l'intérieur.

Tanaka aurait voulu aller directement à la chambre principale, mais Grondin lui fit signe de rester en retrait, le temps que ses hommes puissent vérifier chacune des pièces. Une fois rendu à la dernière chambre, Tanaka reçut le feu vert et se précipita auprès de la femme de Paolo Tuzzi. Les deux femmes étaient ligotées et bâillonnées solidement. Aussitôt qu'il les toucha, elles se mirent à se débattre farouchement et à essayer de crier. Tanaka se présenta comme étant de la police et leur dit qu'elles n'avaient plus rien à craindre, qu'il venait pour les libérer. Les deux femmes se calmèrent un peu, mais restèrent méfiantes, l'inspecteur étant japonais tout comme leurs ravisseurs. Lorsqu'elles aperçurent les ambulanciers arriver, elles surent qu'elles étaient vraiment sauvées et se mirent à pleurer. Libérées de leurs entraves, la mère et la fille se serrèrent l'une et l'autre. L'inspecteur Tanaka leur demanda où était le garçon. La femme de Paolo répondit qu'il avait mangé à l'école ce midi et qu'après la classe, il devait aller à une fête donnée chez un de ses amis. Tanaka fut soulagé de savoir que le fils de Paolo était sain et sauf et surtout, en sécurité.

Avant de poursuivre avec le récit des deux femmes, il se devait d'annoncer la bonne nouvelle à Vézina.

— Rémi, la belle-mère et l'épouse de Paolo sont saines et sauves. Les ambulanciers sont en train de vérifier leurs signes vitaux et de s'assurer qu'elles n'ont rien de grave, seulement une bonne frousse.

— Très bien Bill, bonne nouvelle. Est-ce que tu peux ramener Rosita ici le plus vite possible ?

— Pas de problème, nous partons dans cinq minutes et avec une escorte policière. Nous serons sur place en moins de cinq. Rémi, peux-tu envoyer quelqu'un chercher leur fils et s'assurer qu'il est en sécurité ?

— Une équipe vient tout juste de partir pour le cueillir ! répondit Vézina.

— Avez-vous trouvé Paolo ? demanda Tanaka.

— Non, mais ça ne saurait tarder. Nous avions raison à propos de Paolo; nous venons de découvrir un policier dans le bureau des gardiens au sous-sol. Tuzzi l'avait solidement attaché à une chaise et bâillonné. Il s'est déguisé en policier et a trouvé une arme dans l'armurerie qui, tiens-toi bien, n'était même pas verrouillée ! Il est parti avec un Glock pour être plus précis. Il a ensuite expliqué au policier pourquoi il devait abattre Yamashita, ce qui confirme notre hypothèse. De plus, Tuzzi a trouvé un vieux plan du Palais de Justice. Il sait donc par où passer pour se rendre à Yamashita. J'ai immédiatement envoyé quelques hommes le coincer et j'ai aussi fait déplacer Yamashita.

— Parfait ! Rémi, les ambulanciers me font signe que les deux femmes sont en bonne santé. Je demande à Rosita de s'habiller et nous vous retrouvons dans quelques minutes.

— Aussitôt que vous arrivez, venez nous rejoindre au bureau du juge au deuxième étage.

— Parfait Rémi, nous arrivons.

L'inspecteur Vézina appela le juge Ouellet à son tour pour lui annoncer que la femme de Paolo Tuzzi était vivante et en bonne santé et qu'à la minute même où ils se parlaient, l'inspecteur Tanaka et Rosita Tuzzi étaient en route pour le Palais de Justice.

Vézina espérait que s'ils retrouvaient Paolo, son épouse pourrait le convaincre de se rendre et ainsi l'empêcher de poser des gestes qu'il pourrait regretter plus tard.

165

Paolo entrouvrit doucement la porte, sans bruit. Il passa la tête de l'autre côté du mur en s'assurant de ne pas toucher au drapeau et ainsi signaler sa présence.

Si le drapeau empêchait les personnes présentes dans la salle de le voir, il avait aussi le désavantage de l'empêcher lui, de repérer sa cible. D'où il se tenait, il pouvait apercevoir les gardes armés, mais sans voir précisément où était assis Yamashita. Paolo se déplaça légèrement de quelques centimètres sur sa droite pour essayer d'avoir une meilleure vue sur la salle et surtout sur le diable.

Il savait qu'il n'aurait qu'une chance, alors mieux valait ne pas la rater.

Alors qu'il s'apprêtait à passer à l'action, Paolo aperçut du coin de l'œil que les policiers s'agitaient près de l'entrée de la salle d'audience.

Pris de panique, Paolo voulut hâter son geste et c'est à ce moment que son sang se figea dans ses veines. Les deux policiers au côté de Yamashita le changeaient encore une fois de place. Le dangereux criminel se dirigeait maintenant vers la porte d'entrée, mais sans toutefois quitter la salle, comme s'ils attendaient un quelconque signal.

Tuzzi était en colère. Il était si près d'accomplir sa destinée.

Que faire maintenant ? Pourquoi Yamashita avait-il été déplacé ? Il n'avait besoin que de trente secondes. « Merde, ils n'avaient pas le droit de me faire ça, les enfoirés ».

Sans perdre un instant et surtout en faisant très attention à ce qu'il faisait, Paolo rebroussa chemin et referma la porte doucement derrière lui, puis il se laissa glisser jusqu'au sol, la tête entre les deux mains, l'air déconfit. Alors qu'il essayait de se calmer, Paolo eut une autre idée. S'il faisait vite et bien, il pouvait repartir par le corridor derrière les salles d'audience et revenir vers l'avant de la salle 21-A.

Avec une serviette en papier qu'il avait trouvée, Paolo essuya la sueur qui perlait sur son visage. Il réajusta sa cravate, puis plaça sa main droite à sa ceinture et se rappela que le cran de sûreté de son arme était toujours enlevé.

Paolo prit de grandes inspirations et s'élança dans le corridor. Son premier réflexe avait été de partir en courant, mais l'éventualité de rencontrer un autre policier ou pire, d'arriver face à face avec l'inspecteur Vézina lui fit opter pour la voie de la prudence. Il ralentit donc le pas et y alla en marchant. Le trajet lui prit moins de deux minutes.

Avant de tourner à gauche pour s'engager dans le dernier corridor menant à la salle d'audience du procès Yamashita, Paolo regarda derrière lui pour s'assurer que le gardien avec qui il avait discuté quelque instant plus tôt ne revenait pas sur ses pas. D'une démarche normale, il se dirigea tranquillement vers la salle 21-A.

En arrivant à quelques mètres de sa destination, un policier venait tout juste de se placer sur le seuil de la porte, tournant le dos à Tuzzi, ce qui lui permit de se rapprocher encore un peu plus. Dans un mouvement fluide, il sortit son arme et la tint derrière sa cuisse droite, bien à l'abri des regards. Après un dernier coup d'œil derrière lui, il avança tout doucement, sans gestes brusques. C'est à ce moment qu'il aperçut le diable. Ce dernier avait l'air de quelqu'un qui attendait le jour du Jugement dernier. « Eh bien, il n'aurait plus à attendre très longtemps », se promit-il.

La tête bien haute, Paolo Tuzzi pénétra dans la salle d'audience 21-A.

166

Yamashita resta surpris lorsque ses deux gardiens lui demandèrent de se lever. Le plus vieux des deux limiers lui passa les menottes aux poings et aux pieds et le fit avancer lentement vers l'entrée de la salle.

Son avocat, qui discutait avec son assistant, se rendit compte que son client était escorté encore une fois. Me Renaud vint donc rejoindre les policiers et leur demanda gentiment des explications. Le policier lui répondit que l'ordre venait du juge Ouellet et qu'on le transférait dans un lieu tenu secret. Me Renaud s'opposa avec véhémence à ce transfert. Personne ne l'ayant averti, il demanda à voir le juge Ouellet sur-le-champ. Ce dernier accepta de rencontrer les deux avocats pendant quelques minutes.

Le magistrat leur expliqua la situation de Paolo Tuzzi et le fait qu'on lui ait fait croire que son épouse était morte. Les inspecteurs chargés de l'enquête craignaient qu'il veuille se venger et qu'il abatte Yamashita. Étant donné que Tuzzi demeurait introuvable, il avait décidé de transférer l'accusé pour assurer sa sécurité, même s'il ne le méritait pas. De plus, ce transfert avait principalement comme but d'assurer la sécurité des gens dans la salle. Peu satisfait des explications du juge, maître Renaud retourna auprès de son client pour lui expliquer les raisons de son transfert, mais sans lui donner tous les détails : ordre formel du juge.

Yamashita voulut rouspéter, mais les policiers ne lui en donnèrent pas l'occasion. Ils continuèrent donc à avancer vers l'entrée de la salle lorsque le yakuza s'arrêta soudainement. N'ayant pas vu son prisonnier s'arrêter brusquement, le policier n'eut pas le temps d'éviter le Japonais et le bouscula sans faire exprès.

— Hé bordel ! Regarde où tu marches !

Yamashita ne répondit même pas tellement il était abasourdi. Il crut même avoir aperçu un fantôme. Il ferma les yeux quelques secondes et lorsqu'il regarda de nouveau, ils étaient bien là : l'inspecteur Tanaka et la femme de Paolo Tuzzi.

Ils longeaient l'allée près du mur en se dirigeant directement vers le bureau du juge. Yamashita n'en croyait pas ses yeux. Il avait espéré que tout soit arrangé pour qu'elle ne soit retrouvée que beaucoup plus tard.

Encore une fois, il avait sous-estimé son vieil ennemi, l'inspecteur Tanaka.

Le yakuza n'avait pas encore repris ses esprits que la réalité vint le frapper en plein visage encore une fois. Tout son plan diaboliquement organisé commençait à tomber à l'eau. Tout le travail effectué par Kurotani et Iwa était réduit à néant avec l'arrivée de la femme de Tuzzi.

Pendant un bref moment, Yamashita croisa le regard de ses subordonnés et réalisa qu'eux aussi avaient aperçu Tanaka revenir avec l'Italienne. Il aurait aimé pouvoir leur parler, ne serait-ce que quelques minutes, sauf qu'il savait d'avance que c'était peine perdue de demander la permission à ses deux gorilles.

Pour la première fois depuis le début du procès, Yamashita ressentit la peur, la peur de devoir passer le reste de ses jours derrière les barreaux. Il doutait maintenant de ses chances de sortir libre.

Alors que ses gardiens attendaient le signal pour quitter la salle d'audience, il pensa que tout ce qu'il manquait était que Tuzzi se rende à lui et lui loge une balle entre les deux yeux.

Le yakuza ne pouvait pas espérer une fin plus douce... L'autre scénario le laisserait pourrir en cellule jusqu'à la fin de ses jours.

167

Aussitôt que Tanaka et Rosita Tuzzi arrivèrent au bureau du juge Ouellet, ce dernier fit asseoir la femme de Paolo sur le sofa et lui offrit un grand verre d'eau glacée.

Après les présentations, l'inspecteur Vézina expliqua rapidement à Rosita la situation précaire dans laquelle son mari s'était placé.

Elle n'arrivait pas à croire que son Paolo puisse être capable de faire les atrocités dont on l'accusait. Rémi lui prit les mains et la regarda dans les yeux.

— Rosita, nous n'avons pas encore tous les détails, nous commençons tout juste à comprendre dans quel genre d'engrenage Paolo a été pris. Je ne peux pas vous en dire plus, car nous n'en savons pas plus. C'est pourquoi nous devons retrouver Paolo avant qu'il ne commette quelque chose d'irréparable. Nous allons vous garder ici jusqu'à ce que nous ayons retrouvé votre mari. Ne vous inquiétez pas pour votre fils, votre mère est partie le chercher avec deux policiers. Ils seront en sécurité jusqu'à ce que tout ceci soit terminé.

— Merci monsieur Vézina, répondit Rosita en versant quelques larmes.

Sans frapper à la porte du bureau du juge, le greffier entra dans le bureau tout énervé.

— Inspecteurs, nous venons de retrouver Tuzzi, ou je devrais dire, il vient de nous retrouver.

— Quoi ? Où ? demanda Vézina.

— Ici monsieur. Il est à la porte d'entrée de la salle d'audience, il est armé et il tient l'accusé en joue.

— Merde de merde ! s'exclamèrent en même temps les deux inspecteurs.

— Votre Honneur, j'aimerais que vous restiez ici avec Rosita, demanda Vézina.

— Viens Bill, allons voir ce qu'on peut faire.

— Inspecteur Vézina ?

— Oui, Rosita.

— Ramenez-moi mon mari vivant s'il vous plaît.

— Nous allons tout faire pour qu'il en soit ainsi.

* * *

Vézina et Tanaka quittèrent le bureau du juge et se dirigèrent sans perdre une seconde vers la salle d'audience. Une fois arrivés sur le seuil de la porte donnant sur l'arrière du banc du juge, les deux inspecteurs de la GNC s'arrêtèrent pour évaluer rapidement la situation.

La scène qui s'offrait à leurs yeux était simple : Paolo Tuzzi, habillé en policier, tenait en joue Hiro Yamashita. Tuzzi avait aussi averti les deux policiers près du yakuza de laisser leurs mains bien en vue et de ne rien tenter de stupide sinon, il n'aurait pas d'autre choix que de se défendre.

Vézina, qui avait remarqué la radio accrochée à la ceinture de Tuzzi, demanda à tous les policiers disponibles de bien vouloir se regrouper devant la salle du procès Yamashita. Il mentionna également, au cas où Paolo aurait laissé sa radio ouverte, de laisser leur arme dans leur étui. Vézina remarqua aussi que, pour quelqu'un n'ayant pas l'habitude des armes à feu, Tuzzi semblait en contrôle de lui-même.

Pendant que Vézina demandait des renforts, Tanaka observait Tuzzi, mais plus particulièrement Yamashita.

Depuis qu'il pourchassait le grand yakuza, Tanaka n'avait jamais eu vent qu'un particulier l'ait menacé à bout portant comme le faisait maintenant Tuzzi. Il y avait bien eu la mafia chinoise voilà plusieurs années à Vancouver, mais c'était dans le cadre d'une guerre de territoire.

Le vieux Japonais semblait… absent, comme s'il attendait ou espérait que Tuzzi appuie sur la détente. Il ne parlait pas, ne faisait aucun geste pour convaincre son assaillant de rendre les armes. D'une certaine façon, s'en était presque drôle de voir ces deux antagonistes s'affronter.

Le policier québécois s'apprêtait à avancer lorsque son confrère fit quelques pas dans sa direction et lui demanda d'aller chercher Rosita et de l'amener ici. Vézina comprit immédiatement ce que Tanaka avait en tête.

Les mains en l'air et bien visibles, l'inspecteur japonais s'approcha de Tuzzi tranquillement, s'assurant de toujours rester dans son champ de vision. Il ne voulait pas forcer l'Italien à tourner la tête pour le suivre.

Les policiers esquissèrent le geste de sortir leur arme, mais Tuzzi leur fit changer d'idée en les menaçant à tour de rôle.

Les témoins retenaient leur souffle. On aurait pu deviner, à leur expression, que la majorité d'entre eux espéraient que l'individu qui menaçait Yamashita fasse feu et mette ainsi fin à un procès impossible à conclure. Lorsque la Justice est à ce point vulnérable au chantage d'un tel homme, comment peut-elle protéger les honnêtes citoyens ?

168

Tanaka s'approcha encore un peu plus près, toujours en gardant ses deux mains bien en vue.

— Paolo, je m'appelle Bill Tanaka et je suis inspecteur à la GNC. Avant tout, je veux vous dire que votre épouse n'est pas morte, elle va très bien. Elle est même ici, avec nous, reg….

— La ferme ! Ma femme est morte assassinée et violée ce matin par un de ces Japonais. Je suis ici pour la venger. La justice ne veut pas faire son travail et se débarrasser d'un monstre comme Yamashita ? Eh bien moi, je vais le faire !

Tanaka fit signe à Rosita de venir plus près de lui.

— Paolo, regardez-moi quelques secondes.

Tuzzi jeta un rapide coup d'œil en direction de Tanaka.

Il sentit son cœur se serrer. « Non, impossible… Rosita ? Mama m'a dit qu'elle était morte. Ça ne peut être qu'un sosie. »

— Non ! Elle a été assassinée par les hommes de Yamashita, je vous l'ai déjà dit.

— Paolo, elle n'est pas morte, je vous le jure. Ce n'était qu'un coup monté pour vous forcer à venger votre épouse. De cette manière, ils espéraient que vous vous fassiez abattre par la police. Ainsi, il y aurait eu un témoin de moins contre eux. Vous n'auriez pas été là pour raconter ce qu'ils vous ont forcé à faire. C'était dans leurs plans pour faire avorter le procès.

Les témoins notèrent le revirement de situation imprévisible, que produisit l'arrivée de Rosita. Le silence de cette seconde où le doute pèse aussi lourd que l'espoir dans la tête d'un désespéré produisit un effet d'une grande intensité. Pas un mot de l'échange entre l'inspecteur Tanaka et Paolo Tuzzi ne fut perdu, pas même une respiration. Décidément, ce n'était pas une cause comme les autres.

— Je ne vous crois pas, vous mentez. Qui me dit que vous n'êtes pas avec eux ? Vous êtes japonais, non ?

— Je comprends votre réticence Paolo, mais je poursuis ce monstre depuis longtemps. J'ai commencé à traquer les yakuzas à Vancouver. Comme vous vous en êtes sûrement rendu compte, ce ne sont pas des enfants de chœur. Je ne peux même pas vous dire tout ce qu'ils ont fait là-bas. Je vais vous confier un secret : c'est Yamashita qui a fait assassiner toute ma famille il y a plusieurs années. Tout cela parce que je m'approchais trop près de ses affaires et que je devenais trop insistant. Il pensait pouvoir m'arrêter en me privant de mon épouse et de mon fils. Eh bien ce fut une grosse erreur de sa part. Ça m'a motivé encore plus. C'est pour ça que je suis ici aujourd'hui. Je veux le voir pourrir en prison pour le restant de ses jours. Et pour mes origines orientales, je tiens à vous préciser que je n'ai absolument rien en commun avec des individus comme eux.

L'inspecteur Vézina se tenait en retrait d'où il donnait ses ordres à ses subordonnés. En aucun cas, on ne devrait ouvrir le feu sans son autorisation.

Vézina voulut faire sortir les personnes se trouvant près de lui, mais Tuzzi ordonna que personne ne quitte la salle.

Tanaka fit alors signe à Rosita de se rapprocher de lui. Il lui murmura à l'oreille de parler à son mari, sans le bousculer. Il était important qu'il puisse entendre sa voix, réaliser qu'elle n'était pas morte.

— Paolo chéri, c'est moi ta Rosita d'amour. Baisse ton arme mon chéri et viens me serrer dans tes bras. Comme tu peux le voir, je suis toujours en vie et en bonne santé. Je n'ai pas été violée. Je t'aime Paolo. Allons-nous-en à la maison.

— Désolé madame, je ne sais pas qui vous êtes, mais vous n'êtes pas mon épouse. Ma Rosita a été assassinée ce matin.

Tanaka comprenait l'incrédulité de Tuzzi, il demanda donc à Rosita de lui dire des choses dont eux seuls étaient au courant et que personne d'autre ne pouvait connaître.

— Paolo, ce matin, lorsque nous étions au lit, tu m'as dit que tu m'aimais gros comme le soleil et ça m'a bien fait rire. Tu m'as ensuite dit que c'était pour cela que j'étais chaude au lit. Tu te rappelles ? Avec ton index de la main droite, tu as écrit mon nom dans mon dos et de l'autre main, tu caressais mes cheveux. Puis Marco est venu nous rejoindre et nous avons ri comme des petits fous. Tu ne peux pas me dire que tu as déjà oublié tout ça.

Tanaka lui fit signe de continuer, elle se débrouillait très bien.

— Juste avant de partir travailler, tu m'as prise dans tes bras et tu m'as promis que personne ne pourrait nous séparer, que nous serions ensemble toute notre vie. Alors s'il te plaît, baisse cette arme et ne laisse pas ce monstre nous séparer.

— Tu n'es pas morte ! Mama m'a dit au téléphone que Marco t'avait trouvée morte et qu'il l'avait appelée… Je ne…

— Non Paolo. Marco n'était pas à la maison, mais à l'école. Ce sont les Japonais qui ont menacé Mama. Elle devait te téléphoner et te faire croire à toutes ces atrocités. Si elle avait refusé de le faire, ils m'auraient tuée. Elle n'a pas eu le choix. Elle était tellement terrorisée qu'elle n'a même pas eu de difficulté à faire ce qu'ils demandaient. Une fois qu'ils ont été satisfaits, ils nous ont attachées et couchées sur le lit. Nous n'avons plus entendu de bruit jusqu'à ce qu'on nous délivre.

Paolo regarda attentivement sa femme, ses yeux bleus comme il n'en avait jamais vu de plus beaux. Avec tout ce qu'elle venait de lui dire à propos de ce matin, il n'y avait plus de doute dans son esprit, c'était bel et bien sa femme qui se tenait devant lui. Malgré le fait qu'il venait de retrouver son épouse bien-aimée, Paolo ne pouvait pas se résigner à laisser tomber les jurés qu'il avait tués. Il espérait seulement que sa femme comprendrait sa position.

Il n'avait pas le choix de terminer sa mission. Il devait racheter ses erreurs.

— Rosita chérie…, poursuivit-il en se mettant à pleurer, te savoir en vie et en santé me comble de bonheur. Mon cœur s'était fissuré en mille morceaux comme une boule de cristal qui se brise sur le sol, à la pensée de vivre sans toi. Mon âme s'était déchirée. Mais maintenant, ce cœur meurtri bat de nouveau et le goût de vivre m'est revenu. Par contre, si je ne venge pas les innocents que j'ai tués, ma vie n'en vaudra plus la peine. Je ne pourrai plus jamais me regarder dans le miroir. Si je ne le fais pas, je sais qu'il va s'en sortir. Même en prison, ce monstre va continuer à tuer et à faire souffrir d'autres familles comme la nôtre. Je m'excuse de tout mon cœur mon amour, mais je dois le faire.

— Paolo, laisse faire la justice. Ce n'est pas à toi qu'il en incombe de jouer les juges. Pense à Marco aussi. Que fera-t-il si tu passes le reste de tes jours en prison ?

Sans tenir compte des paroles de sa femme, Paolo reporta son attention sur Yamashita. Il s'assura pour la énième fois que la sécurité était toujours bien enlevée sur son arme puis il pointa le Glock directement sur le cœur du yakuza.

Le téléphone de l'inspecteur Vézina sonna. Contrarié, il regarda l'afficheur : c'était le laboratoire médico-légal. Il recula de quelques mètres, s'assurant que Tuzzi ne l'entende pas.

— Oui ? Rémi Vézina !

— Rémi, c'est Roger. Je m'excuse de te déranger, mais j'ai un petit problème avec les analyses que vous m'avez demandées de faire.

— Je ne comprends pas Roger, répondit Vézina sans quitter Tuzzi des yeux.

— J'ai effectué l'analyse des pâtes que les jurés ont mangées et le seul ingrédient étranger aux pâtes que j'ai trouvé est du sucre en poudre.

— Quoi ? Es-tu bien certain ?

— Absolument ! J'ai refait le test trois fois : même résultat.

— Merde ! Ça voudrait dire que ce n'est pas Tuzzi qui a tué les jurés. Mais qui alors ?

— Rémi, il me reste encore les desserts à faire. Nous étions certains que c'étaient les menus contenus dans les thermos.

— Continue à chercher Roger. Ici, nous avons un autre gros problème à régler.

— Très bien. Je rappelle si j'ai du nouveau.

L'inspecteur Vézina n'en croyait pas ses oreilles. Il se rapprocha de Tanaka et lui souffla à l'oreille ce qu'il venait d'apprendre.

Ce dernier le regarda d'une drôle de façon.

— Tu es sérieux Rémi ?

— Jamais été aussi sérieux de ma vie, répondit Vézina.

Tanaka prit Rosita par le coude et ils se rapprochèrent un peu plus de Tuzzi.

— Paolo ! s'écria Tanaka. Paolo, écoutez-moi ! Nous venons de recevoir un appel du laboratoire médico-légal de la GNC. Ce que vous avez mis dans les thermos des jurés n'était que du sucre en poudre, je répète, du sucre en poudre. Vous n'avez pas tué les jurés. On ne connaît pas encore la cause de leur décès, mais nous sommes certains que vous n'en êtes pas responsable.

— Vous mentez. C'est moi qui ai mis le poison, une gelée et de la poudre, je sais que je les ai tués.

— Paolo, avez-vous jeté le sachet ? Où est-il ?

— Il est dans ma poche... Je devais le jeter mais je n'ai pas obéi. Le flacon lui, est déjà aux ordures.

L'hésitation se lisait maintenant sur le front de l'aide-cuisinier. Son regard rencontra celui de son épouse. Ce regard qu'il savait plein d'amour et de tendresse lui disait de ne plus mentir, d'être honnête avec lui-même. Il prit alors le sachet et le lança à Tanaka. Une fois que l'inspecteur eut attrapé la poudre, il fit quelque chose qui glaça le sang de Paolo. Tanaka ouvrit le sachet, se mouilla un doigt qu'il trempa dans la poudre et le lécha.

La femme de Tuzzi s'avança et fit exactement la même chose que Tanaka venait de faire, et ce, sans que personne ne lui demande.

— Non ! Non, Rosita ne fais pas ça, tu vas mourir aussi ! s'écria Paolo.

Trop tard.

— Paolo, ce n'est que du sucre en poudre. Je ne vais pas mourir. Venez y goûter, suggéra Tanaka.

Tuzzi, qui regardait sa femme et le policier, ne savait plus quoi penser. Il venait tout juste de voir sa propre femme manger ce qu'il pensait être le poison qui avait tué les jurés.

— Vous êtes certain que ce n'est pas du poison ?

— Absolument certain, ce n'est que du sucre en poudre.

Paolo se mit alors à pleurer comme un bébé. La main tenant le Glock se mit à trembler. Le policier le plus près s'approcha de lui et sur un signe de l'inspecteur Vézina, il lui retira l'arme des mains. Ce dernier n'offrit aucune résistance. Son épouse s'écarta de Tanaka et partit en courant se jeter dans les bras de son époux.

169

Yamashita n'avait pas réalisé que le scénario de sa mort venait de changer.

Il demanda au gardien qui était à sa gauche si c'était une farce de la part de l'inspecteur Tanaka. Mais lorsque le policier resta silencieux, tout comme son collègue, il réalisa que ce n'était pas une mise en scène. Paolo Tuzzi devait l'abattre ou être abattu.

Et là, la peur s'empara de lui.

— Mais qu'est-ce que vous faites, merde ? Abattez ce fou furieux ! cria-t-il en panique. Il menace de me tuer !

Plus personne ne bougea.

Tuzzi ordonna alors aux policiers présents dans la salle de ne rien tenter de stupide, sinon, il allait abattre Yamashita.

C'est alors que Tanaka était arrivé, et avec l'aide de la femme de l'Italien, il réussit à le convaincre qu'il n'était en rien responsable de la mort des jurés. Que le chantage dont il avait été l'objet était terminé.

À cet instant précis, le yakuza sut que c'en était fini. Tuzzi n'allait pas tenter de lui tirer dessus, ce qui voulait dire qu'il ne serait pas abattu par les policiers.

Se résignant à son sort, le regard de Yamashita croisa celui de Tanaka pendant une fraction de seconde. Le yakuza releva les épaules et sourit amèrement à son ennemi, essayant de lui faire croire que rien n'était encore terminé, qu'il avait encore le contrôle de la situation.

Mais il s'aperçut que Tanaka n'était pas dupe. Ce dernier lui fit au revoir de la main et mima celui qui ferme la porte de la cellule et qui se débarrasse de la clef en la jetant dans les toilettes.

Yamashita jeta un court regard en direction de ses amis. Ces derniers semblaient aussi abattus que lui.

Maintenant que tout danger était écarté, les quelques témoins recommencèrent à respirer et à murmurer leurs opinions. Le greffier regarda autour de lui. Il demanda l'attention de la salle et annonça que l'honorable juge Ouellet serait informé des derniers développements, et que ce dernier déciderait de la suite des événements.

170

L'inspecteur Vézina s'avança doucement vers Paolo et Rosita Tuzzi. Il les amena à l'écart des autres afin de leur laisser quelques minutes pour se parler, puis Paolo fut conduit au poste de commandement pour y subir son interrogatoire. Même s'il n'avait tué personne, il avait quand même séquestré un policier et fait des menaces avec une arme chargée. Il ferait tout en son pouvoir pour aider Paolo à s'en sortir sans trop de problèmes.

Pendant que les Tuzzi discutaient un peu plus loin, Vézina et Tanaka se regardèrent avec un grand sourire. La tension des dernières heures était maintenant dissipée.

Tuzzi avait été retrouvé sans qu'aucune goutte de sang ne soit versée et encore plus satisfaisant, sa femme était saine et sauve.

— Alors Rémi, que va-t-il advenir de Yamashita ?

— Je ne sais pas Bill. Regarde-le, il a vraiment l'air d'un enfoiré. On va le savoir bientôt, le juge va revenir d'ici quelques minutes. J'imagine qu'il a la réponse à ta question.

— Ouais ! J'ai bien hâte de voir ce qu'il va décider.

Maître Renaud était allé parler avec son client avant qu'il ne revienne s'asseoir à la table de la défense. Il avait aussi réussi à faire enlever les menottes à Yamashita.

Alors que ce dernier descendait l'allée menant à sa place, une détonation se fit entendre dans la salle d'audience.

Par réflexe, tout le monde s'accroupit par terre. Tous sauf Hiro Yamashita.

* * *

Le juge Ouellet sortit de la salle de bain et enfila sa toge. Après s'être regardé dans le miroir, ce dernier était presque arrivé à la salle d'audience lorsqu'il avait entendu le coup de feu.

Sans perdre une seconde, il parcourut la courte distance le séparant de sa salle. En arrivant sur le seuil de la porte donnant derrière son pupitre, une autre détonation résonna dans l'enceinte.

Le temps écoulé entre les deux coups de feu était de moins de trente secondes.

Les inspecteurs Vézina et Tanaka ainsi que les autres policiers présents dans la salle dégainèrent leur arme de service tout en cherchant d'où venaient les tirs. Les premiers soupçons se tournèrent vers Paolo Tuzzi, mais ce dernier était sous bonne garde dans la salle de commandement un peu plus loin sur l'étage.

Alors, qui était l'auteur de ces tirs ?

Comme c'est souvent le cas après une fusillade, la panique s'empara de certaines personnes. Les policiers qui fouillaient du regard la salle crièrent à ceux qui tentaient de se relever de rester coucher jusqu'à nouvel ordre.

Tanaka risqua un coup d'œil après le deuxième coup de feu. Il se releva avec précaution et son regard fut attiré vers Yamashita qui était encore debout. Ce dernier ne bougeait plus, le regard inexpressif, sans vie.

C'est alors qu'il remarqua la tache sombre sur le côté de sa poitrine. Il lui sembla également que le point rouge grossissait à chacun des battements cardiaques du yakuza.

Yamashita finit donc par baisser la tête pour regarder les grosses gouttelettes de sang qui tombaient à ses pieds. Plus les secondes passaient, plus la marre s'étendait. Le visage tantôt impassible était maintenant imprégné d'horreur. Yamashita essaya de dire quelque chose, mais seul du sang s'échappa de ses lèvres, en bulles visqueuses.

Le policier à sa droite ressemblait maintenant à un dalmatien, mais le rouge avait remplacé le noir.

Par réflexe, Tanaka vit le policier tâter son corps à la recherche d'un impact de balle. Ce dernier s'aperçut alors que le sang n'était pas le sien.

Tout comme dans un film au ralenti, Yamashita tomba tranquillement à genou, les deux mains sur sa blessure. Tel un arbre qui vient de recevoir son dernier coup de hache, le yakuza s'effondra lourdement sur le sol.

Pendant les quelques secondes que dura la chute, Tanaka n'avait pas bougé d'un poil, regardant d'un air abasourdi, sans émotion même, le meurtrier de sa famille s'écrouler, comme il en avait rêvé des centaines de fois.

Vézina, qui était à la table du ministère public à discuter avec Me Tremblay et Tanaka, se releva comme l'avait fait son confrère.

Un genou à terre, son arme pointée vers le haut, il regarda dans la direction de la porte donnant sur le corridor où les juges faisaient leur entrée. Juste avant la deuxième détonation, il avait eu le temps de voir le magistrat faire son apparition sur le seuil de la porte.

Le juge Ouellet y était toujours, le teint livide, appuyé maladroitement sur le cadre de la porte. Vézina remarqua alors qu'il pressait ses deux mains contre son abdomen. Malgré cette pression, le policier voyait un flot de sang rouge foncé s'écouler entre les doigts du juge. À ses pieds, une marre de sang se formait.

Le chaos était en train de s'installer dans la salle d'audience. Vézina se demanda si c'était encore un sale tour de Yamashita et sa bande, mais lorsqu'il vit la grande tache rouge sur la poitrine du yakuza, il sut qu'il n'en était rien.

Mais qui alors ?

C'est à cet instant qu'il s'aperçut que le juge Ouellet essayait de parler. Il réussit à lire sur les lèvres du magistrat « Pourquoi ? ». Suivant le regard du juge, Vézina reconnut enfin celui qui avait ouvert le feu sur Yamashita et le juge Ouellet.

Sans perdre une seconde, il se releva et mit en joue le tireur. Ce dernier s'apprêtait à faire feu à nouveau sur le juge, mais juste au moment où Vézina allait abattre le tireur, Ouellet, dans un effort surhumain cria :

— Non, Rémi ne tire pas !

Puis le juge s'effondra sur le plancher, inconscient. Alors que Vézina s'approchait du tireur, toutes les lumières s'éteignirent.

Il n'en fallait pas plus pour créer un nouveau vent de panique. Vézina ouvrit une puissante lampe de poche et cria à son tour à l'audience, le plus fort qu'il put, de se calmer et de demeurer immobile. Puis, il pria un collègue de rallumer le plus vite possible. Quinze secondes après que les ténèbres eurent envahi la grande salle d'audience, la lumière permit de voir les clans se porter au chevet des victimes.

Ces quinze secondes d'obscurité avaient permis au tireur de s'échapper.

171

Vézina demanda qu'on lui apporte plusieurs serviettes; il devait arrêter le plus vite possible l'hémorragie. Le juge Ouellet perdait rapidement son sang.

En agissant vivement et avec précaution, le policier appliqua deux linges sur la blessure du juge tout en pressant légèrement sur son abdomen.

En attendant les secours demandés pour les deux blessés, Vézina essaya de voir de l'autre côté de la salle où en était Tanaka, non loin de Yamashita. Mais malheureusement, à cause du va-et-vient des policiers, il lui était impossible d'apercevoir qui ou quoi que ce soit. Il reporta alors son attention sur le juge qui commençait à reprendre peu à peu connaissance.

Le juge Ouellet essaya de bouger, mais Vézina l'en empêcha.

— Pierre, ne bougez pas, les secours seront ici dans une minute.

— Rémi, répondit le magistrat en grimaçant de douleur. Rémi, va le voir… avant qu'il…

— Ne parlez pas Pierre. Gardez vos forces.

— Non ! Écoutez-moi, dit-il dans une quinte de toux. Allez le voir avant qu'il ne se fasse du mal. Je vous en supplie Rémi.

Vézina ne savait plus quoi faire ou penser. Tant que les ambulanciers ne seraient pas arrivés, il était hors de question qu'il abandonne le juge. D'un autre côté, plus il attendait, plus les chances que le tireur réussisse à s'échapper pour de bon augmentaient.

Deux minutes plus tard et à sa grande joie, Vézina vit arriver les équipes d'urgence ainsi qu'un médecin.

Sans perdre une seconde, celui-ci se dirigea vers l'inspecteur Vézina et le juge Ouellet. Le policier expliqua brièvement la nature de la blessure ainsi que les mesures qu'il avait prises pour ralentir l'hémorragie. Lorsque l'inspecteur constata que son ami était entre bonnes mains, il remercia le médecin et partit à la recherche du tireur.

* * *

Tanaka resta au chevet de Yamashita, mais pas pour les mêmes raisons. Le yakuza était allongé sur le dos, baignant dans son sang.

La première pensée du policier en voyant l'accusé dans cet état fut de se dire qu'Hiro Yamashita venait de recevoir sa condamnation à mort prématurément. La balle tirée lui avait transpercé les poumons. Entrée par le côté droit, le projectile s'était frayé un chemin jusqu'au lobe supérieur gauche, causant sur son passage des dommages irréparables.

Tandis que Tanaka s'approchait lentement, les hommes de Yamashita essayèrent de se rapprocher à leur tour de leur patron, mais sans succès. Les policiers les repoussèrent vers l'arrière de la salle, et ce, sans ménagement. Même son avocat s'était vu refuser le droit de voir son client.

Tanaka s'agenouilla près de son ennemi juré. À la quantité de sang qui s'échappait de sa blessure et de sa bouche, il était clair que Yamashita n'en avait plus pour longtemps.

Impassible, le policier regardait la vie quitter le corps de cet homme, homme qu'il haïssait de chacune des fibres de son corps.

Depuis les funérailles de sa famille, Tanaka avait attendu avec impatience la journée où on lui annoncerait la mort de Yamashita. Dans ses rêves les plus fous, il s'était même imaginé être sur place. Comme aujourd'hui.

Sauf que maintenant, le rêve faisait place à la réalité.

Tanaka s'était préparé un petit discours pour l'occasion, mais le yakuza était en état de choc. Il semblait errer entre ciel et terre. Serait-il capable de l'entendre ?

Aussitôt que Yamashita ouvrirait les yeux et que le contact se ferait entre les deux, il lui prendrait la main et avec son plus beau sourire, il lui dirait d'aller brûler en enfer, endroit où il ne pourrait plus jamais revoir sa femme et ses fils. Tout ce qui pourrait faire souffrir Yamashita serait pour lui une source de joie.

Alors que les ambulanciers s'approchaient du blessé, Yamashita ouvrit les yeux. Le yakuza semblait perdu. Il regardait partout, sans rien voir, jusqu'au moment où ses yeux rencontrèrent ceux de Tanaka. L'inspecteur sentit son cœur s'accélérer. Le moment tant attendu était enfin arrivé. Les deux hommes se regardèrent pendant quelques secondes puis Tanaka débita tout ce qu'il avait sur le cœur. Tous ceux qui étaient assez près des deux antagonistes reculèrent face à la véhémence des propos du policier. Il était vrai que personne ne connaissait les liens qui les unissaient.

Une fois qu'il eut fini sa tirade, Tanaka sourit à Yamashita en lui donnant une petite pichenotte sur l'épaule gauche et sans lui donner la chance de répondre, il se leva et se dirigea vers le juge Ouellet. L'ambulancier qui se pencha sur Yamashita releva la tête et cria à Tanaka.

— Inspecteur, il veut vous dire quelque chose !

— Je n'ai plus rien à lui dire, et je veux encore moins l'entendre. Dites-lui d'aller se faire voir en enfer !

Et sans jeter un regard derrière lui, il laissa son ennemi expirer son ultime soupir.

172

Après avoir quitté la salle d'audience par la porte située derrière le pupitre du juge, Vézina tourna à droite et se rendit au bureau du juge Roy.

La porte était fermée. Vézina essaya de tourner la poignée, mais sans succès, le juge l'ayant verrouillée de l'intérieur.

L'inspecteur frappa à la porte puis, n'obtenant pas de réponse, il frappa encore, mais plus fort cette fois.

— Votre Honneur, c'est Rémi Vézina. Ouvrez s'il vous plaît.

Toujours pas de réponse.

— René, pour l'amour de Dieu ouvrez ! C'est Rémi. Ne vous inquiétez pas, Pierre va s'en tirer, lui mentit-il.

En fait, il n'avait aucune idée des chances de survie du magistrat. Avec tout le sang qu'il avait perdu, le pronostic était des plus sombres.

— Je ne sais pas ce qui s'est passé entre vous deux, mais je suis certain que ça peut s'arranger. Déposez votre arme et venez ouvrir la porte s'il vous plaît.

Vézina attendit encore deux minutes, puis il annonça au juge Roy son intention de forcer la porte.

L'inspecteur compta jusqu'à trois à voix haute, puis après avoir reculé de quelques pas, il donna un grand coup de pied juste sous la poignée de la porte. La serrure éclata et la porte s'ouvrit dans un grand fracas de bois brisé.

Vézina pénétra dans le bureau, son arme pointée devant lui, tous ses sens en alerte. Après avoir fait quelques pas à l'intérieur de la pièce, il se figea sur place.

Le juge Roy était assis à son bureau. Ce dernier semblait dormir paisiblement mis à part la tache sombre qui s'était formée au milieu de sa poitrine. Dans sa main droite, il tenait toujours l'arme avec laquelle il s'était enlevé la vie.

* * *

Vézina remit son arme dans son étui calmement et s'avança vers le magistrat, tout en faisant très attention où il mettait les pieds pour ne pas contaminer la scène. En voulant contourner le bureau pour s'assurer que le juge était bien décédé, son regard fut attiré par une forme humaine allongée sur le sofa. L'inspecteur venait de faire une autre découverte : le corps de la femme du juge Roy.

Dans son cas, il n'y avait aucun doute quant à la cause de sa mort. Son époux l'avait abattue d'une balle entre les deux yeux.

— Pourquoi ? dit-il à voix haute.

En revenant sur ses pas, Vézina aperçut du coin de l'œil, sur le bureau du juge, une lettre. Celle-ci avait été placée dans un sac en plastique transparent, comme si le juge avait voulu éviter que sa lettre ne soit tachée de sang.

Avec tristesse et colère, il téléphona pour la deuxième fois de la journée à son équipe de TSC, puis il demanda au central de la GNC d'envoyer d'autres policiers en renfort.

Une fois que les agents du Palais de Justice eurent sécurisé la porte d'entrée du bureau et en attendant l'arrivée des TSC, Vézina repartit vers la salle d'audience s'enquérir de l'état de santé des deux blessés graves.

Lorsque Tanaka vit Vézina revenir l'air dépité, il sut immédiatement que la liste des victimes venait de s'allonger. Vézina lui apprit que le juge Roy avait assassiné sa femme puis s'était enlevé la vie. Il lui parla de la lettre laissée par le magistrat, mais lui dit qu'il ne l'avait pas encore lue. Ils devraient attendre que l'équipe en scène de crime ait fini son boulot dans le bureau du juge pour pouvoir en prendre connaissance.

Vézina s'informa alors de Yamashita. Tanaka lui apprit qu'il avait succombé à ses blessures. La balle tirée lui avait transpercé les deux poumons. Il lui indiqua également que le juge Ouellet avait été transporté à l'hôpital et que selon le médecin, il était trop tôt pour savoir s'il allait s'en tirer ou non.

— Bill. Après toutes ces années à poursuivre ce salaud, maintenant qu'il est mort, comment te sens-tu ?

— Je ne sais pas encore. C'est trop frais dans ma tête. J'imagine que ce soir, dans le calme, je vais pouvoir le réaliser.

— Que vas-tu faire maintenant ? demanda Vézina.

— Continuer à pourchasser les méchants. Je suis certain qu'il y a d'autres Yamashita quelque part.

Quelques heures plus tard, la salle d'audience du juge Pierre Ouellet fut enfin vide. Tout le monde avait été renvoyé à la maison. Les journalistes quant à eux, faisaient le pied de grue depuis des heures à la porte de l'édifice. Plusieurs équipes étaient aussi en poste à l'hôpital. Le procès de l'insaisissable yakusa venait de prendre fin; même mort, les victimes se multipliaient dans le sillage de toutes ces années de chantage.

EPILOGUE

Une semaine plus tard, l'inspecteur Vézina téléphona à son ami à Vancouver pour prendre de ses nouvelles.

Deux jours après la fusillade au Palais de Justice, Tanaka était retourné chez lui, l'âme en paix. Le fait de savoir que le responsable de tant de malheurs, surtout les siens, pourrissait présentement en enfer lui avait enlevé un poids énorme sur les épaules. La culpabilité qui le tenaillait depuis tant d'années faisait maintenant partie du passé.

Le futur lui appartenait dorénavant.

— Et comment Tuzzi a-t-il justifié sa tentative de tuer le Japonais ? demanda Tanaka après les politesses d'usage.

— Yamashita avait tout prévu ou presque.

— Comment ça ?

— Les salauds savaient que leur patron n'avait aucune chance d'être libéré, alors ils ont concocté deux scénarios pour faire annuler le procès.

— Tuzzi et le juge Roy ?

— Oui. Pour commencer, Tuzzi avait accumulé une grosse dette de jeu dans une des maisons de jeux de Yamashita. Quelqu'un chez Yamashita lui a proposé ou plutôt imposé une solution. En échange d'un petit service qu'il leur rendrait, ils effaceraient sa dette.

— J'imagine que le petit service consistait à empoisonner les jurés !

— Oui. Sauf que ce n'est pas lui qui les a tués.

— Mais qui alors ? demanda Tanaka avec curiosité.

— Attends, je vais y arriver.

Vézina expliqua à son ami tout ce que Tuzzi avait dû endurer depuis la visite de l'homme de main de Yamashita chez lui, une semaine avant le début du procès, jusqu'aux événements tragiques de la semaine précédente.

— Va-t-il être accusé de quelque chose ?

— Non. Le procureur, étant donné les circonstances, lui a tout simplement demandé de faire des travaux communautaires. Il devra également rester loin, très loin des maisons de jeux et du poker. Si jamais le procureur venait à apprendre qu'il jouait de nouveau, il pourrait alors changer d'idée et le poursuivre en justice.

— J'imagine qu'il a compris le message.

— Oh oui mon ami !

— Bien. Et pour l'autre scénario ?

— Tu te souviens de la lettre laissée par le juge Roy sur son bureau ?

— Oui.

— Je vais te donner la version abrégée de son désastreux voyage en Thaïlande. Le pauvre vieux s'est fait prendre les culottes à terre.

Encore une fois, Vézina expliqua à son ami ce qui était arrivé au malheureux juge Roy.

— Et lorsque le juge Ouellet a refusé de faire annuler le procès, le juge Roy a perdu la tête et a voulu amener avec lui son vieil ami et celui qui avait ruiné sa vie, Yamashita.

— Tu as tout compris Bill.

— Mais il y a une chose que je ne comprends pas. Que vient faire la femme du juge Roy dans le portrait ?

— Les sbires de Yamashita avaient menacé le juge de montrer la petite vidéo de ses ébats avec la prostituée mineure à sa femme, s'il ne faisait pas ce qu'ils lui demandaient. Lorsque Ouellet a refusé, il a pris peur et a demandé à sa femme de venir le rejoindre au Palais de Justice. Dans sa tête, il n'avait pas le choix de s'enlever la vie. Il savait qu'il ne survivrait pas avec la honte de ce qu'il avait fait. De plus, comme sa femme était gravement malade, il n'avait d'autre choix que d'amener sa femme avec lui dans un geste de compassion.

— Et pour le juge Ouellet ? demanda Tanaka.

— Pour le juge Ouellet, son état de santé est stable. Il a perdu beaucoup de sang, mais les médecins ont été capables de réparer les dégâts causés par la balle tirée par son ami. Ils ont dit qu'il devrait s'en remettre, mais qu'avec sa santé fragile, la convalescence serait longue et qu'il devrait aussi prendre sa retraite. C'en est fini pour lui et la magistrature, du moins, dans une cour de justice.

— Qu'en est-il des jurés ? Si ce n'est pas Paolo qui les a tués, alors qui ?

— Encore un coup monté par Yamashita et sa bande. Tu te souviens du vieux Carmelli, le propriétaire du restaurant ? Paolo Tuzzi est son neveu.

— Quoi ? Quand je suis allé le voir au restaurant le mercredi après dîner, il ne m'a jamais mentionné qu'ils étaient parents.

— Attends, ce n'est pas tout. Carmelli avait lui aussi des problèmes de jeu ainsi qu'un autre vice que les hommes de Yamashita avaient découvert. Tout comme ils l'avaient fait avec Paolo, ils ont menacé le vieux et c'est lui qui, en fin de compte, a tué les jurés.

— Mais comment ?

— Quelqu'un de haut placé chez Yamashita et avec le bras long, a fait venir du Japon de la poudre de fugu et une sorte encore inconnue ici de cristaux de miel, très toxiques.

— Du fugu en poudre ! Je ne savais même pas que ça existait. Je savais que la viande de fugu mal apprêtée pouvait être mortelle, mais non qu'elle pouvait se transformer en un poison. Je ne me doutais pas non plus que le miel était dangereux pour la vie !

— Apparemment oui ! Donc, le vieux Carmelli a contaminé les repas des jurés avec ces poisons avant que Tuzzi ne parte pour le Palais de Justice. Selon les experts en toxicologie que nous avons interrogés et qui ont analysé la nourriture, avec la combinaison du fugu et du miel, tous, sans exception, ont été catégoriques : les jurés n'avaient aucune chance de s'en sortir vivants. Moins de trente minutes après avoir ingurgité le miel à l'apparence banale, les symptômes sont apparus, et en l'espace de quelques heures seulement, tous étaient morts.

— Merde ! Mais comment ont-ils découvert la présence de ces agents mortels ?

— Carmelli en avait gardé une petite quantité en secret, au cas où une situation semblable arriverait. Il s'était dit que ça pourrait lui servir de monnaie d'échange.

— Mais quel est le rapport avec Paolo ?

— En gros, Carmelli s'est arrangé avec l'homme de main de Yamashita pour faire porter le chapeau à son neveu. En même temps, ils lui ont fait croire que la substance a placer dans les pâtes était un puissant poison, le poussant ainsi à vouloir venger la supposée mort de sa femme. Sauf que nous savons maintenant que ce n'était que du sucre en poudre.

— Incroyable ! Le salaud voulait faire accuser son neveu à sa place. Belle famille !

— Tu as tout compris Billy Boy !

— Ouais !

— Tout est bien qui finit bien, ou presque. Tuzzi et sa famille sont sains et saufs. Carmelli devrait passer plusieurs années en prison, et le juge Ouellet aura droit à une belle retraite dorée.

— Qu'en est-il de l'avocat de Yamashita et des autres yakuzas ? demanda Tanaka.

— Tous arrêtés et en attente d'être transférés... Un détail, ils retournent dans ton patelin.

— Parfait. Nous allons leur réserver une jolie réception de bienvenue.

Vézina fut amusé par la remarque de son ami.

Une fois qu'ils eurent fini de discuter boulot, Vézina s'informa auprès de Tanaka sur sa vie, maintenant que cette histoire dramatique était terminée. Il avait sans doute un avenir à créer avec sa nouvelle compagne ?

Ce dernier lui expliqua que tout allait bien entre eux. Il aimait mieux prendre son temps, apprendre à la connaître avant de trop s'impliquer dans leur relation.

Vézina promit à son ami de venir le voir avec son épouse pendant les fêtes. Il avait bien hâte de rencontrer celle qui avait conquis le cœur de son ami.

Avant de raccrocher, Rémi remercia Tanaka pour son aide tout au long de la saga d'Hiro Yamashita. Puis, sur des salutations empreintes d'émotion, les deux amis se dirent à bientôt.

* * *

Un peu plus de six mois après la mort d'Hiro Yamashita, Bill Tanaka se rendit, avec sa nouvelle compagne, au cimetière où étaient enterrés sa femme et son fils.

— Tu te sens bien mon amour ? demanda la future madame Tanaka.

— Oui. Non. Je pense que oui ! Nerveux en tout cas.

— Je vais t'attendre ici. Prends tout le temps qu'il te faut.

— Merci Valérie. Je t'aime, lui dit Tanaka en lui donnant un baiser sur les lèvres.

— Moi aussi. Allez ! Va !

Tanaka sortit de l'auto avec le bouquet de fleurs destiné à sa femme et son fils. Une fois arrivé près de leur tombe, Tanaka s'arrêta et leva les yeux au ciel, comme s'il pouvait les apercevoir d'en bas. Il déposa les fleurs contre les pierres tombales, puis s'assit entre elles.

Le ciel était bleu en ce beau samedi de mai. Il n'y avait aucun nuage, seulement une légère brise venant faire frémir les feuilles des arbres et personne dans les alentours pour venir le déranger dans ses pensées.

Après avoir séché une larme, Tanaka leur expliqua ce qui était arrivé à Yamashita.

Sa mort.

Comme il avait été heureux de le voir s'éteindre sous ses yeux, sachant que son âme quittait son corps pour aller poursuivre son chemin jusqu'en enfer.

— Ma douce Sonia. Je viens t'annoncer que j'ai rempli la mission que tu m'avais confiée. Comme tu vois, j'ai tenu ma promesse. Yamashita ne fera plus jamais de mal à personne. Je me suis même arrangé pour qu'il ne puisse pas venir vous voir où que vous soyez. Je regrette seulement de ne pas l'avoir fait lorsque vous étiez avec moi.

Tanaka garda le silence pendant quelques minutes. Les phrases se bousculaient dans sa tête. Il ne savait pas comment les faire sortir pour qu'elles aient du sens, autant pour lui que pour ses amours. Alors, il décida de les faire passer via son cœur, puis sans s'en rendre compte, des mots sortirent de sa bouche.

— Ma douce Sonia et toi mon fils ! Ça fait presque six ans que vous m'avez quitté. Il n'y a pas une journée depuis où je n'ai pas pensé à vous, où je ne vous ai pas aimés, où je ne vous ai pas parlé. Ma première pensée en me levant le matin était pour vous, de même que la dernière avant de m'endormir. Voilà maintenant huit mois, j'ai rencontré une merveilleuse femme. De fil en aiguille, nous sommes tombés en amour l'un de l'autre. Dans le courant du prochain été, nous avons décidé de nous marier. Je lui ai expliqué le lien unique qui nous liait, de la promesse que je t'avais faite et qu'il n'y avait aucun moyen pour moi de renoncer à ce que je t'avais promis. Elle m'a promis à son tour de ne jamais me demander de renier cette promesse. J'espère que de l'endroit où tu te trouves, tu me pardonneras et que tu ne cesseras jamais de m'aimer.

Tanaka parla également à son fils pendant quelques minutes, puis après un long silence, il se leva et enleva les feuilles et brindilles de son pantalon et avec un geste plein d'amour, toucha chacune des pierres tombales.

Juste avant de partir, il fit une autre promesse à sa femme.

— Ma douce Sonia d'amour. Je te promets de venir vous voir à toutes les dates importantes qui nous étaient si chères et je veux que tu saches que vous serez toujours dans mon cœur, pour le restant de mes jours, jusqu'à ce que nous soyons réunis tous les trois. Je vous aime mes amours. À bientôt.

Tanaka repartit rejoindre sa fiancée.

Quarante-cinq minutes s'étaient écoulées depuis qu'ils étaient arrivés au cimetière. Une fois qu'il fut de retour à l'auto où l'attendait Valérie, Tanaka la prit dans ses bras en l'enlaçant très fort.

Tout en repoussant une mèche de cheveux de son visage, Valérie le regarda droit dans les yeux.

— Bill, même si nous allons nous marier, je veux que tu me promettes de ne jamais oublier ta Sonia et Andrew. Jamais je ne pourrai être jalouse de l'amour que tu leur portes, car nous n'aurons pas le même. La journée où tu cesseras de les aimer, c'est que tu auras cessé de m'aimer moi aussi.

À ces paroles, Tanaka embrassa sa future épouse tendrement en lui disant du plus profond de son cœur, ce simple mot :

— Merci.

Puis, ils quittèrent le cimetière pour la nouvelle maison qu'ils venaient tout juste d'acheter.

Sans un regard vers le passé, Tanaka laissa une larme couler, heureux du futur qui s'annonçait pour lui.

FIN

Remerciements

J'aimerais remercier mon éditrice, Madame Marie Brassard, de m'avoir accompagné dans la réalisation de mon rêve.

Un merci spécial à une grande amie, Denise Brouillette pour ses nombreux encouragements et conseils.

À mon père, Richard Lapointe pour ses commentaires tout au long de l'écriture.

À Patricia Boyer, Nathalie Humbert.

Un gros merci !

Achevé d'imprimer au Québec
en août 2015